长仁

李青 著

陕西新华出版
太白文艺出版社·西安

图书在版编目（CIP）数据

长仁 / 李青著. -- 西安：太白文艺出版社，2025.
1.--ISBN 978-7-5513-2718-3

Ⅰ.Ⅰ247.5

中国国家版本馆CIP数据核字第20247424JP号

长仁
CHANG REN

作　　者	李　青
责任编辑	张　瑶
封面设计	汇文书联
版式设计	汇文书联
出版发行	太白文艺出版社
经　　销	新华书店
印　　刷	武汉鑫佳捷印务有限公司
开　　本	787mm×1092mm 1/16
字　　数	670千字
印　　张	36.5
版　　次	2025年1月第1版
印　　次	2025年1月第1次印刷
书　　号	ISBN 978-7-5513-2718-3
定　　价	98.00元

版权所有　翻印必究
如有印装质量问题，可寄出版社印制部调换
联系电话：029-81206800
出版社地址：西安市曲江新区登高路1388号（邮编：710061）
营销中心电话：029-87277748　029-87217572

目 录

楔　子 | 1

第一章　怪先生执意收徒，穷学生莫名拜师 | 9

第二章　闻怪谈学为何用，罹水祸失亲离家 | 15

第三章　饥民掠食图果腹，差役问候实为钱 | 22

第四章　听故事初闻官场，换天地光复共和 | 28

第五章　保护费轮番催讨，剪辫子哪容分说 | 35

第六章　装糊涂买办无理，耍嘴皮账房滑头 | 44

第七章　走投无路因亲弃，面授机宜无赖经 | 52

第八章　撞财神得手径逃，助溺难意外自救 | 58

第九章　幸得容留饱暖无忧，陪读兼顾学讲洋文 | 65

第十章　南京路见识繁华，皮篷车载尽风头 | 72

第十一章　香满楼见闻姑娘，兆荣里心仪丫头 | 79

第十二章　听讲演初闻宏论，争主义各抒观点 | 87

第十三章　入洋职学做买办，留一手调教徒儿 | 93

第十四章　私买卖初攒积余，吸贩烟图财不忌 | 100

第十五章　听闻私货起争执，捐款救国尽绵力 | 107

第十六章　急赚钱偏门涉险，因误会横生变故 | 113

第十七章　巧设局万利入荷，赴南京踌躇满志 | 120

第十八章　论因果静之毙命，思际遇长仁安心 | 127

第十九章　寻故人偶遇旧识，忆往事愤意难消 | 134

第二十章　荣裕堂闭铺关张，败家儿骗卖资财 | 141

第二十一章　陈年债终归了结，复祖业老铺新开 | 149

第二十二章	得识朋侪置屋厂，合股入伙办实业	154
第二十三章	荐新人甫识工艺，助故旧仗义收容	161
第二十四章	留学生落魄回乡，犟老牛痛打贼儿	169
第二十五章	老佃农托遣逆子，欲谢罪家主不怪	175
第二十六章	孤身女携财遇贵人，穷苦力厚道积福缘	181
第二十七章	女家主属意伙计，莫先生荐事失财	188
第二十八章	初得手再下其手，遭反诈尔虞我诈	194
第二十九章	权且将就假受雇，好意收留种祸根	201
第三十章	失魂落魄悔意起，欲盖弥彰贪念足	207
第三十一章	贼算计伺机偷窃，巧周旋失财复得	213
第三十二章	惩奸徒自有高着，看热闹竟难脱身	220
第三十三章	起争执车夫失信，叹作孽骗子恍惚	226
第三十四章	无利图难免糊涂，行不义终究自毙	231
第三十五章	华胜厂新品发布，谈管理摒除弊端	236
第三十六章	改技术丝量陡增，聊实业商机甫现	243
第三十七章	假博士推销新药，试尝人析苦添痛	249
第三十八章	合伙人争利散伙，验药剂哪管夫妻	255
第三十九章	强分红作废合同，编药方歪打正着	262
第四十章	诓借钱损友算计，听计划尽释前嫌	269
第四十一章	迎新年入乡随俗，兴实业广益集思	275
第四十二章	听堂会耳目一新，慕白局拜师学唱	284
第四十三章	品风雅岁朝清供，撞姻缘奉巧成婚	290
第四十四章	元宵节阖府同乐，韩益兴论拟章程	296
第四十五章	销地皮巧舌游说，初筹资始定周期	303
第四十六章	劝习武夫人立规，露行迹巧云殒命	309

第四十七章	助友开脱费周旋，习武强身修品行	315
第四十八章	闻孕事神清气爽，获殊荣再谈变革	321
第四十九章	购织机不远万里，掮房地巧舌如簧	328
第五十章	上下通吃掮客昧心，举荐能人展园添才	336
第五十一章	首展日广邀宾朋，巧筹资新园开工	343
第五十二章	壁画增彩引众睐，返乡祭祖还夙愿	351
第五十三章	乡人处探得前情，闻旧事方晓始末	357
第五十四章	喜重逢同契兰谱，叙离情感念忠义	364
第五十五章	赠祖产重义轻利，论观点各持己见	371
第五十六章	初识得南洋富少，叹经营织业益苦	378
第五十七章	看气派尽显豪绰，闻高论笃信其言	385
第五十八章	假阔少圈定生意，真商人柱附财神	392
第五十九章	华胜厂遭逢难关，难借款另辟蹊径	399
第六十章	盂兰会夫妇逛集，定法事和尚多嘴	406
第六十一章	游法船荀氏祭祖，逢香期路人壅塞	412
第六十二章	江湖规矩非得论，猴戏泼皮众围观	418
第六十三章	问缘由旧事重提，苏杏儿了结宿仇	425
第六十四章	没奈何妻儿远走，由说客请君入瓮	432
第六十五章	掮客揽事只重利，亟待注资实诳财	438
第六十六章	前事未平祸又起，注册商标引纷争	445
第六十七章	摆饭局无奈应酬，且闲听诸般趣闻	450
第六十八章	人各有志难强留，投钱认股各计较	457
第六十九章	暗挪动追加资本，欲投机却闻噩耗	464
第七十章	兔死狐悲苦挣扎，再生妙计费绸缪	471
第七十一章	设圈套累及自身，为脱罪拱手让人	478

第七十二章	遭算计有口难言，劝转行笃信无疑	485
第七十三章	任周旋人品类同，凭布置左右逢源	491
第七十四章	痛失股本遭重挫，了结官司识世故	498
第七十五章	笑谈拆迁遭拆迁，聚讨公平难公平	503
第七十六章	强行令拆迁施行，访展园感慨良多	510
第七十七章	旧展物商机甫现，偿地价兑付无期	517
第七十八章	盼添丁却丧妻儿，闻噩耗又失挚友	524
第七十九章	再相聚亲人生疏，恨离别道尽前缘	530
第八十章	结识工头寻机会，雅座奉酒便结交	537
第八十一章	有备而来强合伙，出其不意接信函	544
第八十二章	故旧爽约疑惑甚，丽人恭候为哪般	550
第八十三章	暗门姻缘随风散，赈灾善款强派摊	555
第八十四章	强搭售行销义券，合伙人携款遁逃	561
第八十五章	尽散财难释积怨，舍挂碍自愧前行	569

楔　子

　　自中华民国宣告成立，孙中山就任临时大总统，大清的小皇帝被迫退位，袁世凯复辟帝制不足百日即被赶下台……此后，各种政治势力你方唱罢我登场，革命派、立宪派、北洋军阀、地方军阀攘权夺利，局面空前纷乱、形势错综复杂。

　　南京，自古为长江下游的文化经济重地。任它政治更迭、派系纷争不断，城中百姓只管柴米油盐地过着生活，坊市街巷便也照旧商贾会集、车马纵横。待到蒋中正当权定都，整座城便更添许多喧嚷热闹。

　　下关位于南京城北，毗连长江，自1899年开埠，津浦铁路筑成通车，与昌兴的长江水运共济，成为中国东部重要的水陆交通枢纽之一。中外商贾怀揣财富梦想纷至沓来，成就了这处城市北部的商贸中心，更因其水陆交通连接京沪杭，终日里火车、轮船和运货车马喧闹不止，一派舟车辐辏、百货输转的繁盛景象。

　　沿江遍布海关、码头、银行、邮局、贸易洋行、货场；街巷里旅馆、汤池、戏院、茶楼鳞次栉比，其间当然少不得麻雀馆、跳舞厅、燕子窝、娼乐坊，引得游人往复，乐而忘返。街面上各色人等混杂熙攘，其中不乏权贵名流、大贾富商，更充斥着布衣小民、脚力杂役。

　　有人的地方就得有人情往来，应酬便是必修的处世学问。

　　应酬，泛泛看来，不过是人与人之间的相互交际而已。但细究起来，又有着为达某种目的而不得不为的无奈。至于如何应酬，精明之人无师自通，人情练达，而鲁钝忠直的人却觉得比登天还难。于是，市面上便有了林林总总的《乡党应酬尺牍》《日用酬世大观》《酬世锦囊》《应酬集锦》，简直令人目不暇接。从各界交际礼仪要诀、新旧时风俗礼，到应用契约、行止尺度、答对运筹，一应规范无不俱全。然而访市井民间，大多些人所讲的应酬，无外伙着玩乐吃喝，以传播趣闻小道、花边新闻而已，哪管那么些章程。

　　俗语云，物以类聚，人以群分。应酬自有其规矩讲究。富有富道，穷有穷经，上流社会有权贵富商的交际圈子，底层也有其哥们儿弟兄的周旋场面。可笑的是，有不少囊涩脑枯的"空空先生"，硬要充作个大人物样子，削尖了脑袋往上层人物聚集处钻营攀附、征逐交游，好像不如此就没了生趣似的。无外靠着骗、拐、偷、诈维持自己的光鲜脸面，甚而为谋私利不惜戕害无辜。奇怪的是，世人不以此为耻，反倒是"笑贫不笑娼"的势头日胜，恃强凌弱风习积重难返，渐竟成了理所当然。

可是，身处于权势财富造就的热闹繁华，谁又愿意听其中的阴暗污垢，无非以表面歌舞升平而居生处乐罢了。

某君名信，混迹下关大马路一带谋生活。凭借与生俱来的聪明机灵劲儿，曾经很享受过一阵风光时日。早年在书社和刻字馆谋过差事，受书字熏陶日久，便以文人自居，结交的也多是些清流派。民国临时政府初设，他却舍下一身文气入武行，进警署去当了巡街警察，五六年间干的是得心应手，一度风传要升任巡长。最终不知为什么官帽没戴成还辞了差，不得不忍耐铜臭转行从商，并从此绝口不提文化，只讲求利益。信君的生意，所涉行业繁杂，茶楼、饭庄、舞乐场、杂志、报馆、印书社，干的是风生水起。信君把发财诀窍毫不避讳地常挂在嘴边，谓作"想要有钱就得朋友多，不过没钱便没得朋友"。明白人一听便知，归根结底得有钱，因而他凡事必得讲求"赚钱"这一个宗旨。

信君自从发迹，身边愈发热闹。以他看来，多个朋友便多条路，所以他不论上等下等，五湖四海、三教九流皆来者不拒，积攒了相当的人脉。当然，朋友多，应酬必多，因而夜夜笙歌、声色犬马，好不快活潇洒。直到他几次被自认为极可信赖的朋友狠狠恶意构陷，失掉原本火热的生意，穷得一文不名还险些把性命搭上，这才发觉自己大半生都活错了。

信被曾经的朋友、后来的债主毫不留情地赶出原属于自己的宅邸。他除了痛骂世间腌臜，机心诡诈，也深悔之前误信所谓"朋友"。回想过去十多年，经历了一番纸醉金迷，结交了一群口蜜腹剑，见识了一众魑魅魍魉，到头来落得个镜花水月。终于醒悟：人活一世，终不过是空手来去的轮回。自此后，信君主动断绝之前的一切"友谊"，自谓是看破红尘，独自躲进租住的小屋里修习起佛法来。

这天，他读到《大般涅槃经》"梵行品"中的一段："有二白之法可救众生。所谓'二白'，一'惭'二'愧'。惭者自不作罪，愧者不教他作；惭者内自羞耻，愧者发露向人；惭者羞人，愧者羞天。是名惭愧。……忏悔怀惭愧者，罪即除来清净如本。"

信一读之下只觉颇有感触："只知道人的身体有二白穴，中药方剂有二白散，都是祛风化瘀解人病痛的良方，原来处世为人竟然也有二白之法！孟子尝言'羞恶之心，义之端也'，之前总怪罪世风日下，人心狡诈，竟从来没想到内自羞耻，自惭己行！"回想之前过往种种，为求财富利达，绞尽脑汁地使出些诳诈欺瞒手段陡然而富，实在算不得是正当所得。自己却浑然不知其害，只图享受穷奢极侈的生活，哪有不败的道理。

信生出些悔意，再咀嚼书上的寥寥数语，转而困惑："这二白之'惭'容易办到，'愧'么，先自省而后发露示人以愧色也！着实难为人。"看这世间的芸芸众生，穷尽一生劳碌奔忙只为逐利追名，有几人能参透名利幻象、彻悟生存本质的。要把自惭自省的意思告诉给这虚浮人世博取认同、止恶行扬善举，那可真是万难。

想到此，信不免又灰了心，叹道："罢罢，修为尚浅，只求自惭！"

信本要离开南京这是非伤心地，可袖手怎能遂心。以他目下窘态，连盘费也筹措不来。忆及昔日曾经的骄奢阔绰，只顾聚伙享乐、未行半点实事，不禁痛痛地又骂自己一回，越发自惭难当、悔不当初。

怎能叫"信"，索性改名为"惭"，以期自警！

从此世间便少了个"信"，而生出位"惭"来。

坊间有云："北有大马路，南有夫子庙。"惭君每天由下关鲜鱼巷的居处闲逛至夫子庙去讨生活。特为躲那些狐朋狗友旧相识，他避开大马路，也不从热闹宽阔的挹江门进城，而宁可绕远道，走日渐冷清的老旧仪凤门。

转瞬过去一年。这位惭君虽说是得过且过地混日子，饥一顿饱一顿，倒也不至饿死。反倒从困顿中觉出些闲散乐趣，之前因受骗而生的愤懑心也渐渐平复。"佛云，万事万物尽皆虚幻，何必执着！"惭常以佛云自解，后半生就这么无所谓地活着也不错，怎么样的活法不都是活着！

这天一早，惭照旧背着双手晃悠悠地出门。快到仪凤门时，远远望见迎面的城门下围着不少人。

这仪凤门早些年曾是下关长江江岸连通南京城的要道，自打在西南城墙破墙增辟修造了门阔路宽的海陵门（后改挹江门），这里便日渐寥落了。没想到今天竟能遇上热闹瞧。闲散无聊之人难免好凑个热闹。惭紧着步子想快点上前看是什么稀奇，却不想脚下打个趔趄，重重跌在地上。他一骨碌爬起来去追滚落草丛的自己那顶旧呢帽，并就势弯腰扑打身上的灰土，边偷眼四顾，幸好并没有人在意他。惭挺直腰杆长舒口气，再迈步时感到左腿凉飕飕的，这才发现裤脚豁开个口子，脚踝被蹭破了皮渗出血来。

惭登时觉出疼，往地上连啐几口。他摸遍全身找到五角小洋，去近旁的立发药房买了瓶碘酒，又缠磨店员讨得些免费的卫生棉球，蹲在路边龇牙咧嘴擦拭伤处。

突然，那围聚的人丛一阵骚动，紧跟着有男人的唱声传来。唱的是白局，声音穿透观者发出的起哄戏谑声浪，嗓音听来略显干涩疲惫，唱腔倒还圆厚。惭曾经长久逐游酒馆茶楼、花街柳巷，一听便知是满江红曲牌，离得远了些，唱的什么听不真切。他不由得好奇心起，跛着腿挤上近前去。

唱者是个四十开外的清瘦男人。身上穿的旧棉袍子虽是打了几个补丁，却干净平展，没一道褶子。瞧着并不像个跑江湖卖唱的。只见此人半闭双眼，边唱边用手大力拍腿顿足相和，另一只手随着声调时而空划、时而握拳。他身侧有两个半人来高的空铁皮火油桶，桶前一张跛腿长条木凳，男人并不坐，只不时旋身拿拳头擂一记铁桶面，脚上应着拍子再踢蹬一下条凳，自制出咚咚哐哐伴奏混响。他手舞足蹈煞是滑稽，惹得围观人群不时发出笑闹声，间或还有三两声刺耳口哨和叫倒彩的，更有几个调皮的小孩子躲在大人堆里丢石子打在他身上，可那人自顾自唱，丝毫不以为意。

普通白局总有丝竹，哪怕手里拿俩瓷片也可打出些脆生生的唱和节律，如此踢桶拍腿的干唱倒是头次见到。惭看此人潦倒，想是实在没有活路才来站街卖唱。他没钱周济，只能捧个人场，便抱着胳膊听唱。不想细听之下竟入了神，继而肃然动容。

白局是南京地方独有的曲种。寻常所听到的无非金陵美景、秦淮艳事。这人唱的却是个故事。唱到动情时，声音呜咽低回，眼角带泪，全不顾围观人的哄笑议论。似乎只是为了唱出来，并不与外界交流。

惭听来却是感同身受，不禁跟着唱曲人一同拍腿流泪，听唱到结尾激昂处终于号啕开来。唱者惊醒，停了唱，定定地由他自哭。惭哭完后只觉积郁全抒，神清气爽。几步上前，头上帽子竟都忘摘，便向唱者深深一揖。

"尊驾所唱何曲？"

对方并不诧异，答道："元非有。"

惭惊，好奇怪的曲名！旋即想起唐朝诗僧梵志的那首《观影元非有》。当初他正是读到此诗才顿悟世情虚空，众生沉沦，自此一心向佛。当下赞道："好曲名！"然后脱口吟道：

"观影元非有，观身一是空。如采水底月，似捉树头风。揽之不可见，寻之不可穷……"

那唱者并不还礼，而是接口唱道："众生随业转，恰似梦寐中！"

惭连连点头，又问："还要请教，此曲为何人所作？"

"本人亲历，写来唱与世人听！"

惭又一惊。心道，此人经历与我何其相似，从他唱中可听出对现况的不甘和重新振作意味，与我心灰意懒、离地避世的妥协大有不同。惭感佩之余，胸中突然升腾起一股济世豪情，想这曲白局若是能扩散流传开去，教世人不再蹈我辈覆辙，那真是做了件大大的善事！

心念既动，惭后退半步，再向唱者深鞠一躬："先生所唱是为世人，在下有心助臂，不知先生意下如何？"

那唱者却并不看他，只轻声嗤道："唱的白局，自是白唱给想听之人听的。你的贵干与我无干！"

惭碰一鼻子灰，还不死心，又向那人道："听先生唱便可知，您是要将那世事幻象告诉给众人，好教人都能避其惑乱，踏实过活，即是'众趋明所避，时弃道犹存'。我是听先生唱才发此心，现下看来是曲解贵意了，抱歉得很！"说罢一跺脚，正触到跌跤的伤处，不觉痛得"嘶"声吸气。

唱曲那人这才抬眼上下认真打量惭，然后朝他略一点头，悠悠地开了口："看来，还真遇到了有缘人！"那人一指惭手上捏着的擦伤碘酒："拿来！"

惭依言把碘酒瓶递过去。唱者接了，蹲下身打开脚边的一个粗麻包袱，小心翼翼地从里面抽出本薄薄的蓝绫册子。惭一看不禁大喜，只见封面右角贴着窄条白宣，工工整整写着"元非有"，可不正是白局唱本。那唱者翻看开内页，却见字迹渐次浅淡，至后多半册竟都是空白。那人看惭发愣便微微一笑，伸出食指就着瓶口蘸了些碘酒，轻轻点蘸在册页中间的空白处。只见纸上沾了碘酒的地方，显出蓝色字迹来。

唱者说道："你哭听我唱的白局，又有唱本的药引子，必定是天意属之。"惭虽说不大懂得化学，但他此前生意芜杂，知道碘酒遇淀粉变色，所以并不以为奇。那人自顾自地解释："粥水米汤含淀粉，淀粉属多糖类，遇碘元素即会生成化合物显出蓝色！"惭听他说的都是化学专用语，身上穿得虽破，难掩言谈举止的文雅不俗。料定对方是个落魄的饱学之人，转念又心中凄然："博学多才竟也潦倒如斯，必是没钱买墨，省下自吃的粥汤写成的！"再待要细问，却不料那唱曲人把碘酒和唱本全塞他手上，转身便走。

惭急追两步："敢问先生大名？"

去者头也不回："名愧！知耻羞愧者也！"

惭复又大惊："真是有缘人！"

惭怀揣着愧给的册子，无心再去夫子庙瞎混，急忙原路折返回住处。

进到屋里先虔诚净手，方坐定在桌前，拿碘酒将册内空白页小心浸过，字迹渐次都显现出来。

扉页是愧先生的序：

愧哉！虚度光阴四十载，甚无知，愧无明。

余半生交游应酬，逐利追名，耽于享乐浮华。终落得两手空空，孤身茕子。虽于蝇营狗苟中险失性命，却也见识不少世间浇漓。所幸一朝证悟，自此心明气净矣。

富贵利达喧嚣繁华本为虚幻，奈何世人沉沦其间不能自处。多少人苟免无耻全不自知，待到灾祸临头又要怨天尤人，叹世道不济，恼诸众不公。却不知命由己作，福祉自求，余所受福祸缘一己之业，实乃自业自得。礼记有云："临难毋苟免。"夫子亦曰："行己有耻。"如今正应其解矣。余倾尽半生方参透其中道理，虽是管窥蠡测，实为切肤之痛，肺腑之言。

前事了断，恍若新生。遂记半世荒唐，唯愿己所历所悟能令人知惕，使世间少有愚痴贪欲之苦。兹为发奋，以期振作。

余谓其详，元非有，空已矣！

落款处写的是"荀氏愧记"。

原来这位愧君姓荀。

惭边看边点头自语："先生不凡，有此般高识。想世间有多少如我般遭遇挫折的，终日深陷悔痛懊丧不得解脱。他却省口粥汤也要写下文字来警醒世人！"

待到细看那唱本，不禁又如身临其境般随文字所述，将他前番人生似又经历了一遭。自午间开读，等合上书，窗外天色已暗。惭只觉浑身通泰，却又意犹未尽地暗自感叹：这篇白局唱本自是极精奥的，字里行间厚学博闻可窥一斑。只可惜白局受地域所限出不得这南京城，况且他以过来人身份听了自会有一番感悟，而那些年轻未经世事的，恐怕连听都不愿，更别提什么传唱。

入夜，惭和衣躺在床上翻来覆去难以成眠，脑际飞快地交替闪现文中故事与自己的诸般经历，渐渐竟如梦境般糅杂纠结在一起。

突然，他猛睁开眼挺身坐起来大笑道："这位荀愧先生竟教会了我如何去'愧'。目下新体小说正大行其道，如果能将此曲本改为新体白话，就能教更多人接受认同！再将自己见闻经历写入其中，又能增加些生动意趣，算作'愧'与'惭'二人合著此书，这才是我与先生真正的缘分所在！"

述与世人知！这不正应了二白之愧法吗！

惭惊喜之余，更有笔耕不可稍待的冲动。立即披着衣裳起身拧亮桌前台灯，提笔在纸笺上把愧先生的序工工整整誊抄一页，然后接着又写下自序：

此篇偶得赠予前序者荀愧先生所著白局辞本《元非有》。

吾初闻先生唱此白局，感怀涕下竟致不能自持。再拜读曲文，不由得奋袂而起，对先生救焚拯溺之大义情怀无任钦佩。

盖世人贪财求官者甚众。征逐广交、周旋应酬，不过是极尽权谋巧算以追究利益。是以多苟富骄奢，铿贪自肥，而不懂得正身利人，漠漠不知幽明之理。世风不古，机诈环生，随心逾矩，流毒蔓延，莫知所屈！世人造业，堪随其转，殊不知天道亏盈而益谦。俯仰身世，倍切疾心！

吾新近奉佛，前读《大般涅槃经》载有二白之法可利世人，惭白法，谓内自羞惭，不敢作恶；愧白法，谓内自惶愧，发露罪瑕，更不敢作。初读，不明所以，未尝见为恶不仁者皆受果报。至拜读愧君大作，方知其济世之苦心，作当头之棒喝，发聋振聩始自了然。惭也愧也，即正为先生所言之清净善法也。

身影皆空，利达亦幻。辅裨人心，无外惭愧而已。吾斗胆修改原曲为白话文体以飨世人。

但期观者觉知，自醒自惕！

惭有幸得与愧君合作二白之法，实乃天意使然。

幸甚，幸甚！

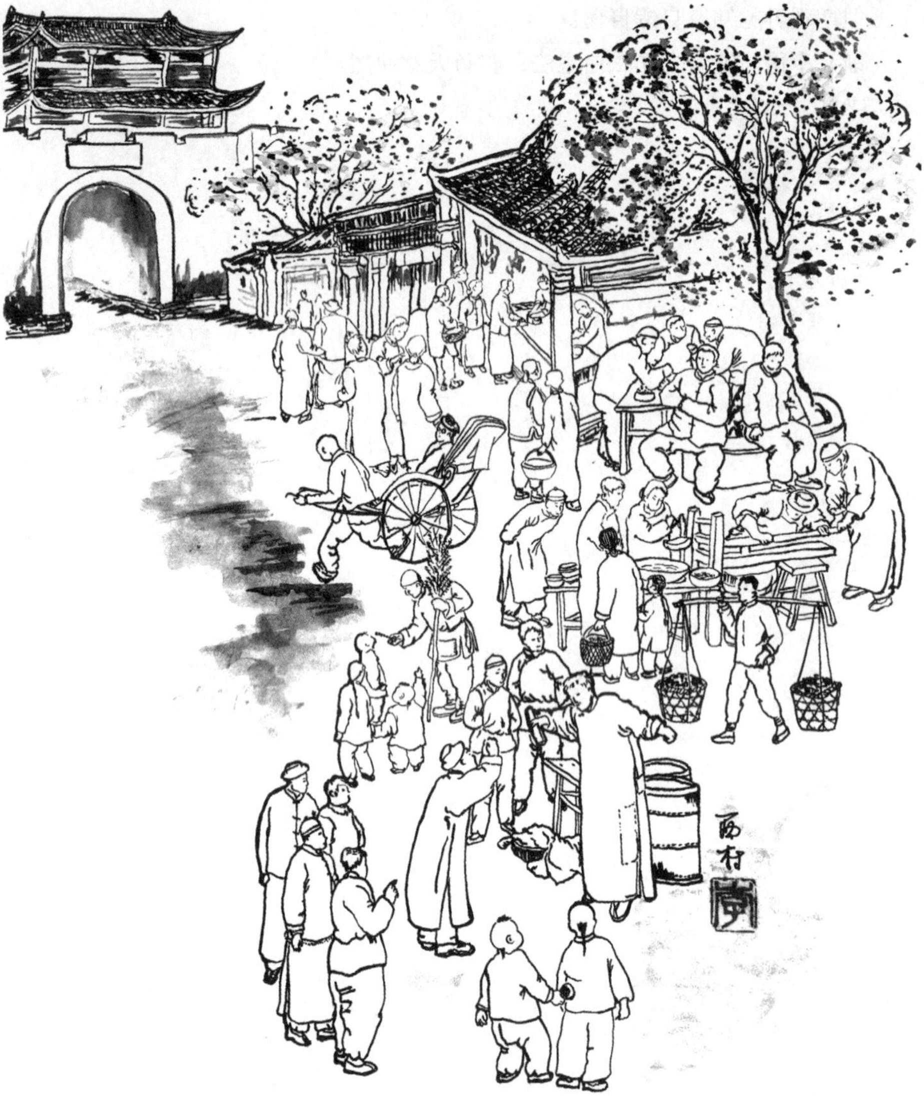
西村

第一章　怪先生执意收徒，穷学生莫名拜师

荀氏长仁，名尔，世居吴兴南浔七里村。

七里小小村庄，丝却极是知名。村里家家户户都种桑养蚕。村上有条淤溪，自东往西穿越灌溉了整村的桑园。溪水清澈甘甜，为缫丝提供了上佳的水源，出丝匀韧圆细，质地极优。

上海开埠，世界各国商人纷至会集，商业空前繁盛。吴兴有水路直通上海苏州河，仅需两天水程，货物便可抵埠交易。故而七里村聚族而居的大多村民，稍有资财便相率贩丝去上海谋利。七里村的上好生丝因而得以声名远播，畅销海内外。

长仁父亲荀继业，表字述宣。祖上几代蚕农，到他这辈已攒下百余亩桑林。贩丝利厚，述宣早年间也随着乡众去了上海，开始只是往返于乡沪间做些贩售营生，后渐有积余，在上海置地开了一家字号叫作祥昌的经丝行。店里所售卖的货品质优价平，兼他待人诚厚，尤重信誉，生意日渐兴隆。此后便又在临近的金陵城北增设祥昌分号，经营生丝批发零售，兼做些丝绸成品生意。虽算不得富贾豪商，却也养家足余。和大多七里丝商一样，其妻吴氏带着独子长仁留居在村里固守蚕桑根本。

荀家在富庶的七里村实在不起眼。荀氏两进的宅院，紧临雪荡河南岸。进门穿过轿厅是方不大的天井，东南与西南角的丹桂、金桂各一树，是当初建宅子时种下的，主干足有成人臂膊般粗细，枝叶繁茂，绿意葱茏，花开时节，满树橘红金黄，散发沁人心脾的甜香，此后便可以品尝到桂花糕、桂花茶、桂花酱、桂花酿等各种香醇美味。丹桂树下有口硕大的紫陶花缸，内植白荷数枝。荷不娇贵，只要有泥和水就能生长开花，花凋了，还能献出莲蓬、莲藕供人赏食，不必费心照管，来年照旧茂密地挤个满缸。顺雨廊过正厅是幢两层居处堂楼，东北的后院有泓半月亮形清池，依旧满池植荷，池边栽种的湘妃竹经年成林，隔着院墙和宅后的桑树林连成一片。荀宅的东面，是一眼望不到头的稻田，穿过两畦稻，再跨过北岸田埂，便是通往南浔镇的分龙桥了。

南浔镇上最知名的学馆当属古氏学馆。长仁便就学于此。古氏学馆的教书先生姓古，本名叫什么似乎没人知道，提起他的别号却是无人不知——"古怪先生"，是乡邻学生们对他的"尊称"。这样的调侃，古先生听见也不恼，索性笑纳，自号"古怪"。

古怪先生是个有才学的人，曾经是全县唯一以县、府、院试"小三元"身份进县学入泮的神童。人人都以为他将来必定大有出息，要入仕做官为国效力的。谁知道他此后竟再不肯参加科考，既不结交周旋谋前途，也不娶妻生子续香火，只把自己整日埋在书堆里，时而摇头晃脑，时而奋笔疾书。古家老太爷先是苦口婆心劝诫，渐至严词斥责，到后来无可奈何也就随他去了。待二老相继谢世后，这古怪越发没了约束，竟然把家里的祖产宅田铺面变卖，依然故我地悠游度日。终于，就在他步入知天命之年时，祖上攒下的产业被吃光用尽，只剩下后院一座两层的藏书楼容身。古怪吃住在书堆里，只偶尔蓬着头现身街面，见了亲朋故旧也不晓得招呼。当然，大多些故人都回避，唯恐躲之不及担他的米面债。乡人们都道古家算是败了，出了这么个魔障痴癫的不肖后代。有一天，他却突然像梦醒似的，在楼口挂了块"古氏学馆"黑底儿描金馆额，又刮脸剃头穿上长衫，开馆当起了教书先生。古怪开的学馆，生意自然不会好，正经人家谁肯把孩子送到他的学馆读书呢，怕给也教出个小古怪来。

　　古怪先生教书也怪，应考必读的四书八股文章如蜻蜓点水般一带而过，省出许多课闲时间，他给学生大谈《水浒》《封神》之类的闲书，还把所藏杂书随学生借阅。这不是耽误孩子前程吗！学馆越发没人就读。古怪也不着急，乐得悠闲自在。

　　哪知那年，他的一个穷学生竟然高中了乡试头名，敲锣打鼓给恩师古先生送来厚礼和一块巨大的谢师牌匾，上书金光灿灿的四个大字"师德恩厚"。没想到这位古怪先生又犯起了怪病，非但坚辞不受，还把兴冲冲来送匾的学生痛骂了一顿撵出学馆大门。怪得很，此后的古氏学馆却空前热闹起来，门槛生生被人踏出个弯弯的凹槽来，学生排着队要拜入古先生门下。古氏学馆呢，大门紧闭，一席难求。这古怪先生在门上贴了个古怪告示：不求仕者入！

　　求学不为入仕？笑话。

　　古氏学馆门口的嘈杂声渐息。不久朝廷废了科举，学馆更显清冷寥落。古怪先生不收学生，难道是闭了学馆吗？"非也，非也。"古怪摇头笑答。此乃他的又一怪，只收中意的学生，其他免谈。他看中的孩子，即便穷得拿不出学费，他也照收不误；若是看不中，任凭人家把银子堆在他面前，他也只一味摇头，毫无商量余地。这有钱也不赚的人，可不是个世间少有的奇怪人？长仁便是被这位古怪先生看中，成了古怪学生。

　　长仁十一岁那年，父亲突发急病离世，随父在店里打理生意的叔叔接手丝行生意，一如兄长在世时按月汇寄生活费给乡间母子。

　　长仁的叔叔荀继文，字静之，是荀家老太爷与家中姨娘所出。人如其名，本是好静喜读书的，无意经商行贾，一心想参加科考入仕。长仁父亲这一辈人丁稀薄，只述宣和静之两兄弟，静之的娘在他出生时便难产死了。长嫂如母，吴氏一手带大小叔，待之如子般呵护有加。静之不愿从商，述宣两口也就由他。四年前，本给静之定了一门亲，两家换过庚帖行聘，商定了婚期，只待行礼，女方好好儿不知怎的就大病一场突然殁了；紧跟着荀老太爷过世，举家哀戚；再接着朝廷废科举，入仕无望。静之接连受到打击，整天闭门闷在书房看书，家里人也难得见着他一面。这么又混了两年，年纪已二十有三，述宣便不能再由着他，好歹说动了静之跟去上海学生意。

哥哥突然过世，侄子年纪还小，静之不得已接手丝行生意。他当老板实在有些为难，且不提他本心好文恶商，毕竟资历尚浅。店里日常与洋行交道的外联应酬一概生疏，大宗生意只能假手通事，进货经营则倚仗着称手账房和店伙，勉力支应一些老主顾，生意渐冷清下来。金陵分号更是无暇顾及，接手打理未及一年即告倒闭。

七里乡间日子也不好过。吴氏不忍静之为难，好言劝慰以外，不让他再往家中汇钱。母子指靠着田桑蚕茧勉强过活，日子愈发寒苦。吴氏虽然身体羸弱，在蚕忙季节也不得不熬夜守蚕。幸而家里还有个身强力壮的勤快仆人阿顺，采桑弄蚕、出埠搬运，全赖其尽心尽力地张罗操持。

阿顺是个孤儿，儿时乞讨饿倒在荀家门口，吴氏看其实在可怜，便收留在家，与长仁玩读相伴，说是仆人，更像养子。现下荀家日子难过，原先的仆婢渐次都被打发了，独阿顺不肯离开。

长仁哪里还能安心读书，自己做主辞了家中雇的塾师先生，收起玩心，与阿顺每日去镇上送茧子。吴氏虽有不舍，却也无可奈何，生活所迫，不得不由着孩子们吃些苦。

这天阿顺起身早，照例先去烧水，却见长仁已经坐在灶前边送柴边拿着本书在读。他悄声猫到长仁身后，突然抽走长仁手里的书，边笑着喊："什么好书，这样入神！"长仁知道是他，头也不回，只把手向后一伸："还给我，小心吵了母亲，她昨晚一夜没合眼，才刚躺下。"阿顺闻言一缩脖颈，放低声音问："那么，咱们先去镇上还是先煮粥？"长仁起身揭开锅盖，看了眼翻腾起来的水泡，指了指灶台上的提梁壶："把茶泡好放母亲柜上，咱们就走。"然后冷不防伸手去夺书。阿顺正啧啧地翻看那书：《水浒传》，先生老早就不许看，说后生看书学打架，你可倒好，偏就要看……"你不想看？"长仁夺过书来揶揄他，"书哪有一读就学坏的，还得是看书的人。"两人边说着边嬉笑推搡起来。

楼上传来母亲咳嗽声，两人方才收手散开各干正事。长仁把火熄了，又在柴灰下埋入三个红薯，然后起身泡茶给母亲送过去。阿顺则套车上茧准备出发。

去南浔镇的这一路上，有不少送生茧子的蚕农。今年年景不错，茧子结得大而厚实，可蚕农们却高兴不起来。自家出丝直接卖给收丝的沪商当然最是经济，可缫丝费工又费力，人手不足就得雇人，按规矩日结工银。拿不出现银结算的人家，当然没法自出生丝，只能把上好的茧子送到镇上卖给茧行，不得不接受压得极低的收购价，任由茧行和丝商层层盘剥。这一路上送茧子的农户，与长仁家目前窘境差不多，茧子越是结得好，越是心疼懊恼得不着好价钱。

顽童不识愁苦滋味，长仁与阿顺一路嬉闹着推车往返。长仁边走边把书里看到的梁山泊一百单八将的故事绘声绘色地讲给阿顺听，两人不时还激烈交流一番，早忘记路途中腹饥口渴的苦楚。

"娃娃讲得不错嘛！"身后一声赞打断正讲得起劲的长仁。回头看时，只见说话的是个清瘦干瘪的小老头，年纪约莫五十，黑红脸膛，眉眼笑弯在一处，眼角皱纹因嵌入不少油渍灰泥而更加显眼，身上的藏青长衫前襟半敞，露出里面穿的灰白棉布褂子，脑后辫子稀疏斑白，松松散散地绕过一柄插在脖领口的折扇，遮住晌午有些火气的日头。

阿顺看这人怪模怪样挺可笑，便冲他一吐舌头扮了个鬼脸，道："偷听偷听，老头儿不知羞么。"老头儿哈哈笑起来："有理有理，小娃娃骂得对极！"边说边把手伸进腰间挂着的钱袋，用两个指头掐出颗碎银塞进长仁手里，便索性上前两步与他们并肩同行，又笑着催促："说说看，柴大官人怎么能舍出身家去帮那些落魄之人？"长仁掂量手里的银子足有二钱，便忙还回去，说："无功不受禄，老先生还请收回吧，阿顺只是爱说笑。"说着偏过头瞪阿顺，阿顺一歪脑袋不再多嘴。老头儿笑起来，不再推辞，接过长仁递回的钱，纳回袋内，道："你这孩子倒是少见。"

长仁接着讲起来。这老者一路听着，话不多，只听到关键处赞声好，就这么一路跟着到了长仁家。

吴氏远远望见孩子们回家，便去灶间把煨在柴灰里的红薯取出来摆在堂屋大桌上，正准备返身去盛粥时，忽发现多了个老者。便止步直等着三人走到近前来，问道："这位老先生是？""哦，母亲，这位是……哦，还没请教老先生！"长仁向那老头儿揖了一揖道。"噢噢，老朽失礼得很，夫人还请见谅！"老者拱手向吴氏见礼，别转过身去系领口纽子，边问长仁道："小哥可曾进学？"长仁歪着头想了一下，回道："跟着家中塾师先生读过四书。""那么《论语》可曾学过？""只读了《学而》篇！"说话间老者已把脖颈处的扇子收了，听长仁回话后点了点头，自我检点已无不妥，方才回转过身再向吴氏见礼，道："在下南浔古氏学馆古怪是也。""哦！"吴氏一惊，她对这位古怪先生是早有耳闻的，只从未曾见过，当下还礼，口里一时不知如何回答。

"不知夫人是否愿将爱子转投鄙馆就学？"古先生说着扭头问过长仁名讳，向吴氏正色补充道，"荀尔荀长仁！"然后也不等吴氏回答，接着说道："上下学路程不近便，可食宿在馆内，费用亦不必夫人劳心，老夫一味地喜欢长仁，还望夫人准允。"

吴氏正愁烦无力使儿子继续学业，简直不敢相信会有这样天上掉下来的好事，顿了顿脚，口中连诵三声"佛菩萨"，方才向古先生躬了躬身回道："久闻古先生大名，先生愿收小儿，是小儿的福分，岂有不允之理！"

长仁听到却觉为难，目下蚕忙，家中哪能离得开，便向古先生长揖辞谢。吴氏不等他说完便呵斥："黄口小儿好不晓事，前因你私自辞了先生未忍责罚，便越发地由着性子。即便不希图读书入仕做官，岂不知行商也得要知书识理讲求信誉，你不读书哪能懂得经营之道。休再多言，家中事自有为母安置，你且只跟着古先生读书去。"阿顺在一旁连连点头，口里迭声嚷着："少爷尽可放心读书，静之老爷前儿还来信说盼着你去呢！"吴氏长叹声道："可说是，再熬三两年，你便可去上海接手祥昌生意，我亦安心了。"

古怪自进门看偌大屋子未见仆佣，便已知这家运道衰落，境况不济，因笑道："这有何难，我古氏学馆与别个馆阁不同，课随人定，时遇事分，学馆可入得亦可出得，家中有事只管知会一声，没道理不答应的。费用更不必为难，没个定数，不方便支应也无妨。老夫向来嫌恶铜臭，一箪饮，一瓢食，足矣！"当下方才皆大欢喜。

长仁住读古氏学馆，有时两三天，有时五六天才得回家住一晚。

阿顺少了玩伴，便总找些理由溜去学馆。馆里不过三个学生，与古怪先生聚坐成堆。阿顺听他眉飞色舞地讲什么，凑上去听时竟讲的演义故事，便也坐在一边听，常常落晚才想起往家赶，吴氏从不曾嗔怪。若不是家中离不得帮手，她满心愿意阿顺一同去学馆，也好与儿子有个照应。唯盼长仁能够快些长大，子承父业，也好了却丈夫的遗愿。

学馆小楼由红砖砌就，上下两层，面阔八丈，一层的三间用于学馆教学及起居，中间正屋是课室，东屋则为学生留宿用，西面是厨间饭堂；二层只一间长条形大屋，专为存放古怪多年收藏的书籍，屋外是个不小的天台，当然是为晾书晒书之用。西边是一片高砌着的影墙，仔细看，能发现墙角的那扇暗门，推开门里面是一段十几步长、两肩宽的内夹壁，有楼梯直上二楼屋顶。

夜静月明时候，古怪常会坐在屋脊上抬头看天，一改平日里嘻哈模样，像是换了个人似的。长仁并不觉得那上头有什么值得看的东西，只是空落落的教人害怕。

　　古怪先生的书房门楣上方挂的是他自题的"广阅斋"匾额，其实亦可算作是卧房。古怪在里面不是摇头晃脑地诵读就是埋头奋笔疾书，乏了便顺势躺卧在书堆里。讲课时，他常把自己写就的得意之作讲给学生们听。说是学生们，其实自从长仁入学两个月以来，三个学生已经陆续走了两个。穷苦人家的孩子总得以谋生为要，实不足怪。

　　学生要走，古怪先生从不挽留，只说"得空再来吧！"

　　长仁与古怪朝夕相伴。古怪继续讲读，长仁则会边听边往故事里添油加醋改编一番，古怪不恼他，反而大加赞赏，夸长仁想法清奇。

第二章　闻怪谈学为何用，罹水祸失亲离家

这日，长仁去灶间生火做饭，却发现米缸空空，又揭开面缸盖来看，竟也已见底了。长仁刮干净面底子，做了碗面鱼端到古先生面前恭敬地放下，自己坐过一旁拿起手稿继续读。古怪点点头哈哈一乐，问长仁："你可知道'心外无物'？"

"回先生，心外无物便似吃这碗面鱼儿，我要吃面鱼儿，面鱼儿不是一物，吃面鱼儿方才是一物，表面看吃是用嘴的，但驱动嘴去吃的却是心，只有心里想，才会去做，这个做，便才有了物。"古怪再次点头微笑，又问："灶间没有米面，为何不与为师提及呢？"长仁也笑道："难道先生不晓得灶间无米面吗？"两人都哈哈笑起来。

古怪将面鱼拨出一半递给长仁，又道："虽说心外无物，但腹饥已让你生出吃面鱼儿的念头，又怎么能不理会心之所想呢？人之所以生迷惑苦痛，就是把心外之物放在心内生出念想，因而扰乱了内心，方才成迷成苦。"

"那么，只要发心动念，便一定可行事成事吗？"

"非也，非也，发心须得用心，动念必为正念，事方可成。"

长仁听来似懂非懂，不禁把长久憋在肚里的疑惑吐露出来："那么先生开学馆非为图财，发心动念难道仅为解腹饥而已？"

古怪放下碗笑道："心中正念自知自明，无须人来评说你做得对与不对。人所共识的学馆学堂都以入仕为饵而图资财。为师却道财乃外物，只视为粪土。不求仕又岂可收费呢？"

"可是，依学生看来，入仕与从商务农并无不同，都只为学以致用，先生又为何独独鄙夷求仕，学而不用方才可鄙……"长仁没说完，古怪大笑起来："从商谋财利，务农谋丰足，入仕则应为报效，何为报效？投身效命于国，可惜，为师所见的，皆口是心非、贪权夺利……"古先生顿了顿，看着长仁笑起来："跟你个孩子说这些干吗，你本无意仕途！"就此闭口不再多说。

长仁虽依旧不大懂得话中深意，但想明白一点，原来古怪先生只是别人眼里的古怪而已。

长仁越发爱听古先生谈古论今。

可是，天有不测风云，一场大水突如其来。

宣统三年（1911）七月，太平洲多处江堤溃决，自江苏向南，杭、嘉、湖、绍四府被淹成灾。南浔七里由于水塘湖泊密布，更是大水暴涨，漫溢泛滥。积水高处

没胫、洼处及胸，村田尽数被淹被毁，人畜家屋更是漂失无算。镇街上，行人几近绝迹，商家货栈都闭门停市，偶有小舟甚而木盆载人来往装运，景象荒凉萧条。

发水那晚，长仁像往常一样宿在学馆。

堤坝决口，远近处响起的猝不及防哭号声此起彼伏，划破夜空。洪水趁夜裹挟着泥沙一路摧枯拉朽滚滚而下，泥汤沙石转瞬间漫灌侵吞了街道屋舍。长仁被门外夹杂着哭喊的警锣声惊醒，才发现洪水早已漫入房中。他猛地跳下床，却一脚踏进冰冷的水里。待他蹚着水摸到楼梯扶手时，发现一楼已经被水灌满。

家回不去了。长仁正踌躇担心家中母亲和阿顺，身后突然传来古先生一声唤"长仁快来"，声音是从西面楼梯处传来的。长仁扑过去，谁知正与楼口的一个黑影撞了个满怀，黑影闷声栽倒在地，长仁喊着"古先生"蹲下身去搀扶，却只摸到几捆布袋装的书籍。

书房里，古怪正在把木架上的书一股脑儿地往袋子里装，听见长仁进来便高声喊："涨水了，快想法子救我的书！"长仁一愣神工夫，看古先生又装好一袋。

长仁问："先生，就算装进袋里也没高处可供存放呀……"古怪猛地惊醒似的住了手，站起身来回踱步子。长仁看着高高摞起来的书册和团团转的古怪，便劝道："先生，咱们还是先上屋顶要紧，这些书等水退再从长计议吧！"哪知古先生听他一说，却颓然坐在地上，说："罢了，我竟还不如个孩子！你去吧，我只在这里。"长仁犹豫着向前一步要再劝，古怪一挥手喝道："还不快走！"

长仁不再多话，返身把楼道里的几袋书拖回房里，关上门："那学生也陪着先生守在这儿吧。"好一会儿，只听见古怪在黑暗中长叹一声道："长仁，你得逃命，为师还有要事相托！"长仁摸黑上前扶住古怪："先生，还是一起去……""别说了，没时间再耽搁。"古怪高高举起的双手在昏暗中显得苍白无力，徒劳地挥了挥又垂下，"为师一生心血均系于此处，你、你又哪里能懂得。"

楼板不时发出可怕的咔咔声音，在洪水冲撞之下，小楼岌岌可危。长仁拽住古怪衣袖想强扶他出门，却再次被推开，随即自己的双手被他牢牢攥紧。古先生的手又冷又湿，声音也变得异常沉静："为师想到个好法子，你先攀上对面的夹壁墙，把门后挂的绳子抛过来！"长仁大喜，依言翻窗爬上楼顶。耳边传来阵阵洪水撞击楼板的可怕怪声，脚下和着摇摇欲坠的恍惚感觉，长仁心底不禁生出丝惊惧害怕来。他摸索着向西面的墙头攀去。西墙的那段夹壁里很干燥，的确是存书的好地方。长仁推开夹壁的暗门，把挂在门后的一卷麻绳斜挎在肩上，忙返身去接应古怪。就在这时，对面传来一阵脆响，古氏学馆随声开始倾斜。

"先生！别管那些书了，快把绳系在腰间，我拉您上来。"长仁边向对面窗里的古先生大声喊，边把麻绳的一头斜穿过肩背在前胸打了个死结，余下的绳胡乱卷成一团抛进那窗里去。可是，绳子随即就被从窗口又丢了出来，顺带着古怪先生的笑唱之声：

> 混沌何凿辨浊清，
> 世故翻覆囿轻凝。
> 名利穷通难自料，
> 取舍只堪信虚空。
> ……

话音未落，小楼便倾覆在滔滔洪水之中，墙体板壁支离崩裂，转瞬分解消散，没有了踪迹。

长仁甚至没来得及惊叫，一切就已经发生了。巨大的蓝色闪电划破暗夜，只见水面翻腾浮沉的惨白书册被水浪不断撕扯成星星点点的碎片，顺水打着旋子跟紧轰隆隆的雷声滚滚而去，渐隐进浪深处不见了。

古先生根本不想逃生，可他为什么要赴死呢？长仁颓然跌坐在地。母亲！他猛然间想起了家中亲人，跳起来拉开门，立刻被扑面的暴风雨打了个趔趄，倾盆大雨催动洪水怒吼着掀起浪头不断拍打墙体。长仁无奈放弃了马上回家的打算，被堵在夹壁里焦躁不安地度过了漫长的两天，唯一能做的不过是在雷雨声中祝祷，企盼家中母亲和阿顺能够平安渡劫。

第二天夜里，雨声渐稀。长仁透过窗口向外看去，水面近在咫尺，平和静谧，依稀能看见远处浮着的巨大树桩枝丫挂满杂物，像一艘奇形异状的帆船。

听不见声音，也没有一丝风，却有阵阵令人眩晕的奇特腥甜味夹杂着潮气扑打在脸上，越来越浓重，渐竟在半空中聚集成黑气弥漫、多变诡谲的云，隔着夜朝他压下来。长仁被压得喘不上气，惊叫"母亲，母亲！"翻身竟看见母亲正躺在他身旁，长仁松了口气，只要有母亲在，他便什么也不怕了。他脱下外衫轻轻盖在母亲身上，摸着墙站起来。透过茫茫黑暗，他似乎看到在水面尽头，阿顺摇着船在向他招手，船头挂灯的那点柔暖灯光忽明忽暗。长仁想喊，却发不出声音，只得向阿顺奋力挥着手回应。然而，定睛细看时，却什么也看不见了，哪里有什么阿顺。夜风吹来，他打了个寒噤，蜷缩回睡觉的草垫上，紧挨母亲。蓦地，他发觉母亲身体是那么冰凉。长仁轻轻唤了声"母亲"，停了片刻，又唤："母亲……"怔了许久，他才扑在母亲身上发出绝望的哭号，这凄厉的悲声似乎想要把黑压压的惨云撕碎，却又转瞬被暗夜吞噬……

长仁哭喊着醒来，发现已经天光大亮。原来只是个梦，好在只是梦，可梦中景象清晰得令人心悸。他一刻也等不得，毫不犹豫地跳进水里，奋力抱住一截浮在水上的断树桩朝家的方向划去。

家几乎认不出，桑林竹园都不见了，只屋顶露出水面。长仁喊哑了嗓子，哪里有母亲和阿顺的影子。待他循人声找到乡邻族人们，才知道发水那晚的情形。

阿顺被浸漫的凉水激醒时发现水已经没过小腿，瞬间便涨至腰间。他抢上二楼卧房，半扶半拖架出瑟瑟发抖的吴氏。二人攀上屋顶最高处，蜷缩着熬到天光放亮。暴雨并没有停的意思，目所能及处黄泽滔滔，眼前一派凄惨景况。村子不见了踪影，几所建在高处的房顶聚满了逃生的村民。荀家宅子只剩他们所栖身的主楼屋瓦露出水面，还有几个落水被他们合力救下的乡人。后院竹园桑田竟都已被淹没。吴氏挂念着学馆里的儿子，执意要去镇上寻人。阿顺当然也心焦长仁安危，只得叮嘱夫人小心，又再三拜托那几个乡邻照看夫人后，这才划着小舟，冒雨往学馆方向去找长仁。

"那母亲呢？母亲在哪里？"长仁急切地发问。

"叫水卷走了，"人群中有人低声道，"浪头打过来，没、没拉住……"水难来时，各图自保。长仁除了痛哭自责，又能怪谁呢？

水退了，阿顺终究是没回来。

家中一片狼藉，几个本族长辈出面，抬了吴氏的一套衣裳简单操持丧仪。长仁已哭不出声，默默地由人安排。大殓过后，族长三叔公召集几个远房叔伯聚在一处，叫来长仁问话："长仁啊，你母亲已是殁了，你往后可有什么打算？"

长仁神情木然，低下头回话："晚辈突遭丧母之厄，已失方寸，委实不知该如何打算，听凭三叔公和各位叔伯做主。"

三叔公点点头道："你尚未成年，大家伙商量着只能让你投靠上海的叔父去。前些日子亦去电报与他商议你母亲丧仪，他回复洪灾致航路不畅，且上海生意无人照管，不能分身前来，全权交托给吾等族中众亲属。"说到此时，三叔公环顾众人。

叔伯们齐声"是是是"地应和。三叔公"嗯"了声，看长仁只一味低着头，又接着说道："这厢的宅地么，在座的几位同族长辈已经替你打点清楚，一并处置了，换得些盘费也好支应你出门这一路上的开销。"说着回头让身后仆人取出一个蓝布包囊，打开看时里面约莫有百十块钱。

长仁身边站着的一张姓世伯此时叹了口气说道："这样的灾荒年景，再好的屋地也盘不出好价钱，隔壁沅村有宅地也在售卖，远不值这么些银子。"在旁的一位唇上留短须的中年人长仁并不认得，他接过话头道："就这些还是你几位叔伯又凑了些许的。"其他人都七嘴八舌起来："唉唉，可说的！""是呢是呢。""灾年下，不得个计较。""后头恐怕吃不饱的日子不得少。"

三叔公咳嗽了一声，众人便齐齐住了口。

三叔公道："长仁啊！我儿占云你是认得的。他自金陵回家来备货不想被水困住，明日即返，便特为要他先行绕道一趟送你去上海，你看可好？"不等长仁回话，三叔公又接着说道："你是个孩子，路途不近，钱是不能放心让你揣着的，我回去把这钱交予你占云叔代为保管，一路食宿用度随用随支，等到上海见着你叔父，再与他交代清账。这样一来甚为妥帖稳当，众位长辈也心安！"旁坐的族亲们又一叠声附和着频频点头。

长仁心里顾念着阿顺，听到就要着急送自己走，忍不住插口道："三叔公及众位叔伯安排自是极妥当的，侄孙还想等几天……阿顺，会回来的，他在此地亦是无依无靠，自当带了他一道……"

"唉！你这孩子好不晓事。在座长辈们出钱出力地为个甚，自是事事为你这后辈小子的长远前程打算，长辈们不希图什么，只想你今后能有个好去处，不愁生计便是。这些，你心里晓得就好了。阿顺他是个下人，也值叔伯们多费许多气力去帮衬吗？这么多日子也不知野到哪里去了，想来是不会再回来的，许是被水卷走淹死，又许是半道儿逃了也不一定。眼下是大难临头各顾各命，你自个儿还顾不得自己个儿的周全，管他作甚。你且回房去收拾几件衣裳，明儿一早就动身吧。"三叔公端坐在堂屋上首，语气毋庸置疑地威严。

长仁哪敢再说什么，房地都被变卖了，现下已无他容身之所。长仁只得紧咬嘴角，强忍着不让自己哭，身子却不争气地抖个不住。他一言不发地低头退下，回身上楼向里间书房去，卧房里的物什全都遭水浸过，哪还能收拾出衣物来。水退以来，长仁就权且在书桌上安身而已。

周遭渐渐暗下来，没有灯烛。长仁听到三叔公等一众族亲们散去，才从书房踅出来，拐去母亲卧房。吴氏在时，长仁日日早晚去母亲房里问安，现在依然如此。他心里并不肯相信母亲的离去，总还幻想着，不定什么时候去她房里时，还能见母亲坐在桌边做针线活。

房里黑黢黢的什么也看不见，长仁稔熟地踩着地上的泥泞直走到母亲床边坐下，手所触处浸湿一片，可长仁依然觉得被母亲的气息包围着。

在这小小的潮湿所在，有熟悉的一切，明日不得不离开，此后还能再回来吗？他不知道。

上海，长仁曾随父亲坐船去过上海，只记得那是个人车嘈杂的地方，见到的人都忙忙碌碌，包括父亲。静之叔倒并不太忙，可寡言且不苟言笑，只在兴致高时，向长仁讲些他听不大懂的子曰诗云。对于这位叔父，长仁实在没有太多亲近感，无论在家或是在上海。长仁向阿顺许诺，下次再去上海便求父亲带上他一道。

可阿顺呢，是走了？不可能，自小一起长大，兄弟样的玩伴绝不会撇了自己与母亲。那么……是死了么？不、不，长仁用力甩甩头，甩掉这个不好的念头，而后在心里安慰自己，阿顺水性那么好，他能在水底闷半炷香工夫。

长仁只觉得嘴里很苦，眼睛发涩，脑袋愈沉，不觉趴在母亲床铺上睡去。

母亲有知，长仁和阿顺要出远门，她定会亲手给他们缝身新衣裳，准备好干粮盘缠，将包裹交给阿顺，对二人万般叮咛嘱咐。长仁与阿顺垂首侍立，连连点着头……长仁心焦，母亲分明就在眼前说着话，却听不真切。抬眼看时，竟见母亲的面容也模糊起来。情急之中，长仁忙伸手想抱住母亲，可一搂落空。

他回转身去拉身边阿顺，却哪有人影。

母亲离得更远了，也向他伸着双手。长仁心如刀绞，用尽全力高喊着朝她跑过去，母亲却怎么越来越远，越来越远，直至消失不见。

长仁被占云推醒，泪还挂在腮边。

看到长仁红肿的双眼，占云少不得拉住他一道垂泪，说了不少关怀体贴话。见长仁衣物尽已泥浸，身着麻孝出门不便，就拿出件自用的长衫教他穿上，罩住孝服。十四岁的少年，经历了一场天塌地陷、丧亲失家的痛楚，现穿上长衫，脸上少了些稚气，显出成年模样来。

三叔公之子苟占云，亦为述宣在世时颇为知己的朋友。占云是个头脑精明之人，族人乡众们都去近便的上海发财，他偏要与众不同到金陵城做绸缎生意。金陵云锦历来是朝廷皇家的御用贡品，声名鼎盛，占云不顾，在城南闹市开了间成品丝绸铺，由于苏杭丝缎与金陵锦缎差异甚大，占云独辟蹊径竟十分成功，不出三年便接连增开了两家铺子，虽说不上是大买卖，确也算得上颇有成就。同是生意人，述宣在他遇到流水见绌周转不济时，有几回曾很帮衬过他。三叔公平日里也常把这事挂在嘴边，念叨着感激的话。

长仁想，占云叔既是族亲又是父亲挚友，那就如同自己的亲叔叔一般，跟他去是千稳万当的。

占云家伙计雇的马车已候在门外。

占云一再催促，长仁不得不走了。

行前，他最后站在母亲卧房门前深鞠一躬。目睹满屋泥浆，桌椅床泥迹遍布，一片狼藉。母亲在世时的慈祥爱抚，与阿顺顽皮笑闹的情景一时间又全都涌到眼前来。长仁不由得心中凄然："此一别，再就没有家了！"他猛地回转身快步跑着下了楼，不让自己的眼泪被一旁的占云叔看见。

世间万物皆是因缘而生的，缘聚则物在，缘散则物失，此消彼长，往复不息。家与亲人，对于一个孩子来说就是全部，而对于自立的成年人，则是在大千世界的一个小小的落脚点。

失去了家与亲人，长仁便不再是孩子，自此踏上未知的前途。

第二章 闻怪谈学为何用，罹水祸失亲离家

第三章 饥民掠食图果腹，差役问候实为钱

洪水致河道壅塞无法直航。

长仁坐上占云雇的运货马车，与占云家伙计和那车夫，一行四人只得先经陆路向北至余杭，然后转内河小火轮去到上海。

沿途原本热闹的街市店铺都大门紧闭，愈显出灾后的冷清萧肃。水灾导致农田灌淹，秋熟谷物等农产严重歉收，一路上，到处可见无家可归和嗷嗷待哺的人群。

马车很慢地走了一天，眼见着天色不早。好容易找到一家挂了灯的客栈，门却关得严实，拍半响才听得里面有人应声"来了来了"，接着门开了一道缝，门后的眼睛上下打量了四人后，门缝被拉大些，一个店伙模样的矮瘦小个子将身子向里一闪，让他们进了门。

占云嗔怪："你这店伙好没道理，从来只听说客栈开门迎客，没见你家这样待客的。"

店伙赔着笑，连连哈腰答道："这位客人您有所不知，目下饥荒年景，这家店能勉力经营已是不易了。这不，近些天有几位客人来说，见到人吃人……呀呀，实在不敢想呐。所以小店已时二刻方下门板，酉时初刻即早早闭店，实是因怕得紧呀……"

占云望向长仁，看他吃惊地瞪大眼正盯着店伙，便笑着止了他继续说："吓，快别讲这些。开间干净的上房，备点热乎的吃食，我们明儿还得赶路。"说着扯了扯长仁袖襟，往里便走，边走边回身压低声吩咐自家伙计："看好咱的货！"伙计应着，同马夫将货卸车，牵马进了边上的马圈。

店伙喏喏地不再多话，领占云和长仁顺着照壁回廊，转了个弯，忽觉眼前一亮，只见后头院正中的店堂门首挂了两个大灯笼，照得满院通明，与先前门口处的冷落光景又大大地不同了。

三人同进内间正堂。掌柜在柜面上远远望见人就满脸堆了笑迎道："贵客到了，欢迎光临敝小店，是两间上房么？"

占云说："一间，我这侄儿年纪尚小，哪就放心他一个人自住！"

掌柜笑道："是了是了，真是好细致的叔父。"说着将门匙牌子交给店伙，嘱道："赶紧带两位客人去二楼上房！"

店伙提了灯，带占云和长仁转至后壁间，边走边道："一会儿给您二位送

热水至客房，用晚饭还得烦请二位到楼下大堂间来，不过现下可吃的东西真不多噢！"

几人正顺木楼梯往上走，忽听到楼上有人说话："这是什么世道，今儿还会再来么？"听声音，这说话的是个中年男人，另一沙哑男声接口答道："快别说了，赶紧些吃饭才是正经！"正此时，店伙及占云、长仁都已上得楼来，看见廊下正站着那两个说话的，身上的穿着打扮像是生意人，见到有人来，两人侧身闪过一旁，不再讲话，径直向楼下去了。

占云与长仁进房收拾停当，便下楼用晚饭。

楼下大堂坐有几桌人，却都低着头极快地往嘴里划拉饭食，全不说话。占云与长仁诧异地对望一眼，还未及开口，只见伙计拎着个外送的食盒过来招呼，径直引二人往内里处走，长仁指着门边的空桌子道："就门口这座儿挺好，方便。"

伙计忙躬着身子回道："这位小先生，辛苦您二位还是向里面坐坐才好。"说着脚下并不停步，直直向里急走。

占云也不说话，拽了长仁随店伙到挨墙边的桌旁坐下，刚想点菜，只见店伙打开拎着的食盒取出了三碟小菜和两碗米饭，说："客人您二位受些委屈，小店就这些吃食，不单点的，也不能再添的，与您同来的另两位已经吃过了。"说罢顿了一下，又回头道："请客人们用完饭即刻回房早些歇着，务必将门闩拴好，谁叫也别开。"

长仁向四下看时，只见每桌都是一式一样的三碟两碗：一碟黄豆炒萝卜丁、一碟酱豆腐干、一碟腌雪里蕻，外加两大碗米饭。他心想，这店真是蹊跷得紧。刚想说话，想是占云也看到了，正向他轻轻摇头。长仁被周围怪异气氛吓得把话咽回肚里，不由得也加快吃起来。

二人饭还没吃几口，忽听见外面人声鼎沸起来。吃饭的还未及起身，就见呼啦啦从门口处冲进十几个人，进门也不说话，红着眼睛直奔有人坐的饭桌前，挨桌去抢客人手中吃食。复又听到楼上砸门的声音，想来是还有一拨人去楼上客房里抢了。

这些人每人身上绑着个布袋子，抓了碗碟往那袋里一倒。有两个人向长仁、占云坐的这桌冲过来。长仁顾不得桌面上碟子里的菜，只把面前正吃着的碗揽进怀里抱住，占云反应倒是快得很，学着那些抢食的人，一手抓起长衫前大襟，把饭向里一扣，另一只手抓了把近旁碟里的菜。

店堂内外顿时一片混乱，食客里有回过神来的开始与抢饭菜的争执撕扯。正乱时，忽听得门外不远的东南角黑暗处一声呼哨。瞬间，桌前争拽拉扯的饥民一齐向门口处拥去，并着楼梯上下咚咚杂乱的脚步声，只一会儿，那些抢食的人竟全散尽了。

　　长仁还没缓过神来，手里紧搂着那碗饭，尚幸碗里的饭倒还在。占云苦笑："怪道那店伙往内里领咱们，快吃，快些吃。"低头看自己抢在手里的，是萝卜丁，于是松手撒了几颗在长仁碗里。

　　二人刚急惶惶地胡乱把饭菜吞下肚，占云家的伙计一头血地撞进门来，向占云哭道："东家，咱雇的马没了！"伙计用手背抹开头上流下糊了眼睛的血："马夫大哥高低不听我劝，要护他的马，被那伙天杀的贼抢们打背过气去，这会子还不知道是死是活呢。"

　　占云顿时变了脸色，跳将起来顺手抄了身下坐的长凳，口里嚷着："货呢？货呢？"就向外急冲去要看个究竟。不想却被那店伙一把抱住腰："客人万万去不得！他们是常来的，不杀人，不越货，不抢银钱，就只拿些吃食。可怜见的，那是太饿了呀，饿红眼的人别去招惹啊！"

　　占云推开店伙，怒道："你这被抢的倒怎么却替这班贼抢说话？没王法了不成，怎的不报官府来抓他们去？"

　　这时躲在柜后的掌柜伸出头来喊："万万报不得官的，饥民只抢些吃食，那官家人来是要抢钱要命的。"说着四下看了看，压低声音将头探向占云："要不是当官的贪没了赈灾银子，又怎会有这么些饿死的。那榜上说要放赈灾的粮食，从没见发过，只三天放一次米汤就一个黑麸皮窝窝，怎么能活人呢？唉，我是自身勉力维持着，救不了这么些人啊！"说着竟自扯了袖子抹起泪来。

　　围观人中有人怒道："每年朝廷下拨的治水银子有举国财政收入两成之巨，可怎的还年年遭灾。"

　　长仁看那人，正是刚才上楼时遇到的说话的穿灰蓝长绸衫的生意人。

　　"看看那些治水的官爷们，每天在督府衙门里喝酒唱戏，一桌酒席居然花费千元。再看看治水的工程，处处偷工减料，应该用麻料的地方，掺杂了大量沙土，应该建造秸垛填石，秸垛建好了，却根本不往里放石头。这不，洪水一来，处处决口⋯⋯"话还没说完，同行的另一人频频拽灰蓝长绸衫的衣袖，不断皱眉头挤眼睛朝他使眼色。

　　"不让我说难受啊，家里遭灾，一家老小到现在还不知流落在哪里。"生意人跺着脚向那拉他的人大声喊，声音哽咽，"若非因这，我又怎会打听到这么些内情？"

　　长仁不由得想起母亲，眼眶也热起来。

　　站在一旁捂着头的占云家伙计这时低声跟占云咬耳朵："东家，咱的货没事。"

　　占云松了口气："去把货搬到房里来，咱仨住一块守着。"

伙计头痛，嘶嘶地由牙齿缝抽着凉气，道："那马夫……"

占云回身向客栈掌柜一指："该当你去着人找大夫才是，还有我这伙计的头。"

掌柜低头回道："那是那是，只要不报官，都好说。"

挨到第二日，天刚放白，占云便叫了长仁和伙计起身，去到掌柜处问附近可有骡马车雇。掌柜苦笑着把手一摊说："这光景哪还有骡马，人都饿着肚子寻那活命的法子呢。"

占云低头盘算，约莫还有五六里地就可到船埠码头，恰可赶上午时开行的小火轮，次日巳刻便达上海。占云让伙计将布匹装回那没马的车斗里，靠人力拉着走。

结完账，三人正准备离店。忽听照壁外头传来人声，紧跟着进来三个着差服的官家人，为首的是个四十开外的红脸膛，跨进门来就嚷道："昨晚是不是有暴民入户劫财？"

掌柜哈了腰，赶紧迎出去，连连打躬回道："刘爷您老来了，哪里来的暴民，昨晚饭间只有几个灾民乞讨，给了些吃食就打发他们走了。"

"噢，乞讨吗？只怕是抢劫吧？你再仔细想想。想不明白，我可要你这店里所有客人的口供证词。"被称为刘爷的红脸膛边说着边四下打量，正瞅见长仁、占云三人，便抬手一指他们："不许走啊，就从你们开始问起。"

掌柜急走到那红脸膛近前一把攥住他的手："刘爷、刘爷，您老千万别，小店这里本就没几个客人，快别吓他们，这几位早起要急着赶路的。"又低声道："您几位办差辛苦，都是为着咱大家伙的安危太平，一点小意思，喝杯茶。"

只见那红脸膛将那手掂得一掂后，探入胸口大襟，随即抽出手拍了拍，哈哈笑道："嗯，职责所在，说不着什么辛苦，是为着辖区治安，你但凡遇到什么事尽管吱声，我自当关照。"又向同来的二人道："那既然平安无事，咱们走，上别家问问。"说着手一挥，带着两人往外走。掌柜赶紧哈了腰追着三人直送出门。

返身回来时，掌柜收起脸上的笑，边走边朝地上狠狠啐了口唾沫，低声自语道："天晓得，有你们关照，我这店就快关张了。"

长仁不禁怒骂："这帮狗奴才，谁在抢劫！"

占云低喝道："你懂什么，别乱说话。快走、快走！"

辞了掌柜出来，占云家伙计在前面拉着车，遇到沟坎时，占云和长仁在后面帮推着，如此便走得很慢。占云这才对长仁说："你刚出门入社会历练，以后遇事要多看少说话。你道去客栈要钱的是什么人？"

长仁嗫声道："听掌柜喊他什么刘爷，看着也不像什么爷，抬举他也就是个衙门差役吧！"

25

占云笑道："嗯，猜得不错。可要说是差役呢，公籍册子上是查不到人的，说不是吧，人在那正经当着差，你说奇也不奇。那各县州府衙门、警察局子都借口人力不足，大肆招雇些社会上的帮派江湖人充当那'临时衙役、临时警察'，不入册也不给月钱，就利用他们到处设卡压榨收费，因着这些个临差都是些不三不四的，又不在籍，没那官府规矩牵绊，搂钱手段就格外狠、刁。这些人里头犯了人命的也不在少数，但就只要凭那衙署老爷一句'临时差役'便能开脱了事。钱却是不少收的，不但能补足官爷们任上的亏空，还外带着发笔财。这些临差超过正差数倍甚而数十倍之巨，可想见这财发得不小。"

长仁咂舌："这一说，还真是惹他们不得！"

占云笑道："这不算什么的，各地都见得多了。等你到了上海能遇到更多新奇滑稽的事呢，我这儿就有个在上海的同乡的现成笑话说与你听，解解乏……"占云的笑话还没开始说，自己先忍不住笑起来。

"我也是不久前在办货途中碰巧遇到上海回来的老乡，便凑一块儿吃酒。听他说时，险没教我把吃进的好饭食笑喷出来，这场高兴酒才更是格外香哩。你道如此下酒，却是个臭烘烘挣银钱的好玩事儿。且捂住鼻子听听，也好教你这孩子长些见识！"

长仁没听出好笑来，只盯住他看着。听占云叔说笑话也是要提挣钱的事，又想到刚才客栈里那临时差役的跋扈模样，长仁不免皱起眉头心下暗忖："官府不在册的竟敢如此，正经当差还不定会怎样，都是为着个'钱'字，可见古先生说得不错，钱真不是个好东西！"

想到此，长仁便问占云道："占云叔，您觉得银钱是好东西么？"长仁自小从未因银钱而操过什么心，只晓得钱是可以换些吃穿什物的。父亲更是常常教导，苟家虽是经商之家，以赚取钱财立身，但须得以仁义信用为根本。自己表字长仁，正是出自此意。

占云没料长仁能有此问，怔一怔，忽地大笑起来，好一会儿才捂了肚子喘着气笑道："你这孩子，怎么净说些呆话。银钱当然是好东西，你没听那俗谚均言'人为财死，鸟为食亡'的么？当今世人，只要活着，哪个不追逐钱、权。钱么，不消说也知道，那就是因为只有钱财才能让人过上无忧无虑的好日子，看这身穿肩担、口腹吃喝、出门用度、行步止息，半刻也离不得钱的。再说到一个权字，为官当权又是为的什么？都说'千里为官主为财'，有了权才可以搂到更多钱么，归根结底，还是为了钱哩。你倒说说看，银钱是不是好东西？"

"可是，子曰'君子谋道不谋食。耕也，馁在其中矣；学也，禄在其中矣。君子忧道不忧贫'。古代圣贤均是如此教诲后人，做事须循天理，心术不可得罪于天地；出言要顺人心，言行要留好样儿与儿孙。"长仁犯起了书生气，不由得开口与占云争辩。

占云却抢白道："什么天理，什么人心？这些大道理都是说给你们这些不谙世事的学生听的。等你们见多些世态，就晓得哪样的人心不为财；经历了衣不蔽体、食不果腹，才真懂得什么是因循天理。留好样儿与儿孙就更是屁话，只有留好财与儿孙才是正道，唯此才能不教他们穷困窘迫，好好儿地顺心顺意过日子。也就是尽了做长辈的心了。"

长仁好胜心起，少不得引经据典想要驳倒占云："可是，照您的说法，自古来的圣贤都说的是假话、坑人话吗？先生教的那《增广贤文》曰'钱财如粪土，仁义值千金'；《礼记》亦云'德者，本也；财者，末也'；还有《论语·里仁》一篇有云'富与贵，是人之所欲也；不以其道得之，不处也……'"

长仁话还未说完，就被占云哈哈大笑着打断了："你这孩子想是读书读愚了吧！你说的这第一句就是大大的悖言，'钱财如粪土，仁义值千金'，我且问你，千金不是钱财么？"长仁不明就里，张口便答道："当然是！""喔，那可倒是奇了，你那前一句说什么来？钱财如粪土哩！"占云说罢又自顾自大笑起来。

长仁一时竟语结。

可不，仁义也得用金钱来衡量其价值。

占云止住笑，清了清嗓子，摆手嗤声说道："别净争这些个没用的，把我的好笑话都糟蹋了。你刚又说圣贤道钱财如粪土，殊不知，这粪土是真能挣到的白花花的现银哩。"

见长仁骨碌碌地干转眼珠，答不上话，占云更添一层得意，讲起他的笑话来："要说我那同乡老友，十多年前刚去上海时，在老北门内的一家裁缝铺子当学徒，粗食陋宿，半饥半饿地替师傅白出气力，稍不留神还要挨鞭子。为了活下去，也只能信命认命，忍气吞声罢了。要说这事事皆可咬牙忍耐，只一件却是人力所不能奈何的，你可知道这桩事体是什么？"占云卖着关子问长仁。

"哪里还用得着猜，占云叔说要讲个臭烘烘的笑话，这会儿再问，必说的是出恭了。"

第四章 听故事初闻官场，换天地光复共和

占云哈哈一笑，拍了拍长仁脑袋道："小子还算聪明，真叫你猜着了，可不就是出恭。这上海是举世繁华之所在，本地人、外地人、外国人混杂，开埠以后人口越发稠密，住处狭蹙不堪，这方便问题么，可实在是不大方便，于是就有许多随处就便的，搞得一座城骚臭难耐。租界联合上海县府共同下达了全城禁令，不准随地便溺，又到处布了暗哨巡街，还将此禁与安全大计并论，揪住了不仅要处以游街、罚钱之责罚，还得扒去裤子挨顿好打。人么，打罚尚或可认，丢面子则兹事体大。禁令便成了商机，街面上多出许多旅店茶肆甚而近街的人家，都挂牌做起收费如厕的生意，倒也真使城中气味清新了不少。粪夫收到的粪水也多起来，既都有钱可赚，自然皆大欢喜。

"其实当局在城中倒是建有几所定点出恭的茅厕，曰'公共厕所'，只可惜人多坑少，进出方便的拥挤不堪，早晨起来更是比肩接踵地排出里地之遥。我这老乡就有一次因闹肚子，实在憋不住拉在裆里。

"城里的普通人家都无坑厕，只用马桶。每天清晨，全赖挑肩粪担专事倒粪之人上门来收钱清除粪便，上海人喊这些担粪的粪夫为'倾脚头'，收集的粪溺勾兑调配后再卖与农民做田地里的肥料，真是两头挣钱的好买卖。可是，粪多粪少导致的口角纷争不断。别看只是脏臭的倒粪活计，这些倾脚头都由粪头约束经管，粪头各自圈占瓜分收粪的地盘主顾，相互之间绝不容侵犯。禁令下达后，原有的粪区格局发生了变化，相邻粪区倾脚头间摩擦开始加剧。终于，华界与法租界的两个片区粪头因占地盘闹开事来，纠集各自手下的倾脚头相互泼粪，惊动了两处租界巡捕警察联合办案，却无人敢靠近拘捕，那屎尿场面令人作呕，只得向空中放几枪由他们四散去。

"民怨声日甚，工部局这才发布公告要筹划增建新厕，无奈官家繁文缛节颇多，而做起事来又慢条斯理，因而听闻频传，却迟迟未见动工。

"城门以外禁令不达。靠近城墙的贫家百姓，出恭都在城墙根，绝不用麻烦倾脚头。如此一来，城墙内外秽汁流溢。出恭时都随身带把铁锹以防无处下脚，用铁锹翻出点土将前恭盖一盖，然后再添上一泡。随着附近的流民越来越多，墙根周围土地空前肥沃起来，蒿草疯长得一人多高，几乎每棵草下都可掘出附近贫民贡献的肥料。城墙界河对岸便是租界所在，洋人怨愤投诉不断。

"我这老乡学徒待的那家铺子虽说是在城里，但不远就是老北门。他自打那

次拉裤子之后，再不肯到公共厕所去排队，而是宁愿多费些脚程，出城门去城墙根的野地，乐得畅快自在。一天早上他刚蹲下，就听到有人在旁边刨地的声音，便提着裤子挪往草丛深处方便。待到起身那人还在刨，便踱到刨地人近前问，原来这城墙靠近护城河一片地都被他租下了，租地这人姓苏，种菜农人，看中这块肥地要辟作菜圃。我老乡正暗自发愁以后出恭之事，却见这苏农边跟他说着话，边往刨开的深坑里埋入一口大缸，又在缸前尺余围了半圈竹篱，原来是口大粪缸。农人为浇菜集肥，盛情邀老乡常来如厕。此后，附近棚户贫民们终于可以不用带出恭铁锨而享受'公厕'体面，齐来此便溺。苏农自家菜地用粪不及，又将余粪卖了几个农友，由他们每日来担肥，粪钱随人自付。谁知日子久了，附近农人都来买苏农不兑水的良心厚肥，竟也能日入千文之多。缸的容量毕竟有限，受不得无穷造粪的贫民，于是常有大粪溢出缸体蜿蜒流入护城河。这护城河直通洋泾浜，河上有桥，桥南、桥北分属法租界和公共租界。自有了那粪缸，两处近河侨民临窗处，常可见到半截竹篱上浮现憋得通红的殊形诡状脸孔，先只忍住不看而已，但不久就发现，每日里那黄青灰黑污秽形成几道浊流入河，直抵过岸来，臭秽之气冲窗入室。实在忍无可忍，便有三五个侨民联名通过租界当局移文上海县府，要求立即取缔大粪缸。

"县上当时是一位吴姓老爷任知县，素来以勤政爱民自居。每每遇到河身淤塞、街道积秽，便即张榜说捐出自己的官俸云云。老佛爷在世时曾有褒嘉，他便把那一句话裱框挂在大堂上首，可说是博得了好官声。

"吴知县收到两个租界的公文共诉一件事，不由得大怒，立即绑来苏姓农人，限令一日内自行拆除。不想这苏农却是个老油条，并不怕官老爷，摇头晃脑地抗辩道，'老爷有所不知，我这粪缸为您解决了方圆几里地贫户出恭问题，没看到城墙根都不再有便溺了吗？如没了我这口缸，怕是不单这桥南、桥北的三五个洋老爷骂哩。小的情愿再置大缸无偿与民使用。'吴知县自然深知这城墙根附近粪便积弊，被呛得无话可说，想着确乎是近期投诉粪事的文告要少些，倘若真毁去粪缸，堵了抗诉的三五人之口，恐又牵出更多烦人事来。于是眼珠一转，勒令苏农添置粪缸，并将竹篱加高半尺，放人交差了事。

"这吴知县本得意自己未费周折便对付了洋人的诉告，不想听手下人报说苏氏大粪缸每日竟可获肥料钱千余文，大骂刁民可恶，当即着人又拿了那苏农前来，责其欺瞒地方，非但即刻封拆了大粪缸，还处罚银一百元，又没收了他租在城墙根的那片菜圃，将其撵出上海县域。

"随后，吴知县以县衙的名义张榜，说要造福乡梓解人内急，一时间洋人和本地百姓纷纷夸赞。吴知县激动之余，仿着租界公共厕所的外形，在辖区内一气建得六所时新公厕，同时贴出告示招人承租。没几天工夫，有张姓和惠姓两市民应召要求承租。吴知县大喜，拍脑袋想出竞价的法子，底价每月租金八十块银洋，要承租竞价人各自密写愿出的租价，价高者得。结果，那张、惠二人均出钱贿赂，吴知县来者不拒收下贿银，却格外秉公起来，一任二人竞价，价高者得。说来好笑，张、惠二人均出价八十三元，不过那张姓竞价人却在承租价后留了活口，注明：可浮动！得以如愿承租。吴知县私下算计建造厕所的费用仅仅只有七百余元，扣去建厕成本，一年下来还可以盈余近三百块，此后每年的租金收入将会超过一千银洋。当下大手一拍，立即下令让那张姓市民承租。

"不料，姓惠的竞租落败后心怀不满，一转身便将此事告发至本城绿营护军营的羌守备，极尽挑唆之能事，将厕所赚钱之事夸大描述一番。又说这城墙乃绿营护军管辖地，官爷军士们日夜辛苦值守，怎么这赚钱的好事倒教县府悄悄儿地抢了去。激得这羌守备七窍生烟，带着他的一队人马直入县府找吴知县。他以城墙根附近不应有任何建筑为借口，指这厕所一旦战祸肇起，妨害守护。然而既已动用县府库银修建完成，不宜再拆，也只有增巡来加强守护。那么公厕坑出租的收入，自然应该归护军营所有。吴知县眼见竟有人想抢自己到嘴的肥肉，哪肯就范，求诉于上海道台。

"却不想，这道台老爷和当朝重臣李大人是安徽合肥同乡，又是远亲，凭借乡谊才坐上这个官位，而羌守备也是安徽人，曾经做过李大人的戈什护卫，二人系出同门，当然得相互帮衬抬举些。考虑到吴知县也是安徽同乡，道台出面调停，将吴知县出资建造公共厕所的七百余元由道署衙门暂时垫付，坑厕出租费改归护军守备署所有。吴知县空自忙乱一场，白打了如意算盘，却是成全了旁人，羌守备与那道台同门发了这笔大粪财。

"这姓张的承租公厕之人，便是我的那位老乡了。他自苏农处得知粪缸被废，情知县府必有打算，一番打点果就得了财路。那官老爷们再争得头破血流，倒也不碍着他承租。虽说经多方告借才筹到本钱，却也正是因粪而起家发迹。现下早已是富甲一方的大户了，前阵子回乡扩建祖宅，翻修祠堂，好不风光！"

占云说完难掩脸上的艳羡，一摊双手："你倒说说看，是不是个粪土挣银钱的好事，大粪看似不堪，实不该尽憎其臭秽，有谁不是吃着粪肥浇灌的菜蔬粮食长大。只可惜这样现成的发财机会实在不多呢！"说完，笑眯眯地盯着长仁，等着他的反应。

长仁不想再跟占云争辩金钱与粪土的话题，便笑道："果真是个臭烘烘的笑话，这位吴知县可说是吃亏得紧，白忙一场，如意算盘还是落了空。虽则与圣贤说的粪土本不是一个意思，却听来有些别样滋味，原来当官的竟也会有那哑巴亏吃。"

占云道："当官也要看根基的，那有背景有靠山、懂得人情世故的，即使是个芝麻绿豆点的官，也能挣得到银钱。这便是权势为什么都为世人吹捧的原因所在了。"接着又撇撇嘴道："你以为这吴知县就白吃了亏吗？自然就更变着花样加倍去盘剥，谁接着吃亏可说不准。"

长仁点头："是了，早上那来店里的临时差役不也有自己赚钱的路子，一层吃一层。只是那客栈掌柜时常要给他们银钱，还要承受被抢食的损失，那合当是最吃亏的了。"

占云摇头又笑："你知道这家店的上房住一晚要多少钱么？"

长仁不知，占云说："并不比住在上海便宜，被抢的吃食还有咱被抢去的马也是不赔的。"

长仁瞪大了眼："怪道掌柜让那些饥民抢食，又送那衙差茶钱，原是咱们这些住店的付那盘剥银子，保了他的平安。"占云点头赞道："你这孩子终是开了窍了！"

话长路短，甫到船埠码头，一行三人就忙赴了大东公司沪杭路小火轮。这小火轮后面拖着三条驳子船，可载客百余人。

小火轮先沿大运河经嘉兴折转入浩浩荡荡的黄浦江，待驶过钢结构的外白渡桥，再慢慢向上游驶入苏州河。整个航程只消一天两晚，就可到上海外滩码头。

船不紧不慢地浮游。长仁从憋闷的驳船舱出来，风夹带些柔软水汽拂得长衫鼓胀起来，好像知道他心绪沉重，便又把机室里大副和管轮的说笑声送入他的耳中。长仁感觉好受了些，在轮机室旁坐下，就着笑声看船身切过的水流，似乎也轻快起来。他记起儿时曾随父亲乘着小火轮往返过几回。之前避过大人躲在这里是因为顽皮，此次却是要独自揣思未来。

不远处，几条扬白帆的大木船正满载着货物顺流而下，还有许多小船上整齐叠放着印有墨色洋字的洋货木箱，正速度极快地在河面往返穿梭。天色渐暗，周遭船灯点亮起来，江面也因映射灯影而显得异常璀璨。

长仁惊叹于如此波澜壮阔的江上夜景，不由得站起身来。于是，水面与天空在目光可及的尽头连成一片，分不清哪方是天，哪片是水，一如他混沌不清的未卜前程。

家中的变故太过突然，长仁对去上海仍处于被动而又茫然的状态。现下看着水流念及已故双亲的殷切期望，他终于告诉自己：不论前途如何，只管踏实做事。

决心既定，一切便似有了新意，这熟悉而又陌生的水路，将载着他驶向怎样的命运征途？

"谁？快回舱里去，夜下了，船面风大，小心吹落入水不得人知晓，淹死个球！"轮机长从机室转出来，看见有人便大声呵斥。长仁被他的粗嗓门吓得一缩脖颈，忙转头回舱。

驳船舱内，占云正在嘱咐伙计，到上海后货且暂存码头，然后转乘长江轮船，押货往金陵城的店中去。长仁进门也顾不上与他们招呼，倒头扑在床铺上睡去。白天推车走了一天路，此时精神稍一松懈便都觉乏得很。占云打了个大大的哈欠，于是挥手让伙计也早早歇了。三人一夜无话。

天还未亮，长仁忽被舱外传来的阵阵尖锐爆炸声和鼎沸人声惊醒，翻身起来却看见占云已经坐起身歪着头侧耳倾听。长仁刚想发问，只见占云伸出右手食指放在嘴边，于是只得噤声。舱外声音便传进舱里来。

"制造局烧起来了，夜里厢着的火，交关厉害，红透半边天呐！"

"吓！围墙被炸开老大的口子……商团么是最先冲进去的呀！"

"上海光复哉，这么一会儿就共和了么！"

船渐近岸时，人们说话的声音越发清晰起来。

占云慢慢踱到舱门边却并不出舱，回头对长仁轻声道："咱们先别下船，且看岸上情形再说。"

不一会儿，外边人声突然又沸腾起来，阵阵"光复""自由""胜利""共和万岁"的口号声浪此起彼落。只见船家老大举着一面五色共和旗跑过舱门，口里嚷着："快换旗，快换旗！换了旗再下锚！"

说话间船已靠岸，船上乘客却谁也不愿意先行登岸，四下里互相觑着。突然，只听船老大叫了声："看，岸上店家都如常营业的嘛，都换掉了黄龙旗，没啥事！"堆聚在各舱门口的人头这才松动起来。

占云又再三叮嘱交代过伙计自去乘船，这才领着长仁上了岸。

祥昌丝行在郑家木桥北边公共租界，跨过连接洋泾浜的人行铁桥便是福建路商街。继业当年花重金从一个纨绔败家子弟手里买下整幢小楼，辟铺开办了字号"祥昌"的丝行。

丝行地处最热闹繁华的地段，主营南浔七里的生丝柞丝，兼营各色丝绸锦缎和织绣品。铺面位于两层西洋式建筑的下层，除了柜面出售各色绸缎，还在前厅辟专间承接丝绸服装加工，请了衣匠师傅为客人量身定做成衣，亦可上门去做，不过衣裳料子得在铺里买定。楼上会客室接待豪客主顾谈大宗生意，紧邻店东卧房，靠西里间则是账房店伙们的住处。

丝行在南浔叫作"划庄"，蚕丝上市时节，临时多雇几个"秤手先生"，向蚕农收购生丝，再以水道运抵上海，然后集中起来转售给洋行，从中谋利。此外，另有一种土丝行的丝商，丝市旺季，派秤手带学徒在交通要道设立若干"庄板"，从土丝贩子手中收购农民土丝。土丝行以做内销为主，供应国内各地丝绸织户，少有兼做出口洋庄丝的。长仁父亲兼营内外销，年成好时，会大量收购土丝做内销赚些行市钱。当然主要还是经营优质丝，把七里生丝作为半成品直接转售给大丝行或洋行。由于建立了长久稳固的供货关系，生意日渐兴隆。

自父亲过世后，长仁没再来过上海。这里比儿时记忆中的样子又有不小的变化。

由道路两边往巷弄深处都越发地热闹喧腾起来了。

迎街可见各种店铺林立，由巷子口则伸出许多不甘寂寞的长的、圆的、横的、竖的店招，或斜挑着，或横挂着。木质的、琉璃的、灯式的、挂箱的，抻得满眼密密匝匝。

就在这些各式各样花花绿绿的店招下，跑着黄包车、马车、摩托车、小汽车，还有拖着辫子"叮叮"作响的电车。

间中走着的有西装革履、趾高气扬的各国洋人；戴着藤帽、打着绑腿的安南巡捕；皮肤黢黑、包着红头的印度巡捕；操流利"洋泾浜"、架着赛璐珞水晶眼镜的洋买办；修身紧窄、穿着时髦阔袖短袄裙的新式女性。当然，商贾繁杂的上海更多的是小手艺、小买卖人和苦力劳工，有走街串巷的黄包车夫；卖白兰花和梨膏糖的干瘦小贩；面黄肌瘦、神色黯淡的大烟鬼；还有用亚细亚火油铁皮桶搭建的棚屋前，伸长胳膊向人讨吃食的饥民；坐躺在街角衣衫褴褛的流浪乞丐。

西装革履与长袍马褂摩肩接踵，四方土语与欧美洋文交织混杂。长仁眼花缭乱，一时间恍惚不知身在何处。

突然，对面街角的一家点心铺传来哭骂声。街面上有不少臂缠白布的人，都把短裳前襟掖进腰间，进出各店家商号边呼喝边指点着什么。这些人凡进哪个商号里头，那里就发出口舌争执或哭泣哀号声来。路过的市民行人倒也行色如常，这番光景哪像刚经历过战事。

长
仁

第五章　保护费轮番催讨，剪辫子哪容分说

长仁未及再细看，便被占云拽上了一辆"叮叮"作响的电车。

这种电车，座位是两排相对的，一排约莫坐四五人。每辆车有一个随车跟班，卖票、报站名、维持上下车秩序，多是皮肤黝黑的安南人或印度人。

长仁平生头回坐电车，东瞅西看新鲜得紧。跟车是个印度男孩，头戴包头巾，脸色黢黑，一对黑白分明的大眼睛骨碌碌转个不住，不时冲车上人咧开嘴笑，露出漂亮的白牙来。车开动时他紧走几步，手抓住门边的扶手，脚一轻点地，就站上了车踏板，沿途若与另一辆电车交会，便冲那对面站着的跟车一呼哨，对方亦会欢快地回应。每至站点，跟车会用怪腔怪调的夹生上海话报站名。长仁一路看得有趣，问那男孩："请问，去郑家木桥路，是哪一站下呢？"只见那男孩将头歪了两歪道："What（什么）？"但随即重复了郑家木桥几个字，用飞快的语速叽里呱啦说了一串。

长仁没听懂，站在一边的占云笑着说："这是英文，西洋话，他告诉你还要过三个站点才能够到的。"长仁有点失落，问道："那占云叔又是怎么知道这英文的呢？"占云笑答："我的店里常会接待些洋人，时间久了，自然也就会说些。"又说道："你到了店里，也是一定要学些洋话的，公共租界华洋杂处，英、美、法自不必说，再加上这印度、安南人，你要学的新东西不少。在上海做丝行生意，不懂外国洋话是要吃亏的。"占云努了努嘴示意那个印度男孩："还有安南琉球小国人到了上海，也必得学会洋话才有活路。"长仁点头，觉得占云叔说得很有道理。

远远可望见隔岸街边的店招了，"祥昌"两个大字分外亲切。长仁不由得感慨物是人非，父亲去世两年多了，店招却还没变，鼻子一酸差点落下泪来。电车到站时，只听占云对那印度大眼睛说："白白！"对方咧开嘴，露出白牙回道："古得白，色。"长仁不解其意，占云笑道："这英吉利语讲'再会'就是'白白'或者'古得白'了。"长仁复念了两遍，笑道："洋人真可笑，再会么就再会，跟颜色有什么关系。"占云听后哈哈大笑："什么色，那黑佬说的'色'就是'先生'的尊称！"

两人下车向南过小路转过右边街角，就见到一条两丈来宽的蜿蜒河浜，这便是连着黄浦江的洋泾浜了。一如记忆中的模样，污水秽浊，臭气熏天。两旁造的多是西洋式两层楼房，底层开设有商铺。祥昌丝行便在这过浜的街中。煤渣铺就的街道路面并不阔大，羊角车、黄包车、自行车夹杂着行人络绎不绝，甚是热

闹。因水量不足，船只大多要等涨潮时方能通过狭小的河道，浜上便停满了大大小小的舢板船，有搬货上船待运的，也有卸货下船出售。两岸人家依然有不少妇人拎了木桶从臭秽的浜里取水烧饭煮茶。

可别小看这条散发臭味的蜿蜒河浜，它可是一条交界浜，四五百丈长的浜上自东向西密密地架有八座桥，还有两座专供人行的铁桥，祥昌近便的这座桥叫作"桂香桥"，而洋人称它为"泰勒氏桥"。桥的南边是法国人的租界，北边是英美的公共租界。正如当地人所讲："大英法兰西，大家勿来去！"两边租界各有各的势力范围，绝不能越界行事。

顺河浜过桂香桥，再左转不出百米就到祥昌丝行。二人行至桥口，却被一个左臂绑着白布条的汉子拦住。此人光头，满脸麻坑，极霸道地伸手拨拉来往过桥的人："都往那边厢走，还不快滚！"不明所以的排队行人难免要争辩，长仁前边挤着的两个男人正在低声议论，着西服的男人指了指麻脸一帮人低声道："这些人么都是青洪帮的，勿好招惹！"只见与他同行的那个正愤愤唠叨的人即刻闭了嘴。占云拉住长仁胳膊，跟着过桥的人们俱挤到桥的左侧，还有几个臂缠白布条的壮汉，正用木桩给右边的桥面设置临时路障。只听得那西服男子接着向同行人低声道："这是同盟会青、洪帮联军，参加了上海光复战，共和的大功臣么，自然是要跋扈些的，这会儿恐怕是在圈地盘！"

长仁听见便问占云："占云叔，共和是什么？"占云笑道："就是改天换地，这个国家不再是皇帝老子的了。""那能是谁的呢？"长仁不解，心道：在学馆时，常听古先生讲些家国天下、君君臣臣的故事，末了总要做那忠孝一等人也。国家不是皇帝老子的，那岂非不教人做天底下的一等人么？"谁的么？说是广大民众的。可是，叫我讲，只不过换个人坐天下罢了，小老百姓都想着吃饱肚皮才是正理，说到底不过是想过安生日子，像咱们生意人，盼着能赚俩小钱养家糊口，少上贡纳税认捐，少几个讹诈收钱的，也就阿弥陀佛了。"

长仁到底没听懂占云叔所讲。在他想来，这样大的国，这样多的人，没有统领必不能称之为国的，若有统领，那不就是皇帝老子么？跟着队伍过了桥，长仁一路无话，国家这样大，他顾不上，满心满意只是祥昌那栋熟悉又陌生的小楼。

"上海是老子们拼着命打下的，收侬几个保护费算个屁？"二人还没进祥昌丝行大门，就听到店内传出的斥骂声。丝行门口围了三两人探着脑袋向铺里张望，并不敢作声。柜台边站着两个"白布条"，那面前哈腰低头站着的不正是叔叔静么！

长仁心头燃起怒火，挣开占云手直冲进门去，猛地推开正拿手指着叔叔的"白布条"，那人毫无防备，一个趔趄差点儿摔倒，回过身来，黄白的长脸涨得通红，破口骂道："这他妈是谁，敢推老子！"静之惊慌地抬眼，看到竟是长仁，忙一把拉住问："长仁么？你怎么来了？前段日子听说发水遭灾，家里没事吧？"长仁眼泪再也忍不住了，哭道："母亲去世了，家也没了！"不待静之再说话，黄白脸一把薅住长仁衣领，抬手便要打："妈个巴子，不想活了吗？敢推老子！"另一个"白布条"也上前推搡着长仁，口里不住声地骂骂咧咧。

占云赶忙伸手拽住二人，赔着笑对那黄白脸道："今天是上海光复的好日子，不作兴动怒的。"一边从身上摸出块大洋，塞进他揪着长仁衣领的手里："小孩子不懂事体，您二位大人不计小人过，喝杯茶降降火气。"

黄白脸松开长仁，拿钱的手一攥拳，也不看占云，转头用南腔北调的声音对静之喊道："若还想开门做营生就爽快交钱，不然，小心砸了侬店子。"静之叹口气，复又脸上堆笑躬身解释："二位先生有所不知，前儿晌午租界刘巡捕刚来收过！"

那黄白脸与同来的"白布条"对望一眼交接了眼色，恨声道："侬不晓得上海是啥辰光光复的吗？现在的上海是吾们同盟会的地盘，前儿交的又不是老子收的，不抵事了，这是光复共和的保护费，这才作数的，晓得伐！"

静之连连点头道："晓得，晓得了。实是一时不凑手，请二位宽限几日，不然就算是砸了小店，您二位费气力还拿不到钱，等收账就一定交的。"一边从口袋里掏出了几个铜圆："就这些，先请二位买个果子吃，明儿就让伙计去把外面的欠账要回来，即刻就交。"

黄白脸接过钱揣进兜，骂道："妈的，这是打发要饭的么，两天后咱哥们儿来拿钱，到时再要交不出，可别怪老子不客气！"说罢骂骂咧咧转身出门。

静之哈着腰直送得二人走出店门，又朝他们去的方向连鞠两躬，这才回店里招呼长仁和占云上了二楼。三人落座，没有过多客套。静之略问了家中族人近况，又为嫂嫂吴氏的突然离世唏嘘落泪。

长仁只默默坐着没说话，听他们提到母亲，憋了多日的委屈才得以抒发，又跟着静之哭了一回，心头方才觉得好过了些。静之叫楼下伙计端来热水揩脸巾，三人揩了面，重新坐下喝了会儿茶，占云这才提及家乡宅地变卖和一路来沪的用度开销结算，静之此时却突然起身一拱手说声"稍等"，打断了占云。然后转头向长仁说道："你旅途劳顿想来也倦乏了，还是先安置下处教你好好休息吧，咱们叔侄来日方长！"说着伸手拉住长仁的手下楼。楼下的掌店伙计阿瞒和账房老齐都来见了礼，长仁没看到原先父亲在时雇的掌店伙计和账房，便问："阿福和张叔怎么没见着？"

静之道："世道这么乱，有几个伙计能干得长久的，辞工回乡去了。"又挥了挥手把老齐招到近前来说："店内太过狭促，你们暂且就近在隔街客栈歇息几天，待一切妥帖后，方好再作安排。"说着嘱老齐带长仁先去安顿。

看着老齐领长仁出店门走远，背影消失在巷尾，他才转身急忙上楼去招呼占云。

长仁在二马路上的这家叫作福运的客栈住下。占云则晚饭后急赶着坐晚班江轮去了江宁，噢，现应该叫作南京府（注：中华民国临时政府定都江宁府，改江宁府为南京府，后又几经修改，为方便叙述，本文此后统一写作南京）。

静之当夜饭罢送走占云，到客栈探看长仁，只嘱他先不忙去店里，好好休息几日再从长计议。长仁自是闲不住，每天一大早起床洗漱后便去店里守着。掌店伙计阿瞒很灵活精明的样子，虽说眼睛不大，可总是骨碌碌地透出活泛聪明劲头。收丝时他是上好的称手，平日里处理店内一应事物也周到勤谨。见到长仁并不见十分亲热却也不显半点冷淡，不卑不亢，礼貌周全。遇到长仁问他什么，倒也是有问必答的尽心回复，可长仁莫名地觉着他眼睛里时常会闪现出一丝犹疑，或者说是猜忌，长仁说不清。账房老齐是一个干巴瘦的小老头，因为瘦而显着背有些佝偻，一根细长的黄毛辫子拖在戴着黑绸瓜皮小帽的脑后，鼻梁上架着也不知是近视还是老花的眼镜。他称呼长仁"少东家"，态度很是恭敬，可长仁却对他并没什么好感。叔叔静之总在楼上待着，长仁来店里要先上楼向叔叔请安道早，静之一样的少言寡语，见到长仁来也总是一句话："嗯，来啦，早！"有时心情好，会多问一句："睡得怎么样？"

长仁有些搞不明白，叔叔总是在楼上，绝少出门，那么祥昌的生意都是自己找上门来的吗？可叔叔从不提账目经营的事，长仁想叔叔恐怕是觉得自己年纪尚轻，便也绝口不提。一晃半个月过去了，长仁暗自留意，对店里的经营交易路数知道了个大概。丝行总是与固定的两家洋行和三五老主顾的丝厂打交道，店面不过接办些定制杂项零星活计。因而这么久，长仁只干看着插不上手。

这天，店里来了个蓝眼睛黄卷毛洋人，带着一个跟班模样的买办通事。老齐着忙迎出柜面领二人上楼同静之谈了好久，下楼后就让阿瞒跟了两人出去。不多时间，阿瞒急急地回店直上了二楼。

想是店里来了大生意！长仁俟阿瞒一下楼便问："咱店里平日洋人多么？"阿瞒看了一眼柜里的老齐，老齐正低头拨弄着算盘，很专心的样子。这才回头凑近长仁压低声音说："半个多月前，东家突然张罗着要将店面生意倒出去，这几天你见到那些进出铺子的，多是来看铺面谈价钱的。"

长仁愣了愣，想自来上海这段日子看店里进来出去的不少人，难不成都是冲着祥昌小楼来的？转念又想叔叔并没有向他提及半句生意上的难处，更别说什么卖楼典铺。便向阿瞒笑道："快别瞎猜疑了，虽说祥昌生意今不如昔，但也没到开不下去的光景。"阿瞒抬眼深深看了一眼长仁又迅速垂下眼皮，张了张口却并没说出什么话来，只发出声短促的叹息。两人就此打住不再多话。

几天后，静之嘱老齐带着长仁去一家叫怡兴的洋行收账。

路上，长仁向老齐打听这两年店里的经营情况，老齐却是知之不多，原来他来祥昌也不过才半年，便转而问他此行收账之事。老齐回道："这怡兴是上海滩数得着的大洋行，除了生丝，还有航运、火油、茶叶、洋货，是祥昌多年生意的老主顾，本该是腊月结账，这不东家着急嘛。"长仁奇道："老主顾怎么还得去要账呢？"

老齐道："这洋行买丝，无论期货、现货，成交时既不先付货款，亦不预付定洋，向来如此的。"长仁不解："交易不签署购销的契约吗？"

"购货合约虽然规定交货付款日期，但洋行可以到期限不收货，咱供丝方非得到洋行提货通知，不能上门交货。在延不提货期间，咱们卖方非但收不到货款，还要负担货物的风险责任、逾期栈租、拆息和保险费用。"老齐叹了声"世道艰难"，接着又道："再有，这丝质的检验权也由洋方垄断。华洋交易'成交认单'上的验收标准是由洋行事先印就，检验时由洋行人员片面决定，是不容咱们置议的。这怡兴洋行就常会故意吹毛求疵，借口质量不合，在约定货价上减少付款，每包丝少付个五块、十块。外国商人，十个之中总有一两个惯用这种手法。"老齐愤愤，语速也快起来。长仁一气听老齐说了这么多，惊得结舌："这、这契约不成了空文了吗？"

"怎会是空文，如果丝行不能按期交货，洋行却是有权取消合约并追偿损失的。洋行在订购时期即发电给国外客户，俟复电装船，取得信用证，转向银行结汇，得款再付给华商。可见，洋行在交易中不需任何垫付资本。有时洋行经营自负盈亏业务，如国外市场无利，延不取货有时竟拖至半年之久。"老齐看来是在丝业浸淫日久，知之甚多。

长仁切齿："半年这么久，那如果是垫资从蚕农手里收入生丝的话，小铺户是万万支撑不了的。难怪咱祥昌得同时兼营丝绸和服装定制，这洋人做生意真是欺人太甚。"

老齐呵呵一乐："洋行收购生丝，照例要抽'样条'，每包丝抽两条，说是要寄往国外，实际上是自己留下。每包丝出口前，还要抽五条检验。照规定应该是每条摇丝半个时辰，剩余归还丝行，实是常摇两三个时辰，丝便所剩无几了。洋行摇丝间检验摇下的丝，日积月累，一年就有几十包。洋行收货过磅时，还要克扣分量，一般每包丝吃秤两斤左右。"

长仁咂舌道："这洋行如此不择手段盘剥，咱们不也有湖丝商会，难道就没那出头替咱们小丝商做主的吗？"老齐摇头："根据'五口岸通商规程'，外商享有领事裁判权，而领事常由外商兼任。华商在中外贸易中受欺，发生各种争执，即令提起诉讼，也得不到什么结果。"

　　老齐看长仁低头若有所思，接着又苦笑道："少东家以为这就不可忍受了吗？除却洋人，还有假洋鬼子呢。有的洋行雇有买办在各丝行买丝，然后再转售给洋行。买办收购时，每包要向客户收一元佣金，代客户打包，每包收打包费一块半，实际他只付出一元两角，每包分量要扣除袋皮一磅，而那袋皮实重只有半磅，旧布袋换新布袋还要贴费四钱八分。有时洋行支付现银，买办付给客户则改为十天期票。如客户需要现银，每一斤要贴息三元。"

　　长仁听得不由得灰了心道："这样说来，利润实是低得可怜，那欠账也似乎万难要到呢。"老齐笑道："非也，账是会结的，只是急不得，且拿到几成难定！"看长仁懵懂，接着又低声道："祥昌的利润也并不十分低的，因为丝是从老家直接收的，自有那蚕农替咱销账。"长仁即刻就明白了，不由得想到来上海前，一路上遇到、听到的官差牟利、客店盘剥、黑帮敲诈种种，此刻又再听到商界如此克扣巧取。想自家亦种桑养蚕，若非自产自销，岂不也要成那被勒索的底层？不禁为蚕农又抱不平："我家也养蚕，最是知道蚕农苦处，夏历二月浴种，三月初一开始养蚕，近四十天方可结茧，其间出蚁、蚕眠、化蛹、结茧哪个节骨眼儿都不能有失误，至化蛾也不能马虎，否则来年的蚕种堪忧。养蚕的桑、火、寒、暑、燥、湿条件要求极高，蚕农熬更守夜地辛苦一场却赚不着什么钱。经你这样说，层层盘剥下来，蚕农岂非白辛苦一场，断乎一点儿仁义之心也不讲的么？"

　　"仁义，能管饱肚子吗？少东家真会说笑，就拿咱们祥昌来讲，咱对蚕农发了仁心，那盘剥克扣咱们的那些洋商不跟咱讲仁义，那就活该得亏钱闭店饿肚皮么？"老齐见长仁不语，又在脸上挤出一丝笑来，"在这世上，有本事立稳脚跟才算顶要紧的。"

　　长仁却语气坚决接口辩论："我倒觉得，想自己站得住，就该帮助别人一同站得住；要想自己过得好，也要帮助别人同样过得好。凡事能就近以自己作比，断无不兴之理。咱们祥昌若想兴隆利达，必得舍出去些利头给合伙的上下家哩。"

　　老齐大摇其头，苦笑道："少东家若再经些世事就该晓得了。世上人哪有不先为己的，如何能做到先人后己。从商就更是如此，一分利也让不得的，商人就只有赚钱，哪能舍钱呢？"

　　长仁待要再辩，老齐却指了前面自语道："这是怎么了？"长仁顺他所指便远远见到铁桥附近有人排队，正自奇怪，听见人群中有人吵嚷，还夹杂着叫骂声。

待到近前，原是桥南北两边都设了路障，过桥往来者无一得免，全得接受盘查。再细看时才发现，并非行人主动排队，而是俟人甫一走近，就有那持械的抵住后腰，于是行人站在那里动弹不得，后头过桥的人们只得乖乖住脚等着。

老齐向长仁嘀咕："看看，成天喊民主共和，这比之前可更麻烦了，过个桥还设卡。就说这店里，收钱的来了几拨，也搞不清该不该给，不给又不成，天天来搅和生意。"长仁问道："这是些什么人，普通短打装束，难道也是青洪帮的吗？我来店那日收保护费的俩却是没再来过。看来这租界并不是同盟会的势力范围。"

老齐却皱了皱眉："那可是帮会的人，不会这么轻易被打发的……"正还要说什么，不想脑后一紧，却是自己的辫子被人从后面揪住了。手腰同时被箍住，老齐下意识地猛力踢蹬着双脚想挣脱那双手，才刚"哎呀呀"一声叫，头上却一松，只是自家辫子早留在了那揪的人手上。老齐涨红了脸，一把搡开那个抱定自己的人，抻长了脖子想开口理论，只见那持剪人把手中辫子随意往腿边的竹筐里一丢，腾出来的手探进怀里，揪出张大红色的纸片塞给老齐："侬看看这里厢啊，弗准留头蓄发。下一个，下一个……"说着便不耐烦地把老齐推过一旁。

长仁正听老齐说得入神，忽地被人从身后拦腰抱定，旋即脑后一松辫子就被剪了抓在别人手上。长仁脑中一片空白，愣愣地看着他们。这时，只听近旁一个像是头目的人说声，这小子还挺老实，优待他。长仁没明白什么是优待，自己被剪下的辫子就被塞在了手里。原来优待就是对不反抗、不争执的，把辫子还给被剪的人自行处置。

老齐看着长仁手里的辫子，忽地想起什么拍着自己的脑袋喊："身体发肤，受之父母，我得把发辫要回来，回头死后同穴，也算有个全尸。"说着便返身去找自己被剪去的那截辫子。

不一会儿，老齐灰溜溜地回来，辫子却是没要着，只在脸上多了一个鲜红的掌印。两人这都成了平齐耳根的"革命头"，彼此看着都觉着别扭，不免讪讪地不自在起来。老齐捂着火烫灼人的半边脸，向长仁扬了扬手里那张剪辫人硬塞的红纸。细看那纸，却是一张传单，写着：论今日之发辫宜捐助军需。老齐揉着被打疼的脸说："这班人一看行事做派就知是帮会。"又指着传单落款的"补救社"："这补救社是一班文人发起的，按说不至请帮会流氓出面的，真是奇怪，现今革了命，难道文人跟流氓也跟着革新合污了不成？"说话间声音便低了下去，成了无力的嘀咕："剪就剪了吧，反正迟早的事。光复那天江南制造局贴出公启，要全体职员必须在五天内剪去发辫，否则立即开革。可即便如此，有十个山东籍铜匠宁辞工不剪辫。这是把辫子看作人的脸面哩，就算饿死也不丢面子。我老齐就佩服这样的硬汉！"

长仁听不下去了，脑袋上头的辫子虽被剪去，可脑子里那根深蒂固的想法还真不是想剪除就剪除得掉的。难怪种种强剪层出不穷。

　　二人继续向前走，一路上只见剪辫队络绎不绝。江岸边、马路上、巷弄中，遇到有垂着辫子的，无不立予强行剪去，不愿割爱者多跪地求免，却是绝无一得免。被剪掉辫子的，有的垂头引泣，有的拍地大哭，有摩顶长叹，却也有仰天大笑的，笑完后，没事儿一般掸掸身上土，背起手气定神闲地走远。

　　忽地，街边传出一声哭号。一个黄包车夫被军警拉住要剪他辫子，车上乘客是位身穿洋服、留着两撇短须的体面人，他正襟危坐在车上，看着车夫与警察撕扯，并未挪动半分。车夫跪在地上恳求那位体面人代为说情，好教他保留辫子。不想那体面人却对警察说道："别管他，剪去再说。"车夫又发出一声绝望的号啕。

　　长仁愤愤道："这样混乱的世道，教人实在摸不准是非对错。"老齐意味深长地看了长仁一眼："听少东家的！要不，咱先把头推光吧，这样哪里能见人！"说着把垂下的短发撩到耳后。

　　从理发室出来，二人头顶光亮亮。老齐恨恨地将瓜皮小帽戴在光头上，朝地上吐了口唾沫。长仁倒笑起来，将他那条剪下的辫子从怀里拿出来，随手丢给路边一跪地乞丐。

　　老齐惊得瞪大眼睛道："你、你怎么……"长仁笑着向前走，学着古怪先生的样子一挥手，扯开嗓子喊道："当舍则舍，真潇洒也！"

　　老齐摇头叹息："果真潇洒……"

第五章 保护费轮番催讨，剪辫子哪容分说

第六章　装糊涂买办无理，耍嘴皮账房滑头

怡兴洋行在天津路丰记码头附近，是一幢两层西式小楼。

拐过街口，远远就能望见它黑色的高高尖顶，再见到红色石制的饱满穹隆，汉白玉的高大廊柱疏朗有致，衬托着意大利式阳台的古典华贵，大门和双侧窗框都用半圆拱券石勾勒出造型，窗框上方有石雕镶嵌，正门上方硕大的浮雕装饰更显庄重气派。

进门没有门厅，只有一条不很宽的楼梯廊道，几步便能跨上宽阔的大理石台阶。二人拾级而上，顺着红木雕花扶手，旋转上了二楼，正对楼梯两边是窄长的门廊，廊前的排窗把阳光印就的古典式的花纹投影在墙面，散发出一层淡淡的金黄色光晕。

老齐径直带着长仁进了门廊左边首间，门牌上印着"经理室"。门里面是个宽大的办公套间，外间有三五个职员模样的人正各自忙着手头事情。

见有人来，门边坐着的一个身材微胖的圆白脸女子，霍地站起身，嘟着饱满的红嘴唇向老齐笑道："哟，怎么才来，我们吴经理都等着急了。"

长仁心里奇道，怎么却好似知道我们要来呢。

老齐懊丧回道："街上满是追着剪辫子的，这不还挨了巴掌。"说着抬手摸了摸似乎还在痛的半边脸。

那女人这才发现老齐小瓜皮帽下空落落的没了辫子，捂嘴扑哧一声乐道："侬勿要生气啦，只挨一巴掌而已，昨天有闹出了人命的哩。"边说着边敲了敲走道右边一个格子玻璃门，也不等里面应声便推门而入，大声道："吴经理，侬交代等的人吾把他们带进来了。"

房里正对门放了张极大的办公台，上面堆了一摞一摞的文纸单据，纸垛后面原低着的头抬起来，一张酱紫色的方脸膛，看是老齐和长仁，便瞪了瞪那女人一抬下巴。

女人哼了一声，回头又笑着对老齐道："侬在这里厢坐坐哈，吾先出去。"

老齐点了点头算是回应，然后一屁股坐在那大班台对面的长条皮沙发上，坐下后忽见长仁还站在边上，复又站起身向长仁道："少东家，这位是吴经理，咱要账得找他才成。"

那大班台后的酱紫脸站起身来直直地伸长手臂走过来，一把握住长仁的手道："哈罗，原来是祥昌的少东家，少见少见。叫我密斯特吴，好伐！我和老齐是

旧相识，随便惯了的，别见怪。"

这酱紫脸膛就是怡兴洋行的买办吴少卿，与祥昌丝行交易的实际经手人。

这吴买办原先是上海一家大丝栈——成顺泰的丝通事，常常跑街，和怡兴洋行大班厮混熟了，于是被邀去当了买办。老齐和吴少卿早年同是成顺泰的通事。上海的丝栈一般不直接从事生丝买卖，由自己雇的丝通事们代客商向洋行销售，从中收取佣金和栈租，再由丝栈、通事分得。丝通事们有各自相对固定的丝商和洋行，行内称为"上、下家"，原是各跑各的帮口，互不相干。吴少卿却坏了行里规矩，私底下与老齐联络的洋行勾连，致使成顺泰丝栈亏了一大笔银子，老齐却平白地莫名其妙替人背了黑锅，一气之下辞了成顺泰，吴少卿却春风得意成了吴经理。

老齐辞工后，用自己全部积蓄开了家茶丝行，可独立经营不到半年，资金周转就出现问题，在上海这么个大地方，小商业遍地，今天开来明天闭，钱庄是不会担这种风险的。老齐遍处借贷不着，不得不关了张，这才转投了祥昌，不想当天就在丝行遇到了来谈生意的吴少卿，两人不免感慨一番前事，却都不约而同地避开成顺泰亏钱那件事，搞得像故交旧友样异常热络，这几个月来竟然真朋友似的走动起来。

三人坐定，吴买办先给自己点了根雪茄，吸了一口后，仰起脖子向天上吐了个大大的圈，然后看着这个圈慢慢散尽才开口："老齐啊，咱一家人不说两家话，祥昌的账我之前是给你们发了庄票的，老规矩，腊月结清，怎么这会儿来要现洋呢？"

老齐靠在沙发上，用手掸了掸袖子上的灰说："你现在是吴经理，不过之前也是做过通事的，丝行里的账目清算没有谁比你更熟悉的了。我也不多说什么，就说今天我们能带走几成。"

吴少卿又吸了口烟，这次没吐圈，从鼻孔喷出两道白，重重地道："义隆钱庄倒闭，我又不知道，庄票既已付出去，这账其实跟我已经没有关系了，你们应该去找怡兴洋行才对，怎的又来找我呢？"

老齐笑了笑："你那两张庄票，是我交到义隆钱庄柜上的不错，本是等那两百包丝到彼岸，对方收讫后，我们祥昌才能兑现洋的。现在义隆倒闭了，我们找谁去兑现，庄票是你给我们的，这不还得找你吴经理吗？"

吴少卿酱紫色的脸憋红了："我已经说过了，兑现是你们祥昌与怡兴的事，我只是联络你们两边达成交易，代洋行提了你们的丝发去了欧洲，又代洋行把庄票给付了你们祥昌，就钱货两清了。至于中间出什么纰漏，是你们买卖两方要洽商的事，找我能给你们什么呢？"

第六章 装糊涂买办无理，耍嘴皮账房滑头

吴少卿说得有些急，被烟呛了嗓子开始剧烈地咳嗽，好一会儿才渐渐止住。他端起几上的茶杯喝了一大口，喘息着叹口气。眼睛盯住老齐，语气和缓些又接着道："看在老朋友的面上，前两次你来找，我都跟密斯特亨利（怡兴洋行大班）说了，关于义隆钱庄倒闭的事，他回答很干脆，既然已经庄票出清，对方又把庄票交了钱庄柜上，交易就完成了。义隆钱庄又不是我们洋行指定兑付的，跟洋行方面又有什么关系呢？这是一个很清楚的事，就不必再多问了吧！"

老齐摘了头上的瓜皮帽，从胸前掏出块帕子揩着脑门上的汗，习惯性地一拨拉脑袋要甩脑后的小辫子，却感觉到后颈凉飕飕的，这才想起辫子没了。愣了愣，长叹一声回过劲来："不错，义隆钱庄是祥昌去交的票，但并没到兑现结算期，怡兴只消通知两家开庄票的钱庄止兑，就没有这许多话了。义隆既已倒闭，钱庄又没付出，那这笔账不就是秃子头上的虱子——明摆着的嘛。要说两清，应该供货方出货、收货方付款，供货方收到款项。我们祥昌一文钱也没收到嘛，怡兴这是想等过了结算期赖掉这笔货款吗？"

吴少卿这时抬头突然发现了老齐的光头，放声大笑，忽地一口烟生生被吞进喉管，又被呛得大声咳嗽，脸越发紫得发亮。缓过气来指着老齐的脑袋问："你们这是在街上被革的命吗？"老齐下意识地用手摸了摸自己的脸。

长仁终于听懂了两人对话，这是笔看似清楚实则糊涂的欠账。

怡兴洋行咬定庄票出手即为支付，况且海外货也已经收到，交易达成，至于是否兑付清算那是钱庄的事，环节中出现的问题都与怡兴无关。

吴买办认为自己既是交易中间人，只承担联络对接责任，钱是怡兴的，货是祥昌的，都与自己无关。而目下，祥昌货虽发出，货款却没收到，钱庄倒闭，两张庄票并未兑现，这到底该找买办还是洋行呢？

长仁着实有点发蒙。心道，庄票既已由祥昌账房送交了押票的义隆钱庄，钱庄收讫出具，当认作账目已转至义隆钱庄名下，义隆倒闭，那似乎这笔账就成了义隆钱庄欠祥昌丝行的一笔死账。

这时，只听老齐笑着问吴少卿："听说义隆倒闭，老兄很是进了几个？"

吴少卿立即飞快地抬眼看了看长仁，呵呵两声："老齐你可真会开玩笑。生意归生意，人情归人情，你我朋友重聚也是有缘，你们祥昌的事我会再尽力与洋行方面周旋，但到什么程度真就还不好说。"

老齐站起身道："那好。我们还是去会一会亨利大班，咱们三方当面谈清爽，少东家在，有什么做主决断的事也好即刻拿主见。"

吴少卿紧跟着站起来，拉住老齐笑起来："密斯特亨利怕是不在，这两天恰到意大利国去了。"

老齐抻着脖子还向外挣着被吴少卿拉着的胳膊道："是么，不在的么？大班室我是认得的，今天我既跟了少东家来，自是要有个明确说法才得回去的。"

　　长仁便也站起身向外走。

　　吴少卿紧走两步把身子挡在二人面前叹道："哎呀呀！老齐还是那急脾气改不掉，我既是答应帮你问，自是会尽心尽力！你这又是何必，倒似我故意刁难朋友了。"

　　"歇歇我拿两张停兑票据，你老齐跑一趟钱庄看来得及不，不过长仁少爷估计得在我这里坐坐。等老齐回执清账再接回，可好？"吴少卿用手大力地将二人按回那张皮沙发。

　　老齐大声道："噢，原来你吴经理早已成竹在胸。留我们少东家在你这里又是什么道理？停兑而已，吴经理若不放心我去，尽可亲自跑一趟。"

　　吴少卿压低声音："老齐，这不是放心不放心的问题，怡兴洋行处事风格你是不太了解，这停兑票据是不白开的，义隆已经倒闭在先，那两家钱庄尽可以说已兑付完结，死无对证的事情。你们祥昌的货款只得去找那义隆嘛。这不，祥昌的交付票据与洋行的停兑票据同时抵冲，事情才得成，毕竟八万块不是个小数目。你去交抵，长仁少爷我保他在我这里开开心心，好伐。"

　　老齐瞥了吴少卿一眼道："说吧，提几成？"

　　吴少卿伸出他多肉的大手，比了个八的手势。得意地吸了口雪茄，旋即将烟喷出来道："这不是我拿的，我全交给密斯特亨利，不信，你自去问他究竟。"

　　老齐看了看吴少卿大张开的拇指和食指，掰开他握着的中指，将八变作三："吴大经理，这是祥昌的货款，不是你们的收入，最多三成，多一分都不行。来前东家吩咐至多提走两成，亏本就认了，追回来后再奖我一成。现在我这一成不要了，你老齐既然够朋友，我这一成就当答谢你的关照。"

　　吴少卿的脸又成了酱紫色："这是什么话，我老吴是那种谋算朋友的人吗？"接着把手一拍大腿，用牙咬着的雪茄上，一截烟灰应声而落，正掉在手背上。吴少卿被烫得一哆嗦，抖落烟灰抹了点唾沫边揉边说道："不多说了，明人不说暗话，我与那两家钱庄招呼下，兑五留五吧。这样一说，我的那份就不要了，OK？（好吗？）"

　　老齐把瓜皮小帽从头上拿下来，把手在光头上抹着，转脸向长仁道："这……我可做不了主，少东家看，您就做个决断吧，这钱我可跑三趟了，您看……"说着就对长仁挑了挑眉。

　　长仁即时意会："吴经理厚义，按说这笔款子原是应当全款付讫，毕竟是丝已交付了的，可恰恰中途出了这么档子事儿，也不能让吴经理太过为难，毕竟人也得向洋行方面交差。我看就这么着吧。"

吴少卿哈哈笑起来："长仁少爷一看就是大家庭成长起来的，是个见过世面的，以后咱们还得多多合作。"说着揽过长仁肩膀搂住连连拍着。

老齐向长仁躬身道："亏得少东家做人做事如此豪爽大气，那委屈您在此稍事休息，我兑付了结就来接您。"

长仁笑道："你且自去吧，我没事的。"

老齐连声应着退出去。

长仁回身看着吴少卿，终于没忍住，问："老齐与你是朋友吗？"

吴少卿笑道："我们是旧相识，有过一段交情。"他突然停住不说了，把身子挺直，然后又靠回椅背才接着说道："要说朋友嘛，分很多种，有过命的，有泛泛的，有吃喝同好的，有玩在一起的，有处事儿的，有处人的，长仁少爷说的是哪一种？"

长仁哑然，认真想了下才又问吴少卿："那吴经理觉得朋友应该是什么样儿的呢？"

吴少卿哈哈一笑："长仁少爷定是刚来上海还没交到朋友吧？照我说，朋友应该是可以相互利用帮衬的，否则要结交他做什么。"他边说着话，边将眼光投向长仁，看他正盯着自己，似乎很认真地在听，便很满意地说下去。

"所谓利用就是可以从各自身上得些好处，轧点油头。帮衬则是在遇着难处的时候能使得上力，像我们这样的生意人，第一是利益，第二是利益，第三还是利益。一切以利字为要。朋友嘛，最好的关系是相互得利，如若双方利益不能均占，那自己的利益也一定要保住。"吴少卿说得兴起，很是得意地摇晃着他的脑袋，看到长仁低垂下头并不表示赞同，他叹口气，语重心长地开导长仁。

"长仁少爷年纪尚轻，对这些话不一定认同，但这世间社会即是如此，由不得你，愿意也好，不愿意也罢，生在这世上，活下来，安身立命就须得考虑到利益二字，晓得伐？"吴少卿边说边抽出手来拍了拍长仁肩膀。

长仁听了这吴买办的一套关于朋友的世故说教，心里不是个滋味。若是照这位的说法，朋友便等同于利益，能得利便可做朋友，无利可图朋友便没得做。

长仁自幼读书不少，又听过古怪先生的许多典故，什么管仲乐毅、伯牙子期一时都在心中翻腾开来。

不过他嘴上并不说反驳的话，心下暗忖，这吴买办是个一心只认金钱不认人情的，多说无益，且不与他见识，于是垂下眼皮讷讷地"嗯"了一声。心里不免对老齐拿票据去钱庄冲兑的事担心起来。

突然，吴少卿像是想到了什么，"哎呀"一声喊起来："差一点把个要紧的应酬给忘记，晚上约了几个朋友吃饭谈生意。"

说着话人早已站起身，用手把自己从上到下掸了又掸，走到门口把开着的木头门扇合在门框上。原来门扇背后是块长身水银镜子。

吴少卿对着镜子，侧转过身子抻了抻西服马甲上的皱褶，又抬起双手在嘴边重重哈了两口气敷在本已光可鉴人的头发上，这才满意地对镜中的自己点点头。然后背着身子很随意地向长仁道："这会儿已是时候不早了，况且老齐要跑两个钱庄，今晚恐怕断不能办结。长仁少爷暂且安心在我这里小住一两日吧，楼下有个储藏室，平日里兼作我休息室用的，就委屈您将就一下。"

说着带长仁向外走，边走边大声对外间的一个穿洋服西裤的油头小个子职员吩咐道："好生照顾好长仁少爷，有什么差池回来有你们好看。"只见那油头小个子一叠声的"是、是、是"，躬身替吴少卿拉开经理室的门。

长仁在怡兴洋行的储物间足足待了两天，老齐也没来，吴少卿更是不见人影。

长仁在那小小的空间里来回踱着，有如热油炽心。

他开始琢磨逃出去的法子。

那储物间在一楼旋转楼梯下，实也算不得一间，只有半扇小窗，却是被罩着的雕花玻璃封实了打不开，仅作透光之用。

长仁在第二天早上就开始意识到自己是被幽禁在这小小斗室里了。他早上起床后想上楼去与吴少卿招呼一下，实为着急打听老齐兑付情形。

不想那门却拉不开，细看是被人从外面上了锁。

他尽力砸门大喊，可一任他折腾半晌，根本无人应声。

两天以来，只那油头小个子职员近天黑时，从门外端过饭食进来。任凭长仁怎样撕扯怒骂，这小个子却是态度极好，一言不发，送进饭菜便退出去。长仁也想过逃，可这小子心思细密，进门必上锁，离开时，开锁出门回身关门几乎一气呵成，教长仁无隙可乘。而且，一整天只能吃一餐，长仁十多岁正长身体，哪里能够吃饱，想来也是不让他吃太饱，怕他有气力出逃吧。

可是，如果想逃，也就只能乘送饭这会儿了！长仁顾不得想这件事情的前后因由，只想着眼下怎么样逃出去获得自由。定是这个吴少卿想赖账！这样再拖几天自己就会失掉逃的体力与精神，得抓紧时间实施逃脱计划。

长仁微眯起眼睛躺在那张小床上，养足精神，只盼天快点黑下来。

老齐欠款兑付也不知办得怎样，或是祥昌店里发生了什么事？叔叔找不到自己，还不知急得怎样。他闭眼躺着，却睡不着，脑子里被各种担心占满了。

终于，门外有响动，是油头小个子来送饭了。

第六章　装糊涂买办无理，耍嘴皮账房滑头

49

长仁一骨碌从床上翻身起来，然后侧身躺在近门处的地上，把右胳膊伸出去，既能随时撑地借力起身，又恰到好处地挡住脸，留的缝隙正可偷眼看着门口处。

只见小个子端着托盘闪身进来，看见倒在地上的长仁估计有些意外，"呀"的一声。长仁赶紧闭上眼，感觉他用脚踢了踢自己的腿，想是要把手上的托盘先放下，只感觉油头小个子抬脚跨过自己身体走向桌边去。

时机到了，正当小个子的另一条腿跨过去的一瞬间，长仁弹身起来冲出还没来得及上锁的门，然后直直奔出大门，闯上福建路大街，立刻就混进人群里。

他并没来得及奇怪，为什么油头小个子竟会不追出来。当然，他更没看到小个子在他背后留下的那个轻蔑的笑。

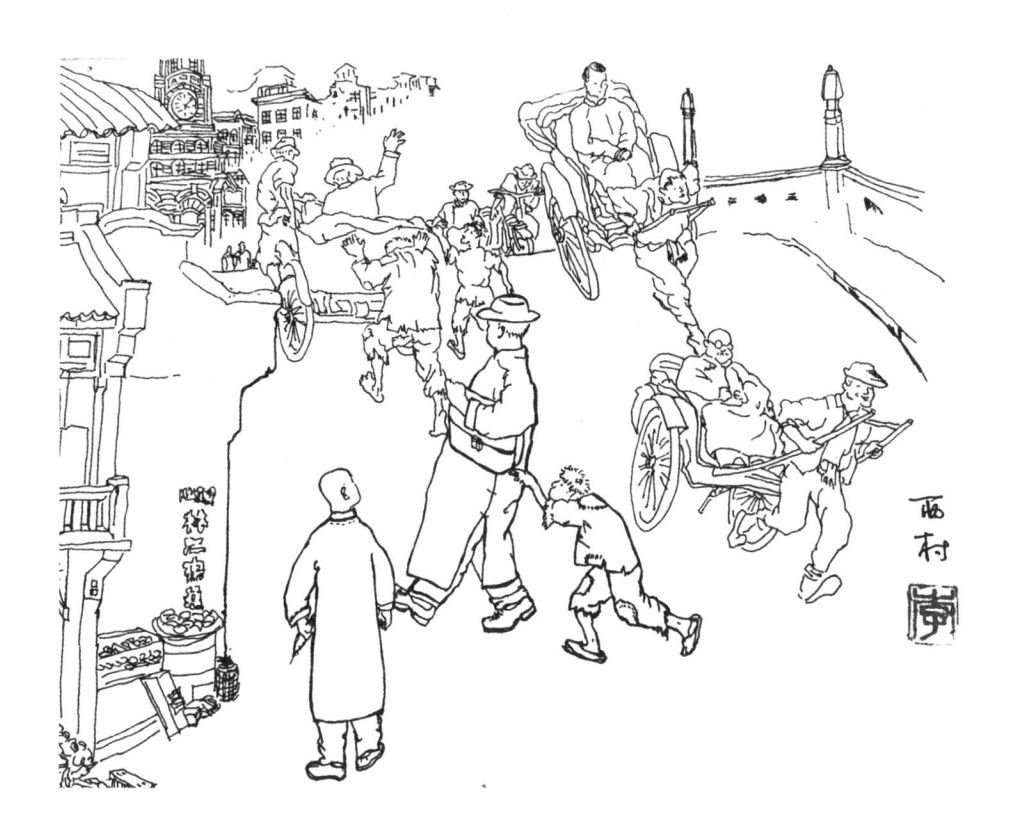

第六章　装糊涂买办无理，耍嘴皮账房滑头

第七章　走投无路因亲弃，面授机宜无赖经

华灯初上，街面熙熙攘攘来往的人流不断，音乐声与人声交相混杂，十分热闹。长仁个子小，在人群中左突右撞、磕磕绊绊，只觉得那红绿橙蓝的霓虹灯拉着长长的，或光影或人影全朝自己扑过来，他抱着头只一味地奔逃，被碰到的人的骂声不断划过他耳边，这会儿全都顾不得了。

长仁就这么不辨东南西北地跑着，直到累得要吐出来，才停住脚。他只觉胸口像是被塞进了一块烂抹布似的，透不过气来，每次呼吸，长仁都觉得干涩得疼，于是用手扶了街边的大理石柱，弯腰尽量放慢呼吸。

喘息稍定，长仁环顾四周，却已经不知跑到了哪里。

左前方是座钢结构的大桥，高耸的钢架直插进夜幕里，电车驶过时，钢架下横空架挂的电车线不时爆出点点蓝绿的火花。这座钢桥长仁是认得的，是往来沪杭经过的外白渡桥。两旁看不到边的滩头停了三两只船，船上的灯光闪闪烁烁。

风从水面刮过来，长仁衣服尽已湿透，刚刚急着逃出来，外衣竟也没穿，这会儿才瑟瑟地感觉到冷。

长仁虽到上海已近半月，但他到底是个老实孩子。叔叔让他好好待着，他就总是从祥昌到客栈，再从客栈回祥昌，还从未离开过租界范围，两天前跟了老齐去怡兴要账才算出了趟"远门"。

想着初来上海时坐的电车，长仁晓得1路电车是可以回祥昌的，就往外白渡桥方向走。忽地又想起身上连个铜钿都没有，只得靠两条腿。他顺着电车行进方向跌跌撞撞地不知走了几个时辰，天色发白时，终于远远看见了那座熟悉的大铁桥的暗影。长仁忘记了冷和饿，急步跑过桥面那已无人拦查的路障，三步并作两步地来到祥昌店门口，边拍门边大声喊："叔叔，叔叔！"

拍了半响，二楼中间叔叔卧室的窗户亮了。

长仁看到楼上的灯光，一路悬着的心才稍觉得安妥。他仰起头，朝那扇窗轻轻喊了声："叔叔！"两天来的委屈翻腾起来，眼泪禁不住地流下来，突然一阵眩晕，险些摔倒。长仁这才感觉到又累又乏、饥寒交迫，他用手撑住铺门，轻喘着平复自己复杂的心情。

门忽地开了，长仁猝不及防地一头跌进开门人的怀里。耳边传来"哎哟哟"的喊声，长仁听着声音耳生得紧，待定睛看时，面前是个满头花白的陌生老太太。长仁慌忙道声"对不住"。那老太太边揉着被撞疼的胸口，边嗔怪长仁："看

你是个孩子，怪道毛手毛脚的，撞坏我老人家你可得包赔看大夫。"

长仁看这老太太穿着灰色裹藏蓝边的家织布衫褂，半旧的深灰翻边布裤，一双半大的脚上趿着黑色光面布鞋，看着像是个仆人打扮。他便又躬了躬身子致歉，然后问道："请问这位婆婆，阿瞒不是住在铺里吗？怎么让您老偌大年纪夜半三更起来开门。"

"你这孩子好笑了，我不开门谁开门来……阿瞒……讲的是哪个？"老太太把身子挡在门口，并没有让他进门的意思。

长仁饿得发慌，头又一阵打眩，只好将身子靠着铺门强打精神问她："那叔叔呢？刚看到他房里亮了灯。叔叔！叔叔！"长仁边说边朝楼上喊。

老太太开始朝外推长仁，嘴里嘀咕："你这孩子好不晓事，这大夜下的胡乱叫喊，吵着掌柜的，我又该挨罚。"

长仁用脚抵住门，情急之下就强行往铺里迈步子。老太太急得呛声喊起来："哎呀呀，你要干吗？……"

"黄妈放手，叫他进门来，我看看是什么人如此放肆？胆还真肥！"楼梯上下来一个胖圆脸小眼睛男人，四十岁上下的年纪，话说得虽狠，却是一脸笑模样。

长仁有点发蒙，自家铺里出来的这两个人竟然是全不认得的陌生人。

黄妈将脸凑到长仁近前问道："你这孩子也不像个混混瘪三，怎么不讲理呢？"

长仁张了张嘴，嗫嚅道："这里是祥昌丝行吗？"

"噢，三天前倒还是。这么说来，你是祥昌的人？可他们都走了呀！"圆脸男人口气缓和下来。

长仁不敢相信，只两天工夫，开了几十年的祥昌怎么会没了。他心有不甘地问那男人："我叔叔呢？"

那圆脸男人咧开嘴："你叔叔叫个啥？"长仁回他："就是这家铺子的原掌柜。"圆脸男人身后站的老太太"呀"了一声，圆脸男人回头向黄妈说："你先下去吧！给这孩子做点吃食来。"黄妈下去了。

圆脸男人把长仁让进屋坐下，又问他："荀掌柜是你的亲父？"长仁不明就里地点了点头，那人一拍大腿："哎呀，他将店盘给我就带着俩伙计走了，并没关照说还有个侄子要来投奔。"

长仁大吃一惊，也不知哪里来的力气，一下站起身来："什么？叔叔走了？去了哪里？没有留什么话下来吗？"

圆脸男人想了一想道："可能是要去南京，走时听他问老齐订船票的事。阿瞒还在旁回话帮腔，似是当晚的戴生昌……"

圆脸男人话还没说完，长仁已跳起了身。刚立起身就一阵眩晕，扶住了近旁的桌子。黄妈这时端出一碗面来："这孩子想是饿得不轻，快吃点吧。"圆脸男人轻声对黄妈吩咐："吃完打发他走，别找麻烦。"又大声对长仁道："你说祥昌店东是你叔叔，他把账房伙计都带走了，咋地也不带上你去南京呢？"说罢呵呵地摇摇头，便回身上了楼。

长仁向黄妈道了谢，捧过那碗面，一低头，眼泪便再也忍不住，簌簌地落进了碗里。他大口吃着，和着面把眼泪咽了回去。圆脸男人的话像针似的扎得他浑身不自在，长仁知道这是他故意讲给自己听的，生怕自己会赖上此地不走，于是边吃面边在心里嗤道："谁稀罕留下，问明叔叔去向我自是要去寻的。"

待一大碗热气腾腾的面吃完，他力气足了，同时也下定回南京的决心。叔叔是他在这世上唯一的亲人和依靠，怎会欺他弃他，长仁不肯相信，非得找到静之叔问个究竟。

长仁走出祥昌丝行大门，这时天色已经大亮。回身看那店招依旧在风中招展着，但那种熟悉亲切感却是荡然无存。祥昌丝行竟与自己忽然就再无半点关联了。

这一切似乎来得有点太突然，太不真实。走在大街上，长仁还觉得一阵阵地恍惚。大街上来来往往的行人在长仁身边穿过，可长仁不知该去哪里。

去南京吗？两手空空，拿什么买船票？虽刚吃了碗面，下一顿饭食在哪里？长仁的脚步慢了下来。漫无目的地在街上逛了半响，待到抬头看时，却不知怎么又转回到了人行桥来。

光复那天在人行桥两端架设的路障，不知什么时候被人丢在了路边，在桥上吆五喝六剪辫子的一众帮派弟子也都不见了踪迹。

长仁在桥边坐下，肚子开始咕咕叫。

洋泾浜的水湍湍地从桥下流过，这是一条黄浦江的支流，南汇、川沙、奉贤等郊县的农人都摇着小船，满载自家的农产从黄浦江而来，泊在洋泾浜桥畔，与两岸的居民交易。

洋泾浜是公共租界与法租界的分界线，有桥南北横跨洋泾浜，连接了租界两端，再向南便是华界，这里成了三方交会的特殊地带。沿浜两边商号林立，码头上各种运货的船只你来我往，路上车水马龙、川流不息，实是一处极热闹所在。各地商贾在生意成交之后，就喜欢到附近的山东路麦家圈、福建路四马路等处逛赌场、妓院和燕子窝烟馆。因此这一带，便自然成了上海三教九流各色人等云集杂处之地。

长仁愣愣地看着路上行人车辆或急或徐、熙来攘往，却没有一个人是与他有半点关系的。直到此刻，他才不得不认定自己的确是在一夕之间成了无家可归的流浪孤儿。他不禁又把家乡发水以来的桩桩件件细细联想一遍，忽而就觉出了害怕。长仁不敢再细想，心却兀自沉下去。一张张满含笑意的脸孔在眼前闪过，三叔公与一众族人、占云、静之、阿瞒、老齐、吴少卿、油头小个子……长仁的拳头渐渐攥紧了。

"小赤佬，侬勿要跑！"长仁的思绪被一声叫骂打断。循声看去，桥上一辆黄包车上高高地立着个长衫男人，正伸长脖子朝桥北破口大骂，顺着那人手指方向看时，只见一小孩儿手里抓了顶大礼帽，趿溜从长仁面前一窜而过，钻进了街对面的弄堂。那长衫男人还在不住声地骂着，原是这小孩儿帮忙推着黄包车上桥，长衫男人掏钱打赏，不想那小子拿钱的同时，却趁这人一低头工夫，抢了他头上的新礼帽。长衫男人眼见那抢帽子的跑得早没了踪影，这才悻悻地对黄包车夫低声道："妈的真晦气，快走！"于是一切如常，居然都不曾有行人停一停脚，想是见怪不怪吧。

长仁更觉饿了，肚子咕咕地抗议。他站起身茫然自顾，却瞥见桥下停的一艘小篷子船上，船家老汉正吃力地往岸上挪舱里放的满满两大筐萝卜。长仁顾不得肚饥，上前帮老汉把筐抬上了岸，老人冲长仁点头称谢，顺手自筐内拿了个大萝卜给他。长仁帮忙本未图有什么回报，正是饿得难耐，便忙向老汉深鞠一躬，转身连萝卜上的泥也顾不得擦，就张口咬下去，那甘甜脆爽真是令人无法形容。

长仁似乎看见了一线生机。自怡兴跑出来时连外衣都没顾上穿，身无长物，想来也只有气力是能出卖的，可以帮人抬货、推车、跑腿，总之，先要能混饱肚子不饿死。身上穿的麻孝衣都成了灰黑色，想着这样也好，于是松开绑腿从当间撕开，分出一条扎在腰间，然后把长衫的前后襟掖进腰带。这才是卖力气该有的样子。

长仁低头绑裤脚，忽感觉身边多了个影子，抬头看时，一个枯干瘦小的男孩抱着臂膀立在跟前。年纪估摸着也就八九岁光景，脸被黑泥糊得看不清长相，身上黑黢黢的棉衣，大身及肩袖破了不少口子，露着黄黑棉絮团，头上却突兀地戴着顶簇新的蓝呢礼帽，帽顶太大，扣下来几乎遮住半张脸去，帽檐下露出打着绺的枯草般乱发。

"咦，你不是刚才那个！"长仁边说边回身指桥上。

"你是干啥的，这里是俺们的地盘知道不？"礼帽男孩儿老气横秋地用手指着他喝道。

"我，我没干吗，就是坐坐。"长仁一时之间被这孩子的不友好搞得莫名其妙。

"坐坐？俺见着你刚跟人船家要萝卜吃了。"男孩儿脑袋一歪，两手叉在腰间，极力摆出老练的样子。帽子太大，他不时用手指头去顶顶檐口，好教眼睛看得见。

长仁看着他滑稽的模样，不由扑哧一乐。小家伙却不高兴了，将手伸进嘴里打了个尖厉的呼哨，不一会儿，四下里便涌来七八个半大小子，将长仁围在当中。其中一个年纪稍长、壮实黝黑的少年与礼帽男孩儿低语后，向长仁一抬下巴道："做啥？侬想呛行头？"说着把拳头伸出来晃了晃，听口音是个本地流浪孩子，难怪可以当个小头目。其他孩子也都将身子向前倾，跟着一道朝长仁喊道："快说，快说！"

少年左右摆摆手，手下孩子便纷纷叉腰抻腿拉开了架势。少年示威似的向长仁表达了震慑意图，又大模大样地在街边台阶坐下，忽地瞥见地上半截烟屁股，眼睛一亮，伸手捡起来，立刻就有个孩子凑到近前擦自来火点了。少年很老到地深吸了口烟，眯起眼笑道："嗯，吕宋，今朝老子运气交关不错。"随即又将脸一沉，向身前站着的几个手下喝道："你们是不是都把好的藏起来了？还不交出来，要老子搜么？"几个孩子面面相觑，其中一小个子蹭出来，从卷着的袖口里翻出根拇指长的雪茄，双手捧了递给他。少年哈哈一乐："赤佬，藏得不错。"把雪茄放进口袋，看了眼那小个子，又道："放心，停一息息找地方大家伙白相。"围聚着的孩子哄声欢呼，小个子也咧开嘴流下一溜哈喇子。

长仁看出这帮流浪孩子并无恶意，挺了挺胸向领头的少年一抱拳："在下孤身一人无依无靠，实是饿得没法儿，才想靠卖气力换口饭吃！"

"太好了，送来个落单的瘪三！"少年上下打量长仁，又朝身边的礼帽男孩道："回头报告丁爷给侬记一功。"男孩连连称谢，哈腰将头上礼帽双手奉上，少年接过帽子看了看成色，满意地戴在自己头上。这才大声喝问长仁道："那侬懂勿懂规矩？卖气力是要先拜码头阿哥的。"

"码头阿哥？那么请问是怎么样个拜法？"长仁虚心请教，此时他实在太需要找个依傍落脚处。只见那少年伸出手向长仁一摊道："侬听好，先要拜丁爷，吾们兄弟都是跟着丁爷混的。拜码头么，要带着点礼物，侬有无啥能拿得出手的东西？"

长仁垂下头如实答他："但凡身上能有点像样的，也不至于饿着肚子想卖力气。"

少年似乎早知会有此答案，"嗯"了声，转头对礼帽男孩笑道："带着伊拉搞点拜礼来，搞成功许侬满师。"礼帽男孩发出声喜悦惊呼，忙拍着胸脯爽脆答应。

"完工带侬去拜码头，只要跟着丁爷守规矩，不愁饿肚皮，看看吾就晓得咪！"少年站起身来，很义气地拍了拍长仁肩头，其他孩子也都围拢来挨个拍了他的肩。

少年此时已吸完烟屁股，起身对长仁道："我叫阿龙！"

有个孩子接口："得叫龙哥，龙哥是我们的头儿。"

阿龙朝那孩子一乐，又指着礼帽男孩："他是阿大。"其他孩子也都指着一一认识。

长仁亦郑重地介绍自己："在下姓荀，名……"不想刚开口，阿龙便不耐烦了："哎呀，别婆婆妈妈的，就说叫个啥！"长仁只得苦笑道："我叫长仁！"

"噢，那么就是阿仁啰！"说着对周围孩子低声吩咐："抓紧辰光，干完今朝事体。"又指着阿大："天擦黑到兆容里阿娇姐那边厢碰头！"接着手一挥，小瘪三们转眼分散进了街边巷弄。

长仁跟着阿大在街上边走边聊，原来这孩子看起来身材矮小瘦弱，其实与长仁一般年纪，想是长年混马路饥寒交迫，以致营养不良，看起来还像个没长开的小孩儿似的。

长仁问阿大："这丁爷是什么人？好大的谱！"

阿大眼睛即刻睁大了："说起丁爷可不得了！身手功夫没话说，三五个人一起上也不一定是他的对手呢。俺入帮前听阿龙哥讲过，丁爷是南汇人，早先每日里摇柴船到洋泾浜来贩卖，被一伙混混仔勒索，货也被抢去。丁爷急了眼，就抡圆拳头把那帮小子打得哭爹喊娘，然后就靠着拳头功夫，收服了这一带的弟兄，有了今日光景。总之你小子记着，遇事找丁爷就对了，没有他摆不平的。"说罢满脸崇拜之色。

"那么你是什么时候拜的他？"长仁话没说完便被阿大抢白道："得尊他老人家丁爷，你懂不懂规矩？"可能是想起长仁尚未入行，便皱了皱鼻头不再计较，接着说道："俺原是有个妹的，俺娘从河南跟着俺爹过来做小买卖，不想俺爹死了，没半年俺娘也病死。俺只好背着妹妹讨饭，挨过的打骂比讨到的饭多。俺妹子是活活饿死的。死了也好，不用再熬那些打骂冻饿。那年，就是这样的腊月天，我冻僵在桥下，若不是阿龙哥搭救，又得丁爷收留，俺也早他娘挂了。哈哈，看看现在的日子，给个神仙都不换！"

长仁看着他说起苦痛经历却像在说别家的事，这破衣烂衫、蓬头垢面的，实想不通能有什么赛神仙的日子好过。

阿大瞥了长仁一眼，大概看出他的不屑，有些着恼道："你们这些读书人，呆得紧。这洋泾浜两头，一头是公共租界，另一头是法租界。一河之隔，形同两国，两个租界的巡捕互不能越界捕人。所以说呢，咱们若在公共租界出手被发现，只要跨过大铁桥，逃入法租界便平安无事了。若在法租界也一样，哈哈，看那些巡捕急得跳脚，就是没法子。你说乐也不乐！"边说边哈哈大笑。

第八章　撞财神得手径逃，助溺难意外自救

　　长仁此时方才知道，原来拜码头大哥就是入帮会。
　　帮会的收入主要来源，一是向来此地贩运各种农产的农人收取买路钱，还有就是像长仁叔叔静之遇到的，强迫洋泾浜两岸的商家交纳"保护费"。阿大这样的小混混，被分派的主要活计是偷抢。丁爷手底下收了一批似阿龙、阿大的孤儿，还有年长的地痞混混，分片区划地盘，专门干些骗拐活计。
　　长仁脑门上沁出层密汗，暗自庆幸在拜见丁爷之前问清楚原委。若是被阿龙带去入了帮会，恐再难脱身。这种坑蒙拐骗的滥污勾当，他宁可饿死也是不能干的。
　　忽地，阿大住了声，一捅他胳膊，向路边撇了撇嘴，压低声音说："看见没，这肥羊儿地道儿见黄儿（黑话），俺俩搭手干一票咋样？""什么？羊儿……地道……黄？"长仁没听懂，便问："你想干吗，还抢帽子吗？"
　　阿大一吸鼻涕，瞪长仁道："呸呸，真难听，啥抢、抢的，那叫'抛顶宫'。说你傻还真傻。"又自语："噢对，你是个雏儿。"于是撇了撇嘴，斜睨着街上的胖子朝长仁道："哎呀呀，真费劲！喏，那老板裤兜里有金货。"
　　长仁看阿大说的肥羊正在路边站着，并不肥，而是个长着副鹰钩鼻的精瘦男人。他头戴礼帽，嘴上叼着时新绿玉嘴红木烟斗，身上穿的蓝狐领皮氅，手指上硕大的七宝戒指煞是夺目。阿大嘴里虽跟长仁不停唠叨着，眼睛一时也没离开过街面上过往的行人车马。
　　待再细看那男人，皮氅里穿的是件灰青的团花府绸棉袍，抬手间确有条金链隐约在腰间闪耀。长仁厌恶偷抢勾当，却不晓得如何脱身，只好权且磨费些时辰，便道："我看他手上戴着的那枚戒指似乎更值钱！"
　　阿大咧开嘴教训道："俺说你小子是咋回事？腰里东西值钱又好拿么，手上戴的得文哥出手才成。"
　　长仁连忙问道："什么？哪个文哥？"
　　阿大不耐烦了："哎呀，他是专做诓活儿的！"长仁懂了，那说的是骗。
　　阿大又道："教你个'撞活儿'好好儿地学着，一会儿你只管不远不近地跟着，俺迎他上去撞一下，拿了东西假装跌在地上，你就来扶我。听清楚没？"
　　长仁还想再问，却见阿大快步向那人走去，只得跟过去看他到底怎么去"拿"那金货。阿大边走边跑起来，还不住回身看身后，正和那蓝狐领男人撞个满怀，

噔噔退后两步一屁股坐在地上。

蓝狐领男人经阿大下死力一撞,脚下趔趄着差点儿跌倒,扶住道边行道树才看清是个脏兮兮的小瘪三,气不打一处来,边忙不迭地用手上下掸着身上的名贵皮氅,嘴里不住声地骂着"赤佬、瘪三、拆烂污……"长仁依之前二人说好的,上前去扶阿大,只听他低声说:"快走!"手里就突然多了个圆圆的硬东西。

长仁的心扑通扑通不住地打鼓,把手上的那块硬物紧紧地攥着,然后钻进了路边巷子,加快脚步一溜小跑再拐个大弯,过了桥方才住脚,躲在树影后远远看对面情形。

只见蓝狐领男人正手拎着阿大瘦小的身子上下翻找,叫骂声夹杂着阿大或真或假的哭喊引来路人侧目。阿大边哭边用手撮挂下来的鼻涕尽往那人身上蹭,蓝狐领男人一把丢下阿大,跳开脚用手指点着骂,阿大只是一叠声拉着长腔哭叫冤枉,哭着哭着,在地上打开了滚。蓝狐领男人似是骂得乏了,低头从里襟兜往外掏出个绸帕子来揩脸。就这当口,阿大一个鲤鱼打挺从地上一跃而起,翻身窜进人丛,左突右撞进了里弄。那蓝狐领男人张了大口愣在当处,连骂都忘记了。

长仁见阿大逃脱始放下心,这才想起手里的东西,摊开一看,是块系金链子的珐琅小怀表,精巧得紧。长仁攥紧金表去迎阿大,边走边还心生出点快活来,看那蓝狐领男人凶神恶煞般模样,必定不是什么良善之辈,合当拿了他的。想着,不由得脚步也跟着轻快起来。正走着,突又想起并没与阿大约定见面地点。刚看阿大东窜西窜逃得那个快,这会儿去哪里找人呢?长仁停住脚,想起阿大之前说,任在桥哪一端得手便只管逃到桥对面去。那只要等在这里便好了。

长仁在路边坐下,把玩着手里的"战利品"。

不一会儿,果见阿大气喘吁吁出现在路边弄堂口探头探脑。

长仁玩心顿起,从弄尾蹑手蹑脚绕到阿大身后,冷不防抬手一拍他肩头喊道:"你就不怕我跑了!"

阿大吃此一吓,猛地缩了脖子回身,看到是长仁大笑起来:"怕你跑出上海去么,丁爷的手下遍布整个上海,你若敢私吞,不出一天,就会被捆成粽子丢进黄浦江喂鳖。哼哼,也正是试试你哩!"

长仁心头一紧,暗道好险,面上却未动声色,将表交给阿大。阿大咧开嘴摆弄着金表自言自语:"看这回龙哥还再罚俺不……"又面露得意之色对长仁道:"你小子要学着点,学不会饿肚皮可是够受的。"

长仁摇头:"这事儿我恐怕是学不会的,你代为向阿龙说吧,我这就告辞了。"说着向阿大拱了拱手,起身要走。阿大伸手捏住长仁臂膀,他兴奋劲头还没过,似是没听懂般定定地看了长仁好一会儿才嚷嚷起来:"别跟俺咬文嚼字,你他妈是

第八章 撞财神得手径逃,助溺难意外自救

59

看不起俺们这行当吧？刚开始都这样儿，想当初俺刚入帮，也不知哭了多少回，那身手不容易练出来。吃这碗饭也得眼口手耳心都攒了活儿才成，不是什么人都能吃得上。"

他说着抬手指街对面一个趴在地上不住磕头的乞丐："他就是练不成才被发入丐帮。这可是苦活儿，每天交账银子不够数是要受重罚的。俺们能在这片儿撒欢儿，这厮货可不成。"

"再说，你小子想好活路了吗，真准备去推车搬货做穷苦力？你这身板儿不还得饿肚皮吗？刚看你还挺机灵的，知道绕过公共租界来等俺。"阿大边说着边歪头想了一下，紧接着又道，"你跟俺干成这一票，就算是入行了，见过有泼出去的水往回来收的吗？俺只要一打哨就可以叫阿龙哥来，你自己和他说吧，看他答不答应。"阿大说着抬手把拇指和食指塞入口中作势就要打呼哨。

好汉不吃眼前亏。长仁当下忙赔笑稳住阿大："那我见过丁爷入过帮后，该怎么着呢？是不是也和你一样，先练练？"

阿大笑了："那是当然，入行前先得'跟脚'，白天跟，晚上练，你跟的大哥会教你，一两个月必得出师，不然的话，不被打死就会被打残，再发去行乞。当然，如果长相还不错，也会和姑娘一起进兆荣里教习所，学学戏曲儿捌别身条儿，正经接客赚钱！"

长仁听到顿感恶心，心中盘算用什么法子甩脱这混混，便笑着对阿大道："我就跟着你练手吧！"阿大却道："现下可不成，等俺当了领头阿哥时节，可就算作是发啦，小弟们得给俺'上贡'。你么，先得看丁爷怎么吩咐，还得看阿龙哥怎么关照你。"顿一顿又道："俺会和阿龙哥说你好话的，放心吧！"说着便把手里的金链怀表递给长仁："你小子真好福气，晚上的见面拜礼有了。"

阿大竟会这样大度！长仁感动之余在心中叹道："若他不是个贼偷混混该多好！"口中称谢坚辞。阿大也不勉强他，笑道："那么等下交给龙哥好咯！"便揣入怀中。

天眼看就要黑了，长仁饿得头昏眼花，揉着咕咕叫的肚子问阿大："你也是一整天好似没吃过东西，不饿的吗？"

阿大发笑："这算是问到关键处了，大家伙儿都是每日一餐而已。告诉你，晚上回去一定要吃得撑不下才好，要不白天是跑不动的，没拿着东西，晚上就得挨罚，不光饭没得吃，还得受一顿好打。当然，你如果够机灵，在外头能搞到吃食更好。"

阿大说着站起身来。长仁只好随他起身，问道："咱们这是去见丁爷吗？"

阿大"嗯"了声，又道："去阿娇姐那儿，今晚丁爷在那过夜！"

长仁一时想不到脱身法子，不得不再多问："这阿娇姐又是谁？"

阿大的小眼睛一下张大开，笑道："她呀，是丁爷收的干闺女，其实是老相好。阿娇姐掌管的园子是丁爷给的，里面的姑娘一多半都是丁爷张罗来的。你刚入帮可以在那儿睡两天安稳觉，咱托丁爷的福呐！"阿大说着眼神涣散开去，似还在回味那段难忘时日。

长仁听阿大说着，频频点头微笑回应，暗地里却嗤鼻不齿。阿大说的竟是妓园。

"救命啊！"……"快来人呐，救命救命！"一阵尖厉刺耳男女混杂的呼救声突然传来，打断了阿大与长仁的对话。

一个盘髻的女人，正踮着小脚左右前后地转动身子大声呼号，不一会儿索性瘫在地上冲着洋泾浜的水号啕大哭。离她不远处的水岸边趴着个男人，边扯着嗓子高叫"救命"，边吃力地用手里的一截树枝在水面乱划着。水中，有双手徒劳地向空中胡乱抓挠，随波浮沉。

"有人落水！"长仁边喊边冲向那岸边。他自小长在水乡，虽说母亲绝不允许他下河游泳，但长仁顽皮，总偷偷伙着阿顺去"泡水"，还和母亲撒娇说泡水并非游泳也。吴氏好气又好笑，终究拿他们没法儿。泡着泡着，长仁水性竟也相当不错，能潜入水底抓那鱼鳖活物。此时正值寒冬腊月，落水之人怕是坚持不了一时半刻。

长仁冲到水边，借着入夜前的一点微光急切观察落水者，见水里的那双手似已是渐没气力。他瞅准方位一头扎了下去，身后传来阿大的声音："还真下去找死啊！"

刚一入水，刺骨的寒意令长仁晕眩，继而手脚乃至全身痛麻难当，几乎要失去知觉。他只得拼尽全力挥动双臂向那在水中晃动的影子划过去，待游到近前浮出头，水面却已没了那双手。长仁深吸一口气潜进水里，透过水面灯影的反射，隐约间，看见一团黑影正沉向水底，长仁游过去一把抓住，手上觉得很轻，拖出水面才发现是个孩子。

此时这孩子已呛晕了，对于长仁来说却是极幸运。那落水之人求生时，会拼命抓扯能够得着的一切什物，抓住便不肯轻易撒手，往往救人的被抓牢后脱身不得，反被那溺水者一并带入水底毙命。因此说，救人前多先将那溺水的打晕再施救，但这对救人者来说也是件耗费气力的事。

长仁拼命朝岸边游，却感到自己麻木的身子越来越不听使唤，只一味向下坠。所幸离岸不远，长仁拖着溺水的孩子挣扎到了岸边，便再没气力向上爬，只得一手揽着那孩子，将另一只手的臂弯套进水边一股粗壮树根死死攀住。

阿大和那岸边男人合力将他们拖拽上岸。男人扑过去用手试了试孩子的鼻息，回头向小脚女人喊了句什么便自往那桥上跑去。小脚女人把孩子揽在怀里哭喊摇晃。长仁身疲力竭，一时动弹不得，只对那女人颤声叫道："呛水了，快放腿上拍他后背，快！"

阿大一边大骂"傻瓜"，一边抓起长仁手脚上下一通乱搓，好让他暖和过来。

小脚女人被长仁一喊惊醒，托起孩子横放在腿上连连拍他后背。好一会儿，孩子吐出几口水，才"哇"的一声哭出来。女人松了口气，一屁股跌坐在地上，抱紧孩子放开嗓大哭起来，大人孩子哭在一处。

就在这时，桥对面飞也似的跑来两个人。跑在前头的瘦高个子奔到近前，蹲下身一把推开正哭着的女人，搂过孩子亲了又亲，低声不住安抚。

女人立即收声强咽住哭，跪在一边无声抽泣。看起来，这瘦高个子应是孩子的父亲。一同跑过来的就是刚才那岸边的男人，见小脚女人跪便也低头在旁跪了，应是个男仆。

长仁觉得身上稍有缓和，开始慢慢活动手脚。孩子渐止了哭，情绪稍定，瘦高个子这才开口说话，却是听不懂的"鸟语"。细看原竟是个洋人，一头棕黄卷毛，瘦削的灰白脸上鼻子硕大高挺。长仁没听懂，不过从声调态度知道是在发问斥责。

跪着的女人抽抽噎噎地讲那孩子的落水经过，那男仆爬起来，配合着小脚女人，连比画带说，口里不时蹦几句"洋泾浜"。他一会儿演孩子，口里喊"Baby, baby（宝贝，宝贝）"蹦蹦跳跳走那水岸边，边走边用脚去踢岸上石头子儿，一会儿指着那女人喊"阿妈，阿妈"，踮着脚学小脚女人颠颠颤颤走路的样子，一会儿又指指自己，学前后相顾不暇的样子。

小脚阿妈与男仆带孩子散步的路上，孩子顽皮踢石子玩，男仆一头顾着孩子，另一头还得扶那小脚女人，就一低头的工夫，孩子脚下一滑落了水。此刻男仆正演到趴在岸边用树枝在水中空划着，原来他是个"旱鸭子"，空有气力干着急，却绝不敢下水，眼见着孩子被水流卷推得离岸越远，急得没法，见到长仁入水施救成功，这才撒开脚去找来主人。

男仆用手指着长仁："他，救了小少爷！"

抱着孩子的洋人注意到瑟瑟发抖的长仁，起身向还在絮叨的小脚女人喝了句"Shut up!（闭嘴！）"后把孩子交给她，小脚女人接过孩子，紧紧抱在怀里，不敢再聒噪。

洋人走近扶住长仁肩膀紧紧捏了捏，然后回身命令男仆脱了身上的棉袍，把棉袍披在长仁身上，洋人操着生硬的中国话说了声"谢谢"，然后接着说了一串。

那男仆是懂得几句"洋泾浜"的，凑近长仁道："这位是亨利先生，感谢侬救了伊儿子，问侬是在哪里厢做啥事体的。"

长仁牙齿依然在打着架，颤声回道："没什么好谢的，碰巧遇到罢了。我在这上海孤身一人，一无所靠。"

男仆向主人躬身回话，亨利点点头面露微笑，低声向男仆又说了几句，伸手摸了摸长仁的头。男仆道："跟我们走，先生许你份差事，管吃住。"长仁求之不得，当下裹紧了棉袍跟着他们向街对面走去。

阿大在边上站了半晌没说话，这会看着他们要走，急忙跟在后边扯住长仁道："阿仁，俺觉着你够爷们儿，不去见见丁爷吗？他会重用你的。"

长仁回身对他道："烦你和阿龙说一声吧，丁爷那儿的手艺我怕是学不会的。也谢谢你今天告诉我这么许多行内的规矩，后会有期！"阿大听他说得决绝，但还心有不甘地跟在一行人身后，直到过了桥。见长仁去意已决，阿大这才站住，眼巴巴地望着他们走远。

长仁跟着亨利走过对街弄堂，又向右转了两转，在一幢洋房前停下。

隔着花园看见长长的门廊前亮着灯，花园不大，三五步便可上到洋房门前的台阶，这是一幢两层有着人字形坡屋顶的英伦风格建筑，正中央挑出个大门廊，周围环绕着赖马塔斯干柱廊，两边是车道，连着楼梯厅走廊，向里看去，走廊转角处三根立柱鼎立，屋檐下装饰着石雕花滴水沿。廊柱内是宽敞的落地门和高大的玻璃窗，此刻透出屋内柔软温暖的橘黄灯光。

站在灯影里，长仁似看到照耀着自己前路的一丝光亮。

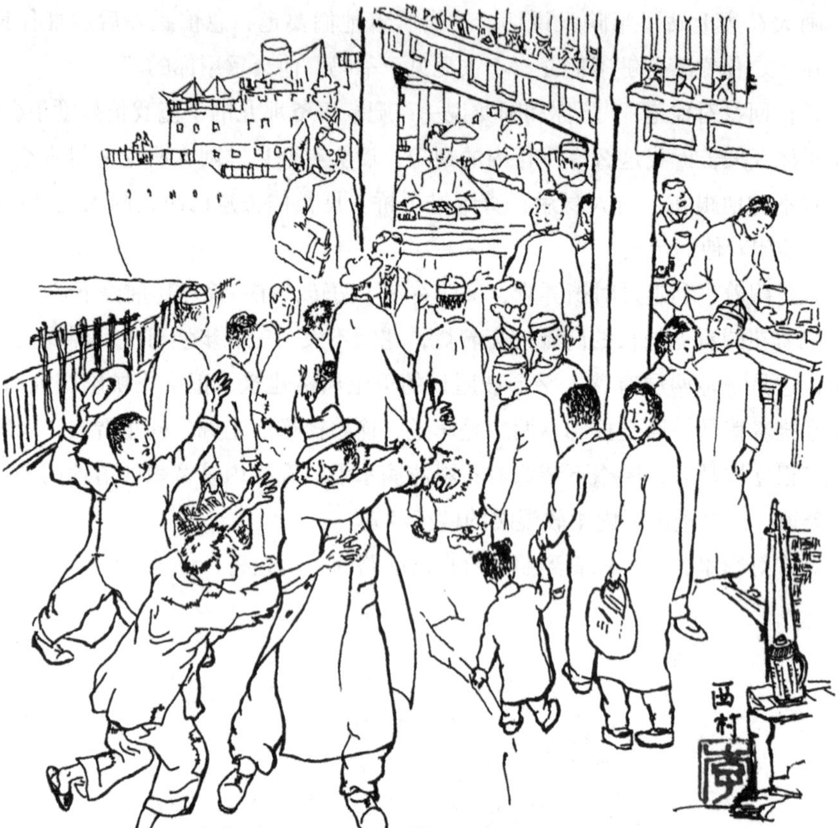
西村

第九章　幸得容留饱暖无忧，陪读兼顾学讲洋文

亨利亲自抱孩子，阿妈踮着小脚上前按了门边的电铃，男仆阿力则扶了长仁跟在亨利身后。门开处立着个系白纱围裙、头缠小白巾的壮硕女仆，见是主人回来，一边躬身低头让一行人进门，一边跟随向亨利报道："先生，密斯特刘刚到，正在小客厅里。"

亨利"嗯"了声，却并没停步，径直往里走，上台阶通过小门厅进入楼梯间，顺着地面云白色大理石进入大过厅南面的小会客室。还未进门便大声笑道："刘，我的朋友，你来了！"一个梳着分头的矮胖子眼含热泪张着双臂应声而出："噢，上帝保佑！小亚历克斯还好吧！"

"Now, now, Lewis! It's all right! There's no need to cry!（好了，好了，刘易斯！一切都好了！没必要哭啊！）"亨利拍了拍矮胖子肩头。矮胖子立即破涕为笑，一把抹掉脸上的泪，回身向里喊道："Sue, Alex is all right!（苏，亚历克斯很好！）"

阿力此时凑近长仁耳边轻声说道："刚才开门的那个是阿香，太太跟前的。"长仁点头问："这位密斯特刘是？"

阿力看着矮胖子的背影嘿嘿笑了两声方才答道："他叫作刘有孚，是亨利先生洋行里的管事，有个洋名叫刘易斯，先生家里的大小事找他就好，人是极精明的，啥事体交关都能办成，但是也都会给自己留一份好处，是以大伙儿都叫他'留一手'。"

说话间众人随亨利进了小客厅。一进门，迎面正对的是一架高大的壁炉，炉膛里炭火正盛，不时发出噼啪声响，红红的火光里松木特有的甜香弥散在空气中，暖意融融。

长仁顿时感觉到温暖，缩作一团的痉挛的肌肉松弛下来。他开始好奇地打量屋里的陈设。地面是大块的方正欧式赭红地砖，壁炉边铺着厚厚的红蓝相间的中式团花地毯，毯上侧放着一座楸木雕花欧式高背虎脚沙发。里面嵌着个女人，身子深深陷在蓝宝石色沙发垫里，只沙发前伸出两只脚看得真切，穿着中式真丝洋红地浅赭丝缠枝牡丹的绣花鞋，相互交叠着搁在宝蓝绒缎子脚凳上。

斜向里，对着壁炉的左侧，一排普蓝丝绒沙发围成半圆，中间垂下一盏巨大的水晶吊灯，上面的每颗水晶都清晰映着个半躺在沙发里女人的影子。

这就是刚刚刘有孚称作"苏"的亨利太太。

长仁把眼光收回，悄声问阿力："这么大的屋子，得有多少下人？"

阿力马上反驳道："什么下人，吾们先生从来都叫'弗软的'，就是朋友，晓得伐！"

亨利抱了亚历克斯上前俯身亲吻那女人，孩子本来一直很乖巧地伏在亨利肩头，像睡着一般，这会儿又大哭起来，张开双臂扑进妈妈怀抱，女人亦哽咽抽泣，搂着孩子不住亲吻。亨利先生却上前抱起儿子在他耳边低语，跟在身后的阿妈立刻会意地上前抱住。长仁实没想到这小脚阿妈居然也能说洋话："baby 乖，baby no cry，baby cry，阿妈也 cry……（宝宝乖，宝宝不哭，宝宝哭，阿妈也哭）"阿妈絮絮叨叨地抱着孩子向楼上去了。

亨利语速很快地向妻子讲述之前发生的事，中途指了几次长仁，站在一边的刘易斯不时抬头看一眼长仁。只见椅子里的苏将身子前倾了一下，抬手向长仁招了招。刘易斯立刻向长仁连连招手道："那谁，太太叫侬，快来快来。"阿力推还在发愣的长仁："快去跟太太请安！"

长仁迟疑着走过去，当脚踏上那厚重柔软的地毯时，终于看清了身上盖着深绿色羊毛毯的女主人苏。她长着一张漂亮的欧洲面孔，在挺拔鼻型的映衬下显得小巧而又精致。卷曲的棕色长发随意在头顶束了个简单的髻，有几缕垂下遮住左边眉头，深深的眼窝中，一对浅棕灰的眸子被火光映得闪闪发亮，只是肤色苍白没有一丝血色，看起来有种莫名的落寞和忧郁。

她伸出手握住长仁的手，掌心柔软而又温暖。长仁惊疑地下意识想要挣脱，她却好像知道他心事儿似的主动松开，向他微微一笑，说道："Thank you for saving my child. What's your name？（感谢你救了我的孩子。你叫什么名字？）"

刘易斯向长仁道："太太谢侬救了吾们小少爷，问侬叫啥名字。"

长仁想到白天通报名姓时被阿龙抢白啰唆，当下简单干脆地笑道："噢，长仁，我叫长仁。"

女人重复道："Charlie? Oh, it's nice.（查理？噢，这名字很好。）"

亨利在一旁用生硬的中国话对长仁笑道："噢，查理！我的苏给你起了个很漂亮的英文名字，以后你就叫查理吧。"

刘易斯随声附和："噢，查理，查理好，查理老好听的呀！"然后又扯了扯长仁湿漉漉的衣角，大声道："还不快谢谢亨利先生和太太，他们没有把侬当作长仁。快说'三克斯'。"

长仁慌忙重复"三什么……克斯"，心忖，查理就查理吧，自洋人口里喊来，怪腔怪调地跟长仁倒也没什么分别。当然他并未意识到这"查理"与被叫作"长仁"有什么本质不同。

亨利伸手拍了拍长仁肩头，道："查理，我的小朋友，亚历克斯就交给你了。"

长仁点点头答道："是，先生！"亨利又道："学游泳，教伊。OK？（好吗？）"长仁对这洋人半生不熟又带着上海味道的中国话感到新奇又好笑，当即回答："OK.（好的。）"又向亨利和苏深深鞠了一躬，口里道："多谢先生太太关照！"亨利哈哈大笑，苏也坐直身子点头微笑。

刘易斯更是高兴得什么似的，连连搓着手道："查理交关聪明，无师自通，竟就会说 OK 了。"说着自怀里掏出表来认真看过，立即表情夸张地叫起来："竟这么晚了！"忙上前跟亨利和苏郑重其事地鞠躬道别，再向众人一一点头握手道别，口里不住念叨："感谢上帝，小亚历克斯没事就好！"到长仁面前时，他站住，拉起长仁的手握住大力摇晃着道："查理，侬格英文就由吾来教，包会且不收学费，侬看好伐？"长仁赶忙鞠躬："正是求之不得呢，那先'三克斯'谢过刘先生了。"说完又忽地想到来上海时占云教过一句什么黑黑白白关于道别的句子，正适合此时情境，便将双手揖了一揖道："刘先生黑白，不对不对，是'白白'或者'古得白'！"

一屋子人看他一本正经的样子，均愣了一愣神，接着全都大笑起来。

当晚，长仁被临时安排与阿力睡一间屋。长仁舒服地洗了个热水澡，终于吃了几天来的第一顿饱饭，他感到空前满足。两人躺下后一时之间睡不着，于是低声说话，阿力很健谈，没过一会儿，长仁就对这洋大班家的情况知道了个大概。

亨利原是广东洋行总部的书办，因洋行董事部决定将贸易重心转移，他被调派上海任职，这才去英国接了新婚太太来到上海。亚历克斯是在上海出生的，因为难产，苏太太的腿莫名地失去了知觉。

长仁恍然，怪道见苏时，感觉哪里不对劲，原是她从未站起身过，两只脚就那么交叠搁在脚凳上。

阿力是最早来到这家的。亨利夫妇当初在上海登岸时，阿力也刚自浦东乡下出来拉黄包车。他拉着先生、太太一路照顾得细致周全，便得以被留用。先是长包拉车，不久遵主人意思学会了开车，由长包车夫成了专职司机。阿力很以自己的差事为傲，毕竟放眼整个上海滩，乃至全中国，洋车夫足够多，可会开小汽车的车夫掰着手指也数不出几个。

亨利夫妇刚来上海还没来得及把家里安置妥当，苏便早产临盆。亨利让阿力去人牙所急雇来阿妈和阿香，一个奶孩子，一个贴身照顾瘫痪的苏。厨房老郑是阿香的安徽同乡，原先在一家洋人开的餐厅帮厨，可巧家里请厨子，顶好要会做西餐，阿香就把他荐来了亨利家掌厨兼侍弄打理小花园里的花草。

亨利先生是怡兴洋行上海分部的掌事大班。

又是怡兴洋行！长仁想到那晚逃出洋行储藏室时的情景，依然会心慌气促。

阿力见长仁听着出了神,便拿手一杵他腰:"哪能啦,吾讲得起劲,侬倒困啦!"长仁才被冰水泡了一遭,一时间又拼尽全力救人,正浑身骨头节儿疼,一碰之下不禁失声惊呼。阿力这才想起他该是累了,忙收起话头各自睡去。

第二天一早,长仁被阿力起床声音惊醒,便忙挣起身子想起来,阿力见到忙抬手止住,压低嗓门轻声道:"无啥事体,吾送先生公事,侬再多睡一阵子,小少爷八点钟才起床的。先生交代过,侬只专心陪着小少爷,读书学习有老师来家里,每天上午学文化,下午学手工、钢琴、礼仪。"阿力边说边掰手指头,忽地又一拍脑袋:"阿妈、阿香自会与侬仔细交代,有啥勿清爽问他们就好咪。"说完便一阵风似的去了。

长仁睡不着,起身拉开门出去,想昨晚间天色太黑没认清路,正可趁此时熟悉下周围环境。不想刚拉开门,正碰上隔壁房间里出来的阿香,手里推着一架木制小餐车,四只脚轮上均包裹了胶皮,推行在大理石路面没有一丝儿声音。长仁礼貌地鞠躬向她道了声早安,阿香却慌忙伸出右手食指示意他噤声,压低声音道:"快别说话,叫亨利先生听见会怪罪呢。"长仁赶紧低头跟在阿香身后,两人一前一后悄没声地走着,一楼左侧并排三间用人房,长长的甬道连通各房间。顺着柱廊走出来是过厅,过厅东面餐厅、西面台球室,南面大间就是昨晚的那间会客室了。

阿香在会客室旁的一扇宽大雕花木门前站住,轻轻叩门道:"古得猫铃太太早,阿香可以进来吗?"一会儿只听门内传来苏的应答声。阿香在进门前挥手示意长仁离开。

长仁垂手应道:"是,阿香姐!"阿香一乐:"小子嘴挺甜!你先去吧,一会儿太太吃完早餐我叫你!"长仁殷勤地帮阿香把住门,看她把小车推进房。长仁瞥见这是由起居室、卧室和卫生间组成的套间,主人房设置在一楼,似与普通人家不同,当然可能是为了照顾腿脚不便的女主人。

长仁转身向外走,经过会客室时,只见里面正对大门的壁炉里柴火依然熊熊燃烧,好像一夜未曾熄过。

穿过楼梯厅便是大门,出门刚下台阶,一股清新香味沁人心脾,长仁深深吸了几口,觉得精神为之一振。花园面积不大,有半人多高的砖墙围着,虽是冬天,园内却并不见萧条,近街有树老香樟枝繁叶茂,树脚植了大片油墨墨的冬青,其间立着块硕大的扇形灵璧石,园角两株蜡梅钻出一大丛矮灌木开得正盛,传来阵阵清香。

回头再看这幢小楼,除了底座是大块灰白色錾假石砌筑,通体由红砖砌就,外墙留下爬藤植物侵蚀后的斑驳,四面是白色落地玻璃大窗,蓝灰的屋顶和斜顶天屋的正中，并排着三座木质老虎窗，窗边的一对壁炉烟囱这会儿正袅袅地飘着青烟。

难以想象，昨天此时，他还饿着肚子在街头流浪谋活路。救人本是发自内心的善意，并未曾企图回报，虽然因救小亚历克斯，全身的每个关节还隐隐地作痛，但跟此刻所感受到的安定踏实比起来，实在是微不足道。

在长仁看来，这屋顶的烟是有温度的，是足令人安心饱足的温度。

看来，这世上并非只有欺诈诡计，自当存一份良善根本。可是，若非受最信任之人设计，他又怎能连家产都转瞬尽失了呢？本渐平复的痛处又隐隐地疼起来。"我要去南京，去当面问个清楚！"长仁攥紧拳头。

"查理，你怎么还在这儿站着？快进来吃早餐了。"阿香从门厅玻璃窗探出半个身子向他招手。

长仁答应着，忙进屋跟着阿香去餐室。

太太已经回房休息。小少爷亚历克斯穿着件簇新藏蓝色滚紫边洋绸中式斜襟棉袍，在一头棕黄卷发的衬托下，小脸越发粉白耀眼，似洋娃娃般可爱俏皮。孩子似乎已经忘记昨晚的溺水经历，此刻正在餐室里围着长长的餐桌蹦蹦跳跳。阿妈扭动小脚跟跄着跟在小主人后面，口里中洋混杂地不断哄着："Baby 乖，别跑摔了，no run, no fall.（别跑，别摔跤。）"

亚历克斯跑过餐桌这头，一回头猛然看见长仁进来，先呆了一呆，然后竟径直跑过来扑进长仁怀里。长仁心头一热，抱住亚历克斯，学着阿妈哄他的样子："Baby 还记得我，baby 几岁啦？"

亚历克斯张开小小巴掌道："I'm Alex, I'm five.（我是亚历克斯，我五岁了。）"长仁看懂了，笑着点点头，然后抱起他坐在餐桌前。小家伙一边乖乖坐着吃阿妈喂的饭，一边不错眼地盯着长仁，十分听话。阿妈终于不用再跟着跑，长吁一口气道："哎哟喂，累煞人，你这孩子总算消停会儿。"

饭后，阿妈和长仁带亚历克斯散步，阿妈边走边向长仁道："今儿个我陪着你，你可得留心记着路！"说着牵起亚历克斯的手向餐室门外走，孩子却挣脱阿妈，蹦跳着拉住长仁的手。

苏太太正由阿香推着从卧房出来，看见长仁微笑道："Charlie, good morning!（查理，早！）"

长仁尴尬自己没听懂女主人的话，远远地鞠躬行礼："太太早！我这就陪着小少爷散步去。"

阿香笑道："你要向太太道早安，得说'古得猫铃'。"

"古……古得……猫……猫铃？"长仁涨了个大红脸，又向苏再鞠躬。

苏听到这古怪声调，又见长仁憋得通红的脸，开心地笑起来，苍白的脸因此生动不少。亚历克斯扑在她膝上，苏低头亲吻儿子，随即又正色向他道："My baby, whatever, stay out of the water, got it?（我的宝贝，无论如何，你都要离水远点儿，知道吗？）"

长仁趁此机会逃也似的快步走出大门，立在门口台阶处等着。好一会儿，阿妈才扭着身子牵亚历克斯出来。看见长仁，亚历克斯欢快地叫道："查理，走吧！"

长仁讶异地蹲下身扶住亚历克斯："小少爷会讲中国话的么？"

阿妈在一旁笑道："哪有正经教过，他学舌快得很呢。你来就好了，听阿力说你是上过学馆拜过老师的学生仔，有学问呢。"

亚历克斯果然在一旁学道："有学问呢！"将阿妈的苏北口音学得字正腔圆。

长仁笑起来："小亚利克斯真是聪明得紧。"又蹲下身去扶了他肩膀正色道："自今日起，咱们一同出门散步，可好？"

亚历克斯"嗯"了一声，歪头看长仁，大眼睛眨巴着。阿妈在一旁道："Baby（宝贝）要乖，晓得伐？"

亚历克斯立即脆生生地学阿妈的腔调答道："晓得咯。"

西村

第九章 幸得容留饱暖无忧，陪读兼顾学讲洋文

71

第十章　南京路见识繁华，皮篷车载尽风头

　　早上散步的路线很简单，不过从出大门始，顺着南向的小路走到街边，再折回家。

　　阿妈跟在长仁和亚历克斯身后，一路絮絮叨叨，长仁听她喊得最多的话是漏什么、漏什么，忍不住问她啥意思。阿妈笑着告诉他，"漏（no）"就是不要、别、没有的意思，长仁心道："这洋人的话倒也并不难，竟连不识字的妇人都能学得会。"

　　亚历克斯歪头听阿妈和长仁的对话，边在旁不住口地学舌，长仁便问阿妈："小少爷没请华文教师，好教他学点我大中华文化吗？"

　　阿妈撇了撇嘴道："这得问亨利先生，太太原是有意要请个留过洋的学生来教，可先生不许。咱家这位洋先生吧，哪样都好，顾念家人，心疼孩子，也从不苛待为难我们这些下人，可就是脾气大些，性子又急又倔的，谁的话都不愿多听哩。他请的家庭教师是个洋老头子，苏太太也没得法子。可怜这孩子虽说生在中国、长在中国，却不大会说中国话的，太太更是一句也不会呢！"长仁听罢不再多问。

　　回到家，阿香说洋教师已经到了，苏太太正陪他坐在小会客厅喝着咖啡。

　　其实小会客厅更像个品酒所在，一排深棕色酒柜沿墙而立，吧台前放着几把橡木高脚凳，巨大的古铜欧式灯罩下是一排深棕色皮质沙发，沙发前的地板上铺着厚厚地毯，窗帘并未被拉开，室内有些昏暗，枝开台灯在侧闪着幽幽的光。

　　看到他们回来，苏太太向长仁介绍家庭教师史密斯先生。亚历克斯见到老师立即礼貌地鞠躬行礼，小大人似的向史密斯描述了长仁救自己的经历，史密斯边听边两次张开双臂搂住长仁，来了双颊贴面礼，长仁窘得不知怎么才好，讷讷地连道"三克斯，三克斯"。苏看着他笑起来，露出两个深深的酒窝。

　　亚历克斯学习，长仁守在一旁也学。不过史密斯说的是什么，他一句没听懂，靠着表情动作猜，倒也能了解大概。开始讲的是英文课，史密斯在小黑板上写了几个单词：water（水）、rain（雨）、sun（太阳）。长仁虽说不懂，却从两人对话的肢体动作大概了解了其中的意思。亚历克斯先重复读了几遍这三个词，在小本上各写了十遍。然后史密斯拿水杯让亚历克斯说一句话，长仁听到了water这个词，知道是水的意思；说第二个句子时，亚历克斯看看窗外的天，耸肩摇头，然后说的是什么长仁没明白，当下在心里记下；说第三句时，亚历克斯指着

窗外的太阳，长仁明白 sun 就是太阳了。讲完了句子，史密斯把板上的三个词一并擦去，然后打乱了顺序报词教亚历克斯默写，不一会儿，长仁就对这三个词烂熟于胸。

课程间隙有一刻钟的休息时间，阿妈端了点心、咖啡和水果上楼来，然后拉着长仁到一边低声关照他，以后这个时间由长仁去楼下厨房找郑师傅取。长仁谢过并记下。

亚历克斯吃点心时，史密斯和长仁一个英文一个中文交谈，场面竟十分和谐，虽然两人大多时候都是各说各话，谁也不懂对方在说什么。不过长仁还是有收获的，他将英文课上学的那个没弄懂的"rain"，写在纸上问史密斯，史密斯连比画带说地让长仁明白了那个词原是下雨的意思。等亚历克斯吃完点心，史密斯开始讲数学。算数式长仁是能够看得懂的，亚历克斯五岁就已经学到了十数以上加减法，这让长仁很是吃惊。两个钟的时间很快过去。阿香来请史密斯吃午餐，原本长仁是要等他们用完餐后，才能与阿香、阿妈一起吃的，可小亚历克斯拉着长仁不肯撒手，苏也一再要求他以后一起用餐，这让长仁更加局促不安，看来，叫查理与叫长仁的确是有区别的。

饭罢，史密斯告辞。苏太太与亚历克斯都去各自房间睡午觉。

长仁终于得闲，正想四下走走，却被阿香叫住，要带他去看房间。

阿香说，昨晚亨利先生特关照了的，在二楼为他专辟间房，就在少爷卧房隔壁，方便他出入照顾少爷。今早阿香抽出时间已经与阿妈一道帮他把房间收拾打扫干净。这样优厚的待遇着实令长仁大出意料，少不得又作揖鞠躬地多叫几声姐姐。阿香捂嘴笑着领他上楼看房间。

长仁跟在阿香身后，沿宽大的橡木楼梯走上去，顺着墙壁一路悬挂着宽大木质金漆相框，内中是或风景或静物的油画。楼上是宽敞的爱奥尼克双柱廊，廊柱中间都有宝瓶式栏杆围护，长长的过厅连通各个房间。

阿香依次打开每间房跟长仁介绍着，东面有活动室、书房、客房和卫生间，是亚历克斯学习、休闲娱乐的地方。南面的两间主人卧室，中间为卫生间，可从其穿通，南向的卧室外面是连通宽敞柱廊的长阳台，左边的是亚历克斯的卧房，右边靠外侧的是先生太太原先的房间，太太腿坏后就搬到楼下住了。

阿香压低声音喋喋不休。走过主人房，推开左边的一扇木门道："这是你的房间，查理。"阿香对长仁的英文名似乎很有兴趣，家里除了先生太太，只她这样叫。

房间里桌床灯盏陈设倒也简单，南北向的长方形被从中间隔了一处，北面就多了个小间改作了小厕间。长仁对住处极满意的地方是靠南窗处的一架书橱，里面散放了几本书。长仁拿起来看，居然是《论语》《史记》《三国演义》，这些书出现在洋人家里实有些让他讶异，翻看是全新书页，想是还没被研究过吧。阿香看他翻书，便道："先生买了学中文用的，可没一个月，就被丢下了。这不拿过来便宜你咯。"

"叮铃铃"，桌上的一部木座子忽然发出清脆的响声，骇得长仁一惊。

阿香立即转身快步上前一把抓起木座上挂着的铜质小喇叭，另一手拿起圆形听筒压在耳朵上。

"喂喂，亨利先生公馆！请问哪位？"然后停下，侧耳听那头声音，道，"噢，是，太太，我马上下来。"

阿香放下那手柄和听筒，看长仁瞪着那桌上的"说话"物件，笑道："这是电话，外国人叫它'德律风'的。"

"太太叫我，你在房里待着，小少爷要睡一个钟头的，到时间要叫他起床。阿妈会送点心上来。"阿香边关照着边向外走。

长仁第一次见到这德律风，好奇地学着阿香的样子提起那木座边挂着的小喇叭，拿起那听筒刚放近耳边，听到的是刺耳的沙沙声，忙放下。他坐在桌边取了本《论语》翻开，近些日子遇到太多事，好久没认真读书了。直到阿妈踮着小脚端了点心上来，长仁才意识到忘记叫亚历克斯起床。

下午是亚历克斯游戏活动时间，长仁的任务是变着法子陪他玩儿。亚历克斯极喜欢长仁，黏着他寸步不离。

长仁被缠得没法，顺手抄起桌边那本《论语》读给亚历克斯听，此后渐成习惯。

自此，长仁每天上午跟着史密斯学习英文、数学，下午边教亚历克斯学《论语》边玩游戏，各得其乐。

简单的日子便觉时间过得飞快，不觉已过半月。这天午饭罢，长仁读故事哄得亚历克斯睡着，刚回房坐在桌边要复习默写新学单词，桌上那架"德律风"响起来。是阿力从洋行打来的。他告诉长仁，亨利先生关照要他带长仁出门去逛逛南京路，除开眼界长见识而外，也为着熟悉一下周边环境。长仁有点摸不着头脑，当小少爷跟班而已，跟南京路又有什么关系呢？不过心内狐疑着，却也只能听从而已，他清楚自己的处境地位。

两人约好半个钟头后在花园门口碰面。

亨利家离南京路不远，阿力带着长仁步行穿过花园门前的小马路，过桥向南走不多远，即可看到街道两旁掩在树影花丛中的一栋栋西式洋楼。

"这一片是体面洋人们的聚居区域，咱们可得绕开些走，里头都养着恶狗。"

阿力边说着话，脚下步子也快起来。

二人顺着这条街又走了约莫百步，眼前豁然开朗。

"这便是南京路了！"阿力用胳膊一捅长仁的腰眼，长仁只觉得腰腿一阵酸麻，慌忙停了脚揉着腰做深呼吸，接着环顾四周。

这南京路是外滩通往跑马场的一条路，十里长街两旁所植树木葱郁成林。街道两边商铺、银行、公司、洋行、报馆林立，还有不少洋行大班们居住的花园洋房点缀其间。"真是商业繁华之所在啊！"长仁发出由衷赞叹，目不暇接地看着路两边：这边挂着惠赉、泰兴、汇司公司的门牌，还有屈臣氏药房、别发印书馆；那边又有公平洋行、大来洋行、伯兴洋行，还有什么福利公司、科发药房，再有谦和地产、泰晤士报、德文新报，再加上些洋酒烟草铺以及珠宝首饰、钟表、服装、呢绒、食品、南货、木器等商店星罗棋布，各行各业齐聚在这条街上。

阿力看着长仁惊异迷惘的表情，不由得面露得意之色，那表情就像南京路上的这些商业都是与他有关联的。

"这条南京路可是有说头咪，直直通到河南路，唔啥大特别，就是热闹。可说是全上海最热闹所在。吾们上海人都这样讲这条路：'满街装饰让银楼，其次绸庄与疋头，更有东西洋广货，奇珍异产宝光流。'"阿力边说边摇头晃脑。

突然，阿力指着一座伟岸的建筑群大声道："快看快看，哈同地产侬听说过伐？"看到长仁摇头，阿力似乎很有些失望。

"巨富呀，侬唔听讲过？整条南京路上伊拉的产业多的咪。人么又交关大气，花了六十万的银洋铺起这硬木路面，印度国购进的，叫啥铁力木。铺的时候全上海都轰动哉，吾们天天来看热闹，足足四百万块红木砖块，每块两寸见方，密密匝匝嵌入马路，再喷涂一层柏油。侬踏踏看，多么软当有弹性。"阿力边说边向长仁比画着，站在原地用脚后跟在红木砖的路面蹬了几蹬，以示其好。然后，一脸满足地笑着看向长仁。

长仁不由得瞪大了眼睛。他所知道的筑路，不是土就是石子，或石板，或卵石，像这样用木头铺成的路还是第一次见到。于是他也学着阿力的样子，站在路面上用脚试着踏了踏，的确是弹韧有力且平整如砥。可转念想到木头不抗潮易腐蚀的坏处，长仁觉得不过是上海富人为显其阔绰而哗众取宠的做法，不免心有不屑，摇着头向阿力笑道："木头好是好的，哪有石头耐用，坏了烂了可怎么办呢？"

阿力立即接口："哪能，侬哪里晓得，每块木砖都是浸过桐油、做过防水防蛀特殊工艺处理的呀，怎么可能坏脱呢。马路每日里厢打扫两次，又有洒水车洒道，终久异常洁净的！这可是上海乃至全国最昂贵的马路哉。"

长仁不以为然，心想：的确是除了昂贵没什么可取之处，如此繁复的工艺和繁重的维护保养工序，那得要多花去多少银钱跟人工！但与此同时，却也不得不由衷感慨叹赞其好、其精，确令人大开眼界。

南京路向西，经河南路、山西路之间的抛球场，就是跑马场了，连接西藏路西有大片广袤草地。

跑马场路幅不宽，总有车人混杂往复，比起南京路来就显得些许狭促。

长仁和阿力不得不边走边避让行人和各种车辆。一种皮篷马车引起长仁兴趣，车子多由一匹马驾着，车上有皮篷可自由开合，两个车轮很大，车厢被托起突显其洋派时髦。驾车的车夫们制服考究，但看来多少有些怪异，非中非洋，有西洋宫廷式样，也有斜襟对袄的中装。

车行极慢，马儿踏着步点儿踱，驾车人也不催促，松松地持着缰绳，时时作势扬手在半空甩几下响鞭，引来路人艳羡目光。那乘车的或高声调笑，或左右顾盼，或昂首直视前方目空一切。

"这车叫作亨斯姆的，可别嫌它跑不快，坐在上头的可是享受得很。不过，车钱自是不便宜。"阿力见长仁看得出神，边说着，眼里流露出一线向往，又悻悻地嘟囔道，"可惜，吾也没坐过。"

长仁笑着拍拍他的胳膊安慰："没事，等咱们发达了，别说这皮篷子，汽车亦不在话下！"

"好，志气不小！"阿力说话间又兴致高涨起来。

"可惜了这些驾车好马，不着急赶路何必乘车子！"长仁不解。

"啊哈，坐车的本就不为赶路，却是专为'兜圈子'"，见长仁疑惑，阿力咧开嘴笑起来，"兜圈子么，就是乘着马车，绕着上海最繁华处兜一圈。吾们本埠人还有那些刚来上海的外乡客，但凡有点身份的，都要兜上一兜的。噢，还有些赶时髦的年轻人，都是极喜欢的，勿论男女，招摇过市，这可谓道'出风头'。"

长仁听后皱眉道："花钱坐马车，又不为赶路省脚力，真是够闲得慌！"

阿力嗤地一笑："侬这就是不开窍了，兜圈子么是很有说头的，由福州路登车，自山东路之麦家街，进广东路之宝善街，出北海路，沿跑马场，过中泥城桥，至静安寺路之味莼园。归途由南京路经山东路之望平街，转福州路，沿跑马场，进北海路，由广东路之宝善街，至河南路之棋盘街，进福州路，转东至黄浦滩路，进南京路，由湖北路之大兴街，至福州路下车。如是而绕行一周，所谓圈子者是也。这些个地方，都是上海地方繁华所在，风景也极值得一看，侬小孩子家家的，不懂得享受时髦。"

阿力正说着，却忽地住了口，一双眼睛直勾勾盯住前面马路。由远而近，一辆皮篷子马车悠悠而来，阿力激动地颤声道："快看快看！"只见车身漆色俗艳，大红的车厢上又描了黄的绿的条纹，在车厢上下两边贴近直纹处，又用描金画了许多缠枝纹，十足华丽醒目。簇新的皮篷子黑漆漆地翻折堆叠在后身车座背上，车厢里的金色皮质座椅全都敞露出来，上头坐的两个年轻女子，着实要比那漂亮的皮篷车子更加吸引人眼球。

一个女子身着水青滚红粉边的宽袖高领旗袍，另一个则穿的是靛蓝镶月白金线绣花裙，粉嘟嘟两张白圆脸上都嘬着两瓣红彤彤醒目的嘴唇。此刻，也不知她们是讲了或听了什么笑话，正互相用手上的绣花软缎帕子扑打对方，又不住声地嘻嘻哈哈地笑着。道路两旁的路人便不得不去观赏观赏她们，有眼窝浅的男人，竟自停住不走，直勾勾盯住，脖子和眼睛跟住皮篷车转，直到脖子扭到不能再有更大角度。

"这是哪家小姐，这样没有分寸。"长仁皱眉道。他自幼家教甚严，觉得女子定当是娴静文雅的，笑不露齿，步不生风，顾盼有度，绝不张扬。哪里见过这样风情万种、明艳外露的女孩子。

"哈哈，哪里是什么小姐，是窑姐儿，特地来出风头的。"阿力声音里透出兴奋，咽着口水向长仁解释，而眼光一直黏在那车上的女子身上没挪动过。

"不想跟去看看么？"长仁看他好笑，探身把手挡在阿力眼睛前问道。

阿力一点也不介意长仁的揶揄，立即点头："好呀好呀！正可看看是哪家的姑娘。"边说着边拉长仁上了路边一辆黄包车，吩咐车夫："跟定前面那辆皮篷子。"

车夫一点儿也不惊讶，咧嘴脆声回道："晓得咯！"并不着急迈步快跑，而是弯腰将车把一横耍个花活，这才一个起式把车子拉起来跑两步，带上了劲，便放慢脚步收着倒起了碎步子，不紧不慢、不近不远地跟在皮篷车后头。

长仁皱了皱眉头，向阿力小声嘀咕："要花钱雇什么车子呢，咱们俩上脚跟着不就是了。"

"嘿嘿，侬这就不懂咪，有车跟没车讲起来差得远咪，没得车子坐，跟着人家姑娘妹妹，就是耍流氓瘪三，坐着车子跟去那叫白相搞辰光。等息息叫侬开开眼界。"阿力耐心倒真是很好，一点儿也不嫌烦。长仁听懂阿力话的外音，看来他并不只是跟着看看那么简单，不惜花闲钱给别人看脸面。当下便不再作声。

皮篷子马车一路悠悠然，果真如阿力所说，进了北海路，再折进广东路的宝善街绕起圈子。乘车的两个女子的娇笑声一路上不断顺着风洒向周围街面上，引得行人纷纷侧目。

随后，车进了南京路后却没往福州路方向去，而是顺左一拐往北边去了。阿力和长仁紧跟住她们,直到那车停在兆荣里的弄口,两个女子意犹未尽似的打闹嬉笑着,袅袅然下了车,还不忘记左右再顾盼一番。

　　看见阿力和长仁,两个女子并不惊异,相视一笑。靛蓝衣裳的女子径拐向右手边巷子里去,另一个水青裳女子却用帕子遮了半张脸斜睨着二人打量一番,然后嫣然一笑,用手上帕子向他们挥了挥,复又拿帕子掩住口,一扭身子也朝巷弄里去。

第十一章　香满楼见闻姑娘，兆荣里心仪丫头

　　阿力一把扯住长仁，朝兆荣里去，口里嚷着："哎呀呀，原是兆荣里的姑娘。快走快走！"不由长仁多想，两人跟着进了那条巷子，只见那女子袅袅婷婷走在前头，估计是听到两人跟来，她停住脚回头再一笑，继续向前去了。

　　长仁跟在阿力身后，随女子走约百十步，只见前头水青的身影左向一闪不见了。抬头见是一家挂着"兆荣里教习所"硕大木牌的朱漆对开的院门。门口没人，长仁向里头张了张，只见门口三五步是座灰砖的照壁，上头雕的是"刘海戏金蟾"。照壁后头隐隐听到嘈杂人声。

　　长仁只觉得这兆荣里教习所名字颇不陌生，忽地想起前番阿大和他说过的丁爷养的那个叫作阿娇的姑娘妈妈，可不正是在此地的这家园子么！

　　原来那两个姑娘竟真如阿力所讲，是娼妓！

　　阿力早晓得两个女子的身份，并不以为意。不等长仁反应，阿力早已跨上台阶，不忘记回头扯长仁胳膊。

　　长仁脚下不由自主已经跟进教习所大门。绕过照壁是一方开阔天井，三面被三层式的西洋小楼围成个半圆形，三幢小楼既有走廊连通着，又相对独立，有各自的楼梯上下，而每层都有不下十间房，每个门单独朝向天井位置。站在底楼能看见所有房间，而房里有任何动静都能第一时间传至天井。

　　这会儿正值午闲后上客辰光，楼上的门前廊道里或立或倚着几个妖娆动人的明媚女子，够着身子向楼下门口看着，以期第一时间看到自己的熟客恩主，抢到一手生意，也有几对男女间中调笑相互拥携着往房里去。之前听到的嘈杂人声就是从这些房里传来的。

　　二人站在照壁前的天井里，却四下找不见刚进门的那个青衣裳的女子了。正犹豫着不知该往哪条楼梯上楼去，长仁却一眼瞥见左手游廊阶下坐着个人，上半身压得很低，两条胳膊圈缚着自己的膝盖，把头埋在腿弯里。长仁见这人的衣裳身形都像极了阿大，便挣脱阿力走到那人近前细看，可不正是阿大，想要开口叫，又见他低头耷拉着脑袋，睡得正香，便没扰他。想着一会儿离开时再招呼他不迟。

　　"嘿！这二位先生请了！您二位有熟识哪位姑娘么？"

　　阿力还没来得及细问，冷不防身后有人高声招呼二人。从近旁廊下迎出来个小个子男人，冲他们哈了哈腰，脸上堆满了就快溢出来的笑。

原来是妓馆的跑场跟班。一般风月地方的老鸨都会招徕几个帮手，帮着管教手底下的妓女，清扫围屋，应酬安排进门的主顾。因为手上总是拎着个大茶壶随时给客添水，便都管干这个的叫"大茶壶"。

阿力很老练地朝"大茶壶"点了点头，又仰脖用嘴朝楼上努了努问他："刚进门俩姑娘，那穿水青旗袍的是……"

"噢！您是说巧云姑娘，那可是咱家大先生，出局刚才回。"

"嗯嗯，就上她的闺房去。"

"得嘞您二位！""大茶壶"说着话向右手边楼上扯开嗓子喊道，"巧云姑娘的二位贵客！"楼上有女孩子脆声应道："是咯，来迎巧云姑娘二位贵客！"

楼梯响处，一个粉艳身影提着裙裾快步下楼来，看见阿力和长仁侧身施礼。近看是个笑盈盈的小姑娘，约莫十二三岁年纪，椭圆的脸颊上印了两朵红，头上盘的是"一把髻"，额前刘海从中间分开两边，穿着西洋红的元宝领衣裤装，领高如元宝形，窄袖收腰，小小年纪穿着打扮却也是目下上海最时兴的式样。"大茶壶"哈腰道："二位先生请移贵驾。"又挺直身子冲那个下楼站在一旁的小姑娘呵斥："阿兰，小心侍候贵客！"阿兰低头应了声"是"，又向阿力和长仁笑道："二位先生请。"转身头前带路。

二人跟着阿兰丫头上楼，被带进巧云的房间。长仁头一次进这风月场，不免多看几眼。房内装饰倒雅致，满壁贴有西洋印花纸，居中用黑檀镂空屏隔成前后两进，前待客，后居宿。扇屏灯幔上都画着几干苍劲墨梅，门首处有一架红木长几，几左右两端各置一粉彩人物梅瓶，左边插的是孔雀翎毛，右边则插了枝粗壮蜡梅，散出特有的幽香，正中挂壁的是一面镶金大镜，两边各一把明式官帽椅，靠南近窗处放着一把软藤睡椅，椅边的红铜雕花炭炉正燃着炭，房内暖意融融，睡椅上铺有紫红绣花真丝缎软垫，刚睡过人的样子，一张西洋红缠枝花纹丝绒毯散在椅边。靠近卧房门口处，置一黑檀独脚小圆几，几上放有果碟，时令干鲜果品若干。

"阿兰，是哪二位贵客光临？"娇滴滴的粤东口音从隔间传出。

帘后探出的窄袖纤手挑动珠帘，接着伸出一足，腊月的天气竟跣而不袜，曳洋粉的绣花高屐，七八寸长的小脚肤圆光致，踝处系了坠着金铃的红绳，越发衬托得肤白如雪。

长仁心笑："怪道房里的炭烧得这么热。"

随后，裹着粉缎银线回纹绣小袄的窈窕女子从里间转出，头绾椎髻，裹着粉锦帕子，正是皮篷子马车上的青衣姑娘。长仁惊异于她竟在这么点时间里已换了身衣裳，看年龄也就十六七模样，细细长长的一对凤眼，颧骨稍高，脸上敷了厚厚的珍珠粉，笑时脸颊便汪出一对浅窝，人长得算不得十分标致，却也耐看。

"二位先生是叫局还是开厅？"阿力一时间想是看得呆了，愣得半晌才回道："叫局，叫局，一刻有事还得回去。"说着抽出两块钱，巧云并不伸手接，向身边的阿兰丫头稍一点头，阿兰收了钱，下楼去备茶水。

"二位先生是第一次来么，面生得紧。"巧云引二人至圆几边坐下，又往他们手里各塞了个果子，笑着问道。

阿力讷讷道："来、来过的，上回约的是绮凤姑娘。"

"哟，绮凤姑娘那是咱们香满楼的头牌，一般人可见不着。"巧云说着便上下打量阿力。

阿力忙道："吾是和一个洋行朋友来的，名唤亨利，想是楼里的姑娘都是认得的。"

"嗯，咱们楼里有十多个姑娘，恐怕不能够都有幸结识贵友，我就不识得个叫亨利的呢！您能有洋人朋友，身份也想是不俗的了。"巧云点头甜笑，一边从腋下抽出个粉缎帕子压了压嘴角。

长仁心道，原来阿力是陪亨利先生来过的，想是刘易斯不在，否则不会轮到阿力伺候。据阿力讲，亨利认得那么多楼里姑娘，应该是香满楼的常客。不由得想到苏，心下一凛。当下偷扯了扯阿力衣袖，低声道："咱们还是快点回吧，亚历克斯该散步了。"

阿力回头瞪了长仁一眼，抬眼看了看巧云，有些尴尬地笑着搓了搓手，又极洋派地耸耸肩，这才拉长声音道："侬不听巧云姑娘唱曲吗？此地离 house（房子）很近的，go out（出门）right（向右手边）转出去过桥 cross（穿过）弄堂就 OK。要么侬先走好咪，吾要等一息息再走。"

长仁听阿力在浦东乡音里夹杂了诸多无谓的"洋泾浜"英文单词，暗暗好笑。于是边回阿力"晓得了"边起身向巧云拱手道："那巧云姑娘和我这位朋友再坐坐，我还有事，先走一步。"

巧云却是正用帕子捂着嘴笑，听长仁打招呼才一声"哎呀呀"从斜倚着的榻上起身："这位小先生真真是大忙人呢，您不过才刚来一会儿。"说着就叫阿兰。阿兰正端了茶盘上楼来，听见叫忙应："来了，来了。"

"送送贵客，这位小先生有要务着忙走哩。"阿兰便放下茶水领了长仁向外走。

"阿兰，几岁啦？"长仁没话找话。"回先生的话，十二了。"阿兰回身向长仁抿嘴一笑。

长仁在心底感慨，十二岁，花儿一样的年纪。"听你说话不似粤声，哪儿人呐？"

"回先生的话，安徽黟县人士。"阿兰又抿嘴一笑答道。"那怎的来上海了呢？"长仁又问。"回先生的话，灾荒年逃难来的。"阿兰又一抿嘴。"怎会到这香……教习所呢？"长仁差点说漏口。

"回先生的话，听丁爷和阿娇姆妈安排，学吃饭手艺来的。"阿兰笑着回。

长仁心道，这里可不正是丁爷的地盘么，便问："那你家父母亲呢？""回先生的话，父母都死了。"阿兰还是抿嘴一笑，声音低了下去。长仁亦觉黯然，小小年纪进入娼门，必定是家中生了变故，或穷困，或死病，不被逼到绝处，谁能舍得把至亲骨肉送来这里呢。当下便不再多话，生怕再勾起这个甜美女孩儿的伤心回忆。

两人一前一后下楼来到门口。阿兰回身让出长仁，然后揖了一揖，脸上绽出甜甜的笑，轻声说道："先生您慢走，您得空要常来。"长仁躬身还礼，抬头正遇上阿兰的眼神。他从面前的笑脸笑眼中读到了忧郁伤感，心便一沉，不免想与阿兰再多说几句。哪知阿兰笑着向他又揖了揖："那先生您走好！"转身便向楼上去了，分明见她急急抽出腋下帕子边走边低头拭泪。

长仁心中生出许多不忍和愧疚，站在原地一时怔住，痴痴地看着阿兰背影消失在楼梯拐角处才怅然转身，蓦地瞥见阿大还抱头坐在原地。

长仁悄悄走到阿大近前，猫下身子，伸手一拍他后肩，笑道："好小子，真是好睡！快看看我是谁，咱们可又见面啦！"

阿大没理他。"怎么，睡这么沉？"长仁自言自语，上手推他，边叫道："阿大，醒醒！"

经他一推，阿大的身子慢慢歪过一边，然后松散开胳膊腿，仰面向后直直倒下去。

楼梯间的壁顶上挂着红灯笼，透过洋红的宫纱散发出幽光。长仁吓得立起身子僵在原地，借着微弱光线，终于看清阿大的脸，一张被打后肿胀的、青红紫黑的脸。此刻阿大眼睛大睁着，正直愣愣地瞪着长仁。眼角、嘴角流出的血迹已干结。

长仁头皮发麻，呆了半晌，才突然茫然四顾着想起喊人："快，快快来人啊！救……"话才刚出口，他的嘴突然被人从身后死死捂住，同时，脖子也被一条粗胳膊勒紧，几乎喘不上气来。耳边有粗重低声恶狠狠地喝道："喊什么，再喊老子弄死你！"长仁"唔唔唔"地应着，这才觉得脖子上的手松了松。"小子真不禁揍！"接下来的这句似乎是在说阿大。

"还不快滚，小心跟这死鬼一样去见阎王！"长仁被说话人从背后猛地一推，趔趄着差点跌倒。他是个识时务的人，头也不回头地加快脚步逃命，几乎小跑着出了巷子，心还在兀自"咚咚"跳撞着胸腔。

长仁半刻也不敢停脚，磕磕绊绊地恍惚着往亨利家去。

头上的月亮像把弯钩，发出白惨惨的夺魄寒光，渲染着周围云层，更显出黑压压的鬼气森森。

长仁顾不得害怕，脑子里满是阿大。如今，阿大曾向自己炫耀的"给个神仙也不换的好日子"就这样结束了。兆荣里教习所的香满楼成了长仁心头重重的结，脑中总交替闪现阿大绝望空洞的眼神和阿兰那黑白分明、笑中带泪的大眼睛。

长仁对阿大的死倒并不十分意外，他更担心阿兰的境况。可他不过是洋大班家里雇佣的下人，又能够为她做些什么呢。这世上，富贵权势人家都是不劳而获的，他们自降生来就过得安逸幸福，而穷苦人家就只能被这世道碾轧摧残。

"这可能就是宿命吧！"长仁想起古怪先生常念的北周《步虚辞》中"宿命积福应，闻经若玉亲"一句，转而对自己的境遇慨叹不已。是啊，自己尚且顾不得周全，哪还有能力周济他人。

接下来的三个月一如平常，长仁陪亚历克斯学英文、数学、礼仪、手工，也教他《三字经》和《论语》，每天傍晚还在二楼硕大的浴缸里教亚历克斯游泳，这是俩孩子最快乐开心的时光。

亚历克斯很聪明，进步飞速。不单是游泳很可以扑腾一阵子，也已经能用中文与人进行简单交流。不过长仁却对史密斯先生语速飞快的英文教学还是丈二和尚——摸不着头脑，好在学得不少单词，强记了一些句子。渐渐地，长仁觉出阿力、阿妈他们讲的"洋泾浜"英文似乎不大对劲，却又说不出具体是错在哪里。

一切都在向好的方向发展，可长仁却高兴不起来。兆荣里离亨利先生家实在是不远，带亚历克斯散步时，长仁常会不自觉地走过去，到了弄口却并不上前，徘徊一阵子再往回走。阿兰丫头那盈盈的笑，在长仁的想象之下，已完全成了一种感伤。

亨利先生并不常回家。之前长仁觉得先生这样辛苦奔忙，都是为养这一大家子人。自从知道亨利常去勾栏求欢的隐情后，长仁便对小少爷和苏太太格外地怜惜。虽然亨利先生见到他总是很热情地边叫"查理，我的朋友"边有力地拍他肩头，长仁却对亨利不再有温暖亲切之感。看着他一如往常地疼爱亚历克斯，拥抱亲吻苏，长仁只觉得胸口堵得慌，却又无可奈何。

这天，阿力难得随亨利回家吃晚饭。晚餐后，他便拖住长仁，一起陪小少爷散步。长仁不免又想起香满楼那晚，阿力不知何时回的家。阿力跟着亨利的时间多，亨利不回家，阿力便也不回家，那晚一别，有多日不曾见，后面即便见着面，又碍于人前诸多不便，两人心照不宣地谁都不提那天的事。

长仁对阿力的艳遇可没兴趣，只对阿大的死因和阿兰的近况关心。他虽然恨自己没有力量去帮助任何人，也无力改变任何事，却也总不免会用些典籍古论来开解自己。

阿力要陪他们一块儿散步，那就太好了，长仁想知道的事情太多，虽然他也仅止于知道而已。

两人一左一右牵着亚历克斯踱出花园。刚踏上巷子口的石板路，亚历克斯便挣脱两人蹦蹦跳跳地跑去了前面。

长仁偷偷拿眼角瞄着阿力，刚张嘴，阿力却抢先开口了："那晚香满楼出了事体，侬晓得伐？"

长仁心知是阿大的事情，想到那晚耳边恶狠狠的警告，更不敢透露半个字。便回阿力道："什么事？我哪能晓得，我走得早嘛。"

"半夜里厢，阿兰那丫头差点被打死，哎呀呀，躺了足足两个月。"阿力并非讲阿大的事，讲的却是阿兰。

"什么？"长仁一惊之下早把不多事的自警全抛到脑后，一叠声地追问，"怎么回事？为什么要打她？小女孩子家家，怎么能禁得住打！"

阿力并没注意到长仁的反常，只管"八卦"他的消息："阿兰被丁爷看上了，那晚要她，谁知这笑眯眯的小丫头犟得咪，把丁爷给咬了，据说咬了命根子，这不就差点被打死。那晚客人都很扫兴……"阿力没再往下说。

"喔，真可惜了这样漂亮的女孩子，她才十二岁呢。"长仁尽力地让自己平静，手却不由得攥紧成拳。

"十二岁，十二岁不算小咪！侬勿晓得，这妓院娼馆，稚子进门先做粗使丫头，一般十一二岁上有点模样的，都会被客人点出局呢。唔啥好奇怪的！"阿力说得头头是道。

阿力看长仁直直盯着自己，更提起兴致。他咽了口口水，眉飞色舞显摆起自己的娼妓学识来："吾们沪地的妓女，多是苏州、扬州地方来的，当然广州南蛮也多，也有苏北的。南京路后的五昌里，有三四家都是苏州、扬州的姑娘。哎呀长得咪，水灵灵嘔，就是交关费银子，老举打茶围虽说不给钱的，那也是当初生客时间叫水围局花足钱，才有机会熟识的。侬看看，二十出头年长姑娘也要两块钱这么许多！稚子虽减半，初稚之夜却是要加一块的。隔三岔五地还要开厅请客吃花酒，不过每次只三四位客人，就要花十几二十块，这样子还不算消夜，夜里厢备小食是要另算钱的。"阿力说得起劲，长仁只低头由他自说去，心里一味焦灼着只想知道阿兰丫头现况。

"洋泾桥那边厢倒是粤东囡囡地盘，不过么，多是招待洋人的。当然只要给足银钱，她们倒也不计较什么洋的中的。比方说巧云她们……"说着阿力一抓脑袋，脸上竟显出些不好意思来。长仁听提到巧云，因为记挂她的贴身伺候丫头阿兰，这才歪过头来细听阿力下文。谁知阿力却又岔开了兆荣里香满楼，接回原先话题卖弄他津津乐道的娼经。

"吾们这里厢的洋人，把上海妓女叫作'新桑歌（sing song girl）'，那妓院么叫作'葛二好司（girl house）'咯。洋人叫巧云她们'咸非斯妹（handsome maid）'，亨利先生讲就是'美人'的意思。"阿力意犹未尽似的咽了口唾沫，像是自语似的道，"别有风味呐，只可惜手头银钱勿够用。"

长仁听他胡扯炫耀一通，并没半点阿兰的影子，只得直截了当问他道："你一提巧云倒又想起来了，刚讲那个被打的阿兰，到底是怎么回事？"

"对呀对呀，讲到那个阿兰丫头，啧啧……被打得不轻，这都过去两个月了，将就能坐起身子来，还吐血呢，虚弱得很。"阿力感叹着压低声音道，"要说还是巧云姑娘交关不赖。那晚她就跪在地上，抱住丁爷的腿求情，才保阿兰丫头一条命下来。巧云是个有义气的姑娘，她一直寸步不离地照顾阿兰，就连皮篷马车的圈子也不兜咪，不然小丫头早死脱咯。"

长仁心里暗暗叹息：难怪总去兆荣里附近转悠，却一次没见过阿兰或巧云，原来她们经历了这样一场祸事。

长仁

第十二章　听讲演初闻宏论，争主义各抒观点

　　长仁几乎喊起来："为什么不把阿兰救出香满楼！"
　　阿力吓了一跳，随即笑起来："救？拿什么救？铜钿足够伐？"看见长仁低下头，他撇撇嘴继续絮叨起巧云如何如何，看来此后又去见过她多次。
　　长仁这会儿满脑子阿兰，只嗯嗯地敷衍着阿力，一边在心里飞快地盘算着：周围道路自己可谓已经非常熟悉，弄头弄尾有几条大路、几径小巷清清楚楚。那么，问题是什么时间去才能方便救人？她身上有伤能否支撑着跑得出来？关键她能否让自己带她出来？还有，还有……长仁重重地甩了甩脑袋，完全没有头绪，心头一团乱麻。
　　当夜，长仁梦里的阿兰一改往日的笑意盈盈，成了躺在床上病痛交困、辗转呻吟的样子。
　　长仁立在床边问阿兰："你很痛吗？"
　　阿兰似是一怔，但立即强撑着坐起身，低头笑道："回先生的话，不痛了。"
　　长仁赶紧扶她躺下："我带了你走，可好？"
　　阿兰又往起坐，脸上堆起笑："回先生的话，我恐怕走不了的，小先生还是自去了吧！"
　　长仁在阿兰床沿坐下，抽出枕头给阿兰垫好，又道："跟我说话，你大可以随意点，别总是回话回话。我要你说心里话，想和我一起走吗？"
　　阿兰侧过点身就着枕靠好，又笑道："回先生的话，先生有钱给阿娇姆妈么？"
　　长仁呆住，喃喃道："我是想讲，咱们悄悄地，别与人说……"
　　阿兰笑得更灿烂些："先生是说偷着走么？"然后咯咯地笑起来，渐渐像是止不住似的坐起身笑，长仁吓得站起来："你别笑那么大声啊，小声点。"
　　可阿兰笑得更畅声，且越发地清脆响亮起来……
　　长仁慌忙周遭四顾，只灰黑一片。再回头却不见了阿兰，床物家什也都没了踪影，只剩那笑声回荡着：咯咯咯咯……哈哈哈哈……哈哈哈……
　　长仁蓦地惊醒，冷汗已浸透脊背。
　　天尚未明，长仁仔细回想刚才的梦境，是那样真实，好像真正发生过。阿兰的声音还在耳畔回荡纠缠着没法驱散——
　　　　……回先生的话，先生有钱给阿娇姆妈么？

……回先生的话，先生有钱给阿娇姆妈么？

　　……回先生的话，先生有钱么？

　　……先生有钱么？

　　……有钱么？……

长仁用双臂抱头，拼命捂住耳朵想挡住这刺耳的声音……

忽然，长仁抬起头，脸上的泪痕犹在。脑中冒出一连串问题来：

一个寄人篱下、形单影只的孤儿，有什么资格和什么能力奢谈救人？

即便费尽心力救了那阿兰出来，这偌大上海又将如何安置她？

如何谋生活保证不饿肚子？

如果须在贫病交加中苦苦煎熬，那救与不救又有何区别？

"阿兰笑得有道理啊！"长仁重重地叹了口气，只觉得胸口轻松了些。

他走进浴室对着镜中的自己笑了笑问道："那个阿兰与你有关系吗？"

"实无半点瓜葛！"

"那你这样操心她是为什么？"

"是的，我错了！"

如此这般，当下心境居然就平复了。

长仁穿好衣服，看时候已经不早，径去亚历克斯卧房伺候他起床。

从这天起，长仁才真正把亚历克斯当作少爷恭恭敬敬地小心伺候。

这是他的衣食所靠。

心心念念的阿兰奇迹般地消失在长仁梦里，困在长仁心里的那个阿兰得了救！日子又恢复如常。

但是，长仁多了一份执念：一定要拼命挣钱，有钱才能有自己的生活！所谓生活，当然不能是苟活。每日里为吃饭穿衣生存奔忙，那不是他想要的活法，他得活出点意思，活出点享受样儿。非得如此，不配叫作生活！

如何赚到钱，如何能更快地赚钱？长仁头一次有了如此明确而又迫切的目标。最近亨利先生似乎不怎么太忙，据说刚组织一船货物在航，而库房里的存货出清了。亨利先生在家里的时候多起来，苏太太和小亚历克斯的笑容也跟着多起来。

看着家主高兴，全家人都开心，家里的气氛也显得异常温馨。

亨利甚至还陪苏太太单独去听了次歌剧。长仁在心里很快地原谅了亨利先生，觉得先生毕竟是顾念着家人的。

这天，亨利刚回家不久，刘有孚不出意外地又来了。进门照旧不论主仆，一一堆着笑招呼，然后才进小会客厅坐下。

小亚利克斯已经能用中文和他玩笑，刘有孚少不得又夸起长仁和亚历克斯："查理就是不一般呐，看看咱们小亚历克斯华语越来越流利了呢，都懂得这么多了。来来，再背一次《三字经》，看看学到哪里了，比我会的都多呢。"

长仁微笑着点头表示谢意。

忽听，外面有阵阵喊口号的声音传来。就在众人都没反应过来的时候，刘有孚跳起来便向外跑去，口里嚷嚷着："哎呀呀，不得了，又出啥事体啦！"

亨利换过衣服从卧房出来，只见到刘有孚向外奔去的背影，摇着头向长仁笑道："这个刘易斯，对什么事情都有兴趣！"说着抱起扑到他身上的亚利克斯，上楼去了。

长仁知道，亨利在家陪着亚利克斯，怎么也得玩闹个把钟头，这会儿是他的清闲时间。

他站起身，想去花园坐坐。

刘有孚又一阵风似的旋了进来，一把拉住长仁，神秘兮兮地压低声音："孙先生侬晓得伐？孙逸仙明日在中华大戏园有演讲，连讲三天！"

说着在长仁眼前挥了挥手上的一张报纸，又掀开他西服左襟，从内袋里取出张黄色的小纸条来，面露得意之色："看看，入场券！这群搞宣传的学生，太嫩！只几句话，就拿到张入场券，这可是首场的，送给你去听吧！"

长仁接过报纸来看，是当日的《民主报》。刊有很大篇幅广告："孙中山先生前与本党江亢虎先生面约讲演社会主义，后亢虎因公北上，中山缘事未克履行，此次归来重申前约，确定阳历十月十四日至十六日，每次下午二时至五时，在英租界三马路中华大戏园请中山讲演，入场券额定二千份，各团体由本党择要分送……愿有志者勿交臂失此良机也。"

"这社会集产是什么意思？"长仁边看报边喃喃自语。

刘有孚飞快地接口道："先生曾任我中华民国临时大总统，他的演讲自是极精要的，本人必定去现场聆听。"

长仁心中暗笑"原来你也是不知道的"，便道："孙先生大名早已如雷贯耳，多谢多谢。"

刘有孚摆手："有啥好谢的，这不借花献佛嘛！亨利先生赞你饱读多学，这讲演你去听再适合不过。还有，密斯特亨利不几日就要重用你，要好自为之噢！"说着意味深长地拍拍长仁肩膀。

长仁脸上虽未动声色，不免心头一阵激动。毕竟怡兴是大洋行，若能为之效力那真是求之不得。

第二天，刚吃过午饭。长仁哄亚历克斯躺下，耐着性子放慢声调，细声读

《论语》，果然不一会儿，亚历克斯睡着了。他急忙揣了纸笔去听演讲。

中华大戏园离亨利家并不很远，长仁叫了辆人力车一路快跑到了戏园，看看厅里挂着的自鸣钟，距开讲还差一刻钟。门口人山人海，长仁攥着入场券挤进内场，发现早已座无虚席。原来门口堆着的都是没有入场券不得进场的。

长仁坐好，左边两个中年人，一穿长衫一着西服，不停地小声热烈讨论着什么。台上布有条桌，正中的位置空着，两边各坐一人，长仁只认得坐左边的是著名学者江亢虎，另一人却不识得。正这时，江先生起身简单致辞，然后请出主讲人孙中山先生，现场爆发雷鸣般掌声来，经久不息。孙抬起右手向听众席致意，稍一点头，全场即刻安静下来。

中山先生不但介绍了社会主义产生形成的社会根源和发展趋势，还从达尔文进化论、亚当·斯密的经济学说到马克思、傅立叶、马尔萨斯、乔治·亨利等学派的基本观点。

长仁从未接触过这些理论，讲的那些人名也从未听说过，不过他还是很认真地边听边用笔记了下来。好在能够大略听懂了讲演大体意思，先生极推崇社会主义，认为此主义即可谓为人道主义，主张实行规定地价及征收地价税，以实现"土地公有"。长仁对公有一说极度信服，因为"公"是相对于"私"而产生的，公有便是大家所有，是这一国全部人所有。对了，应该叫作"民众"，每个人都是民众之中的一员。

这样一来，岂非世上再无穷人富人之分，那该是一种多么美好的景况啊！长仁热血沸腾。

即至演讲结束，长仁随众人起立鼓掌，却听身边穿长衫的那个中年人边鼓掌边大声对同行的西装男道："如若将资本家、地主、农场主的私有资产都收归公有，那国家对这些人岂非又有些不公呢？"

着西装的中年男人也鼓着掌大声答道："非也。鄙人认为，收归公有，说的是'收'嘛，应是论资付酬的，否则不成'强抢'了么？"

长衫人"噢"了一声，又放低声音道："咦？若有酬资，那如何能均贫富！"另一个人声音低下去，便再无话。

对于社会主义，长仁第一次听说，作为一无所有且孤苦无依的完全无产者，他对孙先生所描绘的自由、平等、博爱的理想国不仅认同，更是恨不能即刻成为现实。

出大戏院，长仁决定走回去，好在路上再就孙先生的社会主义宏论回味憧憬一番。

社会主义的根本应为所有社会资源的公有，不仅土地、劳力、实业资产，可是，这"公"又是谁呢？先生说是民众，可这么大的国家，民众是那么多，必得有决策一国去向的统领人物，即应是总统了。那么这个人似应是先生这样的人，可是先生又怎么辞了大总统之职呢？如若选的这个统领人物有那么点私心，那岂非成了广大民众乃至整个中华民国的灾难……长仁晃晃脑袋，把这个坏念头甩出去。对的，先生说过立宪，宪法可以规范国家的最高领导者，那么又有执法权限问题摆在面前……长仁就这样想着天大的问题慢慢踱到了亨利家，刚跨上门前台阶，迎面正碰上出门来的刘有孚。

刘有孚学着亨利的样儿亲热地张开双臂拥抱长仁："查理，my friend（我的朋友）我正要找你，去哪里逛了，怎么才回来？"

长仁道："怎么，刘先生没去听演讲吗？这是……要走吗？"

刘有孚经长仁一问，这才记起演讲的事，却面不改色道："听么当然是听的，只是中途有件急事，只能先行告退……"刘有孚边说边朝大戏院方向拱了拱手，似对演讲者致歉："得罪了，得罪了！"

"那密斯特刘对逸仙先生的集产社会主义宏论有何感想呢？如若能将那些被私人占有的土地、劳力、财富都归了广大民众所有，那真是国民安泰，众有所归呢……"长仁急于想找个人分享讨论刚刚在回来路上的心得和问题，便也不介意刘有孚是否听完整场演讲，甚而去没去听都并不重要。

"这个么……孙先生讲演十分精彩，他提出的社会主义啊……集产主义，啊，哦，对了，叫作'理想国'自是极有道理的。要真说来，个人倒是对这个什么集产，很有些不同想法。人么，谁没有私心私欲呢？譬如土地交归公有，农民就由为自己种地变成为公众或说是为国家种地，土地产出全归公有咯，然后再统一分配农民口粮。每个人的能力、所付出的劳力实都是不同的，那问题就大咯，分配产出时怎么才能教人人满意？如若换作吾们是农民，那么分得的粮食不如交出去的好哩！"刘有孚说出的话也像极了他的为人，句句都透着"刘氏精明"。

长仁眨了眨眼，用刚刚听来孙先生的话试着解释给刘有孚听："孙先生讲，人的私欲是来源于金钱的，如若整个社会再无私产，就不需要金钱，那生活在这个社会的人自然也就没有私欲了，就如同原始社会一般，大家共同打猎，然后再分而食之……"

不想话未说完，便被刘有孚哈哈大笑着打断了。他从袋里摸出一块洋钱，在指间来回翻滚着道："你说的那蛮荒世界，今日吃饱，不知明日粮食在哪里，饥饿死病时时可见，根本不可能有私产么，因为本就没得多余。这样说吧，即便有余，今日我分得的口粮，如若能从我嘴里省下一口来，那么必定是为着自己第二日储备的，既是已分配过的，便绝无可能再交出去成为共产的道理。你会把省下

第十二章 听讲演初闻宏论，争主义各抒观点

91

的粮再交出去吗？就如这一块钱，可买我饭食，但只能有半饱，交出去大家一块均着用，可以换来肚圆，我一定交出去。但如果我本就饱了，又余出这一块钱，可以换明天的活命，让我交出去，就绝无可能！"说着重重把一块洋钱握在手心，攥一攥拳，放回衣袋里。

长仁觉得似乎有理，于是低下头对比刘有孚与孙先生话中的冲突。刘有孚却道："查理，我晚上还有个饭局，咱们回头再聊，好伐。"说着拍了拍长仁肩膀，向门外走去。

长仁回身追他两步道："密斯特刘！再次感谢您送我的入场券，感觉受益匪浅呢！"

刘有孚挥了挥手，又冲他挤挤眼道："哎呀呀，无啥客气的，过两天还有好事体找侬的呀，等好消息吧。"

长仁还在咀嚼刘有孚举着一块钱说的那番话，终于叹口气道："这样说来，钱还得要靠自己赚来，不能偏废呢！"

第十三章　入洋职学做买办，留一手调教徒儿

第二天中午，刘有孚便喜滋滋地来找长仁了。

看见长仁，刘有孚上前攥住他双手左右摇动："查理，告诉侬一个好消息。以后就跟着吾干好伐？密斯特亨利昨天下午定下的，侬入职的事体已办妥了，还要吾好好儿关照侬哩。"

刘有孚说罢，两只小眼睛眯成一道细缝，歪头看着长仁。

长仁诧异道："可是昨晚上还见到亨利先生，他并没和我说什么呀！"

刘有孚"唉"了一声道："洋人办起事体来得个较真、讲究规程，侬不懂得的，并不因为是家里人就省略去任何一道手续。侬划归入吾手下，自然得由吾这个上司来通知下属入职的事。怎么，是不想去吗？"

"当然是求之不得的！多谢密斯特刘与亨利先生成全。"长仁一揖到地。

刘有孚一把扶住长仁道："进了洋行办事，这种礼仪是行不通的。见到上司半鞠躬近九十度；见到同事，礼貌地点头、握手；关系好的同事，可以拍肩膀、拥抱。记住了没？"

长仁一一记下，点点头，然后鞠躬九十度道："承蒙刘老师教诲，学生不胜感激！"

刘有孚哈哈大笑，拍着长仁肩头道："凭侬这股聪明机灵劲头，不日必定飞黄腾达！"接着说道："明朝早上辰光八点钟来办公室，好伐。介绍同事给侬认识，也不安排其他人了，吾亲自教侬。不过要记住，以后侬就是吾咯亲信！既然密斯特亨利嘱过的，必定是要全力栽培侬，赤佬，交关好运气！"

长仁立即点头答应，旋即又有些犹豫起来："可是，亚历克斯小少爷可怎么办呢？"

"噢，不用操心亚历克斯，不有阿力在嘛。以后就由侬送密斯特亨利去开工，阿力陪小少爷读书，晚上回来还是可以带伊散步、教伊中文。这个样子两下里不耽误，又可以多拿一份洋行薪俸，岂不快哉？啊？哈哈！"刘有孚摊开双手，很潇洒地耸了耸肩，然后又道，"侬系小亚历克斯的救命恩人，亨利先生可是一直记在心上呢！"

长仁顿感温暖，低头回刘有孚："是，那悉听两位先生安排了。长仁铭记在心！"

由于洋行入职的事情来得有些突然，长仁不知道怎样对亚历克斯说起。刘

有孚走后，看着亚历克斯午睡刚醒，长仁走近床边，笑道："亚历克斯，睡得好吗？"

亚历克斯揉了揉眼睛"嗯"了一声，然后一骨碌从床上爬起来，口里嚷嚷："查理，我们出去玩水好吗？"已经是一口流利的稍带些吴语口音的中文。

一入夏，长仁就开始带亚历克斯去花园泳池游泳，离开了浴缸，亚历克斯高兴坏了。虽然曾有溺水的可怕经历，可这孩子一点儿也不惧水，学起来特别快，没多久就能潜进池底找玻璃球。游泳嬉水成了亚历克斯每天下午的一大乐事，长仁便将背古文这件枯燥功课放在这段时间进行，边玩水边你一句我一句地大声背诵，真真事半功倍。苏太太常常微笑着坐在池边看他们在水里嬉戏玩闹。

长仁今天有了心事，不免有些迟疑，扶着小少爷的两臂正色道："听着，亚历克斯，自明日起，我要去爸爸洋行办公事，等晚上才能回来陪你，你同意吗？"

亚历克斯眨眨眼睛，似乎有些不太明白："长仁哥哥是要去陪爸爸吗？"

长仁一点头："是的，是白天帮助爸爸工作，晚上陪亚历克斯玩儿，可好？"

亚历克斯很懂事："Of course. I admire my father, and his work has filled me with awe and curiosity.（当然。我很钦佩父亲，也对他的工作充满敬畏和好奇。）"

长仁暗暗舒了口气，很真诚地对亚历克斯说："Great.You know, I get a fantastic new job and salary tripled.（太好了。要知道，我的这份新工作，薪水有三倍。）这对我很重要！"

亚历克斯又重重地点点头："I know you need money too much, so you can't be with me.（我知道你需要钱，所以不能和我在一起。）"

"No, no. I need your full, emotional identification with the problem and with me.（不，不。我需要你对我，对此问题都有充分的情感认同与支持。）"想到自己一旦攒够了钱，就会很快去南京，长仁心里突然有些难受。

"You know, we will eventually feel uncomfortable with our own lives, but we have to face them.（要知道，我们终将会对各有自己的生活感到不适，但不得不去面对。）"长仁想了想又道。

"I think I see what you mean.（我想我懂你的意思了。）"亚历克斯笑着，又小大人似的一本正经地用中文说，"我懂得的。"

长仁张开双臂拥抱亚历克斯。

第二天长仁起了个大早，找出那身亨利公馆统一做的西式工作服，是刚来第二天苏太太关照裁缝上门量身做的，平日里总不舍得穿，现下还是簇新的。长仁穿好后，又找阿香要了点桂花油抹在头发上。自从遭遇强剪了辫子，长仁便索性在理发室刮了个光头，来亨利家半年光景，头发一直是阿力或阿妈帮他理的，很短的头发，发型当然谈不上，但抹了油也根根毕现，倒是精神不少。

长仁照了照镜子，自我感觉还不错。这段时间他个头长了不少。阿香在他身后抿着嘴笑："大小伙子了，像个大学生模样呢。你十五还是十六呀？"

长仁被阿香笑红了脸："实足十五岁了。"

"嗯，我十五岁都已经出嫁了呢！你此番去先生洋行要好生学些手艺才是，听留一手说，给你开的薪水可不低呢，八块银洋是么？"也不待长仁回答，阿香就掰着手指算了起来，"切面五角一斤，猪肉两个铜圆，一只活鸡三个，豆油一角……一个铜钱一个鸡蛋……呀，算不过来了，八块钱可是够买一屋子鸡蛋咯。啧啧……再加上家里发的每月两块，整整十块钱，咱们的小查理这可是要发财了。"

长仁忍住笑道："阿香姐放心，拿到薪水就请大家吃茶。"

"茶哪儿成，咱们可得要好好儿吃顿大餐才成。"阿香笑着打趣。

"一定，一定的。"看时间不早，长仁急向阿香道别。

到一楼餐室，亨利先生已经吃罢早餐，起身正向起居室去。见到长仁，照例伸开双臂先来个热情招呼，长仁破例主动迎上去拥抱了亨利，又退后一步再一躬身道："亨利先生早！万分感谢您给了我这次怡兴的公事机会，您真是我的恩人啊！"长仁与亨利的全英文交流早已没有了任何障碍。

亨利赶紧扶住他："怎么是你谢我呢，你是我的小亚历克斯的幸运神呀！"

"我非常希望能帮到你，听阿力说你想去南京找叔叔，又凑不齐路费。本来我是想给你一笔钱，帮你买好去南京的船票，可是，你还是个大孩子，我又怎么能够放心你走那么远的路去那陌生的地方。考虑了很久，还是决定先教你学会谋生的本领技能，出去了才不致饿肚子，我觉得这才是对你最大的帮助。对吗？"

长仁眼泪在眼眶打转，又深鞠一躬："先生恩情，长仁铭记于心！"

"不，不，不！我对你没什么恩情，这是你应得的，亚历克斯很喜欢你，他中文进步非常大，又学会了游泳，我很满意。噢，我的苏也很喜欢你。"亨利微笑着低头看了看表，道，"嗯，你还有二十分钟吃早餐时间，我读完早报再走。"说着起身出了餐室。

长仁坐下飞快吃着阿香端来的早餐，风卷残云般吃完就向外跑，阿香在他身后喊了句什么，他没听清，只回了声"晓得咯"。

阿力已经等在门口车子里，虽然昨晚就已经关照长仁好久，什么时间起床，什么时间伺候先生早餐，带上先生公事皮包，门口候车，怎么拉门，先生习惯坐哪个位置；到洋行后，下车绝不能去拉车门，自有门口立着的印度门童干，否则会丢亨利先生的脸。送先生到办公室后，一定要和门口秘书卢小姐（平日里大家都叫她密斯露露）交接，把公事包给她的同时，将要关照的事告诉她，至于什么事，先生有时会在车上说。晚上还要再与密斯卢交接第二天的公事，例如行程安排、会议等。其他时间就是长仁自己的了，跟定那留一手听他话就是。

长仁昨夜睡时一晚上没怎么合眼，早已背得烂熟，这会儿又背了一遍给阿力听，阿力满意地点了点头，才将手上的公事包郑重地交到长仁手上。

亨利这时走出门来，阿力低声对长仁道："学着点！"便弯腰躬身拉开车门，另一只手背抵住车门门框，好使得主人头顶不被那坚硬的铁框硌着。亨利在低头钻进车的同时，对长仁道："查理，跟我走！"

长仁答了声"是"上了车，阿力随即"嘭"地关闭车门。

长仁和亨利面对面坐着，亨利微微向他一笑，伸手示意公事包，长仁双手递过包，亨利却又摆手不用了。长仁有些惶恐。亨利道："你第一天公干，我暂不处理公事，亲自带你去刘易斯那里，并当面介绍你。"

长仁赶紧道："怎么敢劳烦先生。昨日密斯特刘已经交代过细节，我都记下了。我会珍惜这次机会，好好向刘先生，哦不，向密斯特刘学习。"

"记住，查理，你去洋行，跟定刘易斯，并不是要你向他学习，而是要看他所做的每一件事，每个决定，记住，要跟我说，是每件事。"亨利先生突然正色吩咐长仁。

长仁立即明白自己所充当的角色——耳目！想到留一手要他做亲信，不知是不是发自本心的说法，此番亨利又要他当眼线耳目，长仁有些不明白，难道洋行内部亨利没有贴心人吗？为什么要费这么大一番周折把自己从家里调动到洋行。

长仁不动声色，回道："是，先生！我会事无巨细向您汇报。"

亨利满意地点点头，又道："洋行人事关系复杂，明争暗斗的事情很多，你要尽量避免参与进任何一方，我知道你也不会过久停留在上海，不是吗？"

长仁心下一凛，亨利看似从未刻意过问自己任何事，却又什么都是知道的。

"是的，先生，我想尽快攒一笔钱去南京！"长仁照实回答。

"查理，我的朋友！你会满意的！"亨利说着哈哈大笑起来。

车子很快驶入南京路，车轮碾过红木砖块路面时，发出与众不同的嘶嘶沙沙声响。

车停在怡兴洋行楼前，这幢熟悉又陌生的西洋建筑，长仁曾经历过难挨的两天幽闭辰光。他抬头透过回廊玻璃深深盯了一眼二楼经理室的那扇门，心道："我回来了，正大光明地回来了！"

按阿力说的，长仁很快与大班室秘书卢小姐完成了上午的工作交接。这密斯露露是个声音嗲嗲的娇小上海女子，一头时下最时髦的波波洋卷，衬托着她那如烈焰般异常醒目的红唇，银灰底绣绿菊的改良款式旗袍完美衬托出她的纤细腰肢，走起路来袅袅婷婷、婀娜妖娆。长仁尚未及走近，就被她身上的浓烈香水味包围起来，头便晕得厉害，以致与其说得半晌话竟也想不起她的样貌，只记得两片艳红薄唇速度很快地翕动。好在无论如何，气氛是融洽的。

亨利果真没有立即处理公务，而是带着长仁去了二楼西边的那间他曾熟悉的经理室。里面陈设没变，西服小个子还在靠窗的桌子边坐着，看到长仁眼中闪过惊骇，下意识地站起身旋即又坐下，蓦地把头埋进桌上摞着的高高纸堆里。

长仁笑一笑，并不在意慌乱的西服小个子。眼光看向吴少卿办公间，他有太多问题想要问这吴买办。

"哎呀呀，有失远迎，有失远迎！我们的小查理来了，来来来，大家起立欢迎新同事。"刘有孚看来是早等在门口的，边笑脸迎出边鼓掌。

这间工作室里共六个人，刘有孚自然是管事主理，西服小个子姓秦名涣之，大家都叫他小秦；顺窗向里坐的有老张、小陈；隔了走道，靠门边就是上次领长仁和老齐找吴少卿的微胖的圆白脸女人密斯周，长仁被安排坐在密斯周身后的桌子。长仁和各位一一握手鞠躬，又拿眼看那间吴少卿的房间。刘易斯看到说："这间是我的办公间了，外间还有位同事少卿，姓吴，叫他老吴就好。"然后"咦"了一声问小秦道："老吴哪里去了，刚刚还在的嘛。"小秦忙回道："想是有客户要谈，刚急急出去了。"

长仁点头冷笑道："这位密斯特吴，不必再介绍的，我们是老熟人了。"

"噢？那就好，那就好！"刘易斯似乎很吃惊，却也并不多问，把长仁带进自己的办公间。桌子上照例堆着一摞摞票证单据，只是那坐着的人，变成了刘易斯。

刘易斯殷勤地递上一支雪茄给亨利，噌地一下点着打火机，可亨利身子微微向后一倾，表示不想就抽。刘易斯旋即熄火，又把雪茄双手架放在亨利面前的烟缸上，微哈着腰立在亨利身边，态度极其恭敬。长仁站在他们对面，有些不知所措。

亨利摆了摆手，示意两人坐下，又笑着对刘易斯道："刘，我的朋友，查理可是个聪明的孩子，他是我家的幸运神。你无疑多了个得力助手，可得要好好儿地重用他。我看，你就先把外埠进出港的票据交给查理，好教他尽快学习进出货流程。"

不容刘易斯说话，亨利就站起身，又哈哈笑着拍了拍长仁肩头："好好儿跟着密斯特刘学习，他可是行内老手哦。"

长仁忙回道："先生放心！我一定好好地跟着密斯特刘学习。"

亨利高兴地点头，回身又向刘易斯道："查理就交给你了，你知道该怎样办吧！"

刘易斯连声答是，低头躬身开门送亨利离开，接着回转头来满脸笑意看着长仁道："小查理，既然亨利先生这样地看重你，那么，今天，不！马上，我就带你去熟悉业务，如何？"

长仁站起身，向刘易斯一躬九十度道："Yes，Boss.（好的，老板。）"

刘易斯微微一愣，随即大笑道："你这鬼灵精，跟着史密斯那个老家伙学得不错，现下英文要比我好呢。"又压低声音道："不过，Boss可不敢随便叫，教人听去怕是要惹一大堆难听话！"说着向长仁很洋派地一歪脑袋，要往外走。

长仁忙一脚跨到门口，也学着刘易斯送亨利的样连声答道"是是是"，躬身拉开门，刘易斯满足地抬起下巴笑着点头，长仁则殷勤地接过他手里的深棕色马皮公事包。

由刘易斯那里，长仁知道了怡兴洋行的业务流程。洋行一方面与其本国英方厂商及其他欧美国家厂商签订代理合约，在中国各地倾销其进口商品，同时又大肆廉价搜罗中国的各种原料，开辟出口业务。于是原料去，成品来，业务大增，赚取银钱。

就如怡兴洋行，除了进口本国沃利达厂的缝衣针外，逐步发展到克卢伯厂的机器、五金、铜铁件等，还有德国查尔司厂的各种光学仪器，拜耳厂的各种西药，美国古德立厂的各种车胎，史敦生厂的各种石油，飞利浦厂的各种电器和电料，瑞士山多士厂的各种颜料、染料、化工原料，以及其他国家的各种纸张、棉毛织品、钟表、香料、饮料等。这些都是工业制成品。至于出口，则均为土丝、原茶、畜产、矿产、杂粮、蛋制品、油脂、油料等其他初级原材料产品。出口货经出口买办向中国商人收购，经过加工整理后包装出口。中国其实就是发达国家的原材料供给地和工业产成品的倾销地。

洋行买办们进行的大多是贸易代理业务，没有实体工业，但利润却很高。主要内容其实就是"跑街、扫街"以及"买进、卖出"，全凭着一副好脑筋和一张油嘴。每个洋行买办都有各自相对固定的区域地段，把那片区内的重要商家客户笼络好，把他们的业务握在自己手上，那么时时上门联络感情、发现需求、抓住商机，便是跑街的目的所在了。"扫街"则是挨家挨户，无论大小统统包圆的做法，更加辛苦，而且业务量小，利润微薄，绝大多数买办都是不愿意做的。

洋行买办们的业务越熟练，赚的贸易回扣抽头越多。

第十三章 入洋职学做买办，留一手调教徒儿

99

第十四章　私买卖初攒积余，吸贩烟图财不忌

长仁记住了跑街的责任，每日里顶着暑热，到各处去联络生意。

所谓生意其实就是兜销各种应时商品，有各类洋货，如洋油、煤油、洋火、生漆、洋布、洋丝，甚至沪上妇女热爱的各种西洋化妆品——法国香水、欧美口红、胭脂香粉等等，反正是什么好销热销，他们就推荐什么。

刘易斯看不上眼的一些小铺面，长仁也不辞辛苦地登门，不论大行还是小商，一家不漏地上门，进门就拱手道"发财、发财"，倒也从未被人白过眼。

当然，还有鸦片，虽然上海工部局一再严令禁止销售鸦片烟土，可市场需求空前旺盛，又怎么可能禁绝得掉。长仁在扫街过程中看到鸦片的巨大利润空间，便按刘易斯吩咐，越过"土行（烟土经销商）"亲自到各处大大小小的燕子窝、娼馆、歌舞厅去零售，绝不介意生意大小。长仁看到一个个倒在烟榻上骨瘦如柴的烟鬼，还有抽光当尽躺在地上涕泪交流、磕头乞讨要烟抽的毒瘾无赖，心里没有同情只有讥讽，他觉得从这些人鬼难断的魑魅身上赚取些银钱一点也不过分。

当然除了"销"，长仁还有一项重要业务就是"购"，要联系收购倒腾内陆货，他主要关注南浔土丝、半成品经丝、成品丝绸、土桐油、煤炭、大米、面粉，自然是低价购入，然后经洋行统一运到国外高价出手，赚取利差。

跟着刘易斯跑了一个月，长仁学会了与各色人物打交道，因为有一口流利的英文，洋商更对他格外看重。刘易斯看着自己名下攀升的业务量，很是满意。作为买办经理，属下的所有业务他都会有抽成，本可以只在办公间处理内外联的事，但他绝不松手之前做司事、副买办一点点积累的客户资源，坚持亲自跑街。有了长仁，刘易斯着实感觉舒心不少，他向来很自信看人的眼光，觉得这孩子是块从商的材料，而且毫无城府，很好掌控。长仁跟着他跑街时，他是刻意避开些重要资源的，哪知长仁并不觊觎他手里的大客户资源，傻呵呵地跑去扫那些不起眼的小商铺，累积下来，居然也有些起色。

发薪时，刘易斯并没从自己的抽成里分半块钱给长仁，反倒是长仁为了感谢他教导之恩，花整两块银洋买了一整盒福记烟厂的 CORONA（皇冠）雪茄，手工打磨的柚木包装盒闪着幽光。刘易斯没想到这孩子能花恁大笔钱来孝敬他，一高兴，准了长仁第二个月开始单独跑街。名为洋行司事，其实就是他手下一勤杂，但长仁很满足。

拿到薪水当天，长仁兴冲冲地去怡兴对街的日升隆洋货店，给家里每个人

买了礼物，几乎花去半个月薪水，那可是四块钱。给苏太太选的是一个精制的胸花，银质的缠枝底托上盛开着一朵紫粉的宝石玫瑰，长仁不懂那是什么石头，却觉得那紫粉的颜色像极了苏那优雅、略微忧郁的气质。亚历克斯的礼物是一本牛皮面的日记本，长仁希望亚历克斯每天能用中文写几句心得。给亨利先生买了一支紫檀手柄红铜烟斗。然后给阿妈、阿香、阿力还有厨子郑师傅都买了小礼物。给自己却是什么也没有买，能去南京就是给自己最好的礼物。

　　回家后当然皆大欢喜，阿香、阿力并没像之前喊着那样敲长仁竹杠，只是选了附近的美欣茶餐室一起吃茶。长仁从未请过客，生怕钱不够而怠慢了身边人，于是细细计算每笔开销，好随时应对着买：老刀牌香烟两包六个铜圆，绍兴酒一斤一角钱，臭豆腐干一个铜圆能买两块，于是买了四块；五人的茶资八个铜圆，生煎馒头、蟹壳黄等各种小吃也才花去二十多个铜圆。长仁是满意的，全部打点一番，自己还剩下了足足三块钱。

　　最后犹豫很久，长仁还是狠了狠心再花两块银洋，为自己添置了一只半旧的公事皮包、一双黑色皮鞋和一套簇新的藏蓝西服，带贴身小马夹，天热些也可以应付。为了维护怡兴洋行的体面，也是为着能在这个注重外表的社会立足，原先身上的那身公馆制服跑街是不能再穿的，可衬衫他却实实舍不得再买了，想着罩在体面的西服之下，也看不出低廉本质吧。

　　第一个月的薪水，长仁攒下了一块钱。

　　终于开始有积蓄了。

　　长仁在床下藏了个储钱的木匣子，当第一块钱放进去时，看起来是那么微不足道。可每晚临睡前，他都会打开木匣，拿出箱底的那块银洋仔细摩挲把玩一番。自从有了积蓄，长仁觉得自己的世界变得与先前不同了，他坚信，好的开始必会有好的结果。

　　为了争取市场，长仁凭着与生俱来对商业经营的敏感，把洋行允准自己的利润抽头让给客户，有时仅仅与别的销售商只几分几厘价差，却能牢牢笼络住逐利钻营的客商们。如此一来，长仁非但赢得了良好口碑，还给怡兴洋行争揽到不少新客。这种薄利多销的经营方法，竟能把原先竞争对手通和、大利、兴义昌等洋行的老客抢过几个来。

　　不到两年，长仁就凭着不俗的业绩拿下了买办副理的职位，虽然只是洋行低层职位，但毕竟可以独当一面，有了自己负责的片区，薪水也涨到了十块银圆。当然长仁实际的收入已远不仅仅来自薪水和亨利家的两块钱月银，他自己总结了一套赚快钱的偏门。别看短短的两年，长仁靠着自己的机灵和吃苦耐劳的本分赚取了饱腹有余的收入。

第十四章　私买卖初攒积余，吸贩烟图财不忌每攒下一块钱，他就细细地用帕子擦一遍，放进小木匣子里，木匣子放满是三百一十七块银圆，长仁会将三百整数存到南京路上的渣打银行去，每每看到银行巨大的 Chartered Bank of India, Australia and China（印度、澳大利亚和中国的渣打银行）广告牌，还有那银行职员对自己低头鞠躬的谦卑态度，长仁就能觉出心里满满的踏实感和成就感。

洋行跑街买办基本不会有固定时辰在办公间里出现，坐在办公间里的那几位都是些学徒、司事、管账，像长仁这样能独立外出的本也可不必每天上洋行去，但长仁每天跟班亨利，还得汇报刘易斯的行踪动向，所以得早出晚归。

吴少卿在长仁去洋行一个月后才出现。

这天一早，长仁像往常一样，第一个到办公间开始打扫擦洗，把每人的茶杯烟具清洗干净。正干着，吴少卿哼着曲晃了进来，长仁一抬头正与他眼对眼瞅个正着。吴少卿的一张紫脸立即涨得通红，左右看了看，确定是自己的办公处无疑，半张了口，嗫嚅道："你你你……"

长仁心道"终于等到你"，当下接口："荀尔，荀长仁便是在下。"

"噢噢，是……是长仁少爷……祥昌少东家。"吴少卿到底是老江湖，很快恢复镇定。他将手插进裤兜，脸上洋溢着热情的笑容："长仁少爷好久不见，怎么来我这里，是有什么事情吗？"

长仁不紧不慢地放下卷起的衬衣袖，掸了掸，向吴少卿一拱手道："哎呀呀！吴经理，好久不见。您近来可好！"

"哈，我么？当然好，非常之好！能再见到长仁少爷，真的十分高兴！"吴少卿放松下来，身子一歪斜坐在身边桌子上，一条腿架在椅子上轻轻抖动着。

长仁拱手道："蒙亨利先生赏识荐入怡兴公干，以后和吴经理会经常见面，还请多多关照。"

吴少卿瞪圆了眼睛，听见长仁提起亨利先生，立即站起身，脸上堆起笑纹道："哦，长仁少爷还与亨利先生有交情，失敬得很！这样说，以后你我便是同僚，一起共事。放心，你的事就是我吴某的事，没二话。"

长仁当即正色道："在下正有事相询，还望吴经理能不吝赐教！"

吴少卿当然知道长仁想问什么，不等长仁说，就抢着道："老弟不必多说，之前老齐那件事，我只能说是场误会。他也是我的旧相识、老朋友，要我帮他这么点小忙，我是个重情谊的人，当然要出手相助的。"

"不、不，我不想追究谁。只想知道事情真相，为什么要把我关在这里两天，我叔叔还有老齐、阿瞒又去了哪里？祥昌丝行到底发生了什么事？"长仁将淤积在心里很久的问题一股脑倒出来。

吴少卿面露难色道："我知道的也不多，只晓得老齐事前半个月来找我，说有笔财要一起发，然后就讲祥昌丝行老店东得病死了，新接任的店东对经营一窍不通，生意眼见着要败，谁知老店东的儿子又来投，那当叔叔的怎么会把到手的资财再平白地拱手送出去呢。因而着急把店子脱手，现下正找买家。老齐说有个叫荀占云的是他同乡，有心想拿下铺子，可老齐是该店账房，帮了熟人难免会落嫌疑，这才想到与我合伙。"

虽然长仁对这件事早已估计得八九不离十，但实没想到占云叔会与之有关，此刻只觉心像针扎样的刺痛。长仁低下头问吴少卿："那又何苦要关我两天，只消瞒住，他们自走也就是了。"

吴少卿笑起来："非也！中华民国了，这国民当家做了主人，私产是受保护的，毕竟那家丝行产业是你父亲的，正当是你这位少东家继承才是。不关了你，又怎么能瞒得住呢？万一你闹开去，他卖房的交易契约都可能签不成。"

"那这样说来，祥昌现在是老齐和你的么？"长仁心里疑惑他跑回祥昌那天明明看见新店东和那家的老妈子。

"哦！说来话有点长，这家店现下是我吴某人的！老齐么，去了南京，帮你叔叔打理在南京新开的丝行生意。"吴少卿的眼睛告诉长仁，他好像并没完全说实话。

"可我来之前听阿瞒说是要卖给个洋人……"长仁还能记得那洋人的样貌。

"哈哈，那是我找朋友带去的。毕竟我和老齐都不方便出面嘛，熟人谈价多少有些尴尬。"吴少卿很得意。

"哦，那我就明白了。"长仁不再多问，当然能猜到叔叔一定是被他们狠玩儿了一把。

吴少卿发现长仁真的不想深究此事后，放下心来，亲热地拉住长仁打开了话匣子。从他来上海当学徒开始讲起。长仁也不拂他意，一任他说得天花乱坠，自己只做个安静的听客。

长仁在心里多少为他这样毫不避讳地大谈自己的生意经有些吃惊。后来才知道但凡洋行有点本领的职员都有自己的生意，并不妨碍洋行的公事，说来是件很普遍的事情。

原来，吴少卿早在成顺泰做通事时，就自己经营丝茶生意。开始他与人合作开了家"宝利"商号，从内地收购茶叶、生丝等，转卖给上海各洋行，当然包括怡兴洋行。他认为，这样既为怡兴洋行提供了合适的货源，又为自己赚取了差价，是极便当的互利生财之道。

攒了钱后，吴少卿很快甩了合伙人，自任店东，专心做起茶叶生意来。

他在湖南、湖北产茶区增设了多处茶栈，任用一批自己信任的得力商友管理，并广为网罗各方茶行内线。由此，他可以清楚地了解各茶区的收成，掌握多条供货渠道，深谙美、英、俄等国人对茶的不同喜好，源源不断向各国洋行提供合适的出口货源，甚而随行情即调茶价，利润丰厚可想而知。上海茶业展园成立，对上海及其周围广大地区的茶叶贸易进行控制，他又闻风迅速加入了上海茶业展园。

这怡兴洋行，看起来吴少卿已经少有关心，只是在他认为合适时，与之发生些许生意往来，赚取些个人利益，也就是他口里的互惠交易，听来倒像是合作伙伴。洋行对他听之任之。

长仁不得不对吴少卿刮目相看了，这位吴买办算得上是个商业人才，说话虽极啰唆，长仁却并不烦他，做尽职的听众竟渐渐入神，觉得受益匪浅。

可能是因为长仁大度地不与他理论受骗软禁的事，加之他和洋行大班的那层亲密关系。吴少卿自此后格外亲近长仁。长仁也因此能听到更多各方面消息：洋行里的大小事，新进了什么货，市面上又开始有了哪些新风尚，土丝、洋纱、生茶、煤油、面粉还有鸦片的行销内幕。

当鸦片从吴少卿嘴里无意间溜出来时，他自知失言，便忽地住口不再说话。

长仁却是听得真切。自取得刘有孚信任后，长仁时常会被安排替刘跑送些鸦片烟土的购销事体，凡刘有孚不便出面时，便会安排长仁往返联络，渐至合同也放心交由他办。可刘有孚终究是"留一手"，紧要的行销细节绝口不提。长仁虽说与刘有孚掌控的阆仙苑、回春堂、乐仙斋等烟馆老板们混得熟悉，但对探听鸦片底细却十分忌讳。

自从得知吴少卿倒卖鸦片，长仁更留意与他的交情，时常请他喝茶吃酒玩在一处。这天，长仁送吴少卿一盒雪茄，装成不经意的样子，从衣裳袖口露出一张包鸦片的黄油纸，边慌忙塞回藏好，边不好意思地解释道："这……这……比雪茄够劲。"吴少卿见后也不多话，却开始带他出入烟馆，长仁不得不跟着尝试各种洋膏大土，他虽刻意浅尝不教毒烟深吸入胸，侥幸觉得不致成瘾，但日子久了，渐也能体会到其中乐趣。吴少卿越发与他投契。

长仁终于掌握了鸦片的行销内幕，并且惊喜地发现了自己的生财之道。

私售鸦片，赚钱真的很快。虽说民国政府方面也明文规定并煞有介事般地禁烟，但收效甚微。上流社会的资本家、清末贵族的遗老遗少，还有些文艺青年、艺术家、名演员将鸦片当作一种潮流时尚的奢侈品，把鸦片当成一种寻求精神解脱、刺激麻痹神经的生活方式。他们喜欢在烟雾缥缈中与各色人等混杂在一起，打破社会成规的界限，比起喧嚣吵闹的酒楼、茶肆和夜总会，鸦片床榻让他们放松下来，静静地聊天，舒服地睡上一觉，醒来时又没有宿醉负担。

而抽鸦片的底层百姓们呢，生活压力巨大，精神世界无聊，时时被饥饿病痛包围裹挟着，缺医少药又愚昧无知，他们把一天辛苦挣来的钱全买了杂膏劣土，以求得一时放松，躲避现实生活窘况。甚至有身无分文、衣不蔽体的乞丐，也要靠翻那卖烟垃圾，收集包烟膏用的纱布油纸冲水喝，聊解烟瘾。

因而在当局的禁令下，抽鸦片依然在社会上大行其道。就连行路的轿夫脚力，半途休息的那一会儿工夫，紧要事不是喝水吃干粮，而是美美地吸上一筒鸦片。

长仁很快就抓住了这样的发财商机。

每天扫街，进出各类大小商户，他发现几乎都有私售鸦片烟土的，哪怕那极小的摊铺，也会卖些成色品相极差的劣等烟土，以飨那些穷困的瘾客。

鸦片统分四等：一是所谓"大土"，即印度出产，英国从印度运来的，怡兴就专做这种优质大烟，因为这种烟土是市场最贵，利润最高的；其下还有"云土"、"川土"和"蒙疆土"。

广大穷人抽不起入了等的高级货，但也有大量的杂膏劣土可以选择，这种棚户区畅销的劣等烟土，其实就是由提炼鸦片的残渣杂渍混合而成的，实在低劣，根本谈不上什么等次，却也能一解穷人之瘾。所以劣货价格非常低廉，仅为大土的五分之一，不过销量却极为惊人。

销售劣土的商户多是些没有固定来源的，有些直接去别家燕子窝买进吸剩下的烟渣，自己掺些烟灰，可想见那质量。长仁因扫街几次撞见那犯了瘾的穷人，毫不避讳地买来烟土就地坐在门口点吸，多有那或点不着或不解瘾而与卖家撕缠打闹的。

长仁便看中了其中的需求商机。他从怡兴统销的优质鸦片中留置一小部分，研磨加工混装，再在扫街时将自制的烟土以极优惠的出手价逐一推销，用的是先出销再结款的方式。商家当然乐意干这无本现成买卖，加上长仁销售的烟土质量比那残渣混兑的次土好出太多，很快便供不应求了。

此后，长仁的劣土生意风生水起，顺带收获一批忠实买主，虽则都是些看似下三烂的小人物，在长仁眼里他们却是耿直得可笑，认定一个主家便绝无二心。很快，长仁用来装钱的木匣子就不够盛了，为了避免过于频繁进出银行引人怀疑，长仁又有了新点子。他决定延长收款时间，改月收款为半年收款，商户们更是盛赞长仁为人厚道。

对于长仁来说，目下去南京，当然不成问题。只是他有了新想法，必须要赚一笔可观的资本银子。他不只是要去南京，还要在南京站住脚，好教弃自己而逃的叔叔看看，侄子一个人凭自己也能挣出脸面来！

诚然，拼命苦干赚钱是条踏实的路，可何时才能攒够资本金，得想法子尽快赚钱。也正因着要挣快钱，长仁就顾不得什么银钱来路，只要是有钱赚便好。

第十五章　听闻私货起争执，捐款救国尽绵力

这日，长仁刚从密斯露露那里回来，拿起自己经手的一张出仓提货票据去找刘有孚签字。走到门口却听到里面有争执声传出来，当下便不作声，静听里面说些什么。

是吴少卿和刘有孚在强压着嗓子争辩，虽是断断续续的，长仁还是搞清了他们说的事情。

怡兴洋行前天抵埠一船烟土和皮货，入库的数目却是对不上，刘有孚质问负责进出货的吴少卿。

只听吴少卿道："这烟土是借着皮货入关报批的，在出入货账面上自然会使些手段，老兄既是我顶头上司，我自然要向你交个实底，这次到的是这个数！"长仁看不到屋里情形，想是吴少卿比画了什么。

"嗯，这差不多该有一百万两。"是刘有孚的声音。长仁听了心里迅速计算，一百万的烟土销售市价约为进价的三倍，刨去运输报关打点银子，怎么也得有二百万坐实的利润。

果然，只听吴少卿笑道："当然，能够明禁暗销，生意顺风顺水，全仰赖上海地面上的大小官员，但也少不得平日里在每批货里搞点花销。这样么至少得抽一成。"

"这船货量太大，无论是上海地方还是青洪帮，黑白两道都得想办法把消息压住，稍有不慎就得被敲走一大笔。密斯特亨利嘱咐不能太显眼，要分批入库。"吴少卿提到亨利时特意提高了声量。

刘有孚急切地问："那剩下的货存哪儿了？""自然还在丰记码头咱们洋行仓库么。"吴少卿呛声道，"刘经理还有其他事吗？我会向密斯特亨利详细交差。"接着是有人推开椅子的声音。

长仁急忙蹑手蹑脚走出办公间，装作刚进门的样子，正碰上吴少卿含了根雪茄气冲冲出门。

看到长仁，吴少卿沉着的脸即刻阴转晴："查理！早啊，亨利先生到办公室了吗？我有重要的事向他汇报！"自从发现长仁有一口极流利的英语，吴少卿就再也没在他面前讲过洋泾浜。

长仁飞快地答道："刚到，有事请早，他一会儿要去渣打银行办笔款子。"然后一把抢过吴少卿手里的雪茄道："你不是说砂淋病（注：尿路结石）正犯么？

107

怎么还敢抽雪茄，我替你消灭吧！"说着就深吸了一口手里的雪茄，喷出口浓烟来。

长仁自跟吴少卿交好，不但学会了赚钱法子，攒到不少钱，也学会了花钱，雪茄、茶馆、饭店都不在话下。

"妈的，'留一手'的烟，就算是病死脱，也得抽！"吴少卿把手狠狠一挥。吴少卿与刘有孚素有嫌隙，是整个洋行上到亨利、下到门口扫地阿妈都晓得的事。

"嘿！你说亨利去渣打，是贷款的事吗？"吴少卿"包打听"的瘾又犯了。

"少卿兄你是知道的，若非亨利先生吩咐，我可是从不过问洋行公务。"长仁给他碰了个软钉子。

因看出吴少卿脸色不大好，长仁便又安慰似的道："你老兄么，就不同了，的确贷到一大笔款子，付的是欧洲那两船货的货款。"

吴少卿听到这重大消息，才满意地打着哈哈快步去了。

长仁在心里盘算吴、刘二人说的这一船鸦片的事。这事儿，在亨利那里可是一点儿口风都没露过，自己正愁鸦片烟土，看来，要尽力打探存货的地点才是！

跟踪吴少卿这个泥鳅样的滑头可不是件容易的事，于是长仁决定先从他身边亲信——油头小个子开始。小秦是常在公事桌前坐着的，紧守着桌上的特律风，长仁上午破例没出去扫街跑销，假说自己要整理客户资料，坐在桌边竖着耳朵。

一个上午，长仁断断续续地在听到的通话片段里整理着有用的信息，可惜没有收获。忽地，只见西服小个子急急忙忙起身拿包出门，长仁没有急于跟他，而是装作找纸笔，去他桌上拿了记录用的那本抄纸簿，虽然记录的那张已被小个子揭去，但次页的笔迹赫然。

"……大土……皮货……三十一号"长仁用炭笔只描出部分内容。但是足够了，他立即判断那是天津路丰记码头的仓库。怡兴洋行在丰记租有两片仓库，三十一和三十二号，用于临时存货。他翻找自己业务在仓的货，还真有三十一号的，于是开了提货单据直奔码头。

长仁到了货仓附近，先观察了周围，四周悄无一人。洋行从事的是中间贸易，最忌讳积压存货，一般进出货非常频繁，长仁想着只消守株待兔，等着小秦来办货时，记住货号就有了那批货的线索。他绕着两片仓库走了几圈，并没发现小秦。于是找管库老张，拿出自己要出货的提货票单，一边和他搭讪："忙呐，老张？"

老张一咧嘴："忙啥，不忙。"然后按单出货。

长仁跟着他进了三十一号仓，接口道："噢？听密斯特刘说前天刚到一船货，怎么可能不忙。"

老张随口道："妈的，刘有孚的话嘛……一船？听差了吧，是一车！"

仓库里的货真的并不很多，长仁细细留意有没有新进库的货。

老张朝靠门左的一堆木箱一努嘴冷笑道："这不，就这些。还他妈一船……嘴可真大！"

长仁看那木箱，黑漆印着"ARGENTA/Clinical Thermometer, F"，这是阿真塔（阿根廷）产的气候温度计，并不是皮货。长仁有些失望："噢，这么多温度计。"

"温度计？不是说洋胰子（香皂）吗？"老张一脸诧异，指着手中的进货册给长仁看。

长仁眼前一亮，立即想到鸦片这种禁销禁运的货，应是改过包装的。可这么点也太说不过去。"怎么，洋行生意这么红火，最近库里就没进过大宗货吗？"长仁进一步探听消息。

"倒是刚出过一大宗，三百包生丝。进库么，就都是小件，看这生意也真够呛。"老张一撇嘴。

长仁着实问不出什么，也不再多嘴，怕引起不必要的怀疑。他提出自己的货，装车送去南京路的仁记药房。心中却盘算着如何确认这批鸦片的货号，足足一百万的鸦片，目下只能确定没存在三十一号仓，难道还有其他仓库？管仓库的老张说只进了一车货，他几乎可以断定，这批货的绝大部分根本就不在怡兴租的丰记码头仓库。

"不在租的仓库，能存在哪儿呢？时间拖久就更容易出纰漏。"想着那么多货下了船怎么也得先进库，才好分小批逐次出手。长仁一时理不出什么头绪，只得从长计议。

长仁的积蓄日丰。因常光顾那家渣打银行，黑胖的值班经理已经认得他，每逢长仁来，必亲自送上咖啡，然后妥为安排所有事，他便只需坐等事毕。长仁坐在银行宽敞明亮的大厅，悠闲地啜了口咖啡，觉得甜味不够，便又放了块方糖，拿匙轻轻搅着，耳朵却被身旁的激愤说话声吸引。

一老者面色凝重向同座的西装男子道："倭人可恨，竟向政府提出二十一条无耻条件，这要是答应他们，真离亡国不远矣。"

西装男子亦愤然道："他们要继承德国侵占山东时的一切权利，竟还嫌不够，承认日本人有在南满和内蒙古东部居住、往来、经营工商业及开矿等项特权，国人哪个看不出倭人只是打着幌子行抢夺霸占之实？"

"可不！所谓合办中国警政，控制军械采办，就是赤裸裸地摆明要干涉中国的政治军事财政……这……这要实行，中国岂不沦为日本的附属国了吗？中国主权将丧失殆尽矣！"老者边说边连连握拳擂那桌面。

西装男子突然压低声道："所以明天，我是一定去张园参加集会的，无论如何也要救中国于水火，一个人能有多大力量，得要合四万万同胞之力共举。我就不信，偌大中国会任由倭人戕祸。"正说话间，值班经理手托着票据过来，二人方才噤声。

长仁素来不关心政治，只愿早日赚个百八十万资本金，好干一番光耀门楣的事业。冷不丁听到这消息，不由得惭愧，作为一个中国人，他竟毫不知情。

转天，长仁起了个大早，赶去张园参加抗议集会。几乎每条路上的人都朝着一个方向聚拢过去，离张园老远，路就被行人堵塞住走不动了，只听见前面不时传来阵阵口号声，此起彼伏。

不一会儿，只见对面路口处密密麻麻走来了一队人，有老有少，看穿着多半像商界生意人，还夹杂了不少学生模样的青年男女。长仁好不容易挤到张园聚满了人的路口，实在没法再挪动一步，只好停下。有人跳上路边树桩，用宣传纸卷成个纸筒大声向人群说着什么，长仁拼命偏过头去听，那声音却被周围嘈杂的人声淹没，虽说听不真切，但看那簇人们的激愤颜色便可大抵猜得到内容。

长仁被人群裹挟着向那方向拥过去，前胸后背都贴了人，脚几乎被挤离了地面，只用脚尖戳着地，可依然什么也听不清。直到那人张开臂膊高呼起口号来，周遭爆发出雷鸣般的响应声浪。长仁被众人激昂的情绪感染，也在人群中随了众人振臂高呼："反对日本强权！反对侵略！坚决反对二十一条！坚决抑制日本侵略行径！爱国同胞团结一致力保利权……"

长仁自此有了每天看报的习惯，开始关注二十一条的进展。各行业同声抗议，上海总商会和工商各界举行的国民大会提出六条抵制办法，组织了中华国民请愿会，共图救亡方法。全国各地纷纷响应，组织请愿分会，抵制日货，又发出倡议募集经费，国民空前团结，投身到抗日救亡中去。

五月，日本向袁政府发出最后通牒，限两日内作出满意答复，这无疑给已经兴起的商会和工商界的救亡活动火上添柴。北京总商会随即向全国发出通电："政府让步讲和，权利丧失，国几不国，今请自本年五月七日之始，我四万万人立此大誓，共奋全力，以助国家。时日无尽，奋发有期，此身可灭，此志不死。号召全国各商会发动工商界参加救国运动……"

月末，长仁路过南京路时，看见不少戴红臂章的青年，手里捧着印有"救国储金"募款箱，当即便把准备送储的五十块银圆全部投入箱中，捧箱的眼镜男青年激动得脸涨得通红，连连道："中国是有希望的，都如先生般爱国助国，何愁中国不进步！"又拿出名册一定要长仁留下姓名，长仁坚辞。

眼镜男青年热泪盈眶："先生拳拳爱国心实令人感佩。再看有些所谓成功人士，家资甚巨，却惜财吝捐，罔顾国难，无良若此，为富不仁已甚！我却只空有一腔爱国抱负，唯心而已！"说罢一脸激愤，手指点着册子上的一个名字。长仁看那人捐了一万元，在册子上很是显眼，抬起头看了那青年一眼道："爱国不易啊！"男青年推了推眼镜点头道："可说不是，中国迟早败在这些无良吝啬鬼手中。"长仁头也不回地离开。身后传来眼镜男的声音："多谢先生的拳拳爱国心。"

回洋行的路上，长仁心绪难平，虽说自己为救国出了点绵力，但毕竟这钱来路不正，没有鸦片，中国人就不会被世界嘲为"东亚病夫"。可眼镜男所说的"为富不仁"他却不能苟同，募款活动向来都是自愿出捐，那么谁捐，所捐多寡，甚而捐或不捐都应由人自主，而由不得旁人指摘。

万元对于绝大多数普通百姓来说已是巨款，那青年竟还嫌不足。不是要替富人出头说话，实在是长仁自己跑街面做买卖，晓得其中辛苦，更能体会赚钱的难处。不论贫富，能够把自己的钱拿出来捐，哪怕只有一块，也是值得肯定的心意，怎么能嫌多嫌少，以算计别人的家财来论多寡。难道是要那些富人倾家荡产方为爱国？富人若此，穷人又当如何？

无论如何，长仁准备去南京后，就重振祖业，再不碰鸦片这腌臜生意。戒烟念头常会冒出来，长仁总有法子宽慰自己的心："好在我并没什么烟瘾的。"

时间总是过得飞快，算来长仁进洋行已是四年有余。这些年过得虽说辛苦，但也充实，不论时间还是金钱。

只是，长仁时时要愁烦鸦片烟土的问题。扫街的好处是，总能得到来自各方面的很多小道消息。加之长仁的人缘很好，他从不与客户计较蝇头小利，总显出些有别其他买办的大方得体来，因而客户便也就将他当作知己，说一些明面上听不到的事儿。

这天，长仁到自己常跑的一家洋火店送劣土，见店主赵二正与一个光头皂裳的黑脸壮汉头抵头地说得正欢。长仁进门前故意一声咳嗽，照例道声："赵二哥，发财，发财！"

赵二和那黑脸汉子一惊，那汉子更是将手直插进胸口作势要向外掏什么。赵二忙拦住低声道："莫慌，自家兄弟！"随即跟长仁笑道："苟老弟来了，正是有事找你商量！"

长仁笑着向黑脸汉子略一拱手，便上前拍了拍赵二肩头："二哥有事，尽管吩咐，小弟一定尽力就是。"

赵二神秘兮兮地，将紧握的一只手伸到长仁眼前摊开，手上是一块黑油油的鸦片膏。长仁拿眼一瞥成色就知道是上好的货，便低声道："货不错，哥哥可以拿下！"

赵二咧嘴道："我这赚一天钱十张嘴等着吃饭的主儿，哪来这么多现银能与他交割。"又一指黑头巾汉子道："这是我本族伯父的儿子阿牛，自家人。这不，有好东西先来找我，他可是在青帮当差，本领可不简单。"

长仁转身向黑头巾再拱手道："原来是阿牛哥哥，少见少见，以后还请多多关照小弟。"阿牛也大咧咧地频频回礼，一看就是个豪爽之人。

原来阿牛的这一大块上等烟膏是抢烟时私留下的，着急想出手，开价其实不算高，十两光景只要价一百一十二块银洋。

这黑帮抢烟是由来已久的。阿牛便是谙熟抢烟的"大八股党"的一员。

第十六章　急赚钱偏门涉险，因误会横生变故

抢得的鸦片，阿牛趁同伙不备，私藏了一包掩在树缝里。直到昨夜下才拿出来，跑到租界边缘的棚户区来行销，惧怕帮派耳目，他不敢去土行或烟馆出手，只得找绝对信任的本族哥哥赵二想办法。赵二当然知道这是好货，只是苦于拿不出这多现银，而自己的铺子又售不得这等上好货色。

长仁出现得正是时候。

长仁问清烟土来由，放下心来。当即拍胸脯道："阿牛哥可先将这货放在赵二哥铺子里，我只消带着这一块在身边，我自有洋行跑销的正当身份，不怕好货不出销，不讲当天售出，明天也一定出得了手的。完全代销，分文不取。"

阿牛喜形于色道："哪能教你白出气力！"说着便把那包烟膏拿出给长仁看，指着上面印的"15, OZ（十五盎司）"，口中喃喃："这一包是八两五，一两三块银洋，我且只要二十块可好。"长仁看那纸包时，不由得心头一凛，上面竟有怡兴洋行的油标封印。

长仁心下疑惑，表面却不动声色，向二人点头道："既都自家兄弟，你老兄开个实价，我绝不压价钱。"当下三人便约好第二天挨晚来取现洋。

"阿牛哥刚才说这是从哪里得手的？兄弟也好避开，别惹麻烦。"长仁看似闲聊地打听鸦片来路。

"噢噢，兄弟说的是。昨天一早总堂大哥发话，点了我和三个兄弟去那丰记码头附近埋伏，这不就得手了么。"阿牛咧着嘴。

"噢，那丰记附近热闹得紧，阿牛哥着实了得！"长仁笑着敷衍，禁不住满腹狐疑。

"兄弟有所不知，断不能自那仓库里明抢，我们在怀隆里下的手。那条里弄可僻静得很呐！"阿牛有些得意。

当夜，长仁自存钱木匣里数出一百一十二块现洋，用布包了装进牛皮公事包。第二天，他并不急于去赵二处，而是又去了怡兴洋行的货仓，他再次确认，那船货的确没有进库。长仁叫了辆黄包车，吩咐车夫载他绕着丰记码头方圆半里范围，不紧不慢地兜了足足两圈，果然有收获，在怀隆里，他看见一个熟悉的身影一闪进了一处民宅，细看门牌：怀隆里三十一号。没有丝毫停留，他坐着车依常去办自己的事。

直挨到天黑，长仁才慢慢地走去赵二的洋火店，老远借着店铺里的灯光，就

见赵二和阿牛早等得焦急，坐立不安。

长仁紧走几步，边擦着额头的汗走进店内吁声招呼二人："二位老兄久等了，小弟虽遇着点缠磨，终于还是不辱使命。"说着掏出那包银洋放在桌上。

阿牛咧开大嘴点着钱，过数后又数了十块交给赵二："这是谢二哥给指的销路，收好！"赵二略微推托，便嬉着脸收了。

阿牛又拿出十块给长仁："感谢荀兄弟，这是点小意思，跑腿的开销，兄弟别嫌少。"

长仁先谢过接在手上，然后又放回阿牛手中道："阿牛哥，跑腿费我算收过了，这是给你的定钱，约定下次的货。"

赵二在一边拊掌道："对对对，咱兄弟仨来个长久发财！"

阿牛收过钱激动得满脸通红，掀起衣裳擦了把脸上的油汗笑道："老弟既是个爽快人，那咱也就不遮掩了。各堂口的兄弟们多多少少都冒死攒了点好货，不过能顺利销出的恐怕还没几个。唉！好些个兄弟出手时被抓直接当众点了灯。"

长仁素来听说过帮会规矩森严，阿牛说的"点灯"，便是家法中的极刑。但是，在鸦片巨大利益的诱惑下，依然会有铤而走险的。长仁又看了看阿牛，他兀自在摸着钱咧嘴笑。

长仁和阿牛约定每月十五和三十收货，有多少收多少，价钱由阿牛按成色出价，长仁绝不还价。阿牛几乎要激动得哭出来，和赵二连声赞谢。

但是，谁又能想得到，这看似可以长久发财的生意并不长久。

长仁回到亨利家，亚历克斯已经睡了。自从长仁去洋行公干，亚历克斯学会了睡前自己看故事，阿力也试着要读书给他听，可小家伙很不喜欢阿力的沪上土语。

一如往常，长仁先去卧房帮这位小少爷整了整被子，然后回自己房间。

今天的收获太大，他有些不知所措。原来，小秦记录簿上留下的"三十一"并不是丰记的三十一号仓库，而是怀隆里的三十一号民宅，长仁不得不佩服吴少卿这老狐狸油滑精明。可人算不如天算，吴少卿也是万想不到会被人碰巧撞破。

怎样从这批货里抽出点，哪怕只有一成，长仁心下琢磨。虽说阿牛这儿算是一条长线，但毕竟抢和偷来的太不可靠，今天以后，谁知下一次什么时候有货？

长仁叹了口气，想明天去找吴少卿，先探探他口风再说。

第二天清晨天未大亮，长仁被桌上突然响起的电话铃声叫醒。

"什么急事，这么一大清早！"长仁口里嘟囔着拿起听筒，那头传来亨利焦急的声音："查理！快起来跟我走，货仓着火了。"

长仁外衣都没来得及披上，就冲下了楼。亨利正等在楼梯厅焦急地来回搓手蹀步，见长仁下楼，也不等招呼，便急慌慌上车往丰记码头赶。可是，一切都太晚了，离码头还隔着两条街，老远就望见丰记方向火光冲天。显然，再去码头完全没必要了。亨利一下瘫软在车座上，口中喃喃道："完了，完了，刚到的货全没了，洋行几百万贷款可怎么还？"长仁正不知怎样劝他，忽地，亨利一下挺直了身子，口里向司机嚷着："快！快！去找吴少卿，他一手经办的。"

吴少卿的家在怡兴洋行附近，是幢独立的西式小楼，装饰得竟比亨利家还要富丽堂皇些。吴买办时常带回几个妖艳女子共度春宵，家眷却并不曾接来，只雇了管家和两个妈子，倒也安逸自在。亨利和长仁曾多次受邀去他家吃饭喝咖啡，所以很熟悉。二人冲进吴少卿家，管家回吴先生在家的，说天没亮就急匆匆出去，才刚回来。想来他也是听到仓库失火的消息去看过。可两人随了管家在客厅、书房、卧室找了个遍，并没见着吴少卿人影。

亨利急得在房里大声叫："吴少卿、吴少卿……"可除了空落落的回声，并无人应答。

管家一路跟着，此时低声嘀咕一句："难不成是又出去了？"

亨利一听便急步向门口处冲去。刚出门，却猛然瞅见花园墙角暗处一个背影，那不正是吴少卿么？只见他躬着脊背，头抵墙，双手抠着墙缝，身子瑟瑟地发着抖，两脚颤颤处汪着一摊水，还有尿正淋漓而下。

亨利见此情景，倒退几步颓然跌坐在台阶上，长仁急步上前扶，却被亨利一把推开，只听他口里喃喃道："完了……完了……"蓦地，亨利弹身跳将起来，一把从怀里掏出枪，正是他防身的那把勃朗宁，平日里放在书房常会拿出来擦拭。长仁惊呆了，没想到亨利竟会带了枪来。还未及反应，猛听亨利大喝一声："吴少卿，你要付出代价！"说话间已经扣动扳机，沉闷的枪声过处，只见吴少卿左背上有血汩汩涌出，子弹穿透他身体射在园壁。

突然吃了枪子的吴少卿猛地一怔，挣扎着回转身，见是亨利时显出一脸惊异，又低头想看手捂住的中弹的胸，张张嘴想说话，却最终什么也没说出来。他靠着院墙缓缓滑跌在地，眼睛无奈地大睁着。身后墙面留下一道骇人的长长血痕。

亨利手里拎着枪喃喃道："看你那尿样，居然吓到尿裤子。要不是你出主意让仓库压货分批出仓，怎么会全部损失？让我活不成，你先别活。"

浓稠的血迅速与地上尿液混在一处，结成一摊黑红诡异的圆，正与斜坐在地上的吴少卿组成一个大大的问号。

长仁被这突然的变故惊呆了，愣在当处。他知道吴少卿这几天正犯砂淋病，并不是被吓得尿裤子。

吴少卿与长仁形容过这砂淋病的凶症。这病起程颇急，犯起病来，小解就成

第十六章　急赚钱偏门涉险，因误会横生变故

115

为极痛苦的事，必得经历一番不堪的折磨才尿得出。吴少卿总是憋到实在没法儿才会去小解，必得要双手撑墙抠着砖缝，憋足力气忍住痛，半晌才能解决。厕所闭塞狭促，里面的小便池更没扶手的地方，他只得找那背静无人的墙根小解。谁承想竟会为此送命呢？

亨利木然地看了看倒在地上的吴少卿，咬牙道："我们走！"跌跌撞撞地径向外去了，长仁一句话不敢说，紧跟着亨利。

车夫还在门外候着，亨利却似看不见，长仁亦步亦趋。只听亨利叹口气道："几百万的亏空，翻身无望了，这可如何向英国总部交代！"长仁极力想安慰他，道："先生若如实报总部不成么？"亨利并不看他，又道："我来中国已经有十五年了，到头来却是一场空。抛开一切想成就事业，可……可事业没了，彻底毁了。"亨利像是在自语。长仁心情复杂，只得道："先生，您也别太着急，咱们从头开始慢慢儿地把那亏空补上，您要当心自己身……"亨利却突然停住脚，猛地一转身打断长仁的话，眼睛盯了长仁厉声冷笑道："补上？拿什么补？那是二百万，二百万，整整两艘船的货……"长仁不敢看他布满血丝瞪大的眼睛，低下头，却又被亨利凄厉的声调吓得大气也不敢出。两人便这么一前一后在路上走着。

回到家，亨利一言不发把自己关进了书房。

长仁翻来覆去睡不着。吴少卿虽说死不足惜，可他的死状却教长仁无法成寐。

直到窗帘缝隙处透进一丝微光，长仁才慢慢合上眼皮有了些睡意。突然，一声尖厉的哭喊声传来，长仁翻身起床，声音发自楼下，此刻变成一叠声的"先生、先生、先生……""是阿香的声音！"长仁立即意识到定是亨利出了什么事，急冲下楼。全家人都已聚在亨利书房，只见阿力正抱着亨利瘫软的身体将他平放在床上。苏太太颤抖着手正拨电话叫医生。

地上有呕吐物，是服毒！书房桌上放着生土和那把杀吴少卿的枪。

亨利死了，竟连一句诀别的话都没留，哪怕是对他心爱的儿子亚历克斯。亨利是吞生土死的！鸦片让他发了财，却最终要了他的命。

刘有孚是第一时间赶到亨利家的。在确定了亨利的死讯后，他连每次例行的招呼都没打一个，便以极快的速度回洋行，处理了一系列钱庄银行票据，第二天就告失踪，再也没见到人影。

怡兴洋行破产了。

由于涉命案和巨额亏空，怡兴洋行关闭，职员全部被遣散。大家当月的薪水都没有拿到，大班死了，能找谁要呢？于是洋行一切可以移动的物件都没了，座钟、电话、资料柜、办公桌椅，甚至连厕间的墩布、嗽盂都被抢搬一空。接收的保险公司的人来时，洋行是间空屋。

长仁和阿力一起处理了亨利的后事，把骨灰交给苏太太时，苏太太却没有眼泪，她冷静地宣布了显然已深思熟虑的决定：带亚历克斯回英国。阿香、阿力坚决地表示要随他们一起，但被苏客气又毫无余地地婉拒了。

苏要阿香从自己卧室保险柜取出一个小皮包，要将里面的十几块钱分给众人。阿香哭道："太太您就这几个体己钱，腿脚又不便当，咱们可不能要您的钱。英国那么远，您怎么好去？还带着少爷，不准我跟去，谁照顾您哪？"

亚历克斯道："还有我，我长大了，会照顾好妈妈。"边说边把那包钱分成均等的五份，走到长仁面前，拿了一份交给他道："查理哥哥，以后别再抽鸦片了，对身体不好。"长仁推过那钱不肯要，心下诧异这孩子怎么会知道他吸鸦片的事，却也只好点了头道："好，我记下了，你也要保重。"又道："我还是想送你们去英国，才放得下心来。"亚历克斯摇了摇头，又别转头看妈妈，苏没说话。阿香、阿力也一再要求跟去，厅里一片人声。苏这才缓缓道："都别再争执，心意我们领了，船票已经买好，明天上午就出港。"

不再有人说什么了，大家都知道，苏已决定独自带亚历克斯回英国。

一切都太突然，长仁甚至都没能去细想整件事的过程。送走了苏太太和泪眼模糊的亚历克斯，长仁他们回到亨利家，却看见保险公司封门人已在屋里开始清算登记资产，见几人回来喝令他们立即离开，小脚阿妈和厨子老郑是早已决定回乡的，自去。阿香、阿力都没有家，不知往哪里，发了会儿愣，也只得拿了包袱出门。亨利死后，阿力就悄悄把家里几件像样点的东西搬去了香满楼相好的几个姑娘处存着，想着自己会说洋话又能开洋车，总有活路。于是走时向长仁道别："这样的世道，手上有活儿、肚里有货，不会饿肚皮。小兄弟，后会有期！"阿香回来一路哭个不住，此刻更是难过，只说句"再会"便头也不回地走了。

长仁抱着自己的木匣走出空荡荡的屋子，走到门口被人拦下，打开匣子检查，那人见里面是银洋，便攥在自己手里，呵斥道："你个下人，哪里来的钱，定是偷了主家的，罚没充公！"说着将钱揣进自己衣兜。长仁知道，此刻如若分辩必会招来一顿好打，便不说话，索性放下木匣和身上的包袱，空着手出了门。那人倒一时呆住，怔怔看着长仁走出去，将例行的搜身倒给忘了。长仁在花园梅树前坐下，午后的阳光透过梅枝洒下斑驳碎影。安静下来的长仁这才开始梳理这两天混乱的思绪。

亨利不久前刚和渣打银行签订贷款合同贷到二百万周转金，购进了一批最时新畅销的欧洲钟表和化妆品，都在被烧的货仓里存着。本来那未公开的一百万鸦片足以让亨利翻身，可他听了吴少卿的主意，分批出库分销。他当然没想到，手

第十六章 急赚钱偏门涉险，因误会横生变故

下得力的吴买办会私下将货转存到了附近民宅。

等等……不对，那、那批货并不在着火的货仓！长仁跳将起来向外便跑，叫了辆洋车直奔怀隆里，老远就见有个瘦小人影，缩着身子鬼鬼祟祟在向巷外吃力地挪着一个大包裹。长仁认出那背影，对！是小秦！情急之下，长仁一声咆哮："看到你了，偷什么呢！"只见小秦一哆嗦，抛下包裹，头也不回一下，撒腿便向弄外跑。长仁正想再叫，只听弄口传来一声闷响，接着传来嘈杂人声："哎呀呀，这赤佬，瞎跑一气，撞死脱了……"

长仁怕招惹不必要的麻烦，没出弄堂口去看，而是气定神闲地向那车夫道："大白天的偷东西，活该挨撞！"那车夫"唉唉"地附和着。长仁便掏出三个铜圆，让车夫把那被小秦拖出来的包裹搬回房里。直进到内间看时，长仁暗吸了口气，只见里面存着足足三十个大包裹，上面印着硕大的"FURS（毛皮皮货）"下面印着稍小"BRANGA SHOP（布兰加商店）"，长仁立即断定，这就是那批运抵失踪的鸦片烟土，不禁喜出望外。长仁当下稳了稳心神，拉住车夫给他一个站洋，道："这儿是被贼惦记上了，不能再搁东西，烦你赶紧找人带两辆大车来，我要连夜把货全部运去戴生昌船运码头仓库！价钱好商量。"车夫接了钱，连连道谢，喜滋滋去了。长仁一刻不闲地过了数，记下，然后闭门去巷子口的渣打银行提了二十块现银揣在身上。刚回怀隆里三十一号，果见那车夫带了人车来搬货，少不得一阵紧张忙乱。长仁直到办完入仓交付手续，这才长吁了一口气。

亨利本可以不死。

货仓着火，亨利以为所有资产化为灰烬，失态杀了吴少卿。其实这一船被吴少卿私挪出仓的烟土足能周转那笔贷款，只怪亨利用人生疑又太过刚愎性急。

"是谓处事断勿目光短浅，无深谋长策。无论遇到怎样看似毫无转圜的危机，都要深信总有一天会否极泰来。不可自断其路，自毁其身。"长仁自诫之余转而惊喜，不觉吟出南宋诗人陆游的《游山西村》一句："山重水复疑无路，柳暗花明又一村。"

第十六章 急赚钱偏门涉险，因误会横生变故

119

第十七章　巧设局万利入荷，赴南京踌躇满志

怡兴洋行的事恐怕早已传遍了上海大行小铺，长仁作为破产怡兴的低级买办，拿这么大批俏货交易必会引人怀疑。要像过去那样再掺成劣土，这么大批货得几年才得出手。

毕竟是意外之财，只恐夜长梦多。长仁得想法子尽快处理掉，拿了现洋赶紧离开这是非之地。

阿牛！正愁得没法儿，长仁忽地一拍脑袋，想起了自己的烟土上线阿牛，帮派出手烟土可是有着一套完整的销货渠道。可那帮会都是抢烟土吃白食的主，又怎敢透露半点消息，更何况每包烟土的包装上又都有怡兴洋行的信鉴。

长仁搓手在客栈来回踱着。

栈房伙计送茶水来，照例放一份《申江新报》在桌上。

长仁坐下随手拿起报纸，赫然见头版便刊载的是一巨幅戒烟药广告："上海中西大药房（Great China Dispensary）戒烟梅花参片功效启：'肖来一物，必有一物制之，此天地生成不易之圣，神农经云……有鉴于此，煞费苦心创制梅花参片，专用固本养神培元养性诸般补习，以故见效，神速行效半……'"

这广告的正下方登的，是阆仙苑的店启："近来洋药土药步步飞涨，凡我同业亏累难堪，不得已发集同公议于五月一日起，各土零剪每洋涨贵二钱，各类药膏每洋涨贵二钱……"

长仁跑街日久，知这阆仙苑是法租界首屈一指的大烟馆，便掷了报在桌上，愤愤道："可笑至极，戒烟药启登得，销烟广告也登得，报纸不就是个最大的坑栽狡诈所在！"

忽地，长仁住了口，眼睛盯住了报上店启"洋药土药步步飞涨，凡我同业亏累难堪"反复看了又看。然后，又细翻那报，果然，二版右下首有相似涨价店启，是与阆仙苑实力相当的回春堂医药馆。这家回春堂虽是有大夫坐诊开方卖药的医药店家，但究其知名原因，并非大夫医术有多么高明，却是其经销的烟土洋膏好，老烟客都知道，他家的土质上乘、膏子味纯。虽开铺晚于阆仙苑，却很快后来居上，俗话说，"同行是冤家"，阆仙苑掌柜陈义隆和回春堂东家方仲荣时有不睦传闻。

当初长仁刚跟刘有孚跑街时，看到回春堂三进二层的中式楼台，远远便见粉白墙壁上硕大的药字，真以为是卖药的。跟了刘有孚进门绕过阔大的照壁，穿

过间壁中厅，便见八扇对开的铺面，进门正对着高高的柜台，柜后一排排贴了纸名的青瓷药坛，柜台边是一匣匣药柜，左右两厢是几十幅宽大货架，上边满铺着一包包黑乎乎的东西就是鸦片了，鸦片倒比药材多。看病是在第二进院落里的，先生把脉看诊，二层收治不少留诊病人，进到三进却是个会客厅，穿过封闭的走道，楼上就是分隔有致、隐蔽性极强的烟间了。烟间是有二十铺的通间，还有单辟的一二榻的小间，不分时辰地时时躺满了人，每层每室均单开出入道口与楼梯的"暗道"。那阆仙苑对外公开的营生为娼业，但就连街边孩子都知道那实是家烟馆。那里非但每个姑娘房内设有烟榻，楼下还专辟了若干大烟间，多有十来张，少有六七张榻，每榻之间的顶壁上均用紫竹帘隔了，可卷可舒，陈设极考究，红木梨花炕，云铜黄竹枪，广州白铜油灯，云南银斗、玉斗。刘有孚与这两家掌柜极熟，据其自述有二十多年交情，所用烟膏一年两次进货，均与刘有孚签销，这两家烟馆月盈达二三十万之多，长仁还跑腿送过几次合同凭纸。

长仁又翻出前两天的报再看，多有洋药涨价的启事告白发布。长仁一喜，鸦片行情看涨，想自己手上如此好土膏，只要价码放低，不愁没有销场。自己无须露面，只教阿牛跑送，八股党销的多是抢盗坑骗来的，有洋印鉴的货根本不足为奇，谅谁也不敢发问！

如此，一个销货法子在长仁脑子里冒出来。

长仁在桌边坐下，提笔飞快写了两封内容相同的信，落的却是刘有孚名款：

义隆（仲荣）兄台鉴：

  自前一别，久未得登门拜访。近日新运到英产洋药烟土膏，质甚优而销价颇低。弟与广汇堂（小八股党的一个堂口）合出此批烟土，因怡兴事累，此批土价远低于前出之价，想兄合用。便急派堂口兄弟送三钱先行品鉴。

  顺颂商祺

弟有孚上
民国四年九月二十日

长仁写毕将两信笺装好，封了两包三钱的量，分别用红黄纸包了，便出门直奔阿牛处。

阿牛原在大世界赌坊做侍应，自从跟着长仁暗做上劣土营生，手头日渐活络，便给上头管赌坊的大哥送了两回好处。果不久，他就当了侍应主管，每日里戴着领结、穿着衬衫洋服，神气非凡。又在近住里弄赁了间不大的单间住，方便存私货，也好教长仁来往便当。这个时间，他应该在屋里正蒙头大睡，长仁清楚阿牛的一切，到了便直接开门进屋，一把拉开窗帘，顺手掀了阿牛身上盖的被子，嘴里一叠声道："阿牛，快起来，有来钱买卖等你。"说着便掏出两块大洋抛在床上。阿牛缩了身子，刚要发急，听得钱字，便一挺身坐起来，一把抓过长仁掷来的两块钱，呵呵笑着："长仁老弟一来就有钱哩。"又胡乱扯了件棉袍披在身上，直直地盯住长仁。

长仁压低声道："我新跟的洋人那儿有票烟土要出手，成色极好的上等货，价钱低得吓死你。只这洋人跟我都不方便露面，阆仙苑和回春堂想你是知道的吧，只这两家烟馆你得跑跑腿。走一趟就有十块大洋哩，怎么样？"

"多少？跑一趟十块钱？我，我没听错吧？"阿牛当然知道那两家烟馆，只是不大敢相信跑腿费如此之高，目下市面上跑腿只五到十个铜圆而已，这可是百倍的价钱。

长仁也不多言，掏出信和样膏，道："这是要送的信，记住，红纸包的给阆仙苑，牛皮纸包的给回春堂，务必亲手交给两家掌柜，只说是掌堂大哥和密斯特刘要送的信，记得带回信复，清楚了没？"阿牛连连点头，着忙找衣裳穿。

"就穿那堂口惯常衣裳，务必要像普通帮众兄弟就好！"长仁又道。

"噢！"阿牛心下虽不明白为什么，却也并不多问，把拿在手上那件西式衬衣放下，又从铺子下面翻出件对襟扣的玄绸褂子。

长仁看着点头，便起身道："速去速回，记得一定要等到信复方得回来，设若对方不肯立复，就说要找管堂大哥来取。你们大八股党的堂口掌柜们熟得很哩！"

阿牛边呵呵笑着，边摊出手来："这个自不必费心，恐吓手段你未必如我，那么钱哩……"

"回头拿了两家信复来取！我俟晚饭后再来！"长仁说着出了门，赶着去渣打银行取了三十块钱揣在身上，又在汇丰开了个空户头。

阿牛有钱可赚，喜不自胜，叫了趟车直拉到阆仙苑门口，递进自己的堂口腰牌，通报广汇堂送信。掌柜陈义隆竟迎了出来。阿牛临要交信，却竟忘记了红的、黄的，到底哪封给这陈掌柜，他不识字，便摸出两封信望着那信皮上的字直挠头。陈义隆是个精明人，凑上前帮他认那字，却看另一封是给对头回春堂的，当下不动声色，取了自己那封信息拆开看，又张开包膏子的纸，一打眼便知是上等货色。喜问阿牛，有多少？什么价？几天能到货？阿牛一劲地摇头。陈掌柜心下嗔怪刘有孚，有好货只管给我便了，怎么还要扯上那回春堂。他当即教阿牛等了，回信表明有多少货全包，只一条，不许给回春堂那方老匹夫。把信交给阿牛时一再嘱咐，务必速速见回信。阿牛巴不得多跑几趟，答应着揣了信便往回春堂去。

见了回春堂方掌柜，阿牛此次倒是分得清哪封信，只是大咧咧地把两封都掏了出来，方掌柜看在眼里，心道，怎的陈老儿竟已有信了么？看信立即明白是要争好货，便回信交阿牛，要阿牛即可送货，不论价钱。阿牛颠颠儿地乘了黄包车回转，路过大世界赌坊都没停一下，只为着去领长仁的十块大洋。

长仁看了两家回信很满意，完全不出自己所料。于是提笔写了第二封信：

迳覆接展：

　　惠函读竟。此批英产洋药烟土膏量实匪小，价虽每两仅批价半，一洋半数尔，总价实足一百五十万甚，想兄未必能径入，是以分告义隆、仲荣二位。怡兴事急，弟登府不便，现将合同交前次送信人，请填注所需数目，签署，弟即发货至府。

　　另，付款与前同，首款五成，电汇至汇丰弟之户头（账号 ******），货讫后清！

　　手此布覆，即颂

商祺

　　　　　　　　　　　　　　　　　　　弟有孚上

　　　　　　　　　　　　　　　　　民国四年九月二十日

长仁封好回信，与合同一齐交阿牛道："明日一早分送两家，问清何时去取电汇票据，见据发货。"

阿牛接了信道："那两家掌柜都说了，不许发货给对方，有多少货全包哩。想是信里也写了，怎的你还要我送两家？"

长仁哈哈笑道："阿牛哥可真是实诚得紧，若非如此，那两老滑头怎能轻易全数收了我们的货？记住，明儿去遇他们问时，便回只去了一家！"说着把十块大洋拍在他手上。

阿牛歪着头，似懂非懂，见了钱咧开嘴，只一气儿点头。

阿牛第二日果一早便去两家烟馆，陈义隆见信喜极，不想如此上好货色竟只每两一块半，出手便可赚出三番，再看付款约定与之前惯熟交易一丝不差，便不怀疑，立即在合同上签署全数尽收。那陈掌柜多了个心眼，留了阿牛只不许走，好茶好果子侍候着，一面让人即去汇丰照信汇了五成货款七十五万大洋，好先把货坐实，生怕被回春堂抢了去。临走又给了阿牛两个二十制的大铜圆，阿牛揣了汇票，按长仁吩咐，又去了回春堂。

回春堂方义荣自不待言，看罢信后一再问阿牛，是不是只他一家。阿牛人却不笨，一叠声称是，说来前堂口大哥说了，密斯特刘交代先来回春堂，待有剩余再去阆仙苑。方掌柜听罢哈哈大笑，说到底是二十年老交情，有孚老弟这事办得

第十七章　巧设局万利入荷，赴南京踌躇满志

123

讲究，便也签下了全货，竟也似那陈掌柜一样，立汇五成货款。阿牛回来将两张电汇单子交给早等在家的长仁。

长仁交代阿牛带两个可靠兄弟去戴生昌船运码头提货，给两家烟馆各送一半。阿牛道："两家可都要的是全货！"长仁哧哧一乐："哪里来，两家各一半，不就是全货嘛！"

阿牛这会子才明白，长仁只要销完全部货，并不在乎给几家，想了又道："可是，如果那俩掌柜要闹将起来，可怎么好？"

长仁又一乐，掏出早已备好的五百银票给大牛做提货、送货辛苦费，道："咱给了他们货，而且是一等一好货，那价钱低到市面批发价的三成都不到，即便是半货，也是大赚的，有什么可闹？再者，找谁去闹？信是刘有孚写给他们的。三者，青帮堂口生意，他们敢说半个不字么？四者，鸦片在明面上是政府禁收禁售的。凡上，我算准他们既不吃亏，断不会自惹麻烦。"

"噢！我可算是搞清怎么回事了。"阿牛突然得了这么大笔钱，冲着长仁直挑大拇哥。

下午，货便分头到了阆仙苑和回春堂两家库上，两个掌柜只得兑付半数货款，还向阿牛抱怨，怎么只送一半，阿牛便推说货多，等第二批再送，自此逃脱不见。两家当然是左右等不到那第二批货的。

长仁交代完阿牛。整个下午等在汇丰银行，划到了两家的各关货款便即转汇至渣打户头。虽然这批货价钱贱得离奇，毕竟是无本买卖，足足一百五十万大洋妥妥入荷。长仁就这么突然地成了富翁。这年，他二十一岁。

长仁开始着手准备去南京。怡兴洋行之前与美国、法国原先的购货渠道还畅通，显然他们没那么快收到怡兴倒闭的消息，长仁得以在最短时间以合作商身份优惠购进了一百万的时兴洋货，将货直发抵南京下关的英商太古码头货栈。办妥上海的一切事务后，自己买了戴生昌的头等舱船票，悠悠然去往南京。

上了戴生昌轮船局的"初云号"客轮，长仁写定大餐间一张票子。如今的他早已非昔日里的穷困孤儿，这笔横财来得着实意外，所以花起来亦不觉得肉疼。无论如何，务使自己处处显出豪阔气度。

这"初云号"上的船务买办宋大兴，是个断人使眼色的老手。看这年轻人穿着考究的西式洋服，行事做派时时透出些"洋味"，即想他是出洋归国的哪家豪门之子，便使出十二分的殷勤劲儿，亲自拎过长仁皮箱送进大餐间。

"看先生气度非凡，想必是学成归来报国的有识之士呵！"老宋谄笑着。

"我么，怎么会去学那些出洋的人。我们国家不好吗？可学的东西不多吗？我非但不出洋，还正要实业兴国，去与那洋商一决高下，赚够他们的银钱。"长仁头一昂，用眼睨买办。看他不断点头，态度谦恭，便问："你叫……？跑船有年头了吧！"

"鄙人宋大兴，都叫我老宋，在船上总有六个年头了！看得出先生是在商业有番大作为的。说到这赚洋人钱么，那上海可是绝佳之处，且不论洋人聚集的两个租界，就连黄浦江东对岸也遍地都是机会！"老宋哈腰将皮箱放在门边。

长仁看他是个识相的，便又道："偌大中国，能人辈出，银钱岂能总是教那洋人赚去？"

"可说不是呢，像您这样的青年才俊，实业救国的人物还是太少了，所以才会给洋夷钻了空子。"

二人一吹一捧，极有情趣。宋大兴拿出一包"品海"香烟，双手递过长仁面前，长仁摆摆手，跷起一条腿，拿出自己的皇冠雪茄盒放在桌上，老宋忙擦了自来火送过来，长仁取出雪茄点了，吸了一口，然后示意老宋："来一支么？这个劲大。"老宋连连摆手："这么贵重的洋货，在下消受不起。"垂手立在一边等着招呼上餐。

不一会儿，侍者开出大菜来。长仁让老宋同坐着吃，老宋再三推辞不就，只站在边上，说好随时服侍，长仁也就随他，自己吃起来，只觉得样样可口，吃完不够，又不便说，被立在一边的老宋看出，叫侍者添了份牛排，再加一个面包，方觉出饱。

吃饱便有些倦意袭来，长仁大大打了个呵欠。

老宋会意地吩咐人端来上好的一套烟具，亲自点上烟泡。

第十七章　巧设局万利入荷，赴南京踌躇满志

125

长仁

第十八章　论因果静之毙命，思际遇长仁安心

　　长仁没想到轮船上也能过烟瘾，心下暗赞老宋心窍通透，倒是个可托付办事情的。自己此去南京，除去带足了本钱银子，并无一个半个帮衬自己的人，何不趁便把他带去。

　　长仁存了这个心，便向那老宋通报了自己姓名表字，又强拉他在自己对面脸对脸地躺下。那老宋也乐得结交豪气阔绰主顾朋友，便半推半就。两人抽着烟说着话，即刻体己不少。

　　长仁道："如今做生意，是中国人赚中国人的钱，还要狠狠拿些本事出来，赚那外洋人的钱么，除去要有本事这一节，还非得凭些运气不可，洋人确乎是比国人要精明些的。看杭州胡雪岩，张口闭口要与洋商争高下，他那样大的巨贾富商不都折光败尽嘛！"

　　"谁说不是呢？洋人的本领前清老佛爷是领教最深的，来朝的小国，不几年，可不就转眼间搞出那么些火枪洋炮，咱人再多，可肉做的身子，怎么着也扛不住那铁丸火药不是。要说起来，火药还是咱们从炮仗制起的嘞！唉，算个什么事，自古来，这药都做了些个鞭炮、焰火、炮花，看热闹了……"老宋几口烟抽过，随意起来。

　　长仁呵呵笑了，又觉出些老宋的有趣，便试探："正是说呢！火枪洋炮自一时敌他不过的。那么，宋兄既是有这样的感受，就大可以拼一拼运气。你又何必再给东洋倭人当差挣那窝心的银钱，跳脱开去与他们做生意如何？"

　　宋大兴道："这戴生昌的老东家，原本是个中国人，硬是削尖脑袋入了东洋籍，害得我们属下这班人都成了给东洋人办事的洋奴才！说来真是惭愧得紧，也是生活所迫，一大家子的嘴都得有吃食。"

　　长仁道："噢，谁说不是，既是养家糊口便也就顾不得谁给的饭食了。问句不该问的话，那戴生昌轮船局发你多少银子？"

　　"月银区区五块，跟船按趟算，一月总不过十多块，好在船上总还能做些小生意贴补。"宋大兴有些沮丧，"生活不易，内人和三个孩子都在下关家里，还有个老娘要服侍。"

　　长仁听他正是南京下关人，不由得大喜。当下伸手拉他再躺下，又点了一管烟。老宋连连称谢，又问道："先生是要去南京做生意的吗？"

　　长仁当下把自己备得的一批西洋时兴货细数给老宋听，老宋抛了烟枪拊掌：

"哎呀，就看先生不是一般人物，这么些紧俏货没有些渠道和洋行背景，有钱也不易购得的。总数想来是不少，看先生行事气度可揣度的。"沉吟一下又道："丝绸么，总不过是在夫子庙秦淮河贡院街一带最是繁密的，生丝倒好像下关太古、怡和码头附近居多。"老宋果然清楚。

二人相聊正欢，长仁突然问道："你我如此投缘，不如大家一起去南京发财，月银么，给你开这个数，怎么样？"长仁说着伸出巴掌，比画个五在老宋眼前晃了晃。

老宋道："五块钱，小的委实照顾不来家里的老小吃食，这个……"

长仁哼了一声道："五十！"

老宋猛地支起半边身子望着长仁，心道这小伙子不一般，言谈举止老到，听着又似极阔的，他说的那些美国煤油、法国香水、化妆品、德国铜壳怀表，哪一件放到南京市面都是极抢手的货色。当下连声道谢表忠心："先生看得起小的！自今日起，小的就鞍前马后服侍您老人家了。生意上的事，您尽管放心，小的必定妥帖应付则个。"

长仁很满意，便又问起南京地方风俗民情、起居习惯。老宋便滔滔不绝起来，长仁听得十分有趣，不断插口问话。

二人正说得热闹，忽被门外呵斥声打断。长仁不觉一皱眉，老宋立刻跳将起来，趿着鞋撞出门去。

门开处，原是一犯了烟瘾的乞丐抱住门口木柱，任由船侍踢打撕扯。也不知躲闪避让，只把他那张脏脸贴在门扇上一迭声地告饶。

"大爷赏口吧，赏口吧……"

那乞丐血和着鼻涕眼泪糊了一脸。身上的衣裳原应是件长衫，被他撩了前后襟翻至上半身，拿麻绳缚了胡乱堆在肚子和屁股处拖着，脚上只剩了一只鞋挂着，另一只脚精瘦干瘪地光着，连袜子也没穿，此刻一经乱蹬乱踢，那光脚的后跟和大脚趾都刮出了血，蹭在光可鉴人的船甲板上一绺绺的血印子，他也浑然不知。

老宋出门便骂侍者，怎么让这种东西跑到上等大餐间来，赶紧叉了出去。

怎奈那烟鬼乞丐正犯在急瘾上，不知道疼，拼死抵命地抱了柱子，凭人力怎就一时撕扯不开。口里只管发出一声声凄厉哀号，让人听着心惊肉跳。

长仁失了兴致，踱出大餐间，出门正见老宋挽了袖子亲自上手去架那乞丐。犯鸦片烟瘾的人长仁见得多了，便背着手对老宋道，去，把那洗烟灯的水喂点子给他吧。

老宋连连应着，进得里面端着烟盂出来。

那瘾疯子立即不叫喊了，拿眼直勾勾盯住老宋手里的盂，想他抵死赖在这门口，定是闻着烟味过来的。

接过洗烟水，乞丐也不管里面的腌臢，一口气全倒进了喉管，只听见喉咙里发出几声奇怪的汩汩声，那乞丐一下瘫在地上不动了。

老宋一挥手让侍应把他弄走，长仁拦住道："等他缓过劲吧，别死在船上。"便回身向里走。

"长仁啊……是……长仁吧……"身后传来低弱声音。

长仁一惊，急忙转身细看那人。简直不敢相信自己的眼睛！长仁近前蹲下身，仔细看瘫在地上的烟鬼乞丐。

乞丐又铆足劲叫了声："长仁，是我！"

这不是叔叔荀静之又是谁？

"怎么会是你，是你么？"这真是得来全不费功夫。

长仁着忙吩咐船上侍应，抱了叔叔洗涮干净再来回话。

宋大兴丈二和尚——摸不着头脑，但见长仁面色大变，想是个什么重要人物，便亲自照应张罗。

静之被带回到长仁面前。此时的他瘦弱昏聩，神情委顿，形容枯槁，眼眶深凹，皱巴巴的一张脸泛着菜色，头发也花白了，佝偻着身子不自主地微微颤抖。当年的斯文儒雅风范荡然无存。长仁起身叫了声"叔！"下面的话却一时不知从何说起。

此前的六七年时间里，长仁执意要到南京找到叔叔，这几乎成了他生活的全部动力。却好似从未想过，找到了叔叔要怎样，责怪？追究？现在叔叔突然出现在面前，长仁竟茫然无措起来。

长仁复又坐下，看着叔叔只说了句："您，饿么？"

静之点头随即又摇了摇头，把眼睛盯住榻上的烟具，直勾勾地盯着。刚才烟盂的水只是暂时缓他的烟瘾，却是解不得的。

长仁向站在身后的老宋抬了抬下巴。老宋即刻会意，扶了静之躺在自己刚才的位置，服侍着点烟。

静之躺下，勉力用手撑住脑袋，眼睛始终没离开过老宋手上的烟膏，揉捻、装锅、烤火……当烟锅里冒出第一个泡时，静之喉头巨大地抖动一下，手直直地伸出几乎是抢过烟枪，用尽气力大吸一口，然后眼皮微闭向上翻着眼白，却半响没见有烟从他口里吐出来，这烟被他尽数吞进了胸腔。长仁眼见他这口气闭的时间太久，不禁有点着慌，从坐着的椅子上站起身来看他。

老宋也觉出不对，上前用手扶住静之身子大力拍他后背，拍了两下，静之一

129

口气才叹了出来,那鸦片烟却是被他生生地咽了,并没飘出半缕来。

长仁摆了摆手,摇着头坐下,看叔叔如此狼狈不堪,心中恨意竟一多半转为悲悯。

长仁嘱咐老宋道:"今夜下就叫他睡这榻上吧,明日就到岸了。"

老宋诺诺地退下,着人准备静之的铺盖用具。

静之自躺在那榻上足足地过了一回瘾,一管烟抽完,还兀自一动未动,眼也不曾睁过。

长仁便也躺过了他对面,问他道:"叔叔怎么会落到如此地步?想来必定有不少曲折。"

静之一怔,好一会儿才缓缓睁开眼,眼泪便随着滚了出来,半晌才道:"报应,都是报应,我自是使手段去谋夺哥哥、侄子的家产,却不想早已是掉进了别人的圈套。"说着便哽咽得不能说下去。

长仁之前是知道叔叔是被老齐算计的,便接口道:"是不是老齐?他定是伙同了那怡兴洋行的吴少卿吧?"

静之抬手蒙住双眼,重重地点了点头。

"到了南京有再开铺子吗?阿瞒是一同跟了去的吗?"长仁跟着再问。

静之哽咽道:"阿瞒……是被我赶走的,他提醒过我,说了老齐有古怪,只可恨我没有听他的话……被鬼迷了心窍啊,真真是追悔莫及……"

他重重喘了几口气,好一会儿再接着道:"我一心想要入仕,到了首府之地,又有了恁大一笔银子,开个铺子还有颇多盈余。就想着谋个一官半职,也能够光耀祖宗门楣。想来可笑,真个是书生意气。老齐凭什么能满口应承,偏生那时的我就信他的那张嘴。一日老齐急慌慌地来告诉我,南京府新临时政府成立,需要大批政府供职的官员,还有许多地方官缺,只消花个万把银子就能成事。"

长仁听到此不由得重重叹了口气,看着叔叔。

静之又闭上眼:"可谁又知道,万把银子花了去,又要万把银子打点门路,打点门路的钱交给他,又要选就任地方的银子,不三不四地几回下来,老齐真就拿回了一张临时参议院的议员官凭。我欢天喜地地拿了官凭就收拾着去上任,老齐却要我把阿瞒带着去任上,也好有点当官气派。我当时哪里还有多想,当下把下关的丝栈全权托付给老齐打点,带了阿瞒起程。等到任方才知道,这知事是个给人打杂跑腿的差事,哪里是什么官,我花了共五万块啊,足足五万……"静之的声音又哽住了,伸出手,似乎想抓回那五万银子。

"阿瞒是这个时候向我说起老齐不善。我当时气不过,回到店里将老齐骂了,他跪在地上赌咒发誓绝无欺主。为表诚意,还在马祥兴摆酒请了临时政府的官员一起吃饭，席上那官说，原是场误会，当席上众人就诺了我内政部的主理职务，不但独当一方，还是个大大的肥缺。我一时头脑发热又送了张一万两的票子，还听了老齐主意，回去就开脱了阿瞒差事，一心等着就任这肥缺。谁知还未等我去上任就职，那中华民国的临时政府就解散了，说是北京政府接管了。唉……"静之握紧了拳捶自己的头。

长仁追问道："占云叔不是在南京做生意的么？怎么叔叔不去找他，自己倒落魄成乞丐模样。"

静之忽地眼睛大睁开，红丝毕现，道："快别提那天杀的占云！要不是他，我还不至落魄至此。"

喘了一会儿，静之才接着道："刚到南京时我是躲了占云的，想着他跟大哥是朋友，我谋财弃侄，被他问起怎么处。便只在码头附近让老齐赁了间铺子，不想开业前竟收到了他差人送的帖子，随附了五十礼金。我便当他是个朋友，想也是咱家世交亲戚，家乡人互相帮衬着做生意想来是要好过的。他的丝绸庄开在城南三山街，叫'荣裕堂'。我便去回拜，他很是热情地招呼，只字未提上海祥昌和你的事。我请他代为关心再寻买一家铺面，想还做南浔的七里丝，他便荐了家铺子，还带我看过，地段、市口、开脸、进深，怎么看都好，便当即付过三万块银洋找保人签了契押。不想未过半月，却被人告了官，方知那是被政府查没的资产，可怜我不单改造装潢投进去大笔银子，一时都被罚没充归府库，还无端被关了十天，吃尽苦头。出来便找占云，不想那天杀的霎时间变了脸，要告我谋算兄长资财，遗弃孤侄。我打落牙往肚里咽啊！实实地气不过，才想着定要买个官来当……"

长仁听完事情的原委经过，心下便释然了。

看来，老齐、占云早属意谋划篡夺叔叔的产业资财。可叹叔叔书呆子似一个人，正经生意都做不来，只是被他人牵着鼻子走的一个线偶罢了。

想到此，长仁制止了叔叔继续再讲，怕他太过伤心自责。

他叫了老宋备下宵夜，两人陪静之吃完，已近午夜。老宋扶了静之躺下，不料静之不肯就睡，指着那鸦片要再吸一管。老宋便拿眼看长仁，长仁微微一点头，起身向叔叔行礼，自去睡了。

长仁醒时，看床头挂着的自鸣钟，已是十下钟光景了，不到一个时辰便抵南京。刚一坐起身，老宋就忙不迭地递上了茶水，又把洗脸水端进来放在桌上，服侍得周到妥帖。

长仁坐下吃早饭时，看了看已是十下半钟，想着不久就要准备下船，这才问老宋，叔叔起身没，老宋答，早上去看过两次，想是太累，睡着没起哩。

长仁便让老宋派了船侍去叫醒静之，服侍他起身梳洗。

长仁坐在桌前注视着碗里热粥冒出的缕缕白雾，不由得想起家乡晨起的炊烟。自从母亲亡故，餐食只为饱腹续命，与家人共同进餐的温暖感觉许久没有了。

这时，里间冷不防传出一声惊呼，老宋神色慌乱地跑到长仁近前回道："静之老爷不好了！"

长仁推开碗箸，快步赶去看叔叔。

只见静之脸色黑青、嘴唇灰白，已是死去多时了，手里还紧紧抱着那杆烟枪。

"他昨晚吃了多少烟？"长仁皱着眉问。

老宋擦着额上的汗，低头答道："昨夜您睡下后，我就过来服侍静之老爷，见他一泡烟才抽得半下。静之老爷见到我来，便非要我自去睡过，说瞧着他抽着不得舒坦，我便退出来在门外，却也没敢就睡。大约半个时辰，听静之老爷在里面叫了声'好，好，睡去也！'我这才和衣睡下。"

叔叔落魄经年，平日里抽的必是那低等劣土，及至沦为乞丐，更是连劣土也没有的。自己昨天允他连抽了几管上等的鸦片膏子，长年亏耗损伤的身子哪能受得？长仁低头沉吟着，竟是自己无意间断送了叔叔的性命。

看着静之青黑枯瘦的遗容，回想昨天他犯瘾时不人不鬼的样子，长仁唯有一声叹息，嘱船侍将尸首用白单覆了，只等下船再作安置。

想这静之，倘始当初不起那贪财念头，尽帮衬之责，扶持侄子共同经营，或可得享天伦。他一无识人之明，二无谋人之智，却偏由得下人摆布，去行诡计谋机巧，最终落得如此下场。可叹！谋人资财之时亦是自己钱财尽失之日。

尝听道："善恶之报，如影随形，三世因果，循环不失。"看来世间事竟真讲个因果报应的。

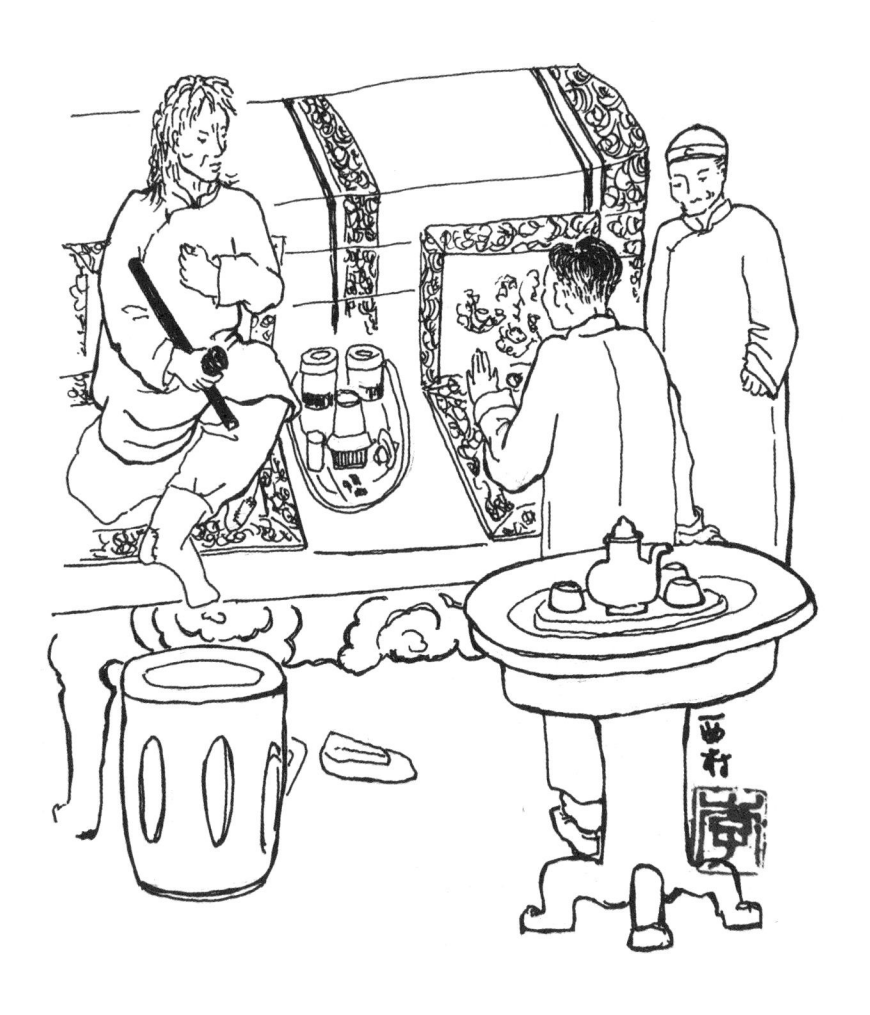

第十八章 论因果静之毙命，思际遇长仁安心

133

第十九章　寻故人偶遇旧识，忆往事愤意难消

长仁刚到南京，千头万绪。只能先将叔叔灵柩寄停在兴中门外狮子山西南麓的静海寺，着实捐了些香油钱。寺内方丈亲自选定腾空了一间僧房，每日里派寺僧洒扫诵经，倒也十分周全。

丧仪是断不能省俭的，虽说未请亲朋故旧，但也不作兴马虎敷衍。客居的栈里委实难成体统。末了，还是静海寺方丈大德主持了一场法事，诵经七日，总算让静之入土为安。

一场忙乱过后，长仁才记起，定购的西洋货船不出半月即将抵埠，一边忙嘱老宋紧可着这几日，加紧买屋赁铺找用人，一边又催人到处去找那账房老齐，只可恨自己疏忽了，竟从未问过老齐的名讳。老宋带人绕城几日无果，挠头之余只得劝长仁，南京城恁大，急着要寻个没地儿、没名儿的人实也难为了点，不如从长计议，又不免举出些"君子报仇"之类的理儿来。长仁也只得搁下，权且先办正事儿，一边试着打听罢了。

不过，叔叔曾说过占云铺号地址，长仁那是一定要去拜访的。

这日，长仁带着老宋，前去三山街找那占云开的荣裕堂绸缎庄。

老宋一路上嘴半刻不曾闲："先生，这三山街啊，您别看只一条不长的街面，却可算是城南商贸中心。北端黑廊街和建康路相接，南端路口连着教敷巷和望鹤岗，西有水西门水陆码头，南濒秦淮河，实乃交通便利的一块宝地。五行八作汇聚一处，有同仁堂的方药，张小泉的刀剪，上天福扯布，找三聚买鞋，戴帽盛锡福，泡澡三新池，日用百货逛更新，还有那南北风味聚金陵呢……"

长仁无心听老宋侃典故，只专心找占云开的那铺子，便打断他道："别跟我扯这些没用的，快找到荣裕堂便了。"

"是，是是！"老宋忙收了话头，边嘱车夫顺着三山街自南往北，再从北到南，来回跑了两趟，并没发现叫"荣裕堂"的店铺门脸儿。长仁心里犯起嘀咕，别是自己记错了？或是静之叔说差了么？

正犹豫不决间，忽听附近传来锣声。起初起着点，然后一阵紧似一阵。

长仁循声看时，见街前的开阔地围了一圈人。老宋见长仁抻着脖子向人声处望，便道："您去瞧瞧热闹吧，来南京这都几天了，尽只顾着忙，也没能陪着您出来逛逛。我去找那个荣裕堂，一刻儿在……在……"老宋头来回转着在附近找合适的会合点，一眼便瞅见路口南首有间叫"顺兴"的茶楼，便指着道："一刻儿在

顺兴茶楼碰头，先生看可好？"长仁点头同意，嘱咐道："务必打听清楚详细来回话！"老宋应着去了。

长仁走到那堆人近处，想看个究竟。这时锣鼓声骤停，围观人顿时静下来。只听得有人大声道："各位父老乡亲请了！在下山东人氏，姓苏名大旺，这是俺妹子杏儿。俺们兄妹二人随父卖艺来到贵宝地，不料家父一病不起，无钱医治。今斗胆在此献丑，还望各位老爷少爷，太太小姐，叔叔伯伯，奶奶婶姨，能发发慈悲，赐家父汤药，救家父性命，大恩大德，我们兄妹来生做牛做马，报答各位！"

原来是撂地卖艺！待长仁挤进人丛，看清中间是一男一女两个年轻人，那说话的男子，不过二十年纪，光着头，腊月天身上只穿单衣裤褂。那女子十七八模样，鹅蛋脸上嵌着对大眼睛，一身劲装袖口裤脚都用布条束了，可能是刚展露过身手，此刻双颊绯红，笑着向围观人逐一抱拳施礼。长仁看去不由得愣住，这女子笑起来太像一个人。长仁以为自己早将她忘记了，阿兰，兆荣里的阿兰！长仁的心揪紧了，眼光便不由自主地跟定了那女子。

可能是看着围拢人多起来，大旺将手上的锣槌家什交给妹子。双手一抱拳，道："在下先献丑来一趟形意拳！"说着挺身起势，是四平马步的下气桩。紧接着筋络伸缩如弓弦，身劲动发若弦满，手足挺力，形其意摇，首搅尾间。出如飞龙升天，剪似猛虎出林，纵跳灵空像猿猴，步法轻妙如猫行！周围人不住鼓掌叫好。大旺一趟拳了，收势撤步再抱拳施礼，众人哄声喝彩。

那叫杏儿的姑娘早已跃步至场心，手里使的是柄刀。只见她手腕轻旋处，手中刀也跟随其快速舞动，场中央立时白光闪闪，渐与她身着的青衣融成一团青影，忽地，青影中析出一道刀光在她身前划出一道耀眼圆弧，弧光闪处，只见女子腰肢一摆，双脚顿地接连两个空翻，手上的刀花却一丝也未乱，紧可的，刀光一敛，借着就着地腾转之势，身子旋坐在地，刀随指尖。杏儿收刀起身，抱拳鞠躬，人群这才爆发出阵阵叫好之声。大旺手托着锣反扣来向众人讨赏钱，不时有几文大钱被丢进锣里发出清脆的"叮"声，大旺不住口称谢。这时杏儿已放下刀，接过哥哥手里的锣，围观人群中有口哨声和调笑声传出。杏儿全不介意，含笑向人群求告："各位大爷大叔，婶婶嫂子，行行好，赏几个救救俺爹爹吧！"

女孩走到长仁面前，长仁呆呆地定住看她，竟一时忘记掏钱。杏儿这时微微笑着前向长仁一躬："这位先生多少赏点，谢谢您的好心了。"长仁这才"噢"了一声着忙掏出一把银洋，哗啦丢进锣里，女孩看足有十几块钱，不由得呆住："这，这，您赏得太多了。俺们不敢领受……"长仁道："我有钱了，你可知道？"杏儿似被吓住，站在那回头求救似的看她哥哥，大旺忙过来解围，向长仁一抱拳

第十九章　寻故人偶遇旧识，忆往事愤意难消

道:"看这位先生是位有身份的贵人,舍妹若有什么失礼的地方还请先生饶恕则个。"长仁这才如梦方醒,道:"抱歉得很,令妹很像在下的一个故人,失礼了!"又指着锣里的钱道:"这是在下一点心意,快去给老伯找大夫治病要紧!"

兄妹二人双双向长仁跪下就要磕头,被长仁拦住。二人千恩万谢地捧了钱急回去找爹爹。长仁却被搅动了沉寂已久的心事,立在当处半晌无语。正自难过,忽地有人在背后拍他肩头。回头看时,竟是阿力!

长仁惊喜之余一把攥住阿力手道:"呀呀!怎么竟会在南京遇着你呢?"阿力笑道:"侬再看看这又是谁?"说着从边上扯过个女人。长仁见到她更惊,这不是香满楼的巧云姑娘么?巧云见长仁吃惊的样子,便笑着一福,道:"小先生好呀,好久不曾见着您,忙大生意哉!"长仁连忙还礼向二人道:"我只道新来南京必定人地两生,不想竟能遇到故人。二位怎会……"阿力抢着道:"伊现如今是吾老婆,想当初逃出来南京,苦哉!"阿力话音刚落,巧云便打断他道:"我都不觉苦,你怎的倒先叫起苦来!现下卖卖洋胰、香水、雪花膏,也足够吃口饱饭,真真是自在日子。只你,再没得出去浪的机会,所以才会觉着有苦处。"阿力被她突然一番抢白,只得尴笑着住了口。长仁道:"噢,怎么你们是逃出来的吗?怪不得要离开上海。"阿力点头道:"可说是,刚来那阵子,躲在乡下不敢出门半步,生怕被丁爷的人找到,那苦味怎么得解。"说着便又偷眼瞅身边巧云。见老婆无啥表示,便才又接着道:"想是不能坐吃山空,巧云有个姐妹嫁了此地一个老乡绅做妾,巧云常去串门打牌,认得不少富家太太小姐,就常进城来替她们跑腿进些洋货出销,日子倒也过得。"

巧云听到提及丁爷,自语般地道:"姓丁的真该杀,只是可怜了阿兰……"长仁猛地听见阿兰的名字,立即别转头去,巧云却只感叹了一声便低了头不再说话。长仁忙接过她的话茬:"那么,巧云姑娘这是做了老板娘,服侍的丫头自不得少,那个阿兰可是一块儿带到南京来了?"巧云幽幽叹了口气道:"什么老板娘,我们连个铺面也是没有的。阿兰这丫头,性子太犟,自上次咬了那姓丁的,被打坏,躺了几个月后,虽说命保住,腿瘸了。有残的身子是不能见客的,只得做粗使丫头,呀,见天挨打受骂。您说我们这样的人,不只能认命么?见见客有什么不好的,不定哪天能遇到称心合意的赎了出去,就算是阿弥陀佛,脱离苦海。"巧云说着斜瞥一眼身边阿力,一抿嘴又道:"即或嫁了不那么满意,也不妨的,不过是赔出点体己养个穷汉,终究换来自由身子。"阿力皱了眉道:"又来了,说阿兰扯那么远做什么?"巧云"呀"的一声道:"可说是,这阿兰倔得紧,劝她的话只就不听。这腿坏了,脸上还留了疤,只一辈子待在香满楼洗衣裳么?"

长仁听得揪心,那一张惹人怜惜的笑脸又浮现在眼前,现下自己有钱了,足能给了她好日子过，是不是该赎她出来呢？看长仁走神，巧云道："小先生想什么呢？阿兰去了倒是件好事，不然还不知要遭多少罪……"

"什么？你是说她去了？去了哪里？"长仁的心一沉，不敢相信自己听到的话，还心存些许侥幸。

"唉！她能去了哪里呢，必是死了才得解脱。"巧云叹口气答道，一旁的阿力接口："要不是出这档子事，伊拉哪就肯逃出来呢。"巧云一撇嘴道："那是自然，不受了惊吓，能这么不明不白地跟了你跑出来？"

阿力向长仁道："那姓丁的是何等蛮悍阴毒货色，没得手的女人，就是做了鬼也要拉出来搞一搞的。阿兰身上伤还没好利索，他又去碰一鼻子灰，还被抓了个满脸花。可阿兰丫头也吃大苦头哉，脸被他拿刀子豁开老长一条口子，肉都翻出来。啧啧，可惜个漂亮丫头，如若不然，再长个一两年，能成香满楼的头牌。"

长仁此刻手心已攥出汗来。

"才躺一个月，就被拖出来跛着腿洗衣裳。不成人样了。"巧云在一旁边说边叹气。阿力道："要不怎么说姓丁的遭天杀哩，就这样也不放过。""怎么？"长仁瞪大眼睛问。"唉，活活打死才搞成。要遭天谴呢。"阿力狠狠向地上吐了口唾沫道。

巧云从腋下抽出帕子按了按眼角，问长仁："小先生，都说善有善报，恶有恶报。您说这老天爷怎么就不惩办恶人呢？如今，人家还是当着大佬，势力也未减分毫……"

长仁只觉心一阵紧似一阵地绞痛，胸中憋闷得难受，停了好一会儿才道："因果轮回只待时，天道怎会放过那作恶之人！"心中却道："世间事原是如此，行善未必可见到善果，作恶也未必竟有恶报。那恶人恐怕还要笑为善之人傻呢！"

长仁叹了口气又问："葬了么？"巧云哧的一声道："葬？那姓丁的只让人用她睡过的破席卷了丢进黄浦江。唉，好好一个孩子，就这么没了。"

心中挥不去的那个影子，现下又覆上了重重阴影。长仁正自黯然神伤，抬头却见老宋从对面茶楼向他急走过来，这才猛地想起找占云的事。他忙将在下关住的昌鸿客栈地址写给阿力夫妇，匆匆辞别二人。

老宋已在街口茶楼订了雅座，请长仁过去坐着喝茶，他则去挨铺查问，还拍拍胸脯对长仁道："只消有个铺名儿，就没有找不着的。"

茶楼门口停了几辆黄包车，三两车夫蹲在车旁闲聊。长仁因听了阿兰惨事，心情沉重，低头踱进茶楼。一楼满座，室内颇热闹。掌柜是个四十多岁的肥壮女人，脸上抹了厚厚的脂粉，一身湖绿织锦棉袍颇紧致地箍在身上，显出一道道的深浅印痕。见长仁来，老板娘灵活地从柜里转出来，上前一把捉住长仁胳膊，殷勤地招呼道："老板可是姓荀？刚才您家下人订的雅间，您上楼坐，二子立马就去侍候。"长仁勉力听懂这南京方言，倒有些北语韵味，与浙申吴语比来多了不少硬朗尾音。他因觉胸口有什么压着似的憋闷，看楼下热闹，倒是很想听听周围人都聊些什么，也好排解一下难过的心绪。便左右四顾，抬眼正瞥见窗边一桌客正起身，便抽出被老板娘拖着的手臂笑道："楼下这个座便很好，不上去了。"说着踱到桌边坐下。老板娘"噢"了一声，拉下堆在脸上的笑，原以为是豪客，却也只是闲坐的，料定没什么油水，便悻悻地扭动身子回去柜里。

堂倌来请茶，长仁问有些什么茶。堂倌连着串地报了云雾、龙井、珠兰、梅片、毛尖、碧螺春，还有酥烧饼、五香蚕豆以及酱油干丝作茶点，倒是有吃有喝。长仁点了五香蚕豆和碧螺春。一会儿堂倌来，右手拎着个大铜壶，左手从掌心到肘弯层叠托了有五六个碟子杯盏。堂倌到桌边放下铜壶，将茶杯和五香蚕豆摆了，便单手提起那大铜壶，在离桌面三尺左右的高处，对着茶杯倾入开水，但见那壶嘴猛一向下，再一抬头，茶杯刚好九成满，桌上竟是一滴也不曾漏出。长仁点头赞许堂倌手艺。堂倌倒完茶一哈腰道声："先生您慢用！"便去别桌送茶点。

长仁待堂倌返身经过时将他拦住打问："小倌儿，打听个事儿可知晓？"茶倌一哈腰："客人可是才到南京地头，听口声是南边的，您有什么请问，小的尽心回禀就是。""小倌可知这三山街上有一家名叫'荣裕堂'的绸缎庄么？""知道，当然知道，店主可是姓荀的？"长仁不想堂倌竟正认得占云，心下一喜，放了两个小钱在那堂倌托的茶盘里，问道："请问在哪里？我们来前叫马车把这条街来回走，都不曾见。"茶倌扯过肩头手巾盖住盘里的钱，左右看过，极快地抓钱揣进兜，略略屈腿谢过便道："噢，当然是不好找的，一年前就关张咯，那样好的铺面可得说是贱卖。哎哟，客人是来讨债的？"

长仁一惊，心道占云多么精明机巧之人，怎会落得倒闭卖铺境地。他急忙问道："那姓荀的店东可还有消息么？"茶倌指着窗外道："噢，人倒是在呢。喏，客人只消往西南，从茶楼边上的巷子穿过去，对过隔条街叫许家巷的，往里头走走就能看到他的。"

长仁还想细问，偏生这会子门口有人进来。

"二子！你杵在那块干什么事？这边水烧开屛了一地，还不快把桌上的花生壳攞到撮箕里头。招呼门口客人哎，兴得一头衰子！"茶楼老板娘站在柜里呵斥，吓得茶倌一缩脖，向长仁告声得罪便着忙去招呼那边厢客人。

长仁坐等老宋。闷坐一刻，见那茶冲了正是叶儿舒张之际，细嫩的叶片微张着，茶汤清绿煞是漂亮，忙呷了一口，却觉入口淡得紧，没什么滋味。此刻晓得了占云下落，只想快些找到，看他到底是怎样的光景，也好有法子去对付他，以报那被坑骗之仇。想到此，长仁便一刻也不想再等，起身来到柜前，留下两个铜圆给老板娘，交代道："刚才是向小二哥打听点事情，您别见怪于他。我出去一会子，若有人来寻，只管让他在我桌前等候。"老板娘捏了钱，脸上立即重堆起笑，挤出一脸褶子，一叠声地道："先生尽管放心，一刻儿就用陶瓷钵子把这茶叶重新煨过，等您老来再沏。"长仁微一点头，便出了茶楼，按堂倌所指，顺着右边巷子向里走。

走到巷子尽头，横在面前有一条正对的巷子，看墙上挂的地名牌子上写的正是许家巷了。

巷子很窄，容二人过往。一路走来没遇见几个人，长仁边走边想，这样的市口也好做生意的么？

走不远，看见前面路边支着一张半旧的条桌，桌沿四周围了一圈老蓝粗布的布围，桌子后头一个老头儿正低头用针在缝着什么。桌上放着有五福包、绣绒袋、虎头鞋、花烟袋和一些零碎什物，倒也五彩斑斓。长仁不觉停了脚，想个老头子绣活倒颇为不赖。信手拿起个烟袋来看着，水灰的全丝缎地子，上面用明黄、秋香绿、宝蓝丝线绣的是个彩麒麟，麒麟脚下还踏了两朵祥云。长仁看着喜欢，便问那绣花老儿："老汉，这个好多钱？"那老头儿依然绣着手里的活儿，头也不抬地回道："也就是个玩意儿，先生喜欢，就赏几个吧。"顿了一下又道："想您也是识货的，这都是上等的丝底丝线，手上一针一线的活计，得熬上好几个通宵才能绣得呢。您若上那绸庄上去买，非得两个小洋不可呢。"长仁看了又看，确乎是绣活、针线、缎底、配色、花样儿都不比绸庄里的差半点儿，便道："您上年纪的人，绣这活计实属不易，就给您两个小洋吧。"老头闻听，停了手上的活儿，抬起头，打眼镜框上用眼打量长仁。忽地，老头站起身，涨红了脸道："咦！哦，哦，你你你，你可是，是长仁么？是长仁么？"

长仁看这老儿，身上的棉袄袖口、衣角都用补丁蒙了，针脚密密地纫了双道，可那补丁的成色看起来是上好的丝缎料子，虽都磨成黑灰色，还兀自发着幽光。一头花白短头发从戴着的棉小帽里窜出来，看起来是好久没理过的。一张满是皱纹的脸上架了副断脚花镜，那断脚用细绳穿了挂在耳朵上。

长仁几乎认不出，待看到老儿那双疲惫昏聩中透出精明的眼睛，立刻断定：没错，是占云！

"哦，是占云叔！我是长仁，这不正是来找您的，可是找着了。您怎会落魄至此？"长仁强压下心头的怨愤，不动声色。

占云放下手上正绣的活计，抓起衣襟把手擦了两下，道："呀，呀，长仁你来就好了。快来坐，快坐着。"说着从身后破棚里拖出个小木凳。

长仁坐下，并不答话，听占云说。

长仁

第二十章　荣裕堂闭铺关张，败家儿骗卖资财

"咱们叔侄可是得有五六年不曾见了吧？想当年把你一路送往上海去，后就再没见过面，那时你还是个孩子模样，可说现时是长得结实不少，模样却是变得不多呢。"占云复又在自己凳子上坐了。

长仁便道："正是多亏得占云叔一路关照，只是差点不敢认了呢。"

"唉！人都有那交好运霉运的时节，只我的背时到这土埋脖颈方叫我生受。去年你三叔公、婶婶、婶姨娘接着脚地先后去了，我一连办三场丧事，自己也是累得大病一场。谁承想生意竟就这么呼啦啦地没了，没了。三座宅子，两个铺子都没了，还欠着一屁股债。你看我这样子，本已了然无趣，尽可着死去也好。可你兄弟，你兄弟由吾还没回来，我又怎能就死呢？"占云抬手擦泪。

长仁尚不知道占云有儿子，从家乡出来时，婶婶一无所出，便问道："由吾是……"占云道："噢，是你婶姨娘所生，满十八岁了，你是没见过的。在南京娶的小妾模样虽好，可出身不堪，我向来未曾提起过。"

长仁点了点头，道："那由吾兄弟是怎么了呢？去了哪里？"

占云眼泪终于流了下来，他也顾不得擦，呜咽道："这孩子，说是去了上海挣大钱，不想去了半年也不曾回过一次家，却趁着我两次回乡操办你三叔公和婶婶的丧事，来南京把些家产变卖得精光。我回南京看什么都没了，不得已回去七里把两院宅子和桑园稻田一并卖出，就是你三叔公的院子，还有你家那老宅子，当初被我们买下了。本想着拿这钱再把那孩子卖出去的铺子盘回来，光景也还过得去。谁晓得由吾娘又走了，由吾这孩子挺孝顺，急赶着回来奔丧，走时却又把家里能拿的都拿走了，说要翻本赚回来。这不，去了没回来，也不知现下是怎样的光景了。"

长仁听了也觉凄凉，想这占云大半辈子算计谋划，连至爱亲朋也不曾放过，如今家产被个儿子败光用尽，落得这般田地，竟还盼着儿子来找他。

占云这时忽地拉了长仁手道："长仁啊！看在我当年绕道专程护了你去上海的份儿上，你现在也颇光鲜，能不能帮我去上海打听打听你兄弟，看他到底怎样了。我不免总记挂着他呀！四十多方得的儿子，唯一的儿子哇！"

长仁并未接他话头，却忽地发问："占云叔可曾见过静之叔么？他几年前也来南京了。"

占云被突然这样一问，猛然止了哭，扯下眼镜瞪大眼快速瞥了一眼长仁，随

即又低头撩起衣角擦着镜片,道:"噢噢,是么?他怎么也没来找我呢?"

长仁道:"都在南京,却是从未曾见着的么?本想着向您打听叔叔下落哩!"

长仁说着站起身。只听占云在身后道:"我虽是没见着他,却也听个朋友提起过静之的,说他的生意被手底下伙计骗光,人又老大么烟瘾,据说没人样儿了,在下关码头一带行乞度日。我听说时,自己也穷得没法过,所以不曾寻他。你来就好了,去下关大马路一带转转看,若还活着,想是能够找得到的。"

长仁忽地转过身看着他的眼睛,占云大惊,飞快低头用前襟去擦眼泪,低声道:"只求你帮帮你兄弟,除去同乡情谊,咱们怎么样说也算得是至亲哩。"

长仁不听这话方还罢,一听这至亲之说,不由得记起前番他父子俩伙同一众族亲近邻瓜分了他的祖宅家产,怒从中来,把之前心里的一点子怜意击得无存。当下笑道:"是啊,至亲无多,本该相互帮衬。"

占云只当他应承所求,也不顾辈分便作势要跪他。长仁拉了,道:"我此来南京是想重开祥昌铺子,占云叔不妨来帮忙打理,可就在铺里住了。你此处落脚地是赁的还是买下的?"

"啊!还要说是自家子侄亲近哩,你可算是救叔一命!这租的猫儿狗儿窝样的地儿,虽说每月只要三个钱,可我还欠了大半年租交不起……"占云本只盘算跟长仁要几个钱,不想长仁竟说要接了他去开铺,腿一软就又跪下了。

长仁搀了他起身,从袋里摸出五块钱的纸票,道:"今天出门急,没带什么钱,您老且先将就着把房租结清,收拾下家当。容侄儿回去安排一下,明儿差人来接你,来人姓宋,你叫他老宋便好。"

占云接过钱千恩万谢自不必提。长仁回三山街的茶楼去找老宋。

长仁回茶楼坐定,走时桌上的都还原样未动,茶是早已凉透了,招呼茶倌重新沏上开水,便坐下拈起粒五香蚕豆来嚼着,味道果还不错,咸鲜酥软,豆香盈口。正吃着,门口处老宋急急地进来,直往二楼去。长仁赶紧地起身小声唤他,老宋这才发现长仁在窗边坐着。

"是不是关张了?"长仁抢问他。"可说是,您怎么都知道了。"老宋扶长仁坐下,自己立在长仁身边,垂手回道:"快有一年的事儿了,却也不能就说是关张。人还在这条街附近有生意做着,往西穿过条巷子便是了。您也别坐了,赶紧地,我领着您去找他,路上跟您禀他家的稀奇事。""我是已见过他的了,你也坐下,把打听到的事细细说来我听。"长仁将手里捏着的豆儿放回碟里,招手让老宋坐。

占云四十多才得了个儿子由吾,当个宝贝似供着,他娘就更宠溺得不行,上天入地一切都由着孩子性儿。那孩子长到十六七了,大字却不识几个,也没好好学些四书五经、人伦纲常道理，一味只想着好吃好玩的事。占云倒也不愁儿子不学无术，想着科举废了，读那些书有什么用，不如好好养大成年承继了自己的家业，也就任由他高兴便好。

且说占云送长仁到上海，见静之一听那七里宅子变卖之事，便打发老齐送了长仁投栈，心下便了然。待静之回转来，占云将那卖宅地的五百块钱足足地扣去三人一行食宿费用开销，只剩得四百一十块交给静之。静之道声费心便收了，并不谈贵贱，只问家里的桑园田地又如何应账，占云来时一路心中烂熟的大套说辞竟无用处，便索性告诉他一并在这包钱里了，又搪塞大水灾年如何不易云云。静之显是觉钱少，却只支吾一下，便也再无多话，两人坐等开夜饭。占云看出静之不懂生意窍门，哪里像个经商人家出身，便留心打问祥昌生意如何，果是不通。静之被问得脸红，便唤来了老齐应对，老齐倒是对店里账目对答如流，只一叠声地说生意愈来愈难做。占云精明通透人，便立即附和道："上海洋人聚集，确乎生意难做，如今整个上海怕都是洋丝洋布卖得多吧，咱南浔丝越来越没得销场，丝商就快要没活路了，哪里比得了南京，地面市口活络，赚钱容易得多。"静之正因长仁突然来投苦恼，一听登时便有了主意，拍桌压着声道："着，着，吾正有赴金陵发展之意，心下正计划着要把此楼铺售出，好拿钱去投生意。"占云看老齐，不想老齐也正盯着他，两人相视一笑。

占云算计着长仁家的铺子颇有些油水可赚，当晚吃罢夜饭便推说着急赶回南京，匆匆辞了静之去找老齐。

老齐见占云找来并不觉怪，劈头问道："您看这事儿怎么办才妥当？"占云见他是个明白人，道："看来老兄早有主意，只苦于没钱吧？我有钱却实不便出面，咱们正可合伙发财，事成谢你一成银子。我看静之也是个糊涂虫，多寡我看他是不介意的，二三万块足可打发了他。"老齐并不理会占云说的什么谢仪成色，胸中早有盘算，笑道："这楼可是在法租界足值十万，您老出三万未免过分，莫如给他五万说出去也使得，现下是新政共和，别等办官契时政府起疑追究。"占云哪里就肯，两人一番讨价还价，说定了四万六千。

次日，静之起了大早，照例要吸足才能下楼。七里家中遭逢大水之事，他早已知晓，借口水大通航不便，亦不回村看顾。嫂嫂死后，族人来信问主持丧仪及丧仪款项诸事。静之只一味推脱说哥嫂有子长仁，无须他这个兄弟出面主持大局，自当由孝子操办一应事务，虽说长仁刚满十四，但自有族中长辈在身边保其周全，哪像自己一人在外支撑哥嫂产业。至于治丧银子么，因上海铺子连年亏折，实无力承当，可从七里家中祖产折算，云云。因此占云来上海时，带来的变卖祖产银钱，静之实不便论及多寡，只说是代长仁收了。躺在烟榻上，静之暗自琢磨，这祥昌丝行眼见难以为继，长仁此来必是为接手铺面生意。静之想到此心中一阵绞痛，虽说本不乐意从商，可自知断了科举入仕的念头，他已经把这铺子当作自己的产业了，如何能就此放手。想到此，静之如芒刺在背，一刻也躺不住，急急起身，在楼梯口高声唤老齐。

老齐正等静之寻自己，一听唤便三步并作两步地上了楼，却并不急着开口，只躬身候着。果然，静之交代老齐急寻铺面买主，又一再叮嘱老齐不可声张、悄悄办，生怕被长仁察觉。

不想接连半个月，老齐未约一人。静之见无买主登门，长仁又每日来铺里碍眼，不免着急。老齐便乘机讲些局势不稳、接手不易的话，静之更觉烦。看火候差不多，老齐隔日找来个看铺的，出的价码低得惊心，自然是不成的。静之开始还气得骂娘，老齐便也跟着一块骂，如此三番便有两个多月过去了，静之灰了心，只想早些出手。老齐收网，拉了个洋人带着通事来谈，开口就出价四万，比前几番人高出一万之多，静之喜甚，恨不能马上便签了契。老齐却止住静之，自己假意与洋人那通事力争，最后四万六成交，洋人让身边的通事代签了合同。静之终于出手铺子，哪里还顾及价钱贵贱，竟当即赏老齐三千块，自此把他当成忠心可托的心腹。

占云这边拿到了老齐带来的铺屋买卖合同，看到价码正是两人商定的，不禁心花怒放，去汇丰划了四万六的铺款。直待与老齐同去办房契时，却被告知该买卖双方已办结，占云只得让老齐再约那买铺洋人。可老齐却及时地发现了合同的签名有问题，那通事签的虽是个英文名字，却并不是那洋人的。再追问时，通事要价一万。占云肚里知道是老齐捣鬼，却一时没法，所幸手里捏了汇丰出的铺款票子，便扬言去告官，老齐也不含糊，要去找静之告发占云，这才两下里商量将钱减半。占云算来自己买铺四万六，给老齐好处费得有五千，那合伙的通事再五千，计花费五万六，转手把楼卖出还有四五万进项，相当使得。

其实老齐倒确实被骗了。他本想勾连吴少卿骗占云，不想自己却竹篮打水。吴少卿在上海地界混了三十年，官场、帮派、洋人都有些门路，老齐找他商议要占云出钱拿静之的铺面，然后五五分账。吴买办脑子便飞快转动起来，他让心腹小秦找了行里的洋人同事送他一盒雪茄，要他陪同去买楼，洋人语言不通，陪小秦傻跑三趟，小秦签字时写了吴少卿买办执照上的洋文名，因此很顺利地在租界办了房契，铺子转眼成了吴少卿的。吴少卿白得了铺子，便绝口不提与老齐分账之事，老齐虽恨得牙根痒，因有把柄在吴少卿手里，只得暂时隐忍。占云却是发疯般盯住老齐讨要铺子，虽说不敢进祥昌来闹，却搞得老齐出不得门半步。

直到这日，看见长仁一脚踏进店来，远远地那占云便快速闪过一边去。老齐不禁眉头一皱，计上心来。

见长仁进店来，老齐便笑脸迎上前去，连声叫少东家，又说去请静之掌柜。

复转身没见静之，知是在楼上解瘾，便上楼见静之正躺在烟榻上，烟雾缭绕中见他脸色颇为不错，便道："掌柜，有事儿向您回禀。"

静之见是老齐，便招手让他坐在榻上，问："什么事儿？"老齐慢吞吞地道："铺款已入了汇丰的账，照您的吩咐，祥昌的户头已是销了，原先账上的款项已出清转入您的名下，一总是七万一千三百二十四块四角三文。您请过目！"说罢递了汇丰的票单过去。

静之接过也不看，放在枕边，道："你老齐办事儿就是利落，那去南京的船票，你看定哪天合适？"

老齐道："我请城隍庙的周神仙算过，这个月的三十正是吉日，您看着如果合适，我一会儿就去办。只是……"

"三十么，今儿是二十八，噢？一天以后吗？是不是急了点，箱笼包裹不都得要有时间准备……噢！只是什么？"静之放下他那根宝贝绿玉斗烟枪，拿起手边的帕子擦着，心中盘算着日子。

"只是，长仁少爷又来了，正在楼下铺面哩！"老齐边说边拿眼看静之。

静之掷下帕子，道："我把他倒忘了呢，这可怎么整。"

老齐压低声音道："掌柜，我倒是有个主意，得您首肯才成。"

静之扬起眉，催道："就知道你老齐点子多，快说。"

老齐将自己的计策和盘托出："我在怡兴洋行有个朋友，只消说祥昌与洋行有往年积欠要清账，教他跟我去讨债。到时，我让那朋友压住他在那关两天，咱们便可稳稳当当地离开此地。等放了他出来，上哪儿找咱去？您说是不是这个理儿？"

静之一下从烟榻上坐起来，大笑道："好你个老齐，鬼花活儿真多，亏你想得出。就这么着，你在账上支二十块大洋，不能白用了你那朋友。"

老齐连连躬身："好好，那我就替朋友谢谢掌柜厚赐了。"

"你这就叫长仁上来，我跟他说此事。"静之挥手让老齐去叫长仁。

老齐心中暗喜，道："您先别着急，我还得先去跟那洋行朋友打个招呼才成，回来您再布置不迟。"

静之这才一拍脑袋道："是了，是了，我太着急了。"老齐一溜烟下楼，没走两步，低头见楼下长仁正和阿瞒说着什么，便又回转头对静之道："您在我回来前，要稳住那孩子，别让他和阿瞒那小子多说话，走漏风声就不好办了。"

静之此刻对老齐是言听计从，连忙亲自下楼，破天荒热情地将长仁带上楼品

第二十章　荣裕堂闭铺关张，败家儿骗卖资财

他的好茶。

老齐是找吴少卿要他那份应得的卖铺分账。刚出门,占云蹿出来一把便揪住他衣襟,口里嚷着:"铺子不要了,你只把我那五万块大洋还给我来,不然我就去告官。""占云掌柜,您这又何苦?我也是受了骗的,骗咱的本主儿叫吴少卿,我这就去他家,您先别着急,跟我一块儿去便是。"

老齐带了占云去南京路上的吴少卿家,管家却说他刚出去,便又与占云直奔四马路大新街口的丹桂第一台戏园,老齐知道他定是在那儿看戏抽烟。待到戏园门口,老齐向占云道:"你跟着进去实是不妥,你看,这戏园进出就那么两个口,我既是敢带你来,便是有诚意解决这桩事体,我若开溜,也总溜不出祥昌那落脚的地儿。"占云觉出老齐说得有理,便等在门外,由老齐自己进戏园寻人。

果不其然,在戏园二楼休息间,老齐找到了吴少卿。吴少卿一见老齐便知道所为何事,便笑道:"侬老兄未免太性急,有必要追到这里厢来么?""咱明人不说暗话,我的那二万分账是一分不得少的,出钱的那冤大头天天追着我,这会儿还在门口呢。不信你看看窗子外头。人今天要去告官,我给拦下的。你给了我钱,我还得想法儿打发他去。"

吴少卿笑着起身踱到休息间窗口,看楼下,占云一脸怒气地在门口处来回打着圈,心下暗忖:"好汉不吃眼前亏,那么好的铺子,一分钱不花也实不能够,新政府刚成立,此刻闹去见官恐怕吃亏不会小。"便回身向老齐道:"齐兄,兄弟实在是前段日子银子不凑手,这不,义隆钱庄昨日又宣告破了产,我还有笔压在伊账上的庄票没兑现银,足两万,好在那开庄票的钱庄还未付,我开止兑据给侬去取了好咪。"老齐道:"你且写个字据给我,也好把那楼下冤大头先稳住不报官。"说着也不等吴少卿答话,便嘱了门外服务生拿了纸笔进来。吴少卿苦笑着摇了摇头,写了两万的字据交给老吴道:"侬收了伊五万,还两万,伊又怎么肯与侬干休?老兄好像也不是啥善人,怎么能够就将钱原封不动给了祥昌那傻帽呢?"

"这便与你无干了,我是掌柜聘的人,自该为他打算。你以为这世上人都似你这般的么?"老齐正色回道,收起笔据,又道,"说到静之掌柜,还有个事情你我必得一起了断,要么你我一个都得不着好儿。"吴少卿躺下道:"说来听听,怎么个不得好?"

老齐道:"静之掌柜着急卖铺子,是因那本主儿突然来申,要接手他爹的生意。静之掌柜是不想将这大笔钱落了那小子之手,才会着急卖铺子,咱俩也才有了这笔好买卖做。"吴少卿立即明白,道:"怎么?是要把那孩子做特?"说着用手在脖子处比画了一下。老齐连连摆手道:"恁狠,只是要把他留在你家关两天,我领了静之掌柜脱身就成,别动不动就往那死里整。现在光复了,不比从前。再说，他一孩子，之后身无分文，不饿死也得冻死。"

吴少卿先点头，忽地瞪大了眼："什么？关我家里？这可不成。"老齐瞥了他一眼道："只你家背静，难不成还给整洋行去么？"却不想吴少卿听了一拍自己腿，道："要不说还是侬老齐顶坏哉，就这样子，明朝侬只管带那小赤佬来怡兴洋行好咪。"

于是次日，两人演了出戏骗长仁，长仁在怡兴洋行被关了两天。这边，老齐连夜唬静之去了南京。

再说占云，跟踪老齐和长仁到怡兴洋行，见两人进去便等在门外。一会儿老齐一人出来，便走上前去，老齐拦住占云，掏出庄票给他看了，又道："我去去就回，取了钱好将你那余欠结清。"占云一时间高兴，便未及细想放了他去，不想老齐却再没回来。占云俟晚天黑也没见人回，赶忙去祥昌，见二楼几个屋子全亮着灯，不由得舒了口气，便回栈睡觉去，打算天亮再作计较。

他哪知道，老齐早把那两万庄票办妥汇兑南京，来了个金蝉脱壳。

第二十章 荣裕堂闭铺关张，败家儿骗卖资财

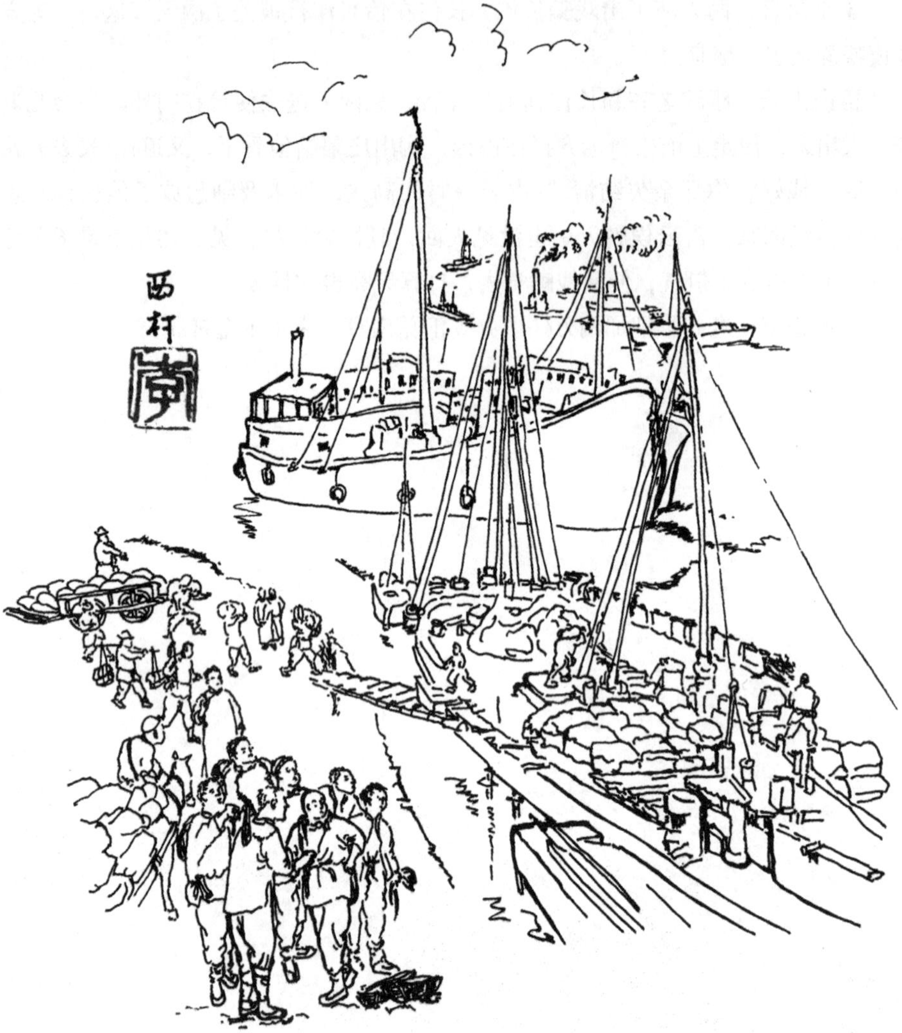
西村

第二十一章　陈年债终归了结，复祖业老铺新开

　　占云从未吃过这等哑巴亏，哪肯甘休。他追到南京，花钱撒出人手去找，不几日便得着了消息。

　　占云在下关码头找到静之赁的铺面，看老齐正带人忙着抹墙刷地，便未动声色。唤手下三个伙计直等到傍晚，老齐锁了铺门刚走没几步，就被人用麻袋兜头罩了拖到占云面前。见到占云，老齐倒不慌了，他心里早就想好了说辞，涕泪俱下地讲了被吴少卿骗财的经过，把自己推脱得干净，只说上当。占云听着似没什么破绽，便道："那你跑个什么？以为老子找你不着么？我的五万块怎么说？"老齐哭道："您容在下些日子，静之掌柜正想在南京买铺子，咱们何不顺水推舟？您的银子不单收回，顺便发个外财岂非快活。"占云不免心头活泛起来，当下放了老齐。这次，占云要亲自办这事。

　　老齐毕竟是个老江湖，哪会吃占云的恐吓？他几番打探，看出占云儿子由吾是个败家子，决定从他下手。由吾常伙了一班同好出入戏园花酒场所，要结识很容易。

　　这日，老齐打听着由吾要去聚丰园听戏，便带了铺里新聘的俩伙计，要他们合演一出好戏。

　　却说由吾与前街裁缝刘家阿五、隔壁首饰铺钱川一众死党刚落座，就叫了惯熟的兰香儿、呤巧和楚楚三位姑娘陪着吃茶。今天唱的是《郎害相思病》和《茉莉花》，都是几人爱听的艳曲儿。

　　一支曲儿刚唱完，几人正喝彩玩笑着，堂倌来请由吾，说包房外有人找。由吾甚觉奇怪，跟了出去，见楼口歪身子斜叉着个光头男人，脚夫模样。由吾上下打量来人，并不认得，不想那人见他出来便抱拳："由吾少爷，我是广聚茶楼阿甲，就在您家'荣裕堂'对过头的。我是来传个话，隔壁雅间有人找您，请务必走一趟。"由吾虽并不记得这阿甲，但听他说出自家铺号，便不生疑，跟着去了。只见那人顺着走廊拐左再拐右，却是朝了烟房去的。

　　由于当局禁烟，茶楼、戏园、妓馆的烟室都设在极隐蔽处。由吾对这烟房是熟的，进到里面，只见三张并排烟榻上都躺了客，烟雾缭绕地看不清是什么人。由吾跟阿甲走到中间榻前，见躺的是个黑脸男人，左边脸颊有道刀疤直连到耳根处，身着元绸棉袍，腰上束了巾，外面是件镶羔皮边的褚褂子敞罩着，足蹬元缎千层底，鞋头前敷了皮子。由吾惯见这类流氓打扮，只是并不认得他。那刀疤脸

见到由吾便半坐起身招手道:"少东家一向可好,几天不见气色不错嘛!"开口却是北方声调。由吾道:"这位先生是不是认错人了?在下好像并不认得您。""呵!真是富家子弟,事多健忘。你上次在烟室吸烟时摔断了老子的碧玉烟杆,说好了今儿个送银票来。怎么,想赖账不成?"由吾瞪大眼睛看阿甲:"哪有这种事?"不想阿甲却道:"我说由吾少爷,这就是您的不是了,坏了人家心爱东西,照理是非要赔的。上回我也刚刚好在的,你怎么能不认账哩?"由吾气得语结:"你你你……胡说八道,看我刷你耳刮子。"作势就要打阿甲。

这时,那刀疤脸站起来一扬手,从胸前襟拽出半截烟杆,光溜溜果是上好碧玉。由吾一时呆住:"你这是……"此刻两边榻上人也起身,拿了那半截碧玉烟杆啧啧赞好。一人问道:"这上好玉料的杆子得赔多少钱?"刀疤脸一扬眉:"俺只要他赔一百块大洋,便宜这小子了。""噢噢,那老兄真真是吃了亏的,这要在市面买杆新的,怎么着也得三百往上。只可惜这上好的料子,改扳指嫌细,打面子有孔,哎呀呀,啧啧……"两边厢人竟都是替刀疤脸说话的。

由吾四下一望,烟室门被关了,阿甲辍在门口处。由吾被三个人围了当间儿,情知不妙,这是着了道。当下便一抱拳,道:"各位,既是说一百块么,我这就去取。怎么样?"刀疤脸一见事有转机,撇了嘴道:"哎,这就对了,素来欠债还钱,天经地义。也不劳少爷累脚,你家这邻居去取就好。"阿甲忙接口道:"可说的,只有劳由吾少爷写个笔据,我好找你老子去取钱。"由吾见不得脱身,不由勃然变色,指着刀疤脸道:"小先生并未摔坏过什么烟杆,你这是诈财。"刀疤脸"呸"的一声道:"妈了巴子,老子手里有你上次写的欠条子,你他妈敢不认账?"边说边自外罩衣袋里掏出张纸,又从腰间拔出把刀连了字条往那榻上一插。由吾见亮了刀子,不免心下瑟瑟,刀疤脸上前薅了由吾衣襟,不住推搡,口里道:"你他妈写是不写?再磨叽要你赔三百两。"由吾快要哭出来,只得讨饶道:"各位爷行行好,我真没摔过……不不,真没那么多钱,我老子这几天去了杭州,没在家,这么大笔钱,我是万万拿不出来。"

这时,左榻的烟客口里"咦"了一声道:"有古怪,几位别动手,我仔细看看。"边说边把那半截烟杆拿到近窗处细看。刀疤脸立即显出点失色,道:"看什么看,再看也已经给他摔断了,不用赔的么?"那烟客拿着半截烟杆专看那茬头,一忽儿向刀疤脸道:"这位先生说是几天前摔的?"刀疤脸道:"两天,不不不,三天前,就前天的事儿。"烟客哈哈一乐,道:"说笑了,看这茬口,怎么着也得有三年了吧?怎么说是几天前摔断的呢?"由吾扑上前,细看那断口,连连道:"就是,就是,这光溜溜一看就是老伤哩。"右榻是个老头儿,慢悠悠地拿在手上摸了又摸,道:"可说是老茬口,我来看一看这笔据哩。"说着老儿便去拔刀疤脸插着的字条。这时刀疤脸却劈手夺过字条揣进衣兜，又把那刀横在几人面前道："怎么着，你们这是想多管闲事么？那得看看老子手里的刀答不答应。"由吾见刀在眼前划出的白光，忙抱住头蹲下，一声也不敢吭。右榻老头儿也忙闭嘴，一屁股坐下，躺倒，哆哆嗦嗦地拿起烟枪，道："啊呀呀，要再来一管，再来一管吧。"倒是那左榻烟客看刀子对了自己，发起恼来："我这人就爱争个是非曲直。若这小倌真摔了，自当赔你；若存心讹诈，我可不答应。怎么着，你还敢撒野么？那也看看我的家伙答应不答应。"说着，竟撩开棉袍拔出把枪来。

刀疤脸一见有枪，立即腿软了，把刀别进腰间，连连抱拳道："误会，一场误会，我认错人了。"边挥手叫阿甲，却见门开着，阿甲早已没了影儿。"妈的，这小子真他妈不仗义。"刀疤脸边骂边一步跨出了门，方才又回脸道，"各位，咱走着瞧。"

由吾擦了额上的汗，起身一躬到地，向那左榻烟客千恩万谢。想起自己朋友还在楼上听戏，便极力邀了恩人上楼共娱。没错，这烟客正是老齐。

老齐与由吾几番酒肉便异常知心起来。老齐使出嘴功把个上海花花世界说得是金银满地、夜夜笙歌。由吾十七八的孩子，向未出过远门，不禁十分向往。

老齐撺掇着由吾找老子要钱，且必得要一两万才得去上海扒金。占云当然是经不住由吾哭天闹地，想着孩子也到成人年纪，知道要给家里挣钱，也省了他在家瞎混，便给他二万块钱，派了铺里最得力的账房老刘跟了他去上海。结果钱自然是被老齐连骗带诓走了大半，生意没半点起色。

这由吾到了上海声色世界简直如鱼得水，纸醉金迷一番，先是结识了个夜总会小姐妮娜，于是三魂出窍，恨不能只泡在那家店里才好。占云派去的老刘倒是在上海做起生意来，开始还会去那麻雀馆、夜总会、酒吧间找由吾，可找回铺里就是要钱，没钱就又使出在家那哭闹本领，待不了半天人就告失踪。后来也就随了他去，没钱自然回来。占云知道也自苦笑，半年不到，钱没挣下，倒贴进一万多。占云发狠关了上海铺子，召回老刘，不想由吾被断了提钱的路子，追回南京。

恰逢占云回乡发送他爹，可算教由吾逮着好机会，自己做了回主。他蜜语甜言地哄他娘翻出房契，贱价卖给典当铺，拿了钱也不等老子回家，直赴上海。初尝了甜头，由吾发觉了收快钱的窍门，只盼家里再死个把人，好教老子再出趟远门，便写信叫他娘给通风报信。或许也该占云家要破败，果不出三个月，他娘发来电报，乡下的大娘死了，由吾高兴得手舞足蹈，乐呵呵地回了南京，这次比上次从容许多，安安逸逸地卖了绸缎庄，足七万。由吾给老娘买六色果子打发，便又回了上海。占云回家已是呆了，顿足大骂逆子，不免天天给由吾娘气受，这由吾娘也自知理亏，生受了不到半年，竟一命呜呼了。由吾当了回奔丧孝子，又打起家里那幢三进宅子的主意,他诓占云,娘也死了,自己不在家住,反正铺子也是没了,莫如办完了丧事跟他一起回上海,也好给老子养老。占云听得有理,还道是儿子转了性情,长大懂事了。于是,占云变卖了大宅子,还一时头脑发热把那卖七里村乡间宅田的事也一并告诉了由吾,由吾大喜,没想到还能有笔意外之财。

　　静之被占云设计,误买了政府罚没的房产,不但买铺折损了近五万银洋,还被关了十天监牢。老齐替他做主,从账上提了一千交保,静之才放出来。静之自此恨足了占云,便要老齐替他捐个官当,不想再进圈套,这次折了个精光,连赁的那铺里的货都让老齐做绝。老齐消失不见,静之流落街头。

　　占云境况也好不到哪儿去。大半辈子精于算计,却被儿子大手笔败个干净。由吾走前哄了老子帮他打包袱,收拾家伙什物,还雇好车,说好第二天一早动身,不想第二天占云一觉醒来已是近响,起身来看,四壁空空,儿子竟带所有家当走了,他前后想来,竟是儿子给自己下了闷药。占云连哭的气力都没有,隔日买家就要来收房,只有强撑着在附近许家巷租了间养鸡的窝棚落脚,躺进棚里占云就大病了一场,差点没死过去。后来,占云躺在草铺上想想,是亲儿子花了去,自己死了不还是要给儿子么,随了他吧,不定他哪天发了财来接自己,想着身体竟一天天好了起来。于是支张桌子做点针线,等儿子来接。其实他哪里知道,之前有南京地方警察带着上海发的协查讯闻,找到占云原先铺子查问,邻居心善,想他个孤老头子别一下给急死,便有心将事瞒下,只告诉警察这家人都死绝了。

　　老宋却是都一并打听了来告诉长仁,还拿了那被警察留下的讯告。长仁虽叹占云被儿子败光身家,却实在不同情。这样的不肖子不也是他自己教养出来的么?自己坑戕别人得来的不义财,自有那败家子替他开销,想来也十分公平。

　　第二日,老宋依嘱接了占云来见长仁。长仁也不多话,径带他去了静海寺后的狮子山。直走到静之墓前,占云一下什么都明白了,跪下磕头,抱了长仁腿求饶。长仁扔下由吾死讯的讯闻给占云,然后带老宋扬长而去。

　　二人刚走到山脚,就听见身后一片嘈杂,见有人跑下来,口里喊着:"不得了,没得命,死人咯!有个老头跳悬崖了!"

　　长仁头也没回地领老宋向前走,老宋稍一犹豫,张了张口却没发出声音来。只听长仁道:"你安排人,将他葬了吧!"老宋忙答应。

　　二人一路无话,沿惠民河走不多远便是永宁街。长仁在一家叫作"金顺"的首饰铺前停住脚,看着门口立的那块"包金法蓝"的牌子,良久未动,原先父亲开的丝铺便是此处了。他指着首饰铺转头对老宋道:"这家铺子给我买下来,不论多少钱,一定买下。"老宋丈二和尚——摸不着头脑,只得一个劲儿点头。

老宋在本地人头熟络，使出浑身解数，又找道上兄弟照拂，第三日便来向长仁报喜。永宁街的铺子买下了，花的价钱竟也不高。长仁情知是老宋动用的手段，也不细问，只一味夸他办事利落。老宋更加殷勤备至，开始忙着整饬铺面，依长仁意思，特从东北海运来木料，又专雇了济南的泥木雕匠，边动工修造，边招雇账房学徒。忙了近两月，铺面焕然一新。

老宋请长仁来看新铺。两层的砖木中式小楼，与左右铺连成一体。一楼是排花格子樟木门窗，门楣刻着元宝蝙蝠吉祥纹样，二楼的外廊栏杆雕的是宝瓶莲花，扶手雕了狮子瑞兽。楼檐下横挂着镀金镂空大匾，却是没字。老宋见长仁停在这匾前，便指着大门外东首挂着的招幌道："这店名店招得等您示下，我再请人补上！"

长仁笑道："噢，我竟忘记了，一会儿我写来！"老宋应着忙叫店里新雇的伙计来福去拿笔墨来。

长仁跨上门前的两级青石台阶，老宋忙哈了腰上前扶道："先生您小心阶子。您瞧瞧，这一楼门脸四大开间，上下两层门市房共八间，坐北朝南，后头还有个小院，东西厢房各两间，账房、妈子、伙计都能住得下。"进到铺内，迎面和两边是半围的柜面，厅中挂的是"云汉天回"的红底金漆匾额，两旁是"霞彩缤纷辉锦绣，天宫组织焕丝纶"的一副对联，厅内北面是楼梯，楼梯上后半部罩有玻璃罩棚，拾级便见楼口挂了块"裁云锦织衣裳"的木匾，回头又见"荣添纶綍""彩耀珠玑"的匾额。长仁对店内装饰的文墨非常满意，谁说行商之人只晓得"招财进宝""日进斗金"。

后院不大，西北角有口水井，井旁种的刺槐，树冠像小伞似的张着；东北角开有后门，门边种了两棵石榴树，出门便是接大马路的利济街，店里进货卸货都走此门。

长仁提起笔自书新铺名：祥昌绸布庄！又书招幌：南京祥昌自置绸缎洋货发行。他要将上海同烟土来的皮货和运抵的洋货一并入店出销。

祥昌！自祖父始用，经父亲，终在他这辈得以承继下去。

绸布庄出门正对咫尺之距，便是与永宁街平行而流的惠民河，两端通江，南来北往的航道畅通，穿过鲜鱼巷不远处是火车站和江航码头，货物装卸运输极便利。

祥昌此后一番进出货忙乱，终于择吉开了张。

这日，老宋急急来禀，不远处的民生街刚有处正待售的宅子，屋主着急用钱，价码颇有余地，请长仁亲自去看。

第二十二章　得识朋侪置屋厂，合股入伙办实业

　　那处待售宅院在下关码头附近的民生街里。正屋六开间，前后三进，二十多间房；前置天井，后辟花园，西面还有一个小小院落，并着小花厅，连接过廊有间书房，看来倒也娴静雅致；东偏厢处设着厨房，位置十分齐整。长仁一见喜欢，当下也不问价钱便签字盖印，吩咐老宋即刻付了屋主银票。

　　屋主是个粤地生意人，因开新厂资金不凑手，房价开得不低，要四千块大洋，本想着买主还价至三千五也能将就出手，不想无半句口舌便高价成交。屋主惊异于长仁的豪爽态度，当下便要留长仁吃午饭，一时嘱了厨下做拿手的粤菜。长仁刚来南京不久，正要结交生意场面的朋友，了解行市。

　　两下落座聊开去，相谈甚欢。这屋主人姓冯，名启，字子正，早年在家乡曾与西洋人有多年生意往来，十分精通洋务。目下在南京开设丝织厂，前不久，从欧赖国进得一批生丝加工机器，另从秦淮河边买了十几亩地新建造大厂子，马上就要搬过去的。

　　冯启在下关大马路三号至四号有座经营生丝和洋货的铺面，紧临着先前开的老丝织厂。苦于自己没法分身，又缺几个贴心贴肺的朋友帮他，下人有那得力的都调配去筹划新厂了。于是就有心把下关的铺面和厂子一并赁出或索性出手，现下尚且未拿定准主意。

　　长仁听冯老板做实业生意，又是丝织业，心下钦慕，连呼前辈，再听有现成铺面厂子待售，更觉欣喜。他正预备着在南京置地买房，余下的资本开间铺子，正经谋划些好实业，也图个长远打算。长仁有心打听他铺面厂房价码几何，也好自己有个盘算，又听他说主意未定，便一时不好开口。

　　虽说长仁的年纪阅历尚不老到练达，但在上海跑街买办这六年多也谙个生意门道。且先试探这冯姓老板的路数如何，便道："在下初来此地不久，正要请教前辈，这南京地方，做些什么样的实业能有钱挣。想我祖上丝业起家，本自当继承父志做这丝行买卖，可一来家乡没了亲人，二来在上海从事经丝生意的同乡哪个还守着丝，都去开盐庄、典当行了。可见丝业是个难赚钱的行业！"

　　冯启点头称是："洋丝洋纱不但价钱便宜，而且成色也相当不差，搞得地产丝简直没销场，只好出销去外洋，让洋人制成成品再来赚咱们中国人银钱，现下无论上海也好，南京也罢，看看上流显贵人家用的穿的丝绸绫罗，哪家不是只认舶来货？可这丝，明明是中国人种桑养蚕辛苦出力得来的。"

长仁听完，觉得此人有见识，便道："近几年抵制的结果竟都事与愿违。目下实业除去纺织、面粉而外，听说火柴、造纸、榨油也都处境日艰，除去东洋西洋倾轧而外，重农抑商弊习难除也在其列，不知前辈有何高见？"

冯启笑答："实业为立国之本，尽人皆知。振兴实业、实业救国、实业建国口号更是排山倒海。多有人认为实业乃靠洋务、商务、工艺振兴，非也，实业在农工商，在大农大工大商。实业者，西人赅农工商之名，义兼本末，较中国汉以后儒者抑商之说为完善，无工商则农困塞。是以农、工、商均不可偏废！"冯启说话间拂了拂衣袖向空中拱手又道："孙先生说过，'此后社会当以实业为立足点，为新中国开一新局面'！可见，中国虽是个公认的农业国，也必以工商实业为其基其足，实业的重要性当毋庸置疑。"

长仁当即起身抱拳道："前辈高见！在下也曾在上海亲耳谛听孙先生演讲，受教颇多。只是，也听到些不同声音，例如集产，国家既是大众之国家，资产自是大众之资产，理当按需自取之，可人固有私心，不能有外。力不均而产出不均，如何使农工商者安之授之，又如何使大众之国为大众谋福祉，那大众之国的总统领又如何使他一心为众，而杜绝其攘权自利，如此种种说到底，必得使一国经济富裕到相当程度方有推行实施之可能啊！"

冯启亦起身还礼，笑道："想不到，在下售房竟幸遇有识之士！如蒙不弃，你我可兄弟相称，前辈二字，实是不敢当得很。"

二人复又重新见礼落座。

长仁道："不瞒子正兄，此来南京，正有意定居于此，并举实业之事，只是未知介入途径。今巧遇子正兄这样的实业家，实乃长仁之幸运耳。弟有不情之请，望兄成全，听闻新厂在建，又资金吃紧，小弟手头正有笔款子，如蒙不弃，倒可参股子正兄的实业！只是，初见未免唐突，望兄莫怪！"

冯子正拊掌大笑道："你我兄弟实实地是有缘之人，正求之不得，新厂开建资金吃紧，否则也不会如此着急出手宅屋铺厂。如若得老弟入股注资，那是再好不过的事。只是我还有个合股的朋友，这等好事定待与他知晓方圆满。"

长仁欣欣然告辞时，已是日暮。

从冯子正家出来后，宋大兴跟在长仁身后，几次欲言又止。长仁便笑道："老宋定是有话要说，自家人，不必支吾！"老宋才讷讷道："先生与人合股的事，不宜操之过急，我明儿着人先打听下来，回了先生，您再定夺。您看……"说着就拿眼看长仁。长仁笑着摇了摇头："我在上海帮洋行跑过生意，场面上的人没少见过，识人从未打眼。这位冯启先生算是个一流经商人才。我初来南京，人地两生，若能与他合股自是妥当的，即或遇到人力不可违而致本金亏折，我自认了便是。"想到老宋也是一心为主，又安慰道："你着人打听，冯先生在南京或其他地方还有什么买卖在做。尽快回我的话。"

老宋低头答"是"便去安排人手查访。隔日来回，冯子正除了此地这间正建着的大纺织厂，下关码头隆顺泰码头仓库竟也是他的，另在广州家乡还开着布厂和丝织厂，规模很大，厂房就一顷多地，两下里的工人不下千数，单是厨工和清洁工就有近百，生意畅旺得很，赚了不少钱。老宋估这冯子正的产业怎么着也得千万，听说在家乡修桥铺路行了不少善事。长仁暗喜没看错人，跟定这样的富豪合股做生意，断不会吃亏。

接下来几天，置房买地赁铺的各种琐碎，纠缠得长仁脱身不得，直忙了半个月光景。来南京前定的那批西洋货抵埠，便让老宋带了新招的伙计去接货存库。他方得着些空闲坐下喝口消停茶。

这日，冯子正差了家人送来帖子，请长仁去新府小聚，特意嘱道有生意合伙朋友一酌。长仁看后大喜，忙叫人备了厚厚的礼，急去冯子正家。

冯子正的新家在秦淮河边，紧邻觅渡桥，离他新开的华胜纺织厂不过百步，家眷仆佣正是半月前一齐搬进去的。

长仁到时，冯子正在厅堂会客，看到长仁便起身招呼。那会见的客人姓吴，唤作伯诚，杭州府人士，正是子正合伙出股开厂的伙伴兼朋友。听子正介绍，这吴伯诚正经在外国工业学校读书三年整，也是个提倡工艺兴业、实业救国的实业家。长仁不禁肃然起敬，连道失敬。当下三人便谦让着一块儿落座寒暄起来。

吴伯诚便继续接前与子正所谈实业事。长仁诚心想讨教一二，只竖起耳朵当听客。原他二人很是忧心工艺。

吴伯诚道："凡事都要从源头做起。我们开工厂的，便须先开工艺学堂。但等得这些学生学成干事，必得三年两载不可，那时再开什么工厂，已是落在他人之后了。如今一面开厂，一面开办专授技术的学堂，用新工人去逐步替换那些旧的。不到十年，整座厂子里的工人俱有了学问，那学得专的便能觉悟出新工新技法，就算学得普通的，起码做来也得心应手。设若做实业的都能如此行事，自然工业发达。"

子正在旁边叹了口气道："中国偌大地方，何尝没有工艺学堂，为什么总没效验，不能造就出胜过西洋技法的人才？"

伯诚道："我国的工艺学堂，我本是看过几处的，吃亏在没有实验。要晓得，工艺都从亲手实验得来，平时读的、讲的、做的，只不过算学、理法、绘图，那还是虚的。至于要讲工艺，就要知道出处用途才是。拿敝人所学专业作比，如金工，就该晓得这金如何性质，怎样熔炼，好做什么；又好比木工，就要知道木出在哪里，怎样特质，依质制器。所谓实验，即是攻木的削木，攻金的熔金，诸如此类，必得亲自动手才好。所以学工艺必然要在厂里，方好边学边动手做；离了厂子车间，开不好工艺学堂；不开学堂，又不能改良厂务实业。工人懂得学问技巧，晓得了揣摩的着手之处，这艺事才得益精，制造品方愈能奇巧，才好论如何与外洋强国商战。"

子正又道："南京地方也有工艺学堂，也有在厂里的，就和老弟你说的不差什么，为何却也不出人才？"

伯诚笑道："这便是咱们国人的旧习气使然。目今旧厂工人，还未学到什么，便自以为得着不传之秘，继而敢开口要厂东给他开高薪。又有那工师受雇教人的，便只把手头那点子技艺当作一世的饭碗，再也不肯泄露半点，生怕被学了去自己吃不上饭。这也是老传统了，不总听些甚道'家传秘法''不传之秘'。唉！工师存了这种心，哪肯手把手实心地去教导学生，而学生学的皮毛又怎么能实用？再者，中国学生还有好高骛远脾性，这工艺技术虽是极粗的事，却偏生须得是极细心的人方能做得来。学生要有心把它当作一世的大事业来做，肯花费心血在这工艺上面，专注研究琢磨，手艺才能精进！如今学生虽晓得工艺难得，可私下并不就能认定是可奉一生的事业，好似一生困于工艺便负了自己国民的资格。这也是我国数千年社会风气使然，只关心子曰孟云、应景文章，一味地只想进仕途好当官抓些权柄，却把实实在在的手工艺看得轻贱了，以致后继乏人，无人重视，难怪整顿不来！殊不知工人也是国民的一分子，关系甚大！"

长仁忍不住插话："有幸得闻二位一番高论，顿开茅塞！弟久思开个工艺学堂，好在目下也有心开家工厂，不愁没处试验。但这事我是外行，须请专家代为经理，庶乎造就几个有学问的工人出来，助我们发展工业，期图个实业救国之路！"

吴伯诚问道："荀老弟开的什么工厂？"长仁不觉脸上一热，心知子正并未曾将自己合股华胜的打算说与伯诚，便道："厂么，还只是个想法，兄弟祖上几代均经营的丝业，在上海也曾有几年做洋行买办，如今刚到南京正是没个准事由呢。还请两位前辈指点一二。"

这时，子正在一旁向伯诚道："伯诚，我看莫如让长仁老弟参股咱们的华胜纺织厂，你看法如何？"

伯诚喜道："那自然是再好不过，咱们华胜经营的不正是丝织布业吗？新厂新机器，牵制耗费太多资金，正愁周转，想长仁老弟上海大地方来，又精通洋务，出手自不会小吧。"

长仁抿嘴一笑："不知新厂总投资多少？目下又需追加多少？兄弟自应尽力

承担。"

子正道:"总资本额五十万,我四十万,伯诚十万。此次移址新厂,购地所耗甚巨,厂房、机器、人力哪样都得靠着钱方能办得来,早已指靠着赊贷款项,否则我也不会卖下关的厂铺;还想开个丝纺工艺学堂,算下来必得要五万之数,此一项只能等厂子运转得盈余后从长计议。目下总得有个十几、二十万的银子周转腾挪才好,只不知长仁老弟方便出多少?"

长仁几乎不假思索:"那么,我就拿出三十万来。十万入华胜厂的股份,再十万么,上次子正兄说要出手下关大马路的老厂子和一间铺子,要价整十万,我有心以此恢复祖业。那余下的十万就拿来开工艺学堂,兄弟意思,既开学堂,必得开个大些的,弟开工厂也得要有技术工人,莫如与华胜新厂的工人一块从学堂出人,再可登报启告白,招些有志于实业的年轻人,学成可由咱们的厂子聘用,正可说是绝好的储备人力的法子。不知二位意下如何?"

长仁忽地想到子正方才说伯诚只投了十万资本,忙又道:"这学堂算不得是入股的,就单独核算便可,不涉厂子的分红利金。"

伯诚却道:"想来长仁老弟是怕我对入股份额有什么不满,我当初入股的十万银子是凑了几个朋友的资本金,这么些年留洋在外,本没有收入的,全指靠着家中兄长资助。现华胜急用资金,我无力跟注本金,正是着急厂子周转出处。老弟能信任我们,肯拿出巨资支持,自是再好不过的,又怎会计较什么份额大小。学堂单独核算也万万不可,这工艺学堂开着就是为工厂培养人才,短期内估计难见到效益,怎么好让兄弟吃亏?"

子正也连道正是此意。一时拿出华胜厂的账册来,待看账时,厂子尚未开工,自是没有什么账目好清算的,所载无非净是出账,购地、建厂物料、机器、建工费已足开销出去五十七万,贷款无疑,还有待清账的生丝原料账和工人工资结算。长仁边看边忖:"怪道子正着急出售厂铺房产,如此看来厂里资金真是颇紧!"

长仁的资本金注得正是恰时。当下三人便签了合股契约,子正仍旧四十万,长仁二十万,伯诚十万。冯子正自然是董事长,长仁就任监事,伯诚为驻厂总经理。

七十万资本的纺织厂,在南京地方算是有相当影响力的实业。长仁自成了华胜纺织厂股东,有钱效率高,购置新织机、扩招管工,一切顺利。次月初选了黄道吉日,新厂开工转机器,产销经营自有那吴伯诚尽心打理。冯子正和长仁每月初一、十五去厂子里开股东会议,议定待决事务,看过账目营销,按部就班,倒也不用操心什么。学堂就在公务间旁边单辟了栋小楼,北边紧挨着丝厂厂房,伯诚写信给自己在上海、广州的同学，荐来两位教员，一个在学堂做工师先生，另一位是纺织公司的工艺师，首批开班选定三十个年轻工人，堪堪将专教专学与实验结合起来。

长仁购得冯子正的工厂，就在东炮台后山脚下，占地约莫十多亩，规模不大，厂房三幢都颇旧，长仁预计要再花两三万修缮改造厂房、茧库，还须得购置机器。厂里丝织机器倒还齐备，工人都自留用不曾歇工。不多日，长仁便想出了更好的经营手段。因入了华胜纺织厂的股，自己的厂子便可只专营粗加工，把那收来的茧子缲成丝，产出即可供华胜生产织成品。和子正、伯诚一商议，两人自极赞成，因为长仁承诺自己工厂出的厂丝价与从浙江进货的土丝价同，随行就市。要知道，时下厂丝可比土丝要贵出三成还多，此外还省却了一大笔运输开销。按长仁的想法，华胜丝厂也有自己的大注股本，新入手丝厂刚开始起步，能找到如此规模的固定订单，计算起来实实地并未吃亏。于是，长仁出清了丝织机器给华胜，自己仅做缲丝生意。新厂名依然是"祥昌"，叫作祥昌缲丝厂。

冯子正卖的铺子，原先经营丝绸缎料，长仁看铺内外装潢陈设颇新，便未加改动，伙计账房一并留用。铺上库存的物料均送去了不远处的绸布庄，而这家新店名改为"祥昌丝栈"，此后只专事蚕丝销批兼营的生意。丝栈与丝厂仅隔条街，这倒极方便缲出的丝品出销，同时又兼收些家乡的土丝批零生意。

长仁边叫匠人进厂改造厂房，边筹划办机器的事来。他想起，来南京前听得几个同乡倒苦水，说有家机器制造公司新出了一整套先进的蒸汽缲丝机器，出的机丝价低质优，搞得南浔土丝越发没得销场，便决定亲自带着伙计去上海购机器。上海各大洋行、机械制造局长仁都熟悉，很快找到那家位于外滩的普士邦机器制造公司。可问后才知道，这一整套最新式的缲丝机器包括循环式煮茧机、剥茧机、立缲缲丝机和黑板机，这么多机器，开关机、操作保养维护，对操作工人技术要求颇高。虽说公司可以代为培训操作工人，可组织几十人来上海是个麻烦事情……长仁暗道，若是能学成了回去自己统在一处教了，岂不更便当？看着自己带来的俩伙计，出傻力气还成，学这机器么，唉！

可既已来了，必不能空手回去。

长仁

第二十三章　荐新人甫识工艺，助故旧仗义收容

长仁第二日又来到普士邦机器制造公司。

在离厂门不远处的检修车间里，他见到两个洋人像是遇到什么麻烦，张着四只黑油手围着台剥茧机团团转着。不一会儿其中一人喊个中国男子来，约莫三十岁，戴着玳瑁框眼镜。只见此中国男子一边用流利洋文和他们说着什么，一边麻利地挽起衣袖钻进机器内腔开始修理。长仁自忖英文相当不错，竖起耳朵却终究没听懂。不多时，机器便恢复了。那修理的中国人脸上多了几道黑油渍，自到工房边去洗手。

长仁见这人比那造出机器的洋人都更厉害些，心生敬佩，即凑上前搭腔："兄弟怎么称呼？看你修理这茧机真是有一套哩，一上手它立即就听话了呢。"

那男子摘了眼镜放在水里认真地洗着，回头看了长仁一眼："先生是要买机器么？我们厂子的机器目前的技术是一流的，除了使用不当造成的问题，不大会出纰漏。"

"我在南京开了缫丝厂，正是要购进一批机器。还未请教怎么称呼？"长仁向那人拱了拱手。

"在下姓莫。如若是开厂子买机器，必得全套购进才稳妥。这最先进的机器是六绪单捻直缫式的，以蒸汽为动力，还可为煮茧和缫丝烘燥提供热源。这些可都是按既定规程设计制造的，环环相扣方能起那事半功倍之效。有些不舍得下本钱的买主，思前想后、左挑右选买个一两台单机器，也号称能生产机丝，可是笑话了呢，那产出来的丝连土丝恐怕也是比不得的。""玳瑁眼镜"边将脸洗净边向长仁解释机器性能，待抬起头来戴上眼镜，这才打量长仁并回礼。

长仁忙道："莫兄说得极有道理，本人此来即是办齐全套缫丝机器，当然要最先进的机器才好。"见这姓莫的看自己，长仁忙上前两步凑到他近前套近乎："刚听莫兄跟那两洋人说的是哪个国家的话？似英文可又听不懂。"

"这么说，您是会说英文的？先生不必客气，叫我浩之便可。我刚和他们说的是意大利语，字的写法与英文极相似，不过语法词序都不同。"眼镜男听长仁要购全套机器，又会英文，便重新打量长仁，有了些聊天兴致。

长仁这时才知道还有什么意大利语，不禁对这人又更敬一层："看来浩之兄是大才啊！可是留过洋？"

没想到这句话倒似触动了浩之的什么痛处，他声音大了起来："唉！什么大

才，不过糊口而已。我深悔到外洋去学什么汽机工艺，倒不如学政治律学，还能指望做官入仕，抓得些权柄在手里呢，也不至于落得个饿肚子的窘境。"

长仁道："非也，莫兄此话怎讲？学得了外洋先进工艺在手，还怕饿肚子么？"

不想浩之更愤愤起来："中国不讲究工艺，商界一年不如一年，将来民穷财尽，势必致大家做外国人的奴隶牛马。你想商人赚那几个钱，都是赚本国人的，不过贩运罢了，怎么及得来人家工业发达，制造品多，工商互相为用呢？难道中国的官商就悟不到，不肯望大处算的么？"

长仁点头道："你说得极是。恐怕不是悟不到，只为许多人是自己顾自己的。官商有现成的钱赚，且赚了再说。倘然大张旗鼓，兴什么工业，开什么工厂，弄得不好，倒折了本，不是两下没利么？"

浩之道："开办实业，断然有利，不但自己有利，而且全国受了利益。不过利益迟些，他们没耐心等待罢了！至于那些自己顾自己的，总是他们之本性习惯使然。只盼社会改良，这种习性便自然会变的。譬如国家鼓励工艺，或是不论出身，或是给凭专利，自然学的人多了，就不患没人精工艺；既有人精了工艺，自会制造出新奇品物，大家争胜，外洋人都来采办起来。工人也值钱了，商人也比从前赚得多了，国家自是国库充盈起来。那么不消说，国家的军队也就有饷了，兵工军事也就强起来。再看，国富军强人知足，那咱们这个国家在这颗地球上，也要算是个强国的！"

长仁饶有兴味地听浩之一口气地接连道："看看如今，咱们的工艺何尝有一点新意，就算是老祖宗留下的那点传统技术也都快丢了呢。把国家兴盛的基础根本置之脑后，不十分讲求，使得吗？不论别的，单说汽机修理这样的简单技能，尚需请外人来做，难道中国人没人能胜任么？只因为是个中国人，便都信不过，生怕闹出乱子来。谁教是外国人初创出机械呢？即如驾驶轮船，人家就敢冒死险驶进大洋去。其实，既是个人，岂有不怕死的？再譬如热气球初创的时节，坐了上去死的人也不少。政府便下禁令不许人再去赴险。然而外国人还到政府门上去请愿，定要上去，真就视死如归。中国人见了这种奇险的事，还了得吗？唯恐避险不及吧。外国人必以实践效验新事物，来不得一丝马虎敷衍，这种精神国人岂有学过半点。总之，要变通都变，要学人家，通都学人家。最怕不三不四，抓到了些粗浅皮毛，就自家满意起来了！我这话不是愤激之谈，实是切身感受。"

长仁听浩之所讲颇多新奇见解，又听出其不得志之意，愈发确觉其是个人才，便道："听你说的这些话句句都切事理，还望你跟我到南京走一趟，看看能否去我的厂子里屈就个技术主理，其他么，还有机会荐你再去那工艺学堂教国人学习技术，也能为工艺兴业、实业兴国尽份力。"说话间，就叫跟班伙计拿出两封钱来。伙计忙把两封五十块钱递上。莫浩之只因说话间勾起窝心事，才滔滔不绝地发了通牢骚。哪敢信突然间竟就好事临头，一时间怔住，干瞪着眼不搭腔，及至长仁亲自将钱双手捧到他面前，方惶惶然接了连声道谢。

于是，回南京时，长仁乘着小火轮带回了十五套蒸汽缫丝机器，随机器来的，还有一位专门请来的技术工艺师，自是这莫浩之了。祥昌缫丝厂有了专门的技术主理，另兼华胜丝织工艺学堂教员。他常驻祥昌丝厂，学堂有课时便去教，教完回厂管理技术和工人事务，看似两边跑着颇为辛苦，但有双俸可得，还能托付自己一腔爱国之情。浩之非常满意。

长仁把挑选工人和教导工人的事一股脑交给了浩之。浩之则把原厂子里人工手拣的缫丝挡车工送进华胜丝织工艺学堂统学十日，末了出题考试、上机器操作，必得合格的才回祥昌开工；初次不合格的又给了机会考过，若再不合格的直接开除了事。那成绩出格好的，浩之荐了长仁，分别提升做选茧车间、煮茧车间、抽丝车间、翻丝车间和整理车间工段长和管车组长。煮茧、剥茧、缫丝车挡车一部一人，每两部缫丝车另配打盆工一人，黑板机工一人，再加上拣丝、翻丝工……最终选定了五十多人。

工人既齐，浩之开始麻利地指导工人组配安装机器，五日工夫便大功告成。长仁看得满意，心下对自己的择才有方又暗自得意一回。

选了个黄道吉日，祥昌厂试机。所选工人全部就位上机器实际操作两日，待运转自如方始开工。

长仁看着试机生产出的样丝，心生出许多感慨。生在丝乡长在丝地，对于缫丝，是再熟悉不过的。最原始的缫丝方法，是将蚕茧浸在热盆汤中，用手抽丝，卷绕于丝筐上。盆、筐就是全部的缫丝器具了。后来有了七里村发明的缫丝车，曾经风靡过一阵子，也多有改良。不过，现在和这洋机器比起来，本土的丝车便相形见绌了：无加捻装置，出的成丝粗细不匀、断头多，在色彩、条份、理绪、捻度、匀度、净度和装束成形方面无法和机器生丝比拟抗衡。怪乎道市面上都把那七里自加工的丝叫作"土丝"，而把洋机器生产的丝叫作"机丝"或"洋庄丝"，沽名之价，竟可多三分之一。

这洋机器，不光质量、出成品率较土机车高，人工也要比传统工艺节省很多，同样的时间和出丝量，原要百人以上才可得，现下长仁厂里的五十多人轻松获得。这便是新工艺的胜果，长仁有了深切的体会。经他算来，不出两年，这开厂购机的成本就可收回，第三年即可坐收利益。

祥昌丝厂整理出了头绪，长仁始想起关心老宋销出的那批外洋俏货来。

洋货刚一抵埠，长仁便将进货单交给老宋，更无多话，只交代要按进货价的一番出手。这宋大兴不愧是买办出身，不出三个月，就把那船洋货销出了大半，除了在长仁自家铺面卖的，老宋在戴生昌轮船上的原买办同僚们都被他发动上了货，往来进销。长仁的定价是稍低于市面出货价的，分销人乐得有钱好赚，拿货颇畅快，老宋自然分外勤谨。百万之巨的一船货，转瞬即告售罄。盘点账款，老宋报回了二百一十万的总进项，扣除百万货本，再减去船运、仓租和人工，足足赚得六十多万元。长仁便奖两万给老宋，让他置地购屋。老宋喜得涕泪交流，跪地指天说了许多誓死效忠的话，不久便在近丝铺处新购得一正四厢的合院，携一家老小入住，阖家欢喜自不必提。长仁将宋大兴派了下关大马路两间铺子的总办经理，一切按部就班。

这日，老宋来禀长仁，说有上海的故友寻到丝绸铺上来。长仁一听，想定是阿力，上回与他夫妇分手时尚在栈居，只留的客栈地址。后待铺屋置妥，长仁离栈时特留了绸布庄地址，即是想着阿力夫妇来寻时有个去处。长仁便问："是一男一女两人么？"老宋答正是一男一女。长仁便嘱小六子封了两个五十元的礼包，与老宋一齐赶去绸布庄。路上问老宋："那二人没说什么事吗？"

老宋一愣神，道："看似有急事来寻，神色慌张。"见长仁不搭腔，老宋更不多嘴。二人一路来到庄上。

一进门，便见阿力和个女人坐在柜前座上。阿力不住地左右前后看着，确见惶然神色。见长仁进门，阿力和女人齐齐站起身来，长仁看那女人却并不是巧云，不由得暗恼阿力风流习性不改，居然还将人带到铺上来，不免也太过失礼。但他又不便发作，强压怒意道："阿力来啦，坐下说话吧。"并不去招呼那女人。阿力扯了女人的衣裳要她向长仁请了安，复又站起身道："这是吾在上海认下的干妹子若莲，在上海遇到些事体，来南京投奔。但是巧云那臭脾气，交关不相信，吾实在无啥其他法子想，就只好找到这里厢来。"阿力说话间抬眼看长仁面无表情，不免有些尴尬，勉强咧开嘴接着道，"本只找老弟设法替若莲寻个便宜些的下处，没想到客栈掌柜竟说侬开铺购宅哝。果真发了财呀，上回头在三山街还讲只住客栈哩。现下只求老弟看在上海几年同好的份儿上，留下这妹子。吾在上海跟亨利先生见到她时还不满十三岁，实实地是个好孩子，且琴棋书画曲无一不精的，噢，还绣得一手好绣活，任绣个什么都是活灵活现。"阿力语气透着急切。

长仁看了看他，道："依你看，我要怎样安置你这妹妹才好？"

阿力忙道："实不相瞒，若莲是逃婚出来的，不能抛头露面，有人在四处里寻她……"

老宋这时忍不住插口道："噢？逃婚！那夫家是什么样人家？"他是怕给东家惹上麻烦。长仁也不作声地盯住阿力，听他下文。

若莲这时倒开了口："几位先生，小女子既要来投，便不隐瞒。我自小被卖入娼门，也不知亲人姓甚名谁，虽身在污秽之地，可向来只卖艺不卖身的。上月有位客人连着包了一个月的局来听曲，然后听姆妈讲，他是要赎了我出去。想自家这出身，若能够脱离苦海，找个好人家嫁了自是十二分高兴，想那位客人也是文质彬彬，向来只听曲下棋，不曾有过半点不轨。暗喜竟有这好命，定是老天爷开眼教我遇着位君子解救于我。"

若莲说着突然住了口，好一会儿才叹了口气接着说道："谁知嫁过去却见新郎是个瘫子，就连说话也是有气无力的样子……"阿力在一旁也跟着重重地叹起气来。

长仁、老宋同时惊问："那连去一个月相看你的又是谁？"

若莲低头拭泪道："是那丁姓夫家的管家，是他家老爷派去的。"

若莲叹口气接着道："按说像我们这样的，本不能挑什么人家，人既出钱买了咱，哪怕是买去做丫头，也不能有半句怨言的。可是若连娼门都不如……"说着低头轻轻啜泣起来。

阿力愤愤然接口道："一个弱女子，却教她逃去哪里？想这世上终究会有好心人哉，吾左右想来，长仁老弟就是呢……"

长仁忙止住他，道："行了，你说的意思我知道了，也不再细问。若莲姑娘既是不能抛头露面，我那厂子人多口杂，是不能去的。你刚说了这位姑娘绣活儿好，倒可在庄后绣些制品出售，这庄上就只管账带俩伙计，后院还有个刘妈做饭洒扫。只这些时日委屈她些，尽少出门方好。老宋自会关照一切！"

长仁接着又嘱老宋："这位若莲姑娘绣品售卖所得，尽都给她自己收好，何时她攒够了银钱可以脱身便了。"

老宋低低叫了声："先生！"见长仁未曾理会，便只得垂首答道："是，先生。都记下了！"

阿力连声道谢，又拉过若莲轻声安慰她道："荀先生人是最好不过的，侬只安心在铺里待着，放心，无啥人能动得了侬。只等风头一过，阿哥就来接侬走。"

长仁听得真切，一时不好多说什么。老宋便安排刘妈来带了若莲去后头安顿。

待她们下去，长仁才嗔阿力道："巧云姑娘可是不顾一切地跟你来了此地，你、你怎么……"

阿力不待他说完，忙摇手道："哎哟，冤枉死了，这丫头确系吾妹子，绝无啥杂七杂八关系。"

"那为什么要瞒着巧云？只是因为她疑心吃醋么？"长仁还是不大放心，他可不想因自己一时心软帮阿力养个外室。

看阿力赌咒发誓的样子似是不假，长仁便又问："那男主家丢了刚买来的儿媳妇，必不能就此善罢甘休，你们如此急投，想是逼得实在没法子了吧。"

"可真是，那丁家侬也是晓得的。"阿力立刻又显出心焦的样子来。

"噢？"长仁倒颇惊奇起来，"我认得的吗？是谁？"阿力下意识地环顾四周，压低嗓门道："丁爷！上海公共租界兆荣里记得伐？这瘫子是丁爷的儿子。可说是人坏事做绝便不得有好报，这姓丁的搞了那么多女人，始终也没有替他生个一男半女，直到四十岁上好容易七老婆生得个儿子。哎哟哟，满月那个排场啊！真恨不能教全上海滩都晓得。"阿力时常出入香满楼，总能听到姓丁的故事。

要说丁家这孩子，本也是活泼可爱的，却在两岁上生得场大病，虽保住条小命，却成了个半痴傻的瘫子。这姓丁的确是心狠，看孩子不成了，一时气不顺，竟吩咐手底下人搞死自己的瘫儿子，说是不能教人看他姓丁的笑话，死了也不能是个残的，幸而他七老婆得着风声，抱了孩子寸步不离，日子久了也只得作罢。

瘫子长到十六岁上，姓丁的年纪渐大，便想着给他娶房媳妇。他身边养了个狗头军师老苟，是跟了多年的，主子有事他总能想出些鬼花样来。这天主仆俩闲来无事便随口地聊起这事来："想我姓丁的家大业大，家底自没话说，只儿子身子弱些，最好找能大个几岁、泼辣辣性子的，会照顾人。说起来找个穷人家姑娘倒很便当，就只怕小户家女儿未经过事体，怯生生的怎么撑得起家业，颇麻烦。"老苟听了忙道："迎春楼有个叫若莲的清倌儿倒合适，二十了。别看她岁数大些，是个极倔强的个性，死活不接客，只唱曲弹琴挣艺钱。她家姆妈强了几次差点闹出人命来，便也就随她，毕竟凭着这点子清高也颇吸引了不少雅客专程登门去看她，倒是棵上好的摇钱树。"

丁爷一听立即赞好。只这迎春楼并非他的地盘，而是死对头小八股党刘麻子的堂口，硬来可不成。老苟便一拍胸脯："也就多花俩钱的事！"转头一想又迟疑起来："只这若莲心性颇高，怕知道少爷这样，别花了钱再……"

姓丁的当然懂老苟意思，两人又合计出个移花接木之计。苟管家包若莲局一月，下足功夫投其所好，讨得佳人芳心。待抬进家门，那就由不得她了。可怜若莲以为遇到了正派风雅人士得托终身，却不想掉进个大大的陷阱。

长仁听阿力说着，心忖："这哪能就算个陷阱，她只消安心在家服侍这瘫子，吃喝用度不愁烦，也未尝不是个好的归宿，总比在清楼卖笑强出千百倍。"

阿力此时重重叹了口气道："若莲命苦，本想着就只当是被人买来做了用人，好好儿地侍奉瘫子和长辈，谁知那姓丁的真不是人呐……"

长仁忽地明白了为什么若莲要逃出来，便止住阿力："行了，快住口！小心脏了我耳朵。"

想起阿力之前说起亨利,长仁便问他:"你说是跟着亨利去迎春楼时认识的这若莲?"

"是的,亨利先生极喜欢她,侬知道的,亨利先生也是个处处留情的人,不想这孩子性子烈,竟敢扇洋人耳光哩!啧啧,不得了!亨利先生那暴烈性子,手枪都拔出来咪!这丫头竟不服软求饶,我心里佩服她小小年纪够胆量,便替她拦下了。亨利先生想来心里头也敬她,后来还常去叫她局喝茶听曲,只没再打过她主意。"阿力不由得绘声绘色说起来,又颇得意地补了一句,"所以才认下这个干妹子!她的事吾就是愿意管!"

长仁赞道:"这若莲姑娘有见识,逃得对!阿力,你只管放心,人在我这里,谁也甭想伤着她!"

阿力"哎哎"答应着,笑道:"吾交关是放心的!只是听说那姓丁的已经派了手下人来南京了,侬要多加小心才好。无啥别个事体,吾就好回去咪!"说着站起身来向长仁和老宋拱手。

长仁喊住他道:"停停再走,你们夫妻俩日子还好过吧?还是代买些个洋胰、香粉么?"

"唉,就是呢!日子么是能过得下去的。"阿力笑道。

"那你们住的屋是赁的还是买下的?"长仁又问。"哪能买得起,自是赁的,屁股点大地方竟就要月租四块呢。"阿力瘪了下嘴。

"想来你们的日子也不好过,不如来我铺上帮忙,管吃住!月银三十!"长仁早看出他的窘迫,刚盘下的生丝铺子正缺人手看管打理,便想要阿力夫妻来,也算是帮他们在南京能安顿下来。

阿力不敢相信似的:"这、这,这教吾们说啥才好,拖累先生的生意可使不得!"即刻口中便换了称呼。

长仁不悦:"说什么拖累的话,都是苦日子里头过来的,尽管在铺里好好儿的。只有一点,你要改改以前在上海时的散漫心性儿,好好儿地待人家巧云才是。我平日里忙起来可能好些人或事都顾不上,你有什么只向老宋说便可,老宋总管着两家铺子,他自会处理决断。"

阿力咧开嘴嬉着脸道:"吾坏毛病早就改啦,再说有巧云死死地看住,有贼心也没贼胆呢!"再向老宋深施一礼道:"还请宋老兄以后多多关照!"老宋忙还礼,口里道:"好说,好说!你既是我家先生旧识,那咱们以后便当自家兄弟相处了。"

阿力辞了长仁,乐颠颠回家去向巧云报喜讯。

老宋这才向长仁道出自己的担忧："先生，这阿力揽来的显见是档子麻烦事，您怎么就接了呢？莫如给他们几个钱打发走，岂不容易？"

"起先是这样想来，只听这若莲丫头的事，便有些佩服她，现今社会，女子只三从四德而已，哪有女人敢'使性儿'的，不认命、不服欺、有骨气。"听长仁不住口夸若莲，老宋便只好也跟着点了点头，停一刻才又道："听先生讲，这姓丁的在上海势力不小，只怕……要不要我派手下去打听打听，咱也好早做打算。"说罢拿眼看长仁。

长仁蹙了眉头"嗯"了一声，道："关照咱的伙计妈子，只说这若莲是新聘的绣娘，只叫她，对了，竟忘记问她姓啥？"老宋忙叫来妈子问，说是姓赵的。

长仁道："就叫她赵姑娘！"

老宋又再三嘱那妈子，凡赵姑娘要买些针线什物，都由妈子去买，只看定她不得出门。关照完店铺里各人，老宋自己着忙找人打听上海丁爷动向，又问与南京哪个帮派有瓜葛牵连。

阿力巧云二人次日便退了赁的房子，只带两个不大的包袱住进了大马路的祥昌丝栈，两铺离得不远，间或还能照应着绸庄的生意和若莲，两人总算在南京安顿下来。

第二十四章　留学生落魄回乡，犟老牛痛打贼儿

长仁的缫丝厂新开，虽说得了浩之指导培训操作工人，又带了几个专事维护缫丝机器的，但他毕竟是个学汽机工艺的，并不大懂得管人。长仁虽出身丝蚕世家，几代人从商，开工厂做实业却是头一遭，厂子一旦转开了机器，才发现实业工厂与商铺经营实又有大不同的。什么车间设置、人手调配，薪水待遇、值休倒班等等事齐找来，一时间只觉得千头万绪，倒教他不知先管顾哪头才算好。

长仁找来老宋，吩咐他抓紧去聘有经验懂经营的人事经理。另让浩之在那培训的工人里头物色几个懂技术会管人的角色，别一味只偏重讲求技术。

浩之听长仁这样一说，不由得勾起前事，那心头苦味又泛开来。

且说这莫浩之，自那意大利留学归国，是在上海下的船。

待看见上海地方较他三年前走时更见繁华兴盛，便踌躇满志地抱定主意，要在上海谋一份大洋行或大工厂的主理商办职务，如此便可衣锦还乡，风风光光地回家接老婆儿子出来。不想，连着荐工一月有余，并不曾有哪家公司、洋行或工厂愿意用他，眼见饭都吃不上了，还有栈租拖欠着未讫，他心下焦急，可又不甘心就走。这日，浩之便将箱子里自己带回的几件衣裳拿去当铺，换了三个小洋和两个当十铜圆，揣进怀里想着先吃几天饱饭再做打算。

却不想刚回客栈，栈主人便托着账单跟上楼来，道："先生莫怪！我原知道您老是有来历的，论理不该催讨房钱。只因敝栈连年赔本，实在支持不住……"边说边掀动眼皮看浩之。

浩之未接他递来的账单，坐下说道："我此来上海是要有番作为的，你且不急在这一时，入职后自当多付你栈资。"

栈主人是惯见人的，什么样人没有见过识得，当下便知他是不想掏钱开销欠账。眼珠一转便讪笑着道："真是失敬了！莫先生自是当大事的人物。只怪敝栈本小利微，全指靠着你们衣食父母赏口饭吃。莫先生何等样气度，断乎不会在意区区栈资。如若不然，那真道是我瞎了眼睛。"

浩之听他话里夹刺，不觉血朝头上涌，当即便从怀里掏出那三个小洋道："不消多话，给你便了。"

打发走那栈主，莫浩之便坐在桌边怔神。这下除却栈房开销，身上只剩得两个铜圆，即便一天只吃一顿饭，也是万没法再行支持了。罢了，还是回家另寻出路。

想到要归家，浩之心下从容。他悠悠然收拾完行李，打听得可巧当日便有江

宽下水船开。浩之上了轮船，就踱到篷下倚着船栏看江景。四面望开去，江水浩渺，胸中积聚的怨气一时纾解不少，转又添出许多感慨：此番流落上海，见诸多脸色，听甚多挖苦。想当初来时是书生意气了，工艺技术想也只是说给众人听，生出些许憧憬尔尔。那些洋人么，看你一个中国人，任你在他国学了多少年，学得的技艺多么精湛了得，终究是学别人的，凭什么就信你用你呢？他不觉收了自得孤高的心性，背着手又看一回船上机器，无外机械组制、燃料回路、动力驱动那点子玩意儿。他知道造法，并不觉其奇。

次日，转小火轮船，近晚方回到无锡的家中。

浩之老婆王氏在家带着个儿子，唤作宝儿，孩子还小，才五岁。家里田地不多，只数十亩，刚够家中吃穿用度。浩之出洋三年多未曾回过家乡，王氏只当男人是死了，也不去打听，带着孩子过自己的日子。

这天浩之忽然归家，王氏正在灶间忙着炊饭。宝儿坐在门槛上玩泥，见到生人便忙找娘。王氏几乎不认得自家丈夫。浩之唤过她一声后，方才喜极扑上前，解下腰间围布帮他拂身上土。

王氏见丈夫大冷天光着头没戴帽子，身上穿的那件半旧粗呢西式大衣皱皱巴巴已破了几个洞，胸前袖口也脏腻得不行。知道他落魄不得意，便道："当年怎么劝你只不听，偏就要去那样远的什么国学本事。如今呢，你本事学成没得？"

浩之一挺胸道："既能回来，本事当然学成，只差遇着个识人惜才的贵人。"

王氏回身去端脸盆打热水，口里却不肯饶他："噫！有了本事，原竟也是要有贵人扶助才行的么？你忘记了从前的话，靠着自己的本事吃饭，绝不求人吗？"

浩之道："我好容易千辛万苦回国归家，你怎么还要再提几年前旧事？"

王氏递过脸巾给他，笑起来："怪我讲你讨厌听的话。劳神费力耗钱财，几年不着家却也没成事。要不出洋，过得舒服日子，不更好么？"

浩之叹口气道："中国人俱都似你这般只图自家安逸，所以没得个振兴的日子，弄到最后还不得同归于尽！"也不管王氏听没听懂，便又自发一番慨叹："再看咱们这些中国商人实业家们，口里喊着什么超越洋夷、工业兴国。只一拿出长远投资和眼前利益比来，却又登时把那兴国爱国的念头都抛却脑后，只管顾眼前之钱了。任他东洋西洋，先进也好落后也罢，钱是王道。唉，这便是处在恐慌时代的悲哀，国人又有什么本事可恃的！"

王氏道："你到底是学着本事的人了，张口闭口的中国。那得有多大本事，才管得到中国的事。世上人，谁个不是自顾赚钱、自图安逸的？看看半步街的罗阿贵，你可记得走时他还是泰信典当行的伙计。嚅！不晓得他使了什么精明的好法子，大赚了一笔钱哩，如今倒在新民国政府捐了什么知事，摇身一变成了大人老爷！阿贵老婆可是把腰杆挺起来了，前阵子碰见她，啧啧，身上穿的镶银鼠边的皮袄，湖绉绣花袄面子。我出门也没得这么样体面的衣服，她只把来家常穿着。那阿贵有什么本事？只不过个伙计，既没念过几天书，更没出洋留过学，不也照样富贵发财。他前几日来接家眷去城里享福，小火轮拖着只通身红油彩的驳船，鸣锣开船燃炮仗，还挂了满船帮五彩鲜艳的小旗，好不威风招摇！你呢？出门这几年，穿件破呢服回来。我只道你没学着本事，原竟是已经学成了的，尚然如此。现下晓得了，中国人是不靠你那种洋本事吃饭的。现下多少有点后悔吧！"

浩之被她说得哭笑不得，才刚进门又不便发作，只好长叹一声，道："我错了，我错了！人家的本事，显在排场面子上，我的本事是在腹内脑中的。他能赚东家的钱，能去买通关节得个官做，那也自是有他的本事。我这本事不同，却要实实在在干去，赚几文进项。有人用我，自可赚得到银鼠皮袄穿；没人用我，只好怨命，一文钱都赚不来的，带累你受苦。罢了罢了，好在家里还有几十亩田，料来够你娘儿俩一世不饿肚子，你只算没我这个丈夫，也可过日子！"王氏倒扑哧一声乐了。

讲到吃穿过日子，浩之这才想起儿子宝儿。浩之出洋时节，儿子还不记事："宝儿去哪了？刚只在门口闪一眼，不晓得长成什么样儿了。"

王氏忙四下望，边端起盆将洗脸水泼在门外，边道："这孩子，刚还在的。定是不认得你，怕得躲去哪儿了！"当下提高嗓门喊道："宝儿……宝儿……"

里屋传出怯怯的一声"哎"的答应声，接着，门柱后探出半个小脑袋瓜，两眼骨碌碌地望向二人这边。

浩之笑着向孩子招手："宝儿，来，叫爹爹看看你！"

那小脑袋却猛地缩了回去。

王氏走进里屋去，数落道："这孩子！你不是常嚷着要找爹的么？怎的爹回来了却又要躲开去。快出来，叫爹爹！"

宝儿被生扯出来，哇地哭开了。

浩之落了个没趣，被哭得心烦意乱，只在孩子头顶摸一把，便赶紧地挥了挥手。王氏撒手，宝儿立止了哭，复又躲回里间去了。

夫妻二人一时无话。忽听得外面有吵嚷声音，浩之问什么事，王氏便走出去看，原来是自家的佃农老牛头不知为什么绑了儿子大仲在打，左右邻居围作了一团上来拉架。不想老牛头犟牛劲起来，把那两个拦着他的邻居连带着一块儿骂了。

王氏想近前去看个究竟，却被隔壁杂货栈何阿婶一把拽住道："莫家嫂嫂，可别过去，那犟老头这会儿正犯着浑呢，别没来由地看个热闹还挨打。"

王氏缩了缩肩膀问道："这是怎么了？老牛家的大仲不是在上海做工，今儿倓晚刚回的家么？为什么就打他呢？多老实个孩子。"

何阿婶咽了口唾沫，又抬手掩了嘴，把头凑到王氏近前来道："可不说着，大仲刚回时，老牛头可高兴呢，还在我这打了半斤黄酒。这进门还没到一下钟，不知怎的就把儿子拖到门口打开了。大仲我是自小看着他长大的，可是个老实孩子，跌在地下，任他老子打。这不，邻居们看不下去才拦打么，却不想，好意拉架的也成这老犟牛的对头了。啧啧，可说真个是糊涂老儿。"

王氏"咦"了声道："要说这大仲在上海做苦力挣钱，怎生不年不节，好好儿地就回来了呢？"何阿婶愣了愣，歪了歪嘴道："就是呀，可说儿是的呢，我这就打听打听去，回头再聊！"何阿婶话还没说完，扭身便踮着小脚向那堆人去了。王氏摇摇头，返家把门掩了，自言自语道："这老牛头真是头犟牛，儿子刚回来就开打。"浩之听了问道："是种咱家东坡田的那个老牛头么？"

"正是呢，他家大仲今天秋下还给咱家雇了割过麦呢，是个实诚孩子，干活一点儿不惜力气。这不两月前刚和顾家阿乾一块去了上海做工的。"王氏兀自可怜那被打的大仲。浩之随口问："噢，才去两个月怎么又回家来？大小伙子还打他做什么，讲道理不好么，还打到街上去。"王氏回道："可说是哩，我也正自纳闷呢。"

这时，掩着的门"呼"一下子被推开，何阿婶一阵风似的卷进来，口里"嗨呀呀"一叠声地叫着。

王氏扶了何阿婶坐下，忙问怎么回事，边给她倒了杯茶。何阿婶推开茶道："你说大仲这孩子，老实巴交、不吭不哈的，怎么就偷了主家钞票跑回家来，无怪老牛头打他，这孩子可真是该打、该打！"

她看王氏半张着口，听呆在了那里，便压低声音道："想不到不是！老牛头那是你们家多年的佃户，你是最清楚不过的，是个实诚人，教出的孩子原也是懂规矩的。看来那上海地方虽大，人也太杂，真可说是个害人地方，多么老实的孩子，去了才几天，都变坏了，偷钱躲回来。老牛头这才把他绑了，要连夜送回主家去呐。老牛头人真个是厚道，只这孩子学坏了。"

何阿婶一口气把新闻说完，这才端起桌上的茶，一仰脖喝尽。放下杯，抬头才猛然发现了浩之，惊地站起身，指着浩之道："哎哟，是浩之么？嗨呀呀，这许多年没见着你，听说出洋学本事，可说是咱全镇人拔尖头一份儿的事。什么时候回来的？我怎么就没见着你进来呢？这是学成了么？学得的是些什么洋本事？在哪儿高就哪？薪俸定是不低的，来了还走吗？……定是衣锦还乡来接莫家嫂嫂和宝儿的吧？"

何阿婶兴奋得脸通红，又一把捉了王氏手道："啧啧，你算是苦尽甘来了，这几年可把你和宝儿苦着啦！怎的，是就走么？还是过些日子？明儿一早我就来帮忙拾掇拾掇吧？"

何阿婶忽又猛地双手一拍自己大腿，跳将起来扭了身子向外便走，边走边回身向王氏和浩之道："嗨呀呀，可说我是个老糊涂不是，你们夫妻才刚刚团聚，好好儿地叙谈叙谈，就被我闯来。阿弥陀佛，真个是罪过了。那我就先回，明儿一早再来帮忙。别送别送！"话还未说完，一脚已跨出门。

王氏连声唤她也不济事，只得看着她一阵风的又去了。

浩之呆呆地站在原处，愣得半晌方才下定决心似的，一跺脚，重重地叹了口气，将进门刚放在门边地上的箱子拎在手里，向王氏道："我即刻便回上海，去谋差事。明儿早上，这快嘴的何阿婶再来，必会领来一众邻居乡人，你便与他们说我在上海造机器，不日便来接你们母子去城里同住。"

王氏盯住浩之看了许久，返身进里屋。

一会儿出来，手里多了个青花布包。王氏走近浩之身前，流下泪来，道："你去吧，这样子回来自是没脸的。这里是十块钱，家里就只这些。你去上海谋着差事再回，我们娘儿俩也不指望你接了去同享什么福，只别让我和宝儿抬不起头来便是好的。家里的田产你不必担心，我自会料理照应，这么些年你不着家，想是本也并不担心的。"

浩之接过钱，长叹一声道："罢罢，家却原是也不能回的了，本就不该回啊！我去了！放心，不用多少日子必定会衣锦还家来接你们母子。"想了一下，又道："开着小火轮来。"哄得王氏破涕为笑。

宝儿虽说是个孩子，大人的话却是听得句句明白。此刻知道爹爹要走，便出来远远地站定看着浩之，把嘴儿撇了抽抽噎噎，并未出声。浩之拎着箱子扭头看宝儿一眼，硬起心肠别转了脸，向门外走去。

门关时，身后传来宝儿"哇——"的哭声。

浩之心里难过得紧，胸口似是要炸裂开。出自家门后，紧着走出老远才放慢了脚步，四下左右偷瞧，并无一人，这才走到路边树影下，扶着树身哭了半晌，将憋在胸口的那股积郁释放出来，这才稍觉身上舒服了些。

抬起头看一弯弦月当空，再过两个月就是正月新年了，本想着回家安稳过完年再慢慢另作他图，谁承想会落得这般局促光景。是自己考虑不周全，险些带累着妻儿没脸。"唉！"浩之长叹一声，暗忖，此去上海便再无退路，真真有家不能回了。无论如何，只要有个收留的活命差事就成，什么专业不专业，宏图不宏图，都得先有口饱饭吃才可谈得着的。

想罢，浩之弯下腰去拎腿边箱子，猛地瞥见箱子边蹲着两个黑黢黢的人影，也正哭得伤心，见他要走，便齐齐止住哭，跟着站起身。孤身在外多年，浩之胆子是颇大的。借月光看清两人，正是佃农老牛头和他家儿子牛大仲。

第二十四章　留学生落魄回乡，犟老牛痛打贼儿

173

长仁

第二十五章　老佃农托遣逆子，欲谢罪家主不怪

老牛头哽着嗓子对浩之道："浩之少爷，是您回来了么？这是为的什么在这里哭？哭得姆们也伤心得紧。"

浩之拿手揉了揉眼，道："噢，是牛阿伯和大仲兄弟，我刚从外洋回来，看望妻儿，这是准备去上海的。因有不舍才……哎，你们这是为着什么，这样晚还不回家去？"

大仲只低着头向浩之鞠了一躬，也不答话。

老牛头指着身边大仲道："既是浩之少爷，小老儿我便也不怕出丑了。我这不争气的儿子，也曾是您家里雇过的，您是他的旧主。可巧您是即刻就要去那上海吗？小老儿想求您个事，万乞勿要推辞，先行谢过了！"

老牛头说着就拉了大仲跪下去向浩之磕头。

浩之慌忙搀住了二人道："牛阿伯这是从何说起，到底是什么事情？我答应便是。"

老牛头起身恨恨地推了一把大仲，道："你说，快跟浩之少爷说清楚，也好押了你回上海请罪。"

浩之听何阿婶来家说过大仲偷钱的事，知是老牛头要请托他带着大仲去上海还主家银票。老牛头人穷志不短的骨气颇令他心生敬意，已是决意要管这件事的了。现看大仲还被绑着，便去解那麻绳，边问大仲道："那大仲兄弟也是要回上海么？"

大仲点头"嗯"了一声，然后低声道："我做了错事，拿了主家钞票，回家想孝敬老爹爹，被打了才知道是错了的。现下想将钱还了回去，还要磕头认罪的，任凭主家发落。"

"是了，是了，这样才对！我不能教人说我教子无方，坏了大半辈子名声！"老牛头在旁大力点点头。

浩之听那大仲说得诚恳，觉得这孩子确乎是厚道实诚的，怎么能去偷人钱财呢？但又不便多问，当下向老牛头一拱手道："牛阿伯放心便是，既是大仲兄弟亦有意回上海，侄儿自然愿意有个同路之人为伴的。"

老牛头又要拉大仲跪，连口地感激感谢说个不住，道："我家大仲，人是老实的，只有些缺窍儿，别人说什么他都实心地信服。您是出洋见过大世面、有学问的，跟着您去我是千万个放心的。我本是要押着他去上海，可小老儿并未出过远

175

门，实有些发怵呢。可巧遇着浩之少爷您这位贵人，才拜托给您。少奶奶这里，您也尽管放心，我自会时时过去照顾着。"

浩之便也谢过，有这样忠厚的老人家照顾家里，自亦是千万个放心了。

浩之领大仲辞别老牛头向镇外走。镇口有个土地庙可将就靠半宿，天明便可以乘马车去赴早航的小火轮，再转江轮去上海。

大仲一路无话，心事重重的样子。浩之想他刚被老子教训过，便也不强他说话。第二日上得轮船，浩之才问道："听说大仲兄弟是在码头做工，是上海哪家码头？登岸后也好选近便的陆程。"

大仲脸上一红，讷讷道："不在码头的，是给人扛包搬货，吃住在主家哩。"

"噢，这倒是好的，要比码头出死力气轻松些。"浩之微笑道，想了一下又问，"那么地址有吗？咱们下了船就可以雇了车子直接上主家门去，必得把你的事了结了，然后我才能放心去投栈。"浩之想着，既是答应了老牛头，那一定要将所托之人送到主家，完结了这还钱赔罪事方为妥当。

大仲不假思索说了地址便又一言不发，低头蹲在客舱门边，看着江面发呆。浩之暗叹口气忖道："回到主顾家那里，还不得讨顿好打，我且给他拦着点，只是千万别送去警察局子里。"当下又安慰大仲道："你且别怕，回去后自有我替你开销。一时犯的糊涂，主动送回去，世上少见的。"

"噢噢！"大仲答应着，下巴已抵到了胸口。

浩之便不再看他。

船一到岸，大仲立即起身，熟稔地一手拎起浩之的箱子，另一只手搀了浩之胳膊扶下船。登陆便伸手招来辆黄包车，告诉车夫地址，然后扶浩之坐妥，再在车后安置好箱子，才向黄包车夫喊了声："走吧，兄弟！"在车后帮着推车子起步，自己便跟在车后跑起来。浩之看着大仲暗忖，他老子还说这孩子缺窍，想不到如此机灵爽利。

不一会儿，黄包车在一幢三层公寓洋房前停住，这楼左边紧邻四路电车局停车站，近旁的两边街面也颇热闹。大仲汗也不揩，抢步上前取下箱子，顺手拉开公寓的玻璃门，待浩之进门，他又挟着箱子跳过去熟练地按了电梯钮。

电梯直上到三楼。大仲引着浩之来到西首第一间门前，然后低头闪过一旁。

浩之抬手敲了敲门，开门的是个二十多岁模样标致的女人。浩之以为是主人家眷，刚想通报名姓。不想这女人一眼就瞅见浩之身后的大仲，登时面露喜色，上前一把扯了大仲胳膊，道："可算是回来了，人家还担心你出了啥事体。回来就好，回来就好。"边把二人让进了房里。

浩之诧异狐疑间进了屋，只见一色的西式家具。正对门的是一张长条棕皮配木座沙发，斜墙靠窗处摆了张檀木浅雕圆花几，一对紫红色丝绒草叶纹西洋沙发扶手椅分列两边，两个暗色铜脚小茶柜并排摆着，柜面堆叠着大大小小几十件亮闪闪的银质茶具，十分精致考究。大门右边连着条形过厅，尽头里间的门闭着。

浩之进门未及开口，却见那女人扯了大仲的手不肯松开，生怕他再跑了似的，她立在厅里上下打量大仲，连着串问道："这一天一夜你去了哪里，有没有饿肚皮？担心死人哩。呀，衣裳怎么都破了呢？一身的泥又是怎回事？你这，这手上的伤……还有胳膊……啧啧，你到底遇着啥事体搞到这般模样……"

浩之直愣在当场，倒不知如何是好了。

大仲红了脸从女人手里抽出自己胳膊，自怀里掏出那两卷钞票，塞在女人手里，讷讷道："我从铁柜里拿了这两卷钱，想着给我老爹爹送去，好教他不再吃苦，也享享清福。没想被他一顿好打，说这是偷，要遭天谴。"

女人接了钱，张大了口道："什么，竟是被你父亲打的么？这怎么能叫偷呢，我让你管着这柜，就是由你主张么。只你下回与我说一声，我也好教你怎么个用场，知道吗？"然后又把两卷钞票塞给大仲道："喏，你再放回去，若要想用只管告诉我便是。"

大仲"噢"了一声，便拿了钱向里间走。回转身时看见浩之才忽地向那女人道："这位是家乡的浩之少爷，是我老爹爹拜托他押我过来赔罪呢！"又向浩之一鞠躬，道："她便是我主家咸姐姐。"然后才道声"少陪"，向过厅那里间去了。

女人娇嗔地一乐："这个大仲，在贵客面前也直叫我咸姐姐，人家是姓胡的，喊我'Rose'——玫瑰也行的。真个勿好意思，慢待了浩之少爷，快请坐，多谢您把我们大仲送回来。"

浩之一见之下，便知她是个有阅历混市井的女人。当下便也不回礼，坐了便道："大仲是我的近邻乡亲。此次相伴回上海前，听他爹爹说起，大仲自作主张拿了主家钱钞，那是一定得还的，我代他向你道歉了。现在钱是还回来了，人么，我一会儿便带走去投栈。"

胡小姐并不介意浩之的冷淡，泡了杯茶放在浩之面前，然后在对面一张西式高背椅坐下，笑道："想是先生您误会我了。我十天前刚从英国回来的，此来是想在上海开个铺子安安稳稳过太平日子。大仲么，是我雇了他来帮忙张罗事体。"

这时，大仲从里间出来，垂手向胡玫瑰回话："咸姐姐，我将钱放回原处了。"

玫瑰点头笑道："大仲也坐下吧，既然你家里来了人，我便把一些想法说出来，正好大家定个主意。"

原来，牛大仲跟着同乡来上海，荐了苦力局专事轮船码头帮人搬货、递送物件跑腿。虽说是数九寒冬天气，可每日里也是从内夹衣到外罩袄都被汗透，就这么白天汗湿、夜里焐干,那苦处自是不必说的。可大仲想自己老爹一辈子耕田种地,到老还做人家的佃户,一分地也不曾攒成自家的,便咬紧牙关吃苦卖力挣银钱,绝不想回乡。

好在大仲眼力勤、腿脚勤、嘴头勤,两个月下来,他便把偌大的上海跑得蛮熟,可钱却是一个也没攒得下,反而还倒欠了苦力馆里的三个钱铺租,肚皮也半饱不饱总觉得空落落的不得劲。大仲怪自己没有能耐多揽些活儿干,却长着喂不饱的大肚皮,便只好扎紧腰带委屈自己不肯争气的肠胃。

这日,有一艘英国来的远洋客轮抵岸。大仲老早便等在岸边,抻长了脖颈找那要帮工拿行李的旅客,正见到胡玫瑰提了两只大皮箱颤悠悠地上了舢板过岸来。大仲抢上前鞠躬问是否要帮送行李,边伸出手护住她不教人挤撞。胡小姐喜他殷勤,把两个箱子全交给大仲提着,嘱咐寻附近最好的饭店,然后挎着棕黄皮质小提包跟在大仲后头。

这位胡小姐十岁时双亲亡故成了孤儿,被烟鬼亲舅舅卖到英租界的一家妓馆换了烟抽。养到十二岁时教一个五十多岁的洋行大班看中破了处,十分怜爱,自此便买断她的牌子,给她起了个洋名叫"Rose",常年包下来。七年前,洋大班要回英国洋行总部就职,回国前花钱替她赎身带去了英国。这洋行大班在英国是有家有孩子的,便给她租了房单独住,隔日便来,倒也跟往日在上海时没什么不同。外国人开化程度远比中国人高,这大班原配夫人是个身材高大的灰发棕眼珠老太太。她知道丈夫带回个年轻黄皮小姐,却很大度地并不介意,两人还客客气气地吃过一次饭,夫妇的儿子年龄比胡小姐还大些,见面也都礼貌地行握手礼。胡小姐便安心快活地在英国定居下来,不但学得一口流利英国话,还在街边贩卖自己绣织的荷包、绣片,不想竟很受当地女人青睐,她们将帕子、衣裳、裤袜、鞋,甚而内里贴肉的衣物,都拿了来要叫她绣织。到后来与女客们熟识,她索性收了街边摊,专在家接受预订做活计,手头逐渐宽裕有些积蓄。

可惜好景不长,几年后洋老头忽然死了,胡玫瑰才刚二十四岁,日子且长呢。好在老头死前给她存下四万英镑,也算没白跟他漂洋过海做这场夫妻。玫瑰哭过一场,想老头子家里人都不晓得这笔钱,可万一哪天听到风声讨要起来也是个麻烦,况且四万英镑在英国可能算不得怎样,回中国去就足能好好儿过后半辈子。想定主意,她从容准备停当后,便哭着找那灰发棕眼珠老太太告别,说明男人既死,留下只会伤心,表示自己什么也不要,只想回国。老太太感动得热泪盈眶,拉着她说了许多抱歉和祝福,末了张开臂膀拥抱胡玫瑰,竟还贴了贴她的脸颊。

辞别老太太出来,胡玫瑰连在英国租住的居处也不曾回,便急赴越洋公司轮船回上海。

……

"最好的饭店么……"大仲拎起箱子,心下犹豫着,这外滩附近好饭店可不少。忽地想起轮船是从英国来,当下就打定主意往那英国人开办的礼查饭店走。

大仲觉得手里提着的箱子相当有分量,心下有些佩服女客人山高水远那样远竟能够拎来上海。路上车马交驰,大仲不时回头关照声"小心",胡玫瑰则亦步亦趋地紧随大仲,生怕两个装着全部身家性命的大箱失掉。眼见着远远可以看到礼查饭店的阔气门廊,两人脚下便不由自主地加快了。玫瑰忽想起刚才忘记问力夫价钱,忙追问向大仲:"你这样送一趟到地头要好多钱?"大仲着急再回码头抢一程活计,便脚不停步地答她:"都是按路途远近收费,不出这英租界都按五个铜圆收的。"玫瑰心中有数便不再作声。至进到礼查饭店房里看时,布置陈设果真不俗,当下满意。胡玫瑰在门口让大仲将箱子放下,从包里掏出五个便士的小铜币给他。大仲接过钱称了声谢纳入口袋,转身急急往江边码头跑。

待牛大仲赶到码头,见轮船依旧泊在原处,客人却是早已走空了。想着今日再没有到港大船,大仲有些失望,偏此时肚子又不争气地咕噜噜叫起来。"唉,挣得不多吃得可不少。"他揉了揉肚子并不打算理会腹饥。可经手一揉,肚中更觉空乏难耐,嘴里涎水频涌,竟一刻也待不住了。他索性伸手将袋里刚才女客人给的钱掏出一个来,准备就便买点饼面充饥。却觉出那钱捏在手上与平日里的当十铜圆有差,忙取出细看,才知道是收了洋钱,又左右看过无人,把其他几个全掏出来,都是一样的小洋铜币。牛大仲来上海两月余,对市面流通的几十种花里胡哨银角、铜板、纸钞、洋钱很是头痛,因刚来时吃过劣币双毫的亏,加之他分不清各国币种汇算。虽说洋钱亦可在市面直接购物,可他颇固执地只认自己识得的纸钞银圆,生怕到铺上再教无良奸商算亏了血汗钱。

大仲去三和钱庄换钱。柜上王掌柜接过便士看了又看,果又开始道苦经:"近来英国洋钱惨跌呐,看你苦力攒点钱不容易,就照官价兑你一块,亏了亏了。"说着取一块银圆放在大仲面前。

牛大仲不相信几个小铜币竟能兑这么一大注钱,只管瞪大眼直盯着王掌柜,也不去拿面前的钱。掌柜有些尴尬地一笑,又取两个铜圆拍在银圆上,叹道:"别瞪了,拿去吧,别家绝没我给得多。"

大仲恍惚着将钱攥紧在手心,早忘记买饼充饥的事,走出大门也不分辨方向径朝前疾走,直走到浑身汗湿方才放缓步子,只觉头晕心跳,口干舌燥。他停脚四顾左右,竟不知怎么回到了礼查饭店。"唉,这钱不能拿,拿了亏心哩!"一块银洋现下可换近三百铜圆,牛大仲摊开手看着钱叹了口气,朝女客人房间去。

玫瑰开门见是大仲吃了一惊，待知他竟是来还钱时，又大声笑起来。她将大仲让进房间请他坐，大仲高低不肯，只站着回话。玫瑰暗赞此人老实可靠，便问大仲道："我晓得你说的是五个铜圆，只因身上只带着英国钱，又看你一路殷勤照拂，便当是小费赏你的。不想却劳你还多费趟腿脚送回来。"说着又取出五块洋钱递给大仲，道："我此来上海是要干些事情的，你若愿意可来帮我的忙。"

大仲听到她说赏钱的话本是一喜，心里盘算着攒起来，见女客人又给他钱，刚将手在身上蹭了蹭想去接，可转而心惊害怕起来，人便直向后退着道："这么些钱我还是不拿的好。"

胡玫瑰瞪大眼睛看着他道："是嫌少么？工钱好商量的。"大仲慌地连连摇手道："我住在苦力馆，十来人睡的通铺。这一无行李，二无包裹，连铺盖都是馆上租的。给我这么些钱实不知该怎么才好，要不存您这儿，我今晚好好想了怎么便当，过一天来取吧。"

玫瑰看他实诚得可爱，便笑道："那你明天一早到我这里来，再给我带路办些事。"大仲喜得有事情可做，自然连声答应。

胡玫瑰又拿了两块钱给他道："你既要跟我出去办事，必不能穿身上这样的破袄了，马上就下楼去买身新的，再好好泡个澡将新衣裳换上。"略停又道："在英租界，这英国钱却是不必再行兑换的，只管去买。"大仲犹豫着不肯接，道："您赏了我那么多，怎好再拿钱买衣裳。"胡玫瑰又笑起来："叫你拿着就莫要推托，也是为着我出门的体面。"

大仲便接了钱在手里，出去买全了衣裤鞋袜，美美在洗澡堂子里泡了一趟。第二天，一身簇新地来找女主家领活儿。胡玫瑰看着面前小伙儿穿戴干净很是齐整利落，心下满意，叫他陪着先去银行办了一番汇兑存取，大仲便知趣地退在银行大门口处候着。

银行的事情办妥，她让大仲叫两辆车，说是去外滩附近转转。大仲哪里肯坐车，便只叫一辆，扶她上车后，不吭一声地跟在车后面撒开腿脚跑，坐在车上的胡玫瑰看得咯咯笑个不住。车到南京路时，远远见一洋人向她招手，叫："handsome maid!（注：咸非斯妹，又称咸水妹，来源于英文 handsome maid 的音译，原意为"美丽女子"。晚清民国期间，有粤东妇人于广东、上海、武汉等地谋生，多为外国水手船员等提供服务。因此常有戏谑意味。）"玫瑰也不恼，回那人道："You're mistaken, clear off.（你搞错了，快走开。）"大仲听不懂两人的洋话，只听那个洋人叫她"咸什么斯什么"，而女主家回答洋人"尤什么克什么"，加之看他们二人笑模笑样。大仲暗地里便认定，是这咸姓小姐和那尤姓的洋人打招呼，这女主顾原是姓咸的。

第二十六章　孤身女携财遇贵人，穷苦力厚道积福缘

黄包车足足跑了有半个钟，方转回饭店。

胡玫瑰带着牛大仲回房里，向大仲道："我既雇你帮我办事，自今日起搬来此处住着，就别回苦力馆了。"大仲自然高兴，可又想这女主家只一间屋，孤男寡女颇多不便，便口里支吾着摇了摇脑袋不作声。玫瑰知他想法，抿嘴笑道："你马上去柜上再办间房，账和我这间的记一块儿，今天便住，有事也好随时招呼到你。"大仲忙道："是，咸姐姐。那么我去向旧主家了结差事，再和同来的老乡知会一声就回来应事儿。"说着便转身向外跑。胡玫瑰猛地听大仲叫她"咸姐姐"，一愣，紧接着就想起刚才路上洋人招呼她的事，禁不住笑得捂住肚子。听着大仲叫得很是亲热，自己倒也受用便不说破。转而又想，这小伙儿虽穷却不昧财，有新任主动厘清旧务，倒真是实诚可爱、懂得善始善终的可托之人。心下对他又增添几分好感。

次日，胡玫瑰交代大仲两件事：一是在外滩南京路附近尽快找套三间头公寓房，她要搬进去；二是在近房处找间铺子，不必大，但市口要好。大仲领了任务，在南京路跑了整两天，见了不少牙行的房铺掮客，倒真有两处公寓铺面合适，只是给出的价码听得他倒吸凉气。

大仲一五一十回禀女主家。胡玫瑰微笑着听着并不多说什么，只嘱他约房主人第二天去亲自相看。结果很快就选中了电车站边三楼的那套三间头洋房公寓，楼下连着的铺子因为紧临电车站，不分日里夜间的熙攘热闹，虽说只有七八尺的面阔，却是离住宿公寓只一乘电梯的事，十分便当。

卖家是个英国的犹太女人，身边跟着一个穿西服戴眼镜的翻译通事。买卖双方由牙行掮客陪着谈价码。那通事骨子里就是买办，与房掮客勾连一气，别看只粗通几句洋泾浜，也不知欺了多少言语不通的买卖两下主顾。

胡玫瑰与卖方见面后不动声色，只静静地听这掮客、通事和犹太女人三人说话。很快便知道女屋主急于回国，实开价不过是掮客向大仲所报价码的四成而已。待那掮客与通事一唱一答，天花乱坠地介绍完，玫瑰便爽快地道："房子跟铺子我都要了，只这价钱未免也太高得离谱吧！"通事却向犹太女人翻译说，买家不大看中这屋，价钱能否再低点，犹太女人大摇其头，说已经是很低的屋价，最多只能去个零头。掮客则在一边连连点头，又哈腰向胡玫瑰道价钱已无余地，去留自便，还说了许多自己怎样帮她计较争辩。

胡玫瑰冷冷一笑并不答他，只忽然开口用流利英语跟犹太女人攀谈起来。

那捐客与通事大惊之下面面相觑，乘人不备脚底抹了油。两人谈完，房主立即就松了口，最后以报价的近乎三成拿下了公寓和铺子。

办好房契上税手续当天，胡玫瑰就带了大仲采办家具什物，只专去那洋人开的铺子里，几句话一谈，买办都怕了她。大仲见识了女主家的精明活络，又说的一口洋腔洋调，知是见过世面的非常女子，便愈发恭敬。

胡玫瑰搬入新居，把隔壁南向的另一间屋叫大仲住了，又差大仲买回个对开门的大铁皮柜。铁皮柜在过道小北屋安置妥帖后，胡玫瑰从床底下把从外国带回来的两个箱子都打开，其中一个箱子满是珠宝首饰、贵重皮货、银器，另一个箱子里除了些市面上少有的外国稀奇洋玩意儿外，还有些式样古怪、薄得透见人的女人穿的洋纱衣裳，上面还有精美绣花。大仲虽说从未见过这些玩意儿，但也估摸着这样薄小的衣裳必定是女人用来贴身穿着的，每每羞红着脸避开不看。玫瑰却相当豁达，偏笑着叫大仲将这些小衣裳拿在他手上撑开了，比画着，她远远地歪着头左看右看，口中还喃喃着，不时用纸笔记些什么。几次下来，大仲倒在心里笑自己想得太多，不过是些薄透衣裳而已。

两个箱子四壁夹缝里还有更贵重的私财。玫瑰也并不避讳大仲，当着他面，从箱子夹缝里抽出成卷的红色钞票，足有二三十卷。

胡玫瑰让大仲帮着把这么些贵物钱财都放进了铁皮大柜，将两把钥匙，自己别了一把在腰上，另一把交给大仲，关照他有什么需要用的，可以直接开柜自取。

大仲从未见过这么些宝贝，想着咸姐姐如此看中自己，心下好生感动。不免暗暗下定决心要好好儿地帮她看好家，办好她交代的事体才是正理。

接下来一连几天，大仲忙着帮女主家布置楼下的铺子，再把一些楼上柜里的新奇洋货放在显眼处。那些绣着花的薄纱小裳被撑了架子挂在铺子门口的玻璃柜窗里，愈发显出与众不同的魅惑。

铺子布置得差不多了，胡玫瑰找大仲商量要选个吉日开业。毕竟是开铺做买卖，必得要图个吉利发达。于是二人拿出皇历选了又选，圈出两个日子，二十或二十六，可再要从这两个日子里挑出一个来又犯了难。

胡玫瑰一劲儿问大仲选哪个，大仲搔着脑袋急得不知怎么才好，忽地灵机一动就来了主意。牛大仲之前在码头听一位主顾谈起，城隍庙有个神算半仙，人称张铁嘴，算日子选时辰是最准的，便向玫瑰说不如找先生算算放心。

玫瑰本不信命，可大仲说的她乐意听，就让大仲去找那铁嘴选定个准日子。

第二日大仲起个大早，就直往城隍庙去找那神算张铁嘴。果然这位张半仙名声在外，随便找人打问，就被指到一所支了幡的独门小院。

大仲见小院大门敞开着，便径跨进去。院中央有棵歪脖子大槐树，绿荫如盖，看起来有些年头了，树下置了张半旧的小方桌，桌前坐的是个干瘪瘦瞎老头。老头戴了黑墨眼镜子，镜脚用细皮绳拴了挂在耳朵上。

大仲一看他便知这肯定是算命瞎子，便上前在他对面坐了。刚坐下，瞎子开口了："小倌来啦！说说吧，算什么？"倒教大仲猝不及防，心道："这瞎子倒像长了眼睛似的哩，怎么就知道我是小伙子？"忙把来意说了。瞎子道："算日子头么，三个铜佃，选吉时么，再加一个！"说着伸出手。大仲却并没递钱去，撇了撇嘴，想看他到底怎么个算法："真个是铁嘴半仙，才得将这钱与了他哩。"

张铁嘴呵呵一笑缩回手，问了铺子地点，又要了主家胡小姐和大仲的生辰八字。嘴里叽咕一会儿，又用手指头在手心里轮画一番，喃喃子丑寅卯过后，再用左手大拇指抠住中指上下关节点了几点，抬头向天嘀咕好一阵，方才开口道："癸亥年，正财流年，又兼与你主家八字的寅戌合成水局，你的八字么又有拱财之相，这铺要旺在初春头里哉。正月里有紫薇龙德星高照，其中如无有别的星宿过将破财，大约是不得错的。"

大仲听他一下将开张的吉日指到明年，急道："你老说要到明年春里么？那还得两三个月呢。我们主家着急开张，想定在本月的二十号或是二十六号，请张师傅测测哪天好些，若是这两天好用，就在其中选个更好的；若不承用，还请你老就最近的日子给测个好的。"

张铁嘴侧耳听大仲说完，口里拖着长音"噢"了声，歪着头把了手指头掐过又掐，念了好一会儿才道："本月的二十日么，甲子月戊辰日，诸神破天曹、运上门西，不受田田主不祥，辰不哭泣必主重丧，大凶哇；二十六癸酉日，日三煞在东，占寅山、卯山、辰山，招官非呀；就只二十九甲丙日，最宜开张、开业、开市、移徙，是门中太乙明，星官号贪狼，横财皆喜旺，婚姻大吉昌，要说时辰，巳时极好，求财见贵哉。"说着拿笔写了条子，凑近嘴边吹了吹墨迹向大仲递过去，另一只手手掌摊开要钱。

大仲听得半懂不懂，但留了神听他讲那二十日是甲子月戊辰日、二十六癸酉日，都是不错的，与自己听主家查皇历时说的正投准。想他一个瞎子，凭空这么着随便俩日子说得这样准法，想来是个真神算。手伸进袋内把胡玫瑰来前给的一把钱，数了四个放在他手里，便去取那条子。不想张铁嘴一收手道："贵主开张大吉，选的这个日子是今年下独一的绝好日子，破费高升些吧。"大仲忖："也是，幸亏找他查了一查，不然主家姐姐选的俩日子不但没好处，还要惹出乱子来。"便从袋里掏出钱来又拿了两个，想一想，只按了一枚在那瞎子手心里。

大仲得着条子揣好，道声有劳，起身刚要走，不想那瞎子叫他："请留步，我送小倌一卦，刚算你八字，这二三日内必定有祸事哇。"大仲口里道："你老不好玩笑，我近几日正交着好运，怎么能有祸事。"刚跨出的一条腿却是收了回来，又在桌前坐下。

张铁嘴拿过大仲的手捏了捏，放下道："绝不错的，就这两日里了，现下这好运发得忽然，只怕是大大的坏事。"

大仲看看自己的手，暗忖他怎么就晓得我是突然交上的好运？真个是活神仙。嘴里便不由得"嗯"了一声。

张铁嘴道："有破解法子，不知小倌可愿解不？算么，是白送的；这解么，可就得收钱了。"

大仲摸出袋里剩的几个钱看着，口中道："我没几个钱，但想请问你老，怎么个解法？"

张铁嘴却似长了眼般，径从大仲手里抓走了钱，划圈掐指一番，道："罢罢，你我算是有缘人，就当做好事积福报了，今日就先同你说，也好早做打算。你虽说是个拱财的命，却是不得财的，替主家卖命出气力，自己却是得不着半个。你家里也必是个赤贫的根底。"

大仲对这神算竟讲得半点不差深以为奇，"嗯"的一声道："可主家对我是真好哩，有钱也不背的，还信我自取，为这样的主家卖命出气力我极愿意。"

张铁嘴闻听，又道："正可说呢，你主家财源颇盛，铺子开业也是大旺的财相。既是许你自取，我就替你在这儿设坛打醮，助你一臂力。也好教你不但解得这祸，还发着笔横财送回家去。"

大仲听到不但消祸还能发财，便连央求道："老神仙快说。"

张铁嘴悠悠道："这城隍庙里，你得先去上上香。打城隍老爷起，还有立在他老人家身边儿的那些判官、小鬼、两廊下的十殿阎罗，还有大门口的马夫、皂役统都要诚心上香磕头。拜完诸神君表过忠心，再回到我算馆来，老夫自替你开发。"

大仲得令，三步并作两步进了城隍庙，先在大殿上点了香烛，向城隍老爷磕了头，又一一给判官、两廊下的十殿阎罗王及小鬼都行了大礼，直折腾到近午才算了结，又急回张铁嘴处找他开发祸事。

算馆原先虚掩的院门此时双间洞开大敞着。隔得老远，在街上就望见里面有个人趴在地下向着张铁嘴磕头，口里高喊着："'老仙家'救了我全家性命，特来拜谢！"说罢便起身让抬了个匾进来，抬匾人边走边大喊着："铁嘴神算，济众利人！"大仲瞅着那几个抬着匾进院后在神算面前停了停，却不向里屋去，而是再抬了出去，直顺着大街向那人多热闹处去了。匾后面跟抬进来的是个红漆礼盒，盒上搭了通红的礼金袋，看起来颇丰盛。张铁嘴正襟坐着受了，有徒弟上前将礼盒接来停放在院门边，口里高声唱道："张先生领受谢仪一盒！"来人又再千恩万谢，起身行至门外还回头再冲院里拜得一拜，喊了句："多谢老神仙救命啊！"徒弟在门口还礼送客，返身取出备好的长鞭燃了，门口霎时彩屑乱舞，热闹非凡。

大仲看此情此景，更觉此神仙果是名不虚传，是个有真本事的，向里便要趴地上磕头。有徒弟过来搀住了，道："待算准了再拜不迟！"大仲更觉信服。张铁嘴起身领了大仲进屋，往中间正房去，进门见当门正中摆的是张大方桌，桌子上面又套置着一张小方桌，方桌上堆着红、绿、黄、粉、紫、金、银、白，花花绿绿分外耀目，也不晓得摆的是些什么。大仲在城隍庙磕了一晌的头，此时只觉累得慌，竟比平日里扛包送货还要疲乏，懒得再细看，将眼移开去。方桌左首，摆了约莫有十石米光景的一座米山，下首摆了一座面山，也不晓得多少；靠外边，还放着朱砂笔砚，又摊开着一道写好的黄表疏文；桌子四边都用红布围住，围布上面粘了黄纸朱笔画的二十八星宿图像。正前套桌上，有个不小的铜香炉，点的不知是什么香，味道直冲进大仲脑仁里，头便愈发觉出沉重。大仲在桌前蒲团跪下朝上磕了头，起来，头上就起了层密汗珠子。他伸手扶住墙刚要靠一靠，不想立身未稳，张铁嘴又要他跪下，自己也跪在旁边，嘴里不住声地念着些什么，念了足有半炷香工夫，又喊徒弟把那黄表纸疏文念了一遍，才同大仲一齐起身。

大仲只觉头重脚轻，想是自己在城隍庙里磕了百多个头，将头磕昏了，便勉强把住圈椅扶手坐下喘喘。

张铁嘴自己坐在桌子前头摸过了朱砂笔，取了张大黄纸，半张口仰着头思索片刻，下笔飞快地画了几笔直道，又画了几笔横道子，在中间叉了两个叉，再画了几个圈，说是符画好了，又凑近那符纸鼓起嘴吹过，等干了一干，才递给大仲。要大仲自去主家，用这张黄符纸包住钱，只管拿了来交由他施法，消灾祷财，事毕即可把钱还给大仲带回主家。

大仲千恩万谢接过黄符纸，脚似踏着棉花般回到主家公寓。门口当差传胡小姐口讯，说出门去办事，要他在家待她回转后有要事相商。

大仲口里应着，脑子里却只记得那张神仙要他包钱去消灾挣钱的事。迷迷糊糊间径到那放大铁柜的里间，摸出钥匙来打开铁柜门。一时又发了愁，神仙没说拿多少，也没教他黄纸包钱的样式。站在柜前摸着昏沉沉的头想了良久，想自己穷命，必不会需要太多钱，便从那一堆现钞卷抽了两卷，用符纸包了团作一团，揣进怀里。一时摸到了那张写开业时辰的条子，便复锁好铁柜门，出来外间，把条子压在沙发前的小几上。

此时大仲头昏眼沉地想要倒在床上睡一觉，却想着神仙正在馆里替他设坛打着醮，又想消过灾得赶紧着把钱还回柜里，便强撑着摸下楼往城隍庙去找张铁嘴。

刚出门，一阵风吹来，大仲竟觉头昏似乎见好些，只这身上却更乏得厉害，脑袋也一时一时地嗡嗡作响。他只得走一阵扶着道边的树喘一喘，却总觉着耳际有声音不住催着"快走快走"。就这么跌跌撞撞地眼见着就快到了。

猛可地，天上浇水似的下起瓢泼大雨。

大仲被雨一淋，全身一激灵，起了一身鸡皮疙瘩，人便站在了当街。大仲晃晃脑袋，脑仁儿里的嗡嗡声也小了些。这时，身后又有声音传来："快走，快走！"

大仲终于觉出身后是有人，便猛地回头一把向传来人声的方向抓过去，隔了雨柱看清是张铁嘴家徒弟。见他醒转过来，那张铁嘴徒弟拼命地甩脱大仲抓他的手，撒腿便跑得没了影儿。

大仲想追，但浑身乏力，只好用力拍了拍自己的脸，努力回想之前发生过的事情。

突然，他瞪大眼，记起从铁柜里拿了钱出来，忙摸了摸胸口，果然有块东西，想是不错的了。里面包着的是两卷钱。他暗道好险，差点儿被那算命的给骗了，便揣了钱往回走。

没走两步，却猛地住了脚，那两卷钱像两个小火炉似的烤得他胸口滚烫；不晓得这么些钱能买多少田地粮食，自己苦力一辈子估计也是挣不下的吧！有了钱，家乡的老爹爹便可不再种佃田，自己能尽孝了哩。回家去！嗯，回家去吧！

大仲昏头昏脑地爬上了一艘向下水开的驳船，上面载着满舱货包。倒在舱里大仲便睡了过去，醒时已是第二天下响，船早停了，泊在小码头。

大仲兴奋地走了两里地赶着回到家，喜滋滋掏出身上的钱来给爹，不想却引来一顿好打。

这一打，大仲才算是彻底醒转过来。

浩之听清事情原委，心中疑团尽解。

玫瑰此时娇嗔地向大仲笑道："你真是太老实了，那算命的分明就是个骗子。"大仲亦连连点头，又道："我记得他那算馆所在，明日便去找他理论。"玫瑰"咦"一声道："找到他又能怎么的呢？他只给你算了回命，那是他正经的营生行当。别说是没骗着咱家的钱，即或得手，你是拿了主家钱，有把柄在他手上，好说不好听的事，又怎敢与他声张争执！"

浩之心下暗暗赞许胡小姐的聪慧机敏，当下便道："说的正是，大仲以后要多请主家小姐示下，万不能再自作主张。"大仲连连点头，又向浩之一鞠躬道："是，浩之少爷，我记下了。"

胡玫瑰起身取了茶壶往浩之杯里续茶，却突然间身子一矮在浩之面前跪了下去。大仲见到虽不知是什么事，却也不自觉地"扑通"一下同在旁跪了。

第二十六章　孤身女携财遇贵人，穷苦力厚道积福缘

第二十七章　女家主属意伙计，莫先生荐事失财

浩之惊地站起来要扶玫瑰，刚伸出手又觉不妥，便改搀大仲，口中急道："呀，快快起身……有话好讲的……你们，你们这是做什么？"

胡玫瑰跪着不肯起身。

大仲便也陪跪在一旁，高低扯他不动。

浩之只得坐下，玫瑰这才开口："浩之先生既是大仲老主家，也便是他的家长亲人。您又是留过学见过大世面、有着大本事的大贵人，今儿只求您做主。我自觉也是在外洋经过许多事的，晓得大仲端的不会是偷子、骗子。那日回来不见他，只留了桌上压的时辰条子，想他是出门办什么急事去。直等到天黑也不见人回，这才想起看看家里都短了什么东西。"

玫瑰看了一眼身边大仲，大仲不敢看她，只低了头，嗫嚅道："我晓得错了，我该死。"说着便抬手要打自己。玫瑰忙拦了，道："只两卷纸票子，不值什么的，况你也是着了那骗子的道儿。"抬头又向浩之道："我是真不怪他的，查点后便只少了两卷钞票，大仲倘若要图财，尽可儿把柜里的都拿走，定是遇了什么难事。这便急得我什么似，一夜也不曾合眼，生怕他一个人在外头遇个什么闪失。正自愁得没法儿，您这位贵人就把他送回家来了。如今，我是知道他被城隍庙那挨千刀的假瞎子设计诓骗，就更信他这个人，看准他的忠直人品。您是他家长，今儿便要请您为我们做主，我要嫁了他好好儿过日子。我也是身边有几文积蓄的，不会再让他过苦日子。"

大仲跪在一边听得愣住，简直不敢相信自己耳朵，暗掐自己大腿，生疼！

浩之没料到陪大仲前来请罪，却竟遇这么一桩离奇姻缘，忙答应着扶了二人起身坐定，向大仲道："大仲兄弟，你的意思怎的，倒是说句话呀。"

大仲脸涨得通红。他穷得连饭都吃不饱，本未敢想过娶亲的事。这突然有个送到面前的老婆，哪里能招架，整个人还蒙着。

玫瑰见大仲不语似有犹豫，怕是嫌自己曾被卖进过妓院，急朝浩之道："我虽说是个被卖身为妓的苦出身，可这辈子只服侍过一个英国男人，空担着不清白的名头。倘若他嫌弃，便也绝不相强。"玫瑰说完，转脸去看大仲。

大仲此时急得嚷起来："不不不，我愿意的，极愿意！绝不嫌弃。想我穷苦人家的低贱苦力哪能嫌弃什么人，只会人嫌我呢。能遇到咸姐姐这样好人，也不知是几世修来的福分，定是前天拜的城隍老爷一众神仙显了灵。我今儿立时就娶了

咸姐姐。"说着作势就又要跪，被浩之拦住，转要去磕玫瑰，玫瑰嗔他不成体统方才作罢。喜得玫瑰掩口笑个不住。

浩之看此事系皆大欢喜的一桩美事，何不成就了呢？但毕竟婚姻大事，必定得报与长辈允了方才算落定。莫浩之于是当了这对有情人的大媒，当即便写信给家乡犟老牛头，讲明托遣大仲事发原委兼报喜讯，又在信末，按小两口意思，邀老爹爹来上海同住。浩之发了信，便暂留公寓小住，大仲搬去空着的里间库房。

不几日，回信便到了。老牛头没想到儿子一双空手竟能在上海娶到现成媳妇，喜得不行，专托了镇上书馆先生代笔，极郑重地写了婚书，又附了庚帖，把大仲生辰八字列了，只家里穷极，没得法筹备聘礼。对于来上海老牛头却是不答应，说惯居乡野。信中请浩之少爷在上海代为主持操办小两口的婚事，写了许多感谢云云。胡玫瑰只老人家答应就千恩万谢了，哪会计较什么聘礼。选定了上佳的吉日，一对新人拜天地，店铺喜开张，凑了个双喜临门。

浩之成就了这桩美事，一时把自己的愁烦事体全都抛至脑后，被夫妻俩强留住了多日，毕竟天下无不散的筵席，荐工究竟兹事体大，再三辞行。大仲夫妻便封了一百银洋的纸封作浩之谢仪，千恩万谢地把他送上了专雇的车。

浩之身上穿的是大仲夫妻主婚时新置的一身洋服皮鞋，此刻又有了钱，神情气度露出些得意之色。记起走时客栈主人对自己的讥诮，便嘱车夫载他回了上次曾住的那裕丰客栈，栈主人真有识人过目不忘的本事，见到浩之光鲜气派地进门，脸上立时堆满笑纹向外迎出来："哎呀呀，这不是莫先生么，您能再度光临敝栈，真是蓬荜生辉啊！此番贵干是需开几日房呢？"

浩之道："这次，却是常包的，就要我上次住的那间。"栈主眼见浩之光景与前大有不同，心道他是发了财来显阔的，嘴笑开了花，道："老早便看出莫先生非那凡夫可比，今儿个再得伺候先生，可真是敝人敝栈的福气。"哈了腰亲自拎着灯前去开房。

此后十数天，浩之每日里早出晚归，跑了几家荐事牙行。回国之后经历了一些事，又断绝了回家的心。浩之此时的心性与之前全然不同，收起那忧国忧民、患洋患商的心。只说自己学了汽机，懂得修理，喜欢钻研机器，凡有个与汽机相关的事由一概来之不拒。没承想，如此低就却也没得到更多入职机会。于是，浩之又去了公共租界、法租界的工厂、洋行、公司货栈，凡能说上句话的，都递上了自己的名帖毛遂，却总也等不到消息。上海，还是那个势利的上海，并没有因他心境转变而发生任何变化。

真是光阴易逝，在上海忽忽不觉便过了两月，转眼便出了年关。莫浩之眼得身上的钱一日少似一日，心头的苦闷愁郁一日紧似一日，只盼着开春后能多些

第二十七章 女家主属意伙计，莫先生荐事失财

189

机会。

这日，浩之闲踱到张园，只觉此处变化甚大，便径走去一家叫雅安的茶楼，登上最高的一层，坐了靠窗的桌边。堂倌来请茶，浩之想自己身上余钱不多，便只点了壶香片，慢慢品着。

顶楼上并无一人，凭栏四顾，只见人烟稠密，一派都是西式洋房高楼。自己出洋前到上海转江轮，曾趁发船间隙来看过的老张家花园，现下成了洋派地哈同花园和大世界，还多了纵横交错的几十条小弄堂。远远望去，那汽机的烟囱林立，浩之不觉感慨："汽力发明，不知多少年代，如今连电力都已经发明了，我们中国却是连汽机的名目都还尚觉生疏，更别说什么汽机学问。我只道这上海外国人的机器厂多，中国人的机器厂必也不少，如今看来，却是自己错了。可若到内地只怕是更糟的，闭塞之民众更不知机器为何物，至多不过有两部缝纫衣裳的脚踏洋机罢了！难道我学成归国是要去找那裁缝铺上找事做吗？"想到此，不由得重重叹了口气。

浩之正自慨叹，忽然背后被人在肩头一拍，浩之回头看时，那人年纪约五十上下，穿着宁绸袍子，海虎绒马褂，脸上戴着金丝边眼镜，左手中指和无名指各套着个硕大的宽边金戒指，满面笑容。浩之见这人穿着做派倒像官场中人，却也像个经商的，似乎有些面善，但拱手道："阁下像是会过的，兄弟近日私人事务缛杂，当真搞得脑筋不灵，实记不起贵姓大号了。"那人笑道："不怪的，敝人姓齐，名子良，表字纳德，浙江宁波府人。咱们是在来上海的永兴轮船上有过一面之缘的。"

浩之经他一提方才记起，是年前从意大利回国时，在轮船上与这人确有过几句技术技艺的空谈。当下拱手道声失敬，便邀他同了茶桌坐下，唤堂倌重新上好茶。

齐纳德道："记得莫老弟是从那意大利国学成了汽机工艺归国的，不知现下在哪里高就？"

浩之冷笑道："德翁有所不知，兄弟归国初时，满腔的工业实业报国之心，极是意愿为国家技术进步出力的。想那外洋已经趋入电气时代，我们却还在这里学蒸汽，更可怖的是上海实业大厂竟也觉着蒸机已是极先进之机器，可怜连汽机都不懂。这样子看来，我空学这一身本事，岂非只能在外洋才能有那用武之地么？或为洋奴，为外国人卖命，那我又回国来做什么？唉！一言难尽！"

齐纳德道："像莫老弟这等胸怀大志、志存高远的大才，竟无中意的职位可荐的么？敝人倒是有个叫瑞查的朋友在普士邦机器制造公司做着人事经理，这可是家知名的大公司，专事制造丝织机具，莫老弟这样的专业大才是再合适没的。

只这是家洋人开的工厂，只恐辱没了老弟的这一腔报国热忱。"

浩之一听，这简直是雪中送炭呐！却又不好就显出喜色来，只得淡淡道："兄弟已对国家兴盛难抱希望的。德翁没听说赫胥黎说的优胜劣汰么？中国可说是落后之极，国民却不自知，偏还沾沾自喜。且不说实业工业，看国家近年来纷乱局面，就恐第一要被比下去的了，时局不稳，人心不定，或有发愿救国的志士能仁，也无法在乱局中发展壮大的。目今看来，咱们国家只怕处处步人家的后尘，永远没得旗鼓相当的日子，岂不可虑！"

齐纳德听浩之一番言论，心下了然，道："莫老弟说得极是，只怕我们败了，还要败下去，淘汰干净，然后才叫作悔不可追呢！想那洋夷，原是向来都朝我中国的，却不想发展几十年，倒搬弄些洋枪、洋炮、洋机器什么的，堂皇来进犯。诚然，在技艺创新上确乎是他们要强些的，既是咱们不如他，那就要去学么，或可期有朝一日'师夷技以制夷'。"

浩之拱手让茶，道："德翁所言是极，方才听得德翁说起这普士邦制造公司的技术一流，不知如何个先进法子，倒勾起了小弟习技之心。"

齐纳德道："不是长他人志气，上海么，自是不必说。这普士邦公司在整个世界来讲恐怕都可说得上一二。只是，这推荐入洋人公司做事，非得要一笔担保费用不可，如若老弟肯屈就，愚兄自当尽力成全。只不知……"齐纳德说着举起戴金戒指的左手，伸出四根手指，道："这个数，莫老弟可方便拿得出？"

"区区四元担保费么，比起兄弟学习新技术的迫切程度，实不算什么的。还请德翁成全，兄弟自当重谢！"浩之说着便要掏钱。

齐纳德又笑了，道："莫老弟可真会说笑，是四十块钱。"

浩之心中一惊，却还故作镇定地唤茶倌添水。茶倌复来添水，浩之见茶色已淡，赶忙收起话头，约了齐纳德隔日见面听信交钱。二人又慨叹一回国家兴亡，脸色惨然地各自去了。

浩之回到客栈，掏出装钱的绸袋来，数了四十块后，袋内的钱就只剩得三块。犹豫良久，觉得这担保的名目来得虽怪，但大公司的机会断断不可失去，最终心一横决定花了这笔钱。隔日他便揣着钱自去茶楼，交给齐纳德。没想到齐纳德还真是个会办事的，第二天亲到客栈送来普士邦公司的入职书，拍着胸脯说他的那位经理朋友亲自办妥，次日便可去公司报到上工。喜得浩之不免又破费些钱请他吃了顿好酒。

次日不到七下钟，浩之就已梳洗停当，等客栈伙计送早餐来，可左右等了好久伙计还没送上来，便不耐烦地下了楼。栈主正在柜上，见了浩之道早："怎么莫先生今日起得这样早，米粥还在灶上熬着，要不您老将就用茶顺些点心？"

浩之因心里想着荐职大事，也不与他多说，胡乱吃了几口便赶紧叫车去普士邦公司。他本是将老齐给的入职书紧紧攥在手上，好随时出示通行，不想竟并没人看，直入了人事部。一问之下方知，厂子里雇的是修理机器的工人，而非什么学技术的肥缺。再打问老齐说的那个叫作瑞查的熟人朋友，竟回说无此一号人物。浩之方才惊觉自己上了当，再问那四十块钱担保费用，管事嗤他道："什么话，来报名应事收的什么担保钱，你们十几个来投报，本公司却是只需用一人，马上主管经理要来考你们！"浩之痛失了一大笔钱，心下恨自己太不小心着了骗子的道，转而又恨世道太坏无人能信，却也发狠，哪怕修理工人也必得争胜入职。全因身上所剩无几，撑不过几天。考的是修理一台损坏的织机，以浩之本事，这修理工人的事由当然如愿拿下。经理现场宣布录用浩之，要他于次日赴厂正式上工。

浩之因荐成了事，虽干的是修理的低等劳力活计，薪水也只开了每月四块钱，终究比坐吃山空强出许多。况厂里还为工人们提供免费食宿，又能省去一大笔租住吃喝的日用开销，不免脸上总还是见了点活泛色来。

那客栈主人见到浩之回来，殷殷地迎上来，道："莫先生回来了，今日您老看起来格外精神好呐。"浩之道："你把近来在栈上的账汇一下，到我房里来结讫。"栈主一怔，停住了口，怔了一刻方道："先生这是要出门去办事吗？那么，需要留房不留？"浩之也不瞧他，道："我因荐了新职，要搬去厂里住了。"栈主听这长住的大主顾就要走，笑僵在脸上，"噢"一声转身回去柜里。

不一会儿，栈主人拿了账单上楼，交给浩之道："小可有一点要向莫先生您禀明，想先生您是知道的，敝栈向来房价极低，只指望来往的回头主顾多，可以撑得住这个局面。如今客人却是越来越少的了，实在不够开销，因此涨了价钱。莫先生万勿见怪！"浩之接了账单看，却原来是栈房费比前时多出十文一天。包房比日租原是该便宜些才是，可不承想这栈主却反倒加起价来。浩之笑道："有限的事，我也不值得同你计较。只是以后遇着贫苦的客人，少挖苦几句，我也见情的了！"

栈主人满面通红，讪笑着赶忙收了钱径自下楼去。

浩之坐在原处心绪难平："这世间，总是躲不开些个势利小人，或谎话连篇、或表里相异，眼睛里见的要么是黄白之物，再么就权势地位，哪还有什么诚实仁义可言。"愤愤间忽地想到老牛头和大仲，又忖："倒这乡下人当中，有忠厚君子，实在可叹。赏识大仲的胡玫瑰，倒还算得个不一般的女子，那识人于牝牡骊黄之外的，能有几人？何时我也能遇到个识我用我的贵人，也好教我学得的这一身真本事全心报效他去！"也是时来运转，未久，浩之便真遇到了识他用他的贵人。

192

再说齐纳德拿了浩之的四十块洋钱狠笑了一回，急附当晚的江轮回去南京。

自他从上海骗了荀静之到南京，原只道把他上海卖铺子得的银钱诈来使便了。不想好事将成之时，却被那占云斜刺里硬插进来想分杯羹。老齐碍于自己初到南京地面，不免心里头发虚，便暂且隐忍。与占云联手坑了静之的钱铺之后，眼见好处都给占云得了去，他没法再忍了。几经暗地里访查，终于发现占云的宝贝儿子由吾是个一味享乐的浪荡货色。老齐可不是吃素的，决定寻机下手。

可不，齐纳德正是原祥昌丝栈的账房老齐。

第二十八章　初得手再下其手，遭反诈尔虞我诈

荀由吾被老齐骗去上海见识花花世界。

少了亲娘老子的唠叨拘束，他每日里揽红抱绿，花天酒地，简直乐不思蜀，早把来前说的什么"扒金"开铺做生意这事忘得个干净。有老齐帮着出谋划策料理钱息，他全不用费半点心思。可只有一样总教他费心——钱总不禁花，少不得回家操办，没两年便卖尽了家中产业，就连老子占云的养老银子也都骗走。

老齐眼看占云家破败，终于出了积在胸中的一口恶气。由吾既已没了油水，哪还有工夫再陪他玩。他转天卷了由吾交付生息的银子躲起来，由吾花钱玩乐的几处地方老齐心里清楚，根本无须担心。

由吾手紧时遍寻老齐不着，方才想起好像有多日没见着他人影，心下晓得不妙，却是一点办法也没有。来上海时爹派跟来服侍的老刘，他因嫌其总聒噪些自己不爱听的，早被辞去。现下遇着事，才觉身边空落，连个商量说话的人也没有。要紧烦心的是，手上没了钱，前儿答应柳儿姑娘的戒指可怎么筹办！

由吾把屋子里的箱包和身上穿的衣裳翻了个遍，总找出来三块半银洋。他在栈房里坐着没敢出门，心下犯了难，直勾勾地盯着那几块钱。一忽儿，他面上显出喜色，想到了生财的妙法，赌两把，赢了不就有钱了嘛！当下趿了鞋急扑下楼去。

当由吾从赌场出来时，非但输掉三块半，又添二百新赌债。赌场老板与他惯熟的，立据时，跟他报账，积欠总数已近千元。因笑道："由吾少爷尽可等凑足一千一总还，不急不急。"

由吾有些懊丧，只怪自己运气太差，敷衍着出赌场返回客栈。刚进门，客栈掌柜便拿着簿子来收栈租，可能是看出他露了穷相，说的话也有些不大好听。由吾脸上难看，推挨到天黑，偷偷卷了两件绵绸袍子去当，原想是付了租费，余钱将就混几日饱饭，好得空找个差事糊口度日。不料返途路过大发金店，却正被当门柜内的金店孙老板看见，招呼着奔出来强拉由吾进到店里，口中连声道：

"少见了，荀少爷！定是来取上次看中的戒指吧？柳儿姑娘怎么没一同来？"

由吾只之前陪柳儿买过两次首饰，这孙掌柜便就记熟了他。此刻心中不由得暗暗叫苦，却还强撑着自己的少爷面子，孙老板将那戒指捧在他眼前叫他看。

"柳儿姑娘看中的就是这个，上回说要给她留着，您再看看，是这个对吧！"

由吾没想好怎么回绝，口里正支吾，店东却已经交代伙计："快仔细包起来给

苟少爷！"又连声道："柳儿姑娘能遇着苟少爷这样重情义的富家公子，也不知是几世修来的福气！"

说话间，金店伙计飞快地将戒指放入大红缎底绣着枝白梅的首饰包，塞在由吾手上。

由吾实在没得推托，转而想：近来柳儿姑娘与自己如胶似漆，莫如就赖了栈租，去投她处。我先前发达时在她和鸨母那里花费不下万金，何愁没顿饭吃！想到此，他立觉心里有了底，当下豪气地掏钱会账。出门去就近的茶楼磨蹭到下半夜，估摸着客栈掌柜伙计都睡迷糊了，才去叩开客栈门取出行李，避过打着瞌睡的伙计，一路直奔相好的柳儿住处。

城隍庙旁桃花巷三号，是个独门小院，只一座正屋和东西两间厢房，后门便紧挨着庙东路，非常方便主顾进出。这小院里只住着鸨妈妈和收养的两个姑娘，外加一个粗使妈子。姐姐桃儿本是极受洋主顾欢迎的，可不知怎么得了个奇怪热病，先是懒着，后渐身上出了疮，鸨妈妈初还着急出钱请中的西的大夫来医，半个月没见好，反而烧得下不得床，便再不肯拿钱治她。桃儿只好躺在床上每日里呻吟，没两个月就死了。柳儿由此拒绝再招待洋人，并且从桃儿遭遇认识到身上得藏些钱，没钱就只得凭人摆布。当然，她会用自己的方法教男人乖乖掏钱。

鸨妈妈见到由吾少爷提着箱子来，脸上登时笑开花，以为他又是来送钱的，忙迎出来招呼。金戒指的效用实在是太短。第二天，老鸨便从柳儿处知晓由吾穷了，还欠着栈资赌债，立即声色俱厉叫嚷起来："欠了这样多的钱，怎么能有脸跑来祸害人，别以为我们孤儿寡母就好欺负，老娘可养不起吃干饭的。"

由吾不承想老鸨变脸如此突然，又听到隔窗的叫骂声，心中愤愤，想有钱时节，在此花了数不清的银子，就连粗使妈子也得着不少好处。如今自己不过暂住几天，竟就叫骂起来。当下晓得，这地方没钱万万不能久住。有心提起箱子便走，可到底肚瘪腿软，他不知能去哪儿。更教他想不到的是，心爱的柳儿竟也是长着双势利眼。听由吾穷下来，柳儿的脸面身子也俱都生硬起来，全不见当初的绵软温存。

由吾终于明白，原来笑语甜言都得用钱来换。他有心去找份差事做，可细忖度半晌，虽是年轻，竟什么也不会，手不能挑，肩不能扛，出力气肯定不成，受不了那苦；文路数呢，小的时候没好好学，不认得几个字，既不会写，也不会算，亦吃不来笔头饭。

走投无路，他想起被自己撇在南京的亲老子来："老头子有路数，兜得转，说不定回了南京能有法子翻身解气。"可一转念又泄气了："这船票钱该怎么样周全？"

"去他娘的！索性赖在此处，看你们这几个娘们儿能拿我怎样！"由吾的泼皮劲头兴起来，真就厚了脸，只充聋作哑。他把自己箱子搬进死去的阿桃房里，到了饭点不用人招呼，坐下就吃。老鸨没想到这白面皮的年轻后生竟然是个硬碴儿不要脸的，气得索索发抖，但还真一时拿他没法子。

不过，鸨妈妈几十岁年纪可不是白长起来的，她看着由吾模样身量委实不错，突然便有个绝好主意。与柳儿一说，也十分赞成。娘们两个便忙活开去。

这天，由吾一进院门便觉气氛不同，三个女人见他竟然有了笑模样。老鸨扭着迎上来："哎呀呀，咱们家少爷可算回来了，快跟我来，有好事体等着咪。"

由吾莫名其妙，不由自主跟了老鸨子进去她的正房。一进屋，见上首端坐着一位衣着华丽、满身金玉珠翠的阔气贵妇人。年纪有三十五六样子，油光光的圆脸盘上一对笑眯眯的细长眼，右脸颊上有个很大的肉痦子，随着她说笑间一颤一颤的。

鸨子进门便指了由吾向贵妇道："万太太，这便是犬子由吾了。"又转头对由吾低声笑道："这位是万太太，县上万委员的正牌大太太。快给太太请安！"万太太上下打量一番由吾，向他招了招手："嗯，小模样挺好！来，教我看看皮子。"老鸨听了忙从由吾身后推了他上前，道："快教太太好好儿瞧瞧！"

由吾一时不晓得老鸨搞什么名堂，上前两步想给那万太太鞠躬。万太太却伸长胳膊攥住由吾手一阵揉搓，又道："哟，这小手还真细白！"又一捏他脸蛋道："嗯，皮色也好看！"接着摸他身上："身子怎么样，结实不？"由吾不自在起来，红了脸，忙把手抽回来，站开些再向她鞠躬道："万太太好！"

"哎哟，还不好意思，瞧这小可怜样儿。别叫万太太，多显得生分！就叫我福姐姐便好，我小名儿唤作福子的。"万太太的笑容变得暧昧起来。

由吾大惊，忙回身去看鸨妈妈。哪想老鸨早已不知什么时候溜了。

万太太站起身上前笑着又拉住由吾手道："你姆妈说你还是个学生，未经世事，所以没告诉你！你也别怕，福姐姐自会关照你的。"说着，从怀里拿出张银票塞在他手上："买件衣裳穿穿！"由吾见到银票，眼里放出光来，穷日子他是过够了。福姐姐连来了七天！她嫁给万委员多年，肚子却总不争气。为保全自己委员夫人地位，便动起了借"种子"的脑筋。

老鸨是从一个老相好口里得知这桩好事情，简直高兴得要疯。正愁家里吃白食的祸害没法子打发，这用处便来了。如今，万太太既然喜欢由吾，老鸨的新财路便敞亮起来。由吾自得了福姐姐照拂，鸨妈妈脸上久违的笑又回来了，不仅给由吾添汤加菜"补身子"，竟要认他当干儿子。

由吾终于找到了自己的出路。他才不会认什么干娘干妹，矮肥骚丑的福姐姐他也着实受够了,他使尽浑身解数让这女人高兴情愿在他身上使银子,还编出了一套凄惨身世。这夜,由吾不惜抬出南京亲老子,说老爹爹病得快要死了,穷得请不起大夫吃不起药,诓得万太太眼泪巴巴地塞给他一大笔老太爷的看病钱。

  第二天天刚麻麻亮,他撇下床上躺着的福姐姐,拎起自己的箱子闪身出了门。

  天亮时,由吾漫无目的地踱到外滩,数着步子想心事。没钱时想回南京找亲老子,可现在身上揣着几百大元,不由得又抖擞起来。一想起赌场尚欠千元积债,随时会遭追索,赌场清债手段他晓得:"搞得不好便要丢掉性命!"便暗祷:"若老天能教我发笔大的就好了。"低头忽见一张粉绸帕子飘落在自己脚前,他弯腰捡起绸帕子,只觉甜香扑鼻。左右无人,只前面走着个白衣蓝裙的姑娘。由吾紧走几步追上前去,递上帕子,果然是那姑娘的。这姑娘约莫十六七岁年纪,模样虽不怎么讨人喜欢,但笑起来一对小酒窝使扁脸阔鼻生动不少。

  由吾见她身上穿着洋学堂的校服,脚上穿着皮鞋,知道定是出自富裕人家。他不由得灵机一动,心道:"随处的生意随处做呗,何不套些银子使使!"想到此,不由得十二分热情地陪她聊起来。姑娘的确是富户家女儿,年方十六,自小被家里掌珠样的宠着。平日上学有丫头跟着侍候,今天早上出门偏将课本忘在家里,叫丫头跑着回去拿,自己便在外滩路上慢慢踱步等着。合该她倒霉,碰见苟由吾。

  她本没接触过什么生人,又正是花骨朵样年纪,看到眼前这个送还帕子的青年仪表堂堂、礼貌健谈,顿时心生好感,哪里想到自己已经成了骗子的目标。

  二人边走边聊,越说越投机,不一会儿便到了学堂门前。姑娘边向里走,还频频回头向他挥手。由吾晓得有戏,便也不走远,在学堂附近的树下坐着等她。中午下学,那位小姐与丫头一同出校门,由吾悄悄跟踪二人回家,果然是住公馆的。向附近洋货店伙计打听,得知这家姓荣,家主是开钱庄的荣大老板,正房死得早,续娶进门三房太太,却只有老四生的这个宝贝独生女儿。

  次日,由吾早早埋伏着专等荣姑娘下学。老远见她跟丫头有说有笑地走来,便迎上去,装作不经意路过,意料之中地被姑娘叫住。

  于是由吾请她们一同去附近的番菜馆吃饭。荣姑娘也不客气,点了有四五道菜,罗宋汤、牛扒、火腿蛋、烧鸡,饭罢会账,一总三元。由吾翻罢口袋装作着急样子谎说随身的钱包没了。荣姑娘让他别着急,嘱丫头付罢饭钱,又取出十元的票子给他应急先使着,还怕他不肯收,又说权当送还手巾帕子的谢仪。由吾欲擒故纵,坚辞不受,一边却又急得满脸通红,佯称刚才路上被人撞了一下,定被偷去了,包里装着家里给他的出洋留学的学费,有两百银票。这下丢了,没法回家不说，自己竟连客栈也住不起了。

荣姑娘听由吾竟是个将赴外洋留学的青年才俊，心下更敬一层，忙笑着安慰他两百块不算什么，自己可以帮他想办法。又再嘱丫头回家多取些钱来，她则陪了由吾去附近的隆来客栈订房。

当丫头送钱到隆来客栈时，由吾已经得手。荣小姐红着脸深情款款。此后一个月两人天天见面，荣姑娘更因嫌丫头碍事，不再带在身边。由吾看火候差不多，便详称带她同去外洋做夫妻，涉世不深的荣姑娘哪知是圈套，当夜带了金银首饰和三百块体己钱，与由吾私奔。由吾将她带上驶往汉口的客轮，上岸便把荣姑娘转手骗卖给妓院。荣姑娘色相虽普通，胜在是个女学生，价钱不赖，由吾得手二百现洋。

由吾得了钱，哪还有心再去南京找穷爹，称心足意地乘轮船返上海去，他要教柳儿和老鸨看看，他由吾是有本事挣钱的。

轮船驶得很慢，好在有牌桌、戏厅、餐室可供消遣。

船开出没多远，由吾着急要去赌一把。拉舱门刚跨出脚，却突然见对面舱房里出来个极标致的女孩儿，看装束竟又是个学生。

女学生抬头看见他微微一笑，竟红了脸，越发显得娇羞可爱。由吾被她这一笑勾住心神，便跟在她身后，只见女学生袅袅婷婷地上了甲板，找地方掏出帕子掸了坐下，然后将手上拿的一本书翻开来看。由吾远远地也坐了，不时拿眼去瞧她，这一瞧不打紧，却见那女学生竟也在看他，两人四目相对，女学生秋波流盼。由吾心跳起来，暗自一笑便拿定了主意。

"这姑娘模样儿标致，一定要得手。自家消受不说，以后也能卖个好价钱！"

第二日，由吾探头见那女学生一人正在舱里看书，便故意咳嗽一声。那女孩子抬起头来又冲他一笑。

由吾暗道自己近来运气可真好，财神爷催赶着要他发财。于是笑眯眯上前去搭话，那女学生竟十分大方，站起身将由吾让进了舱里坐了奉茶，二人相谈甚欢。

原来这女学生叫娇慧，正是汉口人，此去上海是为求学。由吾问她为何孤身一人出门，她便落下泪来说父母病故，只跟着舅舅一家生活，因舅母不容，便求舅舅同意自己出门读书，也免了舅母每日生气。舅舅是个怕老婆的，便悄悄将故世父母留下的一千银票给了她，允她出门去读书。

由吾听后更是喜欢，真是看不出，这丫头身上是带了这样大的一注钱，又没有父母亲戚牵扯，只需神不知鬼不觉地带到上海，转手便又一笔进项。他觉得自己简直天生便应该干这行，深悔怎么早没觉悟到这样好的便宜营生。两人一路如胶似漆，娇慧乖巧黏人，由吾倒真有些喜欢上这女子来，想着反正有了笔现成银子，莫如到得上海便娶了她真心过过小日子，先置间铺子做生意，待过个一年两年再添个儿子，想来这种日子倒也十分安逸逍遥。

四天后，船到上海，两人在南京路上的永昌旅馆赁了房安顿。

娇慧把头伏在由吾胸口，软语细声道："咱们虽说现下手头有几个钱，也不能坐吃山空，做生意咱们又一时间不晓得窍门。我在汉口教会学堂学得些洋文，这大上海洋人最多，租界洋行遍地，有多少买办只会得几句洋泾浜便能大发洋财，莫如咱们便与洋行接洽，看有无入职办事机会。"

由吾虽在上海混过些时日，却是半句洋话没学过。听她讲得有理，便点头同意娇慧先去试试，他则守在客栈保管箱笼行李。有箱笼物件在手，便不怕她跑了不回来。

娇慧出去了半日，近晚方回客栈来，雀跃着对由吾道："问到第三家洋行竟真找到事做，洋人听我说话利落，又是上过教会学校的，当即决定录用，虽说暂时的薪水不多，但也能落脚过咱们的小日子。洋行还许诺部分安家费用，但是要家属前去签字才得领用。我此地又没得个亲人，只好劳你去走一趟签字领钱，然后我回栈来雇人取行李，咱们好搬去洋行附近住。"

由吾听到她这样快便找到洋行的事做，不由得心花怒放，心道这女子这样能干，模样又看得，更添了嫁娶置业的决心，当下满口答应。

次日，二人雇了车拉着转了不知几道。

车停在跑马场路。由吾下车抬头看是挂着"丰裕洋行"铜牌的一座西式尖顶洋楼，甚是气派。二人一同上台阶进了丰裕洋行。娇慧径领由吾上二楼，进到走道深处的一间屋，她与门前的一个粗壮黄头发蓝眼珠洋人叽里咕噜说了通洋话，其间洋人侧过脸看由吾，由吾忙朝他点了点头。洋人咧嘴一笑，自桌上取一份书件交与娇慧，她便向由吾道："这便是合约了，你签个字吧。"由吾接过一看，满纸曲曲弯弯，一个字也不认得，只得签字。

洋人见他签了字，便拉开抽屉从里面拿出一个纸封给娇慧。

娇慧打开纸封自里面抽出叠钞票，数了两遍，又朝由吾一笑道："看，洋人就是大方，安家费真是不少，还有发的一套被褥工服杂物，烦你帮我去领来，一会儿他会带你去，取了在一楼门口等着，我去拿了行李来找你，咱们再一块去另赁处客栈安家。"

没容由吾多话，娇慧一闪身便欢快地转身下楼去。

洋人微笑着递给他一杯黑乎乎的热汤，由吾闻那味儿知道是咖啡，便喝了两口，端在手中。那洋人见他喝过，便从他手上取了杯子去，由吾想说自己还没喝完,又不会讲洋文,只得作罢。洋人领着由吾顺楼梯向上又走了半层,当前一个漆黑的屋门。洋人叽里咕噜将屋门推开半扇朝里头一指,意思要由吾进去。由吾走进去,看是个阔大通间,里面没有洋人,只贴墙坐着不少中国人。还有几个随意地躺在地上,除人之外,屋里什么也没有。屋子很高,抬头看是来时见到的那个大尖顶,只在高高的屋顶处有个不大的天窗,四壁竟是连窗都没有。屋里人俱都垂头坐着,偌大屋子空寂无声,由吾心头涌起一阵慌乱:有古怪!却在此时,身后传来锁门声音。由吾忙追过去拍门骂道:"锁门干吗?怕我领东西跑了不成。"拍半晌并没人应声,再看那几十个或坐或躺的人,都睡得很死,他只得就地坐下,想着等娇慧来再作计较,直盯着顶上那扇窗透进来的光。

电灯亮了,还没见娇慧来。

第二十九章　权且将就假受雇，好意收留种祸根

由吾觉得不妙，去摇身边一个人，那人竟不醒。由吾惊得跳起来，挨个地去探人鼻息，还好，都是活人。他只得又坐下，这才觉得头有些晕，想着好像也睡过一阵子，不然怎么这么一下便到了晚间。这时边上有人问他："你不好好地养精神，在忙些什么？"

由吾忙凑上前去，看是个黑脸汉子，便喜道："可算有人说话。"又问："这是什么地方？"

那人笑起来："都来了这里，还不知道来干什么的么？一会便要乘船去美国旧金山开矿去了。"

由吾一阵眩晕，跌坐在地上。这时靠里坐着的一个男人回身道："不知道也没啥，常有被拐来的，哪像你我自愿出洋，卖身钱留给家里算得条活路。听说那里工头对工人很是刻薄，签的卖身状是二十年，期满方得脱身。若有一线生机，哪个能来此出卖自由？"那边两人不胜唏嘘起来。

由吾到此方才懊悔不已，直怪自己太心软，该杀的娇慧此时恐怕正躺在床上笑着数钱。

可笑他个卖人的，竟反被人卖了。由吾哪肯心甘情愿坐等被贩去外洋送死。他横下心来一头撞在墙上昏死过去，脑袋撞出豁口流了一地血。洋人虽说不怕死几个猪仔，但毕竟暗门生意须得避人耳目，便叫人趁夜用麻布袋将由吾装了丢进黄浦江。也是由吾命不该绝，这两个人偷懒，刚抬出来便丢在路边回去交差了事。

由吾被乞丐发现，喝了两口热馊汤，居然没死。待再赶回原先与女学生娇慧住的客栈寻，当然早已人去屋空。问客栈掌柜，那掌柜倒记得这个模样清纯的女学生，道是那天她带人搬走行李时曾与来人说要将行李送去附近典押行。由吾出客栈门，凡典押行便问女学生，典当业那是有规矩的，哪会告诉他。

由吾没料到自己竟会被个女骗子算计，还险些没把命搭上。他没深究为什么会被骗，却自此痛悟，女人尽都是不可信的。空忙了一场，身上半文也没留下，想是在昏死时被人翻拣了遍，于是又恨当时没在内衫或鞋壳里藏上一张半张银票钱钞。如今面皮相貌毁了，还怎么去诱女孩子乞白食软饭，以后靠什么活命呢？终于鼻子一酸，哭出声来。

行乞，由吾实在不愿干。他百无聊赖地在街上晃着，忽然发现前面不远处走

着的人像极了老齐。那瘦削身材，穿西服皮鞋，头上却戴着小瓜皮帽，还有走路时向一边甩手的滑稽姿势……由吾不远不近地跟着那人，直到他一转弯拐进路旁的翠亨斋珠宝行。

由吾走到珠宝行门边蹲下，边装作捡地上什么，边侧过脸伸头往里看。老齐背对着门跟柜房伙计争论着什么，掌柜上前去打圆场，老齐却气哼哼地一把扯下自己戴着的小瓜皮帽，掏出手巾擦着光头，露出后脑上的一块青黑色胎记，确系齐纳德无疑。

由吾眼睛开始充血，柜前的老齐还在没休止地说个不住。由吾一刻也等不得，左右四顾找称手家伙报仇。正瞥见脚边有块挡门石条，便想也不想，操起那块石头冲入店内，朝着那颗干瘪秃头全力砸了下去。

伴随"噗"的闷响过后，紧跟着是一声惨叫，暗红浓稠的血浆溅到由吾脸上，模糊了他的左眼。

由吾这才慌乱起来，扔下石条后退了两步，见老齐捂了头想转身又无力转身，以极奇怪的扭曲姿势瘫倒在地。

苟由吾转身向外飞也似的奔逃，身后传来店伙和老板"杀人啦，抓住他！"的惊怖喊叫。

他漫无目的地跑着，渐不再害怕，复仇后的巨大满足感使他的腿轻快了些。也不知跑过了几条街，又钻了几条巷弄，他停下脚步，扶墙重重地喘着粗气。

突然，由吾哈哈大笑起来，止不住地笑，转而捂住肚子蹲下身笑，肩头剧烈抖动着，头上那块瘪凹因而泛起片红。好一会儿，他才渐止了笑，嘴角轻蔑地一撇，抬手抹去眼角流出的泪，站起身来，想回老乞丐的窝棚去。这一起身只觉天昏地暗，腿脚软塌塌全然不听使唤，人便倒在街边一家铺子的门口。

早上由吾被人叫醒。睁开眼看时，是个约莫三十岁的粗壮男人，两道浓重的眉毛拧着，一双牛眼瞪着正看他。由吾想爬起来，可刚一动，觉得身上刺骨酸痛，脑际炸开片片金星，不由得"哎哟"一声又倒下。

那男人见他如此，抻长胳膊要去扶，才发现人竟是晕了过去，忙向铺里喊："家里的，快出来瞧瞧这人！"

铺里头应声出来的是个颇具风韵的时髦女人，脸上薄施粉黛，两片红艳艳的唇间叼着纸烟卷，身穿洋粉的细腰及踝葛丝长旗袍，光着腿，脚上趿了双青面绣七彩鸳鸯的闪缎拖鞋，透出些俏皮。刚跨出铺门，见由吾倒在门口，忙又缩回腿去，口中道："哟！大清早的，这是怎么了？"

这家铺子，正是胡玫瑰和牛大仲夫妇开的玫瑰洋货店。

话说大仲与玫瑰成亲后，二人守着铺子生活颇过得。胡玫瑰到底是出洋见过些世面的，又能说一口流利西语，没多久便将附近几家洋行摸了个遍熟。她的店里便总能最先出售最时新的洋玩意儿，引得那些追赶时髦的小姐太太们见天来给铺里送钱。大仲初时突然清闲下来，十分不惯，见着铺里有些上货卸货的事情，他撸起袖子动手，洋杂店里本没重货，倒是大仲粗手大脚少不得被胡玫瑰数落，便不敢再去干。可他是粗重活计出身，字不认得几个，守在铺里实在憋屈得紧。没俩月，人竟渐显出委顿之态来，有时一整日也不下楼，窝在楼上公寓里发呆。胡玫瑰这才着起急来，想着丈夫迟早总得到铺上照应，不如给他找个先生教他识字记账。

玫瑰与大仲说了请先生事，大仲极乐意，竟还露出牙来咧着嘴开了句玩笑："咸姐姐真好，总能替人想到心眼子里咧！"玫瑰终于舒了口气，啧他道："我再教你说几句洋话，咱们在租界里开铺子，遇见洋主顾的机会颇多，总得说两句应酬客套。"大仲点头答应："对着哩，既是做生意，凡有用便都得学会。"

自大仲跟老婆学洋话，不久便晓得了咸非斯意思，不由得懊恼之前竟喊了这许久"咸姐姐"。虽说玫瑰并不介意，可大仲绝口不再叫，而改以家乡惯常叫法称呼她"家里的"。胡玫瑰嫌这称呼太过土气，便教大仲学讲"达令"，牛大仲却终究没法开口按她说的叫，瓮声瓮气地回道："周围邻居没有这样子的叫法哩，咱俩都是中国人，为啥要用那洋夷称呼来？"胡玫瑰不禁有些失落，也只得作罢。

别看大仲粗笨，其实心思灵巧，脑子竟是十分聪明。跟着先生学了没半年，便能够读报给胡玫瑰听。玫瑰高兴之余，越发夸赞个不住。大仲信心大增，每日里到铺上帮忙招呼客人，渐能够记账管账。

夫妻二人忙得不亦乐乎。只有一条，铺子里离不得人，由于铺面不大，只雇了一个叫阿来的粗使伙计，洒扫搬拿，进出招呼。玫瑰要出门去联络交涉货源生意，常不在铺上，大仲守着铺子整日里要招呼应酬那些来店里买东西的时髦小姐太太们，常闹出些笑话，却苦于脱身不得。

由吾醒来时已是近午，伙计阿来给他端过一碗稀饭，他就着咸菜吃过才渐渐缓过来，气色也好看不少。

大仲和玫瑰问由吾来历，由吾只说是南京来上海的旅者，下船便遇到偷儿，被摸走了行李钱物，去警所报案等了两天没有下落，自己便饿倒在了铺门口。

夫妇二人都心软，不由得十分同情起由吾来。虽说见他头上有个伤后留下的大疤瘌，可人看起来精明活络，口齿伶俐，便留下当伙计，给他口饱饭吃，就当是做了件积阴德的善事。

夫妇俩既已议定，便问由吾留在铺上当伙计是否情愿。由吾心里头好笑，自己是少爷，怎么能当低三下四听人使唤的店伙计。可眼下口袋里一毛钱也没有，先留下混口饱饭吃，总比回老乞丐那里强，待养足精神再图他法不迟。想罢便一口应承下来，使出自己的甜嘴功夫，千恩万谢地要给大仲夫妇下跪。

由吾的确适合在铺里张罗，他那张嘴，能教来店里闲逛的小姐太太们都不好意思空着手出去。大仲省心不少，心下暗赞由吾有能耐，又喜这伙计招得值。

由吾看出大仲虽说是个掌柜，可事事却由内当家里外张罗布置。不由得心思又活泛开来，手上没钱日子难过，他是大手大脚使钱惯的，怎么能窝在这铺子里头当什么伙计？

这天一早，玫瑰出门谈事，要购进一批新近到岸的法国香水和洋脂。出门前，她嘱咐大仲准备好货款去码头与自己碰头交款提货。

由吾站在柜里听个正着。货款！他眼睛不由得亮起来。

他见玫瑰出了门，便向大仲道："掌柜的，刚听老板娘说要进货哩，我去跑腿好咪！"大仲笑道："哪里只是跑腿，是要紧送钱事体。"

"那掌柜放心我去送么？"由吾赶紧追着大仲问。

牛大仲是个实诚人，被由吾迫得没法回答。之前老婆再三交代，钱的事体务必要他夫妇二人亲力亲为方才安全妥当。这会儿被由吾这样一问，大仲憋了半晌方从嘴里蹦出两个字"放心"，自己也被吓一跳，忙又道："可货款得去隔街昆仑大道的汇丰银行取来，非得我亲自去方可办理。"

"那又有什么的，掌柜您只管去取，我跟着您去办，待取了货款出来，我便送去给老板娘便了。是昆仑巷么？我知道巷子里有一家同乐园的浴馆，里头姑娘按摩捏脚功夫下得足，您可以去享受享受。这种跑腿小事体尽管交给小的便了。"由吾可不打算轻易失掉这个捞钱机会。

大仲一时恨自己嘴笨舌拙没法子回绝，只得答应由吾同去。

汇丰银行不远，与洋货店只隔着条宽巷子，两人一路走着，由吾嘴上半刻不曾停息过，待从汇丰取钱出来，大仲便让由吾去叫辆洋车，准备去码头与玫瑰交账办货。由吾却突然指着街对面不远处叫道："掌柜快看，就是这家了。"大仲虽说就住在附近，却从未注意过周围的这些茶楼、酒肆、戏园、浴馆，只由玫瑰领着看过一回电影，可说新鲜，那幕布上头的人竟都活生生地能跑会动。

由吾所指那家同乐园大仲有些印象，大白天门上的灯箱也开着，闪烁着并不耀眼的七彩霓光。由吾说着话，便拉大仲向浴馆走。大仲慌忙叫道："进去干吗？不要进去了吧，咱还有正事办哩。"

"小的只是带您认个门儿，看看何妨。"由吾头也不回地自己先一脚跨进了门里。大仲只得跟着他，进门正对的是蛮宽敞的接待过厅，几个身披薄纱的女子正扎着堆，头碰在一块闲话聊天，不时发出娇笑声。见有客人，姑娘们嬉笑散开，其中两个上前来招呼由吾和大仲朝里走,大仲见这些女子身上穿着的肚兜竟都透过薄纱一览无遗,忙偏过头不去看。由吾却笑着与她们招呼,很熟络的样子。四人转过接待室西头一条狭长壁间,便被烟雾包裹起来,大仲闻见一股干草夹杂着怪香甜腻的味道,他只觉得这味道似乎有些熟悉,一时间头便有些晕乎起来。突然手臂一凉,臂弯里多了双手,紧接着那双手伸过来像蛇一样将他大半条臂膀缠住,大仲红着脸挣扎几下没能挣脱,耳边传来娇声:

"啊哟,先生,莫再挣咪,格里厢看勿清路咯,阢要磕碰哉!"

大仲只得"噢"地答应一声,由她将自己胳膊揽在怀里,跟着向前摸。

隐约间,里头是一字排开的木质间壁隔断,每个格子都有蓝洋布的隔帘挡着,看不见里头。再向里走,雾气越发大起来,水汽夹着烟气越发浓烈。大仲猛然想起这种味道,是鸦片烟味,他原在劳工馆搬货时,大通间里有不少脚夫劳力抽鸦片,说是长气力增精神的好药哩。

此时,大仲被揽着的一条臂膀麻酥酥的,转而发烫,直烫到耳根,继而脸上火辣,一股灼热直冲头顶——头晕得愈发厉害!

大仲偷眼瞥身边女子,影影绰绰间看不清长得什么样貌,身形小巧匀称,白花花的胳膊腿刺着大仲的眼,他口干得难受,扭头想喊由吾,可哪里还有由吾影子,早不知与另一个姑娘躲去了哪里。

大仲没了主意。恍惚间被拽进屋,脸上被门上挂着的半截蓝布帘撩过,大仲不由得浑身战栗着放弃了抵抗。

大仲从同乐园出来,由吾却是已经雇好洋车等在巷口。看见大仲忙笑眯眯地迎上前道:"掌柜可教我好等,以为您撇下小的自己去了呐。"

大仲脸上火热,低头只"噢"了一声,便跨上他叫的洋车,道:"江边码头,走,快走!"

洋车夫应声喊道:"得咪,先生坐稳!"撒开腿便跑。

由吾见大仲狼狈逃窜,禁不住嘴角一撇,又忙向他喊道:"掌柜等等我,交给我送吧!"

大仲头也不回地走远了。

由吾这才哈哈一乐,从怀里掏出先前大仲在汇丰银行办的那张本票票据,边展开看,边朝地上啐了口,道:"哼哼,老子就不信这世上有不偷嘴的猫!"然后掸掸身上土,一步三摇地朝前走去。

大仲坐在车上,脑袋还在嗡嗡作响。

车夫直跑到江边码头路口岔道停下,大着嗓子问大仲几号码头。

大仲这才想起送钱提货的大事。想到钱,他在身上开始摸起来。钱呢?出银行门之前，他还仔细叠了装在贴身袋里，一张汇丰的定额本票，很薄，他又再仔细摸一遍，还是没有。

"车夫！快回同乐园！"大仲在车上嘶声大喊。

车夫听到猛地刹住脚，不相信似的问："您是说回去吗？"

"多加你车钱，快快快！"大仲一叠声催促。

车夫听见加钱，掉头便跑，不一会儿便回到同乐园门口。

大仲跳下车便一头扎进门去，车夫在后头大喊着："先生，钱没付哩，钱！"大仲头也不回："等着，一总儿给！"

姑娘们还在厅里扎堆聊着，见有人风一般地刮进来都吓一跳！

大仲冲到她们面前，一个一个地盯住她们瞧，可他竟分不清是哪一个招待过他。

大仲的脸色一定很可怕，姑娘们向后退着避开他。大仲冲着她们大声喊："谁？刚才是谁？"

"这位先生，什么谁？哪个谁？您是找人吗？"其中一个姑娘站出来问道。

"我刚才出的这个门，身上钱丢了，你们中间，刚才是谁招呼的？"大仲脸通红，嘶喊着。

姑娘却捂嘴笑起来："什么？您竟然不知道是哪个妹妹招呼的么？"其他女子也跟着笑起来。

"那可就难办了，姐妹们每日里都很辛苦，招呼的客人主顾多了，谁又能每位都记得住呢？"那个姑娘忍住笑，边说边摊开手。

大仲快要哭出来，他想骂，他想打，可是骂谁打谁去？他退后几步，突然转身飞快逃也似的向门外跑去，身后传来哄笑声。

钱丢了，人也丢了。

第三十章　失魂落魄悔意起，欲盖弥彰贪念足

大仲逃也似的冲出同乐园大门。那洋车夫正盯在门口，见到他便忙一把将车横在他面前道："先生，还是去江边码头吗？"

大仲记起车钱还没付，可身上钱都被那同乐园姑娘要去。他只得硬着头皮上车催车快走。车夫跑起来，风吹过大仲的脸颊，火烫的脸上感觉到一点凉意，抬手去摸，竟是眼泪。银行定额本票是见票即兑付的，和现款实没什么区别，这笔两万的款子丢了，可怎么跟老婆交代呢？想到此，大仲更羞愤懊恼不已。

车再到码头时，天色已经暗下来。大仲老远见玫瑰正焦急地等在江岸边，忙叫车夫直将车拉到她面前。

胡玫瑰付过双倍车钱打发了车夫，才转头向大仲笑道："真是糊涂，下回出门记着带些零钱在身上。"说着向他摊开手。

大仲知她要钱，将头直垂到胸口，支吾道："钱、钱丢了！也不晓得在哪块丢的。"

"什么？那你去银行没有？"玫瑰惊问道。

"银行？出得汇丰门时还在身上的。"大仲没明白。

"哎呀，呆子，要第一时间通知银行停止兑付啊！"玫瑰忍不住嗔怪起来。

大仲睁大眼睛，转而喜道："是是，看我竟然给急忘了。"

"快别傻站着，赶紧地，银行恐怕闭店了呢。"玫瑰催促。

来时的车夫还蹲坐在路边等着客。两人招呼他时，车夫喜得不住口地称谢，发了狠地撒开腿跑去汇丰银行。到底还是迟了，银行已是大门紧闭。

夫妇二人只得往家走。经过同乐园，远远见姑娘们站在灯下笑闹着，她们晚上是要出街招揽客人的。

大仲慌忙扭头想拐进近旁的巷子好避开她们。不想玫瑰却拉了他道："你今儿是怎么了，竟连家在哪儿也不知道了吗？"

大仲没法，只得横下心来，将头低到胸口，快步向前走。玫瑰在他身后道："你倒是慢些，我都跟不上了。"

"哟！先生回来了，不再进去坐坐么？澡资对老主顾是有优惠的。"一个姑娘娇声上前，伸出臂膊便要挽大仲。大仲吓得向后退了两步，身后玫瑰却一把揽过大仲胳膊，又冲那姑娘一笑，道："哎哟，我家当家的从来都是我亲自帮他搓背，旁人可干不来。"

"原来是有了新人,那便算了吧,咱可从不呛行。"姑娘一偏头,又向大仲笑道,"先生您得要保重身子,澡洗多了可不好。"说罢笑着又向街前另一个路过的男人而去了。

大仲脸烧得难受,忙拉玫瑰逃开去。

一进店门,大仲便直着嗓子喊由吾。伙计阿来从未见过掌柜发这样大的脾气,吓得缩了脖作声不得,只一气摇头。

大仲的脸不由得失了颜色,口里连声道:"坏了坏了,这小子定是逃了。"

玫瑰一把扯过大仲,低声恨道:"跟我来!"转身出铺门进了旁边公寓大门,大仲跟在她身后,还兀自着恼。

待进到屋内,玫瑰在桌边坐了,打开烟筒抽出一支纸烟点着吸着,大仲知事情不妙,也不坐,只站在一旁低着头不敢看老婆。好一会儿,只听玫瑰突然厉声喝道:"怎么,还不说吗?"

大仲呆了一呆,掀开眼皮飞快瞥了玫瑰一眼,便垂眼还是不说话。

玫瑰继续吸烟,也不催逼。大仲半响才嗫嚅道:"我做了错事,我该死。"玫瑰见他肯说,便放缓神色:"你一五一十说出实情,我便不会怪你。"说着将手上只吸了半截的烟在烟盘里掐灭,又自烟盒抽出支新的来。大仲忙取了兜里的自来火擦着点上。

玫瑰吸了口烟,抬眼看了看大仲,道:"坐下说吧,从头里讲!"

大仲这才搭着哭腔,老实将事情原委详细讲了一遍。

玫瑰听罢暗道糟糕,眉头紧锁起来。钱怕是找不回来了,既然由吾是存心盯上了这笔款子,那么应该是拿了银行本票直接去兑付现款。钱么,丢便丢了,只是自家的男人太教她伤心失望。大仲没什么见识,又太过老实,容易信人。可是,如今社会,没见识的老实人简直像是个废人,只能任人戏弄坑诈。

她不能就这么着让由吾这个毛头小子白白骗走自己的血汗钱。

大仲还在低声讨饶。

忽然,门外有人咚咚敲门,是由吾的声音:"掌柜和太太歇下了吗?"玫瑰深皱着的眉头一展,知事情有转机,便向大仲道:"你什么也别说,去开门!"

由吾进门便低头哈腰双手捧着一张纸高举过头顶道:"今儿小的无意间捡到掌柜半路遗落的这张纸,认得是银行出的单子,怕你们着急,赶忙给送回来。"

大仲一把抢在手上看,可不正是自己丢的,奇道:"怎么会在你那儿?我明明装贴身衣兜里的。"

由吾向大仲急眨了眨眼,然后慢条斯理道:"要不说,上银行就得两个人搭着伴去方才稳妥。掌柜您出门走得急,我跟在后头看见这张票子从您身上落下来,小的捡起来喊您来着，可谁知那车夫跑得飞快，您全没听见呢！"

大仲看到由吾朝自己丢的眼色，知道他是编谎话诓老婆帮自己过关，但自己已经都交代个干净，便也着忙朝由吾使力挤眼，意思要他别多嘴。可是由吾聪明过头，以为是大仲回应鼓励，便更卖气力表演起来。

"哎呀，您是不知道呀，小的有心将这票纸送过去，可又不知是在哪个码头接货交钱，只得调头回店里，不想又遇到路上有巡捕捉拿逃犯，被带去巡捕房里询录口供证词，这不就耽搁了，直到现在方才回来。"由吾撒起谎来口齿伶俐，连说带比画，像真事儿一样。

大仲的冷汗顺着脖颈子流了下来。

胡玫瑰坐在沙发上，静静地看着由吾，听得非常仔细。由吾正说得起劲，她突然开口问道："这汇丰银行，我们是惯熟的主顾，除了我和我家大仲，谁都没法取出现款来，你晓得吧？"

"老板娘这说的哪里话来，小的不懂。"由吾怔了怔，心里有鬼，声音便不由自主地低下来，显出些没底气的心虚样子。

由吾把大仲诓到同乐园，趁着里头烟气水雾遮挡掩护，从大仲身上偷来汇丰银行汇票。他识字不多，自己的钱钞存兑向来是老齐打理，日常吃喝玩乐的挑费支出，却也只认得现洋、钱庄的庄票和银行的现金支票。

得手的这张纸票子他左右看过摸不懂门道，便跑去汇丰银行找到之前经办柜面，谎称掌柜将这纸落在家里头，差他来取出现洋来好去码头提货。行里职员认得他是刚跟客户一起来办的汇，便耐着性子客客气气详细解释汇票不必转现款，十日内都有效用，不影响兑付。由吾脑筋一转，又问，如果按掌柜吩咐定要提款怎么办？那行员说那么就必定要开户人的印信签字才行。

由吾不晓得销汇可以提现，但他听懂了银行职员话里意思，有印信签字才拿得着现银。

由吾垂头丧气地出了银行大门，正恼恨到嘴的鸭子竟飞了，突然脑筋一转又想，莫如先送回去换得信任，待时机成熟再取不迟。于是还按之前想法去翠亨斋珠宝行打听老齐消息。他大摇大摆地径入珠宝行，里头伙计笑脸相迎，他四下打量，见掌柜不在店内便放下一颗悬着的心。他装作不在意的样子问那伙计："掌柜不在吗？"

伙计哈了哈腰道："先生您是来找掌柜吗？他这几日不上店里，不得闲呢。"由吾又问："怎么，有什么要紧事体，连赚钱的买卖都能放下不管了？"

伙计听他这样问，便四下看了没人，然后一缩脖子，将手拢住嘴小声道："您是不晓得，前几天，店里闯进来个疯子瘪三，将客人打了，差点儿没给打死，哎哟，流了一地的血。"说着便拿手指了柜前地上，嘬着嘴道："亏了命够硬。"

"会有这样的事，那被打的是什么人，打人的又是哪个呢？报警没有？"由吾一着急连问几个问题。

伙计正是无聊的时候，见客人有意听，便忙道："被打的是店里的老主顾，看样子像是个破落大户人家，常来出手些首饰、瓷器、古董，一来二去便熟了，咱掌柜拿他当了朋友，便让他将东西放店里代售，出手抽一成利。"伙计说着便指玻璃柜里摆着的一枚三四寸长、攒珠的喜鹊登梅金簪，道："这簪子便是他拿来摆着的，本有个客人下了定准备买下，不想那晚出了打人的事，把客人主顾都吓跑了。"

由吾一看那根簪子，不由气得七窍生烟，那是他娘极爱的一根簪子，生前嘱他娶媳妇时作聘礼用，没想到也被老齐偷出来摆着卖钱。由吾强压住心头火，听珠宝行伙计继续往下说。

"他那日来，原为结算清账，说要凑生意本钱，掌柜便与他解释待下定客人付了钱一总地汇算，哪知他就是不允，便争了几句。正说间，那疯瘪三照他后脑勺来了一下。他差点儿销账死在这儿。"伙计边说边摇头，口里啧啧有声。

"我在场的，可惜正在柜里帮客人包个镯子，只一低头一抬头工夫，人已经躺在地下昏死过去了哩。要说还是掌柜过了眼瘾，可终究因为看得清楚，才隔三岔五地被巡捕带去录口供，没完没了。"伙计笑起来，吸了吸鼻子。

"只能是我天天守在店里头，帮着掌柜照管。"伙计显然是很得意，这几天来他颇找到些当掌柜的感觉。

"怎么？掌柜既是看得清楚，必定是将那打人的直接拿下，怎么还要隔三岔五地录口供接受问讯？"由吾心头有些发紧。

"可能是掌柜一时吓得呆住，没看仔细那疯子样貌，您说倒霉不倒霉？那打人的拍完撂下石条便跑得没了影儿，上海人这么多，上哪找去？您说是不是！"伙计又开始摇头。

"那么，被打的就白白挨了打不成？现在怎么样了？"由吾有意询问老齐状况。

"那便得看租界巡捕房的本事了，他们若是能抓住行凶人，或可还能得些赔偿。若抓不住么，这么些天住院花了不少钱，可都是掌柜给垫付的。客人不醒，这钱便悬了。"伙计跟着长长叹了气道，"谁教他是在咱的店里被打的呢！认倒霉呗！可掌柜偏偏想不开，要见天往巡捕房跑！还指望着能抓住人犯哩，可不就连店里买卖也不顾！"

由吾大大松了口气。看来是毫无线索，自己是安全的。可恨老齐这老匹夫居然没死，由吾还想再问老齐是在哪家医院，可巧这会儿进来了客人，伙计去招呼,道了声少陪便去了。

由吾生怕再过多打听会引人怀疑,转了转便转出翠亨斋,回店便听伙计阿来说掌柜和太太一块儿回来,脸上不好看,回来便问他下落,便在心里捋了捋前后经过,认为可以自圆其说,方才上楼敲大仲夫妇公寓门。

由吾心里头有事,听老板娘突然问他银行汇票兑现之事,心道要坏,定是掌柜和老板娘去过银行,不由得心里发虚。他正转着眼珠想怎么样回答才好,抬眼看见老板娘目光灼灼地盯着自己,心头更慌,脸也憋得通红。

他支吾着拿衣袖擦了擦汗,却不回玫瑰问话,只装作老实可怜样来,突然哽咽起来,又拖着哭腔道:"小的真不晓得,想是回来晚误了主家事体。小的该死,小的真是该死!主家收留救了小的命,万死难报一二,怎么能够误事?小的知错了,还请主家饶了小的,别赶小的走啊!"说着便扑通一声跪在玫瑰和大仲面前。

大仲心一软,忙上前搀由吾起来,又转头向玫瑰道:"都是我不好,由吾只说看看,是我经不住事儿,没把持住。本以为钱定是让同乐园那姑娘拿去,没想到是我自己不小心弄丢了。幸亏由吾捡回家来,不然明天还得跑趟银行办止汇。这下可好,省去不少麻烦。"

玫瑰任大仲说完,眼睛只盯着由吾。由吾被她看得手脚不知怎么放才好,心里更是七上八下地难受,只得低下头,垂了眼皮不去看她,任大仲怎么样拉他,也一味跪在地上不肯起来。

终于,玫瑰咳嗽一声道:"起来吧,天也不早了,明儿一早还得开门做生意呐!"自己回身去了卧室。

大仲晓得,这是饶了由吾的意思,忙喜道:"快起来,没事了!"由吾暗道声好险,由地上爬起来。

大仲此时压低声音对他道:"怎么敢在她面前扯谎?你进门之前,我已经尽数招认了的。好在没责怪你,去吧。"

由吾当下不敢再多话,喏喏地退了出来。大仲回房,见玫瑰正坐在镜前梳头,拿过梳子帮她梳着,心里怕她还不放过由吾,便向她道:"家里的,我看由吾这孩子不错,虽说嘴巴油滑些,可生意经着实有一套。咱们也省了不少气力,若辞了他,恐怕一时间还真找不到这样机灵的孩子哩。"

大仲边说边看镜中老婆的脸色。

玫瑰面无表情,淡然笑道:"这倒奇了,我还没追究你,你倒替旁人求起情来。"

大仲听她提那羞人事情,吓得一缩脖,忙丢下梳子,转身便往床上一躺,闭上眼道："我先睡，今儿一天可是够累的，吓得不轻，好在找回来了！"

不想玫瑰不肯就此放过他，转过身来道："你却说说看，怎么个累法，要不要我再替你捏捏？"声音显是带着醋意。

大仲知道自己又说错了话，忙扯过被子将头蒙了，躲在被里自己掌嘴道："讲什么累！"

玫瑰上前掀开大仲身上被子，厉声道："若是一时被迷惑，头脑不清犯了错事，自己知道悔过，那自不必我再多说什么。却不想，你却来替那油滑小子开脱。看来必是那小子诱你去的那地方。"

大仲坐起身来觉得委屈，想她之前不也有英国佬，自己却是从未与她计较呢！他口中讷讷道："我刚才已经认过错，是我不好，对不起你。"

玫瑰听出大仲口风不对，便叹口气道："我原以为，找个老实巴交的穷汉苦力安稳过日子，也不希图什么钱财地位，只对我好便成。看起来，亦是难的。"

大仲不说话了。他个穷农汉，能娶上老婆已是不易，更何况她有钱、有屋铺产业。

玫瑰见他低着头不说话，叹了口气柔声道："这个由吾，你要小心了，离他远些。我听你讲的事情经过，必是他故意而为的。你怎么竟未察觉呢？"

大仲道："我开始也怀疑哩，可他不是把汇票又送回来了吗？想我是不该怀疑他的。"

"你太容易信人，我却以为，由吾不懂银行汇票怎么换成现钱，才会送回来罢了，你且听我话，往后当心留意他便是。"

"那若是这样，赶走他便了，何苦还留下又要下功夫防着。"大仲不解。

玫瑰一笑："若果如我所料，既已被他盯上，怎么肯轻易放手。若赶了他出去，他便在暗处窥伺，咱们防不胜防。不如留在店内，总是随时地看在眼睛里，有什么风吹草动咱们也好及时应对。"

玫瑰话锋一转："若他能转心懂得收敛，不再动坏念头，那么，咱们收留他便是做了好事。"

大仲听后连连点头，心下佩服。

夫妻俩和好如初，玫瑰绝口不再提同乐园之事。

第三十一章　贼算计伺机偷窃，巧周旋失财复得

此后一连几天，由吾老老实实地卖足气力干活，话极少，只留意着店里生意。

大仲按玫瑰吩咐，十分小心地暗地观察由吾。说话交道不自主地与对旁人不同。由吾却是以为大仲还在为同乐园的事难为情，不由得暗自好笑，心道这掌柜被女人管得死紧，活得真够没劲。他见到玫瑰更是格外殷勤备至，恨不能将身上全部功夫全使在她身上。玫瑰待他倒也一如往常，高兴起来时不时地也开他一嘴玩笑。

由吾渐渐放心，开始盘算怎么才能套住这个厉害的老板娘。

他揽镜自伤，可恨头上留了这样大的疤痕。若非如此，以自己原先英俊样貌，勾搭她定是不在话下。

心有所想，便难免流于形色，由吾时常将眼神跟住玫瑰转，她吩咐的活计，由吾总是异常地周到。玫瑰当然知道由吾小心思，心中暗自好笑，却也不说破。他冲自己来，比从大仲身上下手要好得多。

由吾的机会很快来了，这天由吾正招呼着门上来购货的几位太太，门外进来位先生。因铺子里卖的都是些女人用的衣裳、香水、膏脂化妆品，平日里多是姑娘、小姐、太太们光顾，男客极少。今儿倒稀奇，来了位男客。

店里小伙计阿来刚上前招呼，只听身后大仲大声叫起来："哎呀，少东家来了，昨儿还和家里的那口子念叨您呢，今儿可巧就来了。快快快，楼上家里坐坐吧。"说着便向店门外头走。

正遇玫瑰进门来，一眼看见男客便惊叫起来："浩之先生来了，什么时候到的？怎么还站着，快楼上请。"

来的正是莫浩之！

浩之得了长仁邀请，要去南京一展抱负。在上海无非就大仲这个同村的邻居还算得上亲近，便想着要去与夫妇二人辞别。

浩之备下四色点心和二两茶叶，去了大仲夫妇的铺子。刚进门便被大仲一把抱住，玫瑰进门看见浩之更是高兴，夫妻二人忙向楼上公寓让。

浩之却道："一会儿的下江船，这便要走，只因记挂着你们小夫妻，走前来辞行。以后再想见面委实不易了。"大仲夫妻不便相强，只得将浩之让进店内，三人坐下闲话。

浩之聊到因荐职被骗钱，由吾正端了茶来听个真切，忍不住恨声插话："又是姓齐的干的混蛋事。"

浩之听了奇道："你竟也认得齐纳德？"

"何止认得！"由吾将如何被齐老儿诓来上海做生意骗光钱财，拣紧要处添油加醋说了，只略去自己见不得人的色诱坑诈事，"贼杀的老乌龟把我娘留下的簪子首饰卖去珠宝行，简直不是人。"由吾恨意难消，说得起劲，猛然又记起一时忘形说得太多，生怕大仲夫妇听出破绽，当下慌忙住嘴不再多话。他偷拿眼角去睨老板娘，见她面色并无异常，方暗舒口气，"这姓齐的确是惯于坑诈的恶徒，只恨他溜滑得很，一时找他不着，见到定要扭送他去巡捕房。"浩之恨道。

"先生是要找老齐吗？小的听说他前段日子不晓得得罪了哪个，被人打破了头，现下就住在圣约翰医院二楼。"由吾将打听到的消息透露给浩之。

浩之叹道："真是报应昭彰。只可惜我马上要去南京，却是没得空欣赏他的惨相去。"

玫瑰这时悄声嘱伙计阿来："你腿脚利落些，快去前面麦凯伦番菜馆订桌上好番菜送过来。"不想正被浩之听见，忙起身就要告辞。大仲夫妇哪里就肯，千留万留地必得要他吃了饭再走。浩之见实在盛情难却，也只好应了，随二人去隔壁楼上的公寓去。

阿来小跑着去了，由吾守在铺上。他送走一位买香水的太太，刚坐下，忽瞥见柜面上摆着串钥匙，老板娘平日里不离腰间，今儿个竟然没带走。

由吾四下打量，时近晌午，街上行人稀少，铺里此刻也空着。由吾抓起那钥匙，先试着开铺里钱柜，对了几次，打开了，里面放着当日的进项，没多少钱。由吾撇了撇嘴将现洋揣进衣兜，又见抽屉角落有个黑乎乎的铜盒子。打开盒子，里面是方牛角小印。他拿起来哈了哈气盖在手心里细看，认得"牛"跟"大"两个字。

是掌柜牛大仲的印信名戳！

由吾本是一喜，转而想到前番去汇丰银行已致人怀疑，再去十分不妥。他向来留意铺里钱款进出，所收现银每晚都拿回楼上公寓里的，隔几日老板娘才会去一趟银行。想来楼上定有不少贵重宝贝，莫如趁此绝好时机去取点现成的银子花花。主意既定，由吾当下便将印丢进盒子放回去，再将钥匙放至原处摆好，低头想了片刻，又拿起来装进兜里，然后等着楼上吃饭的三人出来。

不一会儿，小伙计阿来拎着食盒快步跑进公寓大门。

由吾等得焦心，坐也不是，站也不是，掸子拿在手东挥西挥，眼光却时刻瞟着门口处。进铺购物的客人被他极不耐烦的"没的货没的货，改天再来！"敷衍离去。他抓过柜上茶壶对着壶嘴喝了几大口，凉茶入喉却未能缓解胸中焦躁。

终于，公寓楼下的玻璃推拉门开了，浩之并大仲夫妇走出来，寒暄着向街对面停的洋车去，又立在车旁继续说着话，颇有点难舍难分情状。

阿来提着食盒进铺来，由吾喊道："你守着铺子，我去撒泡尿！"也不等答应，人便一蹿进了旁边的公寓大门。

由吾嫌电梯太慢，由楼梯一阵风似的往上跑。门房当差认得他是三楼主家雇的伙计，在他身后喊："太太和先生出门送客了！"见由吾头也不回像是没听见，人一闪便转进了楼梯间，摇着头嘀咕道："哎哟，哪个慌里慌张的冒失鬼！"

由吾一口气跑上三楼，站在房门口深吸一口气，从兜里掏出钥匙打开房间门。

他记得待客厅左边是卧室，对面是书房，过道尽头那间小屋么，他上来几次都见关着门的。

那么，就是这间了！冲到小屋门前，他将串上的钥匙一把一把地试开，可越着急手越是不听使唤，开几次都没成功，他不住回头看大门口，生怕有人突然回来。

忽然，由吾猛地将脑袋拍一记，边骂着自己太笨，边冲到房门处将门"啪"地反锁上，这才转过身来背靠房门长舒口气。

定了定神，他再到小屋门前，将手中钥匙又捏出一把来，往钥匙孔里插，另一只手配合着去拧门上的铜把手，不想门应声而开，原来大仲夫妻俩在家时这门是不锁的。

由吾口里骂骂咧咧地一把推开门，当门便见并排摆着两个黑黢黢的洋铁落地柜。

看到这两个大家伙，由吾转怒为喜，拍着柜子心道："里头肯定有不少好东西！"

打开柜子倒没费多少时间，柜里整齐码放着钱钞票券、黄白锭子和不少首饰。由吾没想到这么个不起眼的铺子，竟能赚这么些钱。一时不禁看呆住，随即便狂喜地喃喃自语道："发达了，这下子发达了。"慌忙剥下自己的外褂，揪起衣裳角飞快地打两个结，便成了装钱的布袋子。

他将柜里的东西一股脑全扒入袋中，忙去打开另一铁柜，里面却是些拿不走的西洋银餐具、木头雕件等笨重物件。他有些犹豫，知道这些能值不少钱，可看看脚边鼓囊囊的袋子，决定还是放弃大东西，毕竟逃出去更要紧。

拎起袋子，由吾飞快地蹿出房门往楼下跑去。

看见公寓那扇玻璃推拉门，由吾激动起来，他胸中升腾起成功的巨大喜悦。

第三十一章　贼算计伺机偷窃，巧周旋失财复得

215

门外是南京路东大街，穿过大街一路向东，再钻三条巷子便是江滩。由吾早已盘算好，随便买张离港的船票，不论去哪，那便自由了。

由吾伸手正想拉开公寓门，却猛地住手，玻璃门外站着浩之和大仲夫妇，身后跟着两个包红头巾的印度巡捕。

他惊骇得倒退两步，旋即掉头回身沿原路再向楼上跑，他听到身后老板娘迭声地喊："就知道他不是善茬！抓住他，快抓住他！"

巡捕吹响的警哨尖厉刺耳。

由吾更是心惊，他三步并作两步蹿上楼顶。见天台上晾着住户们的各色衣裳被单，由吾一头扎进这片花花绿绿里，慌不择路直冲到边缘，差点儿一脚踏空。由吾刹住脚左右四顾，寻找出逃生路。

对面是一幢西洋尖顶建筑，通红的瓦顶上有并排三扇不大的天窗，中间那窗半开着，风将窗内的白纱帘不时掀起一角来，里面传出人声。

没工夫多想，他立即决定要跳过对面去。刚站上天台水泥房檐，身后几人已经追了上来，在他身后高叫："不能跳，别跳！"

由吾将那包裹斜挎在身后，脚下用尽全力一蹬，身子便扑向对面那座屋顶，突然，由吾的身子像被什么绊住，改变了方向，原来是背上包袱被挂在屋顶的老虎刺上。由吾大叫着，用手死命抓住那包钱，身子便悬在半空。

这时，自袋子里滑落下两卷钱来，由吾立即忘记自己正身处险境，腾出一只手去抓那钱，不想另一只手却不争气地松脱开。伴着楼顶上几人的叫声，由吾身子向楼下急速坠落，然后重重地砸在马路上，钱散落在他身旁。

玫瑰毕竟经过事情见过世面，她心思缜密，机巧精明，哪会被由吾轻易骗过去。之所以不动声色，只是因为自己居处、铺子均在明处，一旦得罪小人，他暗中使些手段，自己难以应对。

铺子里钱柜上的钥匙，是玫瑰故意放的。她的本意无非是让由吾拿着抽屉里的钱识相离开，哪知由吾贪心生贼胆，竟敢上楼去偷。

玫瑰和牛大仲送浩之上车不过一会儿工夫，夫妇二人直到洋车跑远了才回铺子。玫瑰一回铺便拿眼悄悄瞅她留在柜上的钥匙——钥匙不见了！

她再四下找铺里没由吾人影，一旁阿来小伙计抱怨道："我食盒还没送还过去哩，他倒一转眼跑了，说吃坏了肚子！哼，还不是躲懒⋯⋯"玫瑰忙一把拉开放钱的抽屉，见里头钱竟没动，知道不好。

她忙叫上大仲往铺门外跑，二人到门口刚巧遇到巡街的巡捕，是他们惯熟的印度大胡子，这两个"红头苍蝇"每月收十元"治安费"，夫妻俩从不敢有半点拖拉，地头蛇哪能得罪得起。因玫瑰英语流利，两名巡捕对她便不像对普通中国人那样蛮横，要格外地客气些，见到她总会咧开大嘴开几句玩笑。

当然，钱，是一个子儿也不得少收的。

玫瑰正愁没帮手，可巧遇到这二位，便忙一把拉住他们跟着，几人到了公寓门口，正与里头奔出的由吾隔着玻璃打了照面。

大仲虽不晓得玫瑰计划，看到这情形也猜到了大概，便跟着一起冲上楼去。

没多久，听到哨音的两个骑巡到了，他们围住由吾，一通忙碌。租界巡捕房救护车赶到，由吾被抬走了，躺的地方只留下个血印子，白灰画出奇形怪状的空心人形。周围用布围拉起了警戒线，看热闹的人围得里三层外三层。

一个华人巡捕来找大仲夫妻问话。胡玫瑰没料到惹出人命来，当下便不作声。巡捕问时，只说自家铺里伙计上楼收衣裳失足跌落。大仲虽疑老婆为何要为贼偷隐瞒，也只得跟着点头称是。

跟着夫妻二人一同追由吾的两个印度巡捕，半晌才从楼上下来，玫瑰忙拦住他们，说是自家伙计收衣服时不慎失足跌落，"红头苍蝇"们听她说完，互相对视一眼，摇了摇头将手一摊，说他们可以作证。玫瑰没想到这两人平日里面目可憎，关键时刻竟这样帮她，忙从身上掏出钱来要表示感谢。方才猛然想起楼顶上挂着的那包钱！忙出门去看，哪有什么包裹，刚刚挂包裹的地方空空如也。

玫瑰突然明白，是眼前这两个巡捕搞的鬼。上下打量一番后，看不出二人有什么异样。一包钱物，带在身上必露形迹，唯有藏在什么地方，等大伙撤离现场再找机会取走。

一楼和顶楼平台都是不可能藏的，巡捕们正进出忙着勘查现场。那么，只能是二三楼！玫瑰转了转眼珠，上前邀请俩巡捕上楼去吃杯茶，也好聊表自己谢意。那俩巡捕咧着嘴，露出雪白的牙齿，便跟着她上三楼进了家。

玫瑰一眼便看见过道尽头的门大开着，知道由吾是拿了铁皮柜里的东西。她尽量装作无动于衷地请俩巡捕坐下，然后倒了茶，就在端茶当口，她发现了问题。

这两个脚蹬皮靴的印度巡捕竟然没穿袜子，两个人都光着脚。要知道，皮靴厚重，光脚穿靴的话，很快就会被磨出血泡来，所以巡捕们的袜子都是巡捕房配发的高筒拉至膝盖的长袜。

两个巡捕看玫瑰盯着他们的脚看，忙站起来将裤子向下使劲拽了拽，遮住脚面。两人对视一眼，其中一个身材魁梧的黑脸膛不由自主地眼睛向门外闪了闪。玫瑰看在眼里，便笑着打岔，又拿来果子招待。俩巡捕却不肯再坐，抓了把干果子便急慌慌地告辞向外走。

玫瑰只得跟着送客，由门口走廊去电梯间，却见他们经过走廊边堆的一堆煤

第三十一章　贼算计伺机偷窃，巧周旋失财复得

217

时，同时向煤堆瞥了瞥，又飞快地收回眼神。

　　送走俩巡捕，她便找了家里扒灰的炉钳子走到煤堆前，果然，煤堆靠墙一角有新翻动的痕迹。看左右无人，玫瑰从容地扒开那墙角的煤。果然，几下便有与那印度巡捕包头布同色的姜红袜套露出来，在黑煤堆里显得异常醒目。

　　玫瑰忙收了家伙事儿，回家翻拣鼓鼓囊囊四只袜套，里面可不都装着家里丢的钞票和金银首饰。她将钱物全数倒出来，看着地上袜套，嘴角一扬，自卧室拿出铺上的支票簿卷成若干空心纸卷，又从柜里取了些无法兑付的实名债券股票将袜塞满。想着总得破些小财，以免他们白忙一场恼羞成怒，于是又分别在四只袜里装了些洋毫便士，这才原样埋回煤堆里。

　　第二天一早，玫瑰夫妇跑了报馆、法院和银行，办理那些债券股票和铺上支票簿的登报挂失止付手续。

　　事情就这么悄然过去了！

第三十一章　贼算计伺机偷窃，巧周旋失财复得

第三十二章　惩奸徒自有高着，看热闹竟难脱身

却说浩之辞了牛大仲夫妇，坐上街口洋车往码头去。

他与长仁约定下午三点钟上船，此刻时间尚早，想着就要离开上海，便嘱咐洋车夫慢些走，算作与这外滩街景作别。

街道两边洋行、报馆、房产公司、百货公司林立，还有茶楼、咖啡馆、饭店间或其间，路东近江处则建有各家码头、堆栈、木行和船厂。各式西洋建筑从眼前缓缓而过，浩之恍惚间似又回到意大利国留学时光。他来上海时间不短了，却整日里为生计奔忙劳碌，未曾留意过这"东方华尔街"的繁华风光。今日心境与以往大有不同，好久没有如此轻松过。四月暖风迎面拂过，浩之不禁有些熏熏然然，这是他自归国以来难得有的好心情。街上行人都脚跟脚的行色匆匆，他似看见了自己之前的模样，不禁感慨，人活着真是不易，成日里只为着要填饱肚皮奔走，不敢稍息。

回想初来时的那番豪情壮志，浩之坐在车上不由得笑出声来，笑自己是何其幼稚。报国这样的大事，必得先安身立命、站稳脚跟，待到攒下些根基才能谈的。一介布衣穷汉，以为出了趟外洋，学会几句洋话，喝得些洋墨水，便与大街上这些奔波劳碌的凡夫有什么不同，多么滑稽！

这世上，空有抱负无处施展的人，估计不在少数吧？这抱负不都是在日复一日为生计奔忙算计中慢慢消耗殆尽。然后，便多了一个同样在大街上往来接踵的饮食俗夫。

浩之叹了口气，上佳的心情也因此冷却大半。此番去南京，还不知什么样的情形景况等着他。无论如何，先得管饱肚子，顶好能多攒下几个钱来，无锡乡下的妻儿还盼着他哩。

离家时宝儿自身后的号啕声宛如在耳边回响，浩之不由得心头一紧，这孩子自出生两人便见面少，跟他一丝儿也不亲近。可这又怪得了谁呢？自己一心想着出洋留学，那会子年轻气盛，觉着学成归来必能成就番大业，不顾一切地抛家别子。浩之现下确是有些悔的。虽然他当着妻子王氏的面不肯承认，但心下知道，她讲的话不是毫无道理的。

前面的吵闹声打断了莫浩之的思绪。只见左近处的一家门悬巨大红十字的医院门口围着堆人，人群中间还不时有声嘶力竭的叫嚷吵骂声传出来。

浩之便问车夫："前边是怎么了？"

"定又是圣约翰医院病人，常事！"洋车夫的口气似乎惯见。

"怎道是常事？经常有人在医院吵闹的吗？"

"这圣约翰医院是英国教会开设的，专设了仁济病房，为穷苦病患免费治疗，这本来是件极好的积德行善事情，谁想却反而倒生出许多吵闹来。"

浩之听得十分不解，忙问车夫道："做善事，怎么反倒生出事端来呢？"

"先生您有所不知。因医院床位、财力、医护所限，免费治病需要限人数的。一般来讲的话，先行收治租界巡捕房送医的急险伤患，或是病卧街头影响租界当局形象、有碍观瞻的流浪汉或乞丐，此外的大部分穷人并不能入院去享受这免费的医药，这样就引发了吵闹。前几天我路过，还见几个人在门口喊口号哩，喊什么抗议假仁善，罔顾人命什么的。"

洋车夫边说边摇头。车拉至近前时，浩之瞥见人堆里叫骂的是个干瘪小老头儿，一对胳膊被医院门房捉住，两人缠磨撕扯正扭在一处。浩之先只觉得那老头十分眼熟，猛然间想起正像骗他钱的齐纳德。又记起刚才在玫瑰洋货铺上听那个叫由吾的伙计说，齐纳德住在圣约翰医院。车子悠悠地越过人堆，浩之趁近转身再细看那老儿，当下确认是老齐不错。

浩之忙叫洋车夫停车，由怀中掏出表来看，离约定时间还有一个钟。

浩之下车后也不近前去招呼老齐，而是挤在人丛中，想先打听这般吵闹所为何事。他问身旁一围观的穿灰长衫的男人道："借过问一句，这吵吵嚷嚷的，为的什么？"

"哈，这老儿在医院看了病不肯付钱，想偷着出逃，偏教医院门房发现了，这不就要扭送他回去嘛！"灰长衫笑着说罢，依旧抱着臂膀看他的热闹。

不容浩之再问，灰长衫又道："这老儿明明有钱的，却非得说自己是流落街头的穷汉，要医院免他医药费。嗯，要我看，他手上戴的那个金箍，就值这个数！"

灰长衫说着伸出右手食指，朝浩之晃了晃，眼睛却还盯着撕扯的两个人。

此时，只见老齐渐渐体力不支，两只手被门房扭住背在身后，脚尖踮着已经几乎离地，口里还叫骂不息。医院里冲出两个穿白褂的人，分开围观的人群，将老齐连拖带架地拉回医院里去。

老齐绝望地大声喊："救命啊……救命……医院绑人啦，哪位好心人报巡警来拿了这班贼强盗哇……"

人群四散开，让出路来由那两人拖着老齐进了医院。老齐脚上的一只皮鞋被磕掉在医院大门前的台阶上。门房上前踢了一脚骂道："妈的，还哭穷，穿这样好的鞋。"

第三十二章　惩奸徒自有高着，看热闹竟难脱身

221

人群再次爆发出笑声来，指摘品味一番方才意犹未尽地各自散去。

浩之在街边水果铺子包了几颗果子拎在手上，朝医院里面走。

圣约翰医院主体是由一座五层高的英式建筑围成一个半圆的弧形，深红色的外墙上镶嵌着一排排白漆木制落地窗。室内壁灯高悬，迎面便是宽敞的楼梯，楼梯边是铸铁花栅栏围着的电梯间。

浩之不乘电梯，顺着红棕色木扶手转上二楼，雕花走廊两边相对着一间间病房延伸至廊道深处。他不知道齐纳德被拖去了哪间病房，只好从一间间门上的小方窗向里打量，每间病房里挤挤挨挨地放有六张床。二楼计十五间病房，每间看罢，却未曾见到老齐人影。

浩之有些失望，再仔细想由吾所说，确是圣约翰医院二楼，他抬头看了看，没错，是二楼！正犹豫间，对面来了个穿白袍、戴着口罩、身形宽厚肥圆的胖护士，浩之忙拦了她问有没有个叫齐纳德的病人住在这家医院。

胖护士一听便道："有，你是他家属吗？可算是找着人了，捕房只管把人往医院一丢，便再不理他，这姓齐的送来时只有一口气，好容易将他救活了，又吃住在院养护甚久。人家倒好，非但不知感念救命之恩，竟然想赖账出逃。医院又不是慈济堂，真是！"说着看了眼浩之，又嘀咕道："医院迟早得让这些穷鬼拖垮。"

"跟我来吧！"这句是跟浩之说的，然后自顾自往前走。

浩之跟在胖护士身后问道："请问齐纳德的伤，严重吗？需得住多久的医院？"

"重，怎么不重，后脑勺遭重击导致颅骨凹陷，来时只有一口气吊着，昨天刚醒转来，意识有时不大清爽。不过也不必太担心，大夫说性命不打紧。要完全恢复么，那就不容易了。"胖护士边走边摘下口罩放进衣袋里，在走廊尽头的一扇小白门前停住，说道："到了，就是这里了。"说着推门进去。

浩之跟她进了屋，却是间堆放杂物的储藏室，两面墙对放着两具高到顶棚的储物架，架上堆满了各种医疗器具和药品箱。

那护士向浩之道："像他这样半侧不遂，又时而清醒时而糊涂的，谁也不愿接手照顾，偏我心软肯管他。都道好心无好报，正教我给遇上，搞得肩膀上架着老重的责任。这老儿非但不知感恩还总想着赖账，稍不留神就要脱逃。刚刚他便跑了，好在门房看得紧。关在储藏室算是我们麦考利院长仁慈，换作其他医院，恐怕早被请去巡捕房里吃牢饭了。"护士说话间麻利地清理了脚下一堆物料，走进里间，又回头向浩之道："这下可好，你是他家里人，正可把医院账结清。快把他接走，回家请个用人照顾着，活个十年八年没问题，别担心！"

浩之忙道："我与他只是认得，泛泛的交情。今个儿路过遇见，便只是来探望，并不是他的亲属家人，没法儿接他走的。"

"什么，泛泛的朋友？他自住进来，除了巡捕，从来就没人看过他。"胖护士听浩之不是来接老齐出院，当即一脸肉便沉下来，换了语气道，"快些，看完快走，真麻烦。"说着一指里面。

浩之顺着胖护士所指看去，只见里间是窄长的过道屋，四壁无窗，靠墙摆着张锈迹斑斑的铁架子床，床边放了张破方凳，一条凳腿烂缺了脚，用花花绿绿的洋药铁皮盒垫着。床对面又是一排白色的高木架，几乎要触到屋顶，架上横七竖八码着大大小小的药盒，架子周围地上亦是堆满各种器具杂物。床上一个人面朝墙背对门侧躺着，只自灰黑褥子里露出颗杂白的后脑勺，脑袋右边果然是凹进好大一块，有条估摸着三寸长的赤红酱紫伤疤由凹底弯曲着指向耳朵。

浩之初知齐纳德被打颇觉痛快解恨，待看到老头子孤身伶仃躺在病床上的惨状，不由得又生出些怜悯来。便轻声上前唤道："齐翁身子可觉好些，兄弟特来看望！"

床上那人慢慢翻转过身子来，正是齐纳德！他大睁着凹陷干枯的双眼盯住门口说话的人，待看清是莫浩之，立即又别转头去不答话。

胖护士探头看了眼老头子，低声嘀咕着转身出去了。

浩之笑了笑，将手中拎着的果子放在他病床边凳上，人却是无处可站，只得退回门边向齐纳德躺着的背影道：

"兄弟今日便要离开上海去南京，本去拜别旧日朋友，却是无意间听店伙计由吾说齐翁伤重入院，特来探望辞行。兄弟看罢也就安心了，那么请好生将养，就此别过！"

浩之说罢转身向门口处走。

身后齐纳德却开口叫他："浩之老弟请留步！"浩之回过头，见老齐用右臂撑起身来眼巴巴看着他道："多谢浩之老弟来看我，你刚说的，是谁讲我受伤？"

"是个叫由吾的，南京路上玫瑰洋货店的伙计！想齐翁必是认得的吧。"浩之想起由吾说起老齐时咬牙切齿的模样，忖这二人想必是有不小的过节。

"定是这小子，肯定是这小子打的我，不然他怎会知我在此！"齐纳德恨恨地道，边拿手摸了摸自己头，转而突然眼泛泪光，露出一副可怜相来，"老弟救救我，行吗？快将我从这里带走，求你了。"齐纳德出逃被识破，今后再想走，恐怕难了。浩之一来，使他又看到了希望。

齐纳德扑向床尾，直直伸出双手想去拉浩之衣袖，人却不听使唤歪倒下去，徒劳地挣扎着。浩之只得上前去扶，却见老齐双手的大拇指被胶布紧紧缠在一起，本就半身行动不便，双手一绑，人便没法掌握平衡，应该是医院怕他出逃采取的措施。

"兄弟实想帮，可身上分文无有，只恐怕有心无力。"浩之以为老齐要他去结医院欠账。

"钱么，我有，只管拿去好咪！"老齐趁机揪住浩之衣袖，生怕失了救命稻草。

"那还请齐翁稍等片刻，兄弟去去便回。"浩之看老齐眼神涣散、词不达意，此刻又被扯住，不由得有些后悔。得想法子脱身。

"那么钱在哪，你知道吗？"老齐直勾勾盯住浩之问。

"什么？我不懂！"浩之看老齐越发不对劲，便腾出一只手拿起个果子给他。

老齐不接，却示意自己前胸处。浩之只得探身问他："要我帮你吗？"老齐点头道："钱，钱在里头。"浩之将手探入老齐胸口，不想老齐叫起来："不是里头，是领头。"

浩之听后拿手一捏老齐领口，果觉内有硬物。待扯开看，是叠得很小的几张银票。心中不由得叹道："这老齐经年行骗，自己倒也很怕被人骗。"

浩之想老齐这脑子确是出了问题，若非糊涂，怎会将钱交给自己这个不相干的人？他一时间犹豫着不知如何处置方好。

老齐却不由浩之细想，突然狡黠一笑："请浩之老弟拿了这钱，带我出去，离开这个鬼地方。"

"这……恐怕……兄弟马上便要离开上海。"见老齐笑得诡异，浩之顿时身上出了汗。

"正因如此，将我设法带离医院，你满可以抽身离开此地，没人认得你，钱，是你的了。"

浩之看了看手中的票子，犹豫着不肯就信，又试探老齐道："齐翁既是有钱，付足了医院药费便可以自行出院，何必又要花费这笔冤枉银子？"

老齐一怔，想了半晌道："是啊，可我就不能给医院，他们让别人免费，偏生不给我免，简直欺负人。"

浩之认定老齐的确是脑筋出了问题，便不与他多纠缠，将银票原样折好要塞回老齐衣领，口中道："齐翁还是好好养身子要紧，兄弟这就告辞了。"

老齐一味挣扎扭动不依。浩之没法，只好将钱向老齐床上一丢，向外便走。不想老齐突然间大喊："快来人啦，有人抢劫啊！"

浩之气恨得牙痒，更深悔来医院，招惹这疯汉干吗？却也只得回转来向老齐央道："莫喊，莫喊，我答应你就是。"

老齐得意扬扬。

浩之不由得又疑这老家伙到底是真糊涂还是装糊涂。解了老齐手上胶布，心里盘算着如何带他走。

猛然间，门外走廊里传来嘈杂人声。浩之嘱老齐坐着别动，自己来到门口向外观望。只见一群护士医生并几个黑衣巡捕簇拥着推车向走廊右边的手术室去。有人被送来急救。

不一会儿，急救推车近前来，浩之见车上躺的人满脸是血，手术室里出来护士拦住巡捕例行登记："病人姓名？"

"荀由吾。"

"怎么受的伤？"

"高处跌落。"

"好，请等在外面吧。"

第三十三章　起争执车夫失信，叹作孽骗子恍惚

浩之听了颇感觉吃惊："呀，大仲店里的那个伙计！"

他不禁好奇心又起，便忙闪身出门，上前与那印度巡捕用英文搭讪："怎么回事？"

印度巡捕见浩之讲的西语，不敢得罪，恰也正闲得无聊，便绘声绘色将经过说了一遍。

浩之听他说的便是自己上车刚离开的事，不由得叹道："这样说来是店伙偷盗主人家资财吗？可恨，却没见有家主前来，不知还能活命不能？"

"从那样高的楼顶砸在地下，家主哪里知他活转过来？我们是当死尸收殓的，谁知半道这小子又活过来，呵呵，命可够硬的。"

"嗤！"老齐不知什么时候到的，站在浩之身后一声冷哼。

浩之回身对老齐悄声道："还不趁此时快走……"

老齐此刻却是清醒了，即刻会意，"噢"了一声，转身便向楼下跑去。

浩之也长舒一口气，看着老齐的背影摇了摇头，心忖："也好，从此世上少了一个坑诈之徒，却多出个糊涂鬼来。"

他有心等由吾手术，掏出表来看时候不早，急下楼找到柜上当值护士要来纸笔，借由吾名给大仲写了封信，告知其在圣约翰医院就医之事。写罢信揣好，到门口叫黄包车去约定上船的码头，下车后将写好的信交给车夫，付足车钱要他将信送玫瑰洋货店。车夫没想竟遇回程生意，接过车资连连称谢答应着去了。浩之看着他跑远，便放心去与长仁会合碰面。

莫浩之哪里会知道，车夫却将信丢了，又引出新变故来。

浩之赶到码头时，长仁正等得心焦。新购的一船机器都指靠着浩之，长仁心里不免七上八下不得安生。待见到浩之，一颗悬着的心才算落了地，上前一把攥住浩之胳膊生怕他跑了似的。既是雇的专船，不妨请这位专家吃顿好的再走不迟。于是二人并俩伙计就近在江边鱼鲜菜馆一番开怀吃喝，又与叫的丽人凑趣听戏玩乐，直到后半夜方才尽兴，众人带着醉意回船。

小火轮吐出滚滚浓烟，连夜起航下江去往南京。

却说江岸之上。受托送信的黄包车夫将信揣进衣兜，拉着空车一路腿下生风似的快跑，往玫瑰洋货店去。

空车拉着甚是轻快，眼见再转个弯，上得南京东路便就要到了。忽见路边有

人伸手向他叫"黄包车,黄包车",他忙刹住脚。见叫车的是个跛脚瘦老头儿,似遇到什么急事,颠着半边身子跑到跟前来,不等车夫开口便掰着扶手往车上趴,边一叠声道"走走走"。车夫本是个爱财的,想着带个顺脚客人岂不好,便问:"客人您去哪儿?"老儿已是急慌慌地拖着一条腿上了车,还未坐稳便又催道:"快跑,快跑!肇嘉浜悦华客栈。"

车夫一听去的地方不干了,将车住了,向客人鞠躬道:"先生,您去的肇嘉浜在西头,我答应了前头坐车的客人帮他送封信去南京路,不顺路,麻烦您再另叫一辆车子。"

车上坐的客人却并不动,也不接车夫话,只坐在车上一味催促:"哎呀,叫你快走就快走,费那么多话,便陪你去一趟南京路又何妨,偏不下车。"

车夫莫名其妙,再问道:"您要想好咯,这趟可不顺道,得加车钱,我本是空车子跑去送信多么轻省,您百十多斤坐在上头可耽搁工夫……"

车子上的人越发着急:"你这车夫怎样多话,再不走,再不走我便走了,我拉你走,好不啦?"

车夫听这人说话没头没脑,恍恍惚惚,不由得上下打量这干瘦老头儿,一件宽大的深灰府绸大褂松松地半披半挂在身上,左手并着左腿哆里哆嗦,是个半残的身子。外衫的扣子没系好,里头露出来的灰白内褂,怎么着竟是医院病号服。车夫心头一凛,偷眼往四下看了看,天色已经暗下来,周围没什么人,不由得头上冒出汗来:"这人有些不大正常,又穿着病号服,定是从医院逃出来的。"

车夫紧了紧握着车把的手,眼珠乱转地想办法。

这拦车老儿正是医院逃出来的老齐,他趁乱出了医院那扇对开的铸铁大门,完全竟忘记自己是个半残病躯,一路狂奔。虽说跑起来的样子十分怪异,可丝毫不影响速度,直到跑不动停脚,他才突然想起"去哪儿"这样关键的问题,可左右想好久,脑子里却空白一片。

他泄了气,茫然地拖着腿慢慢跛,边拍着自己脑袋继续想,他只记得在珠宝店内与掌柜伙计为代销分账吵着嘴,然后脑后一凉,醒来躺在医院,张开眼便被敲诈九千块,他走出门骂几句却被捂了嘴拖回医院关起来。怎么出来的呢?是啊,这会儿是怎么在马路上的呢?老齐晃晃脑袋,空空地响,觉得确乎是比以前少了些什么。他怀疑黑心医院定是将自己脑袋里头什么零件偷换去了,要不,怎么会想事情不顺溜呢?看吧,又想岔开去,应该想想要去哪里。

老齐索性坐在路边认真地想,可刚坐下又忘记了,只是心慌得难受。看周围重重树影,听头顶簌簌风声,老齐觉得黑心医院的那些白衣黑心人都潜在暗处盯着自己:"对,对对,他们这是要盯着我找落脚的地方……""对,对对,他们要讹我的钱财……""呀，我是有钱的么？钱在哪儿呢？""对，对对，是要找钱，得找钱，得找钱……"

老齐脑袋越来越胀，可事情到底怎么也想不明白。他握拳擂了一记脑袋，钻心的痛由后脑传来。咦？怎么脑袋会疼？对呀，住了医院么，可是为什么住医院？对呀，医院要讹钱。可怎么样去的医院？是被人绑去的么？"啊，啊啊，有人绑我……啊，啊啊，周围都是眼睛……那树影里，道边草丛全埋伏了黑心人……不好，迎面来的男人不怀好意地走过来了。"

老齐想跑，拖着的残腿忽然痉挛，还未起身便又一跤跌在地下。迎面来的那个男人却看也不看他，自顾走了。

"哼！真会装！还能瞒得过我吗？"

老齐慢慢挣着身子爬起来，却突然又对自己残腿发起愣来，他奇怪自己的腿为什么不得劲了，然后，左手，左手这是怎么了？他惶恐地用好手掐了掐左手，没知觉。猛然，他又想起，对，对对！是医院里的白衣黑心人对自己做了手脚。

"是了，是了，我是逃出来的！"

老齐在路上就这么跌跌挨挨地挪动。天色慢慢暗下来，路边店铺的霓虹灯渐次亮起来。"星星咖啡厅，百汇坊娱乐大世界，芳菲浴场，悦秀番菜馆……"

"等等，悦秀——悦，"老齐记起之前是住在客栈里的，肇嘉浜的一家客栈，叫作悦什么，悦秀？不不，悦乐？不对，是悦华吧。老齐终于在空空响着的脑袋里捉摸出栈名来，高兴得脑袋疼。想到周围暗处的眼睛，忙又机警地大声喊了句"哎呀，怎么想不起来呀！"眼光四顾着寻车。

无巧不成书，偏就正看见给浩之送信的洋车夫。

车夫见这么个病人赖在自己车上不肯起身，暗啐了几遍"倒霉"，看着瘦老头儿半躺在车座上，一副无所谓的无赖模样，不由得心急如焚，撩起短褂的衣角来擦额上汗。对脑子有问题的人，多费口舌必是无用，倒是诓他一诓或许有效，于是心生一计，央求道："客人您就放过我吧，我一个卖脚力的，多拉快跑挣点糊口钱。要不这样可好，您先下车，我空车轻快些跑去把信送了，再回头来接您去肇嘉浜。这样可好？"

老齐眼珠转了转，竟然点着头道："可以，那你便快去快回，我在此等你回来。"

车夫喜笑颜开，忙道："那么请您老下车来，我才好去啊！"

老齐却忽然地将脸一沉，大声道："我是谁，是有这么好骗的吗？你若图轻省，便光身子自己跑着去送信岂非更好？我坐在这里帮你看车。"

车夫气得不轻，心忖这老儿此刻如此精明，似乎脑子并没坏，不是那么好骗咧，只得实话实说："那可好笑了，我将车留下，你若一转身拉着车跑了，我上哪里去找你去？"

"你上肇嘉浜悦乐客栈找我呀！"老齐又开始词不达意。

车夫哭笑不得道："爷爷，您行行好吧，我这耳朵从不听错话，刚您上车前可说的是悦华客栈，这会儿又说是悦乐客栈。实话告诉您吧，肇嘉浜整条街上根本就没个什么悦华客栈，也没有悦乐客栈，只有家叫'悦来'的旅馆，我见天在街面儿上跑的人，不会诓骗您的。您老再好好想想，到底是要去哪儿。"

"什么？啊啊……呃呃……你说得对，是我记差了，就是悦来客栈。我住院前就是在悦来客栈的，掌柜是个戴瓜皮帽的老汉，笑模样，眯缝眼儿，伙计黑红的脸膛……"

车夫确信这老儿是个"缺窍"的，忙打断他的啰唆，道："瞧您说的，家家客栈旅店掌柜不都这么样穿着打扮，伙计也不会有小白脸。您老下车来再好好儿地想想，想清楚去哪儿，再叫车。"

老齐一时被问住，终于从车座上起身要下来，边道："这个，这个，要不你先去吧，我就坐在这树底下边想边等你吧。"

车夫见他终于肯下车来，忙上前用手去搀他。不想，手刚扶住老齐手臂，被他一把薅住衣裳，大声喊："快来人呐，车夫打人啦！"边狡黠笑着低声道："你不拉我去找客栈，我就喊人来。"说着又大喊起来。

车夫被他突如其来这一闹，顿时慌了神，忙拿手去掩他口，不住央告道："求您行行好，千万别喊了，您老坐好，我带着您去总行了吧。"待听他在耳边威胁自己，气不打一处来，下力用手捂住老齐嘴巴，劲道也越发大起来。

老齐前番出逃时被医院门口当差一通拳脚教训，此时被车夫捂住嘴喘不上气来，哪肯就范，车夫讲的什么一丝也没听进耳朵里，只想着逃命要紧。不由得揪住车夫衣裳疯也似的挣扎，腿脚胡蹬乱踹。

车夫力气大，干脆将老齐干瘦的小身子提起来丢坐在车上，拉起车便跑。老齐更慌起来，高喊着"停下，停车！"车夫边跑边冷笑道："刚才请您下车，您不肯，这会儿拉起您跑，您又要停车。我是倒了八辈子血霉遇着您这么位颠三倒四的主儿。爷爷，您可坐稳当着点儿，跌下来可别说是我……"车夫说着忽然住了口，心思却活泛开来，心道："总教这疯老头子黏着可不成，得想个法子把他甩脱。"

车夫心里头琢磨着事儿，脚下不由得便慢了。车上老齐见车慢下来，挣起半边身子歪过右边一翻身，往下便跳！

只听"扑通"声响过，车夫手上一轻，道声不好，忙停车找人。这条小马路右手边是条河浜，说宽不宽，可也不窄，是连通苏州河的航道，平日里江下村里农人常贩瓜菜便是走的这条水道。到早市时间，这条河面上便布满小木船，来来往往煞是热闹，可这会儿是晚间，水面一片漆黑，河上见不到船影。

老齐栽进河里，脑后伤处尚未痊愈，经凉水一激人便晕了过去，直沉入水。

车夫听声音断定老头儿是落了水。可溺水之人不该挣扎呼救吗？即或是要逃，不也应划着水逃吗？车夫抻了脖子往河浜里看了又看，借着街边路灯的幽暗反光，只见到水面一圈圈漾开的波纹，哪里有半个人影。

车夫站在岸边停了半刻，摇着脑袋怪道："今儿算是见识到水性好的，看不出这老疯子水性了得，入水便没影，这许就是人常说的'水遁'了。"口里虽说着，却也不敢就走。他蹲在水边又看了一刻，才拍着屁股站起身来自言自语："老天爷保佑，看来是逃了，好好好，不用我再费气力甩脱他。"这才拉起车赶去玫瑰洋货店。

待到玫瑰洋货店门口，车夫准备拿出信，浑身上下摸遍也没找着。他不得不接受丢信事实。应该是在路上被疯老头儿一通胡闹扯拽，将信丢了。

车夫将车歇在洋货店门口发愣，直见到店伙来上铺板打烊。他终于心一横，拉着车飞快地跑了。

浩之借由吾之名写给大仲的信，却是在死鬼齐纳德手里紧紧攥着。他在与黄包车夫的撕扯挣扎中，无意间从车夫衣兜里揪出来的。

老齐的尸体几天后在下游浮出水面，被运菜的农人发现后报了警。

浮尸地界归上海县管辖，县警署派警察出警。老齐被打捞上岸时，身材形貌已胀得变形，身上亦无任何可证明身份的东西，手中的信成了唯一线索。警察是最烦无名尸的，不仅白费气力出警捡尸体，还得折腾火化下葬，辛苦却得不着半点好处。有这封信就立刻不一样了，先甭管是非，只消捕了一盘问，怎么也能得着些吃茶钱。

老齐手中信有两条线索：一条是圣约翰医院，另一条是落款人由吾。

圣约翰医院地处公共租界，华警无权去租界查案，须经租界巡捕局办理相关手续后，才能在租界巡捕配合下共同查办。为了省去不必要的麻烦，华警进入租界查案都是乔装暗查，不到万不得已绝不亮明身份。

警察顺着信中线索先去圣约翰医院找写信人荀由吾。如果偷窃坠楼的由吾没从医院逃走，这桩案子就会是另一种结果。

第三十四章　无利图难免糊涂，行不义终究自毙

由吾自楼顶摔下时被电线挂挡过两回，伤得其实并不重。只是脸朝下跌在地上，磕断三粒门牙外，面皮又豁开个大口子，血可怖地淌一地，自己早吓得昏死过去。

由吾被送进医院急救时便已经醒转过来，只佯装伤重昏厥。医生一番清创，先给他脸上缝针上药，再细查，却发现竟连骨头也没断一根，便推出来送进病房。

留守的一个安南巡捕见医生连比画带说，到底没弄懂啥意思，也不耐烦再理会医生，专等第二天轮值交班，到时自然由下一班人去管。

由吾虽闭着眼，但耳朵可没闲着，将医生的话听得明白。心中暗喜，又默谢过佛菩萨，便继续躺着一动不动。直至有鼾声响起才敢睁开眼缝打量，只见值守的安南巡捕在旁边铺上和衣躺着，便暗暗活动开手脚，倒真如医生所说，除去感觉酸软无力，并没有其他妨碍。他慢慢抬起身来，只听见床边发出哐啷啷脆响，原来左手被铐在床栏上了。旁边巡捕翻了个身，由吾慌忙躺下紧闭上眼睛，脑子飞速转着，忖度逃脱办法。

好一会儿，听旁边并没其他动静，由吾慢慢转过身，偷眼看那躺着的黑瘦巡捕。

安南巡捕大概是白天累了，睡得还挺沉，嘴微张着，非但没有半点要醒的意思，鼾声也越发匀沉起来。由吾在黑暗里努力搜寻巡捕身上可能藏钥匙的地儿，可是躺着看了半晌也没任何发现。

由吾心一横，再次悄悄坐起身，由左边下了床，勉强挨近安南巡捕，轻轻摸索，摸至腰间，突然觉得手上碰到硬物。忙轻翻开他上衣，果然见腰上挂着根长链，链子的末端有串钥匙挂在另一裤袢上。由吾抖抖索索地想将那把最小的钥匙取下来，可单手无论如何也办不到。他蹲下身子将嘴凑上去咬那铁环，依旧劳而无功。由吾急出一头汗来，眼见那巡捕翻了个身面朝向自己来，心道别压着钥匙，伸手拽那串链子，不想一拉之下，发现那链子竟是有弹性的。

由吾心头一阵狂喜，看着那垂在床边的链子上下弹动着，心也不由得跟着扑扑跳个不住。

稳了稳心神，他捏住钥匙拉向被锁的左手，不够长。他颓然坐在地上，额上的汗流下来挡住了视线。他瘪瘪嘴要哭，可是哭给谁看，便把眼泪又憋了回去。

左臂酸麻阵阵，他坐在地上盯着手上可恶的铐子，那冰冷的铁家伙在黑暗中发出幽光，似乎在嘲笑他。

由吾极想骂几句泄愤，可身旁巡捕的鼾声忽地一停，似乎要醒。他吓得猛然一激灵，浑身便起了一阵鸡皮疙瘩。偷眼看巡捕，只见他"呼"地吐出口气来，抬手揉了揉扁鼻头，接着睡过去。由吾手上牵动着的链子一阵颤动，他又拉紧钥匙来试，还是够不着，只差一点点，就那么一点儿……

由吾被铐住的左手拼命去够那钥匙，突然，床动了！

床竟是能移动的！

由吾的心跳加速，突突地撞击着他的胸腔。

他放下钥匙链垂在床边，腾出右手抓住病床的铁床栏，双手使力，病床的床脚发出"吱——"的声音，向自己挪动了些。由吾忙再拉起钥匙开手铐，这次很顺利地解脱了自己。

由吾逃之夭夭。

租界巡捕房严厉责罚了当值巡捕，却也不好将这种丢面子的事再上报，只宣称跳楼人经抢救未曾活转，草草结案。

华警在医院没找到他们要找的人，却得知由吾是南京东路上玫瑰洋货店伙计。当差警察穿着便衣去了大仲店里，可偏没遇上店东，大仲夫妇正忙着去报馆、法院和银行挂失债券股票，只小伙计阿来在店里懒懒坐着。

见有人打听伙计由吾，阿来顿时来了精神，口若悬河地将东家怎么样收留由吾，由吾怎么样恩将仇报偷主家财物，又怎么样罪有应得被主家发现出逃时跳楼摔死。

华警凭信中内容很快睿智地衔接了由吾跳楼后"事件真相"：玫瑰洋货店伙计荀由吾，因偷主家钱物被发现，慌不择路坠楼重伤，被公共租界巡捕送进圣约翰医院。治伤期间，荀氏做贼心虚私自出逃，在逃亡途中慌不择路落水溺亡。

华警非常得意，写了报告给警署上司，又发布函告公共租界巡捕房，谁知巡捕房回函称由吾已死，早由租界警方妥善处置，并不认可河里的尸体就是由吾。上海县警察署遂发布了认尸告示，老齐在上海并无亲属，当然无人认尸。

上海县警方认定租界巡捕失职使医院嫌犯出逃，因怕担责而拒不承认事实。现下无人认领尸体，便只有再去租界暗查由吾出身。若有家人认了这由吾，不但可从死者家属处发一笔财，更可以好好奚落租界巡捕出口恶气。

华警由阿来口中得知由吾自述家中有店在南京三山街。待找上门去，却从邻居处得知由吾家中老子娘均已亡故，铺产已告破产。

华警登时失了追查兴头，留下公告由吾死讯的那张官纸，空着手垂头丧气地回上海复命。

　　上海警署当局既没得着好处，又没能借此案给租界巡捕方面以应有惩戒，只得呈请上级潦草结案。老齐则由于华警自以为是的揣测，硬是被当作荀由吾，草草埋入西郊义坟。

　　荀由吾意外得了自由。

　　可一文不名的穷人希图的是一口饱饭吃，自由于穷人便成了生活无着的窘困。怎么能够活下去，成了天大的问题。由吾再次想到家里的亲老子。

　　回家去，回南京去。

　　虽说他知道家产已败光殆尽，可老子占云还在。由吾可不是回转心性要回南京尽赡养义务，他只是在上海生活无着没有依靠，这才又想到自己老子。在他看来，老子占云的精明远在自己之上，就算是破了产，有自家老子在，他这当儿子的便挨不着饿。

　　由吾向着江滩边跑去，就近摸上了一艘装货的驳船。"管他往哪儿去，反正得先逃出上海去！"船上载着的是机器，大大小小得有五六部，都用油布仔细包裹着。由吾弓腰钻进一块油布，背靠着身后的大铁家伙，坐得还挺稳当舒服，他不敢有丝毫懈怠，只盼着这船赶紧离港。果然，他刚躲好，便听见有人上船过数，又听到前面小火轮起锚的熟悉笛音，身下的船缓缓被拖动离岸。

　　由吾从油布缝隙向外看着，见岸上的烁彩灯影渐渐远去，越来越小，紧揪着的心这才放松下来。不一会儿，便沉沉睡过去。

　　"妈的，哪儿来的小子？起来，快起来！"

　　"是怎么上来的，奇了，走前咱俩还查过船来着。"

　　由吾睡得正香，觉得身上吃疼，睁眼见一高一矮两个穿灰棉布短褂子的汉子，正俯身站在面前盯着自己，忽想起自己是偷上了人家的船。忙一骨碌爬起来，挤出满脸笑，向两个汉子拱手："二位哥哥，兄弟昨晚多吃了两杯，不知何故便睡在了您家船上！这是哪儿？我，我，我这就下船，就走，就走……"

　　"这小子，在江面上你走哪儿去，马上船就要到岸了！你要去哪儿？这是睡了多久？不会是前儿夜下在外滩便上错了船吧！哈哈……"俩灰褂子相互看了一眼，高个子边说边轻蔑地睨了眼由吾，哈哈哈地笑起来。

　　由吾听了高个子的话，知道自己竟已经睡了两天，忙又拱手向两人道："二位哥哥，小弟原是要去南京的，一时贪嘴多吃了两杯，实在不好意思，惊扰了二位。"

　　"哟嗬！你小子倒真好运。咱的船正是去南京的，马上就要到岸下关。"矮个子倒还算客气。

"到南京了！"由吾心中暗喜，面上却装出焦急样子，连连道："呀呀，人到了南京有什么用呢，我的行李包裹都在另一艘船上哩！估计这下子都被偷儿偷走了！"边说边还抹起眼泪来。

矮个子看了眼同伴问道："怎么办，咱报东家吧！多出这么个浑小子在船上。"高个子点头道："可不怎么的，得报东家，先看看咱船上少了什么没。"

"你可拉倒吧，咱船上都是粗笨机器，能少啥？看这小子细胳膊细腿的，送给他都搬不走吧！"矮个子咧开嘴又乐了，他上下打量着由吾，又指着由吾脸问："嘿，小子！你这脸是怎么回事情？蛮大个豁子！"

由吾经他一问才觉出脸上有些疼，记起自己的脸是跳楼跌的，对，对，还有门牙！他暗用舌头一舔，确是上头缺两颗，下头少一颗。想着自己原先还可凭借皮相骗些饭钱，没几天，头也瘪了一块，脸上破了相，牙也缺了，以后不知靠什么才能过活。由吾怔了怔方才道："呃呃，吃醉了酒，跌、跌的，不碍事，已经在医院缝了。"

"看不出，你小子年纪不大，酒瘾倒不小。咱哥们儿也好吃几杯，倒也没像你这样子狼狈过哩。"高个汉子指了由吾向矮个子笑道。

"什么事情耽搁这么久，机器过了数没？马上船就要靠岸了。这船的大机械先下船⋯⋯"一个男人的声音从由吾身后传来。

"是，莫先生！按您列的单子正过数，只这船上多了个大活人。"高个汉子向迎面来的男人鞠躬回话。

由吾暗忖："反正老子要钱没有，要命一条！"想罢心一横，向来人低头拱手道："这位老板请了，小的前夜因贪嘴上错船，实在是对不住，您大人大量饶过小的。"

由吾说着抬头，见竟是前日来过店里的浩之，喜不自禁，忙挺直身子道："原是浩之先生，遇到了您，小的可就算是得救了，缘分呐！"

浩之猛地见到鼻眼青肿满脸伤的由吾，认不出是谁，只听他口口声声喊自己，一怔之下问道："你，你是谁？"

"吓！先生，我是玫瑰洋货店伙计，由吾呀！您前儿来店里找我们东家和老板娘，小的给您奉的茶！"

"你，唔，对，叫作由吾的，是你吗？"莫浩之想起来了。

"咦！你不是应该在⋯⋯"浩之忽记起上船前去看老齐，正遇由吾被送医急救，心下狐疑便忙住口把"圣约翰医院"几个字咽进肚里，且看由吾演戏。

"正是，您老记性好，想起小的来。小的领东家的差，要去南京采办新货，不想贪吃两杯酒，误上了您家的船，说来是先生救了小的的命呢。"由吾脑子活络开，一边想着怎样开脱，一边盘算着顶好顺带骗些银子来花。"南京？"浩之有些吃惊，"他怎知我要回南京？"旁边矮胖伙计喊起来："你小子真是有心了，我刚说去南京你便也就是上南京……"话说一半见浩之侧脸向他一瞪眼："马上就要到岸了，还不快去清对船货！"矮个儿听了，慌忙住口拉了高个汉子往船尾去验货。

"是呢，可说凑巧不是？小的虽说误了船，所幸方向竟没错，只、只是丢了行李包裹，身上一文钱也没得。"由吾说话间，抬眼瞥见船离江岸越来越近，已看得清码头上的铺面店招和绰绰人影，更想快些脱身，哪还顾得着谎扯得圆不圆，心一横向浩之跪下，口里直嚷道，"只求先生救人救到底，施舍些路费饭钱，也好让我回店交差。"说着连连磕头。

浩之正烦与他纠缠，听只是要钱，忙从腰间扯下钱袋翻拣里头的零钱，想着赶紧打发了这贼偷。谁知就在他低头工夫，却觉得手上一轻，钱袋被由吾抢了。只见由吾纵身扑向船侧，头也不回地喊了句"多谢厚赐"，人便跳进江水中。

浩之惊得大呼"当心"，话音未落，只听到由吾接连几声惨厉号叫，水面泛起一片触目惊心的血红。

这艘铜制单螺旋桨小火轮发出悠长的一声抵港笛鸣——靠岸了。

正所谓："莫教兴恶念，是必少刁乖。休言不报应，世事有安排。"

第三十四章　无利图难免糊涂，行不义终究自毙

第三十五章　华胜厂新品发布，谈管理摒除弊端

华胜厂自新开后，便启用了新购的德国织机，伯诚又从德国机器设备公司请了专门的机械师来传授工人操作技法。丝多用的是祥昌生丝，匀实度、细密度及韧度自都是好的，可织出来的绸缎成品依然难敌洋丝，特别近来东洋纺织品大量涌入上海，南京地方更是受到不小影响。一月来，南京已新开两家东洋人出资的纺织厂，规模都不小，所产洋绸虽非全丝，但混纺织品的色牢度及耐磨度又是全真丝织品所不及的，且那洋货成品的价钱，仅本土华货的七成而已，引得国人竞相趋购。

不论上海还是南京，洋货早已经成了时髦的代名词。

当局虽一再提倡支持国货，反对洋货倾轧我中华，可未见其实际动作。商界又当如何？商人以利益为先，本就是为争取最大化利润而存在的，见到洋绸洋纱有利可图，多少布商大量购进洋布洋纱销售，又有谁去管它是姓洋还是姓国，只认它姓钱罢了。

华胜厂产出的丝绸绉纱本布质优，却做不到价廉，而洋丝洋布出销价格极低，国货无法将成本降下来是个极大问题。伯诚对厂里日渐积压的库存绸缎布匹时感忧心，可又苦于一时没有更好的办法。厂里成立了洋绸专研组，将技术骨干召集在一块专门研究市面上畅销的织品，派人买回二十多种时下市面最好销的布料，其中上海最时髦的洋丝葛引起伯诚的兴趣。

这种洋丝葛织法上没什么特别，是普通的提花织法，只这材料质地倒要费番心思去琢磨。料子看起来极似丝锦，较普通绸缎厚实，有光泽、耐磨、耐洗、耐晒，色牢度极佳，竟还抗皱，而价钱竟只是织锦缎的一半而已。专研组员将布拆解来看时，见经线均为蚕丝，而纬线则是一种不知名的纤维，市面上未见过此类半成品，用火烧来却不似蚕丝般成粉末状，而是蜷曲成一团，冷却后捏在手上像个硬疙瘩。众人一时摸不着头脑，又将纬线分别用微光镜细细查看，却见那线是有光纤维，与蚕丝极相似，又有苎麻的牢度，却比麻弹性更好。伯诚在外洋留学三年，学的化学，他自知这应当是种化学材料制成品，可一时间竟也没法立即确认是哪样品性。

伯诚要专研组三个月内研讨出此线成分，务必制出比这洋丝葛成本更低、品相更好的自产国货来。其实，以他多年从事纺织业的经验来看，心里其实并没有把握，抑或如此也不得不试。果不其然，接连两个月，虽然专研组员们多方尝

试，但出的样品要么质优漂亮却成本不低，要么成本降下来品质却胜不过那洋丝葛。质胜则价高，似乎是个无法攻破的难题。

月末召开股东会时，伯诚将洋丝葛与自产的几种样品拿来给子正和长仁看，又把专研组遇到的质价难题再细究一番，最终还是落在那纬线的材质上。伯诚叫人拿来这纬线火烧、研磨、捣浆后的样品，发现既非丝，亦非麻，更非棉，却兼具这几种材质的优点。

锦缎、丝绒、云纱、丝绵交替经纬来算，怎样也不能达到将成本价压低一半的要求。

三个月过去，专研组运用各种材料混合试织，依旧无果，却意外制成一种新织品，用茧丝、棉纱、精麻混合织就，且每种丝纱成分或增或减，均能织出不同色泽质地的面料成品来。

这种天然混纺织品，在色牢度上较洋丝葛稍逊，但在透气度、舒适度以及色泽、柔韧度及匝架度上却更胜一筹。经过反复推研，冯、荀、吴三人酌定其中两种质地工本居中的料品，定名为"华胜锦"和"兴华葛"。其价仅定为丝绸的六成之数，几乎毫无利润可言。

他们希冀能以此两种新品，与市面东洋布一决高下。

伯诚安排人去报馆登推广宣传的告白，一面依然紧督着专研组再研发新品。此二种新布面市却是应者寥寥，伯诚深知无论价格、质料、品样，都没法与那洋葛抵敌，却又实不甘心就此罢手，少不得夜以继日地守在厂子里。

子正倒与伯诚看法不同，他只觉是人事未竟，便要再花钱开个新品发售大会，好好地造些声势。

转天，子正拉了长仁同来找伯诚，商量新品发售会之事。刚进公务间又见伯诚与组员一起埋头研究新织品，见二人来，伯诚便起身相迎："来得正好，这新研发的锦绸葛才是可与那洋货匹敌的上乘之品。"说着将手中的一小卷布展开铺在桌上。

只见展开的布料，迎光处光泽鲜亮，背光处泛着幽光，依然是提花的织法，却似比以前看到的更细密紧实，给人雍容华贵之感。长仁叹道："如何能随光线深浅幻化出这七彩多变的光泽来？"子正亦感叹前所未见。

伯诚道："此中有一股经线加了化学纶丝，而在提花织法上加了重织工艺，虽说工艺上复杂了，可工本却每英尺降下一角呢。只是机械专研组在织机上多加了两个起线钩。不可不说是一大突破啊！"

子正不由得盛赞伯诚革新之功，此一款不论从观感、质地、用料上都可与那洋丝葛一较高下，又问量产出品月可供货多少时，伯诚却叹口气道："虽然咱们华胜厂有两百台织机，但能产此款新品的只有那三十台新购织机而已，且一一改造机器还要花不少的工本。操作工人的培训又得耗一番功夫。"

"怎么，咱们的丝织工艺学堂不是有工厂学员分批学最新的操作技能吗？怎么还要再学新法？"长仁不大懂纺织操作工艺流程，只道学来简单。

伯诚道："学堂自然教得不错，只学的技能是操作，却并不是纺织工法技艺。"

子正也向长仁笑道："是了。纺织行里头向来有那'老规'，即是工头，他们掌管着生产技术核心，各料投线多寡、操机理绪规程，每个老规控制十多台纺机和布机，何人操作均由他来定，厂子是没法去管他们的。"

长仁不由得愣住："什么？咱们自己的厂子怎么竟连用人都不自主的吗？怎能任由所谓老规把持？"

伯诚忙道："这些老规都是厂子的骨干，用惯了机器，便懂里头的诀窍关节所在，一般新手是没法与他们相较的，如若得罪了他们，只随意动动手脚，马上报个织机故障停转。那停工的损失可是得由厂子来承担的，实在是得罪不起的。"

"不是这样说法，熟手均由生而熟，如若熟到把持机器、凌驾厂主的地步，便是厂里的管法有问题了。听二兄所言，不过是厂子里所配备的技术人员不足，方致机工如此自恃其手段挟制厂主。如若几个老规串联勾结，那岂不要有罢工停产之威胁！"长仁不得不提出自己想法来。

"纺织这行多年来一直有老规，只他们自己并不团结，都自恃自己的手艺技法高明，还时不时会闹出些打骂事端来，倒也未有串联之虞！只长仁老弟说得有理，厂主处处受制，不得放开手脚倒是真叫人头痛。只一时无法下力对付他们。"子正虽赞同长仁说法，却显出无可奈何来。

长仁道："兄弟以为，此种境况制法有三：一来，将这些分散于各车间的老规们集中在一处，可名头大些，如叫个'技术革新专家组'或'研技委员会'之类。搞些难题教他们签时间状，限期完成。他们原管的那些机器工人都打散开来重新组织车间，管段和组长由技术好的接管。二来，开个技艺工法大比武，好教人才浮出水面，再行培训使用。三来，新车间人员都实行轮换岗制，三个月一轮换，好教所有人技法均衡，不让新'老规'再把控工人机器。"

子正稍一犹豫，当即道："老弟的法子妙是妙，只眼下却是赶工出品的紧要关口，技工学堂又是新开，学成有限，待咱们先将这新品量产推出市场销售起来，再慢慢计较。还有，这'研技委员会'我是极赞成的，莫如先就成立起来，将老规们集中一处，听他们的想法，将这新品的扩大产量事由交给他们来办，看谁管的机器出工多、品质高，便推他做这委员会的会长。二位看如何？"

伯诚笑道："这法子恐怕要教老规们吵翻了天哩！哪个都目中无人，一争起来可就有好戏瞧了。"

　　长仁哼了声道："可安插一两个可靠的内应，参与其中，也好随时掌握他们的动向，可别真搞出什么大事体来，影响咱厂子的经营可不成。"

　　三人相视大笑起来。

　　几人又定了"华胜锦绸"的告白定准发布日子，虽此番的工本降一角钱，却并不改发售价钱，不为得利，只为推陈出新，抵制洋布一统纺市的不堪景况。

　　抓老规促产量的法子果然奏效，一个月的赶工，原以为只三十台机器可用，不想老规们憋足劲没日没夜地改装机器，到开工日竟有百多台布机得以出品。赶在发布日期前，出了一批锦绸上品。

　　眼看着离选定的新品发布日期没几天了，伯诚却又想出个新点子来，要将这锦绸各花色裁制几件旗袍长衫来，届时找些俊男靓女穿着出来亮一亮相，定是引人争购。子正和长仁无不赞其主意高，便在报上刊出告白，四下网罗招募帅小伙和时髦女子，边加紧赶制衣裳。

　　报纸刊出第二天大早，华胜厂门口便挤满了来应聘的青年男女，伯诚忙差工段长临时将一群人带到大公务间，自己则忙打电话请子正和长仁来挑选。

　　子正选人要求女子得是美艳而不媚俗，男子要端正方直而非油头粉面，如此，方能穿出锦绸华贵端丽的特质来。长仁和伯诚都深觉有理。可按此标准挑人真就万难，来报名的男子多是白面油头的，哪有半分贵气，而女子却多是些歌女娼妓，妖娆有余端丽全无。接连三天，只找出男子两人稍看得过去，女子竟没一人合适。子正和长仁哪里能坐得下去，半日不到便借口开溜，伯诚也不由得灰心，连连打着哈欠，后来问也不问，抬眼看过便挥手让她们下去。

　　不想，一个女子却不乐意了："哟，这是哪门子的选拔，连眼皮也不抬一抬，就教人走过去了，我们大老远跑来的，费了不少腿脚。太没礼貌了。"

　　伯诚循声望过去，见一女子二十上下的年纪，穿着件月白的宽袖旗袍，宝蓝缎的镶边，下穿湖蓝提花绉的百褶裙，长圆脸，薄敷了粉，红嘴唇却显得颇大。伯诚皱了皱眉头，心道穿得倒还素淡可人，这大红嘴，也不多答话，只向身边人努了努嘴。

　　身后当差的意会，忙上前向那女子哈哈一乐道："这位小姐您请了，别挡着后头人，大家这不都是跑了老远的路来的么！"说着就要伸手去推她。

　　女子却是不乐意了，一别身子，对身后另一着艳红绸旗袍的女子道："瞧你非要拽着我一块儿来，这么样儿敷衍人，着实可恼。还擦这样艳俗，教人半天不自在！"说着将腋下帕子拽下来三下两下擦去嘴上抹的鲜红唇色。

　　伯诚不耐烦地一抬头，却正见那女子清丽高贵，不俗，真是不俗。忙开口止住她道：

"这位小姐，实在对不住得很，应试人虽多，只都与我们挑人的条件不合，因此，为节省时间，确有些仓促了。您，贵姓……"

身后当差忙指了伯诚手上的名册，看时，叫作白玉如，职业填的是学生。忙又抬头看她问道："白小姐是吧，你是学生么？读的哪所学校？"

"教会女校，在莫愁路上，今天是和同学一块来的。"白玉如说着指了指身后两个女孩子。

"噢，好，好好！那么学校知道你们来应选的事情吗？家里大人同意吗？"

"新时代，学校是鼓励我们在课余时间多接触社会的！"白玉如身后的女孩子抢着回答。

"噢，好，你们是三位么，都先请到隔壁办公间稍坐坐，填个表格！"

伯诚终于舒了口气，这三个女学生虽稍欠成熟，但自有书卷气，雅致！

他吩咐手下人继续看后头的几个，起身亲自带着三位姑娘去自己的办公间。谈了一会儿觉得这三人身材形貌都还过得去，便要她们填了张细表，留下小照回去等通知。此时手下人领了个男人来说又选到一位，伯诚看他黑红脸膛、身板结实，与前边的白脸瘦削又多有不同，当即留下填表格。

他一并将选出的三男三女照片拿去给子正过目，本厂留四人，去掉两个，不想挑来挑去，看着都不错，又打电话叫来长仁，也挑选不定。最后子正一拍大腿，全留下，豁出点钱将动静搞大些！当即决定将原先放在厂公务大厅内部的地点改成包下南京最豪华的锦新大饭店二楼宴会厅，遍邀全城名流、新闻记者来参会观摩。伯诚便分头通知三对男女来试装试走，又是租赁场所、制发请柬等杂事一通忙碌，总算圆满完成。

华胜此次举办的盛会远远超出原先的预期，除了所花费的银子外，所收到的效果也令人惊喜。发布会在南京引起轰动，新开的华胜纺织厂在地方有了一席之地，更使此次力推的锦绸订单纷至沓来，排期竟至来年年中。一时间，华胜锦绸风光无两，看起来还真是大有与洋丝一较高下之力。

紧接着，县商会又发来专函，通知华胜厂的锦绸参加全国蚕茧丝绸展览会。子正接函后兴冲冲来长仁家，长仁看他因兴奋而涨得通红的脸，不由得也笑起来，忙接过来细看：

南京华胜纺织厂钧鉴：

  为提供蚕茧丝绸之工艺，兼顾来年二月美国纽约丝绸博览会各商赴赛预备之起见，将于10月举办为期两周的全国蚕茧丝绸展览会，由各省实业厅、商会、农会、各帮绸业展园及江浙皖丝茧总展园等机构组织负责征集到江苏、福建、湖南、山东、河南等15省的出品参展。贵厂所制新品'华胜锦绸'因物美价廉，染织精致，堪可为江苏省地方之丝绸代表。现荐贵厂携华胜锦绸参选展览会。

　　同时为促进本国丝绸之商业，为赴美丝绸博览会之张本，还延请丝茧绸绣专家举行出品品评会，对所有展品，公允平量，并造具品评……

　　务求品物精良、染织优美，供作一堂之展览……

落款却是"江苏省织造委员会"。

长仁看完笑道："我道子正兄怎么会如此高的兴致，原是为美国纽约的丝绸博览会。好事确是好事，只有一点难处，若要专制锦绸参展，确保品物精良，时间却是相当紧迫。"

子正却收起笑道："正是为此，咱们总会想到一块儿去！此次参展锦绸，必得要取用专制的精丝，花色样式也得考究一番。向来华胜的丝总是老弟你的祥昌所出，因此此次专丝也必得由你来落实，我才得放心！"

长仁当下满口应承，华胜厂的事业兴衰与祥昌有极大关联，他的心情甚至比冯子正更切切些。

时间紧迫，长仁送走子正便住进了祥昌丝厂亲自督工。

长仁

第三十六章　改技术丝量陡增，聊实业商机甫现

　　祥昌缫丝厂为赶工华胜的参展锦绸，要专缫一批精丝，这可教浩之费了好大的脑筋。丝厂新开，新机器新技术，工人掌握操作亦需要时间，培训和改良便成了浩之来厂后关注的头等大事。

　　自聘了莫浩之来厂，长仁顿觉轻松不少。厂里第一批缫丝出品，长仁让人专门定做了木匣把那丝装进去，标注时间批次，匣面上镶的玻璃，装嵌在一进厂门的大础柱上，好教工人们每天进出厂门必得见着。又交代浩之，每有革新便存一把丝封匣，待若干年后，便可见满壁的厂出新品了。浩之听了十分振奋，几乎已经看见满壁自己的革新成果，便更使出十二分力来扑在厂子里，培训工人、改良技术。

　　自第二批技术工人学成，厂里每月出丝量渐渐稳定，但尚不够供应华胜厂，此次又事精丝专供，就更是应接不暇。华胜新品发布后，锦绸订单量猛增，眼见祥昌所供生丝不能保证开工，子正、伯诚便和长仁商议，决定另签两家供丝商。

　　一日，伯诚来找长仁，进门便一叠声地道："真是世风日下，做实业的人不实心地把功夫用在做事、出产成品的正经路数上，偏生地要去走那歪门邪道。气煞人哩！"老妈子正端了茶上来，伯诚便一把抓了盖碗，也不滗一滗茶沫，便一仰脖倒进口里。不想那热茶新沏，正烫着，伯诚吞又吞不得，吐又没处吐，只得半张了口，让那茶在嘴里漱了几漱，勉强咽下，又慌得伸了舌头出来，嘶嘶地吸气。长仁不知伯诚为什么事着恼，便笑着上前将他按坐在椅子上，等着。

　　伯诚喘息稍定，这才道："厂里要签供丝商的消息才刚放出去没几天，就有五六家来找，洋行么，咱们之前说好的不用，那剩得有三家，一家是门西里的华飞丝栈，一家是附近大码头的七里湖丝铺，还有家是大生纱厂。丝栈和丝铺么，不消说，都是下乡间去收蚕农的土丝，各家手工缫出的丝质量差次，价钱倒是低的；大生纱厂的丝我本是有兴趣，就教那大生纱厂拿两条自家产的丝来看。谁承想，拿来了日本洋丝充自产货，我是做什么的，一眼望去即知是什么丝，甚而哪家出的细看也分辨得出。还来唬我么？简直笑话！"

　　长仁笑道："我当什么事，那日本丝好么？厂里合用的吗？"

　　"用是用得，只那是洋丝，价钱不提，还必得经史田君同意才得成功。"

　　"这史田君又是谁？"

　　"噢，是东井洋行的买办，本姓史，名大可，入职洋行便把爹娘老子起的名

243

字改了,叫个'田君',听起来确乎多些东洋味道。大生纱厂是他私人买卖,反正也得替东井收茧子,便多做些兼顾自家厂缫丝,或进乡收土丝,送厂里复摇,这样一来,东井和大生都可应付裕如,是通吃的营生。看大生打着国货旗号,出销的却是东井洋货,竟好意思叫嚣抵制洋货。你说可气不可气!"

长仁笑道:"怪道要改名,人品如此之差,却是哪有'大可'呢?"伯诚本生着气,被他这样一调笑,也绷不住笑起来。

长仁这才正色想了想,道:"这样看来,大生的丝是断然用不得的,那丝质不好却是更不可用。咱们办实业搞经营最是注重个信字,切切不能自降品质自毁声誉。目下,厂里大约缺多少丝才得满荷运转?"

"大约缺百十包哩,有加急的订货可就吃紧,平日里连库存都没得。况且,就算一时没订单,工人也得有活儿干,不能教他们闲在那里白拿工钱。我看,倒不如扩建祥昌丝厂,这样咱就不必假手他人合作了。我看那几家拿来的样品都不如祥昌缫的丝匀润,价码却比你还高出不少。祥昌丝不愁出销!"伯诚有些着急,不假思索地将心里想的话脱口而出。

长仁不便当面浇伯诚冷水,心下觉得祥昌丝厂刚建不久,不宜贸然扩厂。脸上却是笑道:"伯诚兄说笑了!只怕我再如何紧急扩建,也解不了这目下即要的订丝,找浩之商量看能有法子扩大丝量才是紧要事。"当即便拉了他去厂里。

伯诚又喃喃道:"唉!子正偏这时候去了广州,也不知哪天才得回来,他若在,主意定是多的。"

长仁倒笑起来:"老兄也不必太上火,一众尽力,定能解此急难。现下市面上都在抵制日货,咱们开厂初衷不也是为着能与洋货一较高下,要是此刻选用了洋丝,恐怕日后再难挽回!兄弟意思,宁可少赚些,也必得坚持使用自己的国产生丝,不能废改。"

"长仁老弟讲得甚有道理,我一时竟急得没了主意。"伯诚听长仁一番道理,不便再驳,只好苦笑着应承。

两人进厂时,正碰见浩之,长仁忙召了他一齐去办公间商量扩大产量之事。浩之想法倒与长仁一致,当即道:"近段日子事情都凑在了一处。那华胜锦绸参展的精丝,我正亲自督促技术好的熟手在赶工。祥昌新建不到半年的厂子,哪里就能扩厂呢?新厂、新机器、新项目、新规程,必定是要经过一段时间转开去,才得适应就位哩。"遂提议成立专门的技术革新车间,将他看中的四五个技术工人召集起来,专事研究缫丝机器改良以及工艺规程的革新。长仁无不答应,立即加注了一笔五百的银子,专用于研究和购置器具。至于华胜眼下的生产,只能先吃进些高价的上海机丝,把大宗订单应付过去。

浩之很快展示出自己的才干，带了人在各车间转悠，搜集操作工人的意见。又与革新小组的技术骨干几番讨论修改，适时对厂里机器进行改造，煮熟茧的索绪、理绪，茧丝的集绪、拈鞘、缫解，还有部分茧子的茧丝缫完或中途断头时的添绪和接绪，生丝的卷绕和干燥等一应规程无不细分。不久竟见成效，月出丝量提高足有一成，还日夜不停地赶出了华胜锦绸参展的精丝。

长仁很是得意自己发现了浩之这位汽机专家，现看他竟还有管理才能，便给浩之加了薪水，又升他做驻厂经理，厂里一应事物无不交他自处。

此刻浩之的薪俸与伯诚不相上下。眼见着进了腊月就快新年，浩之便向长仁告假，回乡接王氏、宝儿来同住，特雇了艘通身红油的小火轮，与后挂驳船披花挂彩。王氏兴奋得脸颊泛起两团红云，挨户上门向邻家婶子媳妇们道别，收尽羡慕嫉妒笑闹，着实在乡邻面前风光了一回。

长仁有了空闲，肚里便开始盘算，得要把手头的闲余资财再投些买卖，教钱能生出钱来。挣得洋货那一注银子入账，丝厂和两处铺子放投一些，又在银行户头里各存留十万以备周转。那余下的几十万无处花销，便总还想有个妥善的安放处。银行生息也太慢些，想着或置些地产做公寓，或合人再拼个股份做个现成的股东，再或做点儿取巧买卖也无不可。一时间倒委实主意难定，想着哪天找冯子正聊一聊行市，他实业办得不错，又主意多多，说不定就能给自己出得个确实的好点子来。

这日长仁正在书房闲坐，门上伙计来报，冯子正家人送来条子。长仁展开看罢方知，子正从广州回南京，明日要在老万全摆酒。收起条子，他呵呵一笑，自语道："正想着他，就回来了，不知从广州带回什么新鲜见闻。"

次日，长仁早早便往老万全去赴子正的席。不多时人便到齐，长仁看时，只伯诚认得的而外，余二人皆向未见过，既不是厂里的，也非铺上的。待子正一一介绍过方知，那身材矮瘦、面庞黢黑的是子正表亲，姓何，表字新图，一向在广州厂里帮忙管账，此次带了来南京厂里任职。还有个姓伍，唤作仕铎，白净斯文模样，戴着金丝镜脚眼镜，谈吐不俗，颇显出些才学见识。听子正介绍才知是东洋留学回来的医学博士，此次广州办事正巧遇着，便一路回南京来。长仁向来敬重饱学之人，听他竟是个博士，不免正襟危坐，肃然起敬起来。

都是生意人，不免泛谈时局，评说市场一番，再就讲到实业拓展。长仁憋了好久的投资问题，正恰时问问众人的想法，况有大博士学问家在座，便道："当前时局既如此纷乱不堪，我辈商者岂非缚手缚脚地不敢投资做事么？"

何新图便接口道："得看是怎个乱法，只要国家的水路、陆路通着，就不怕生意没得做。就拿广州来说，现在学界商里的洋人，比从前不知多了几十倍。水土衣饰倒没得多说，倒大都说些饮食不惯的话来，早前几十年就有西洋传教士带了咖啡种子来种，却还是觉得味道不对，想是加工的技艺不同吧。因此那些个洋行大批地进些咖啡豆、咖啡粉，安南的椰浆、椰丝、椰肉，还有些印度的咖喱膏，名目繁多。倒搞得本地人也纷纷跟着尝新奇，不过也只广州、上海，噢，还有南京这样的洋商聚集地才能尝得到。想来，吃这一节，是大有文章可做的呢。"

伍仕铎接口道："新图兄说得极有道理。吃，可是有大大的商机在内中，且别说那洋人，就我们这些外乡人，全国分布的都有吧。身在异地常常会思量些乡味吃，哪里办得到呢？我在东洋留学时，就看过些罐头食物甚通行，非常便利，走到哪里去都好带在箱子里、包袋里的。这注买卖倒极易做，蔬果肉蛋，都好装罐，松江的蒲菜、鲇鱼、山东的苹果、李子……"

新图一拍巴掌笑起来，接口道："广东的波萝蜜、荔枝、洋桃、兰花菇亦是上好罐头原料。"

"那各地特产多着哩，常州的马山杨梅，绍兴的冬笋、春笋，塘栖的枇杷，可得装？"长仁笑着问道。

"那是自然，还有四川的冬菜，天津的鸭儿梨，没一件不好装罐头的。甚而南京这地方，初春的嫩荬儿菜、豌豆苗儿，夏初的茄子、蚕豆、白菜，虽说都不值什么钱，但久客他地的旅人，恋着故乡味道，哪个能不为解馋瘾宁出重价买呢？"伍仕铎接着道。

这时堂倌端了托盘进来上冷碟，望桌中央放了盐水鸭、话梅花生、风菜拌干丝、干切牛肉、爆鱼，末了却又端出盘咸板鸭来。子正笑道："朋友小聚的便宴，因着有刚从外地新来的朋友，桌子上没一样不是这南京地方的特色菜款。南京人都说这盐水鸭好，大约觉其嫩、鲜，在我尝来却是咸板鸭更好吃些，咸香味浓，肉颇有嚼头，两个都上来品品。"堂倌又拿了桌上一盒自来火，抽出根来擦着，将桌上烛台的洋烛点了，桌上菜色添得一层黄晕，登时好看不少。

子正便招呼大家吃菜，边笑道："可说是，更别小看那便宜不值什么钱的品物，却尽会有销场。就说这自来火、洋烛，哪家不都得备上几打，用去又极快。诸位看市面集上，管它大小贵贱，哪样不是舶来品销得旺，真都是洋货独步天下的格局。就说这洋烛，人说都有电灯了，洋烛哪里会有销场，却不知上海的年进口量竟达一百万海关两（注：1 海关两等于 1.114 银两）。诸位可曾听说过，那六年前在劳勃生路开建的英商白礼氏洋烛厂？"他顿了顿，看座上人均点头知道，盯了他听下文，才微微一笑道："上海朋友传来消息，目下已是建成，前几日刚投产哩。像这样容易造的东西，我们竟不能自造，还用人家的洋货，白白把银钱叫洋商赚去，岂不可笑可叹！也是没法可想，咱们老祖宗几千年前就开始用蜡烛，究竟抵不过西方国家的工业化制造技艺。咱们土法造出的蜡就是黑烟大，火光也不亮堂！各位说，有啥法，怪只怪技不如人。"

仕铎呷了口酒，拈起筷子来夹粒花生米进口嚼着，边点头道："讲真话，其实这洋烛仿造是不难的，无外就用些石灰、牛油之类。石灰容易，只牛油这一款让人不耐烦。真是搞不懂当局干什么要禁屠宰，搞得市面上牛油奇缺难收，不得不采办其他费些本钱的替代料子将就吧，那产出的成品质量就不尽如人意，不能充分燃尽，点来黑烟熏人，鼻孔里都能擤出鼻涕灰，眼睛也受不住呢。还有那烛的棉芯，咱们的土蜡总要剪烛花，人家造的确可自燃，不必剪去。唉！细节机巧的法子敌不过，无怪要给洋夷钻空子。嗯，这话梅花生甜酸软糯，甚是亲口！"说着把瓷匙又伸进盘舀了一大匙在自己面前碟里，换箸细品。

伯诚这时正挟了块盐水鸭进口大嚼着，听仕铎这一番高论，边吃边重重叹口气："说得极是有理。其实大凡合用的东西，不问大小贵贱，都是能赚钱的。只大件的值钱货色，他国洋商赚了钱去，我们大众惊心动目，都觉得膏血被人吸去，便众口一词地要去抵制。至于小件便宜的，人都忽略，只道这点儿值不了什么，随它销售去吧。谁知小件东西虽小，却常是销售极广的，不知不觉地，把利益尽让给人家占去，是个聚沙成塔的道理，岂不可怕？"伯诚说着又看那咸板鸭的盘子，喃喃："再来尝尝这咸板鸭，比比到底哪个好吃些！"

热菜这时一个个上来，是草头圈子、虾子大乌参、红烧荷包翅、油爆河虾，还有几个素碟，是青菜油渣、蒜泥毛菜之类。

仕铎挟了个圈子送进嘴里，边吃边点头道："现在虽有些人想创办新制造，抵制外国货，却只有像子正兄、伯诚兄这样的实业家才能花钱办得起洋机器，了解些外洋事物。不过，商界里的大多数人，对于到底有哪些样进口货销得旺，未必都能知道。中国是没统计的，这些细微曲折之处，当局忙着伺候走马灯换的顶头上司，没得工夫算计，只好我们自己来办。"说着，忽"咦"一声道："这是什么，如此美味。"说着又挟一箸细细去嚼。

"这个可是老万全的名菜。老弟吃的叫作'圈子'，即猪大肠了。可别嫌它是个腌臜秽物，选料其实是极有讲究的。选用猪身上最末端的肠子，脂肪不多，却很嫩。外面韧的皮和里面的肥膘交相辉映，别有番滋味。其实，下面铺的草头更是好吃呢，草头是土闲话，学名叫作苜蓿。不像别的野菜，它长不大，吃来格外软嫩，吸收了圈子的浓郁味道，呀，可说是人间美味啊。"冯子正对吃食甚有研究，说来头头是道。

众人听了皆把筷子伸向那草头去，吃了果然觉得格外鲜香可口，纷纷点头赞好。在座几人聚集了南北东西各处，并没有一个南京本地方的。一时间都把那洋

247

商赚中国人银钱的话题抛开，大谈起各地美味来。长仁因听仕铎一番罐头、洋烛的高论，觉其见闻广博，是个干事业的人才。心下记挂自己投资事，格外地又在席间拉了仕铎一番交谈。二人一见如故，又约下日子去长仁厂里细谈，大有相见恨晚之意。

饭罢，几人照例要去楼下烟间吸烟闲谈，放松精神。不想仕铎却突然道："不是兄弟扰各位兴致，兄弟是学医的，对人体机理医药知识多少晓得一些。要知道这烟耗人气血，其弱人体质之速且烈，极损身体，可使雄武之丈夫顷刻成一颓唐之弱子！如若过量吸食引发急性中毒，即会昏迷、呼吸抑制、低血压、瞳孔变小，严重的引起呼吸抑制致人死亡。我中国误染此瘾者已占一大部分，任其蔓延，不为挽救，茫茫后顾，中国尚可言耶？"

在座人中只仕铎是不吃烟的，未料到忽然间会听他声色俱厉地说了通这样的大道理。一时间其他四人张了口互相对望几眼，不知如何回复。

第三十七章　假博士推销新药，试尝人析苦添痛

　　仕铎坐着不起身，复又向众人痛陈鸦片的害处，他是东洋学医归国的专家，自是说得有理。一时众人哑口，只好捺了兴头坐着不动。

　　长仁自打见过静之罹发烟瘾的凄惨模样，兼见其身中烟毒的可怖死状，早有心戒去。不承想，到南京结交了冯子正、吴伯诚，二人俱有不小烟癖。子正更有特别嗜好，从不用新烟枪，他收来不少老旧烟枪藏了，常换着不同的用。据他讲，新枪两泡才解得馋，老枪一泡便足。长仁去子正家时，便曾见他拿枪在手上把玩欣赏，细数每杆枪的来历故事，甚为得意。长仁便也只好暂不提戒烟的事，随朋友们敷衍应酬，没想过自己会上瘾。

　　近段日子，丝厂、店铺打理得井井有条，空闲时候多起来，长仁吸烟也不觉大增，一早醒来便不自主地叫随身跟班小六子侍候烟具烧一泡。若哪天不吸晨烟便出门时，身上总难过痛楚，不单清水涕下、口齿流涎，挨点时辰更感身子肉皮里抓挠不清地难受。长仁有心还不认有瘾，但多少暗自担心起来，却只苦于朋友应酬，由不得自主。此刻听仕铎说，便自频频点头。

　　子正这时打着哈哈道："仕铎老弟言重了。目下社会，不论是生意场也好，官场也罢，上至仕宦文人，下至引车卖浆者，哪有不抽烟的？要说烟瘾，我抽了近二十年，也并未见得有多么大的瘾么，有毒的害处，更是无从说起了！"说话间打了个哈欠用手去揉眼睛。

　　"子正兄还说没有瘾的么？这就是上了瘾了呢，哈欠、头重、流涕、无精神，这些症状想是各位都有的吧？抽管烟便即刻好起来，没得烟抽登时就涕泪俱下、浑身似有虫噬，战颤而不能自控。"仕铎扫视着众人说道。

　　何新图早在一边坐立不安，终于忍耐不住，起身向众人告罪，由堂倌扶了急跌跌下楼径去那烟室。

　　伯诚拿起身后几上摆的一份《新民报》，指着上面一篇，愤愤地道："仕铎老弟说得有理！政府几次颁布鸦片禁令，这么些年来，怎么就是禁绝不了呢？多因当局明里暗里征税抽取厘金，以充盈其财政。鸦片中毒症状确如你所言，大家也知道它的坏处。实不相瞒，我曾试着戒过，可市面上那许多戒烟药丸、药水、药膏，用了许多后并未见其效，人还白担了诸般痛楚。且看看这报章上登的，什么其效已见，都是打个救国的幌子骗钱罢了。"

　　仕铎接过报来，只见一篇大幅告白：

>振武宗社发售戒烟神药！……今日爱国爱时之士均大声疾呼，云鸦片为亡中国之具，其言不可谓不警切，实足以唤醒我酣睡之同胞，虽然极鸦片之害，岂止亡国已哉？实欲亡种耳！盖鸦片嗟！……仆乃国中之一分子，观此剧烈之祸害，敢不尽我天职耶！今推出戒烟茶一款，盖仆昔日曾研究鸦片之性质，及人之瘾此者如何可以不受痛苦易于戒绝，使人人无论瘾之大小，自可于不知不觉之中将烟毒消除净尽，无痛苦、无弊害，任何体质咸见适宜。发售以来，因此而戒绝者已有多人，其效已见，今有忧时之士见鄙人此种药品颇可救时，爰联合同志立一公司乃将此茶扩充制造，务以摧除锄灭亡国亡种之人祸根为目的，想我同胞不乏爱国爱种之志士，定多欢迎此举广为劝诫以存已亡之中国也！

仕铎摇头，待要将报递给子正时，却见子正也起身道："仕铎老弟是一番美意，我们都是晓得的，也心领，只这一时间……呵呵，有劳老弟随了一起去楼下，大家再行细谈可好？"说罢不由分说拉了仕铎向外走，伯诚在身后一路拱着，四人下楼拐了几拐朝烟室去。

仕铎不再多话，也不推托，直跟进去烟间。偌大房里早已是烟雾弥漫，看不清人影。几人由门首点烟小童领了找到何新图躺着的烟榻，便各就近找空铺躺了过瘾。仕铎手拿着那张报纸在脸前扇着，坐在长仁榻边，看着长仁道："长仁老弟看起来烟毒尚不甚深，不知是否有意试着戒除？"长仁从点烟侍应手里接过烧好的一泡烟，刚吸了一口，听仕铎话，心想放下那烟枪，偏手却不听使唤，便口里唔唔答应着。仕铎也不待他回话，又道："刚席间听老弟说有意再投几注买卖，我倒有个极好的名目，正是顺应目下时局。我在东洋自制的一种药水，几乎是人人须用的，一旦做成，既赚到银钱，又能救国家黎民于危难，造福社会民众。只消花这么万把块本钱，包可挣回几十万银子。我有制造的法门，只缺少本钱，你若出资本，我就同你合伙，将来利益均沾，你信得过么？"

长仁又抽了几口烟，方才空出嘴问道："要说是药么，仕铎兄东洋学医归国，这自没什么信不过的，但这药到底什么名目？怎么用法？"仕铎顾不得再扇那烟，探下身道："我这药专门戒除鸦片烟瘾的，即是戒烟药水了。比这报上疗效更为显著，只三五天便可禁断的，是用化学方法精粹提炼出来，我从日本制好了少量，带回中国。回头就给你们几位先用了，等效验后再谈合作事，如何？"

见长仁不表态，伍仕铎忙又接着道："自做的本钱合来甚轻，要从外国去采办时，至少十块洋钱一份，外行还买不到的。"

"果真如此神效，资本不是问题。只不知仕铎兄想怎么样合作？"长仁听是戒烟的药，亦觉投资为善，又见其态度真诚不欺，不由分外地感兴趣起来。

仕铎干脆将身子俯就了长仁耳朵边，道："老弟只交给我两万块钱，制配药料、装潢瓶盒以及登报告白等一众琐碎事体，都不劳你费心。我们签订合同，二五一十的分余利便了。"长仁笃信不疑，二人便约好明日去长仁家里试药。

　　子正躺在长仁近边的榻，听得个清楚，此时便笑着恭喜二人，伯诚同新图在一旁凑趣。仕铎便干脆邀他们明日来一同试药验效，说得轻松便当。伯诚动心，拉了新图答应一同去看试，只子正笑而不语。

　　次日，伯诚、新图先后到了，凑在花厅喝茶。不一会儿家人报子正老爷到，长仁几个迎出去，子正笑道："想你几个都要戒去，只我一人抽着还有什么意趣，一块儿来戒了吧。"伯诚笑他道："那子正兄家里藏着的那些个宝贝，以后岂不真成个摆设？"子正道："哪里，还可赏玩一番，当个艺术品看待。"长仁道："兄弟意思，却是既摆不得，也赏不得，只怕连看一眼都会勾起烟虫！"新图吞了口水道："啊呀，说对着呢，我光听了几声烟哪烟的，都已经馋起来。仕铎怎么还不到呢？"众人正笑，仕铎肩上挎个不大的黑色药箱进来，正听见有人叫他，便一叠声道："该打该打，我来迟了。与那报馆朋友谈点事情耽搁了一下。"几人围拢来要看那神药。

　　只见仕铎拨开众人，小心地将肩上药箱放在桌上，从里面拿出一个小小褐色玻璃药瓶道："这便是了。兄弟因家中老太爷吸鸦片烟多年，才致力苦心研究，不是自我标榜，真个是去瘾止痛有奇效！"说着将药瓶递到长仁面前。

　　长仁拿瓶在手上，揭开胶皮帽放在鼻底嗅了嗅。只觉一股酸气混了西医消毒水的味道直冲进鼻腔，便皱了眉问道："这是喝的么？怎味道这样刺鼻？"

　　仕铎慌拿回药瓶小心盖了，笑道："这种不能喝的，是注射用针剂，直接作用效力才快嘛。喝的那种我正在研制中，只待长仁老弟的资本金到账便可成事！"

　　子正抢了瓶又打开，嗅过便问："那，这里面到底是什么？如何就能戒除鸦片之瘾呢？"

　　伯诚、新图俱都拿瓶闻过，皱着眉头盯住仕铎。仕铎慌忙把瓶夺回来盖好收入药箱。这才道："从西方医学角度来讲，某些毒性较大的药物有着显著的治疗作用。即为中医的所谓'以毒攻毒'，毒陷邪深，非攻不克，以药物治之，可直达病所。"

　　伯诚此时用手扯长仁衣袖，低声道："借一步说话。"便自走出花厅折向壁廊去了。长仁不明就里，便跟了出去。刚拐进廊下，伯诚便一脚跨过来，对长仁道："长仁老弟相信伍仕铎说的那些么？"长仁被问得愣住："这个，他是东洋学成归来的医学博士，又是子正兄的朋友，还会害你我么？"长仁倒十分信得过仕铎。"还是小心为上，我只提醒老弟，昨儿不是说要开戒烟药生意吗？莫若先教

第三十七章　假博士推销新药，试尝人析苦添痛

他上市场去卖一卖，以观效验，岂不稳妥！"长仁觉得有理，便点头答应："我也派老宋去探听探听，确准了咱们再听不迟。"两人说定，便返身回花厅，冯、伍、何三人已分头坐了，还在继续谈那药。

长仁当即嘱小六子去铺上传话，叫老宋拿两万的汇丰银行本票来。转眼便到饭点，长仁因家里尚未雇到合适的厨子，便一早间招呼妈子去订了老正兴菜馆的一桌海派菜，此刻已经到了，伙计取了担挑一样样摆桌，先有四味冷碟，再摆了腐乳肉、西湖醋鱼、醉蟹、烧划水、炒鳝糊几色。提的另一担，却是南京小吃，葱油饼、鸭血粉丝汤、麻油干丝、鸡汁回卤干、五香茶叶蛋、赤豆小元宵、薄皮小笼包，满满当当一桌，煞是丰盛。酒是烫得热热的花雕，细细地切了姜丝一并煮过。众人已是熟识，各自就座也不推让。

趁众人用饭间，老宋已照长仁合仕铎意思写好了合同。趁子正、伯诚等人俱在座，便两下里签字定了投资事项。仕铎得了资本银子自去制造装瓶，不几日便登报广而告之。自然是一番天花乱坠，自夸这戒烟水的好处，真是有一无二。一面在长仁家祥昌丝栈边东洋大药房里寄售，另在夫子庙贡院街花高价赁了处倒闭的正经堂药房做专售，伍仕铎亲自驻店掌事。

又过两日，仕铎找来，要长仁虚拟个名儿，写份佐证药效的致谢告白好去登报。长仁拊掌笑道："仕铎兄怎会是医家呢，实乃商才也，愚弟竟未想到这一层。"于是提笔写道：

戒烟须知

俟年未五旬，吃鸦片烟已历三十余载，百受烟毒贻害，遍求医服药毫不见效。近来诸症日甚，渴烟渐巨，心殊焦厌，头重神溃，耳内常鸣。今幸友人指示南京下关大马路三十三号东洋大药房有奇方戒烟，其药灵验无比，伏闻其言将信将疑，至该药房先购药水十元服之，觉有略效，着人再购六十元服之，十余日果得痊愈，再无烟癖，且身轻气足，功德钦佩，乞登报申谢。另据东洋药房称，南京夫子庙贡院街友康医院对门正经堂亦有专售。

——寓南京北首原江苏候补同知甄莫有白

仕铎问道："这位甄先生是长仁老弟的相熟吗？要与他去招呼声的么？"长仁哈哈笑道："'甄莫有，真没有也！'老兄未看出么？"仕铎这才恍然大悟地盛赞一番，喜滋滋去登谢启。

仕铎刚走，老宋便来回事。那日长仁着老宋派人查这仕铎来历，却是已经有了眉目。这伍仕铎家里原开药铺的，送他去日本学医，不想中途家中突遭大火，生意便败了，仕铎失去家中经济支援，只得中断学业，去了一家寿司（日本的一种冷食）店当学徒，被老板招做女婿。老板一死，这伍仕铎便卖了寿司店，带着日本老婆回国，先在上海还开了药铺的，不长便又倒了生意，一年前来南京，总还没什么着落，前阵子说是他那日本老婆也死了，却是中烟毒死的。

长仁听得仕铎日本老婆竟是中烟毒死的，便惊道："他不是有戒烟奇药吗？怎么自家老婆倒是死在那烟上？"老宋却说不知，长仁忙嘱他再细细查过。

这时有位南京管理商务的贾怀生，几十年的鸦片烟瘾，一天总要三两方能过得。政府当局查烟禁烟日紧，他身为政府官员，颇感诸多不便，下决心要戒除这积习，便查那报上登的最大广告，接连试了几种，只断断续续，并不能绝了想烟的瘾头。偏近几日贾怀生的气喘老毛病又犯，只好又复吸了烟去治气喘，不想加量吸烟非但未能缓解，反而喘得连睡也睡不安稳，便愈发狠要戒。这日翻见报上戒烟药水的告白，道是配合西洋化学精工，专门克这烟毒，无论怎么样的程度，只消吃上七日，定能绝根。想着自己之前戒了多次，无不是报上登的所谓"神药"，贾怀生不免将信将疑。不想两天后，又见这药效的谢启告白，还是位前清的原江苏候补同知。便叫家人去买了一打来，天天照服。一打服完，气喘见轻，鸦片竟确确乎不再想了。贾怀生没想到这药如此神效，便愈发不能离，又买一打加量来服，想一并将气喘老毛病治了。

长仁既和仕铎合伙儿做了这药水的买卖，又听老宋讲了他并非医家，便时刻多留了心。一日，长仁去丝铺见边上的东洋药房排着长队，便去看怎么回事，却是买仕铎那戒烟药水的，东洋药房里的人说销场极好，半月就卖了一万多打。又忙找伙计去夫子庙看那正经堂，回报竟说日入万金。算来，这戒烟药水每瓶一元五角，一万打，仅东洋药房就有一万多块收入，正经堂算来也要有十多万了。

长仁想，已过去几个月了，生意这么好，怎的仕铎也没提那分红的事。今日无事，便去正经堂找仕铎谈谈。不想仕铎见长仁来不等开口提钱便道："制这药水耗费精工，原是我在外洋用去多少心血精神，为凑足制药本钱我卖了在东洋的药铺哩，你只有两万股本，我的本钱多出十倍还不止的；再者，配制药料，登报告白，筹谋销场，都是我独自承当。再者，此时药水刚销不久，宜将这利益再作投资扩大制药规模才是。长仁老弟怎的就着急便来分红？"

长仁看伍仕铎无意与他按合同分账，又听他一通胡说，心道："什么药铺，分明是寿司铺子！"差点冲口而出。想他是子正的朋友，便硬压了火，道："想你我二人是白纸黑字落笔有据的，合同写明五五分利，即便是要再扩大投资，那也是将那追加股本的权属人分划清楚才是正理。我当你是个朋友，当初听你无制销本钱，原是成全了你的，如今不想会有这等出尔反尔的事来。"

仕铎急道："长仁老弟想是误会了。当初签的合同只写你出资两万元投我制售

第三十七章　假博士推销新药，试尝人析苦添痛

253

药水，并未写明我的制药成本作价几何，那五五分利也是要将我制药成本扣除，有结余才有利益可分的嘛，目下并未有余，哪里来出尔反尔的说法呢？难道这药水是天上掉下来的不成？倒是要找子正、伯诚二位好好聊聊此事才好。"

长仁听他的一套道理，知是笔无头烂债，不想与他再痴缠，当下便道："好了，兄弟知道你老兄的意思了，就当我遇人不淑，分利自不敢再提，只请你将我那两万本金还来，我撤股便了。"

不想仕铎又笑道："老弟此言更是差矣！这投资是说投便投，想撤便撤的么？如若长仁老弟定要便撤，那合同可是写明的，违背合同是要付违约罚金的。"仕铎说着掰指头算道："嗯，合约期未半违约金为资本金的百分之五十，这样吧，如今老弟要抽走资金的话，在下便按合同退你一万。不过，眼下现金周转不是很方便，待我写个欠条与老弟，待年底了结如何？"

虽说长仁自听老宋说伍仕铎的来历，便已对他为人有所警惕，只没想到会这等无赖混账，当下便道："区区二万银洋对我来说算得什么？只不过一息息零用的吃烟钱罢了，只当救济了那浑不齐。不过咱们的事却是没那么简单的。"说完也不多话，转身便出门。

伍仕铎听长仁将两万块钱说得轻描淡写，心下已是后悔没再多套牢他些，便一把扯了长仁衣袖不教他走，咧开嘴笑道："老弟怎么就着了恼，我说的那些全是玩笑话，你看看我的药水销场旺盛，还怕日后没银子分的么？待我清一清两个店账目进款，定上门去向老弟报进销账务！"

长仁自是全不理会，仕铎一点不恼，笑嘻嘻将长仁送出门。

第三十八章　合伙人争利散伙，验药剂哪管夫妻

　　长仁刚进家门，老宋便来回话，说已经查清伍仕铎日本老婆的确切死因。

　　仕铎老婆是他在日本寿司店当学徒时店东家的女儿。自进店当学徒后，伍仕铎便使出十二分力气讨得店东和他女儿的欢心，终于娶了那女子。店东刚死，伍仕铎便撺掇老婆将寿司店出售，带着钱跟他回国。到得上海，仕铎恢复父辈营生，重开药店。没过多久，日本老婆却想家了，时常流露出要回家乡的想法。伍仕铎万不能让那咬在嘴里的肥鸭再飞走，竟趁那日本女人生病，哄她吸鸦片治病，这日本女人哪料丈夫会害自己，自有了鸦片瘾，人便好似被那鸦片绑住，只要有烟抽，哪里还想什么家乡。

　　老婆留住，仕铎开始操心药店生意。到底是喝过东洋咸水的人，他将不大的药店分辟两块搞"中西合璧"，兼营中西药，又特聘个老先生在中医部坐堂诊脉开方，生意却总是不温不火，医药界向来讲究医术名头，他请不起知名老中医或留洋归国的医学博士坐诊，在大上海想混出名堂实不容易。仕铎此时才深悔自己在东洋时没能将学业完成，若能得个硕士、博士头衔，便能招揽那些势利眼的病人来送钱。正空自着急，日本老婆拿着张晒包裹时翻出的名片来给他看，片子上印了"冢田贵大つかだ たかひろ"名字下又跟着一堆头衔，其中"东京名校文凭学位总代办"教他眼前一亮。他想了许久方依稀记起那人，是寿司铺的一个常客，每次来只点一壶清酒、一份寿司，赠送的小菜却总要多添一次。曾在与这人闲聊时提起自己中断学业之事，那人夸口要帮他取得个毕业学位凭照，他当时看那人没个正经模样，便只当个玩笑未予以理会。此时，既是生意需要，就找他试一试又有何妨？仕铎急去邮局按名片上的地址给那人寄了一封信，言明要办一张东京都医学院的毕业文凭和学位证书。

　　不久，复信寄到，信中附了油印的办照须知和一张申请学位的表格，另有一张价目表，注明学士、硕士、博士各要代办费若干，仕铎想要办就得办个大来头的，便直接选填了博士的表格，折算下来竟要三百块银洋才能办得下，不免有些舍不得。转而又想，自己以后在国内混前程，没得个堂皇头衔不可成。于是又写封回信先就自己想起的往日寿司店不多的聊天情谊添油加醋地扯了一番，最终将价码压至一百块，态度坚决地表示多一分也拿不出来。

　　日本那头的冢田本就是诈骗、掮客，靠嘴皮子吃饭的，接到来信竟是要办学位文凭，立即回信答应代办先套牢生意。他从信中看到巨大商机，决定去繁华大

上海开拓国际贸易，边着手印刷证书文凭，边买了去上海的船票，又追了一封信说自己不日去上海谈笔生意，会亲自带着仕铎的博士文凭面晤。那冢田有细水长流的想法，自己去上海人地两生，与仕铎认个熟人，一来有个落脚点，二来在周转不灵时有个来源。

仕铎得了信便去码头接这日本朋友来家，便着急自己那博士学位凭照的事，日本人掏出一大卷空白文凭纸，喋喋不休说出自己此来的宏伟假证计划。仕铎一听便着急了，没想到他竟把生意直接做来上海。有他在，自己办假文凭的事还不成个把柄攥在他手吗？想到此不禁恶从胆边生！不动声色地殷勤招待，从酒楼叫了酒菜与他接风，与日本女人将他灌醉用绳绑了套上麻袋扎个结实，药店后门直通苏州河，二人就在麻袋口上加绑了石块沉进了河底，可叹这日本骗子到死还在做发财梦。仕铎从冢田行李里翻了半天发现原是个穷鬼，幸喜那卷证纸倒还周全，自己在空白处填了名字信息，其他都销毁。自此，伍仕铎有了新身份——东洋归国的医学博士！

仕铎自当了这博士，到照相馆拍了真人一样大的博士照在店堂挂了，还做了巨大灯箱广告——"留洋归国医学博士驻店开诊"，为应付咨询，他倒也认真地读了几本医药书，毕竟是有些根基的，口若悬河地说些专业术语也颇能唬住一些人。又在几家大报连登了三天告白，到店买药问诊的人渐多起来。

假话说多了自己也就实信，不多久，仕铎便把自己真当作了留洋医学博士。眼见日本老婆烟瘾越来越大，已是连店里的事也不顾，只成天躺在烟榻上。当局查禁之声日大似一日，学医的大博士自是不能坐视不管，那店内进销的戒烟丸、戒烟水，有药尽给那女人试，烟没戒掉，搞得人却越发有气无力，竟已不能下床。直到进了一种叫莫啡散（即吗啡散）的，一试之下还真管用，用过三五日，女人丢了烟枪，却离不得针剂了。以仕铎的医学常识，看出这是又上了莫啡散的瘾，便绑住她，用强手段给她断瘾，那日本女人累日不息地叫喊，开始是求，再就是骂，一日竟把办假证的事给一并骂出来，店里看病的人听得铺里传出的凄厉哭骂声，本已心惊肉跳，又一听这留洋博士竟是假的，哪里还会光顾，都骂骗子。俗话说坏事传千里，不几天竟有那原在店里问诊买药未治好的，纠集了人来打砸，药店是开不下去了。

本是自己诱使女人上的瘾，伍仕铎自食苦果，索性退掉铺子就近去南京。本想故技重施开个药铺还打那留洋医学博士领衔的牌，可一问这赁铺的银子开价自己承受不住，便耽搁住了。仕铎便去找几个一同留过洋的旧同学，想从长计议，可那日本女人像个无底洞，没有莫啡散就要疯了似的，可自家药铺已关，药就只能买，太贵了，仕铎可舍不得。没法，又再给她施鸦片，大量的劣质鸦片。这劣土里掺的都是些底土杂料，日本女人眼凹牙黑，一脸烟色，越发没个样儿了。仕铎打落牙往肚里吞，只得到处寻戒烟方，要想法给这女人戒烟。一日，在公共厕所的柱上看到一种戒烟新药的广告，叫海内英，据说能极快速断瘾，且绝不再反复。仕铎看到希望，便揭了那广告纸，寻到沈举人巷的一所僻静宅子，进得门内却见一老头带着媳妇孙子坐在天井里剥豆，不过是户普通人家。仕铎拿出那张纸再细看地址，却是写得分明，自己不曾走错。便上前打问，大人还未开口，倒是那孩子一指西厢房，大喊了声"爹爹"。门里一汉子应声而出，穿着玄绸长衫，戴着金丝脚眼镜，模样儿显着斯文。只一询价，仕铎倒被吓一跳，贵得简直离谱，说是德国进口货，小小一瓶十毫升竟要十块钱。

　　仕铎转身便回了栈里，可巧子正家门上伙计送了条子来，说自广州回家，要在老正兴请客云云。仕铎立即回了条子打发伙计，正可借机找子正搞些救急钱。在席间不想真就钓到了大鱼。因第二天就约了要去长仁家试药，仕铎好容易等到局散便忙叫车急去找那卖海内因的，半夜敲开门搜罗身上所有钱买得四支。回家路上仕铎想，自己合子正、长仁拍过胸脯先行试药包戒绝，如若这药不灵岂不失了赚大钱的机会。还未进家门，他便听见日本女人有气无力的痛苦呻吟声，当下便拿定主意：先用这个半死不活的女人试药。

　　仕铎拿针筒给日本女人先推了半支，看她沉沉睡过去，一夜出奇好睡。第二天早上起来竟自己开口要喝粥，气色也好些。仕铎喜不自胜，喂女人喝完粥，又说了会儿话，问女人，身上难受吗？女人摇头，还对他笑了笑，仕铎都有些不敢相信，看到这笑也想起些以前在日本时两人看樱花的情景来，不禁抱住女人，保证要治好她。眼见与长仁约定的时间已过，仕铎急着要走，女人却拽了他臂膊不放。仕铎便安抚道，再给你打一针，你睡一觉醒来，我便回来了，女人这才点头答应，仕铎想几个人说说聊岂非要到下午，便给她推进一整支，扶了睡好。仕铎将四个瓶也不管它空的实的，全装进药匣，以免教他们看着太少，又在头发上抹了两把隔夜茶，急匆匆地才去长仁家。这才有了后来长仁投资之事。

　　晚上仕铎回家，进门未听到他老婆的叫唤声，似乎有些不惯。待进到里面看时，那女人趴在地上，已经晕厥，衣裳都被自己扯烂了。仕铎真把自己当作个医学博士，把了女人脉，气息尚存，便把她抱到床上，撬开嘴灌进些茶水，又把鸦片烟点了放在她口鼻处教她闻。半响，那女人方长出一口气缓了过来，睁开眼看是仕铎，便抓住他手眼泪淌了下来，道："我命不久了，死后定要把我送回日本，跟父母亲葬在一起！"仕铎答应着，趁她有口气，着急打听她用那新药后到底啥感觉。女人闭上眼，道："先还受用，只后来难过想吐，心似火烧，肉如虫噬！"仕铎急问："那是跟前面鸦片犯瘾感觉一个样儿的吗？"女人不答，只摇了摇头。仕铎以医学博士所掌握的知识分析道，是给药多了，女人身子弱，应该前两次均半支，以后渐渐增量，直至戒除烟瘾。心下肯定便有了打算，起身再给女人打了半支针，看她睡过。自己便拿着最后那针剂，搜肠刮肚想着怎样将它勾兑成饮剂。

他记得教授曾经似是在课堂上讲过药汤剂转制注射针剂的法子。知道这针剂是比水剂、汤剂更精细的，那么，这针剂如加水应是可以喝的，只不知药效会否有影响。先用水百分之五十勾兑，药效只能待明早老婆醒转来再看了。想好便去睡过。

早上，又被女人叫声吵醒。仕铎过去看时，女人眼睛大睁着，手乱动乱抓，叫她却没反应，眼神空洞，已是不识人了。仕铎犹豫着是给她鸦片还是给她喝自配的海内因，看女人时日无多，仕铎给她喝了半份配制的针剂，然后搬了凳子坐在床边看她反应。一会儿，日本女人手无力地垂下，不再抓挠，睡了半刻，睁开眼，看仕铎竟坐在自己身边，感动得流下眼泪来。仕铎上前握了她手问道："我配了新药，感觉怎样？"女人笑道："好多了，身上不痛了。"仕铎喜道："是吗，那你要用鸦片吗？"女人又笑："不用！"仕铎一把丢了她手，转身就向外跑，他要去拿着长仁投资的钱先定下这批药。女人说了句什么，他没听清，便出了门。

晚上仕铎回家，又听见女人疯喊的声音。他将早上配的药液给她灌了，看她逐渐安静下来，便道："这新药已用两天，你须再熬过一天，便可戒断瘾了。"女人没说话。

第三天早上，仕铎给女人喝了全份药，便不出门，记录前几天用药经过，以便写那售药的药物说明。一天无话，只待明天看女人是否断了鸦片瘾。

第四天，女人早上果未再叫，只喝点水便又躺下睡过去。仕铎边记录，边心中自得，看来此药戒烟确有奇效。女人一觉睡到晚上也未起过身，不叫也不动。仕铎到晚想起她去看时，却发现已是死了。不禁心中疑惑，到底是因他的药死哩还是鸦片中毒太深死的。可长仁那二万投资的本钱已拿到手，所谓箭在弦上不得不发。罢了，只当她是因鸦片死的，未赶上我配的这好药来治。药却是一定要开售的。

长仁听老宋的述说不禁心惊肉跳，骂道："世间竟有如此狠毒丈夫，竟诱骗自己女人抽鸦片，故意教她上瘾，如此还不够，再在她身上试药赚钱。真真是该杀、该杀！"

老宋却道："先生，可他那药确乎是有效的，要不怎的那么些人排队抢购呢？"见长仁不语，又道："我觉得奇怪，随了那购药人一同排队，打听这药水的确效，不几日便发现了内中蹊跷。这药水服后可戒除鸦片瘾，却竟是吃上便一日也不能断的，不吃便浑身针刺样难受，比那鸦片瘾发作更难过十分。"

长仁暗自庆幸听了伯诚话未去试药水，当下最紧要的是赶紧撇清与仕铎的合伙关系。

长仁去华胜纺织厂找子正和伯诚。进得公务间，见子正带何新图在伯诚处交割厂里账务。何新图在广州丝厂干了三十年，早已对账务烂熟，伯诚叫了厂里原管账老张来汇算，不知为什么事与新图就争执起来。

正巧长仁进门来，听到句学堂招生学费的走向什么，心下一惊，暗忖学堂系自己独自出资办起来，因学生教师均出自华胜丝厂，因此所有运营账务也都托付了华胜。长仁因学堂刚办，只新出几十个学生，所聘的教师倒是要一大笔开销，因此未多过问这技术工艺学堂的盈亏。按理，应就是各作各账才是正理，此刻又怎的会两下里争执呢？心下想着，脚却是并未停住，一脚便跨进了门内，屋内是子正、伯诚、新图、张先生四人，一见长仁来，四人顿时住口。长仁笑道："呀，一大早怎么列位这么大的气性？说来我听听，有什么话不能心平气和地说呢？"

伯诚早上前一把扯了长仁臂道："长仁老弟来得正是时候，还不就为着你的学堂！"

"哎！伯诚兄此话怎讲？我的学堂吗？当初开办学堂都是为着给咱们厂子培养技术工人，既然厂子是大家的，这学堂自然也就是大家的，哪有分销两处的呢？"长仁决定先以守为攻，静观事态变化。

"正是这话！"子正在一旁立即插口进来，边用手指管账张先生道，"咱们既开的是职工学堂，不比外边开学堂广招生源赚足学费，咱只为着将厂里这些普通工人培养成技术熟手，一期最多也不过二三十个学生，哪里就能想着赚钱？他们学会的技术再用于厂里的生产，我们不就赚钱了吗？不该收厂里职工的学费。"

伯诚将手里吸了剩半截的纸烟一把捏碎，回身再按进桌上烟缸，道："从商之人，若说赚钱盈利，谁个不想？只是有些看得见有些却是隐在暗里。也就是子正兄所说，工人学了技术为厂里生产，即是厂里赚了钱的。可咱们请的几位教授都得要开支工资薪酬的，这几位的钱，每月有近二百元。如若不给学堂单做一笔账，请问，工资怎样出账呢？难不成从华胜账上出工钱资费？"

子正一怔，何新图忙在一旁接口道："当然应从华胜账上出工费。要看这学堂怎样的算法，如若是与华胜下属的车间、部室同级，那便好出账的，只与其他职工工资并作一处便好；若是单独核算么，那就只好算两下借贷款项，待学堂有收入再冲销。"

伯诚道："可是这样说来！老张也是这么说的，因此我教他记了学员的学费，然后再从学费收入里支取教授们的薪水，这有什么不对的？"

子正道："账是没得错处，只你不能真就去收工人的学费嘛！这些工人，哪个不是要靠着工钱养家糊口的？哪里就有钱来学什么技术？"

"我也并未就真收了他们的学费银子，只在账面上反映出来而已，那钱实是咱们华胜出的嘛！"伯诚觉得委屈。

子正立即接口道："可你不是分月在扣参训工人的工钱吗？还规定每人扣足二十块钱，这……这……你在董事会上说过这事吗？若不是今天交割账目，我简直不知什么时候才能晓得这件事情。"

这时管账老张忍不住了，猛地立起身子向几人一鞠躬道："这事怪不得吴经理的，其实只是平衡账面金额的做账手法，实质并未扣过工人一分钱的。如若直接出培训费，厂子里需要额外支付税务厘金，还得记入厂子营业收入后再从成本抵扣出去。但在账面上涨了工人工资，作支，再从中扣除小部分金额支付出去，这是直接算作成本免付厘金的。吴经理是为厂子着想哩。"

何新图忙道："这手法可做得的，不过账面上并未就有工人工资支出记载，不知又是做何解释？"老张摇了摇头："这只能是两笔账开销才是，莫不是你老何真就发给工人，再找他们要的吗？""噢，这也就奇了，你在工人工资上不入账，那多出的钱怎么又能与前账平衡呢？"何新图只盯住老张紧可着地问。"不刚就和你说了，是工资总额的增大，再从总额支付扣除，工人每人工资还是按原先的拿，这样就不需要过多跟工人去解释。"老张因三个老板在，强自忍住气。"呵！这怎么样能平的呢？大小账么，若干年后想说得清楚很难哩。"何新图不依不饶，只气得老张喘粗气。

子正这时哈哈笑道："好啦！好啦！大家自己人，说开就行了。我知道伯诚确是为厂子着想。只老张后面凡记账事宜，都要找新图商量一下，找个最适当的法子便是。怎么样，伯诚？"子正说着拍了拍伯诚肩，又用夹了雪茄的手向何新图和张先生挥了挥，教他们出去。

长仁此时才忽地记起自己是为伍仕铎戒烟药那事才找来的，便将自己找仕铎试探分红事说了，忙又问子正道："子正兄是怎样与那伍仕铎认识的？很熟识知己的么？"

子正忽被问到，歪头想了半响才道："认识也不很久的，只上回一个同乡请吃饭，席上介绍认识的。若说熟，也不怎么熟，只吃过两次饭而已。怎么忽地问起这个？老弟与他合作的生意如何了？"

"那既是如此，兄弟便不避讳什么了。这伍仕铎为人实不怎样哇，我着人查了查，他哪里是东洋学成归来的医学博士，只是个伙计罢了。那戒烟药水应是假的，销场倒是畅旺得紧，后再让人去细细探实了是一种比鸦片更易上瘾的毒药，幸得上次听了伯诚兄话，未去试药。想来真真后怕呢。"

长仁又拣重点说了他那日本老婆的事，几人不胜唏嘘。长仁愤愤道："没想到遇到的是这样混账王八样的人，众人见证签订了的合同，他竟像儿戏，哪还有点诚信道义好讲？"

子正道："有合同在手，还怕他不认账的么？莫如由我出头请一回客，当场和他理论，他要是蛮不讲理，我们便拿这合同去告他便了。依我说，这钱的来路很造孽，你少得几文，倒也积些福。"

长仁知道子正是笃信因果的，也不驳回，便道："子正兄说请客的话，甚是，我们先礼后兵。"便又看伯诚。伯诚道："依我说，这事没那些个说法，请客都犯不着的。我有个留学时的同学当律师的，只要重托他，如打外国官司，没有不赢的。"

子正道："毕竟咱们不是在外洋，动辄打官司这样的官非讼事难免就要伤和气，还是少些为妙，就先请客，大家伙儿劝解劝解。真要是他认钱不认人，连一伙朋友的话都不听，蛮不讲理，那咱再告他不迟。"

伯诚又道："子正说得也在理，那就还在原先的老正兴定局，只先别明说为分红事体。"

长仁点头道："伯诚说得是，事不宜迟，就明天吧，这小子滑头得很。"

当下三人议定席间迫伍仕铎散伙的法子。

第二日请客时间，大家都来齐，只不见仕铎，想是他猜着了几人请客为钱之事，不愿露面。

子正便吩咐跟班道："你再去与伍先生招呼，就说有宗生财的门路，烦他来一道商量！"

果然不多会儿，仕铎便紧赶着气喘吁吁地来了。

第三十九章　强分红作废合同，编药方歪打正着

　　长仁依常招呼，神情语气绝不露一丝芥蒂。

　　一巡酒下来，长仁突然向伍仕铎发难道："此前你我订定戒烟药合同的时候，子正、伯诚二位都是在座与闻的。其中你怎样说法，只问他们二位便是。"

　　伍仕铎也不恼，笑着回头对子正道："既各位都在，便说说这事。诸位不知，只这药水的资本，是我花了大本钱来的。为此还卖了我东洋开的一家药铺哩……"话未说完，长仁便开口道："想是你说错了，是东洋的食铺吧？"伍仕铎听长仁话音笃定，情知长仁查了他底细，口中却不肯就此服软："我卖出铺子筹了资本都投在这药水的研究上。成药之后，又量产装瓶刊报告白，哪样事都未教长仁老弟操过心。现将利益对半分过，似是不妥吧。"

　　子正接过仕铎话，笑着说："老弟既是出了大本钱，为什么订合同时也不曾提，早只签下扣除成本分成余利便了，为何又要在合同写定对半分？那合同签下，便自当按合同分利才对规矩。仕铎老弟多年驰骋商学两界，竟会不知这合同的道理吗？我们生意人最是讲诚信二字，毕竟不是在此地一天两天混混，长久生意没有三朋四友又哪里能玩得转呢？"

　　仕铎涨红了脸，直着嗓子喊起来："签下的合同废去也是作兴的，又不是前朝皇帝出口便不得收的吗？"

　　伯诚从旁周旋，接口道："废合同当然是有的，但已经订了的，那是要把余利按合同分罢，从此拆股，废去合同，方才使得。"

　　伍仕铎一时没了话讲，便挥手敷衍道再议再议。

　　子正却不容他敷衍："今既大家伙儿都在，这桩买卖又是咱一块儿撮合的，便不能如此含糊了断。仕铎老弟这是答应了平分，那就说定哪天兑现银子给长仁便了。"伯诚也在一边点头称是。

　　伍仕铎急道："我花了多少心血本钱在这药上，他倒好，安安稳稳什么事没干就要分我六七万块钱，哪有这个道理？"

　　子正和伯诚便齐声地说，既是合同写明了的，便上法庭去打官司，也要平分。

　　伍仕铎没法，只得说道："请诸位公断，我三万银子的本，总要扣出，再有这三万银子的利也要算算。我给他四万，废了这合同吧。"伯诚道："这可使不得，长仁不计较，我们也不能答应，照这样，以后这生意场上还能有规矩吗？"

子正情知仕铎再也不肯往外多拿，这事终究没个了结。哪怕只拿回本钱，也比血本无归强出百倍，便笑道："仕铎老弟既说有本钱呢，也该是，总不能够这药是从天上掉下来的，虽说没载入合同，算不得凭据。但既话已说得这样，究竟仕铎费心些，大家是看得着的。长仁老弟，你就让他些，到底朋友一场，免伤情面。"

长仁这才悠悠地开口道："我原是肯让他的，只是刚才伯诚兄说得好，南京地方，我们还要做买卖吗？咱们也还合伙做着生意，那以后谁还敢相信那合同文书。这可就不是我一人让不让些的道理了。"子正当下便住了口。

伍仕铎到底心里发虚，便拉了子正衣袖同他耳语道："我便依了他五万块，不能再多了，配药酬劳不能说一文不值。"子正当即便大声道："好了，一群朋友中我最年长，现下提个方法来吧。对半平分没有问题，只仕铎配药酬劳总还要算些，看从利钱里扣出两万块，然后平分。据我看，这般还在情理之中。"长仁冷冷一笑，这才让步："一任子正兄裁断，只按合同分红，没有不答应的。据小弟听闻，仕铎兄新近夫人过世，想也是为药辛苦的吧！"仕铎一惊非小，当下便不再多话，立即写了书凭，约定兑洋。

饭罢，依例得过烟瘾。子正笑着对仕铎道："咱几个都有心戒这烟瘾，却不知仕铎老弟这畅销药可还能使得么？"长仁接口笑道："使得，怎么就使不得。只恐怕不大好买哩，见天那铺门口都排着恁长的队伍买药，想见这药是极好的。"伯诚在一边嗤地笑出声，道："其他倒是排队才是好的，只这药排队才不好哩，药有吃了还想吃的吗？那岂非同这鸦片一样了？"仕铎脸涨得通红，忙托辞溜了。

长仁看着他急匆匆奔去的背影道："原我也不在乎这几万块钱，只不能教这些人坏了生意场上的规矩道理。这也是为着他好，今天让了他，岂非就是纵容了他。那以后不定又要与谁纠纷些事情出来。"三人一同进烟室，点了烟抽着，聊的却还是戒烟的话题。

伯诚恼道："那这世上就没有真正能戒除鸦片烟瘾的药了吗，你我可怎么才好呢？这鸦片确乎是不该就抽的。"

长仁迫切想戒烟，苦于不知如何戒起，像这般应酬来去，如何才能戒断。便道："药戒得外瘾，却去不了心毒。但这烟，兄弟必得找机会戒除，活人不能教烟这死物件束缚了精神与行动。"

子正这会儿伸了个懒腰道："大抵我辈皆应运而生，昔人嗜酒，今人嗜烟，气运使然也，若再历数百年，不知又有何物之嗜呢。古时因酒而知晓刘伶、嵇康、阮籍、陶渊明等人，嗜酒为名士，为何我辈嗜烟却谓之为中毒了呢？"说罢便要侍候在一边的招待再点一个烟泡。

长仁不想当面驳他，心下却道："酒虽是也会上瘾的，却未见有烟瘾让人消磨意识精神。那竹林七贤均喜饮酒，但其中也只刘伶算是嗜酒如命了，酒可激发人之豪情，对酒当歌，吟诗作赋，七贤的声名远播非是因酒而得，是因其文、其人、其情而得，这样的情境自是与其他不同。"想到此，只得重重地叹了口气。

　　次日大早，长仁便拿了书凭去正经堂找仕铎兑那五万银子。铺上人却说一早便有警察将他带走了，再问究竟时却是一概不知。长仁想警察找必没什么好事，看那铺前又排了好些人在买药，不像是药出问题。一时间没头绪，只得回去。

　　又过几日，老宋来说，东洋大药房和正经堂药铺昨晚间忽俱被查封，门口老顾客都聚去警察局闹事请愿，要警局将药铺开封卖药。有人在现场便犯了瘾，满地打滚，其状惨怖。长仁心知是仕铎卖药事发，赶忙打发老宋再细打听详情，坐下不由得念了声佛，幸而及时废股销了合同。不过，毕竟之前有那合伙之事，长仁吓得闭门在家，不敢出门半步。

　　一晃月余，打听消息的老宋这日一早来报，说是手下人见着伍仕铎被放出来了。长仁忙问什么时候的事，老宋却说就刚刚而已，长仁早已是在家憋闷坏了，听到这好消息急去华胜找子正、伯诚。

　　子正没在厂里，伯诚正蹙着眉坐在桌前翻看一堆票据，见长仁到，便起身招呼。两人落座刚上茶，便有工人来报："厂门外有人来找苟先生。"长仁奇道："怎么？是找我的吗？谁？"伯诚倒是笑起来："问什么，叫他来便知道了。"不一会儿，一个人急跌跌地跑着进来，见了长仁便连声道："老弟可找着你了，出事体了，出大事体了。"看时正是长仁苦寻不着、蓬头垢面的伍仕铎。

　　长仁深吸一口气，压住心头愤恨，劈口问伍仕铎道："听说你被警察拿了，怎么这样快就出来的呢？"倒是伯诚见仕铎被长仁问得发窘，便按他在椅子上坐了细问详情。

　　原来，仕铎被拿却是因为前面提到的工商局贾怀生。这位贾大人看到伍仕铎在报上登的告白，接连买药吃了三个多月，却发现鸦片瘾未断而新添了药瘾，整日人昏神恍，气促胸闷，痛苦不堪。他是管本城商务的，便先将报馆广告部经理提来公事间一顿训斥，查出刊告白的仕铎，接着便打电话给他当警察局长的朋友王自孙，要他替自己出气。

　　王局长和小舅子合股的两个铺子正在贾怀生处审批，此时放下电话片刻也不敢耽搁，立即派人拿仕铎到局里审问。

　　仕铎起初还端着留洋归国的博士架子，局里的警察哪管这些，用几个大耳刮子教仕铎住了口。仕铎经不住问审手段，不单招出药的来历，配药过程，还为表功带警察去沈举人巷查抄那家暗售药水的铺子。

不想卖药人家早已是人去屋空。仕铎本想立功赎身，未料却又多了欺骗政府、妨碍公务的罪名，不单挨得几次痛打，卖药的两处铺子一并被查封，药也悉数收缴。

王局长听手下汇报后，很满意，自觉擒人缴药一番动作干净利爽。便打电话给贾怀生要请他发落，不想电话刚接通，门外起了闹声。手下人来报说，被封药铺前围满了买药人，看着封条落款是警局，便有百多人纠集来了警察局门口叫嚣解封。

于是王局长打给贾大人的电话内容由报喜变为商议解决办法。怀生这才将药瘾实情告知他，实是这铺不能如此就封，必得先盘问这药瘾解法方能封铺。事态紧急，贾怀生也顾不得体面，与王自孙亲自提审伍仕铎，逼问他解毒之法。仕铎并没有什么法子能祛除那海内因毒瘾，好在自家世代开药房，对解毒了解一二。

仕铎看提审自己两个大人物模样。其中一人满脸烟容、神昏眼浊、面色潮红、气喘频频。当下倒不着慌了，稳住心神，又拿出惯常的东洋医学博士腔调，煞有介事地向贾怀生略一拱手道："这位大人看似气喘经年，鸦片烟毒也不轻呢！"

贾大人早听王自孙说仕铎竟是个留学归国的大博士，又被他当面直指出自己的病灶，心下高兴，却还捺住性子道："你倒说说，你那卖的假药到底是什么毒，让贾某人着了药瘾。"

仕铎心中一喜，原是吃了自己配的药，那是抵死也不能承认是假药。于是立即反口，说之前招供均为屈打之辞，实是那些个小警察不懂他的一套高深理论。被打得没法才按他们所说编了造假过程，以免再遭皮肉之苦。自己卖的那药实是当今世上独一无二的好药。

贾大人心下正难受自己吃了假药，不知如何自处。一听药是好药这话，倒放下心来，极愿意相信这伍仕铎确是有学识懂医道的。他面色不觉和缓起来，问道："那就你看来，本大人身上这病该如何医治？"

仕铎搭了贾怀生的脉，又看他眼底舌苔，知是久抽鸦片所致。对于治病仕铎本不在行，但此时性命交关。眼珠转了几转后，编出一套瞎话来，说那卖的海内因药水实是中西方医学手法精炼的好药，只因大人正犯气喘，猛断鸦片不得法，才会激发体内烟毒来犯。仕铎偷眼看贾怀生微微点了头，便趁热打铁要来纸笔，就着给日本老婆戒烟的经验，为这贾大人现编个解毒平喘的药方：

"杜仲四两、川贝母四两、好甘草半斤。"

仕铎拿出肚内积攒的医理，解释道："这位大人体虚气弱，虚火上攻，此时不宜用西洋医法，在下先用中药为大人调理方可根除断瘾。在中药配伍中，甘草是常用来补气益脾、和中缓急、调和诸药的，经提炼的甘草浸膏具有良好的止咳、祛痰、

第三十九章　强分红作废合同，编药方歪打正着

265

平喘作用；又川贝母治虚热，可降胸中因热结郁。几味药材都是正对大人之症哩。"这贾怀生五十多岁年纪，正有老人均见的肝肾亏虚征候，被仕铎说得又连连点头。

仕铎见他笃信，便在药后又加得一笔："注：不可妄加一味药。"接着又边说边写："用法：六斤水，将三味药共煮。及至水熬去一半，去渣。用上好红糖一斤，放药水内再熬。少时收膏。"这是家里熬制膏方时用的法子，此时正用得恰时。

贾怀生听这仕铎说得头头是道，边回头看王自孙边道："还亏得我亲自来见你。"一旁王局长脸色难看得紧，他一向晓得手下人办事草率荒唐，辄打成咎。可这会儿被当面揭老底，未免难过。见怀生看自己，便喝问手下几个警察："你们是怎么给老子办事的？吃打说的话也是能听？还跟他出去拿人，在哪儿呢？"那俩审办警察猛地被仕铎反咬，又遭上司斥责，此时相觑着竟都噤口作声不得。好一会儿，才有个胆大的嗫嚅了一句："早跑了，没拿着！"局长一听更是气极，指着他们道："跑了？本就没有上哪儿跑去？都给老子滚，一会儿找你们算账！"

贾怀生道："老兄不必太过苛责，手下兄弟也是为着急办完事体好交差。在下却是要先试试伍博士的方子效验再说。"仕铎听说要效验，便忙关照道："这戒烟之人，须具百折不回死不改变之心，方能得其药之实效。若心中了无定戒之念，勿道世间药味，不能得益，即神仙亲与仙丹，亦不得益矣。"

贾怀生自是满口答应，便问："这戒烟最是痛苦，所以才总不能成功。"仕铎又道："我这方子，却是并不难过的，采用的是渐进之法。初三日，每一两膏，放烟一钱。二三日，一两膏，放烟八分。三三日六分。四三日四分。五三日二分。以后一两膏，放烟一分。再吃十日八日。吃到一月后，无用加烟，永断根本矣。"

"噢，如此甚好！鸦片烟抽了几十年，一时之间，哪能就断？"贾怀生听得信服，让仕铎在纸上记了，很觉有理。仕铎有了几分得意，不由得话又多起来："若服膏期内，有别处毛病发作，可将烟多加一分。服一二日即止，仍照原方服膏，再勿多加。此方止病，比吃烟更胜一筹。纵日吃几两烟之大瘾，或吗啡，或海内因，依此方戒，无不断根，且无别病。屡试屡验。断瘾后，不但无别毛病，而且身体强健，精神充足。"

怀生听得如此奇效，又见方子上不过三味常用中药材，便满心高兴，回家自试不提。

王自孙却恼恨伍仕铎反口，竟敢当面出了他的丑。送走贾怀生，便将伍仕铎的方子抄了，分送给门口拥堵吵闹的人群，让他们回家自吃。店铺却是一定要封的，否则不成了警察局自打嘴巴子么？他让属下警察告诉顾客，两家药铺所售之药确系假药，是未经政府许可私制私售，已由警察局出面查封。大家赶紧照方子抓药煎膏自行解毒。

仕铎虽说一时诓贾怀生喜滋滋走了，到底心中忐忑。若这贾大人一月后未能验效，可就只能死路一条了。其实鞋底里藏的两张十万的定额本票，这钱是几个月来辛苦卖药攒下的，想着再卖一阵便逃回安徽家乡置地建屋。可没想到接连遇着麻烦事，先是长仁分红退股销了合同，接着又被警察拿来一顿好打，现在铺子被封，那赚钱的路子没了，这钱便愈显得金贵起来。仕铎几次脱鞋，又几次穿上，实实不舍，心一横，想道："左右没有更好的办法脱身，便在此好吃好睡等那贾老头，医好便能赶紧走，医不好，那便只有花钱买命这一条路了。"

接下来月余，仕铎在狱里倒是好吃好睡，没人再打他审他。这日仕铎正坐着打盹儿，忽听监外狱卒敲那铁栏杆，又将仕铎带到审讯室。进门看见贾怀生和王自孙正哈哈说笑，见他进来，便对王自孙道："呀，怎么能这么慢待大博士呢？"一边让狱卒搬了张凳让仕铎坐了。仕铎见他中气充足，气色不错，便心下有了些许底气："想来，大人这是已病愈了吧？"贾怀生道："喘是好了，只这瘾却是没断干净哩。现下每日里还是要吃鸦片，只比前少了不少。"

仕铎立即道："恭喜大人，这是快好了！再假以时日，必定痊愈的。"贾怀生笑着道："嗯，看似不错的。所以今天找你来，你再帮我把把脉，看要不要调调方子。"仕铎故作深沉，伸手扣了贾怀生的脉，一会儿道："大人脉象较前次沉稳有力得多，您的烟毒非一时沉积，而是经年累月造成的，必得要有些耐心调理。"贾怀生道："我带了你回去，做我的专门医生，可有把握戒断？"仕铎情知自己胡乱攒出来的那方子，是歪打正着缓解了这贾怀生的病症，要得戒断，恐怕也难，听他要带走自己专门医病，登时手心出了冷汗，忙道："小可想来无此福分，这关了月余，自己已是落了一身的病，恐无法伺候大人左右哩。"说着咳嗽不断，气喘吁吁起来，边喘边道："小可这病恐怕是肺结核，传染性极强哩。"贾怀生听罢立即将手缩回去，边从袖中拿了方帕子擦着。

王自孙在旁道："哟，你看，这是我的疏忽，大博士不能再在这狱里待的，来人，快扶了伍博士去禁闭间，那里干燥些。"仕铎后悔不迭，怎么能说自己得的是传染病呢，可这会儿也晚了。

看着仕铎被架了出去。怀生问："这肺结核，是什么症候？有必要关他去禁闭间吗？"王自孙惊道："怀生兄原不知肺结核就是肺痨吗？"贾怀生一听，手里的帕子立即丢在地上，勃然变色道："这人怎么得了肺痨还替我诊脉，这这这，真是岂有此理。"边对身边跟着的下人道："走，走，快走！"人便已到门口。这才又回身道："自孙兄好自为之，依兄弟意思还是快快将他丢了出去，别回头死在狱里，还得费力气找人消毒不是。告辞，告辞！"说罢头也不回便走。王自孙跟

第三十九章　强分红作废合同，编药方歪打正着

着出去："怀生兄这就走吗？你看内弟那两间铺凭，何时能颁下来？"怀生并不停步，道："快了快了，明日一早我便催催，老兄尽管放心便是。"

王自孙送走贾怀生刚进门，狱卒就来报，说那伍仕铎定要见局长大人。此时王自孙哪里还敢见他，躲还不及，便不耐烦道："说我有公事要办，没空！"便即要走。那狱卒却道："他说贾大人命不久矣。""啊？他是这么说的吗？"王自孙来了兴趣，心里正恨那贾怀生扣了他的两个铺凭不发，便喜道："来，你将他带到地笼去！"地笼是挖在地下的，上面罩了铁网，专用于囚禁重刑犯。仕铎被带到时，王自孙已经在他头顶上隔了铁网站着，用白帕子捂了嘴，问道："你是说贾怀生先生活不久吗？"仕铎点了下头，又向左右看了看，自孙示意他身后的两个狱卒退了出去。仕铎坐在地上，脱下鞋，揭开鞋垫，从里面拿出张钱来，伸过头顶铁网放在王自孙脚边，道："这里足十万，只求您放了我出去，在下当牛做马报答您。"自孙眼光一闪，将那两张花红的票据用脚踏了，哈哈一笑道："哎呀呀，伍博士早这么懂事，又怎么会要吃这样多的苦呢？"说着便把捂嘴的帕子放下，蹲身子用帕子擦了擦皮鞋，起身时，那脚下踩的纸便已是没有了。

仕铎长长舒了口气："那局长大人看，在下什么时候可以离开？"自孙笑道："马上，哈，马上就叫人放了你去。不过，为了你身体考虑，你这身上穿的都得消毒，就脱在此处，我自会让人处理。我看着你脱，本局长向来是最体恤狱中犯人疾苦的，给你换身干净衣裳出去。"仕铎心里恨得紧，却又无可奈何，只得将身上棉的单的俱都脱下，独没脱那鞋。自孙在上面道："鞋也脱了吧，我让人也备了新的。"仕铎还想做最后挣扎："这，这鞋是我那过世的内人替在下做的，就让我穿着留个念想吧。"自孙心下确定这鞋里还有钱藏着，便道："过世的人，能放下便放下吧，伍博士以全新面貌出狱不好吗？要不，就穿着这念想继续住在这里？"

仕铎慌忙脱了鞋，浑身一丝不挂地站着，双手抱住自己胳膊。自孙又上下打量了他，这才笑道："这才像话！你的病要赶紧治，出去后什么该说，什么不该说，要我教吗？"仕铎弯腰频频鞠躬道："在下知道，在下出了这门便回安徽乡下老家，再不回来此地。多谢局长大人的体恤关怀。""嗯！看你是个明白人，本大人便不与你计较那日反口之事，否则仅你行贿官员之罪，便可教你死。知道吗？"王自孙低头看着仕铎，不紧不慢地说。仕铎一惊，迭声道："在下知罪，知罪，感谢局长大人再造之恩。"王自孙这才唤狱卒进来，拿了身旧薄棉裤褂，鞋是破的，显是其他犯人穿过的。此时仕铎哪还顾得上这些，慌忙穿了，口里千恩万谢。

仕铎走出牢门，眼泪流了下来。使尽手段得来的钱，终落得一分不剩。

第四十章　诓借钱损友算计，听计划尽释前嫌

长仁听伍仕铎哭诉遭遇，虽知自己投在药上的两万本钱和五万分红是都打了水漂，心里却还挺舒畅。伍仕铎这种毫无信用、又无人性的渣滓，就多余活在这世上。转而又想，不，应让他像现下这样凄惨地活着，方可解心头恨意。

伯诚道："那仕铎老弟此来是有怎样打算呢？"

伍仕铎却像忽地惊醒似的跳起来道："不好了，出大事体了！我出得牢门就碰到那穿白孝来报丧的，在门上说贾大人没了，报局长大人。我听了撒腿便跑出来，怕是他们要将这贾大人的死又怪在我身上，那还能活命吗？"

长仁"嗤"一声没忍住笑出声来，道："那又怎样？只怕这贾大人真个是吃了你的药死的呢。"仕铎道："哎呀呀，长仁老弟快别再笑我，那贾老儿实是本就命不久矣，病入膏肓的人，谁能回天？就算不吃我的药，也是活不长哩。"

"今日来求二位借在下点盘缠，我也好回安徽老家躲过这一劫。"仕铎此刻顾不得许多，开口便提借钱的事。

长仁笑道："老兄赚了那么些卖药银子，还需要出来借吗？你有制药的本领技法，到哪里不好赚笔大钱来？"

仕铎脸涨得通红，急道："在下性命交关，千万莫要再取笑。卖药钱早被那姓王的局长坑了去，铺子已被封，现在我是光身子的一个人，半文钱也没有。只求二位救在下一命。"

长仁还想再戏弄他，见伯诚朝他递眼色，便止了道："仕铎老弟要多少？给了你钱快些走吧。"不由仕铎接口，长仁便从衣袋里取出五块钱来丢在地上，道："此事不劳伯诚兄费心，兄弟与他有前账未清，就一并由兄弟与他交割。五块钱买车票去安徽足够，想他手口脑心都是有本领的，绝不至饿死。"说罢便将头扭转开逐客。

仕铎知长仁还记恨自己诓他投资制药之事，当下低了头，捡起钱来转身便逃命去了。

伯诚摇头向长仁叹道："真是自作孽不可活，这样的人如若不好好自省改过，即便一时能侥幸逃过，终究走不脱自织的劫网。"长仁点头称是："我也是花钱买了教训，以后更得要擦亮眼睛，不能妄图什么轻省的投资赚钱法子！"两人唏嘘一阵，对坐着，半晌无话。

长仁瞥见桌上的一堆票据，忽想起进门时，伯诚蹙着眉头发呆，便问伯诚

道:"方才进门着急,似见老兄心头不爽,不知所为何事?"

吴伯诚被勾起难事,叹口气道:"还不是为子正找来的那个亲戚何新图。"

"怎么,老何是子正兄广州厂子里的老人,又与他沾着亲,想来是极贴心合用的。"长仁想着之前在厂里听见新图谈的一番避税之法,倒是对他印象颇为不差。

"子正找他来的本意我自是心知肚明的。你说来就来吧,只管尽自己监督账务、钱财进出便了。可这何新图一心只知护他的主子,任意地对厂子的业务指手画脚,偏生他还是个外行……唉!老弟莫要怪我背地里说人是非,只是自这个何新图来厂后,子正来得更少,一些个决断也要我与他商议。真真是岂有此理!想来长仁老弟你也是记得的,当初子正说要介绍这个老何来,只是为帮着管管账务,帮忙而已。"伯诚愤愤。

见长仁点头,伯诚又道:"可现在看来,子正是想要将厂子交由他来打理哩。"伯诚边说着边给长仁递来一叠桌上的票据。

长仁接了票据在手,见都是些现结现付的琐碎进出款项,有些不解,便抬头问伯诚:"这些票据有什么不对的地方么?"

伯诚用食指指节敲那放在桌上的票据一角道:"你再仔细看看,都是他的名鉴,每张都是。"

经伯诚指明,长仁才看清,原来这一堆票据都是印了何新图的鉴发生的来往账务,便道:"这事子正兄知道吗?"伯诚一皱眉,道:"子正若不知,他怎敢如此!"

长仁道:"不是这样猜的,要实实地问过子正兄才是!旧历新年将至,厂子里还要停工歇年,年前必得将这事说清楚了,别拖到来年影响厂子经营。"

伯诚点头。事不宜迟,两人将那叠票据包了,一齐往子正家去。

子正在家,伯诚与长仁是家里常客,无须通报,便直进了子正家偏花厅,见子正坐在案几边拿着本书在读。

伯诚笑道:"子正兄真好雅兴,当真是两耳不闻窗外事,一心只读圣贤书吗?"

子正见伯诚与长仁一同来,倒很高兴,并未听出伯诚话里的挖苦意味,笑道:"哪是什么圣贤书,是真正的闲书,年俗大观。这不,马上年关了,虽说是政府废了旧历,可百姓家常日子计算的都是废历,农家更是如此,一应节气年景不都要看那旧历的吗?"忽地像想起什么似的道:"对了,伍仕铎刚走不久呢,你们没碰着吗?今天是什么日子,你们像说好了似的来。"

伯诚和长仁懊恼不迭,齐齐道:"唉呀呀,早该猜出这家伙的套路。"

伯诚问子正："伍仕铎是不是来找你借钱的，给了他么？"

子正道："给了，我问他有没有按上次我们调停的钱付给长仁老弟，他答说付讫清账了，只是长仁没拿，又投了他的新药生意。他着急回乡备药材，所以并没有太细说。"

长仁在旁急道："这话怎能信得，子正兄给了他多少？"

"不多，手头没现钱，借给他一万。喏，这是借据。"子正说着自怀中抽出张纸来递给长仁。

长仁接过拍在桌上道："上当了，又一上当的。"当下将仕铎如何被封铺、如何被捉，又如何脱身略略说了一遍。子正倒也豁达，笑道："权当与他有缘，要周济他这一遭，只盼他能痛改前非，重新振作！"

长仁却冷笑起来："这种人生性贪婪冷血，只怕难易其咎，只以后别教我遇着他，否则便有他好看！"

此时有妈子进来请主人示下："老爷，入年下了，明儿送灶神，再往后就该迎新年了，要准备一应什物，您看……"

子正道："是呢，明儿就是腊月廿三'送灶'的日子，那就按照往年一样的办吧。"妈子正待转身，子正又道："噢，今年乔迁新宅子过大年，你再去问过夫人，要特别地热闹一番才好。"

子正说着话转身对伯诚、长仁道："二位老弟尚未成家，除夕守岁都过这边来热闹热闹！"

长仁正是新来定居，有心了解些南京民风年俗，便问道："那太好了，子正兄在此地有年头了，南京过新年都需得备些什么年货应时应景才妥帖？"

子正笑着招手又叫住要下去的妈子，道："可巧得很，我们家冯妈是老南京地头的人，家里年年都是她一手打理。来，你倒说说南京旧历年俗都有哪些讲究！"

"呀，那可就多了。"冯妈一下话多起来，掰了指头道，"像春联、门神、年画、纸马、爆竹、恭喜包、飞帖子、黄钱……"

长仁打断："这恭喜包我是知道的，无外道句吉利话给的喜钱，这飞帖子和黄钱又是什么来头？"

"噢，对着呢苟先生。恭喜包其实就是红包，装压岁钱的；飞帖子么，是我们喊的土话哎，就是贺柬，串门子拜年用的；黄钱是贴门扉门楣，上头画的是天官财神爷的画像，要在年里头贴到的。"

冯妈一一解释过，看长仁点头饶有兴趣，便再接着数道："还有欢喜团、茶泡……"没说两个，长仁又插口问："这两个又是？"

"回先生话，欢喜团是过年吃食，用糯米磨粉和了糖水搓成的糖团子；这个茶泡是把盐渍过的白芹芽兑了胡桃仁、松子仁、荸荠作茶饮。哎呀，香哩。"长仁听冯妈讲得热闹，不由得暗吞口涎，点头教她继续说下去。

冯妈便又再向下数："还有饦饹、元宝蛋、春卷……"

"别着忙，这春卷我是知道的，那前两样是……"长仁又打断问道。

"饦饹是面做的，里面包的是红糖，红红火火，甜甜蜜蜜哎；元宝蛋是将鸡蛋用酱油、五香大料兑上了绿茶用砂钵子煨得红彤彤的，啊哟喂香哩。"长仁笑了，催她继续说下去。

冯妈点着自己手指头，却道："哎呀，我说到哪块啦？"想了一会儿才又说下去："还有什锦菜、'年年有余'。"也不等长仁问，接着又道："什锦菜有讲究哩，是白芹、金针菇、胡萝卜、木耳、冬笋、油干，哎呀，十多样蔬菜，要分开炒熟，再加麻油拌成的，千万不能摆在一起炒，不但串味儿，生熟火候也没法一致。那个'年年有余'倒没得什么的，就是红烧鲢鱼，从年前摆到出年关才能吃哩，所以才叫年年有余。"说着掩了嘴笑。

长仁听来十分有趣，见旁边几案上有笔，便道："你别着忙，重说一下，我好记了回去吩咐下人照样操办起来。头一次在此地过年，还得宜俗才是。"

子正在旁笑道："老弟别着忙，我这本年俗书一会儿你带回去，里面都有，详细有趣，典故也颇多。"然后回头对冯妈道："要备些什么去和管家说了，记个单子好教账上支钱。另外，和夫人说，今年吴先生跟荀先生二位来家过年，要多准备这些新物件、新吃食，务图新鲜不同以往的才好！"

冯妈答应着退下。

伯诚此时开口道："一进门倒把正事忘了，何新图在华胜办货的事是子正兄安排的吗？"

子正听伯诚问话不由得一怔："什么办货？"

"噢？这么说子正兄是不知道办货之事吗？"伯诚与长仁对看一眼，将那包票据摊在子正面前桌上。

子正随手拿起一张看，放下；又拿起一张，放下；再拿起时，脸色有些不好看起来："谁教他自作主张？"旋即霍地站起身向门口喊："来人！"管家老吴进来，垂手低头道："老爷有什么吩咐？""你差人去厂子里，把何新图叫来！"子正边说边挥手让老吴下去。

"在广州也未见他这么大胆呢，怎么来南京了，在我眼皮底下倒张狂起来了？"子正背手来回踱步，像自言自语，又像说给伯诚和长仁听。

伯诚与长仁对望，一时都没说话，伯诚只把那一堆票据往那包里装。子正止住道："伯诚老弟还是先放在那里吧，一会儿好教那小子没话好说。"伯诚便住手，又坐下喝了口茶。

一会儿，只见何新图小跑着进门来，见三人俱在，便一一请了安，垂手立在子正跟前道："先生叫我有事儿？"

子正问道："厂子里的账务，最近怎么样？"

何新图一怔，心道怎的没头没尾地忽地问起账务，便躬身回道："一应收入支出都有笔据，账务清楚得很。"

"噢？是么？最近厂子里办了几笔货呀？"子正又问。

"办货？"何新图又一怔，抬眼看伯诚和长仁，两人并不瞧他。于是再看子正，猛然发现子正茶几上堆的那票据，当下笑道："噢噢！您不问起，我倒还要等您来厂子时向您报这事儿。是办了些货，吴经理可能也并不知情哩。"

吴伯诚一惊，他没想到何新图承认得如此爽快。

何新图不紧不慢地道："前阵子我查账时发现，厂子里的一批三千块的折旧报废机器，已经计提折旧归零，也就是说，在账面上已不再产生价值，生产成本也已经摊销过。当然这是理论上的，实际这批材料还堆在仓库角落里。我们厂子肯定是用不着的了，但换个厂子，这些就是宝贝啊。我与账房张先生商量后，就将这批机器和零件按五百一吨的价格卖了广州老家的铁厂，共卖了一千八百三十二元，我让老张又单独记了账的，以后类似的报废品都按此处理。"

子正"嗯"了一声道："这是个好事情，为什么不报吴经理呢？"

吴伯诚紧道："那这些进出货的票据又是怎么回事？"何新图道："正是因为都是废品，对方购进按原材料入账，我方入账却并不能入经营性收入，给对方的票据就只能写'## 型号报废机器'的科目，然后入账是'非经营性收入'一项……""噢！对方不好入账！"何新图话还没说完，吴伯诚和冯子正几乎异口同声道。长仁其实在何新图说起折旧报废机器出销时，就已经明白了他的良苦用心。看起来，是错怪他了。

何新图知道大家已经明白，却还是继续说道："之所以没告诉几位当家的，是因为事前我不知能否操作顺利。现下，这些票据还没出完全。本想等对方这笔账全部到位，有个完满结果，才在股东开例会时报告的。"

子正指了对面的椅子示意新图坐下说，何新图却向几位一拱手道："几位东家还有其他事吗？厂子里还有事体没做完。"

伯诚站起身，拍了拍何新图的肩道："老何是个人才，我错怪了你，别往心里去！"

何新图躬身一揖笑道："吴经理哪里话来，大家都只为尽心办事！您也快莫说什么错怪的话来，如若小可处在您的地位，也会要搞搞清楚的。没事没事！"说完向三位道声得罪，回厂去自忙。

　　子正笑道："险些错怪新图，到底还是没看走眼！"伯诚想到之前在厂里还怀疑过子正联手亲戚来监督他，此刻不由得面露愧色道："都怪我没搞清楚，还望子正兄莫怪！"子正哈哈大笑起来，道："老弟言重了，这厂子是你我兄弟大伙的，只心往一处想，便没有做不好的道理。像老弟你，噢，还有长仁老弟，你们这样有话便说的爽利性格，我实是大大地庆幸哩。"边笑边用另一只手揽过长仁肩头。

　　三人相视大笑。

第四十一章　迎新年入乡随俗，兴实业广益集思

民国一成立，临时政府即颁布政令废止旧历新年，力求除旧布新，旧的、传统的，皆要废除，包括旧历新年。

民元纪年，奉公元纪年为正朔，公元纪年之元月元日即为新正。政府发出告示："凡各地人民禁止工厂商业在废历新年放假歇业。应将废历新年放假日数及废历新年前后所沿用之各种礼仪娱乐点缀，如贺年、团拜、祀祖、春宴、观灯、扎彩、贴春联等一律移至国历新年前后举行。"虽如此，市井闾巷的民众，却并不把政府的废止政令当作一回事，只是"年"变成了"春节"的称谓，形式上并没有什么变化。百姓的日子自当是百姓的过法，入了腊月，家家户户厨下灶间便挂起了腌腊货，街上集市更是一日紧似一日地热闹起来。

转眼就到了旧历除夕。

一大清早，长仁起身刚踱到前厅，只见老宋正撩着袍子指挥家中仆役们上下忙个不歇。

老宋见长仁来，忙上前请安！长仁笑道："今天不是除夕吗，你不在家与老婆孩子布置，跑这儿来做什么？家里有老贾支应着就够了。"老贾是宋大兴半个月前刚物色来的管家，人也勤谨，此刻正一脸堆笑地侍立在长仁身后，边适时插口道："是，是！宋哥正关照年节诸事，我都记下了。"

"噢？说来正是。老宋你是南京本地人，来与我说说南京元旦，呀，不对，旧历叫法得改，应该叫春节。来，说说春节年俗。"长仁在桌边坐了，呷了口老宋从下人手里接了奉上的龙井茶。

老宋哈哈笑道："先生是浙江湖州人士，离此不过三四百里路程。想来，两地很多风俗都相差无几吧。只要您高兴，咱们按湖州家乡风俗操办年俗多好，您只管吩咐！"

老宋显然是想讨好长仁，长仁却摇头道："非也！俗话说得好，'入乡随俗'。凡一地的传统风尚、礼节、习性俗成，必为其特定地方的社情民礼和规程章法。所以说风俗是因地而异的，换作他地便不恰用，即所谓'百里不同风，千里不同俗'。"

老宋与老贾忙点头称是。老宋方道："这样子一说，南京地方年俗还真有点子说头。南京人过年有个习惯，就是'干干净净、清清爽爽'，我们叫'掸尘'，腊月二十三祭过灶神，就可以掸尘，用长柄扫帚掸掉屋顶四角和墙上灰尘、蜘蛛

网，除夕这天一定要彻底打扫干净。今天是除夕，南京人一早祭祖宗，正堂挂祖宗像，点香烛，摆供果，全家老小都要跪拜的。忙完祭祖，那就要赶快贴春联、年画，还要在大门口挂上红灯笼哩。"

长仁听着点头，道："这与我家乡的除夕过法差不多，只是湖州祭祖宗却是放在腊月冬至那天。你且说，还有什么？"老宋笑道："那是，湖州地方水土丰美，人杰地灵，风俗年庆定是比南京丰富多彩。"看见长仁摆手，老宋便忙住口，接着说道："晚上的年夜饭那是除夕乃至整个春节年下的重头戏哩。全家人围坐在一起享用年夜饭，然后燃放烟花爆竹守岁，及至午夜十二点那一刻，整城的大鞭小炮，烟花焰火齐放，别提多热闹。"

老宋说得兴起，却见长仁低下头，神情略显出落寞。这才想起长仁在世上已没有了亲人，自己提阖家团聚的场景正是戳了他的痛处。忙刹口，用手连拍自己嘴道："对不住先生，是我口笨不会说话！"

长仁却抬头一笑，道："没你的事，我晚上要去子正家，一样的阖家团聚，热闹开心。府上一应物什都拜托你们，务求齐备，不可省简。老贾你替我晚上多放爆竹烟花，我在子正家吃了年饭是要回来守岁的。"

正说着，门上人来报说冯府派人送了条子来。长仁心道"咦！晚上便过去，这会儿又有什么事？"打开看时，却是要他即往华胜，有要事相商。长仁心下疑惑，大年除夕，厂子虽说未敢放假，可工人已经轮值机互相替换着休息了，这会子去必是有什么急事情吧？想到此，便一刻也不停留，急换过衣裳带着老宋一起去。

等到厂方知，除了子正、伯诚，浩之也在。子正笑道："这样子的除夕才显得格外有意思些，且并不耽误喝茶、搓麻，待商定了大事体，咱几个正可凑张麻雀台哩。"众人都笑起来。远处依稀传来零星的爆竹声。

几人坐定，伯诚道："刚长仁未到时，我们几个正议论工厂的管理，我们叫来浩之为的是他留过洋，又受雇外商工厂，对管理门道知之甚笃。"子正在一旁点头："正是，想请教一二。看咱们华胜，还是老传统做法，'技术手把手、管理人盯人'，一个环节也出不得纰漏。可是，人与人之间哪就能如机械齿轮样严丝合缝，总有小性儿、磨合期、意识流等等问题，不可能保持步调完全一致嘛！"

长仁笑道："是的，兄弟极赞成这法子！且不论洋人时间观念强，单说对待做事的那股认真劲头，咱们就已经给比下去了。"

浩之拱手道："可说是！单讲机器，咱们厂的缫丝机器才买回来多久，人家的新一代又上市了，不单能多缫丝，每台机器还可节省一个工人。这叫作革新！咱们中国如没有一班人，肯沉下心来，不趁热、不惮烦，不为当世富贵功名所感，至心饭命为中国创造新的学术技艺，中国绝产不出新的生命来。"

子正似有所思："嗯！我们对洋人知之甚少，可说是不屑知晓他们。可据我观察，外洋人很是知道我们惯用的东西，居然仿照我们的做法，变换了各种式样，反来诱我们购买。他们竟深谙国人贪图便宜的想法，核算着成本低的，从中取利。各位，咱们是搞丝织的，凭着良心说话，眼下那些洋人出销的绫罗绸绢，哪一样不是仿中国法织的。可是人家的颜色花纹，几乎驾于中国之上，价钱却便宜了一半还不止，难怪其畅销了得。工商两界，说到底并没什么难懂的秘诀，只消猜透那出钱人家心理。我们想胜过洋庄的买卖，赚人家的钱，很觉万难。"

伯诚在旁紧接着道："真是，咱们中国的出口生意，不外丝、茶、皮、羊毛、草编等类，还没销过什么熟货。倒教人家拿了咱们的丝去，仿了中法制出制机，出个洋绸；拿了咱们的茶去，加点糖奶，再发酵熟制一番，产成个洋茶奶茶反赚了咱们的银子。且研究我们中国人的心理，叫人家都买本国的货，这就是填窟窿的一个妙法。但是我们的力量，办不来机器，制不出各货，先从手工做起慢慢扩充便了。"

浩之拊掌道："伯诚先生说得正是对极。其实咱们的手工技艺有那极精细的，只手艺人多地处偏僻，只知道埋头做活，空有手上活计，也就身边兜兜转转那么几个人知晓，没法儿让大众甚至洋人见过识得。在下意思，为商之人开创实业、设立学堂，都是使国民大众开化的极好手段，只是必得假以时日，不能即时显出效用。眼下能替这许多同胞做的，有一件便是个公益善举，值得提倡一番。莫如搞个手艺陈列所，不论那农学工商界，也不论什么美术手工，但凡是做成了器物的，就陈列在这所里，听人批买，这么办法，是为那些沉壅市井乡间的工品手艺都能为世人……不！为世界所见。总有受欢迎的工品畅销，这就能教手艺人格外尽心研究提高技艺，也鼓励新人不断加入去做手艺，这样岂不妙？"

子正道："那是和京师劝工陈列所那样的做法一样的吗？"

"相似，又不似。京师劝工陈列所是官办的工艺局产品展销场，以展览工业品为主，承担的是民族工商业的展示功能。咱们要办的，却是全民间资本，以建立销场为主旨的揽货出销所在。"浩之道。

伯诚道："这个有意思。想来即是将那小的负贩聚集在一处，各自亮出头等好货色来，引人观摩选购。"

长仁听了觉得想法甚妙，便道："说到负贩。我在上海时见过不少东洋来的负贩团，多运的是中将汤、日月水、头痛膏之类的药，真把中国当作个病夫之国了。他们不但在大街小巷贴满招子，还伙了帮男男女女，拎着装货的皮包进出茶坊、酒楼、戏园、商场，总之哪里人多就去哪里。见着了人那态度是极谦恭的，腰总是弯到不能再弯，只为卖货挣钱。我还佩服他们的耐苦，三五十个人聚在一处，就赁两三幢房子，摊地铺睡觉，一早起就拎了皮包上街出销货物，真可说清苦得很。风吹日晒自不消说的，雨雪天气竟也能见到他们，只不过为挣碗饭吃。"

浩之道："先生一说，倒教我想起在意大利留学时见到他们报纸上曾刊登过一幅照片，照片上看是个上海白相模样，穿着极时髦的洋装，手里却托着碗饭，另一手捏了双筷子，眯着眼斜睨着笑，显出滑头相来。配文却道是：'又骗到一碗饭吃！'这不是骂尽了咱们中国人么？中国骗饭吃的人太多，被人家笑话了去。倒像中国人就只会骗似的。其实黄、白、黑哪种肤色的人脱得了吃饭呢？那洋人是想说生存竞争，花气力挣饭从来受他们尊重，只骗饭吃是可耻之极的。"

子正道："说起来有些人可怜得很，一辈子都没出过远门，至多离家二三十里地。更可怕的不识字，便只能到处去听，任谁说的话被他们听进了耳朵，便认定了是真事。市井乡间，多说些神灵命道。穷到没饭吃，也不知道去谋划营生，倒去烧香求祈，指望着天上掉下来。这样子，即便有利益的事放在面前，也只呆愣愣不明就里。可怜又可笑！"

伯诚拊掌道："正是如此，才要眼界开阔的人来铺排。有了这个陈列所在，便可教这些可怜人有个能挣到饭吃的地方。'手艺陈列所'，嗯，莫如叫'技艺陈列所'，除了浩之刚说的手艺，将那工品、商业所出、农具，甚而机械零件也都能陈列。这样子必得要做大，越是包罗万象、新奇引人才越好哩！"

众人俱齐声赞好！

此时，那外边传来的鞭炮声一阵紧似一阵。子正夫人差门人来催众人回家吃年夜饭。

浩之才刚接了家小就为团年，因此告罪辞了众人回家。伯诚与长仁同了子正回家吃团年饭。还未到子正家，远远便见宅前屋后一片通亮。除了廊下挂满红灯笼，还用小电珠挂绳密密地绕了屋瓦墙面。引路的仆人打着灯笼，口中拉长音叫道："老爷们来家咪！"早有家人挑了长长的挂鞭站在门前候了，另几个家人点了香先递给子正，然后又给伯诚、长仁，请他们点鞭。吴管家在旁伺候子正燃着了芯子，便高声叫道："风调雨顺，吉祥富足，人丁兴旺，财源广进……"一时间大鞭小炮声浪阵阵，红的、绿的、蓝的、金的撒了一地，门前顿又添了许多热闹。

进门穿过照壁回廊，子正夫人许氏手牵着俩小少爷在厅门口迎。见到孩子，伯诚与长仁自怀中掏出封好的压岁红包，许氏忙扯孩子，俩小家伙拱手作揖齐贺"恭喜发财"，众人一通笑闹。及至进到正厅，这里早已布置了案几、条柜，各处贴了红彤彤的春条，室内灯火通明，除顶灯、壁灯齐开着，桌案上又点了许多红蜡闪动着热热闹闹的光影，几个仆佣进出忙碌着。

厅正中支了张大大的圆八仙，桌边的紫铜炭炉烧得正旺，不时发出噼啪脆响。桌中间一个硕大的长盘摆了条红烧鲢鱼，这道鱼菜是年菜桌上的摆设，寓意"年年有余"，必等过完元宵节才能吃。"鱼""余"同音，余下它，象征着在新的一年里生活宽裕，年年有余。再看鱼周围布了八色冷碟，是盐水鸭、熏鱼、油鸡、香肚拼咸肉、什锦菜、红椒皮蛋、四喜烤麸、炝拌小萝卜四荤四素。

子正招呼大家落座，笑道："既是在南京过年，咱们就吃个全桌地方年菜吧。伯诚和长仁均系杭州人氏，距南京不过几百里，这口味与年俗想来不会差得太多。我就不同了，粤地的风土人情与南京大异，不过倒也有趣。我虽来南京做生意已有五六年，但今年也是头一遭在此地迎新岁。往年老太爷在世时，年也是必得回去过的。唉，说起老太爷……"

许氏插口道："大年下的，不提这个罢。快请二位先生就座。"然后返身回后面去招呼仆妇上热菜。

子正便离座端起酒杯敬酒："大年除夕，二位兄弟能来舍下共聚，为兄心中十分感动。"伯诚和长仁忙站起身，举杯回礼。

子正接着道："这是家里自酿的酒！我提议，第一杯酒，咱们先敬一敬天地，让我们过去的一年顺利开新厂，经营渐入佳境。也望天地神明保佑来年顺利平安！"三人将酒杯举过头顶，拜了三拜，然后一饮而尽。

"这第二杯酒，要敬一敬祖先，感谢祖先赐予我们奋发的精神品性，赚钱养家，让血脉得以延续。请祖先保佑我们来年继续发达，传承祖先优秀品质，保持奋进态度！"

"第三杯酒敬二位，你们是华胜股东，更是我冯某的兄弟，希望以后的日子，大家同舟共济，携手奋进！"如此连喝三杯方才坐定。

吴伯诚指着酒道："此酒晶莹透明，红亮生光，香气幽雅悦人，酒味酸甜爽口，醇厚甘美。好酒，好酒！"

子正笑道："此为黑糯米酒，选用上好贵州黔南惠水黑糯米自酿。常喝有暖脾胃、补肾、乌发功效。"说着回头嘱身后管家老吴安排人给二人家里各送两坛。又道："老吴，你是南京本地人，就来给大家讲讲这些地方菜。"

老吴躬身道："我们家先生早早就关照过除夕有贵客登门，这些菜都是自家厨子按本地做法做的。盐水鸭子就不必多说了，这五香熏鱼倒是费了一点儿心思的，鱼是新鲜乌鱼，去了脊背大骨，切大块，用姜、葱、黄酒、盐、糖、黄豆酱浆过一夜，再放簸箩里在阴处晾至半干，然后在灶上用文火坐花生油，鱼块拖一丁点鸡蛋清，入油炸至金黄酥香，沥油，再用红锅调五香大料、葱、蒜、红糖，加开水没过鱼块，文火烧开大火收汁起锅，晾凉后再改刀切小块装盘。熏鱼，本地人又叫它爆鱼，不但取'年年有余'的好寓意，且亦有'爆发'之意。"

几人听得有味，筷子便都伸向那装爆鱼的碟子，力求来年"爆发"一下。长仁夹了块鱼入口，只觉鱼皮犹韧，鱼肉香酥，汁稠味浓，便赞："子正兄府上厨子果真手艺精湛，这爆鱼，我湖州家乡也是做的，只用料做法都没此种考究。家里一般用的是大青鱼，鱼肉有腥味，必得多放米酒，肉中刺也多些，吃着得小心剔出，自是比不得这样精细做法。"

伯诚在旁连声表示赞同，箸已又夹了块鱼送入口中大嚼。

吴管家又指着桌上那盘素什锦道："这道素什锦，南京人管它叫'十样菜'，也是家家必备的年菜，菜倒寻常，不外些黄豆芽、芹菜、荠菜、千张丝、豆腐果、菠菜、雪菜、酸菜、笋、胡萝卜、慈姑、藕、黄花菜、金针菇、木耳、香菇等各色。都有好彩头：黄豆芽寓意事事如意，芹菜寓意勤劳致富，荠菜是聚财招财，黄花菜么就是花样年华前程似锦，香菇是和和美美。只是做来相当烦琐，要每样分开用小磨麻油炒来，再合起来拌的。"

长仁知道这"十样菜"，家家会做，但每家做出的味道都不相同，遂吃了一口，感觉爽利清淡，尤其消腻适口，便赞好菜。

几人边听老吴介绍，边把各色凉菜吃过赞罢。这时热菜端了上来，是一盆热气腾腾的大杂烩砂锅，也有个吉祥的名儿叫"富贵团圆"。食材不俗，海参、鲍鱼、鲜虾、元宝蛋饺、鱼丸、虾丸、皮肚，还有些青菜、鲜笋等荤素十几料，吃来满口鲜咸，汤浓味醇，立即将刚刚喝的酒气盖过去，胃尤觉暖。

接着又一道金银肘子，是用火腿蹄膀和新鲜蹄膀做的一道菜。老吴又大讲一番颇费功夫的精细做法：火腿和肘子都要煮过，冲冷，又煮过，然后分别去骨，把火腿酿入猪肘子中成双层上碟。煮过又冲冷是为了使肉皮爽而不硬，香而不腻。

后来又有四喜丸子、黄金元宝虾、板栗鸡脯，还有用红枣、莲子、荸荠、野菱合煮的"洪福齐天"福寿羹。末尾上的，据称是南京地方年夜饭必吃的青菜豆腐汤，老吴颇得意地说这汤底是用老母鸡熬了一天才得的，南京有"青菜豆腐保平安"的说法，喝了这汤必可保来年平安顺意！长仁却想，青菜豆腐是极素简清淡的，除夕年饭免不了吃些油腻厚味，用这素汤清口爽胃自是极妥帖。那这青菜豆腐汤的做法应用清水，油也不必放，只加一点儿盐便好。富庶人家为显其富而用荤汤来做，未免失了原本的清淡意趣。

子正却大赞这道青菜豆腐汤鲜香清淡，青菜与鸡汤相得益彰，连吃了两碗。又道："一地人适应一地风物口味，真是没有半点虚妄，这南京年菜丰盛倒是不差的，可粤人吃来却并不如家乡年味适口，抱歉得很，慢待了二位老弟！"

伯诚接口道:"子正兄哪里的话。素来因地域、气候、物产和风俗习惯不同,人的口味爱好也全不一样,如江浙人口味偏鲜甜,川湘人口味重酸辣,北地人偏咸重,闽粤人喜清淡。想我留学的那三年,学习住行倒还是能够应付得来,只这吃,却是实实无法忍耐。不独我一人如此,那些同学没一个不想乡味的,便不远万里、不惜工费地想尽方法求请家亲朋友或寄或带,总之必得吃上一口方才安适。"

长仁点头笑道:"子正兄这桌南京年饭,花足了心思,兄弟竟是每道菜都喜欢的。总说来,也是因两地相距不远,风味亦相近之故。湖州年饭无外乎杀鸡、宰鹅、五花猪肉,不过是先用白水煮祭神的。煮熟的肉食插上筷子即谓'福礼',五更天布在供案上,点了香恭请福神享用,男人们拜过后,放烟花爆竹,女人们就忙着把那供过的鸡、鹅、猪肉取来,加笋干做成一碗年菜,用鲜笋做成另一碗,放些白菜成一碗,加了白蘑菇便又成一碗,不一会儿就能成一大桌子年菜!"

伯诚又笑:"过年,总觉得好像就总要落在一个'吃'字上。我早年留洋的时候,他们过的年是耶诞节(圣诞节),叫作'基督弥撒'。西方也要在节前晚间吃大餐的,也就是我们的除夕了,他们叫作'平安夜',就一定要吃整只烤的火鸡,'红红火火'嘛,也是个吉祥的意思;其余倒极简单的,拌些生冷菜蔬果子,面包上抹些黄油巧克力酱之类,还有的把土豆用盐水煮了再捣碎和成泥来吃,这样就算是大餐咧!"

三人大笑,伯诚又道:"不过,外洋人的酒却是极讲究的。像那法兰西、英吉利、意大利,生产有红的、白的葡萄酒,啤酒有白啤、黄啤、黑啤,还有什么白兰地、香槟,及其他各种烈性甜酒。品类也是不胜枚举,金酒、威士忌、伏特加、赖姆、酸酒,有蒸馏的也有酿造的。他们用不同的酒配不同的菜、肉、起司,这却是有不少讲究的。"

长仁道:"伯诚兄讲的是西洋与中国文化的差别。中国的文化是混沌文化,道德经有云:'道之为物,惟恍惟惚。惚兮恍兮,其中有象;恍兮惚兮,其中有物。'说不清道不明,而心知,才是最高境界。洋人却最是讲求实际,事事都得落在实处方为妥当。就说喝酒,中国人是要大口喝酒,喝到迷蒙、似醉未醉时方能体会酒的妙处;而洋人却是要细细地去品酒里面的味道,哪年的葡萄,什么地方出产,做酒的年份,甚而酸度多少、甜度多少。就好像他们做的那些试验,非得一一细细考究方罢。看,这就是把酒喝得清清楚楚。依兄弟看来糊涂与清楚便是中西方最显眼的差别了。"

子正便道:"说得是,且不论外国,即便同一个中国,也会有各种差别,所以才会有'物以类聚，人以群分'的说法。就像咱们兄弟，有共同的奋斗志向，有实业救市兴国的愿望，今天才会一起欢聚吃年饭，这就是人们口中常说起的缘分。'因缘际会，遂忝过任'，用在此处便极恰。"

三人感慨一番，又再四举杯，酒菜尽兴。子正又要过瘾，长仁与伯诚客随主便。抽烟时不免提起那伍仕铎之事来，便又慨叹一番世风日下，人心不古，这伍仕铎也可说是个读过书的人，竟会谋财害妻骗朋友，谲诈虚伪，哪还有一丁点儿淳朴为人的作风。

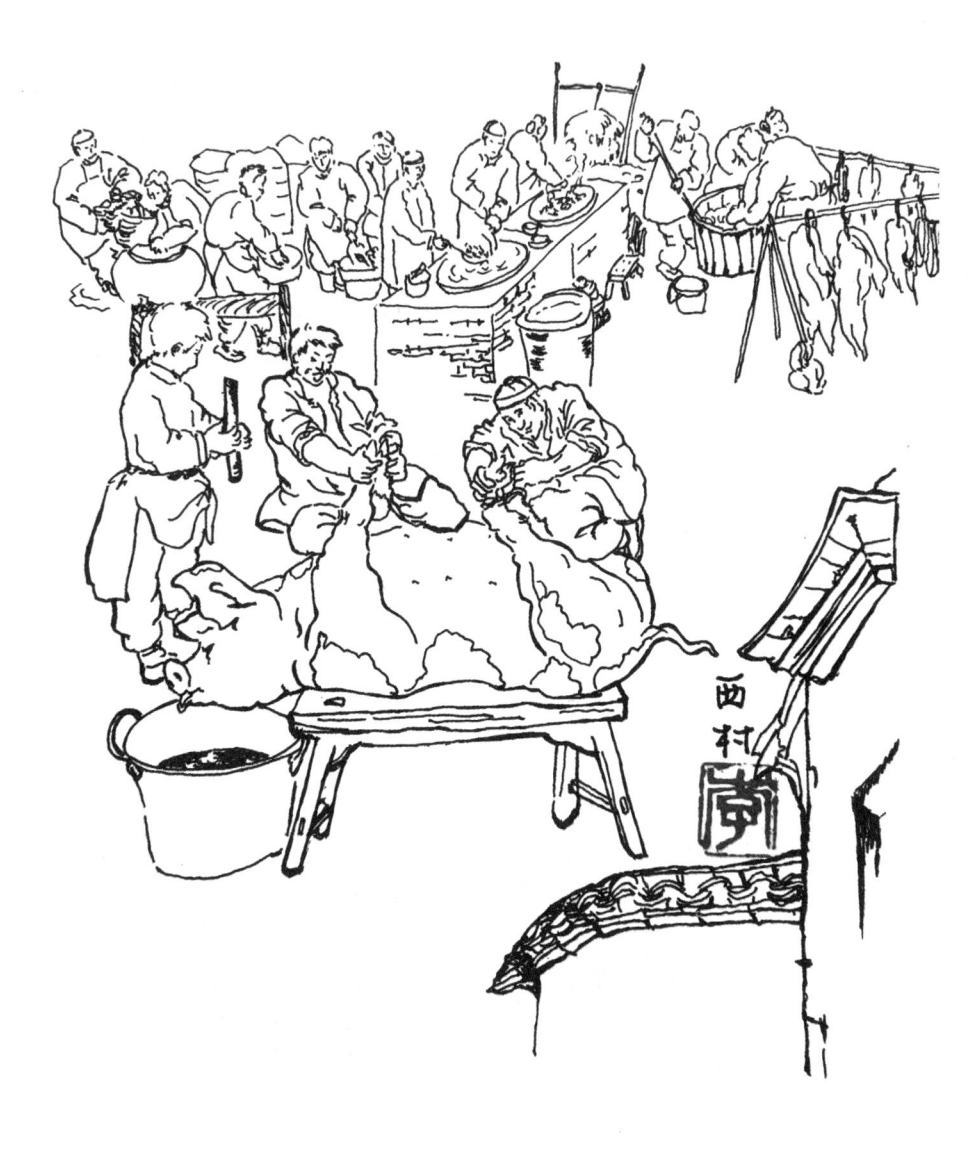

第四十一章 迎新年入乡随俗，兴实业广益集思

第四十二章　听堂会耳目一新，慕白局拜师学唱

饭烟俱足，子正请吴、荀二人移步花厅。

只见厅里居中摆着张八仙桌，桌上一对粉彩的花瓶分左右对称放着，一瓶插的是两枝黄蜡梅，另一瓶则是开得正盛的水仙花。两瓶中间是个红铜熏香炉，正有檀香燃的细烟袅袅然从炉盖镂空花格间飘散出来，满堂生香。原来子正专请了红局（注：白局最早来源于织锦工人工间小憩的自娱自乐，每唱一次称作"摆一局"，素有"白摆一回唱局"，唱者不取报酬，由此人称"白局"。后因其南京味儿特足，很快赢得了广大市民的青睐，引起了广泛的反响，有的便登上大雅之堂，有的传入澡堂、理发、厨行、茶馆各服务行业。分出不取报酬、只享招待的"白局"和收酬金的职业班"红局"）名票潘根子，专开的堂会。长仁早前就听老宋说过什么"门东潘根子，门西王春子"，今可见其人听其声，不由得满心好奇，倒想听听这南京名嘴到底有什么巧处。

子正让正座，长仁就座未辞，专等名票潘根子上场开声。

这时管家老吴来请子正示下，子正微微点头。老吴向厅上一挥手，厅边候着的便进了花厅边间。不大工夫，几个男女鱼贯登场，向厅下众人打拱行礼。领头的清瘦男人坐了桌子右首。伯诚跟长仁耳语道："这人就是潘根子了，文武全拿，尤擅'文口'（注：白局有'文口'和'武口'之分，'文口'真假声结合，常用于旦角；'武口'真声，用于生、丑等角色），'窄口'（即男角反串女角）唱得极好，都叫他'白局梅兰芳'。"长仁"噢"了一声，心道："梅兰芳可是全国大热，这人敢称'白局梅兰芳'，倒真要好好瞧他本事。"不由得细细打量那厅上坐着的人：只见他二十多岁的年纪，不长的头发偏分，用油抹得一丝不乱，下巴未蓄须很光净，身穿正洋红地儿赭石团簇花的绸棉马褂，双手各持一对青瓷酒杯。桌子左边坐着的是个姑娘，只扎了条长长的麻花辫儿，从后脑绕到胸前垂着，辫梢扎了红绸。一弯刘海齐着眉毛，眼睛不大，却笑模笑样地眯着，看着倒也喜人，脸蛋上抹的红胭脂，与身上的花红缎子短袄相衬得更增几分欢喜气。姑娘身前是个半人高的红漆木架子，架上放着面扁扁小小的羊皮鼓，手里拿着坠了红绸的鼓槌。左侧下首还有三个着蓝布长衫的男人，操二胡、琵琶、月琴，这些是伴奏的人了。

长仁看罢想："班底倒是齐整利落！只不知唱得怎样。"只听边上的伯诚又"咦"了一声，刚想说什么。只这时，潘根子用食指、中指和拇指环扣手中的瓷

杯，击打出板眼，四下噤了声。

　　唱的是《百鸟朝凤》，调儿倒是好听得很，《梳妆台》曲调，南京方言唱俚曲，韵味淳朴，生动诙谐，金陵名胜景点都一一唱到，绘声绘色。这潘根子倒真是名不虚传，声音清亮，嗓音纯净，没一丝杂音。高亢时激昂，低沉时婉转。一曲终了，众人都齐声喝彩叫好。接着又连唱《金陵四十八景》《十二月花名》《十杯酒》。

　　这白局恰可应这年节喜庆气氛，除了有说有唱，调儿节奏轻快，那伴奏人中不时有插科打诨与唱者逗趣，听来颇觉诙谐新奇。唱到十二月花名高兴处，那潘根子身边的姑娘正唱着，忽地拉二胡的瘦子起身一把拉了姑娘的大辫子，豁地露出颗光头。原来那姑娘是个小子扮的，一时间唱的看的笑作一团，那假姑娘光着头、手里拖着辫子，忸怩跺脚要哭的样子。看得众人越发笑得不住。

　　伯诚笑喷了茶出来，用手巾擦着嘴道："怪道怎么会有女子唱白局哩，原来是个假扮的丫头。"长仁听了奇道："为什么没有女子？"

　　吴管家操着南京腔道："回先生话，南京白局从来就是只准男唱，不许女演的，有女声时，就是唱家子用窄口，噢，就是用假嗓子来唱。"

　　"从来看戏都是台上演、台下看，规规矩矩，竟然还有这么好玩的戏种！"长仁贪玩，学着南京腔调也杂在里面凑趣起来。忽地，外面鞭炮声大作，吴管家小跑着来道："马上就要接年了，门口处已布置妥当，请先生们燃鞭接年！大吉大利！"

　　三人起身互道吉祥，然后去燃炮。燃罢炮，已是新的一年，伯诚、长仁辞了子正各自回家。

　　长仁还未到家，跟班小六子赶前跑着报了门上，家中管家佣人便齐拥到门口来，早有妈子端了火盆请长仁跨过，然后有家人递过火折，长仁亲燃千响爆竹，旁边人齐点花炮，贾管家在一旁高声唱道："竹报平安！吉庆有余！恭迎新春！万事顺意！"然后就着噼噼啪啪的热闹劲儿，众人互道贺新吉语，这才簇拥着长仁进到内厅。进门有丫头端来屠苏酒，长仁饮罢便入内沐浴更衣。待长仁里外簇新回到正厅时，仆众们都聚在天井里等着给东家磕头拜年，长仁早安排了贾管家备下红包，又说一回吉利话，谢过大家辛苦，将红包分发众人。大年初一不动灶、不动刀剪、不洒扫、不杀生，各人心满意足散开吃小食、拉闲话。

　　吃过欢喜团和元宝蛋，长仁本想小睡会儿，等进到书房坐下，又觉着困意全无，心里还念念地想着在子正家听的那场白局。抬眼看见门边待立的贾管家，便招手道："老贾，你是地道南京人，有种南京地方戏叫白局的，你可曾听过？"老贾回道："岂止听过，我还会唱呢。"

长仁大喜："想不到身边竟有会唱的。这种曲调形式倒灵活得很，听来甚是清新悦耳！"

老贾看长仁有兴趣，便滔滔不绝起来："这白局是南京地方才有的戏。元代古调'南京调'就是古腔本调，曲牌倒有很多种，什么满江红、穿心调、银纽丝、八段景、剪剪花百多种，据说最早叫'百曲'的。织锦工人唱得最多，工间在机房唱，年节就到热闹地方唱，唱时总讲'摆一局'，不收钱的，白唱，就叫白局。"老贾因今儿是大年初一，不作兴讲苦、难、穷等不吉之语，所以专门避开讲织工苦。

"来来来，快唱一段我听听！"长仁兴味盎然。

老贾倒真大方，顺手拿了书桌上的墨碟和一支笔，用笔杆敲着碟底，张口便唱起来：

机呀房不很好做，
这几天来又被那坐板疮来磨哇。
三万六千头库缎，
老板要我七天织一个。
怎奈我疼痛一天，撩上几十梭。
焦头鸡的老板天天催生活哇。
初二十六当荤八块肉，
切呀个削零有纸薄。
遇到一阵狂风，
就刮到了北极阁。
我靸（sā）了一双烂鞋头儿啊追也么没追着。
……

韵味一丝儿也不差。本来是个苦故事，听他唱来倒真觉不出什么苦味道。等听到"靸了一双烂鞋头儿啊追也么没追着"长仁扑哧笑起来。

老贾停了唱，也跟着乐，又说道："这就是'机房歌'了，唱的是'杂八楞'曲牌腔调。

长仁又催他接着唱，于是老贾又唱道：

碰到了茅草桩，
啊戳了我的脚，
连忙跑回来。
掀开了锅盖，
哟连汤都没喝着呀。

朋友劝我改行,

我没得个生意做,

肩背着拎桶手扛着腰子箩,

卖热老菱噢,

卖热老菱噢,

带卖鸡头果啊。

老贾唱完收声。长仁道:"听来确是好听,意思也大概能懂,只里面有些字眼儿不大明白。这'三万六千头''库缎',还有那'焦头鸡'是什么意思?"

老贾笑道:"这里头行话土话的,无怪东家不懂,'三万六千头'是丝的头数很多的大织锦缎子;'库缎',就是蓝、黑的素色缎子,只有织锦行里头的人才懂。'焦头鸡'就是老南京话了,是小气鬼、吝啬的意思,'削零'是很薄的意思。"

经老贾一解释,长仁即刻就明白了:"南京方言相当有趣,且这白局也必得要是南京话唱来才好听押韵,就好像越剧必用吴侬软语才是那个味道。我刚在子正家听了潘根子唱堂会,可是热闹谐趣得很,我看你比他唱得也差不到哪里。"

老贾呵呵笑道:"潘根子么?我们素来熟识的。原先我们都是织工,在一块做工的。只后来织锦越来越不景气,吃不饱肚皮,才谋了别的营生。他嗓门儿好,吃唱饭也正当的。"

长仁听他一说,更觉老贾唱得好听,不禁动了学唱的念头:"老贾,我拜你为师,学唱白局成吗?我是真喜欢这戏。"

老贾笑道:"东家要学唱白局?那敢情好,咱就在家学,学好了说不定还能赶上七月盂兰盆节赛唱去呢!"

"盂兰盆节?也就是我们常说的中元节了。怎么,这白局难道还有比赛吗?"长仁奇道。

"可不是!南京一年一度最大的白局唱会,从中华门的西街口设第一台白局,然后沿着外秦淮河直至下关仪凤门的骂驾桥,每一桥、每一街口都会设台,共有一两百场,别提有多热闹!到时您可一定得去凑凑热闹。"老贾说得满面红光。

长仁听得更是心痒难耐,忙道:"咱们现在就学怎么样?我听那曲调倒也不太难,只那唱词……"

老贾道:"东家学唱,估计正是这一层最难呢。白局必得用地道方言唱来才合辙押韵,听着才好听。"

长仁原在湖州说的是本地浙北方言,在上海五六年,说话不知不觉间带点上海话音腔调,当然还因在洋行多讲些英吉利洋文,说起话来便再加点卷舌。南京虽地处南地,可说的话却属北调,语调硬朗,语速偏快。老贾识字不多,长仁让他又将那《机房苦》唱一遍，自己拿笔记下，便要从这曲学起。老贾逐字把那曲来回唱白了半个多时辰，长仁倒是很快将调门学了个八九分，那咬字发音却是无论如何也绕不过。

老贾只得放弃教他长句子，道："东家，还是随便韶韶吧，韶好了，马及整段就好讲咪。"

长仁晓得"韶韶"是南京人"说说话"的意思，"这'马及'又是什么个意思？"从日常讲话来学，长仁深以为然。

"'马及'南京人还讲'立马'，就是马上、很快的意思。"老贾很耐心地解释着。

"那'马及'和'立马'在用法上可有不同？"长仁已经学着用南京腔说话，虽有些不伦不类，但这是他学英语时总结的实用方法：现学现卖，边学边用，这样学以致用，一准掌握得快。

"'立马'比'马及'还要快些。"老贾未教过学生，几次用衣袖擦汗。长仁看出他难办，笑道："这样吧，传话下去，自今日起，家里所有人都讲南京方言土语，不必将就我。"老贾应着赶紧脱身去传话。

长仁继续对着面前桌上那张白局曲词，琢磨着，口中喃喃。忽然，外面传来女子低低的说话声："俺哪儿会讲南京话呢？这可咋办？"另一声音道："咋办，赶紧地现学，还有少讲话。特别在东家面前，我告诉你噢，装哑巴。"

长仁知是老贾传了话要全家讲南京土语，只本地人高兴，有外来的可就要犯难了。大年下正是闲来无事，长仁有心逗她们一逗，于是压低嗓音道："门外是谁？进来回话！"

门外人声戛然而止。好一会儿，书房门被推开条缝，听着似乎是两人在门口推搡了一阵。终于，一个胖丫头从门缝处挤进来："东家有什么吩咐？"是刚才讲南京话的。长仁看并不认得，知是老宋新聘的仆佣，假装沉脸问："还有一个呢？进来！"只见那在门口站着的胖丫头惊得瞪圆了眼，忙垂着臂向门外连连招手，示意另一个进来，又往里让了让身子。一个穿着半旧红袄、头垂到胸口的丫头闪进门来，两手不知所措地搓着自己的衣角。先进门的胖丫头道："东家，吾们刚来不大懂规矩，刚才说话声音有点儿大……"长仁看了她一眼，胖丫头即时止了声不敢再说话。

长仁看着俩丫头道："你们是刚来的？叫什么？哪儿人哪？"说完拍了拍自己嘴巴道："哎呀呀，自己倒忘记讲南京话咪！"胖丫头嗤地一乐，又着忙憋住回话："回东家话，我叫双喜，就这块本地的。"说着又扯了扯身边低着头的丫头道："她是杏儿。"边向她道："东家问你话呢。"

"俺山东人，不会说南京话。"这杏儿倒是老实。只见边上的胖双喜悄悄瞪了一眼那个叫杏儿的丫头，忙转头向长仁道："我来教她，十天半月保管学会。"

长仁向双喜瞧了一眼，道："噢？十天半月就能学得会？"

只见双喜丫头稍一迟疑，又急忙像下定决心似的，用力一点头："回东家，就半个月，我教杏儿讲好南京话。"

低着头的杏儿把头垂得更低了，悄悄拿胳膊抵双喜，双喜却别了别身子，又道："若到时学不会，听凭东家发落！"

长仁起了顽心，笑道："我可没逼你，你若半个月能教会杏儿丫头说南京话，我立马聘你做说话老师，还涨工钱。"长仁很得意自己把方才老贾教的"立马"用上，哈哈大笑。

双喜抬起下巴："这可是东家您说的，今儿初一，正月十五，我带杏儿来交差，您只听味儿正不正便是了。"

长仁更笑个不住，指了俩丫头连连道："好好，就这么定了！"想了一下又拿起桌上的白局词谱让她念，双喜接过很认真地读起来，字正腔圆煞是好听。正赶上老贾进门，长仁又让老贾再唱读一遍，几次三番听下来，长仁将这曲白局发音腔调摸了个八九不离十，这才满意地点点头，对双喜笑道："嗯，我听你念读起来味儿蛮正，去教吧，正月十五宴客，到时客人要一起考你们的！"

胖双喜一吐舌头，嘴上可不服软："东家尽可放心，管保教客人们听得高兴！"

打发俩丫头下去，长仁方才发现老贾手上托着的两个插了蜡梅水仙的花瓶，便指了问道："看不出，老贾竟如此清雅。"老贾笑着欠身回道："这是南京年俗，小的循礼而已，哪里就敢充雅。"

第四十三章　品风雅岁朝清供，撞姻缘奉巧成婚

"大年初一，本地人家多会插些天竺、蜡梅在瓶里，取天腊之义，即为'岁朝清供'了，祈愿福寿康宁、富足平安。"老贾边说边环顾房内，找适合摆放的位置。

长仁指着老贾托的那瓶水仙问："这不是水仙吗？并非天竺！"

老贾笑道："岁朝清供有'三友'，天竺、蜡梅与水仙。道家称新正第一天为'天腊'，天竺、蜡梅便意指'天腊'了，且这天竺结实火红色艳，蜡梅金黄香浓，节日里取其色香，当以正厅供放为多。而水仙可与天竺、蜡梅同供，亦可与其随意搭配，便着重强调其雅致了。这不，特捧了来置于先生书案，最是应景不过的。"

老贾说着将那两瓶放下，将插蜡梅的粉彩细颈瓶置于书案左侧，另一浅青白釉的广口大肚浅身瓶里坐着六瓣水仙，五寸许的叶茎挑着数朵白瓣黄蕊，那一串串绿的花苞有些张开了口，微微吐出些白色。老贾将水仙放在砚池边，道："先生您看，这样放着可好？"长仁看着满意点头，又见那瓶底躺着的红黑白黄几粒石子，问道："这是雨花石吧？我看这块纹样好似一轮红日升起在地平线似呢！"说着拿起水底那块黄石，只见玛瑙质的玉黄的底子，横着几道白黄的线，靠近线条的上面，可不正有个圆圆的红太阳。老贾抱了抱拳向长仁道："给先生道喜，找到如此吉祥样儿的雨花石，今年定会风调雨顺，生意兴隆。"

"好好好！"长仁不觉脸上漾起喜色，道，"你来看，是不是挺像！"老贾接过石头正反看了连连赞叹。

长仁意犹未尽，又捡起块红石，仔细研究那上边的花纹。这块红石通体晶莹剔透，只在石头当间，似有两个套叠在一块儿的心形，便笑道："哎呀呀，这块更有看头，怎这么像两颗心。"老贾头也凑过来端详了会儿笑道："可不是怎的，两颗心靠在一处。看来先生今年定是要遇到大喜之事，得不是要抬个内当家回来吧。"

长仁放下手里捏的那块石头："你这就扯远了，婚姻谈何容易，况且连合适的人也没见着一个呢。"说着自嘲地摇摇头。

"可说不准哩，婚姻极是看重缘分，有时刻意找寻多年怎么就是找不着合适的，不期然忽地眼睛跟前或能发现也说不准。"老贾说这话更多像是宽慰。

长仁被老贾一番话触动心事，不觉怔住，暗叹自己过完旧历年算来二十岁

了，要是父母俱在的人家，恐怕早已养下几个孩子。这五六年间经历的事太多，长仁根本没来得及想终身大事，心里藏着的那个阿兰亦是越来越模糊，自听说阿兰惨死后，他便时常会梦见阿兰，只梦中的她再也没有说过一句话，哪怕一个字也没有。长仁心里知道，阿兰是真的走了。

"唉！这几年只知拼命挣钱，钱挣到了又当如何！"长仁又叹了口气。老贾知趣地收起姻缘的话题，着忙又转回岁朝清供上来。

这时妈子端了早饭上来，长仁看是碗汤圆，旁边的小碟里放着几片金黄、雪白的麻糕。妈子念叨："大年初一吃汤圆，一年里头事事圆；大年初一吃年糕，生意事业年年高。"长仁笑着点头，端起汤圆吃了一口，糯米舂得很细，馅是白糖、枣泥、芝麻调的，入口只觉香甜顺滑，便点头赞好。妈子脸上立即笑开了花："这个米是我用小杵子舂了七八遍哩，还有馅子，都是头前一点儿点儿磨好调匀，甜口东西最是讲究不能太軪。还有这个年糕，过年一定不能少，谐音'年高'，就是新年发财的好彩头！"

长仁挟了块黄色年糕，咬了一口，偏甜，酥松软香，却实在品不出什么做成的，便问："这是什么做成的？这香味儿……一时想不起是什么。"

老贾看了妈子一眼抢前笑道："这可是南京年俗重要吃食，大年必发哩。"

妈子道："这黄的是松香年糕。"

"松香？"长仁是有些常识的，知道松香是松树干的沁出物，广泛应用于工业制造，却不知还能做糕点。

老贾笑起来："此松香非彼松香哩，王妈，别再卖关子啦！说给先生听听。"

妈子禁不住扑哧一乐，道："是黄豆炒熟磨成粉，掺过糯米粉后做成的糕，吃起来又松又香，才叫作'松香年糕'！"

长仁忙咬一口，恍然大悟道："怪道我品不出是什么香味，原来是熟黄豆混合了糯米香哩。"

几人正笑着，门上递进来两张拜帖。打开看时，一张是何新图的，写的是新年应时的一些祝福吉祥话，另一张落款是"王柏达"，长仁想了好久，也未记起有这么个朋友。再细看帖上的地址，是"三山街福隆客栈人字号上房"，长仁拿了给老贾看，老贾也不认得。按应酬规矩，来帖收讫，便要即行回帖以示谢意，否则就会被视为不懂礼数。

长仁提起桌上笔，三笔两笔写好了何新图的回帖，差家人送去。又写了子正、伯诚的拜帖，吩咐小六子初二一早送过二人府上。再提笔想写那王柏达的回帖，却犯了难，自己实实地不认得这人，会不会是送错的帖？

于是派老贾走一趟三山街福隆客栈，先找客栈掌柜打听一下，回来再做打算。

老贾自去打听。

长仁坐在桌前，不由得却想起占云来，想到他在这世上无一家人的凄惶，便嘱家人去后园圈地焚化些元宝纸钱。再坐下时，已是近中午十二时，少不得又是一通鞭炮热闹，吃过午饭，长仁去后园踱踱。

穿过后院回廊，便是后花园的水塘了，沿塘种了不少菖蒲腰菱，只这初春时节，花呀果呀的叶茎俱隐在水底，水上只见上年秋天的茎头枯叶。

远远地，长仁瞅见一个翻飞腾挪的红影倒映在水面，便转过太湖石假山，果见一个红衣裳的女孩儿在练习拳脚。她手脚比画着，嘴里也不停念着，说的什么却听不真切。

长仁悄悄猫行靠近那红衣女孩，又侧耳听她念的是"阿吃过啦……干么斯阿……阿是的啊……"

"阖家上下倒是认真学起南京方言来，照这认真劲儿，要不了多久必定学成哩！"长仁顽皮心起，忽地大声道，"干么斯啊！"

红衣女孩经长仁一吓，急忙收住拳脚答道："阿哟妈哎，学说南京话哎！"地道的南京腔调。

长仁大笑道："嗯，比我讲得还好！"边笑边看那女孩，这一看却愣住了，心道："这丫头怎的如此面善？"

立在对面的女孩也怔了怔，却突然扑通跪了下去："原来是恩人呐，请受小女子一拜！"

长仁忙去搀那女孩，手伸至半又想男女授受不亲，只好连连喊："这是干吗？快起来说话。"

那女孩跪着不起身，只抬起头来，一双泪眼看长仁道："恩人忘记施恩于我，可小女子是终生不敢相忘的。您不记得在三山街助过卖艺的兄妹吗？我是苏杏儿啊！"

长仁经此提醒才猛地记起自己曾助过兄妹十几个银圆，给他们的父亲瞧病。当时还错认这叫杏儿的女孩儿，以为是阿兰。想到此不禁脸上一热，忙搀了她起来，道："你怎么会在这儿，你父兄呢？"

提到父兄，杏儿泣不成声。原来，当日收了长仁那十几块银圆，兄妹二人急忙给父亲请大夫，可老人家还未及吃那大夫开的药，人就故去了。兄妹俩用剩下的钱葬了父亲，想着家乡已没了亲人，便留在当地还想以卖艺为生。不承想没过两天，摆摊时遇到当地混混调戏杏儿，哥哥大旺一气之下将那混混打得狼狈而逃。事后两人也知是惹了祸，便急忙收拾行李准备离开此地，不想混混带人来得太快……杏儿哀哀哭道："哥哥是被活活打死的，那伙人一转眼就没了影儿，可俺却记得那人，烧成灰也认得。"

长仁叹了口气，轻拍了拍杏儿肩头，待她情绪稍定，方问道："那你，又怎么会到我家来呢？"

原来，杏儿为报兄仇留在南京，想那祸事都是因自己而起，便换了身男装，到处访查那混混下落，几个月来风餐露宿，偏巧碰到老宋聘人，她便充数进了宅。当天便被认出是个女孩儿，所幸老宋、老贾都同情她，便留了她下来做女佣。

长仁瞪圆眼睛道："早上在书房的可是你么？"

杏儿点了点头道："是，可俺没敢抬头，没认得出是恩人。"

长仁哈哈大笑道："真乃天意啊，天意！没关系，你且告诉我那混混仇人的形貌，我来替你报仇。"

杏儿又跪下连连磕头道："多谢恩人，小女子实在是无以为报，今生当牛做马也不能报答您恩情之万一。这可如何是好！"

长仁慌忙去拉她起身，两人四目相对，长仁不禁又一怔神："她的确很像！"杏儿被长仁盯得脸色绯红，忙低头扯了帕子揩眼泪，又笑起来："瞧我大年下的，不该哭呢，恩人千万别被俺污了运道，俺回去便敬香祷告！"

长仁放开她胳膊道："以后别恩人恩人的，就叫长仁便可。"

杏儿刚想开口，长仁止住她道："你家乡和此地都没有亲人是吗？"

杏儿点头。"那你可愿认我为亲？"长仁又问。

"求之不得的……只是，小女子实不敢攀亲，唯愿当个下人一辈子侍奉恩人！"杏儿面上一喜忽又转为失落。

长仁一挥手，道："这是哪里话，我亦是自小失亲，孤苦度日，其间经历的凄惶无助境况，想来旁人不能体会。"长仁自心底敬她虽一介女流，却立志为兄报仇，快意果决，年纪轻轻却独自寻访仇人，女扮男装，心思剔透灵巧。不由得向她道："我身边正缺内当家，你可愿意帮我？"

长仁说完自己都愣了，又觉从未如此酣畅淋漓地直抒胸臆，不禁心下大爽。定定地盯住杏儿眼睛，只等她答复。

杏儿一怔之后垂下眼帘，随即红着脸点点头，便转身跑向园门口去。

想到早上老贾说的婚姻缘分话题，长仁到此时方有所觉悟。顾虑杏儿当内掌柜得有教人信服的身份，便急回前厅向老贾只说找到失散多年定了亲的表妹，正是杏儿。又吩咐老贾翻皇历选吉日，不想一查之下，竟是大年初五即为上吉的嫁娶之日。阖府上下少不得又大忙一场，到初五那天，子正、伯诚、老宋、浩之、

第四十三章　品风雅岁朝清供，撞姻缘奉巧成婚

293

新图一干朋友均来道贺，场面空前热闹，长仁更是喜不自禁。

长仁确有识人之能。苏杏儿是个好女人，因她也是个苦出身，对下人总是宽待的，又疾恶如仇，凡遇偷奸耍滑也绝不姑息，为人勤谨晓事理，府中上下无人不服。长仁敬她，遇事时常会听她想法，几回助他涉险呈祥，且毅然决然地帮他戒掉鸦片，使得长仁过了一阵安逸闲适日子。这些是后话。

新年又逢新婚，长仁几日来大门也未曾出过，整日里只陪着杏儿，两人下棋、读书、学唱白局，互相逗趣说南京方言。日子过得飞快，转眼到了正月十五元宵节。

长仁设家宴请了子正众人，他帖子刚让人送出去，那头子正家来人送来条子，邀众人晚间去夫子庙喝酒观灯，长仁没法子推托，只得向新夫人告罪。杏儿嘱厨下晚间须备醒酒汤。

吃罢早饭，长仁在书房看了会儿书，又把那白局词翻出来，忽地想起初一丫头双喜教杏儿南京话的玩笑事来。他忍俊不禁笑出声来，自语道："几天光景，家里多了个内掌柜！莫如真就来个讲话唱曲比赛，岂不好玩？"想着起身绕过园子回廊到前面去找杏儿，见她正在花厅指挥着一众仆佣妈子，长仁放轻脚步进了花厅。一丫头端了茶来，长仁忙将食指放唇前教她别大声，坐下边喝茶边饶有兴味地看着杏儿安排下人增挂元宵灯，有粉荷灯、金鱼灯，还有小马踏元宝灯。杏儿回头见长仁冲自己傻乐，便笑着道："怎么只睡这么会儿，晚上应酬吃饭，必是得晚睡的。"提着手里的一盏荷花灯边走过来，又道："这挂的灯，都是有意思的。荷花灯喻家庭和睦；金鱼灯是年年有余；马踏元宝么，今年是戊午马年，自然得应景儿的，挂上它今年咱家定会财运两旺。"长仁听得高兴，哈哈大笑。

正这时，老贾来回话，说初一送帖子的那个叫"王柏达"的人终于查到了，是个地产捐客。此前去客栈访他时，他回了无锡老家奔老娘的热丧，因此未能见到其本人，只得问了客栈掌柜，知他颇识得些官家人，将城北一带地皮生意做得风生水起。但此人有一怪，生意做得不错，却一不置宅，二不买地，自己只住客栈，教人颇难揣度。

"还真是与众不同的一个人。只是，他为什么要送来拜年帖呢？我并不认得此人。"长仁满腹狐疑。

老贾便道："那先生可不必理会他，且看他想怎样。"长仁想了想，也只得放下不提。

苏杏儿此时来催长仁更衣。长仁看桌上自鸣钟已是近午，想着子正一众朋友就快到府，便随杏儿去房里换衣裳准备待客。看见门口侍立着的双喜，这才复又想起来赛话白局的好玩事来，早上只顾着聊花灯竟给忘了。不料杏儿听了掩住口乐个不停，长仁丈二和尚——摸不着头脑，搞不清有什么事情如此好笑。好一会儿杏儿止住笑道："自你初一说过，老贾便召下人们悄悄在准备哩，只你不晓得罢了。就待今日宴客时来个大大惊喜。"长仁闻言乐道："好呀，原就只瞒我一人，今个儿唱得好、说得像的都赏，来个阖府大联欢。"

小夫妻俩正说得高兴，老贾进来报伯诚老爷已经到了，正在花厅候着。长仁道："都是再熟不过的朋友，不必过花厅，直引来书房便了，这样子你便只去一心安排好席间的节目吧！"

老贾听他说起反倒一怔，拿眼偷瞧了瞧杏儿，杏儿又笑起来，道："你别瞅我，是人家自己想起来，还吩咐了要办比赛哩。"老贾跟着一块儿乐起来，忙答应着下去。

长仁换罢衣裳往书房去，远远见伯诚由老贾陪了进书房，身后跟着莫浩之，长仁忙迎上前去，众人见礼后杏儿自去后面忙。三人寒暄着刚落座，子正进得门来，口里直道："好香好香！正想着家乡烧腊美味，在你家却先闻着味儿了！"边说边连连道饿。原来是厨下正烤着乳鸽，那香味飘得到处都是，直往人鼻孔里钻。

长仁唤门口小六子："去问夫人，可否开饭，咱们的馋虫都教这香味勾出来了。"小六子应着刚转身，便见妈子来报："请各位先生入席！"

第四十三章 品风雅岁朝清供，撞姻缘奉巧成婚

第四十四章　元宵节阖府同乐，韩益兴论拟章程

几人起身去正厅，只见当间的圆八仙桌上已备下了六色冷碟，妈子端着托盘往桌上放冒着热气的元宝蛋。

长仁道："唉呀呀，这元宝蛋从年三十吃起，是天天得有的吗？今儿免了吧。"便要人端下去。杏儿正出来听着忙止住，上前一一又和众人招呼见礼后，笑道："今儿这元宝蛋真与别个不同，各位不妨尝尝看。"

吴妈在一旁道："这可是夫人花足心思教我们做出来的，用的是芦荡里摸得的野鹧鸪蛋做成，这种蛋不但个头秀气不顶胃，且又细腻嫩滑，不是一般鸡蛋可比哩，再则，这汤料里选的是上等暹罗金线蜜枣和古黑糖。一番心意备下的，希望各位老爷新年顺意、生意兴隆！"众人被她一说，再看这小碗里的元宝蛋，确与平日吃的不同，三枚拇指肚大的元宝蛋卧在红亮清透的汤汁里，配着三颗金线小枣。奇的是那三枚蛋的颜色却不同，一乳白、一微黄、一深红油亮。妈子这时颇有些得意道："深红色是最早放入黑糖共煮，吃来香甜弹牙；微黄的是与金丝蜜枣同入锅，甜味稍浅而香味更足；乳白的是微煮过剥皮，待起锅盛入碗中时刚放入的，吃来绵软细滑，为的是品其原味。"几人感叹着吃了这元宝蛋，都赞其与众不同，又赞杏儿心思奇巧。长仁也暗暗点头。

一会儿菜上桌来，竟都有在座众人的家乡菜，又备得有南京地方菜，还有杏儿拿手的鲁地名吃：葱烧海参。那香烤乳鸽便是专为子正准备的粤食，端上桌的无一不精。正吃到高兴处，厅前院中丝竹声起，几个丫头鱼贯而入，每人手持两个瓷酒盅，站定后齐齐叩动手中瓷盅，琴班两人即停了弹拨，只留瓷声清脆悦耳，丫头们说的是南京白话贯口《十二月花事》，颇有些饶舌，但编排得极押韵，听来颇新奇动听。子正道："这是长仁老弟府上养的伶班吗？这种白话长贯口还未在市井中听过。"老贾在旁道："家中未养伶人，都是下人们凑趣玩的；这《十二月花事》的词是夫人编的，又教家里丫头足练了一礼拜。"一干人啧啧称赞："长仁好福气，这杏儿夫人真真多才多能。"老贾又道："要知道，我们夫人是山东人士，本不会说南京地方方言的，生生学出来了哩。"又教众人好一通夸赞。长仁口中虽连连自谦，心下却是禁不住地得意。

后边陆续有说的、有唱的，都是南京地方小调或白局，有的唱功虽差强人意，但特显出些诙谐好玩，倒也热闹得紧。

这时，鼓点声再起，一粉脸青衣小旦手持羊皮鼓步入场中，坐在四仙桌边。

子正低声问长仁："是要唱白局么？这唱文口的身段窈窕，扮相实在是妙，老弟请的是哪位？"长仁摇头笑道："兄弟实是不知，他们瞒了我铺排一场，确乎是惊喜。"子正又笑起来。

只听那青衣开嗓，唱的是《大团圆》一曲，声音清丽高亢，字正腔圆。长仁暗奇家中竟还有这么个精唱窄口的人才，没一点儿男扮女的忸怩作态腔调。只见那人待唱完起身，用手召了前面说唱的所有人来再向厅前一拜，众声道："元宵团圆，万事吉祥！"

长仁回身问老贾："这中间青衣文口是谁？唱得不错。"老贾低声笑道："先生怎么连夫人也不认得呢？"长仁瞪大眼睛，再细看，不是杏儿又是谁？只因知道女子不唱白局，直当这是个男人。前番打赌只觉好玩儿，她竟真唱起来了。

长仁忙向出演众人道："各位说的、唱的都好，全都有赏。"再看杏儿，抬手用帕子掩了口冲自己狡黠一乐，长仁忙瞪她一眼，示意她快快退下。杏儿领众人退下去，一会儿换了衣裳再来招呼众人，在座竟无人识得，还一味夸刚唱的青衣。杏儿微红了脸在旁静静听着，时而点头微笑，只长仁趁众人不注意，扯过杏儿手来轻捏了一下。

宴散时已是午后三刻光景。子正记挂着晚上韩益兴的局，道是夫子庙今晚首开灯会，怕是挨挤不过，便急着要家人备了车先行赶过去了。伯诚本要随着子正同去，却被浩之拽了要谈扩学堂之事，二人便辞了子正、长仁自去。

老宋此时倒来了。原他老子提出要回家乡高淳过年，一大家子人才刚从乡下返家来，给长仁送来一筐时鲜鱼虾菜蔬。长仁便留下老宋去书房，自己送出冯、吴、莫，返身与老宋闲话他家乡事体。老宋眉飞色舞地说了通高淳的年戏街景，杏儿便进来了。老宋知长仁有事，便忙起身也辞了出来，出门才想起，自己带了家乡的堂侄来做事体，安排在铺里先帮着忙，得知会先生方能安排做事哩。便又忙转身，正见杏儿帮长仁解领口纽子，忙咳了一声，立在门口回了堂侄的事。长仁在里面答道："你自安排了吧，看他适合做些什么，多教教他！得空带他来，我见见吧。"老宋这才心满意足地回家去。

长仁见杏儿进书房，便知她是来催他出门的。今儿灯会初开，是得要早些出门。他忙叫老贾备车，又去内室换上杏儿新缝就的灰獭皮边洋红团花缎夹袄，带了小六子去夫子庙韩益兴饭店赴宴。

天色未暗，街边人家檐下灯都已亮起来。待车出仪凤门一路向东，暮色渐沉，路上行人不觉多起来，路边也有灯亮了，圆的、长的、方的，四角、六角、八角，单层、双层、多层各样宫灯竞相闪烁，树下廊前繁星点点。车再向前走了不一会儿，还未见夫子庙牌楼，前方已是路塞巷填、摩肩接踵。长仁暗道："幸而

297

早早出门，这南京全城人都来看灯了吗？"看来也只得下车。

长仁和小六子被人流推着往前走。秦淮河两岸坊巷商铺，也不知之前是卖什么的，现下却无不堆满了各款花灯。西瓜灯、辣椒灯、葫芦灯、荷花莲藕灯水灵可爱，孔雀开屏灯、白兔灯、小马灯、狗儿灯，还有娃娃灯，都形象逼真。虽说所售花灯类似，却又不尽相同，要么形制、要么颜色、要么材料，可见家家扎灯，各具匠心。

不知不觉，两人已随人浪来到了夫子庙牌坊前，只见一座巨大的子牙封神灯矗立在牌坊柱间。三届首领、五岳正神环立，姜子牙手执天书昂首向天，真是惟妙惟肖。巨大的灯座竟是可以旋转的，不停变幻出五彩光影，美不胜收！放眼看前方，更见灯彩累叠，成串成片地堆砌在光影里，那大的像山，小的却只豆粒大小，密密匝匝、林林总总，大放异彩、灿烂如昼，看得人目不暇接、眼花缭乱。

长仁只顾了看灯，根本来不及说话。不过此时说话估计也无人能够听得清，四围没一丝缝隙，塞满了人，头只稍转就说不准碰着谁的脸。长仁勉强抬着头，好在远远望见了韩益兴饭庄的硕大招牌和楼前高挑的印有"韩益兴"三字的商灯，便朝着那方向挤过去。

挤出人流，长仁在韩益兴门前停住，这才想起小六子。回头望时，看着黑压压的人群，哪有人影，长仁只得自己先上楼，由着小六子转灯市去吧。

进到二楼"临水雅居"，见子正、伯诚、浩之都已在座，长仁抱拳连连告罪。

子正笑道："无碍的，饶是住在附近，我也午间便已到了，喝着茶等。"

长仁接过小二递过来的热手巾擦了脸上汗道："金陵灯会甲天下，果不其然，不仅是这花灯耀眼，还有这人海如潮。这不，兄弟的随从丢了，也不知浪到哪里去了。"

"放心，小六子机灵得很，一会儿逛累自然就回来了。"伯诚笑着拉长仁落座，指着窗外又道，"金陵灯会老弟恐怕只见冰山一角，未能窥得全貌。这秦淮河上的灯船是无论如何也不能错过的。"

长仁坐下，只见临窗便是秦淮河，此刻河面满是灯盏，随波轻摇，几只画舫灯船被装点得玲珑剔透，隐约有女子窈窕身影与灯影相映生辉，待近船过时，听阵阵琵琶古琴弦音悠扬，又杂着闹酒划拳调笑声浪。

长仁笑道："子正兄费心选了如此雅舍，弟与各位定要尽兴方归。"

子正摆手："哎！今夜还是别提这'归'字，兄已定好一艘灯船，待饭毕一众登船，夜游灯河，赏曲品茗。有美景妙音，又有佳丽在怀，想是定能教诸位尽兴！长仁新婚燕尔，此次暂不为难于你，其他人嘛……"

众人忙齐声称好。长仁只得端起茶来呷了口。菜不一会儿就上齐，色色精巧美味，盘边摆着用来看的配菜，竟无一不细细用菜蔬雕成花样子，看得赏心悦目，无愧"金陵第一楼"美誉。

众人边吃边赞这韩益兴厨工的手艺了得,浩之便拿起盘边的一朵红花来看,只见那花瓣是用红心萝卜做成的,用刀剖得极薄,卷成花样子再用竹签穿了,下面垫的是黄瓜雕的叶子。浩之把玩着奇道:"这样精细的做法,店里生意又如此火爆,怎么能够来得及哩?"恰巧小二来上菜,忙不迭接口答道:"客人您有所不知,这些盘花都是由器具雕来,任谁都会的!"

浩之一下来了兴趣,忙要小二拿来看看。小二答应着下去,不一会儿抱个不大的木匣上来。浩之打开看,见有长的、短的木片,中间挖空了镶了些铁片,铁片却是有孔洞的、有长条的、有波折的,不一而足。

只见小二将木匣平放在桌上,拿起一个木片插在匣上,又将带来的半个萝卜放在那木片上来回擦了几下,一片薄如蝉翼的萝卜片曲曲弯弯地留在了匣盒内腔里。小二提起那根长长的萝卜片,卷了两卷抽了签子一插,便做成一朵与盘中同样的花儿来。

几人齐叫起好来,小二不无得意地又试了其他几个木片上的刀具,原来那炒来细如银针的土豆丝也并非拿刀切出来的,此外这刀具还能刻出其他样式的菜色生品。浩之将那几个木片拿在手上左右把玩,没一会儿便搞清其中关节,不住口地大赞其好。众人问小二,此匣从何得来,小二道:"店里后厨下切配间二呆子瞎琢磨出来的,用着还不错,就做了几个。"

浩之抱着那木匣不肯松手,坚持要买下它来,说回家给王氏下厨时用。小二做不得主,只好下楼去请柜上掌柜来。掌柜因子正是熟客,便道这是自家厨下伙计做的,客人看着给俩便了。浩之便由怀中掏出一块大洋交给掌柜,掌柜瞪大眼连道太多太多,一个切菜家伙,不值不值!终究还是咧开嘴收了钱。

众人轮番又将这木匣把玩一遍,再叹赞一回,这厨下竟也能制出如此精细器具。感慨之下,不免又谈起上次除夕在华胜厂几人讨论未竟的话题来。

浩之道:"想一地一室都自有那手艺精品,只可惜无人得识又没得途径扩销,便只受限于一地一室罢了。若能将各地方、各行业的技艺工品汇聚于一处,负贩技艺能集妙艺巧思交流互进,假以时日,定能教我大中华地方国货比了洋夷下去。"

长仁道:"上回浩之和伯诚说的手艺、技艺陈列所,实是件极大的事业。商人关系虽重,却不能替许多同胞,个个谋他的生计;技艺关乎生计大事,若人人手上都有精巧的技艺,何愁饿肚皮呢?生计终归还是要靠自己谋的。商人财力所及能够提供扶持,也是正当的义务。现下的士、农、工、商、学各界,除了学界人知道外面的世局,晓得外洋技艺发展已经到了足可吞噬我偌大国家,但学界人空有学识无处施展;此外就只商界里的人,常得与外界交易联络,因此要比农工两界开通得多。农工两界,十分闭塞,农民只知种田,和各界并无甚交涉;工业界好些，和商界倒有直接交涉，却分散不成气候，又埋头一味只晓得干自己的。仕界官途之人自不必提，近几年来都亲见的，各省开战，八省独立，一忽儿革命共和，一忽儿又称帝登基。这下老袁一死，府院派系争斗、抢权柄实乃第一要务，只常听见他们口中的实业救国、振兴国货，实未见效验。要说兴实业救中国还得靠咱们自己，我四万万同胞只要齐出力，就不愁国家没有兴盛的日子。"

子正听长仁品评官家时局，忙打断："莫谈国事、莫谈国事！那官家政府再忙再乱，与在座都没什么相干的。本分生意人罢了，咱们的第一要务乃赚银子养家糊口。"说完拿眼看着长仁再听他下文。

长仁笑着点头称是，又道："子正兄教训的是，要说赚银子，咱们做实业的，产出品比不了人也就罢了，工本竟也比他不过，真难办！正当把外洋的技艺学过来，再把国人好的技艺工品总起来，必得要超过他们，要不凭什么去与别人争胜？兄弟以为，像技艺陈列所如此有利各方的大事，子正兄、伯诚兄，二位胸负大才，又有资本，为何不提倡一番？"

伯诚一拍桌面："老弟既动此念，哪还能不全力支持？这技艺展园，表面上看起来是颇费些人力精神，又没得什么钱赚，但从长远计，非但利国利民，还大大利己呢。

咱们或要先赁，或就干脆买一块地来，建几所房舍，再预备下饭食，可教负贩们聚一处住了，沟通声气、互利往来。咱们就先从自己同乡中招揽，假以时日，那些没本业的人，见有这样现成的宿食，自然乐意方便。只待到负贩货物售出，便结算一次，还我们房金饭费，那些赚到钱的也自情愿开支。但凡风气开了，不待我们张罗，自然有人效法行事。负贩的人必你追我赶、源源而来了，不就为商界中又添出一桩营业，工界里销售无数滞货么？只是规矩章法要定得细密，省却将来招惹许多唇舌。说句难听话，防备那不讲公德之人，必先立出许多限制条款。要不然，这团体是极易解散的。"

子正笑道："想不到各位竟动真格要干起来了。如此，大家莫如先推举个领头人，也好归总经办定夺此事，再举个主理，把章程先行拟出来吧。"

众口一词，在座各人均推长仁领头、浩之主理。浩之为祥昌厂撰写了不少定规章程，把自己对厂子的想法总都落在这些个章程里，初做起来，当然不尽如人意，好在长仁抱定"用人不疑，疑人不用"的信条，全权交托他自处，厂子渐被打理得井井有条。此次技艺陈列所设置章程，当然非浩之莫属了。

总之，众人志愿是好的，想着要事业兼顾社会公益。子正、长仁资本殷实，连年买卖顺遂，也都有那发展几桩大事业的心。

当下几人又商量，要把同乡里面有共同意愿的集合起来，众人再议一议，把事情务必办得妥帖圆满。长仁道:"既如此,这章程还预先拟么?要不要等众人集齐想法后再行起草。"伯诚道:"这章程还是要费心写好,有了个草底子,开会时,大家议定就容易了。"子正接口道:"说得是,同乡团体,本来就交好,要议这事,恐先行费些气力才是,大家现下把想到的先写成章程,待众人来时就依此商议,或可防人多主意多,早些成就咱们的大事业。"

长仁道:"兄弟同乡里面的人,维新思想的有不少,发财的也很有些,我们湖州会馆也是常有联络的,我明儿一早就先发帖子,告诉他们这一喜讯。只日子要先定下,子正兄看呢?"

子正让手下找来皇历,左右挑选,从三个好日子里选定了宜议事、宜交易的三月初三。

子正又道:"我也要召集广州商会同事议事,长仁老弟,湖州同乡会乃是著名团体,那干着超大事业的真不少,只多集中在上海,不知咱们南京的事体,他们是否上心。"

长仁忙道:"在南京,同乡会规模上虽远不及上海,但做个技艺展园还是无所顾忌的,等会议当天看人定事。总之,我们还是要以子正兄的广州团为表率。"

子正却摇手:"千万莫先定主次,广州团虽说通洋商较早,但这些年来,其势日弱,远不及湖嘉,还是等会议意见出来再定。"

几人正说得热闹,只见子正家人上楼来报:"荀先生家小六子来了,在楼下候着!另外,新图先生也来了。"

子正道:"新图到了吗?快叫他上来,来得正好!"

新图此来是为一批急进货的款项,寻到子正宅上方知在韩益兴吃饭看灯,便挤得一身臭汗着忙赶过来寻。上楼见几位股东均在,正好将款子事宜理论清楚。

长仁与伯诚便将拟开办技艺陈列所的事说与他听。何新图听后却不假思索道:"这事谈何容易?有资本的眼界高,不一定愿加入咱们;那贫民穷困的,却是个个要来托足,只怕到时给不了许多铺位饭食哩。"

伯诚道:"新图究竟是懂账务的,说得有理。那我们便限定工艺,只收工艺制造品,特别是手工艺的。如何?若有其他方面好的,当然也要记下制品和送人详细地址、姓名,以备咱们以后扩大了好寻着他们。"

长仁拊掌道:"如此极好,都留了渠道储备下。"新图也点头称好。子正喜道:"如此,还望长仁费心。吩咐浩之把章程先行订个初稿,待会馆召集议定。"长仁道:"既如此,兄弟回去两三日内与浩之拟好便是,湖州会馆那边想来不会有麻烦。"

长仁借机向众人告别回家,浩之也回家立即动手拟稿。其他人自去通宵玩乐快活不提。

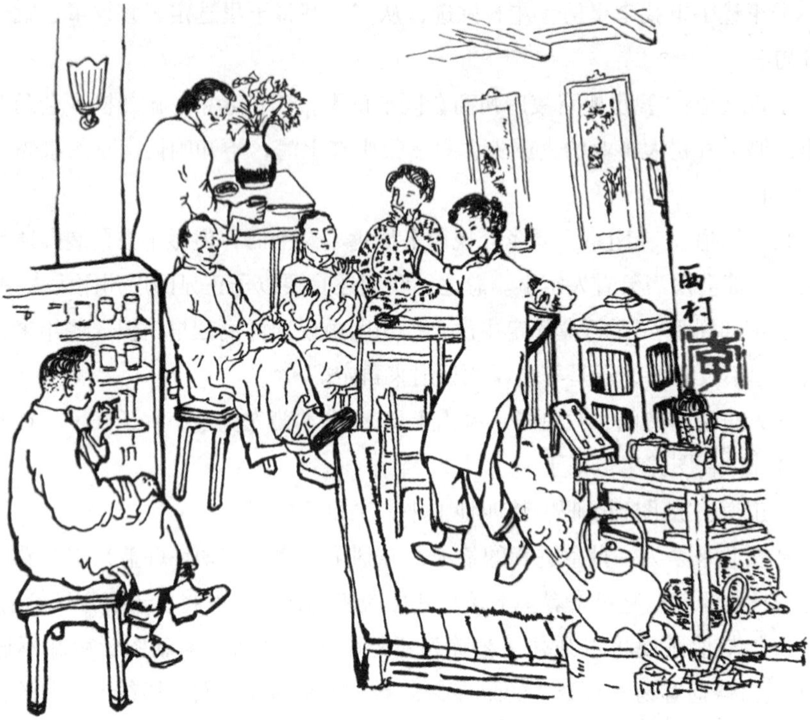
西村

第四十五章　销地皮巧舌游说，初筹资始定周期

隔日午后，长仁与浩之一道来与子正交稿。

子正看是一大篇规程，阅看办法，条理秩序倒是清楚的，只个别词句需再斟酌，便到书房拿笔圈改了，交长仁再看，长仁便议定明日约伯诚、新图再定一次。

原本长仁无心这公益之事，自结交浩之便大有改观。

浩之有学问、有思想，说话办事似与前遇的生意场朋友有大不同之处。便多与他闲话聊天，渐熟后更是无话不聊。浩之留过洋，对吃住行止无一不精，例如早睡早起，晚间少食，锻炼身体，早上起床洗澡，吃生食冷不一而足。

长仁开始不以为然，长久以来，中国人都是晚餐为正，有钱人家都吃几个大菜荤汤的，甚而还笑过浩之为洋人所蒙蔽，不懂得享受生活。直到后来笙歌日久，觉出身体上的亏损，才渐觉出浩之的这种活法或许有利，却也不能够按法行事。

这天浩之与伯诚约了九时一齐来找长仁时，长仁才刚起床梳洗，浩之便笑起来："看看，有钱的人，倒没我们没钱的自在呢。"伯诚亦道："本是如此的，有钱的便没得闲，应酬不断，杂事繁出。恐怕是有钱人的烦心事了。"长仁接口道："惭愧，这钱、事业，却只是为一己利益，未必能有心想到大众呢。若此次没有几位提出倾心公益，这所谓事业，便只是个人事业罢了。"浩之道："先生过谦了。若无心为大众，再有人提议也是无果的。其实为自己的利益，便是为人谋利益了。"长仁不解："这又是怎么讲？"

"只自己有了利益，才有能力利济众人。表面看来，大股东们设的大公司、大厂子，固然官利、红利通都入了个人私囊，殊不知，这样的工厂里养了一大批工人，都要分他利益的，出货贩运，出口销货，其中又有多少相关的人因此项而得了利益。那原料供应的，有手工业者、农民、小贩，将生货卖与这些公司、工厂去制造成品，那这些供应的是不是也要得利呢。总之，一个人将事业做大，总不是一个得利的，而是福泽众人的。设若国家大力提倡的实业，大家都做起来，那就是福泽全国呢。"

浩之接口道："说得好，其实供货、生产制造、贩运销货，这是个合成共赢的有机体，一齐发力，便齐齐受益，拆去哪一块，都损其精血。众人却悟不到此，都有个独擅利权的想法，你争我夺，其实好比自己的手去砍自己的脚一样哩，相

残相杀，毁的却是自身。"

　　长仁听了叹道："经二位一说，其理便透彻了。若世上人都能把私利的心放得淡些，大家获利，实便于自己亦获利的。这利源永继的想法，怎么就没人看得透呢？"

　　长仁边说着话边喝了碗银耳莲子羹，便叫车要走。浩之笑道："早餐最是重要，一天之消耗所系，这可不是西人独语，咱们老话不也说了，叫作'早吃饱、午吃好、晚吃少'也。"长仁哈哈笑着，拉了他们向外便走，边道："是，是，是！都是理，只这会子时间不等人呐。"

　　三人到子正家门口下车，正遇何新图急步赶来，像有急事的样子，便叫住他问。原来新图因子正嘱他留意开技艺所的房地，他便今日里约了个专事房产的捎客朋友，叫作王柏达的，本说好了时间一齐来，新图却在碰头地点没迎到他。想他是独自先来了，便急赶着来看。

　　长仁听新图说的这名字颇耳熟，只一时不记得在哪里听见过。

　　几人进到正厅，果见一人已坐在厅上悠然地喝着茶。

　　何新图一见厅上那人，早已叫起来："好你个王兄，竟自先到了，倒教我好找。"

　　那人见众人到，忙起身行礼道："怎敢劳动新图老弟接我，柏达自行前来便了。"

　　长仁这时方忽记起年下给自己送帖子的不正是署名"王柏达"的么，他既与新图是朋友，发帖人必定就是这个王柏达了。想着不由得上下仔细打量起此人来。

　　这王柏达年纪四十上下，生得面肥耳阔，脸上白肉横生，说话时眼睛眯得只剩条细缝，看不见眼仁，薄嘴皮儿，下巴不笑时向外伸着，笑起来只露出下齿，越发突出那下巴的滑稽。身上穿的是天青色镶蓝的府绸棉袍，深藏蓝的呢帽脱了，此刻端端正正放在几上，三七偏分的头发已多半灰白，却是梳得溜光水滑，一丝儿不乱。

　　新图向他一一介绍伯诚、浩之，待到长仁面前，王柏达哈哈大笑起来，老熟人似的张开臂膊一把抱住长仁，还用手大力拍了拍。长仁一时怔住，又仔细盯住他看了又看，生怕失礼于人。

　　新图也一怔，笑道："怎么二位是相熟的么？这倒巧极了！"

　　王柏达笑道："当然认得，新图老弟可记得年前咱俩一块吃酒，说到这位荀长仁先生，你不住口地赞其年轻老成，不仅见闻广博、处事果决，且兼富而不骄、待人诚笃，总之就是一百个好嘛！说得我钦佩羡慕，有心结识。时正逢年，便当即写拜年贺帖……"

新图此时一拍脑袋道："噢，是了，你也写得一帖一块儿送去的。"

王柏达笑声更甚："想来失礼得很，劳动苟先生还差人来在下住处打听过。也是事正凑巧，年初一我接到老母突然身故的消息，急赶回家乡料理，未及说明情由。大年下的，又有热丧在身，实不便登门。好在终究是有缘得见，幸会，幸会！"

长仁这才恍然大悟，虽在心里嫌他市侩唐突，却也忙拱手道："兄弟何德何能，劳王先生费笔，未曾回帖，实抱歉得很。"

众人都笑起来，子正换了衣裳出来招呼大伙坐下。

长仁将前次改过的规程复又拿给子正等人传看过，并无其他再改的。子正才再将手中规程交给王柏达。

王柏达由前襟袋里取出挂金链的折叠眼镜，小心翼翼将两支镜脚抻开，架在鼻梁上，把那几页纸凑至镜前仔细看过一遍，道："甚好！甚好！观现今中国各行各业，农的农，工的工，商的商，真正谈得上实业的少之又少，且与欧美比较起来，中国的实业还相对落后。政府的农工商部，虽总说要振兴实业，但这些事单要靠定政府的力量，也还不足恃，总要国民全发动起来能自己振兴才是哩。咱们这技艺展园简直就是个绝好的实业，看似仅为公益不为取利，其实好的实业满可以盈利而又兼顾公益，目下这项事体，大家顶好团起来搞个合股大托拉斯。创实业唯有大而精当，才能干出切切的实效。有需要柏达的地方，自当倾尽所能地效力！"

长仁听他语无间隙地说了这么一大套道理，忖道："看他不出，样子来得俗气，学问却胜人。谈出来的话，极有见解，不是拾人家唾余的。"当下不由得心中起敬，神色也就与前两样。

子正点头道："柏达这说法我个人是极赞成的。诸位本意实为工艺的，想工艺发达，实业才能兴盛，咱们致力实业的也才有利益。只是，前次伯诚提到只请同乡地方技艺工力参贩布展，怕是还要再细商度。我国的工艺本是幼稚的，聚各省的精华，还敌不过外洋皮毛；倘然限定了只对某地某县开放，这到底有没有来投之人呢？即或有，也只怕寥寥，成不了局面；倘然没有这个局面，撑持不起便要坍台。所以我说要普通办法。工艺的范围，虽然极阔，但是成物不易，不愁周转不来。还有一个法子，起先是奖励粗的，以后便挑选精的。那粗糙工艺品，经我们提倡，有了销场，能立脚自足，便也会越来越精致，渐或还可行销外国。那实在粗鄙又不思改进的，将来没人支持，自会淘汰掉。"

浩之也点头赞好，道："若人人都愿做精工艺，还烦心咱们工艺不发达么？要说起来，中国人其实是极聪明的，人又比洋夷勤谨不知多少，一经点开那点窍门道理，但凡想做，没有做不成的！只怕比那什么东洋、西洋还要好的。"

"只是这注本钱，却要耗费不少，就同赈济似的，哪能指望做生意般即时取利。只能看久之做出声名来，或能收得回本钱。"何新图总不忘记自己的账房之职责，说话便算成本。

王柏达此时接口道："所以才要做大，最好眼光放开些，不仅限于技艺。这展园建成，只供展示，恐应者寥寥，若拓展其功用，譬如除却可提供交易场地，亦可供餐食、娱乐、住宿、品茗。总之，综其功效而引人入胜，方才能够声名远播。"

伯诚边听边点头，略思索道："如此一来，这场地，怕颇得有些规模方能运转开。"

新图又道："嗯，设若有如此多效用，初启资金不得少，却恐难以筹备。莫如建成那上海大世界游乐坊，吃喝玩乐聚集一处，钱来得便要快些……"

长仁忙打断："那岂不成了玩乐之所，总得与工艺技术相切。"

子正睨了一眼何新图，新图忙住口。子正笑着："老弟总与为兄想到一处去。总要以振兴实业、提高工艺的名目做下去，如此必得有几个根本要坚持：一要与技术工艺切实相关方可；二则所开拓名目务求雅俗共济，兼容并包；三么，不可一味求大求全，逐项经营稳妥行事。"

王柏达拊掌赞同："子正兄这三条要义正切理。在下倒有个粗陋想法，权作抛砖，莫如买几十亩地，大而开阔，建个精雅园子，将技艺品展示与园艺景致夹杂其间，再建些休憩讨论所在，一边观展赏玩一边达成交易，岂不妙哉！只这地的选址务求航陆交通便利，方便负贩们运输货物，又不能离城过远，以便人来。经营方面么，可将地块逐期开发，有多少银子先办多少事，边经营边建造！"

王柏达到底是对屋舍地皮之事有些心得，一席话说得众人均赞有理。

伯诚听后先就叫好："这法子好！提起工艺便只想到板板正正的工所，如此来开个园子，就似西洋的花园公园。拿到地就可先凿一大池，种些荷花菖蒲，再养些游鱼。池塘四围用小石叠出深谷自然样儿来。钱花不了多少，先就造出些景来。再围着这池建个工艺品大展示厅，进出必临街才好，大门要够阔大而方正，总得够车驶人行。"

浩之连连赞着接口道："是了，是了，还可在池中建三两岛屿，间中置茶室草亭，可供茶点、棋牌麻将，内中可布些合适的技艺展示精品，壁上挂的、桌上摆的，越精致奇巧越是好呢！还有，在岸设舟船侍者，供客人或划或坐。岛上的若是精厅，那岸上除去伯诚先生说的大展示厅，就再辟几间小展厅，将些小巧艺物置于其间，设坐供人驻足停留，或谈合作，或谈购销，岂不便当。"

浩之话音刚落，伯诚又接口道："妙极！这样一来，精厅、普厅、大厅分级展示，那么，大厅就专置粗重之技物便了。大厅门前再辟块大草地，留足地方，设若季节适宜，在户外布展，办露天酒会，接待些报刊记者也未可知，总是未雨绸缪方为上佳计划。"

"负贩们的住处亦不能马虎，也要显出些精细心思来，也好教负贩们观触之下能反观自身，多琢磨出些革新艺品。"长仁兴致高涨起来，附和众人想法。

何新图掰着手指盘算资本花费："如此看来，怎么着也得四五十万之数方可周转！恐怕也是不太够呢，照诸位说的规模，只几十亩地的购地款便得上十万之数！"

子正半晌未开口，仔细地听一众人七嘴八舌地说得差不多了，才笑着点头道："真是集思广益，诸位想法都很好！就照此办便了。先期着手地皮，把园子里水池、茶室、展厅建成布置艺品，有了这些咱们再筹捐后期资本金，那比起空口白话要来得容易得多。别的不多说，我先拿出十万来，毕竟买地是当前最要紧急办之事！"

长仁忙道："按先前说法，十万资本金购地，那兄弟再认筹十万，凑齐这开头第一期工费，也好建出那展厅茶室。"座上一致道好。浩之、新图也紧跟着各注资两万之数。

只伯诚因手头不宽绰，倒一时无话起来。

王柏达此时忽地一拍大腿道："瞧我这记性，目下有一块好地正是再合适也不过的，就在那下关谢家塘附近，现下有片荒地足三十亩。噢，离长仁老弟的祥昌丝厂倒是很近哩。只这价钱么，有点高，主家姓田的，有些来头。"

说着，王柏达不再往下说，拿眼睛扫视众人。

"那是多少数目？主家是什么来头？"长仁听得离自家厂近，感觉有些兴味。

子正不紧不慢道："下关谢家塘我是知道的，就在仪凤门西，紧邻外郭城的金川门，直面长江的那头，可见江中潜洲，只不知柏达老弟所说的地是靠江这头还是近鲜鱼巷这片？"

王柏达忙着点头，回道："对对，子正兄多年的生意均主下关，对那一带自是极熟悉的。兄弟也是之前听说田家有意要卖谢家塘的地，是近江的那片荒地，一入南京夏汛那块地就会成滩涂地，三十亩倒有六七亩低洼处会被淹去。上月有主顾要建个面粉厂，我带了他去看过，没得谈成。田家要价十四万，少一文都免谈呢。那田家的老二在京做官，据说是吴大帅跟前的红人。"

"要说靠近长江江滩这片地，土里含沙，一年倒有五个月水汪汪，种庄稼肯定是不成的，开厂么要夯填，颇费工本。倒还真只咱建这展园花园，反倒省去不少挖池气力。且这地方西靠长江金川门码头，北接下关火车站，南通大马路，航陆运输搬送艺品货物颇为便当。东面又直通仪凤门，进城亦方便的。"

王柏达说着又住口，看众人频频点头，都认真听他下文，有些得意，接着道："这样，兄弟还是先去这姓田的主家跑一趟打听打听，问个实数再来回复诸位如何？如此我即刻便去吧。"说着站起身来，又道："这地么，诸位只管放心，敝人跑这地皮生意十来年了，唯恃口舌腰脚，此次必当倾全力促成此事。"

王柏达的白胖脸上，因激动而渗出一层细油汗来，边说边起身辞众人就要去。

正此时，家人上来报午饭已备好。子正忙招呼王柏达吃了饭再去不迟。

众人便都起身往子正家正厅去。待到时，仆人已布好桌椅，正摆菜。冯、荀、吴、莫、何、王分主宾坐定，菜亦上齐。在座除王柏达，彼此都已经很熟悉了，众人不再客套，边吃边聊。

饭未毕，便已议定，依这已有的二十多万，购地建屋分头办理。子正、长仁总办，何新图并王柏达购地。浩之除去一应规程文书，还要带他一班学生召集预备下首展的技艺工品。伯诚则加紧洽商建屋承接事项的建筑设计洋行，出设计图样并督造。

原说的那商会募资大会先暂缓，待初展成日再以酒会之名邀他们来光顾。现在最紧要的便是拿下这块如此适合的地皮。

王柏达胡乱吃了几口，便忙不迭地赶着去了田家谈购地之事。

众人便也散去各自忙手头事体。

第四十六章　劝习武夫人立规，露行迹巧云殒命

自元宵节宴后，长仁留在家里的日子渐多，常常是出门不久便惦着要返家去。有些无聊的往来应酬能推则推，无法推托的便只敷衍着，心不在焉的样子。子正、伯诚也狠笑过他几回，再叫他便少了些，应酬少，烟自也抽得少些。

杏儿每天早起在后园练功，长仁则捧了茶壶在一旁边喝边看，再一起去餐室用早餐，饭罢杏儿陪他去书房习字看书，闲时二人下棋、唱曲，日子倒也逍遥快活。请的那唱白局的朱师傅每周来两趟，二人共了府里想学的丫头、妈子、家人都聚在后园学唱，咿咿呀呀的煞是好听，现下阖家上下通讲得一口南京方言，长仁渐说得字正腔圆，白局唱起来便也增添不少韵味。

成亲后，长仁在家的晨烟是不得抽了，杏儿盯住每日里苦口婆心，恨不得要他即时戒除。长仁早有心戒烟的，只应酬既多，总没法决断。现下经不住杏儿在旁反复劝说，便只得满口应承，实也为哄她高兴。

杏儿听他终于决意戒烟，忙道："既是应了，便只听我安排可好？"长仁连声道好。

不想杏儿当即一本正经地立了三条戒烟的规矩：

一则，安排好厂子和铺里的事，半月内不得出门一步，厂铺里一应人等都不得进家门，最是那冯子正、吴伯诚二位烟客，更绝不能联络。

二则，戒烟非得本人有实实的决心，否则无法祛除心瘾，尝令功亏一篑。戒后要保证绝不再碰。

三则，戒烟后要跟着她学武健身强体，早晚勤加练习，不得躲懒懈怠。

长仁怔怔听她说完，前两条并不是什么难事，无非暂断了与外面的联络而已，只这第三条学武练功，却是断乎做不来的。便向杏儿央告："好杏儿，知你是为我身体着想，戒除这烟我是早有意的，只因总没得个适当的时机，可巧这不娶了你，正是下定决心的时候，眼下新婚，我也乐意咱们总一块儿相守着呢。只这练功，看你上下翻飞腾挪，我恐怕……"

杏儿扑哧一乐，道："谁教你和我一样儿地练，只是教你些简单的拳法套路，活动活动筋骨；还有些内家心法，只早晚得空时静静地坐着便好。这戒烟听说是极难忍耐，又极伤人元气亏损身子，没见到那些老烟枪有的连路都没法走呢。"

长仁听她一说这才宽心，只道："没那些子事儿，我抽烟实是没什么瘾头的，看你这几日禁了我晨烟，不也受得？不过如此，想来戒除不会太难。"于是二人

309

约定七日后，待外面一应事务安排妥当，便开始戒烟。

想着年前老宋来报说绸缎庄附近发现有陌生男人闲逛，长仁因手头事忙竟一时间忘记再问，自安置了若莲和阿力夫妇在铺上，长仁便又再四关照老宋要多注意周围动静，有觉察不对劲要及时来回，也好尽早商量对策应付。

现下杏儿要自己禁足半月戒烟，好些事便必得提前安排妥当。再还有昨儿刚谈的技艺展园建园之事，倒是地尚未谈妥，或可待戒烟事毕再行过问，先安排浩之着意搜罗一些各厂手艺精工物什，伯诚自去谈那展园展示厅的设计图样，想起来倒好像没什么不放心的；再就祥昌厂里的一些杂事，都交由浩之并老宋先顶一阵吧。好在技艺展园的募资大会推迟，倒还真能安心把时间腾出来。

长仁决定先去铺里看看，毕竟阿力、巧云也是跑出来的，再加上这若莲，一旦事发，与那姓丁的梁子便不得不结下了。

一路想着，长仁便要车再快些，转眼到绸布庄门口，却只见门口街面上围了一大堆人，长仁快步上前，分开众人想看个究竟，却被人从后面拉住胳膊。回头看时，却是宋大兴，长仁低声问：“这是怎么了？”老宋也不答话，只一劲儿拖了他绕到巷子后门处，这才放慢脚步，低声道：“先生，阿力出事了，我刚想去向您报这事，您可巧到了！"边说边拍门，刘妈开门见二人倒一惊，道：“怎的东家往这里来？"老宋也不理她，向长仁道：“先生里面说话！"伙计来迎，老宋只挥了挥手，便径领着长仁上东厢自己的卧房。推开门，只见阿力以手撑额，眉头紧锁着正自叹气。

见是长仁，阿力站起身刚张了张口，便被老宋止住。待长仁坐下，刘妈送了热茶来，待她拿了茶盘退出来，老宋又嘱刘妈：“先生有要事商谈，不叫别来打扰。"刘妈答应着下去。老宋这才将门关了，压低声音向长仁报：“阿力失手杀了那姓丁的派来的人。"长仁听到吃惊非小。

阿力夫妇自搬去了丝栈住，男主外，女主内，一个当掌柜坐柜出销生货，一个在铺后院里干些洒扫杂事，栈上又雇着俩伙计搬货打杂，没多久便将栈内外事务都铺排顺当。丝栈与祥昌丝厂离得很近，因而铺上柜里并不存货，只逢来客下定时，阿力才会带了伙计去丝厂库里提丝出销。

这日，阿力提完货便打发伙计先回了丝栈，自己则去绸布庄看若莲。路过街旁离店不远的烧饼摊时，还同往常样要买六个烧饼带给妹子，却见摊烧饼的焦二并不在，一个光头黑脸大个子站在炉前，阿力递了两个大子，那黑脸大个子也不接钱，道：“今天不卖饼，滚！"阿力抬眼看那人，正见他拿眼盯着绸布庄。阿力心下着慌，难道是若莲叫人给发现了？他忙收好钱，绕过绸布庄前门，转过街角向后院走去，进了草籽巷，四顾无人，这才上去叩门。

开门的是刘妈，看见阿力奇道："咦，怎么不走大门绕到后头来？"

阿力一把推了刘妈闪进院门，压低声道："快进去说话！"进门后，想了想又忽地回身猛地向外一探，眼角瞥见有黑影一闪而过。他心头一凛，赶紧关门扣上门闩，自靠在门扇上定了定心神，这才问刘妈："最近可有见门外头有不三不四的人？若莲这几日出去过吗？"

刘妈没好气地摇头道："阿力你是发烧了么？大白天的除了你，还未曾看见过什么不三不四的人哩。"

阿力顾不得计较刘妈话里带的刺，又问道："那若莲是出过门的吧，要不怎的门外会有生人呢？"

刘妈没好气地道："好笑咧，我又没工夫帮你看着赵姑娘，她前两日自出门去给前街吴家婶婶送过一次绣花样子，不过百多步的路，也是走不得的么？我正是有事忙得脱不开身，才叫她自己去送的。哎哟哟，这才几天，就短了舌头去告状了么？"说着嗓门大起来，好故意教屋里人听见。

果然，西屋门开了，若莲出来笑着道："是阿哥来了，看我光顾绣活儿，竟未听见，谢谢刘妈妈开门。"

刘妈看她一眼道："谢不谢的倒不打紧的，只别在人前谢了又跑去人后编排哟！"说着扯下腰间扎着的一条布围，上上下下地掸起身上土来。

若莲苦笑一下，拉了阿力进屋，又听得身后刘妈嘀咕："自己个儿偷偷摸摸的，还说外头不三不四，什么东西……"

阿力听此没来由的闲话，气得返身要去理论。若莲将身子堵住门，笑道："白吃白喝白住着，就不能再去计较想要听那好听的。这世上，或人或事或物，自应如此有好有差、有高有低、有圆有缺、有阴有晴，又怎么能够想着要事事周全呢！"

阿力叹了口气，坐下道："教侬受得这样的委屈。"

若莲倒笑起来："阿哥这又何苦，只说两句而已，哪里算受什么委屈。若把些不好听的都往心里装，恐我也活不到现在哩。再者，此暂居之地，不必多生嫌隙！"

阿力觉得若莲说得有理，便暂压了心头火，问正经事："你前两日出去过是么？有没有遇见过什么人？"

若莲想了想道："是出去送过花样儿，吴婶婶家只隔条街，出门时倒未遇着什么，只回来……"

"什么？回来怎么了？是有人跟着你吗？"阿力忙着追问。

"并未曾见着什么人，可总觉得有眼睛盯着似的，后背凉飕飕的，我就着忙回来了。"若莲想起来似乎心有余悸，又用手抱了双臂。

第四十六章　劝习武夫人立规，露行迹巧云殒命

311

阿力心下肯定了若莲行踪已泄露，起身道："这儿不能再住了，你快收拾下细软，我晚间来接了你走。记住，别和任何人说！"

若莲道："可我和宋先生说过这事，宋先生还让人专门出门查访了，说门前的烧饼摊子换了生人。关照我千万别出门哩。"

"那老宋没说准备怎么处置这事么？"阿力急切要知道长仁、老宋想法。

若莲道："宋先生说静观其变，等对方上门来再谈。荀先生知道的，又说但凡用钱能办成的事，那就是没事了。"阿力忧心忡忡道："只怕，这姓丁的没那么好打发吧。"

若莲倒安慰起阿力来："快别那么想，荀先生在地方上认得些头面人物，宋先生似对帮派倒熟的。我看，只这段日子安心在屋里不出门，还怕他们私闯民宅不成。倒是阿哥你和嫂嫂要注意些，也得少出门走动方妥当。"

"吾怕过谁啦！只巧云也是和侬一样子都在后院不出门的，放心好咪！"阿力经若莲提起巧云来，这才想起在外耽搁的时间有些久，忙起身再三叮嘱若莲千万别出门，便告辞回家。到后门口刚打算拉门闩，想到来时那一闪而过的人影，便又折返了向铺前门走去。

天色已暗下来，阿力加快步子刚要跨出铺门，耳朵便被人一把揪住，待他"哎哟"一声回头看时，却是巧云。她边笑骂道："是忘记有家了么？晚饭煮好还不见回，魂儿都不知在哪哩，叫你吃点痛好长些记性。"阿力哪有工夫与她混闹，也不容她多话，只着忙扯了巧云的手四下望去，铺门口的那个烧饼摊竟还在，炉火早已熄了，黑脸大个子却还抱着膀子站在摊前，眼正盯着这里。阿力低声道："谁教你跑出来的，快回去！"边说着边低了头，牵着巧云急步从那摊前走过。

二人走出老远，到得僻静处，阿力回头看并没人跟来，这才稍松口气。巧云甩脱阿力手，睨了他一眼，口中道："成天神经兮兮，倒吓我一跳……"说话又要去扯阿力，阿力喘息稍定，只好笑笑道："那铺前真就有不三不四的人哩，是冲若莲的，我估摸着她得换个地方住才成。"

巧云冷笑一声道："那教你那宝贝若莲妹子搬到咱们铺里可好？"

阿力一喜："那正是好哩，虽说两铺隔着不远，可咱那条街却是有三个出口，比这里方便呢。"

巧云啐道："我说什么来？什么妹子，谁能信呢，只这一试，便忙不迭地好好好起来了。她搬过来，咱们搬过去。给她腾地儿可好！"

"哈哈哈，这个法子好！"忽然有人答话，接着从树下闪出个黑影来，低沉着嗓子道，"这不是巧云姑娘吗？这么晚是要去哪儿啊？"

夫妇二人吃惊非小，定睛看时却是一激灵，这不是阿龙么？阿龙是丁爷收的义子，虽说其五短身材貌不惊人，可对手下倒仗义，收了几十个小弟，专事偷拐诈抢。帮里有些讲脸面规矩不便出头的棘手事，多由他率小弟背地里去办。靠着不要脸加无赖劲头，硬在上海公共租界地面上混出点头面来，于是被丁爷收为第二十一个义子。他隔天便去刺了一身龙，一来弥补其身高不足；二来符合他高贵身份。据香满楼姑娘们讲，"龙哥"虽身量不高，身上竟足足纹了九条龙，除了脑袋和脚趾头，浑身上下被那龙缠得满实。学姑娘们的话来："脱光了也像没脱似的，看一眼都能教人眼晕。"

巧云猛见是阿龙，倒还强自镇定道："哎哟哟，龙哥呀！好久不见哩。我们是要回、回、回家去！今儿天不早了，改天请您喝、喝茶啊！"边说边拉了阿力要绕开阿龙。

阿龙伸出手臂拦住二人，阿力借路边铺里的微光看那臂上，果然满都是些黑黑叉叉纹路，看起来倒像是手上套了个袖套。他在这儿出现，是为若莲？或巧云？就一怔神的工夫，阿龙嬉脸上下打量阿力和巧云："哟哟！回家！吾们巧云姑娘成家了呀？"

阿力想着好汉不吃眼前亏，忙拉巧云在身后，自己往前凑了凑道："哎呀呀！这位就是大名鼎鼎的龙哥呀，今天交关运气好哉，能够得见本尊！"

阿龙哈哈笑起来："这样说，吾的名气蛮响哉？那么好咪，有话好说，刚刚讲的若莲，是在那头铺子里厢吧？"

阿力一惊："果然是冲着若莲来的。"忙道："没、没看见铺里头有女人么。"阿龙一听却猛地摞下脸来，上前一步推搡着阿力嚷道："侬小子不老实，以为吾这两天是白白站着的么？吾可都看见了！敢跟老子耍心眼，找死！"

巧云经他一大声吓得惊呼起来。阿龙斜着眼又朝阿力吼道："个赤佬瘪三，以为老子不晓得，拐了香满楼姑娘跑出来，还跟吾装熟人。今朝倒是有意外收获哉，先带个巧云姑娘交账。"说着便冲巧云扑过去，巧云吃他一吓，连连后退几步。

阿力慌得一把拖住阿龙，口里不住央告："龙哥既是晓得这事体，还求您老高抬贵手放过吾们。侬开个价，吾照付可好！"边挥手让巧云赶紧走，巧云领会撒腿便要跑。

不想阿龙似乎早有准备，跳起来劈头打过去，口里连吼着："敢从老子眼皮底下溜，活腻味哉！"阿力此时深悔身上没多带几个钱，上下翻腾只掏出两块银洋，忙拖住阿龙手放了钱道："龙哥行行好，这点小意思您赏脸收下。"

阿龙看也不看，将钱揣进衣兜。阿力忙向巧云喝道："还不谢谢龙哥，快走！"巧云再待要跑，却被阿龙一把薅了衣领拖倒在地。"跪到一边，这是钱的事儿吗？香满楼的姑娘是侬随意带来带去的吗？"

阿力眼见求他没用，便从地上捡起块石头，红了眼睛瞪着阿龙道："放开巧云，吾与侬单挑！"阿龙呸地朝地上吐了口唾沫，忽从腰间抽出柄软刀，一手揽过巧云，刀便架在了她脖子上。巧云被刀锋传来的寒意吓得大气不敢出，只瑟瑟发抖。阿力见状，忙丢了手中石块求阿龙放过她，阿龙得意起来，用刀指了指阿力要他们一齐跪下。烧饼摊的黑大个这时想要过来，阿龙却扬扬地向他道："干自己的事儿，待在那儿别管！"黑大个停住，眼还死死盯着这边。

阿龙连连用刀背拍跪在地上阿力的头，又嬉皮笑脸地用刀尖去挑巧云衣裳道："巧云姑娘留在这里厢，侬再去那家绸布庄，把若莲带出来，这就放侬走，以往的事都不再追究，可好？"巧云跪在地上，瑟瑟地用手护着自己的前襟，不住地抽噎。

阿力再也按捺不住胸中怒火，他蓦地抬起手臂来左突右挡那拍自己的刀背，边站起身来喊道："有啥子冲吾来，欺负女人要脸不要脸！"阿龙瞪大眼睛龇牙哼了声，便翻过刀刃向阿力砍了过来，阿力慌抬手去挡，只觉得手臂一麻，血，瞬间涌了出来。

巧云见阿力受伤一声惊呼，跳起身来拼命撕扯阿龙。不料阿龙抬脚便踹在巧云胸口，巧云翻滚着倒在街边，阵阵作呕，好一会儿才勉强爬起来。却见阿龙的刀向阿力再劈了过去，巧云忍了痛冲上前抱住阿龙腰。阿龙也不看她，反手一把揪过巧云照着脖子便抹去，阿力惊得扑过来，却是迟了。待看巧云，脖颈处喷出血来，软软地松脱抱着阿龙腰的手，倒在地上。

阿力疯也似的猛地一把推开阿龙，抱住巧云，却见她已没了气息，脖颈处的血兀自汩汩地冒着，阿力发狂般地晃动巧云身子。

阿龙被阿力发狠推倒在地，手中刀正落在阿力身侧，发出"当啷啷"脆响。阿力哭喊声戛然而止，看了看地上的刀。阿龙怔住了，紧张地盯着那把刀，又抬眼看阿力。阿力也正抬眼看他。

时间像忽然凝固，但只一瞬！两人便蓦地同时扑向地上的那把刀。然而，刀就在阿力身侧，他抄起刀狂吼着扑向阿龙一通狂劈乱砍。阿龙连翻两翻，躲过几刀，但胸口和头脸还是被砍中，"啊啊"惨叫连声。他捂了伤向烧饼摊前站着的黑大个跑去。阿力哪容他走，挥刀追上前去。黑大个见阿龙落荒而逃，后头拼命似的跟着个挥着刀的阿力，退了两步竟也转身便跑，纵了几纵便没了影。阿龙被砍得不轻，一会儿便被阿力追上，后背不可避免地又挨了几刀，血溅得阿力一脸，恍惚见前面跑着的人影扑跌在地。阿力瞪着血红的眼睛，提刀冲上前。只见阿龙满身是血地蜷缩在地上，口里喃喃道："先生饶命，吾只不过是来找若莲！"阿力毫不迟疑地拎起刀捅了下去，一下、一下……

第四十七章　助友开脱费周旋，习武强身修品行

天已经全黑下来，周围出奇地安静。

阿力站起身走到巧云身前，吃力地抱起她，跌跌撞撞地向小树林深处走去。待找到树丛间的一块平缓洼地，阿力刨坑埋了巧云，又用石块垒好。跪在坟前，他那麻木的神经才有了些知觉，只说了句："侬躺在里厢好好的！"眼睛便湿了。想起两人一路从上海逃到南京，躲在乡下过了段提心吊胆的婆婆妈妈日子，巧云跟了自己只有吃苦，到死也这么草草了事。他此刻终于想明白一件事：世间人都是欺软怕硬的，遇事体终究不能怕，只一个怕字便会教人一败涂地。他若早做决断，巧云可能不会死吧！想到此，热泪滚滚落下，他用手捶打着自己的头：巧云是因他的软弱而死的。好久，他才猛地一激灵，以黑帮的行事风格，那黑脸大个子跑了，用不多久便会带了帮众来报复。

若莲！

阿力忽地起身，一阵眩晕！他向巧云的坟道："巧云，若莲是吾妹子，刻下就要去救她，侬勿要见怪。"说罢便赶去祥昌绸布庄。

铺门被砸得山响，伙计在后院偏厢早躺下睡了，嘀嘀咕咕着要起身。恰老宋刚从前铺进来要睡，便拦了伙计自己过去开门。他开门见一个浑身是泥、看不清面目的怪物，吓得不轻。一愣神工夫，只听那人道声"我是阿力"便要冲向铺后，老宋这才缓过神来一把拉住阿力。

原来，老宋自听巧云说起两天前有人盯梢，便安排伙计在铺子附近盯着。下人来报，果发现有一高一矮两人总在此转悠，还打伤烧饼摊二子，占了他摊子。老宋想此二人定是冲着若莲来的，便暗里叫人查访二人来历，边派人盯住铺子前后的两个门，又再三关照若莲别出门，只静观其动作。阿力今日进后门时发现的人影，便是老宋安排的人。因认得阿力，便报了老宋。老宋赶到铺里时，早有人将阿力何时来、何时走、说过什么，还有巧云吃醋来寻都报给了老宋。老宋偷从门缝看那烧饼摊，奇怪怎么还没收摊，可那黑大个子又不在附近，觉得事有蹊跷，当晚便决定留下不走。

只是，老宋没料到，这夫妇二人会遇到阿龙，还出了人命。

拦住阿力，老宋见他满头满身粘的湿泥，脏得看不清模样，近身时血腥气扑鼻，不禁皱眉问了缘由。

待听阿力说完事情原委，老宋眉头拧成了疙瘩，暗忖："身负了人命竟还到绸

布庄来,这小子可真没脑子!当初先生早听我劝不收留他们便好,现下真是麻烦寻上门来。"

事已至此,老宋只得先安顿阿力,便向他道:"这人命非小,你且别管其他,先在店里把身上血迹清洗干净,我找几件我留在店里的衣裳,换过衣裳好好睡一觉,明儿有人问你家巧云,只说吵了架使小性回上海去了。其他你且不管那许多,我自有铺排。一切待明日找东家商量后再定不迟。"

"那阿龙还躺在……"阿力嗫嚅着。

"不去管他,自今儿起,这阿龙与你没关系,你不认得他!好在天黑,你说的可是绸布庄南头树林?若是那里倒也僻静,谁还能指认你不成?有人看见你杀那个阿龙么?"老宋说着话,边转着脑袋。

阿力惶然答道:"有!就是门口烧饼摊上那黑脸大个子,伊看见吾拿刀追着砍阿龙,也吭帮忙,自己跑脱。只怕是去找帮手来报仇呢!他们是冲若莲来的!若莲没事体吧?"

"嗯,晓得了,我自有安排。若莲没事,你只管安心洗澡睡觉。明儿一早我去找先生。"老宋很镇定,阿力便也放下心来。

第二日天刚放明,铺外传来叫喊声和熙攘人声。一是烧饼摊前死了个黑脸大个子,手里握着把带血的软刀;二是向南不远处的树林里死了个满身是龙的矮个子。

长仁来时,铺门口的烧饼摊子被人围了个水泄不通。警察正推搡着那些不知轻重的围观人群,说他们把现场都踏花了,影响了办案,再不散开就要请这些人进号子里协助查案。

阿力、老宋把事情原委细细都说了给长仁听。

长仁半晌方问老宋道:"昨晚安排得妥帖么?没什么遗漏吧!"老宋回道:"先生放心,咱庄上伙计见了,是那死的矮子不知为啥砍黑脸大个子,两人打在一处,然后都死了,刀还在黑脸大个子手上攥着呢!这说法早上便疯传出去了,好多人言之凿凿都说自己亲见了的,哪由警察不信!"

"那上海那边……"长仁又问。

"噢!上海丁爷那儿派人打听过了。他是极好面子的人,儿媳妇跑的事没声张,并未知会南京黑道老铁,只教苟管家派了府里下人出来打听。黑大个只等着坐实了若莲下处,好回去报信。那阿龙却是私底下看上了若莲,想要将她劫出来带走!这两人前几天就吵得不可开交,还动了手。"老宋对事情来龙去脉的确查得很清楚。

"那二人失踪不回上海,姓丁的不会就这么算了吧?"长仁不想事情再扩大,毕竟自己是生意人，店铺得开门营业，比不得那些亡命徒无甚牵挂。

"先生放心！那阿龙却是他自己跟到南京来的。他早看上了若莲，一直吊着没够着，不想被苟管家横插一杠子，恨意自不必提的。没半月，若莲跑了，又听说是姓丁的对自家媳妇欲行不轨，更恨得牙痒痒，不免记起多年前自己有个颇亲近的小弟在香满楼没由来地被丁爷活活打死。新仇旧恨齐涌上心头，他半夜里摸进老头卧房，把丁爷捅伤了。现下府里忙乱得一锅粥似的。"老宋说着笑起来。

长仁听到此，立想起死在香满楼的阿大，难道死的龙哥是那个大眼睛阿龙吗？想来在黑道帮派里混生活，真难有好结局。姓丁的如此状况，想是没法分心再管若莲之事。当下稍稍放心，便起身对阿力道："你们还是暂时先出去避避风头，我只说派你去杭州采办蚕丝，你晚间将若莲藏进船舱里带出南京城。"说着打发老宋取了铺子上进货的两张五千的银票塞给阿力。

"你带着若莲去寻那僻静点的镇子落下脚来，买几间房置个买卖，别再回来，知道吗？"长仁给这二人寻得条出路。

老宋在旁暗忖："这长仁还真挺仗义，出手就一万两银子。"转又想，自己不也得了先生几万块钱，一家老小才能得以安顿。

不想阿力却一梗脖颈道："巧云在这儿，吾哪边厢也勿去。"说着向长仁跪下："若莲妹子拜托侬照顾，吾这就去守着巧云去。"说着也不管一时怔住的长仁和老宋，站起身便开门向外去。

一开门，若莲却正站在门口，一把拉住阿力："抱歉得很，几位的话我都听到了，没想到若莲带累了各位！我愿意跟着阿哥走，后半生侍候着，以报答恩情。后院厢房里我绣了一幅白虎下山图，就当作这几个月的租钱，也留个念想。若莲就此拜谢二位先生了。"然后转头向阿力道："咱们带着嫂嫂去杭州，再找处风景优美的地儿好好儿地葬了，咱们在那儿陪着她，阿哥看可好？"阿力终于点头答应。

老宋当晚嘱人安排小火轮挂上两艘驳船，包裹好巧云尸身藏在舱底，阿力和若莲乘船悄悄出了南京，消失在夜幕之中。

这里的命案，警察排查了大马路上所有店铺人等，闹腾一阵子，终究不了了之了，出了告示定的是二人"互殴致死"。

长仁一番忙乱，祥昌铺厂诸事暂时料理交代妥当。想着自己将一月不得出门，便写条子邀子正、伯诚、新图、浩之、老宋到老正兴一聚。私下也为老宋帮阿力的那一场费心安排表达自己的谢意，只不好明说罢了。

子正为华胜厂参加美国蚕茧丝绸博览会之事奔走。席间尽谈些什么开源节流，微分洋商之利，踌躇满志地要在国际上拿得些像样的成绩来，也才有资格讲

第四十七章　助友开脱费周旋，习武强身修品行

317

些"抑制洋货，提倡国货"的话。一众人寄望着国货扬眉吐气之日即刻来临，场面便空前热闹。

饭罢，子正和新图照例要下楼过烟瘾。长仁才想起自己戒烟一事竟忘记说，便将自己即行一月不与外界联络之事说与众人听，浩之、老宋二人因此前已经得了长仁关照，便率先道贺，预祝此番戒烟成功。其余人这才从错愕中惊醒，跟着凑趣，伯诚打趣长仁"闭夫人关"，又信誓旦旦待他成功自己便学他闭关戒烟。只子正摇头讪笑："不值，不值。自此多了个夫人主义。"长仁由他们自说，只装傻当未曾听见。

局便要散，子正拉新图去了楼下烟室。伯诚犹豫再三没跟去，待和长仁、浩之、老宋三人辞行后，这才追着下了楼。

老宋跟在长仁身后执意要送他回家。路上长仁才喃喃自语道："也不知阿力、若莲怎样，落脚在了哪里。"老宋这才道："先生您最近特别忙，我便没向您报这小事体。我派的人送了阿力、若莲一路，现平安落脚在无锡的惠山许家洼，您不必挂心。待风声过去，可以再接他们来的。"

"不，不用接了，就让他们好好过生活吧！运气好之外，多亏你处事果断，也算得死里逃生，现想来有些后怕。只奇怪上海那黑帮怎么会如此轻易就放过了咱们，竟没再派人来，难道是因那黑大个没来得及将若莲下处的消息送出去？"长仁有些不敢相信这事情会如此就了结。

老宋吁口气道："可说是他二人极幸运！我打听来的消息，却是那丁爷自被人捅伤后，挨了两个多月，终于死了。苟管家接管了所有事体，成了苟爷。"长仁这才恍然："怪道这事来得如此蹊跷，现下看来，是早有人暗中安排。唉！世人都道权钱好，遑论些什么天道与果报！"老宋似乎没听懂长仁这突发的感慨，当下"嘿嘿"笑着岔开话题："先生果要在家一个月不出门的吗？太太要知道先生下定这戒烟决心，不晓得要多高兴！"提起杏儿，长仁脸上这才见了喜色："夫人自是为我高兴，戒烟的痛楚情状早有耳闻，只要她在，便无论如何也可忍的了。"

二人正聊，远远见小六子提着灯笼来迎。老宋笑道："太太可真是细心得紧！"说着招手叫小六子过来，将自己一路拿着的长仁的夹棉的袍子交给他，便辞了二人回自家去。

长仁回家，听贾管家说太太一直坐偏厅里等他，便着忙快步去偏厅，正见杏儿在桌旁坐着，便道："你怎么也不去房里先睡，傻等干什么？"杏儿笑道："这戒烟之事，下定决心便做，一天也别耽搁。"说着从身后拿了张纸笺送到他眼前，长仁接过看，却是张药方：

杜仲四两、川贝母四两、好甘草半斤。六斤水，将三味药共煮。及至水熬去一半，去渣。用上好红糖一斤，放药水内再熬。少时收膏。每日一两膏，早、午、晚分三次，饭后服。初三日，每一两膏，放烟一钱；二三日，一两膏，放烟八分；三三日六分；四三日四分；五三日二分；以后一两膏，放烟一分；再吃十日八日。吃到一月后，无用加烟，按常服膏永断根本矣。

方子末尾又写得一行小字：若服膏期内，有别处毛病发作，可将烟多加一分。服一二日即止，仍照原方服膏，再勿多加。

长仁边看此方边觉得似曾相识，只一时记不起在哪里听过见过。想总不过是朋友聚在一处吃饭喝酒听见过的罢，便笑问杏儿："这方子哪里来的？这杜仲、川贝母还有甘草，每味药单开来看，倒都是常用的好药，只不知这三味一起竟是能够戒烟的。用法用量倒是讲究那渐进之法，不伤人。"

杏儿收过药方小心折好收入怀中，道："这戒烟的奇方是国医堂郑老先生亲开的，据说吃的人均有出奇效验。怕妈子丫头们不尽心，药膏是我亲熬好的，一丝也不敢马虎。那加入内里的烟，也是上好的，你尽管放心吃！"

长仁知道那国医堂郑老爷子，家传几代的医家，在南京颇有名望。便点了点头，忽地惊道："是说要我刻下便吃吗？是不是太急了些？"杏儿笑道："哪就是马上吃，明儿开始，你看可好！"

这时丫头端了碗汤来，长仁以为又是醒酒汤，便挥手拦道："今儿酒倒是没多喝，不必了吧。"杏儿却上前捧了汤递给长仁："并非醒酒汤，是上好的西洋参汤。"

"郑先生说了，戒烟最是伤气伤神，因此先补益其气，再行戒烟，便可免伤身体。这西洋的花旗人参，性温平和，补气养血，不会像咱们的山参、红参那样吃了上火，冲突药效。"杏儿说来头头是道，看来早已准备妥当。

长仁喝了那西洋的参汤，果觉出余味微甜回甘，笑道："这下可以睡个好觉了。"杏儿却接口："那内家心法，从今晚开始练习可好。"

长仁哪敢不应的，二人回卧房坐定。长仁依她所言，盘膝而坐，上体正直。杏儿蹲在长仁身边，将他左手拇指弯曲掐住中指最上端的午位，右手拇指由左手拇指、中指圈内插入，掐住左手无名指根部子位，右中指再相对互抵，两手相抱置于小腹前。口中解释："这便是子午扣了，此后练气均得用此手势，有助于入静之效。"又道："眼观鼻，调息；鼻观口，调身；口观心，调心。"

长仁边任由杏儿摆布，边故意调笑道："眼观鼻勉强能做得来，鼻观口么只能想象鼻子眼儿冲着嘴罢了，这口观心却难，心在何处，我是没得见过自己心的，想也想不出这口如何去观心哩！"杏儿一拍他背道："口观心是叫你神守丹田，不要他移，即用意念这种无形的眼睛去养神炼性。此说'三观'只教人心无旁骛罢了。你却别再一味玩笑不专心，只恐怕再教也是无进益的。"

长仁经她一说，便收起脸上的笑，自观起来。杏儿这才缓缓道："待自觉心静入定时，舌抵上腭，心、神、意守脐部，慢慢地吸气、呼气。"长仁听罢不由得心中暗笑："原来听来高深莫测的内家心法，不过是静下心来呼吸。"不料心念甫动，即被杏儿察觉，恼他道："练心之法，最忌存有杂念，你若不能静心，今儿便不练了吧。"

长仁忙睁开一只眼道："别气急，我自依你所言便是。"当下稳住心神，务使心念不移，和缓呼吸。渐渐竟感觉随心意降，头手如同虚无，只觉脐中一点真息和了自己的呼吸幽幽出入。不多会儿，便自沉沉睡去。

第四十八章　闻孕事神清气爽，获殊荣再谈变革

　　第二天醒来，长仁只觉浑身轻松，通体舒泰，伸了个大大的懒腰道："真是场好睡！"妈子马上端水来，长仁净脸漱口毕，然后捧了自己的紫砂掌上净茶壶，内里装的是壶泡得恰适的碧螺春，悠悠然去后园看杏儿练武。

　　远远见杏儿刀正练到热闹处，刀影翻飞，与身着的红衣融成数道飞虹，煞是可观。便驻足欣赏，边呷壶中热茶。突然间，杏儿刀势猛地一收，口中轻叫声"哎哟"，只见人却是蹲在那里了。长仁慌地上前搀她问怎么了，却见杏儿擦了擦脸上冷汗道："没什么，只觉小腹有些痛，定是使错了劲，歇歇便好！"

　　旁边守着的吴妈也过来扶她，长仁嘱咐她快去请陈大夫来。杏儿却笑道："只是有些腹痛，也值陈大夫辛苦跑一趟的吗？回去躺躺吧。"说着便起身向卧房去。长仁答应着依然扶了她同去，边走边回头向吴妈递眼色，吴妈即刻会意，踮起小脚快速扭了去前厅。

　　杏儿进房躺下，因记挂今儿长仁应开始吃戒烟药，便抬起身子来喊吴妈。吴妈方才跑去前厅给管家老吴报找大夫之事，此刻刚气喘吁吁扭至房门口，正听见里面杏儿叫自己，忙"哎、哎、哎"地一连声答应着进了门。杏儿让她将早上调好的药膏分三份备好，待用罢早饭便侍候长仁服下。吴妈答应着去了。

　　长仁怪她："你自己身子不好好调息，尽顾着我做什么，今日戒或明日戒没什么的。"杏儿却白他一眼道："既心下定了的事，便即刻办起来，照你说的这般一日复一日，何时得成？"长仁被她一通抢白，倒闹了个红脸："只为心急你身子么，又没说不吃。你且莫气，自然都听你话便了。"

　　吴妈带陈大夫进来，把了把脉又看过舌苔，问过月事，起身便向长仁笑道："给先生道喜了，贵夫人这是喜脉。"

　　长仁大喜，倒一时搓着手在房内左转右转地不知如何是好了。吴妈笑着领陈大夫去开安胎药，杏儿便要起床，长仁按了她，让她躺着不许动，正色道："你这腹痛定是早上练功动了胎气，如今既知有孕，便停了晨起这功，可好？"杏儿却笑道："女人怀孕是再平常不过的事，何必没由来地要紧张至此。我且改练轻松的太极便好。可巧明日要教你练的正是此拳法。"

　　长仁奈何她不得，只好叹口气由她。丫头把早饭端来，二人在房里吃罢，杏儿便要与他下棋。长仁现在有些后悔昨晚未与子正他们再过过瘾，饭前便觉眼沉得紧。勉强坐好摆盘，刚下了四五子，长仁哈欠也不自持地一个接连一个起来，

321

自知是烟瘾来袭，又不能扫了杏儿下棋兴致。哪知杏儿只不理他那狼狈相，继续下自己的棋，还逗趣似的顾左右而言他。长仁又忍了一刻，身上却好像爬了虫似的抓挠不清起来，实在吃不住，只得一劲儿向杏儿告饶："好杏儿，你那备下的药可好了，就教我吃了吧。"说着涕泪也止不住了。

杏儿这才叫吴妈端了药来，长仁吃过好一会儿，方觉着身子舒爽些。叹了口气道："下回我便先吃来可好，不要教我在你面前显出这些丑态来。"杏儿却不答应："郑先生说过，每服必得瘾发，应效则快。"长仁无计可施。

不得不说，这戒烟药方端得有效。长仁日日按方服药，辅以早晚习拳练气。兼得杏儿服侍监督，长仁身上倒未受太多苦楚，至后半多月来，竟不怎么有瘾发难受状。以致到后来，只要觉得身上心上那难受劲头上来，长仁便只跌坐了，眼观鼻、鼻观口、口观心，不一会儿便可入定，感到自己身与心似乎一分为二地脱离开去，恍恍然见到那肉身上的瘾毒一日紧一日地渐自消除。不由得满心欢喜、满足，欢喜心是一方良药，更是一剂补品，杏儿则加长了他早晚练功的时间，身子上的亏折损耗俱都靠着这早晚的勤力练习得以补足。

俟一月期满，大清早浩之和老宋便齐齐等在门上，说有要事来报。

长仁听他们说时，竟是个天大的喜讯。华胜厂的那款"华胜锦绸"赴美国参加国际丝绸博览会，竟获得了特别金质奖章，还得了台美国最先进的织机！

长仁近段时日颇为顺心：戒烟初成，夫人有喜，工厂庄铺诸事顺意。现下投资的华胜厂又获国际殊荣，简直不能自已。忙一叠声喊小六子："快快更衣备车，先去华胜厂。"话音未落，只听门外传来笑声："长仁老弟别着忙，我们自行前来了。"

来的正是冯子正、吴伯诚和莫浩之，长仁忙迎上前将人让入正厅落座。

"快说说那博览会是怎样情形。"长仁几乎等不得。

子正笑道："此次应县商会之邀赴美参加那国际丝绸博览会，咱们只华胜锦绸参展，江苏一省就有振兴丝厂的三闪文华绸、双闪中华纱，苏文厂的雪白蝉衣绸、绣罗缎，沈华昌的万莲天云锦各色绫罗绸缎共四十多件。到得美国纽约展地，原是按国别不同专门设馆，咱们都在那中国展馆。"

正说间，门上来报，子正家派人前来给主人送信。冯子正接过信看，却是江苏总商会转美国驻华商会鲁维斯专函一件："来春二月，美国将有全球丝绸博览会开会，想苏省亦产丝之都，云锦缎绣服久，已驰名中外，况明清皇族衣裳都由苏省专门造办，是特专函奉请加入，以襄盛举。并请搜集各种花缎丝绸以及各种文武官员古装等品，运往陈列，以增历史上之纪念。"

子正看罢交给长仁，又待众人传看毕，道："此函复我亲自写来，既作为一省之代表参评下一届绸展，必得以奇巧取胜，用旁人所不用，想旁人所未想。我此去美国，看那美国穿绸的多为女子，而尤喜薄绸，'愈薄愈好'。咱们的华绸多厚重，就目下咱们华胜得奖的锦绸亦是厚实的，全因织法巧妙，经深纬浅的立体手感，又及那七彩幻色新颖无两，因此才得了这金奖。此再受邀参展，便要从技艺上过细研究有无可革新之处，能将咱们的华胜锦绸再产出一种既薄而透且层次高低依旧的新品来。"

伯诚道："子正说得极是！纬丝里杂了纤维丝，就更多层厚重，可纯丝竟不能出彩。再者，由于华绸多用土法织成，门幅太狭，与欧洲、美国流行的三十六、四十及五十英寸三种门幅不相符合。而要达到这样宽的幅阔，显然不是手织所能达到的。倒是此次博览会奖励的那台美国最新织机可以一试！"

子正笑道："为兄意思，华胜厂用这台美国的织机，放宽织品门幅，这样来符合外洋顾客的需求。近年来那东洋国倾销的纺织品，无论棉布、绸缎，均是价格低得惊人，咱们只能将销售国内所需的纺绸、素缎等素绸应用力织机织，降低成本与售价，否则难以与日货抗衡。只那花绸、锦绸可以用手工织机，一则用力织机所省有限，二则手工所织之花样较为优美。除了门幅尺寸大小之外，丝绸产品的色彩也非常重要。去岁夏天，美国流行浅蓝和洋黄，咱们却完全无知哩，要想将华绸出销他国，必得对其时新花式或中意色彩了解深入，方能产出好销俏品。美国人喜爱色彩鲜艳的绸货，而中国传统的丝绸整理方法远不如新法那样光彩夺目，且绸纱色牢度亦不佳，入水即丢色，远不如洋丝洋绸来得持久。如果华绸想在外洋打开销路，那么更须得提高整理工艺。"

浩之听得半晌，此刻才道："蚕丝的色牢度问题，经前人六七百年也未得破解。明年就要参赛，一时间哪里来得及改良革新。我倒是认为，其他家都投其所好，咱们便只要避开自己的弱处，偏生不就艳色，只用最简单之色彩。纺织技法历来是咱强项，只在此项上动足脑筋，别出心裁，方能制胜。再有，这台织机我仔细研究过，只恐怕一时无法使用。"

子正听着连连点头，然后沉吟起来，直到说奖品织机不能用，便跟着众人问为什么。浩之道："这织机得专配成套纱锭才能派得上用场，会上奖品便只有一台空心机器而已。"

长仁登时感慨美国人的精明，奖台空心机器，场面上颇显大气好看，却教那奖主用不得又丢不脱，必得定购他的机器耗材，还得用他的技术人员教授用法，还有使用过程中的维护，这样一来，奖主便被牢牢拴住成了他们的长期客户。他们设的奖品非但没损失，还反倒能赚不少银子。

子正叹气道："若用这台机器织宽幅，就只能再去美国定购它专配纱锭，也要好好学这机器的使用技法。正是师夷以治夷之举，待咱们织出上好的轻薄锦绸，也好去赚取他们的美国银子。"众人被他说得哄笑起来，刚获了国际金奖，此刻便有十二分信心与洋货一争高下。

伯诚更道："此次子正从博览会上带回不少华胜锦绸的订单，厂里日夜加紧赶工，不久或可将华胜纺品推广至整个地球哩。为今之计当即刻再赴美国购配纱锭才是，只派谁去要讲究的，非得是懂织机技术，又能通那美国夷语……"

子正指了伯诚笑起来："你去就最合适不过，懂技术通洋话！"众人一齐道"好"，当下便讲定由伯诚带技术学堂的教机工的尤姓教师同赴美国配纱锭。

"只是，下届国际丝绸博览会，咱们送展哪样为上呢？总还没有什么新品能拿得出手。"长仁此刻提出个犯难的问题来。

"长仁提的此为一则，再有问题倒是在丝上。这次博览会，江苏的丝行、省立第二农校也向博览会提供生丝蚕种、丝茧等物。但那美国丝业会会长在演讲时不客气地指出咱们中国所出的七里丝，虽说质地远胜于别国，然因中国畜蚕及缫丝各法不改良，不能应付美国绸机之用。"子正学着洋人说话时皱起的眉头。

浩之对纺织事事关注，知道子正说的这件事："当年美国收购外国生丝开展试验，对中国丝早有评价，优点是光彩好、洁净、色素优纯，缺点是丝缫成之后带有坚硬的胶点、丝条不匀、性质过刚，缺少伸张力。这位美方的丝业会长提出改良蚕种和缫丝的建议是有些见地的，只恐怕咱们中国人实太好面子，中国丝业界未必能改。"

长仁立即道："我此前在总商会处得悉，中国驻纽约总领事馆向政府报送的月报中说：'美国丝商以近年来丝业日见发达，在纽约组织生丝交易所，近日成立，定于九月一日开幕。唯将来交易以此为限，我国丝及意大利丝均不得入。'中国方面一向为产丝大国，然终因生丝不符合美国绸厂标准且价格高，致没有销路。我是早有心在丝上有些作为，只厂子成立不久，一直以来未得机会，现下看来，已经到了刻不容缓之际。其他人不敢说，若是如此，咱们必得先行改良才是。"

"有先生首肯，我定当不辱使命，保证祥昌所产之丝足应付那外洋绸机便了。"浩之又有了施展拳脚的机会，当然高兴。

子正笑道："是我错看长仁了，之前还生怕你不愿就此认同那美国人说法。现下看来，咱们赴展的织品便可有着落了。各位知我向来爱收藏些名家字画，一直以来就想着，这些字画如此美妙，若能用织机织出来，那这些常人可望而不可即的艺术品便可用于各处，即或拿来穿在身上定也别有韵味。只不知能否所想成真。"

众人一听，齐赞妙极。长仁更是暗自钦佩子正极具商业头脑。商业织品也可以非常艺术，那织品一旦有了艺术气息，便可一洗商品之铜臭气，满可登大雅之堂去。真亏他能想得出来。

伯诚赞好之余，倒是想到了技术上的难处："那水墨的韵染意趣，岂是织机所能模仿得来？手织倒还有一两成把握，又只怕织出个不三不四，倒辱没了名家的妙笔。"

子正接口道："此一节也正是我所担忧的，水墨之韵得以展现，单凭手工当然做不来，要将丝极细地分出众多深浅浓淡色来。所以我第一要问长仁能否产得出精丝，否则遑论其他。"

这的确是个问题，就连浩之也不敢肯定就成。于是众人定了明日在华胜厂召技术骨干再开会商讨做法。

待到与会时，所有人均聚在华胜厂的大公务间里，条桌正中是冯、荀、吴三位股东，左右两边依次坐了华胜厂的织机车间主管、段长、技艺学堂的一位技术专教，浩之带了三名得意学生也在座。

子正让随从将他带来的一幅画放在长桌上，小心展开给众人看。至全幅展开时，只见是一幅题《金陵览胜图》的三丈长卷，座上发出"噢"的一声惊叹。子正道："华胜经此前国际丝绸博览会上获了金奖，又接到明年春的参展邀请。在座诸位都知道，我华绸无论色牢、艳度或门幅，都无法抵敌洋绸，时间又如此紧迫。昨听浩之一番反其道而行的送展言论，顿开茅塞。这幅是石涛所作绝世妙笔，此前便只锁在家里，若此次能织出绸品，便可扬我中华之水墨瑰宝于世界，更可将金陵之胜景展现于世人，且这图有个胜字，又与我华胜颇为贴切。现下只等各位专能看过，织它出来可有难处？若可织得，又得要多少时日方可织就。"

在座一径低头细看眼前画作，一时鸦雀无声。

这是件纸本水墨长卷，只于画之末段偶染淡淡青绿。康熙丙寅年，朱石涛寓金陵时所作。干笔细皴，气势宏阔，法度严谨。并非实写金陵周边山水，而是描写想象中的山川之景。整卷由山居画起，山中有草亭，一条小路通往深山隐居处，接着见高山林立，飞瀑流泻，群山渐淹于水。山水渐平缓，灵屿瑶岛从远水处浮出。近处山势突昂高石巨礐，一人山前远眺，后跟仆从，图末则又高山如屏。画上有周向山所题十一行长跋："予与清湘石公游六越寒暑矣。凡我赠者，佛法道言十之七，诗文十之三，画则不过十之一而已。每思求一长幅，餍饫生平，辄自面赤耳热，为取若无厌，施者难知，交浅固未敢深言耳。今丙寅之冬，缘之所在，事不能违。坐我有榆，慨然弄笔，为写此卷，夜鼓未终，明烛不拔，三丈楮君，一挥而就。细观洒墨，令我神怡。但恨石公道律精严，过遵酒戒，若肯杯酌，醉后挥纵，不知当又何如也。余随看随题，得诗四首。因陪止酒，口燥喉干，昔日之乎，不来一字，故言粗兴索，不能状石公精妙之万一。而记时纪事，似亦不可少者，强书于末，诗既画传，诚为有幸。然辱没此卷，不遑记矣。时是冬之十月二十六夜，丛霄洒扫人周京洞智谨书，诗曰：'沧州一气留，兴到笔难收。巨壑灯前见，长江屋里流。有山俱解索，无树不平头。五岳当年愿，今宵得坐游。起伏任挥毫，真堪餍老饕。水流何处去，山尽此中高。云树千年得，风帆万里遥。城头才二鼓，相对想醇醪。能事无逼促，为之止一时。峰同黄海涌，石是太湖奇。当面留真笔，前身应画师。偏于精细处，作拙复藏痴。来山八百日，应有好怀开。荆浩何曾死，关仝今再来。五丁供使令，石浪作莓苔。黄鹤同摩诘，留人各自猜。'"整卷有石涛三枚印鉴，一为款下所押之"济山僧"白文长印，另外二印则是在画末，有"清湘遗人"和"阿长"二印。另有"向山堂主人"藏印。

　　长仁待看罢题跋，不禁心下生疑：跋文记载离别金陵之际，应友人之邀作画的情景。跋文意思是石涛赠画太少，因此有求画之愿，忽遇良机，石涛在座而趁机索画。长仁深觉这样的念头不符合修养甚高的向山堂主人的趣味。另外，文中言羞于索画，是因为"交浅固未敢深言耳"。而长仁曾看过石涛的《金陵八景册》周向山对题云："清湘先生寓金陵一枝阁中，与余晨夕相对，论文诵诗，其乐无极。"二者交深如此，何以有"浅"之言。可单从画看，不失为一幅绝佳笔墨的上上之作，想来这仿者亦系笔墨高人。画好便不必深究作者了吧，但凡织出，便为绝品。

　　伯诚亦颇懂书画，不免嗔怪子正："与兄交往经年，不想竟有如此妙藏。石涛和尚的山水不局限于师承某家某派，师法历代画家之长，将传统的笔墨技法加以变化，看这笔法流畅凝重，松柔秀拙。"说着将手在衣襟处擦了又擦，方轻指着卷上道："再看这点苔，虽则密密麻麻，但或笔简墨淡，或浓重滋润，酣畅淋漓，极尽变化。倘用丝织来表现，则对手法技艺、丝线精度要求极高。再看这整卷画作，场面宏阔，局部处景物变幻无穷。长卷的确规避了色彩门幅问题，但织构制版技术难度亦前所未有。再就是这画风新颖奇异，苍劲恣肆，必得是织工了解其深意，读画至熟至透，胸中明晰才能在丝织品体现。难，难，难！"

　　听伯诚连说三个难字，车间主管、段长们便七嘴八舌地齐说那难处，有机器的、有技术的、有人工的，只无一人肯应承来接此事。子正不由得蹙眉。浩之眼见着冷场，便道："难是自然的，不难又何能送给国际上那么些人去看。这画的墨法，枯湿浓淡兼施并用，尤其湿笔，水墨的渗化和笔墨的融合，表现出山川的氤氲气象和深厚之态。或细笔勾勒，或粗线勾斫，皴点并用。运笔时而酣畅流利，时而又有方拙之笔，方圆结合，秀拙相生。全卷用色以墨色深浅变化居多，偶有淡青绿衬托。因此，丝色上，黑色单个色号中再分出由深至浅十色来，白色则要再细分出至少五色；织法上经纬平织加提花，着重丝的用法。如此，我倒有心一试，不知子正先生可舍得将此画留在此处两天，临摹此画后，我亲自带技艺学堂学生们手作一幅参展，或可能机织也是不定的。"

子正吃惊非小，听浩之语气透着十足把握，当下便笑道："舍得，当然舍得，自古来都是有舍才有得。你且别说将画留两天，只消说能织得出，即便留二十天，我也断然舍得。"

长仁、伯诚听浩之说能织，丝毫不疑，只好奇，不知他要怎样才能将这笔墨爽利峻迈、淋漓清润的极富个性之作用那丝线织就。

浩之却卖起关子来："各位先生只消等着看就好，到时自然知道我是怎么样的织法。"自此日起，浩之将这大公务间征用了，选了得意的三五个学生，几人埋头不出，三餐都叫人端到门口。

半个月后，浩之蓬头垢面地踱了出来。

第四十九章　购织机不远万里，捐房地巧舌如簧

子正和长仁每日在厂办公间坐着，好容易等到浩之出来，围住他便问怎么样。只见浩之眼睛里红丝毕现，缓缓点头道："我晓得了。"然后又向子正抱拳："先生的画，可以请回去了。"

"怎么，是织不成么？"长仁惊问浩之。"那倒不是，刚将原图摹画完工，只我这画艺不精，不能得其精髓，只摹得些皮毛表象来。"浩之脸上泛着因胜利而喜悦的红光，毫无倦容。

"那快说说看，览胜图织得怎么样了？"子正说着就想进公务间去看。浩之却拉住他臂膊："子正先生还是耐心再等些日子，织却是还没开织呢。只是织法已经有了眉目。"说着伸出手在二人眼前摊开，手上是一小块丝锦样料。

子正忙拣在手上细看，见虽是小料，但那块锦上纤毫毕见地不正像极了墨色遇水化散开的晕染。忙道："正是正是，你这是如何织出来的？有了这样的品相，由小及大，全幅览胜图不日可成。"又笑着向长仁道："老弟，你看你请来的爱将，可是了不得，多大的难题也难不住他。我华胜厂若有浩之这样的人才，就不用费这样大的心了。"

长仁道："子正兄说笑了，伯诚可也是在外洋学机械的专才，这些年不正是你的肱骨心腹么？却怎么把他忘记了呢？再说，浩之也在咱们华胜的技术学堂培训工人，这又为华胜参展之事没日没夜地苦干苦熬，怎么倒像他不是华胜人似哩！"

子正自知失言，忙又将那小块丝样指点着给长仁看，不住声地赞好。不想浩之却道："先生们看的只是墨晕染部分，却不知那原画上似白不白的地方却是实难织成，墨色与留白交界过渡更难去其生硬……唉！一言难尽。"三人便一起去办公间，细细讲织法经过。

三人刚坐定，尚未开口，新图便撞了进来，口里一叠声地说着："不得了，不得了。要这样算法，咱们厂子得亏折多少银子。"

"你是越来越不成样子了。什么事就值这样着急？"子正边说边指了指身边的椅子。

新图这才向在座三人打招呼，然后一屁股坐下道："不是我要着急上火沉不住气，实在是伯诚先生这一趟走得太吃亏，五人来回吃住旅费，得花去咱厂小半年的吃喝运转开销。这美利坚夷人太坏了些，奖个空心机器勾搭人花钱去。"

伯诚自半月前带人去了美国配专用的纱锭，其间来过一封信，一台机器上得四百八十枚纱锭，细问技工方知只能纺棉和人造纤维，且所费不菲。

长仁看子正时，见他低着头想着什么，也不听新图的这通牢骚，等新图住了口，这才抬起头来道："怎么，说完了？心里好过了么？早就和你说过，别总算这小账，得往长远看，那先进洋机器转起来，有了成品销场，不就又赚回来了吗？"

新图嘀咕道："那得什么时候才能赚得回来！我得按年核销进出款项，今年必定是要赔进去不少。"

子正"哼"了一声："说你目光短浅还不服气，我带前锦绸去美国你也讲赔钱买卖，那洋人哪就能把奖给得咱中国，白白去给人家站场摇旗。结果怎样来，得了最高奖，还带回明年一整年的订单。这会儿倒又来算细账给我听，且倒说说看，你想出什么好法子来？"

不想新图脖子一梗，还真有法子："伯诚先生前次来信不是说了吗，机器是好机器，那洋人的人造纤维又是工本极低的，为何不教他们就在那当地定购一批低价洋丝回来，这样一来，当年即或扭亏呢，我是细细算过了的！"说着便把手里拿的一本册子托至冯子正脸前，请他看。

子正正色道："亏你想得出来，跟我三十多年，开办实业目的是什么？为的是发扬我国货，以抵外洋倾轧。你这成什么了，这是助纣为虐，好教那洋夷早些在经济上压垮咱们，莫如我将厂子拱手给洋人便了，还费这么大气力何苦来！"

新图没想到子正会恼他，却也面不改色："说什么抵制外洋，商界也好，工界也罢，不为的是赚取利益的吗？没得利益，拿什么去抵敌？口诛笔伐又不能损他半点，反倒教他看低咱们，以为咱们就只会空口白牙叫喊一气。"

"你、你、你给我出去！简直夏虫语冰，满口歪理。"子正看似气极，站起身来指着门口处要赶新图走。

长仁和浩之忙起身拦。

浩之道："子正先生莫怪，新图兄这也是为厂子利益着想。"

长仁也劝道："可是说，新图是从厂子的经营盘算，职责所系，既是管理着华胜的账务，必是从账面盈亏计算经营方向，无什么错处，子正兄又何必动气。伯诚现下在美利坚急等着咱们决断，必得尽快地商量出个道理来。兄弟意思，从丝织品来讲，根据成品厚度不同，经纬丝共分八、十、十二、十六、三十二丝，如若织那全丝，即为真丝，不消说几股织法厚度，必得全系上等桑蚕丝来织就；若是混织或混纺，却又不同……"

长仁话未说完便被浩之劈口接过道："先生意思我明白了！现在混纺已是洋丝

洋布降低工本的通常做法。那丝品便用桑丝、柞丝、苎丝多种混合经纬丝线掺和出品，成色竟生出许多的花样来，丝品亦在光度、韧度、柔度上各有千秋，竟比我们出的上等丝还受欢迎，工本却是大大降低二成。现下混纺的还不多见，却是在那缫丝的并、拈、摇丝时，将几种蚕丝按一定规例纺就新品混丝线，再用此种丝来织成绸布，竟是创新做法呢。我实实地想现下就去试一试，这样一来，竟解决了我织那览胜锦的大问题了呢。览胜锦对丝质要求极高，除了色度的细分，对画面深浅处的丝线质地要求亦有很大不同。例如那墨色浅至若有若无处，便不能仅靠着色织表现，未免生硬，若是用那混纺线的蚕丝原质来表现或可解决！"浩之自顾自地说着竟自起身便向外跑去。

长仁静静地笑着听浩之说，他知道浩之已经听懂他话中深意，此刻又听他对览胜锦的织法有了新想法，见他跑出去便断定他是回大公务间实验新织法，便阻了新图拦他，这才接着道："浩之览胜锦事急，由他去吧。我便可接着说美国织机之事。"

却不料子正摆手道："长仁老弟的法子为兄也猜出八九不离十。既是拿丝品作比，那就得从各类丝织品的生产过程说开去，生货和熟货想来你是清楚的，生货即生织，经纬丝不经练染先制成织物，坯绸再经练染制成成品。这种法子时间短、工本低，却是市面上统货来路，色牵度实差些。熟织么，便要将丝线先精染，织就坯绸不需再行练染即为成品，这法子多用于高质绸料或织锦了，不消说，工本太高。咱华胜向来只出质料上佳的绸缎，自然工本高，出销价钱贵，难以抵敌洋货。我向来奇怪洋绸怎么就色艳光泽柔度都上佳的质料，却又能价钱如此低廉。这样的混纺么，长仁老弟也是想说进一批洋丝做混纺么？只这样一来，祥昌厂的供丝必会受些影响！"

新图在一旁忍不住拍手道："就是么，这洋丝行情我早查过，最低的不足咱们成丝的一成，就算是好的也不过一成半，咱若用洋丝做纬，依然用祥昌经丝，不知要省多少工本。虽说咱们一行人大老远地去得美国一趟，总不能空手而归……"子正没再生气，低了头不知在盘算什么，好一会儿才下定决心似的道："再购进五台美国洋织机，扩大产出品类，洋布、洋纱日渐成俏货，且纺来工本颇小，莫如咱购进洋机来专织混纺品类。长仁老弟意下如何？"

长仁没准备他转变态度如此快，一时间想起当初建新厂时，几人立志实业救国、抵制洋货时，是何等激情豪迈。谁承想现如今洋货未能抵敌，倒要花现银去购买那洋人的货品机器来。子正见长仁不作声，便忙道："咱们买洋夷机器，也是为的学他先进技法，以便造出比他更好的机器来，不失爱国本心哩！"

长仁只得点头道："子正兄说得极是，伯诚兄学的便是机械技艺，他若决定购入必不会错，兄弟赞同二位意思。"

从商者，必是以利益为根本，失了根本便无法立足生存。

长仁深知其理。

浩之自再进公务间，三天便又出来了。这次交给子正和长仁看的是尺余见方的锦料，是那原图的一角，山水墨色草庐高士活灵活现，连山间几点石绿都展现无余。子正将锦带回家中，将览胜图原画展开再细细比对，竟织得一丝不差。回厂进了大公务间，只见一排摆了三架手织机，已经开始织那览胜锦。

浩之指着一架机器上正织的那灰白、浅粉灰白、本白的色迹，道："这种有经纬的立体感觉能够顺利织就，还得要谢谢新图。那日若不是他在先生们面前极力争辩一番，还真不知要几时方能悟出这混纺加混织的好法子来。并丝和拈丝的一丝之差，都能借以改善织成品的性能和外观。例如，用蚕丝作经、纬，加强拈后织制成平纹组织的织物，坯绸经过无色或轻色练染，绸身收缩、拈度退解而形成皱纹和纱孔，能制成质地轻薄、有弹性的纱质。而那柞蚕丝在湿态时容易拉伸，在缫丝过程中就已有较大的伸长，再经过蒸丝工艺，使伸长的丝身回缩。览胜图全幅提花织法，那墨深浅浓淡算多色彩织，用柞蚕丝的地方便多些了。而在同一纬向花纹中显示多种纬色，便要用这混纺的丝线来，不同材质混纺织就的成品色泽大大不同哩。只是此种织法必得在手织机上按设计纹样用小梭子织制，才能织就这通经断纬、花纹复杂的成品，只是这织品效率极低，如览胜锦这般二十四平尺，得三台手织机织月余方能织成。若想今后在丝织生产中量产，又想增加花色品种，必得革新现有技术织机，制出大卷装和连续织的机器，如并拈联合、整浆联合、复动、全开梭口和连续纹版的提花织机，若能配以弹簧回综装置，想是能提高织机速度。"

浩之口若悬河说得起劲，子正长长地舒了口气："明年博览会终于能够再展我大中华丝品实力，此前问了总商会，好在他们规程并未限制蚕丝丝质。"

长仁笑道："那是当然，混织工艺发起于西方，兴发于东洋，要说那全丝，无论东洋、西洋，又怎么能与我中国抵敌。"

众人高兴间，公务间人送来伯诚自美国发来的电报，说是五架美国最先进织机及其配套纱锭俱已购定，即行打款便可上船发货回返。

子正眉开眼笑，要人将新图叫来，将款打去美国纺织机械制造公司。新图来时，手中却又拿了封信，说是广州家里有桩着急买卖非得子正回乡走一趟。

子正急拿过信来展开，正待看时，门上人来报说有位叫王柏达的拜访二位先生。

子正只得放下信来道："这事齐集了来，王柏达来必定是技艺展园用地之事，我就不去见了，长仁替我与他招呼到便是。看信我是必得回广州的，快则十天半个月，慢则月余必定回南京来。有事老弟先行决断，不必事事告我，回来后再细谈吧。"

说着便起身送了长仁出公务间。长仁走到厂门口的招待间，见王柏达在屋里踱着步子正抽烟。王柏达正是为地皮事而来。

且说那日王柏达在子正家一通高谈阔论，引得子正、长仁等众人对田家那块江边滩涂地有了兴趣。出得子正家大门，他便乐出声来："赚钱，于我王柏达来说，向来就是如此轻松！"

原来，这王柏达就住在下关鲜鱼巷，南京土生土长起来的本地人。爹娘种菜卖菜，日子也还过得。夫妻二人只生了一个宝贝疙瘩，便想着不能教儿子也像他们似的大字不识地种菜卖菜，顶好做成个正经生意买卖人。便将他送去学馆读书，他倒也伶俐活络，什么四书五经、《左传》谙熟于胸。只是被宠溺得厉害，长到十六七还像个孩子似的只知道玩儿。直到爹娘先后病故，他才知道，原来吃饭是靠挣来的，便突然开了窍。自己去找了家门对面的米面店管账先生，自荐店伙，可算把那聪明机灵劲儿都抖搂出来，管账先生颇喜欢他。不多久，便交付些小账面的交易由他收发。他好容易得着了买卖经手，如何能就此放过，每注必赚些小零头，几文不少，几块不多，倒也从不曾教人察觉。这样几年下来，手里倒攒了几个。

俗话说，"常在河边走，哪有不湿鞋"。这日有个老客来送米，账房先生可巧不得闲，便嘱王柏达议定米价收货。一车米总有几百斤，王柏达眼珠转了转，便每斤米压价两文，总算来，私下里荷包多得六块钱。不想这老客这天送完米并不着急回，约了管账先生喝小酒，闲话中便把米价亏折的事当作苦水倒了出来。管账先生听得价钱不对，也未说破，只三天后寻了个错处便把王柏达打发了。

这小子虽失了饭碗，但也经了几年生意，早已长成，身上既有几个钱，便开始到处找能赚钱的事，加上他嘴皮子利索，心思活络，先倒腾米、盐、麻、丝，又趁钱市乱时，钱价低兑钱、洋价低兑洋，倒换经年，虽说没能成个家，也未成就个像样的本业，但毕竟他手里积了近万元。

恰有同街邻人卖自家油盐铺子，他正想按爹娘常挂在嘴上说的，做做踏实生意。见铺子合心意，便每日里在那卖铺人家软磨硬泡地要低价买入，眼见那家主人松了口，心下欢喜。

他第二天起个大早要去趁热打铁，将铺下定。出家门却正碰到个男人打听卖铺子的人家，这王柏达留了个心眼，他因厮磨多日，对这铺再熟不过，便谎对人说铺子是自家的，又煞有介事地领了那人边走边聊，把个价码叫得高出二成还多，想吓走来人，不料那买主竟是一心一意地想要这铺子，价也不还竟一口应下，还当场拿钱交了定。王柏达吃惊非小，忙约他明日来签字交易。一转头赶去见卖铺邻居，将买地人给的定钱加上自己积蓄购下铺子，只第二天便转手卖了高价，赚了一大注钱。

自此后，王柏达便认定了捐房、捐地这营生。要说他还真是个精明人，他秉持自己一贯的赚钱之道，以谋长远生意计，从不会着意在一笔买卖上挣大钱，但也绝不放过任何一个赚钱机会，哪怕是不起眼的小钱。除去明面上说定的捐客佣金，管他买的、卖的，必再薄薄地剥个一两成。就这样上下通吃，赚了不少银子，渐还做出些声名来。

这块田家的地，实是块靠近江边的滩涂湿地。种地沙石太多，土质不肥；建屋建厂太潮湿，要花大气力填土；从商又离街道居户太远，并不是块好卖的赚钱事项。所以王柏达知道田家老儿有意卖地后，只打问了下价格，足三十亩地，要价七万而已，王柏达却还是说了一通这地的难卖之处，生生把价又砍下两万，五万便可出手。有了实底，王柏达便着意探访有无中意买家，过了两月，还真在澡堂子里听两人在旁说话时，听到那人有意买块地建个面粉厂，王柏达便有意跟踪此人去了客栈，当晚便在此人隔壁定了两天房，下关几乎所有客栈、饭庄、茶楼、戏园子的老板也好，伙计也罢，都认得他，自然不会遇到什么麻烦。

以王柏达的伶俐精明，第一天就认得了买客，第二天便领他去看那块地，不料此人却未看中，一嫌地方太大，二嫌地势过低，三嫌水洼地成本高。总而言之不满意！王柏达凭自己多年捐客经验，看此人是正经做生意的，不想失了买卖，便请他去永顺园吃茶。想起月前有客要卖狮子山南的五亩肥地，莫如说与他，只这块地有些抹搭牵扯，转而又心一横："不管三七二十一，先夸赞这块地的无尽好处，只将他唬住，待明日看过，再定不迟。"

二人坐下刚点了茶和点心，就听旁边桌上坐的两人在说什么买地建房。王柏达那耳朵是连睡觉都竖着的，一丝儿消息也不会放过。当下偷眼打量这两个人，这两人便恰是何新图与厂里记账先生在此小憩喝茶，所谈正是那技艺展园建造花费之事。王柏达甫一听进耳朵里，心中便认定了新买家。于是边敷衍面粉厂这位先生，脑子里边飞快地转出手段来，忽地就提高嗓门大讲南京城的房地价格、成色、行市，又将购地看地的事情刚囵反复地说。成功引得新图注意，新图听王柏达是个房地买卖牙人，便主动凑过去请教目下地价行市。王柏达是何等样精明，两人自然是越谈越投机，直到挨晚方互留地址，各自散去。

隔日，经由何新图引见，王柏达见到了冯子正。一见之下，他认定了此人有实力，是个真心要做事业的。便日日与何新图吃酒吃茶，专心结交以便攀附上他背后的东家。同时也想搞清内中关节：一要知购地事体用意，二为晓其中的要紧人物。刚结识了冯子正，他又听说还有另一个大股东苟长仁，便想着仍由新图介绍，谁知何新图与长仁并不像与子正那样稔熟便当。见新图踟蹰，王柏达当即玩笑似的伙着新图写了拜年帖子，按说收了帖子的必定要按帖上所留地址回拜帖的。不想长仁是个交友极谨慎的人，竟派人来查访。王柏达只好躲了出去，好在目的也达到了，长仁对他所留姓名印象深刻，以致见面时竟无法推脱王柏达的亲热。长仁又哪料此人竟能谎称母逝，想这世上，哪有人拿自己母亲生死来编谎玩笑的，他便算是个极致忤逆的谎话家了。

探听到子正、长仁等一众筹谋的事体细节，王柏达闭门在家下足了功夫，把肚子里的那点子曰孟语、胸脑中的想法都淘汰、过滤几遍，这才有今天语惊四座，非此地不得用的大好局面。

卖家五万的一块长江滩涂地，给买家报价十五万！王柏达此次想赚小钱都难。他得意地想："老天想要谁发财，推托便是对他老人家的大不敬！借此我也可开办个实业，定下心来做些根本生意！"如此便将之前捐地的所谓长远生意经抛诸脑后了。

第四十九章　购织机不远万里，捐房地巧舌如簧

335

第五十章　上下通吃掮客昧心，举荐能人展园添才

此刻，王柏达悠悠然地并非要去田家谈地价，而是约了那开面粉厂的买家去看狮子山的坡地。

这块地其实并不适宜拿出来卖，只因近期惹上些纷争。近人近山的坡地，为人所用在所难免。这里十几年前还是无主之地，曾有外地马姓商人来此经商时，病死在客栈，被老板伙计随便葬在此处。无主的孤坟自是无人打理的，很快便埋没在野蒿杂树间。几年过去，有孙姓农人开垦了这片地种粮，打理得不错，慢慢四野周边都有了主家。一年前，有吴姓人家买了这块地改种蔬菜，就近在鲜鱼街的市集上卖，日日除草施肥，地也越发肥沃。没承想，个把月前，有一个身穿军服的黑粗男人，领着一队扛枪的兵来寻父亲，几番打听后竟找到客栈，客栈老板伙计见到扛着枪的，早吓得腿软，巴巴儿地领着一队人指认埋那马姓商人的地方。坟包早已是平了，哪还能认得出，掌柜保自己小命要紧，便胡乱指了吴姓农人的这块地，伙计一见掌柜指认，便一迭声道"对对对"！这有权有势的就是不一样，啥话也不听，便限一个月内，要吴姓农人归还他家祖坟墓地，吴农虽手里攥着官凭地契，奈何人手里有兵有枪，只能忍气吞声地假意答应下来。一边暗找了这位下关地界知名的掮客王柏达先生，要卖这块地，钱是不计较的，只出手便了。王柏达消息极灵通，见好好儿一块肥地着急卖，稍一打听，当然知道里面的底细，便将那地价压得极低，吴农只求快办，也没得计较。

王柏达找到面粉厂买主带他去看了那块坡地，这次买主倒是看得满意，王柏达见他高兴，便依着市面行势，开了个低低的实心价四千五百块。买家一听报价，那满意都写在了脸上，当即便掏出五百块的票子交定，恨不能立刻签字定局。王柏达隐去那地的底细，一口答应明儿一准儿签约交契办妥手续。这头送走买家，忙要了车子奔去找到吴家人，动用他那晓人功夫，几嘴便让他在买卖协约上签了字。王柏达拿出买主给的那张五百块钱钞，吴农千恩万谢地逃出城去。这一笔买卖虽说不是什么多大的金额，也不是王柏达心慈手软，而正把他那高明之处显了出来。此刻卖家已逃去，所有事都推给吴农便了，签字收钱自己赚注洋钱，且由他们争去。

哪里晓得，这王柏达命好。可巧赶上张勋复辟，各地讨逆声日隆，那找爹的黑粗军人正是张勋制下人马。当儿子的活命都不保了，哪还顾得上死鬼老子，早带人跑得没了踪影。这事儿就没声没息地安然度过，面粉厂顺利建成开张。那买

地的顾老板不晓得这么些内情，直把王柏达当个知己的朋友，逢人便夸他诚信可嘉。

且说子正急要回广州处理那头厂子的事，赶上王柏达来厂为购地寻二人。子正交代长仁关照技艺展园购地事宜，由长仁全权签署购地协议。

长仁去到厂门口的接待间见到王柏达，正要因接连几日未得着王柏达消息说他几句，便高声笑道："刚说要写条子约柏达兄老正兴饭局，只因子正兄接家里急信要回乡，正说间不想老兄倒来了。"长仁也不与他绕弯子，直问起购地之事。

王柏达道："不瞒老弟，我在捐客行里也算个这个！"说着伸出自己右手大拇指，把下巴又朝长仁处歪了歪："像地皮这种买卖，老实讲，都是有明扣暗扣的。长仁老弟这技艺展园，为公益起见，敝人应该效劳，明扣照例，暗扣情愿奉让，这事已初见眉目，只那姓田的咬定十五万之数……"

长仁晓得地皮里多有机巧关节，想着前与子正、伯诚等人商量时，都说江边一带土地几年来正在涨头上。三十亩地原报价十五万也不能算多么高的，可眼下手头资金吃紧，买地后还得建屋舍展厅，若能不高过十万的价钱，便是得着便宜。当下决定狠下心试他一试。

长仁暗自忖定，便皱紧眉头打断他的话："不瞒老兄，目下展园开办资金见绌，实难承当如此高价。有劳王兄费心了，莫如我再找其他牙行看有没有其他小些地皮，江宁城这么大，我就不信没有十万能拿得下的地。"

王柏达一听十万，心中有了底，怎么能失了这现成的赚钱买卖，着忙道："老弟别心焦，这事急不来，再找又白白虚耗去好些时日，再说这块地再适合不过的，位置、交通、风水没一样不恰。只这价钱确是高些，若信得过柏达，就只交给我办去，包管妥当便了。"

长仁见他十万肯应，便顺水推舟把购地事交王柏达自处。

果然不多几日，王柏达差人送信来告，经与那田家地主辛苦周旋、往复奔走，三十亩地事成，总价未过十万。巧的是杏儿刚顺产生下儿子允礼，家里添了婴孩的啼声顿多显出些兴旺气象来。长仁喜能心想事成，边急写信知会冯子正，边约田家签字定局。真真"皆大欢喜"。

王柏达这头，买家卖家两头吃足了一万捐金，此外多卖的五万地款，给田家两万，自己空手足赚了三万银子，做梦都快笑醒。着忙要为自己选个上好的正经生意来做，才得安顿下来。之前做捐客时，因常要坑诈，也不敢有个定所，怕被人打上门来，便连爹娘留的那所小屋都卖了，只住客栈，好常换住处。赚些钱总没存下的，得撒出去铺排些道上朋友，三教九流，官面的、商界的、市井的。总之，但凡他觉忽着有点用的人，必得在钱上照顾妥帖。

第五十章　上下通吃捐客昧心，举荐能人展园添才王柏达自有一套处世应酬的道理，毕竟是读过孔孟的，便常引据，《诗经》有云："哿矣富人，哀此茕独！"都说钱能通神，自古来就只见富人总是欢乐热闹，穷人必是孤独无依。所以，商人无利不起早，当官无利不办事，世上事皆逃不出个"钱"字。自己的愁怨愤恨，没有钱就没有办法化解。还真别说，尽管无所不用其极地使尽那坑蒙戕诈手段，他这么些年来虽没发财却也并未触过霉头，关键时总能躲得过去。

王柏达求钱甚饥，但口袋里却常是没钱的，虽嘴上总自夸逍遥，实则穷酸流浪般的滋味难与人诉。就像是个圈，越想跨出穷人圈子，却总脱不开。以致混在世上大半辈子，到老也未能如爹娘老子愿，得个有头有脸的营生。现在竟受了老天眷顾大发一注，便要做个正经生意，好教看不起他的人开开眼。

长仁自购得地来，俄待交割登记手续完结，便接到子正回信嘱即刻开建，几人分头动作开来。伯诚恰此前购得机器回厂，便让建筑班匠人马上进驻，更是日夜守在了工地上，按当初议定的设计图开工建筑。浩之带着学生早已登报告白，不几天便接到二百多件洋中混杂的技艺工品，私人的、工厂的、公司的，还不断有新件送到，厂里早已没地方搁，只得让人先行带草图参与初选，初选过的再择日送展。

长仁把技艺展园的地皮买就，一面雇匠人加紧开工盖屋，一面发了告白，招人入团。恰在这时，浩之却因卖无锡老家地皮事有了眉目，着急忙慌赶回家乡去了。子正没回来，伯诚除了建展园事，还整日里牵挂着华胜厂经营，再无暇他顾。浩之一走，长仁里外前后忙乱张罗，勉强应付。

这日，老宋拿了一堆办公文件来展园找长仁签字，并祥昌丝厂几桩事体要向长仁讨主意。长仁边签字边诉苦道："我们这展园事渐迫近，主体业将完工，参送展品的也有许多，大都堆在厂房里。伯诚管着厂子建屋一堆事体，哪得脱身。浩之回去建学堂，我越忙起来。丝厂和铺子还望你多承当些。目下最要紧是缺人手，有心找个人来管，只怕我们一片心机，创下这个事业，要给个外行的人管了，定然闹坏了局面。这须得在行，又须得热心任事，方敢交给他管去。但这人哪里去找呢？"老宋道："我倒是有个堂侄子，唤作春头的，他虽说未曾见过什么世面，倒对村里镇上事事关心，是个热肚肠子，乡人没有不满意称赞的。"

长仁心忖："一个乡下孩子能做得个什么。"面上却又不便直通通去驳他，便道："你老宋的为人我还不晓得，举贤不避亲么，你如此精明能干，想来荐的人必定错不了。既是上城来找事由，你且安排便了，不必问我。"

老宋知他是误会，忙道："这孩子却与别个一般的不同，有手艺，村里但凡是建房造桥、农机器具，都得找他哩。还有，村里有个洋人开的教堂，请他帮忙画的顶面壁画，春头分文不取，每日里忙完地头农活便去画，直画了两年，倒学说得一嘴的洋话。教堂里有架管风琴，他无师自通，只看神父弹得几遍他居然就会了，不单会弹，还会修，能将那琴拆了再装回去。这孩子真是个可造之才，若是个凡俗的，我老宋万不能耽搁先生时间，污了您耳朵。"

长仁听老宋一通自夸家侄，暗地里叹口气，只好强笑着敷衍道："既是这么能干，那你得空带那孩子来见见吧。"老宋答应着退下去。

长仁忙去技艺展园，心下盼子正早些回来。园子近江水面处原就是有几垒小岛状貌的凸起，棋布星罗。伯诚让工匠依原状在外围垒了池壁，又在岛上添植了不少青竹、黄杨，周围细细种下四时花卉，登时添了艳色。池中间最大的岛，加建一方木亭，亭外又植了些四时相宜的湘竹兰草，十分高爽。池外再建几处茅屋竹篱，秋光野色，令人有山家之乐。又辟了处豪丽屋宇，华屋云开，尤有俯众览胜之气概。

入口处填土堆就高低缓急的连绵开阔草坪，近园子的大门处用足了功夫，夯实滩涂沙土后，用沥青浇淋两遍，再撒三寸厚细土夯压平整，上布铜钱砖，再撒土填平，在砖孔洞处植那欧洲的草，远远望去是一片绿油油的草毯，走近时是有砖的实地，这样停车、走路便能承压，下雨也干净不脏鞋。

建那技艺展园的展示厅，颇费众人几番踟蹰。原有的图纸计划建两层，不想建筑班技术员勘测后说江滩地质松软，展示厅要求室内极少支柱，恐怕不能承受两层的重力。子正不在，众人紧急协商后只好改成一层，由原先的五十米面阔改为八十米，增加个偏厅，加大了展厅面积。

这样一来挤占了原设计图中的商洽所，长仁难以决断，工程却是半刻也不能耽搁，急得没法，只好拍了电报将莫浩之紧急召回来商量。浩之的点子到底多，只说句"这有何难"，便道出方案来：就利用展厅平顶，铺上草毯、置些桌椅阳伞，既可商洽又方便观赏景致。众人一致道他巧思。一期工程顺利完成，所用时竟不过三个月而已。

子正终于回来，一下车径奔技艺所园子，看后赞不绝口。又让人将家藏的几件古玩字画，米南宫、董香光真迹，一并都拿来在那茶舍里挂了。长仁看确是增添了雅致高贵气象，少不得又赞子正一番。长仁便要办桌席面，一来为子正接风，二来庆贺工程初竣，再则要尝尝园里新请的厨工手艺。便邀伯诚、新图、浩之、老宋还有王柏达共聚。

未承想，宋大兴倒带了个乡下人来。

宋大兴带来的这位，正是他在高淳县上的那个叫春头的堂侄，约莫二十岁，皮肤黝黑，穿着土布白衫、条麻自织布的短夹袍。穿着粗敝，应是常下田地劳作的，只鼻梁上的玳瑁眼镜，看出些与一般乡人的不同。

339

众人点头算与他招呼过。长仁对老宋的唐突举动多少有些不悦，又不便在脸上表现出来。只好讪笑着招呼几人坐下，安排春头坐了老宋下首。

老宋何等精明之人，早看出众人对他带来个乡下人不满。也不多话，笑着忙前忙后地侍奉众人茶水餐具。都坐定了，待到众人一巡酒毕，这才开口道出原委。

宋大兴自打接手长仁的两间铺子后，又兼着祥昌厂里的料进货出事项，向来忙得昏天黑地。新家安置好后，老少一派安乐，比起当时在戴升昌船号常年在外漂泊又不知安逸多少。腊月二十三，铺里贴告示下了门板，宋大兴清闲起来，陪家中老小备些什物迎新年，兼常往荀宅去照应。一日老爹接了家信，要去看高淳县上的远房堂哥，顺在他家过年。老宋还是小的时候去过一回，堂伯家里也有个儿子叫宋宝，比他大几岁。此时老爹一提，老宋便念起儿时一处玩过的这位堂兄来，满口答应。

老宋去长仁家安排妥当，顺向他告假，长仁问定了日子嘱车夫送他们去乘船。年三十天刚放亮，老宋领了一家老小，将大小包裹年礼塞满来送他的马车，去渡口上包船，晃到傍晚方抵岸。堂叔一家早站在门口处迎了，大小炮放过，又让孩子磕头拜见。一大家子欢欢喜喜地吃了年夜饭。

老少聊了一夜，至大年初一放罢开门炮，吃过发财糕。老宋想着去睡会儿，却又被堂哥宋宝拖住，要去场院上看戏，这是逢年才聚起的，由村户自凑份子、自荐来唱的。老宋奇怪他们竟是村里的村民唱戏，便不免好奇，一家人都去看大戏。按说高淳县离江宁城不过二百里地，但口音风俗却差着太多。在江宁，大年初一不出门，守在家里叫作守财。可再看这儿，家家接亲迎客，户户拉桌吃饭，街边地头那些摆地摊的、吹糖人的、耍杂戏的、卖小吃的都出来赶场似的。土地庙边的戏楼已有丝竹锣鼓的咿呀铿锵声传来，想是已经开唱了。台下男女聚集、人头攒动，一派热闹景象。

先演的"大赐福"彩戏，虽说是村民自娱，倒也有板有眼。宋宝一家指了台上，张三李四地叫着，台下一片喝彩叫好声。接下来唱的"单刀会"出了点小差头，关羽战鲁肃一场，锣鼓过后，上来一红脸膛，老宋瞧他扮相有些别扭。上场起霸亮相，整冠理髯……老宋终于看出来这演关羽的竟没挂髯口，那关羽用手去捋长髯却没摸着，人便怔了一怔。好在站对面的鲁肃挺机灵，道："来将可是云长公子乎？"关羽马上便明白过来："正是末将关平是也！""速将乃父请来。""得令！"关羽转身下场戴了胡子复再上台。台下哄笑声阵阵。

忽然左边路上吹打声起，跳大马灯的队伍来了。七个勾着花脸、身着戏袍的孩子骑在战马背上，拽着马鞍，神气十足。那身下的大马是由两人穿了马服演的，一人马头，另一人屈身扮马背，两人相互协调。只见这七匹马随乐队的鼓点节奏，交替布阵，跑、跳、仰合间，将马的神情动作表演得逼真传神。最后按

"天下太平"四字笔画走阵收场。

大马灯跳罢，老宋跟了众人拥过去看稀奇，到近前便被那布马吸引住了。马架是竹编的，马皮用绒布缝起，那配的马鞍、缰绳、铜铃等无一不精，形神兼备。宋大兴看着觉得可爱，刚想伸手摸，不料被一声"别乱动"吓得忙缩回手，抬头见一黑脸小伙子，身穿马服，手里拎着个马头，想是刚跳大马灯的。这时堂兄宋宝嗔道："春头，还不快来见过爷爷伯伯们！"边转头对老宋笑道："这是我那瞎混的儿子，叫春头。瞧瞧，为跳这年戏，整天地不着家，年饭都没得吃。"

那叫春头的青年忙小心翼翼放下马头，扯了腰间汗巾擦汗，先冲老宋一吐舌头，叫声叔，又与众人见礼。见他撩起衣襟从怀里拿出一副眼镜戴上，老宋奇怪，刚想发问，春头却咧嘴一乐，露出一口好看白牙道："这是村东头教会先生送给我的，看东西可清楚。"宋宝在旁嗔怪："是哩，白给教堂画了两个多月的顶壁！"春头又呵呵乐。

老宋见春头身边放着的那马头，眼眉鬃毛惟妙惟肖，比先见的更显精巧，便拿来手上仔细看。春头笑道："这些都是我自己做的哩！"旁边一个画着白脸黑花的孩子插嘴道："春头哥可厉害了，会写字画画儿，会做木活儿，会拉胡琴，还会说洋话……"春头一拉那孩子止了他话头，又一咧嘴道："在教会免费的学堂学了几年，洋话是跟神父学的。"

老宋吃惊非小，重新上下打量他，他虽看着黑瘦土气，一双黑白分明的眼睛在镜片后透出机灵劲儿来。当时心下一动："南京店铺厂子一直缺得力人手，目下又多出技艺展园，更难转圜，看着这孩子倒真不错。"

过年的几天里，老宋看春头进进出出很忙的样子，不禁奇怪。宋宝倒是早已惯了的："尽瞎忙，这孩子生来的热肠子，邻里乡亲坏了东西找他修，村里、场上、集上有事也找他，又或是教会、教堂、土地庙的事体，他都多事要管哩。"老宋暗暗点头，想着明日便要回城，便问春头："跟我回城做工可好？"春头瞪大眼乐了："真的么？那都要我做些什么事呢？""写写算算，你可行么？"老宋倒一时还没想好要他去做些什么。春头搔搔光脑壳："行的，只算那细账要容我学学才好！"老宋拍拍他肩膀，道："有够你学的东西，走，去和你爹爹说去！"就这么着，春头跟着宋大兴回了南京，还带着他做的那匹战马。

老宋边说着，边叫春头去把那马头拿来教众人看。又向子正、长仁道："看看这手工活儿做的，多么细致精巧，马眼睛还会动哩！这要是在咱展园展示可够条件吧？"众人围上来都啧啧赞他。子正当即关照浩之，将这大马用架子撑了布置在精品厅入口处。

春头此时开口了："诸位先生，莫如我将东坝的大马灯队伍拉过来演几日，很是热闹新奇，毕竟这种跳法只高淳一县才有哩！"长仁经春头提醒，冒了一堆想法来："这个法子好，开园那日除去西洋的管弦乐，此类地方戏曲也一定要摆几台。这样中西合璧，顾及更多人口味格调。兄弟提议，将此地的白局、越曲吴声、粤调沪戏也一并算上，岂不热闹！"

子正、伯诚连声称是。只经他一提，此时忽想起长仁学唱白局之事，要他唱几句，唬得长仁连连摆手，又强不过大伙玩笑，只好胡乱唱了几句。众人交口称赞，长仁自知唱得并不好，此后回家更勤力学唱，生怕再出丑。

席上，浩之、伯诚说起参展的技艺工品，众人便大谈起西洋制机技艺的精巧来。不想倒正说中春头的兴趣所在。原来，他在村教堂曾帮神父修过风琴，原是用久后琴柱缺损了，又没有配件，他便想着自己动手照那样子做几个换上，可用好几种木材试了都调不出原有的音色来，便也感叹西洋的工艺技术要学习的地方实在太多。

一众人没想到这孩子如此好学能干，都大赞，子正当即与长仁商量将春头就留在技艺展园，管理展园里的技品库房。春头当然高兴，正可多看、多学些技术。

王柏达自入座与人寒暄了几句，便只听众人说得热闹，说的那西洋的玩意儿自己半点不通，暗道声惭愧。又想："我自以为阅历学识颇丰，哪晓得听他们讲的许多外国学问，一句话也接不上，竟连那个乡下人也不如！从今看，早先学的那些八股固总要紧，却也得学些西法，识些洋务，日后才能够混得开、唬得住呢！"

正自出神。侍者上热手巾，立在他身侧拿竹夹递来，他全没看见，待招呼他，方才讷讷接过擦了口手。众人饭毕，复用咖啡。王柏达看长仁用小银匙扠了些桌角瓷罐子里的白粉末儿，徐徐搅动几下，将小匙放回托盘，这才端起那咖啡低头轻轻一嗅，道声"好香"后才尖了嘴嘬一小口，轻轻咽下，微眯了眼点头，很享受的样子。王柏达学他样拿起小银匙，另一只手掀开桌角瓷罐盖，见里面的白末子研磨得颇细，不好意思问是什么，用匙轻轻地挑起一点儿撒入杯中，特为地撒出些在杯沿口，自我解嘲似的道："哎呀，撒了呢！"用左手食指一揩伸出舌头舔了下，甜的，心下得意："噢！原来是洋糖末儿！"于是又跷起小指把匙杯搅得叮叮有声，再捧起杯来迫不及待地喝了一大口，不想入口苦似药汤，不由得皱了眉头强咽入喉，推开杯碟再不去碰它。用眼偷偷狠剜长仁几人，暗忖："如此焦黑奇苦，比药汤还要难喝，可怜这几个媚洋的还啧啧有声地大赞其好。可见世道人言叵难揣度，假意总比真心多。"

侍者送上账单，王柏达道怪："自家的园子竟还要签账的吗？"长仁边签字边道："这个自然，大家伙合股的园子，账目是一定要清爽的。"王柏达心下不以为然，口里却一叠声赞好。

众人起身道扰各散。

第五十一章　首展日广邀宾朋，巧筹资新园开工

　　王柏达叫了黄包车回客栈，心想着要设席回请子正诸人。

　　进了客栈房里，也不就寝，坐到桌前研墨，写了给子正、长仁、伯诚、新图的四张帖子，在附近的老正泰回请一席大餐，写毕又拿在手上反复看了，再把四张并排放在桌上总看一会儿，忽地拿起一张白帖添写浩之名讳。自后，酬酢周旋好几日，两度花船夜游秦淮河，吃了一次东洋茶，又看了德盛班大马戏。拉住留洋的浩之去看他筹展艺品，倒也真是开足眼界。王柏达原是想从浩之处打问些生意项目，不免问东扯西，浩之倒是有问必答，又提到将一众事务交付春头，自己即行杭州拟建一所新艺学堂。王柏达一听便要投一万资本金，后听华胜这间学堂并不赚钱，倒还赔进不少，便再也不提。又听伯诚说洋皂销场好，便紧可着打听开去。

　　一旬有余，王柏达收到新图差人送来的条子，说技艺展园的园子定于十月初八八时八分正式初展，邀他前去，随条附了张进园的请柬。

　　王柏达租来一身新式洋服，照着镜子又系上配套的黑绸领结，头用油抹了，又抬起脚来就着裤腿各蹭了蹭两只皮鞋。镜中人显得洋味十足，他左右前后地瞅了瞅，非常满意。虽说住得离展园不远，他还是让客栈伙计叫了出租汽车。车开过大马路，顺着外郭城墙边的金川路一转，便远远望见前方彩旗飘飘。车停在了路边，王柏达道："开过去，到门口下！"车夫答声"是"便缓缓排着队往门口处去。

　　大门处立着几个穿黑西服系领结的年轻侍应，除了拉车门，还要看请柬凭纸。草地停着几辆小汽车，几十辆黄包车随着热闹将车停住拉客，车夫们围成一圈或蹲或坐嬉笑交谈。还有不少自由车进出，清脆的铃音响处，骑车人向那门侍扬一扬手中凭纸，也不下车，便一阵风地滑进去了。沿路边摆了不少小摊，有担子、挑子、篮子，还有门板铺子，糖面人儿、剪纸摊、古董杂玩、草编手工，品类繁多，热闹得很。

　　看着侍应们，王柏达忽觉出眼熟来，忙悄悄扯下脖子上的领结，又将身上的黑西装脱了搭在肘上，这时车门被拉开，王柏达下车将请柬递过去，侍应看后立即给他鞠躬并闪过一边。

　　王柏达昂然进门，顺路踏上一片绿云细草，两旁球形灌木丛正开着黄蕊白瓣的小花，香气悠悠地飘散在空中。转过两弯，便见一座巨大的扁平单层建筑立在

眼前，门前草地上躺放着几辆自由车，一旁矮树杈边也斜靠了不少。这便是展示厅了，他心道怎么看着倒像是厂房车间哩，那平面屋顶倒是有些趣味，四周用青漆铸铁栅栏围了，放着不少桌椅阳伞，虽时辰尚早，却已有三三两两的人分坐着热烈地交谈着，还有人倚着栏杆向东南角指指点点，看着什么。

　　王柏达不由得加快脚步，想看个究竟。进门见地面铺了厚厚的红毯，放眼看时，只见地毯边留了宽阔的车行道，有拖的、推的车来往不断，车道两边是开阔的展示区，有高大汽机、船模及其他各种叫不上名儿的机器，再向里看时，竟还有个火车头，王柏达看不懂，便走马观花地看了看。转过一根巨大立柱，竟看见一辆金黄色的小汽车，锃亮的外壳，顶篷布掀开着，一个棕卷毛洋人正坐在驾驶位上咕噜着，门边立着个洋侍应，唯唯地不断点头。不一会儿，那个棕卷毛起身要下车，洋侍应忙将门拉开，扶他出来。

　　王柏达还从未坐过这种洋车，见那人下车，走过去想坐进去，不料洋侍应伸手拦住，接着将车门嘭的一声关上。嘴上一连串地叽里咕噜，王柏达讨了个没趣，又没听懂那洋侍应的话，便悻悻地转身要走。却听到身后有人喊："王兄！来得好早！"回头看是长仁，心下一喜道："老弟来得正好，这车是坐不得的么？刚有个洋佬就坐过，怎么我就坐不得呢？"长仁一笑，向那侍应说了几句，侍应态度一百八十度大转弯，非但拉开车门，躬身请他们上车，原先煞白的脸上居然还堆了笑。

　　王柏达向长仁说了句："还是老弟面子大啊！"便坐上了车，长仁笑着指了一排仪表盘解释用途。王柏达伸手握住那个圆形的方向盘，学着见过的西人车夫模样，左右转动几下，甚觉过瘾，脚下一动却触到一硬物，长仁看他低头，便笑道："下边的是要用脚来驾驶的，前进、停止、快慢动作都在脚下，手只管左右和前后方向了。"王柏达放开方向盘道："这么麻烦，手脚并用的。长仁老弟会开么？"长仁还未开口，浩之不知什么时候冒出来说了句："我们先生当然会开的，早在上海时就会咯！"此时有个黄头发洋胖子来招呼，长仁嘱浩之别误了发布会时间，自己便抽身领了那人向里面去。

　　王柏达跟着浩之上了螺旋楼梯，转了两转只觉眼前一亮，已到得屋顶平台，上来才看出，平台上铺了层草皮，绿意满目，不少人三三两两坐在一处，低声谈论着什么。

　　浩之道："这些都是在洽商订那展示艺品的，等到今天展毕，统计数出来，就晓得规模了！"柏达见左前栏杆处人越发聚得多起来，便拉了浩之过去，看时才知道，众人指点的是下面的一池水塘，水里种了几顷荷花，此时开得正盛，不少游人划着小船穿梭其间，王柏达看到有人将荷叶戴在头上，还有人手中拿着新采的荷花，又有人躺在舟上看书，任由水波推动摇晃，很是惬意。水面颇大，但被五座小小岛屿分隔得错落有致。远远可见岛上的茶舍、餐厅有人影晃动，还依稀有琴音曲调悠扬可闻。浩之指着那几座岛屿一一介绍："最大那个岛屿、有几间茶室茶亭的取名叫作艺岛，紫竹环绕设琴技乐坊的是雅涧，种满绿萝藤蔓置餐间的叫梦屿，堆砌巨石观景台的是石泊，还有近岸植桑建有草庐的是丝坞。"

王柏达便拉了浩之要去采些花来烧茶喝，浩之阻了他道："门口的告示牌没看吗？这园子不收客人分文，只有一条，园里的花草鸟虫、器物艺品是不能碰的，被巡园人发现还得领罚。"

王柏达嘀咕道："那刚刚见有人躺在船上用荷叶盖着脸，那荷叶难不成是自己由家中带了来的么？"浩之笑道："那是人家买的，咱们设了专采船，游人付费即得。如若想指定了采哪茎哪朵，还得加付一文！"王柏达不得不佩服这赚钱的点子好。

首展发布会定在八时八分，二人见时间差不多，边说边下楼往精品展室走。迎面正见冯子正领了个官样气派人物由精品展室出来，后面有一群随众哈了腰跟着。浩之忙拽了王柏达闪在路旁，一众人过去方低声说道："此人是本地知事，姓孙的，这次若非得他相助，恐怕这技艺展园开园还要有几番周旋。"又示意他看孙知事近身穿藏蓝团锦绣镶灰鼠皮边马甲的黑胖子道："这就是制造局马总办了！"王柏达见这马总办似乎是面善，却一时想不起在哪里见过，不由得多看了几眼。奇道："怎么刚来就走？时辰不是还不到么？"

浩之道："肯定是有什么急事去办哩！没事的，子正先生邀了不少地方头面人物，不愁场面，听说英国领事都请来了。"

王柏达道："想子正先生官商两界有如此面子，生意定是做得开的！"心下又忖："如此有用之人，一定得抓住！"当下脸上又堆出十二分笑意来。

发布会是在精品厅公务堂，莫、王二人刚进去不久，就见子正、长仁陪着英国领事菲利普斯进来径坐了首座。

见众人已到齐，子正清了清嗓子，宣布即行开会。因密斯特孙还有其他紧要公干，即请领事先生致辞，说了几句祝贺鼓励、技艺强国之类。新图立起身来示意在座人鼓掌，于是满场起了个高潮。子正把会场交代给伯诚，自己陪领事率随众拥出公务堂。

伯诚起身扫视场内众人，见窃窃私语者众，便笑道："诸君恐怕是对这技艺展园开办的目的意图并不甚了解吧？只道这园子招来一众艺品负贩们，既不收取分文，又反倒供应食宿卖场，这样没得利益的事体，还要开办它做什么呢？"

伯诚话音刚落，座上惝然，都要听他下文，伯诚接着便道："目下时局，大谈工商两界利害相因，不要说商贩起家，和工人毫不相干。须知目前的生货贩运销售，不过暂时之利，而且个人之利，银钱亏折，将来流失外洋，中国商人只怕没站脚地步。工人既没本领，又没资本，一件工艺品都不能发达，雇佣的多，独立的少。理想看来，工人先受淘汰，商人继受淘汰，农人最后也至于受淘汰，士人既没这三界人养活他们，自然早在淘汰之列了。岂不可怕！现在要振兴商业，和欧美抵敌，从哪里抵敌起，难道靠着贩卖生货，弄人家几个小钱，就能抵敌了么？"

四下的声音又起，有赞许声，也有不以为然的嗤声。伯诚并不理会，提高嗓门接着又道："虽说咱们的通商口岸，日渐地机厂林立，但毕竟只稍抵制他们的制造品罢了，况且没见抵制得过！人家制造得精致，我们制造得粗劣，纵然相仿，价钱高下，已经比不过他。想来在座各位都见到的，市面上，人人愿买洋货，华货滞销，即看洋纱厂的布，积存许多。眼见得华人强布一局，又要涂地。其间商界失败的，也不一而足。推原其故，总因不知工艺是商界之母，母既失却，子息哪里取偿得转？诸君要商业发达，除非扶助工艺。目下能掷却无数钱财，扶助工艺，将来收回的利益，十倍还不止。只不过获利迟些罢了。扶助工艺，自然集资开工业学堂，设劝工场，办工艺品陈列所。这些事业，收效还缓，最好是设工艺品负贩团，叫穷乡僻壤的工人，都知道造出器具，不愁没处销售，自然争相手造，由粗至精，渐渐发达了。这团体的势力，日增日广，难保不能置备机器，化出许多大事业来。"

伯诚忽地停住口，仔细看一众富商们。见众人纷纷点头，想来是自己刚刚的一番言论已触动众人，便忙抛出筹资入股的话题："现议集合五十万银子资本，广建房舍，借与母财，教导工人聚力团体，竞胜斗巧。诸君如愿赞成，还望随意资助，本展园登记核算清楚，待获利时自会按资本份额分红。冯子正、荀长仁二位先生已先期投款，共集银圆二十万元。因此，才有诸位今日见到的恢宏场面！诸位也看到了，有此根基在，不只提振股东们的信心，亦国家实业技艺大成之日有望矣！兄弟虽资本不富，却也实愿略尽绵薄之力，认筹五万之数！"

众人这才了解自己被邀来不只是捧场开园之庆的，还要认筹银钱，登时没了声音。

新图此时站起身来道："敝人亦认筹两万，以济我国工艺事业。"众人齐声赞好。长仁暗忖，倒看不出何新图家私不薄哩！

浩之接着道："小弟不才，全凭技艺吃饭，便将近年积蓄两万元全数投入这技艺展园！"台下又一片鼓掌声起。

老宋因刚换购了新屋，手头实在不宽裕，肚里一再盘算，此刻终于道："在下虽仅能拿得出一万元，但亦表吾支持工艺拳拳之心！"长仁扯了扯他衣袖道："你再去叫季元认下两万，钱我来出。"老宋"哎"了一声，忙去了。一会儿，季元从人丛中站起身高声道："不好意思，机不可失，我也认筹两万啦！"

王柏达坐在人群里，脑子里思忖再三，见时机成熟，便跳起来高声道："我亦认筹一万元，此园不日必定红火兴旺，广进财源。"

一时间，场内人都左顾右盼、窃窃私语起来，伯诚待众人稍静，笑道："多谢诸位支持，认筹款额只余十七万，仅今日一次机会，是要诸君凑足此数。"只听得拍手外，再无人接口认筹。伯诚没法，只得叫浩之、季元分头拿了纸笔到座上，请他们赞成的写下认筹金额并签字，却只七八人签字，其余都推财务支绌。子正、长仁又再三劝助，这才各人写了百十元，总不过万元。子正送了那方领事回来，见此景不由得低声骂了句："这帮短见的家伙，竟把咱们绝好的事业当作乞讨一般！"

长仁、浩之、新图几人面面相觑，无可奈何。伯诚立在当处颇有些尴尬，便挥手要侍应端上酒来，众富商们这才又活跃起来，纷纷打起响指招呼侍应要酒。子正愤愤道："这酒是为筹资顺利庆祝之用，怎的此时白白来喂这众铿吝鬼！"

倒是宋大兴心生一计，低声对众人道："这样看来，还不如来个霸王硬上弓！"子正立即意会，哈哈一笑，冲众人一挤眼："嗯，我看行，这些请来的我都熟识，谁没个十几万碎银子？就算要周转本业，也绝不会短这万儿八千的。"几人称好。子正便着人拿了纸笔，将在座的二十几人按财富多寡大略分了大富、次富、小富三级。当即写款额姓名，指十位富商，总凑成十万，余缺的七万派匀了在座其他人认捐，顿时举座默然。这些富人都是极好面子，哪肯当众出丑的，又在这园子白白吃玩一场，实也没法舍下面子，只得签字认筹。

资本金一时凑足。新期工程紧锣密鼓地开工。

有了银子，那工期便只教人跟定，日日按进度计划推行。不几个月，原先池水东头的大片荒滩地上便建成了几排屋舍。前期负贩们住的那一排又前添廊道后加储间，不但在屋前后加建，各舍又分别用中英文标注了屋室雅号。

季元别出心裁地给每排房舍墙面拟了图画，所画内容均与舍名呼应。

那负贩们住宿的客舍经过加建，已一改之前的狭长窄蹙，显出些气派来。取名为"负贩雅集"。

技艺交流展厅用于展示些工业汽机、机械，小到零件，大到蒸汽火车头，因而取名为"汽机技舍"。

手工艺品展示那排布置的有手工艺品、木作、铜银、金属制器，便为"技艺工寓"。

还有便是丝纺布帛展厅了，除了各种新老纺品，更有缫丝机器和纺织机器，名为"织纺丝寓"。

技艺展园有季元管着，浩之便一心忙着督那幅华胜览胜锦，再给厂里新到的织机培训一批新技工，也好尽快开工织那混纺新布，正可放入园中丝纺帛展示，供各地客来定购。

您道季元是哪位？春头是也。春头自入了展园职，渐觉名字越发与其身份不符，他仰慕宋代明山居士，向往其所作诗中的逸人生活，出嚣尘存雅志。春乃年季之始，元即为首，便给自己起得个学名"宋季元"，"季元"二字，既可明志，正可应本名春头二字原义，越寻思越觉得意，此后写信落款、外出应酬便专只写正名。

季元年纪虽轻，头脑灵活，诗画技艺无一不专，为人做事又持重勤谨，不但园内所雇上下都赞其好，就连子正也多次在长仁面前夸季元。新事体开动，便商量着提他做了展园主事，还兼工程监督，省伯诚很多腿脚。老宋颇觉面上有光，见到他便也叫季元，把那春头的本名倒隐去了。

季元做了这技艺展园主事，如鱼得水。不但在原先的建筑图纸上添加了不少自己的点子，还领着展园管理人员制定了一系列规程，什么《技艺展园暂行新回》《工管规范》《入园管理规程》等等，将园内一大小事务俱细编成文本规回，还组织园内管工、工人、侍应、招待熟读背诵。园子一时井井有条起来，得到长仁、伯诚的夸赞支持。

此时华胜厂新品出产，又有览胜锦事更多不少琐碎杂务。新招工人进厂培训，浩之碍于自己并非华胜厂人，许多事便也少不得时常向伯诚讨定主意，一时搞得伯诚分身乏术，只恨自己没能生得三头六臂，见技艺展园园内园外由长仁带着季元渐妥，便时常多留在华胜处理厂务。技艺展园的一应事便全托了长仁关照处理。

子正带一众股东们时常会来园招待消遣，长仁少不得应酬，在股东们七嘴八舌的要求下，长仁要季元又招了批女招待入园，园中日夜里便又多了许多着绸戴花的窈窕倩影。

这日，季元拿了图又来找长仁，正巧伯诚正在房内一道喝茶聊天。见季元来，便齐笑起来，说这鬼灵精又有什么稀奇想法了。果然，季元是觉着屋舍建成后，气派是有的，只略觉单调不能吸引人。

长仁笑道："园中近来多了这么些靓丽艳色，竟还不足以引人么？"

季元却一本正经躬身行礼道："那却是不一样儿的引人之法，季元所讲之引人，是建筑物的引人入胜之法，建筑上边的美景风物是园内固有长久的，是具有咱们园子烙印的特色。而美人则为暂时的、新颖的风尚，想来美女招待是任哪家酒楼茶馆、歌厅舞场都可以有的，却没法成为咱们技艺展园独有之特色呢。"

长仁听他说得有理，不觉点头，便细听季元想法。以他所想，竟是以屋面作画纸，他曾在村里给教堂画壁画，将些劝人向善的故事画在壁顶墙面，即使一些不识字的人也可明白世情道理。

长仁听季元的想法大胆，一时间心内踟蹰。伯诚倒是大赞其好，他在欧洲留学时很见过些外壁涂绘的，谓为涂鸦，多是在公寓房舍外壁上画来，很正式的外墙壁画倒还真别开生面得紧。只两人不约而同地担心外壁之画要用什么颜料才能保持得住，季元却说自有妙法。

当下荀、吴二人不疑，只是要紧地赶着先画出四排客舍的草图来供股东们定夺。

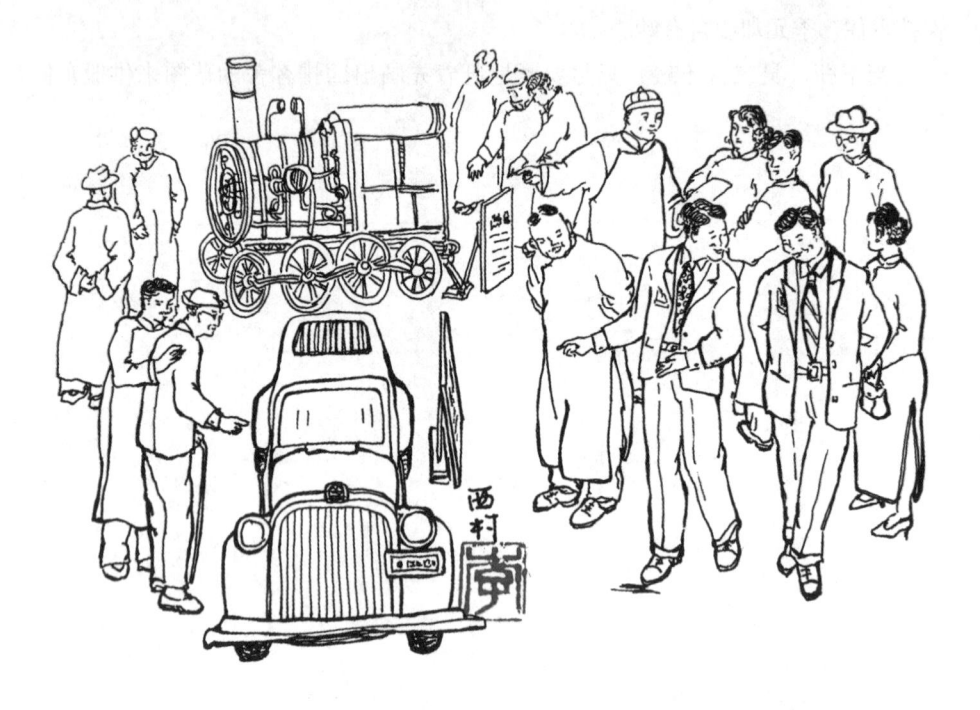

长
仁

第五十二章　壁画增彩引众睐，返乡祭祖还夙愿

两日后，季元将外墙壁画草图画出来了。看时，共四幅长卷：一是负贩客舍的"负贩雅集"，画的是负贩担货行走在街巷间，渐次走进技艺展园展示交易的热闹场面；第二幅为技艺交流"汽机技舍"，所画的是西洋人蒸汽火车、电车、自由车各行其道；第三幅是为手工艺品的"技艺工寓"所画，画的是中国古代之造船技艺过程；还有一幅是"织纺丝寓"，绘就的是种桑养蚕、缫丝织布场面。众人看罢交口称赞。季元便交代匠人开工。原来，季元外墙着色的妙法是将原青砖墙面按图錾凿出成图，再用白色生石灰掺兑定规比例的石粉、树胶抹刮填入那线条着色。

待到工成之日，那四排组屋的壁画绘毕。只见青黑砖地，衬托那白石灰线条，再加上红漆的木结构窗棂门扇，看着确乎醒目热闹。

子正用手抚着那墙面上的画道："这是常用的雕刻工艺，用在屋面倒真新奇，只是一费人工，二不知这色能否固得长久。"

伯诚也笑道："这个季元点子倒还真是不少哩！子正兄不必过虑，这样錾刻在墙面上的画，恐怕长久得很，只不知刻得深浅，若是深浅不一，那浅的地方早些被风化掉是有可能的。"

不久，便是南京梅雨季节，自进农历六月，雨便时大时小、日日不断，家家户户或多或少会有衣物靴裤、书籍宣绢生出些霉点子、霉斑来。大暴雨下了三四日，长仁在家坐卧难安，生怕那壁画被雨淋掉。

这天一早，长仁看黑沉沉的天幕发出一丝白亮色来，便忙叫车送他去展园，不想在门口正遇上刚赶过来的子正和伯诚。

几人碰面相视一笑，不说都已知道是来看壁画的。车驶进园内，直到那画前停住，三人下车围在壁画前，仔细看那墙面上的白色线条，竟一丝晕染痕迹也没有。这时，季元接门上报告赶了过来。老远便向冯、荀、吴三人抱拳笑道："三位先生好早，若是为这墙上的画，请尽可放心，就算是这砖被水冲脱落掉，砖上的壁画也必还在的。"子正一众笑起来，这才放心。他们预备在园里开一次新闻发布会，公开这新奇画作，以求吸睛方好。

一时间，南京城里大小报纸、广播的记者们纷至沓来，累牍的新闻图片均是这新奇屋舍，似要湮没原先设展的技艺工品。于是子正又开了招待会请各报记者来，将此图设计建设也归总为展园要推而广之的一项技艺，于是又一轮赞叹技艺

展园的文案见诸报端,添加了园内景致、展示工品、精雅舍设、菜色茶道、曲艺杂调,就连子正的补壁藏画也一应介绍褒奖了。

长仁趁着这热评,将茶亭草庐里的陈设添置些雅致器物,又特增派三五名男女招待,有佳肴香茗侍奉,还有点曲弹唱助兴。不但富商大贾常借这里宴客,就是那些贫民,也因此园不收分文而来登楼远眺、临水观鱼。子正便再请相熟字画名家逐次到场助兴泼墨,这样,连一班慕古风雅名士都闻风而来。

展园的负贩们渐多,后来的便没法再安排食宿,只供其买卖交易地方,此时节,商贩们喜得有生意可做,便早将打地铺当作件乐事。不经意间园子的食、茶、住、赏竟都能有丰厚进项。到年底听完账房报的账,季元便拍了胸脯,出年关便可见到盈余。冯子正闻听大喜过望,当即决定召开股东会,好教筹资时那些不肯就范的吝啬鬼们后悔去。

季元按嘱咐自去忙活办会各项事宜。

长仁倒一时间清闲起来。

春分刚过,老贾便来请示是否要备折些金银圆宝、黄表冥钱、纸人纸马什么的。长仁这才记起曾经答应过静之要送他回湖州归葬祖茔,不料一抵南京便忙得人仰马翻,竟将这件事情几乎忘却了。莫如趁此段空闲日子回乡一趟。十多年了,虽说家乡早已没有值得记挂的亲人,但他生于斯地,断不能失了根本。再则,娶杏儿、添允礼,竟自忙得不曾回乡祭告祖上先人。长仁暗暗责怪自己大意,竟觉得一刻也耽误不得了。

"赶紧的,即刻准备回乡祭祖,务必清明节之前抵岸!"长仁急嘱老贾准备一应归乡物什。

老贾早已习惯主家先生的急脾气,答着"是"退出去,忙去找人测出行吉期。

长仁自生出归乡祭祖的念头,迫切心日甚一日。老贾被催得没法,只好将一应待办事项列了张长长的单子交东家定夺。长仁接过看罢大惊,边自语怎的竟会有这么些琐事,边抄起桌上笔来圈圈画画,老贾看着他每划去一件,口中就连连劝阻:"这、这是将就不得的!"长仁哪里理会,自忖乡间并无一个在世的亲友故朋,本不必顾什么排场面子,告慰已逝祖先,便只管多备香烛纸钱,勉强带些特产俗物也只为循那些不得已的俗礼罢了。待停笔时,画了圈的约莫二十多项,其他皆被划去。复看余项大略分作三处,一是静之叔起坟迁棺,再是购进回乡祭祖所需杂物,还有雇船只脚力骡马,再无可省可略的地方,方自觉满意。盼咐一旁作声不得的老贾只管分派下去快办,将后院丫头仆妇也一并使了,家中上下一应老小忙碌起来。总算可赶在最近的吉日成行。

转眼到了三月初六,家中早备好一应人马物什,安排足妥,只待吉时登船。

苏杏儿再四嘱咐留守的小六子、冯妈及几个仆妇佣人照顾好家中，长仁则对来送行的老宋、浩之和季元又一番啰唆交代。

老贾雇的小火轮挂三艘驳船，安排首列住长仁夫妇、小少爷允礼及贴身服侍的妈子奶妈；二列是老贾带了几个家人兼护着十几箱住行物品和回乡谊礼，厨子佣人备餐洗切的厨间亦在此驳船后；第三列是静之棺木、祭品杂物还有骡马驴等拉货牲畜，三四个粗壮仆役轮值护卫。

已时出发，经两天水程，算来正可赶上三月初九清明节。

本就时间紧凑，偏还生出些差头来。先是三列的牲口错赶上了二船，后头接二连三也错跟上船去。待老贾发觉，忙叱人将畜牲撵下船重新上三列。不想慌乱中又有头驴子踏空跳板落了水，待众人七手八脚拖上岸来，湿了身的黑驴子犯开驴脾气，任怎样驱赶鞭打，只不肯再上船，雇来的那赶驴老儿脸憋得通红，呼哨着不停挥动鞭子抽打那驴，老贾看它脊背屁股上满是血痕，指了质问老儿："这样打法，驴子还能驮东西吗？住手！"停了打，驴儿咴咴叫了两声，前腿一弯，瘫在地上。正急着，二列那头抬箱子的仆人不小心绊了脚，将箱子跌进水里，捞起验看时，发现是一箱衣裳已进了水。老贾再待要骂，杏儿摆摆手道："人没事就好，少带些衣裳罢了。"老贾只得住口，安排人将湿衣裳搬回去清洗晾晒。再待看那头黑驴，任人牵扯拖拽，不耐时滚翻几下，一味只赖着不离开地面。

长仁本坐在舱里等，不想被众人吵闹得头痛，只得转出舱门去看，却见老贾围着瘫倒的犟驴急得团团转。不由得苦笑一声，抬眼见河对岸正有间骡马脚力店，忙喊过老贾，交代他差人去另雇。老贾亲自骑马驰去雇了头壮骡，待看着围赶上船去，方松开紧锁的眉头，浑身衣裳早已经是湿透了。

杏儿领着奶妈和双喜上了首船，刚安置停当，允礼大哭起来。奶妈坐在舱室里抱了他不住安抚，胖双喜拿出个红布猪来逗他，允礼看也不看，只自顾自哭。杏儿忙上前抱过怀里哄，孩子却不肯止息，杏儿只好又递还给奶妈要她喂奶，奶妈却道是刚喂了的，边抱过小少爷站起身来走到舱边看岸上打驴子。允礼此时却忽地止住哭，不错眼地盯着那赖地打滚的驴子。满舱人皆被孩子哭得心焦气促，刻下全长舒了口气。

长仁自舱外便听到允礼哭得伤心，哪里舍得，待急急转进舱门时便见儿子已停了哭，嚷嚷着要上岸去看驴，忙吩咐："快开船，快开船！"

众人忙了足半个钟，船终于开动，自内秦淮河驶至狮子山脚下。长仁要杏儿和一众家人守在船上，自己只带了老贾和四个脚夫上岸，徒步上山去静海寺，移静之棺木上船。

静之起坟之事早前两日便拜托静海寺当家大和尚，待做完法事，遗骨入得新棺，依旧暂时停放在当初刚到南京时的那间僧房。

待长仁上得山来，重重地捐了一大笔香油钱，住持一番客套后亲自带领僧众们又做了一番隆重法事。又看定时辰，才开山门、跨火盆，脚夫们抬棺下山，赶在吉时上了最后那挂支着幡的驳船。小火轮吐出几口黑烟，就着长长啸音，一路向南，浩浩然往杭州湾驶去。

长仁忆及当年离家去上海时，只身随占云出行，甚而连包袱也没带一件。此刻出门一趟却是实在不易，拖家带口又跟了一众仆佣，个中琐碎简直不能提。不由得叹息一声："人呐，拥有的东西越多，麻烦牵挂亦是愈多。"想到此，忽不知怎的记起曾与占云争辩钱财论的情景。那时的穷困少年，不知钱财难获，引经据典说来颇为轻松，怪道被占云笑话。现下心境却有些复杂。贤人一时说"钱财如粪土"，一时又道"君子爱财"，可见贫穷绝非君子所愿，富且仁方可为全。可是，讲求了仁义道德，还能够发财吗？！况且，若不求财，人活着只是得过且过，哪里还有进取发奋的动力，设若社会上的人都不思上进，那么偌大国家岂不成一潭死水，又何谈兴邦强国竞胜洋夷。

允礼坐在舱里玩，将布猪丢在长仁脚边，乐颠颠跑来要取。长仁收起胡思乱想，一把抱住儿子笑道："爹爹希图什么，不过巴望你这小人儿吃喝不愁、快活平安，早些长大成人！"允礼没拿着布猪，瘪了嘴似又要哭，长仁忙放了他去。杏儿则坐在舱门边看着水面幽幽叹道："竟都五年了！"长仁看她脸色发白，想北方人不惯水路，怕是晕船，便嘱双喜丫头去取浓茶来。

好在船行水道不过两日便可抵岸。贾管家照应安排殷勤，好歹将就便了。杏儿喝着茶便缠住长仁问乡俗家规。原是她初次随丈夫回家乡多少有些心慌。长仁暗笑，少不得宽慰一番。七里乡间民风淳朴，并没有什么特别的规矩礼数，况且家里已没有什么至亲长辈，更不必拘泥俗礼。

允礼自出生来没出过这样的远门，一刻也闲不住。自走前在舱门处看到了好玩的驴打滚，除了睡觉以外，一刻也不肯离开舱门处。只站起身来看到外边水景游人、行旅货船方才罢休，两个佣妇只得轮番抱了他，立倚在舱门边，盼着快快到岸。

此次回乡要将静之归葬湖州祖茔，娶媳妇添新丁得要告祭祖先，此外长仁口里从不说出来，却时时记在心上的还有乡居。荀氏祖宅说来是在他手中失去的，现下是时候再拿回来了。虽说长仁在南京复开了祥昌丝栈、丝铺，但毕竟本钱来路不正，长仁心中未免常常惶惑。好在南京生意终究正当，且近来经营颇为顺利，这些才是要告慰祖先的大事。生于斯地，此来应算得上是衣锦还乡了。一路上长仁心中道不尽的感慨万端，人的归土念故之情毕竟蒂固根深。

依湖州本地乡土习俗,清明大似年!长仁还记得小的时候,凡清明吃田螺时,拨开螺口的圆盖用嘴轻嘬,一粒伴着浓郁酱汁的螺肉便跳上舌尖,鲜香热辣、肉紧弹牙,那美味简直教人停不住口。吃完,那螺壳倒还可与阿顺玩一个下午,两人将壳里填上蚕沙,又用薄泥糊住口,赛着往蚕房高处的屋面上抛。据传,螺壳啵啵滚落的声音可以将蛇鼠赶走,还有那害虫会钻进壳里做巢,便不会再来骚扰破坏家里所养的蚕宝。

长仁悄悄咽了口水,接着不由得黯然……阿顺!

"快看,终于到了!"思绪被身旁杏儿发出的惊叹声打断。船很快抵岸停妥,长仁带了家人下船。老贾吩咐脚力们忙着从驳船上卸货再给骡马驴子驮了,又着忙去码头车马店雇坐乘,偏生此地乡间比不得南京城,并没有小汽车,因他嫌骡车驴车都太不成体统,只得寻了带轿厢的马车权宜。又忙乱一通,人畜终于得以出发。

马车上,长仁、杏儿坐在正座,对面是奶妈抱着允礼。车后则跟了大小骡马驴队、仆佣众人并三辆堆满物什的人力独轮车,末尾单由一匹灰骡拖着静之棺车缓行。老贾骑马照应前后,来回奔个不歇。这一队人马曲曲弯弯地往七里村徐行。足两个时辰,远远看见了村口接连五座高大巍峨的青石牌坊。

长仁指着那远处的牌坊向杏儿道:"到了!"杏儿的手便暗暗捏紧了长仁衣角。长仁微笑着拍了拍她道:"看允礼乐呢,小孩子也是晓得到家了。"

长仁叫驻车,一家人下车步行进村。车队便也缓缓地跟在他们身后走走停停。

刚过村口牌坊,迎面出来一着靛蓝土布短袄的干瘦老儿。瞅着长仁这队人马定定看得半晌,忽地紧上前来攀住长仁手,口中迭声地叫:"哎呀,哎呀!我道谁这样大阵仗,细看竟是长仁哩!走前还是个瘦小子,如今长成这么体面模样,教人不敢认。"

老儿说着一错眼珠,看见长仁身后跟着的杏儿和允礼,便又跳脚大叫道:"这是侄媳妇和小侄孙吗?真了不得呐,成家立业,光宗耀祖哩!"喊着便伸手想抱孩子,奶妈忙闪身将允礼护住。

长仁上前拦在老儿身前,定睛瞅他,高低想不起这是哪位长辈。听他侄媳妇侄孙地叫,只好躬身行礼道声:"世伯好!"

那老儿脸上更是笑得花开似的:"走走,咱回家去!"不容分说,拖住长仁,领着一行人往村里走。

长仁只觉老儿有些面熟,却记不得究竟。只好由得他牵住手向村里走,直到那老儿领他穿过村中大道,向路左转时,长仁这才忽地转醒过来道:"记得我家大屋应是穿过这便道,再过右手边一片稻田田埂,就不远了。您这是要带我往哪里去?"那老儿一怔道:"你家之前那宅子可说得出一箩筐的故事来,如今早已是过手易主。不过说来有缘,现下宅主是与你同姓荀的!"

长仁听老儿说到祖宅之事,实想听那"一箩筐故事",脚便不由得随着他走。

对面有人招呼老儿:"老张头儿,亲眷来家么,恭喜恭喜呐!"长仁听那人称呼他,方才记起这张姓乡人,母亲身故时曾来家帮忙操持过丧仪。

这张老儿接口倒快:"呵呵,是哩,同喜,同喜!"边说边挺起胸膛来。对方怔道:"哦,这不是荀家的长仁么,多少年未见,竟这般出息了!"张老儿抬了抬扯着长仁的手道:"可说是,成家立业,娶妻生子,多有出息!"说着忙向乡人辞道:"这一大家子刚刚才下船,先回家去,后头咱们再细聊。"边伸手向立在田边看热闹的一个小子道:"铜锁,乖孩子,你腿脚快,跑着去家里告诉一声,备下炮仗小鞭、酒水吃食,快去,快去!"那叫铜锁的孩子"哎"地答应,撒腿便跑过田埂去了。张老儿又回头向问话人点头招呼过,方悠悠然继续向前走。那人定住脚看着这一长队人马从眼前走过,满脸艳羡之色:"啧啧,荀家祖上积德,这是阔了哩!啧啧!"

村里消息传播得飞快,长仁接下来再跟着张老儿往家走时,便有各样的人来拦路道喜的,又有挨着肩来攀话的,从未认识的故作热络,儿时记忆中格外冷淡的却殷勤,倒教长仁一时间迷糊起来,竟真有了衣锦还乡之感,脸上跟着有了喜色,不住回应那些莫名的热络。

此时张老儿指了前头的一小院道:"到家了,孩子!快来,看看变样儿没?"长仁并不记得小的时候他家的模样,便只好笑道:"张世伯家较前还要光鲜哩,想是与前样富足!"老头笑声更嘹亮起来:"你的两个哥哥俱已成家,这院才翻建过的。"说着一众人来到院门前,只见那院门早已双门洞开,早围了乡人在门口七嘴八舌、指指点点。

看见他们过来,已有人燃了地上早已置好的响炮和长鞭。一时间噼啪声就着红炮的扑扑嘭嘭闹成一片,长仁扶了杏儿穿过烟幕进了张老儿家院子。

第五十三章　乡人处探得前情，闻旧事方晓始末

　　院子宽敞清爽，两棵杭柿树挨门对栽着，靠南的树下置有石桌石墩。呼啦啦！刚挤在门口的人们一下跟着拥进院子里，顿时显得地方狭促起来，长仁一家被围在当间，动弹不得，还有家人在院外安置骡马牲口。长仁扯过老贾大声在他耳边嘱他卸一份来前准备的南京特产礼品，其他勿动，只一会儿便走。老贾应着去了。

　　张老儿兴奋得脸色通红，拉着长仁手不肯松开，一一介绍他的老婆子、大儿子、大儿媳、二儿子、二儿媳，然后还有长房大孙子、二孙子、三孙子，二房大孙女、二孙子。长仁只得频频点头抱拳，瞥见杏儿跟在身边也跟了行礼招呼不得歇，不由得有些后悔跟来老张头家。便悄声向张老儿道："世伯可否借一步说话？"那老头偏生这会儿耳背起来，用一只手圈了耳朵侧头大声回："什么？人太多，听不清哩！咱进屋头，来。"拉着长仁进了堂屋，门外人跟着呼啦啦拥进来，堂屋更狭。二人一番推让后，长仁在上首座斜扦着勉强就座，张老儿的俩儿子分左右陪坐在两边，杏儿和孩子奶妈被这家老太婆并俩媳妇拥着去了后头。长仁本只想听听祖宅之事，眼下被这么些人围着，还真没法开口，正尴尬间，老贾领着人担了两筐所备物产来。长仁还未及开口，张老儿的俩儿子便忙起身接过，抬起便径往屋后头去。

　　这时，人丛被分开，挤出来三五个老头子，齐抢着围上来扯住长仁。长仁忙起身茫然地看着他们七嘴八舌，一时竟听不清说的什么。

　　张老儿忙逐一指点给他，长仁却全无印象。

　　张老儿道："长仁这孩子是我看着长大的，想那时他母亲身故，族长三叔便带着咱几个近邻认下这可怜的孩子为亲戚，相帮着将他母亲安葬操持了，还凑了路费盘缠，三叔让他儿子占云专程将他送去投了他在上海的叔叔。没想到长仁知恩图报，出息了还惦记着乡里咱几房老亲戚。唉！可惜三叔早死了几年，没福呐！我看这，既来了别埋没孩子的这份孝心，等下吃罢晌饭，咱们去你三叔公坟上拜拜。"说着用衣袖擦了擦干涩的眼角。

　　长仁正寻思该如何问自家祖宅事，此刻却平白多出几房亲戚来，只得转头向身后站着的老贾吩咐再担些礼品来分与众人。老贾答应着去了。

　　又听张老儿说还要祭拜那占云老子，着忙起身道："张世伯，小侄此来是要将叔叔移棺事办妥帖，来前特算了日子时辰，不敢误了吉时。饭就不必了，小侄一

家子人口众多，早已着人安排下。不过，既是来了，就便问一问祖宅之事，也不瞒世伯，小侄此来是想再买回那宅子，也好祭告祖先在天之灵。"

张老儿听长仁提起祖宅，脸上有些发热起来，道："你家那宅子，当年三叔做主……哦、哦是卖了，说为你去上海的盘费开销，咱……咱们大家伙儿还些许凑了哩。"说着拿眼看那围上来的几个老儿，还伸手扯了其中一人衣裳。那几人正头碰头地在翻看老贾叫人抬来的筐内礼品，本没听见他说什么，此刻便头也不回地"嗯，嗯，是哩，是哩"。

长仁脸上闪过不易察觉的冷笑，追问道："那当年的买家又是谁呢？"

张老儿迅疾低头，很快又像下定决心似的，抬头道："你是个好孩子，得和你说实情。不过话要说到头里，死者为大，你三叔公已在数年前亡故，他儿子占云又卖了屋过手。你就别再记恨……"

长仁点头笑道："世伯想是误会了，当年突逢变故，多亏得各位族亲帮了料理家母后事，小侄多年来都心存感激哩。"

老头儿怔了怔，又道："这、这感激倒不必的。只是，你并不知道，你家那宅地都、都被你三叔公……唉！这可都是族长的主意……"

长仁见张老儿口口声声死者为大，却又将当年事全推脱给死者，不由得心生厌恶，耐住性子笑道："世伯不必担心，这么多年过去，要是记恨早该寻仇来，哪还会等到现在。那占云又将我家宅地卖给了谁呢？"

"你家这宅子，说来话长……""什么？您倒说来听听！"长仁见那张老儿欲言又止的样子，不禁好奇。

"那宅子闹鬼哩！"张老儿凑近长仁耳边压低声音，好像怕被那鬼听去了来找他似的。长仁嗤声笑道："什么？不可能，绝无可能，那是我家祖宅，荀家几代都住在里面。我在那宅子里出生，长到十多岁，从未见过什么鬼哩。"

张老儿被长仁忽然放大的声量吓得瞪大眼怔住，旋即快速四顾左右。看众人正团团围住那几个礼筐在热烈讨论分拣着，这才嘘了口气道："这个当然，当然。我、我也没说你住时闹哩。是、是、是族长三叔住进去才闹起来哩。"

张老儿看长仁点了点头，有意要听他细说，便起身示意长仁随他去。长仁看老贾与仆佣们忙着帮乡人分派礼品，便也不招呼，跟了老儿向后头去。

转出堂屋后门，是一个雨廊，外面有不大的天井，正对面是正房，两旁四间厢房应是儿子两家住的，斜对角是热气腾腾的厨灶间，俩儿媳全在里面忙得不可开交。正房里不时传出孩子们欢声，夹杂着允礼奶声奶气的笑。张老儿笑道："看看，小孩子们在一块儿就是开心。"长仁心不在焉地嗯声应着，想着他说的鬼事。

张老儿领着长仁进了西边厢房的里间，反手将门掩住，这才道："此间是老二家房上，这屋头安静些。"长仁怕他又生出些其他客套来，忙道："世伯请快些说说看那鬼的事情。怎么会在我家宅子里头？"老头像想起什么似的，又不由自主地四下里望望，才道："唉！长仁呐，你是不知道哇。当年你母亲走得突然，你又尚未成年……"

"虽未成年，却是已懂事了，知道是三叔公和你们串通一气谋夺我们苟家宅地。不瞒世伯，占云在三山街的铺面家财都教他儿子由吾败光，姨娘、儿子连带他自己俱已不在人世了，两年间家破人亡，也可说是咎由自取。因此说，天理昭彰，报应不爽，泯良悖德断难苟安。世伯尽管放心道出实情，侄儿此来只为知晓原委，并无追究之意！"长仁打断老儿话头，直直将心中所想说出来，好教他断了再编谎欺瞒的心思。

老头儿怔了一下，接着便如释重负般放松下来："哦，哦！你原是全知道的，知道也好，知道了也好啊！那讲来倒顺畅许多哩。"

"自那日占云将你带走后，三叔和我、左老二，还有你家近邻阿田叔，商量如何分派这到手的苟家产业。当着面前的横财，没讲几句话，各家便撕破了面皮，生出那口舌争夺，一时间难以分定。三叔自恃族长身份，竟觍着老脸要全部宅地桑园，只给我们三家各两百钱，你说说他是不是太贪得无厌？"虽事隔多年，张老儿说起还气愤难平的样子。

长仁暗自冷笑，面上却丝毫不流露，道："既是大家都出了力的，理应平分所得才是，三叔公如此据财为私确是不大合适。"

"对哩，对哩！还要说长仁这孩子仁义。"张老儿伸出手来想握住长仁，长仁不经意地避开去。老儿全不在意，道："可族长毕竟是族长，他借口大水冲没了家中房地凭契，找人办下新的房地契纸，径吞了那些宅地。我们几家当时还不晓得，只管打那口角仗。三叔见大伙不服他，一天晚间自率全家搬进宅子里边，霸占了事，大家伙哪能吞得下这口气，商量着也去占房，不想那老匹夫早就有所防备，把各房门加锁不谈，还在宅地桑园里加派了值守家丁。咱这三家势单力薄，也只能把儿子亲属们都召集在他门上吵几日。不想他带着房地契约去官上告了大伙，又使钱买通他当县警的堂侄，把大伙儿一众拿去吃了不少苦头。唉……悔不当初呐！"老儿说着连连顿足，确有悔意。

长仁蔑然道："是呐，劳心费力地忙活一场，却落得顿好打，教人怎么能咽得下这口恶气。"

不想张老儿此刻忽地"扑哧"一乐，倒让长仁怔住，以为这老头子被气糊涂了。

"老匹夫也没得着什么好处。他虽花了大笔银钱，却也并没能将我们关进大牢，反教那县警薅着了短处，隔日便去讹他银子花。这还不算完，没几日村里便传开，自他住进荀家祖宅，夜夜不得安生，闹起鬼来。起先是你母亲原住的那间屋，总传出不明不白的摔打门窗响动，着人钉实了门窗又请道士施法术镇符，倒也安静了两日。却忽地又再闹开来，每夜里不停地挨屋出怪事体，有时电灯跳闪个不停，有时门窗夜半时自个儿开合不住，又有时墙上多出些离奇的怪影……于是村上传开说是你母亲死得不安心，舍不得离开宅子；又说是将她儿子送走未经她同意，因此来寻；更说族长昧心坑占人宅地，遭已故宅主出头整蛊。如此挨了三个多月，那老匹夫只得又搬回原先自己住处，不想那鬼竟跟到他宅里头断续地闹腾，老头子不知请了多少僧道来弹压，却并未见效！未出一年，他老婆便连惊带吓，得病死了，然后是他家儿媳妇、占云的老婆，接着便是他，好端端一家子走了个干净。"张老儿一口气说到三叔公家破人亡，顿住口，喃喃又道："好在咱们三家没得着一个大子儿，又在荀家阿嫂坟前敬香祷悔，不然……"说着摇了摇头，闭上眼睛。

看着老儿干瘪的眼角浸出浊泪，想他在惊惧懊悔中活了十几年，长仁先前的恨意渐消。

张老儿抬起胳膊用袖口擦了擦眼："财迷心窍的人是没有悔怕之心的。想来族长三叔临死前也是后悔的，那宅地他丝毫未敢动改。先前闹鬼事起，他还想着要卖掉脱手，只村上镇上都传遍了宅子不干净，哪还会有买主。"

"咦！来时路上，世伯不是说占云将宅地都卖出去了吗？"长仁提醒老儿道。

"嗯！可说是奇事一桩，只就这一个买主肯买。闹鬼事传开，就再没人敢接近那两头的宅地。啧啧，荒草长出有一人多高。老族长一死，占云便忙不迭地要卖全部产业。他知自己出手断无买主，便径去找了镇上牙行，牙人将价码压得不足市面两成，才肯应事接手。没几日倒还真带来个买家，据说是外地人，与你同姓，也是姓荀的。要说这位荀先生真是位大善人，将两处宅子重新修葺整饬一新，先将占云家老宅挂了'飨知书院'匾额，专请得先生白教村里适龄孩童读书，竟还供一餐饭食，不要一文钱呐！一文也不收！当时村里都炸锅了，连已经在镇上读着学堂的，都退学来投靠。荀先生又把桑园、稻田统雇给佃户栽植。可说他是个不爱钱的，所开佃银极低。不吃荤的猫儿或可找到，不贪财的人却是万里难见其一，乡人认他是个实心的好人，都极敬重佩服他，佃户们还有那白读书的孩子家里都不时将地头、水中所产的时鲜送去与他吃。说来也真是奇怪，这位荀先生住进你家宅子，却是平安无事，没听见说什么闹鬼事体来。"

长仁点头道："听此一说，想来这荀先生是位重礼数识大体的人，我这便去拜会，商量出个价钱，再从他手里买回祖宅来。"

张老儿抬起眼来看了看长仁，用手止了他，犹豫道："要说起这位荀先生么，虽说是在一个村里住着，平日里却难得碰见。只因……"

"怎么，只因什么？到底是什么事？"长仁不免有些着急起来。

"这位先生有些，有些……你看到他估计会有些怕。"老儿吞吞吐吐地不知想说些什么。

长仁不由得急道："世伯有话不妨直说。我家的祖宅，我志在必得，花再多钱也愿意的。"

张老儿忙摇手道："并不是说钱的事体哩。实是这位先生有些怪，轻易不怎出门，他的脸……是破了相的，满脸花，皮肉都翻腾得不像样子，看着吓人哩。还有一怪，看起来得有三十多？四十？反正不老小的了，却不娶妻生子。想他只脸难看些，家底却是颇丰厚的，头几年，那说媒的简直是要踏破门槛，他却是高低不肯，是不是个怪人？他结交的人也有些怪，家中进出的，看起来有些像生意人，又有些像是江湖人，还有小跑腿的、做小生意的，有的浑身上下破烂如乞丐，也有些看着甚是体面，倒好似官面儿上的人物，反正说不清，噫！不好说，不好说！"

长仁听他说不出个所以然来，便起身道："经您这么一说，我倒真迫不及待地马上想就去会会这怪人！"说话间便一脚踏出门来。张老儿跟脚出来，口里还不停地道："在家吃了饭再去吧，老婆子、媳妇们都烧好了，也不是什么山珍海味，家常梅菜笋干罢了，哦，还有螺蛳，早上老大刚打满一桶，新鲜着哩，都说清明螺，赛肥鹅。长仁，你带了家眷难得回来一趟，竟不想尝尝这乡味吗？"

长仁听罢家宅故事，此时着急去祖坟地头，寻个专穴好将静之叔下葬。来前找人算的入土吉时就在明早辰巳相交之时，只半日可选地定穴。不想听张老儿唠叨家乡菜，不由得又嘴馋得紧，便顾不得时间紧迫，半推半就地道："哎呀呀，经世伯一提起，馋虫都教钩出来。只是小侄此来时间颇紧促，怕是无暇细细品味，现世伯既说是饭菜均已备下，那有劳费心了，小侄这一家子十多张口多有叨扰。"边招手叫老贾，老贾立即会意，拿出十块一封的光洋来递给张老儿。

张老儿连连推道："使不得，使不得，自家亲戚来家吃顿便饭，哪能收钱！"老贾早将那钱塞进老儿臂弯里，老儿咧开嘴接了揣进怀里，忙拐去后厨招呼赶紧摆桌开饭。

饭罢，长仁坚辞了张老儿出来，直往自家祖坟去给叔叔择卜墓址，不消多时，便自风水先生选的几处挑定了靠南头的穴。待定穴香仪结束，时间还早，长仁看着围定四周、一路浩浩然跟来的几十号看热闹的乡人，忽地来了主意，不如趁着乡邻们都在，去祖宅会会那同姓的怪人。便吩咐老贾挑两筐上好的时礼随他

第五十三章　乡人处探得前情，闻旧事方晓始末

前去，又安排下人送杏儿、允礼先行去镇上驿馆休息。

一众人刚下山，劈头又见张老儿带着大儿子守在路口望着，见他们便迎上前来："老侄可是要去荀宅？我吃完饭便让二儿子去看过，那荀先生在家哩。小老儿便与老大去找荀先生谈了你想购回祖宅的想法……"

长仁不由得皱起眉头。心中深怪这老儿好没道理，别人家宅地事体，你这老儿与我无亲无故的，又凭什么先去谈购宅事？当下没好气道："张世伯未免太性急，这件事必得我亲自去办方才妥当，老伯带了儿子前去，倒好似你家的宅地哩。"

老儿一听慌得连连摇手道："哎呀呀，倒教贤侄生出误会来。只是我与那位荀先生见过几面，想着说话方便些，一着急起来，便径去探他口风，不想这位荀先生真真是位大度之人哩，听说你家先前事体，便一口应承转这宅地。"

长仁惊异："哦？那是他已经答应了吗？要多少钱肯转让？"

"并未曾提到钱。只说，要回祖产本为情理中事，理解理解。"张老儿的儿子在一旁急着替老子搭腔。老儿则嘻了脸频频点头，又道："那贤侄是要马上便去与那荀先生谈谈么？"

长仁道："那是自然要去的。"说着便径向那片稻田尽头，掩在竹林中的老屋方向走去。老贾早已在前头分开路两边看热闹的乡人孩童，长仁这才左冲右突地来到祖宅前。

不想那宅门早已洞开，门里出来两个家人模样年轻小子，手里拿着细竹竿，尖端挑着火红的挂鞭，见他们过来，有人喊"来了、来了！快点"，便在门口场院噼啪点了，一时纸碎烟雾满院。只见一着长衫的男子由里快步迎了出来，口里高喊道："失迎了，教我等得好苦！"

一众人均都怔住，愣愣地看着来人径走到长仁面前，一把扶了他臂膊连连拍着。

门口几人见到宅主人忙低头行礼齐声道："先生！"神情甚是恭敬。

长仁知这位便是宅主荀先生了。可是，素昧平生被他如此热情相待，实有些出乎意料，不由得细打量他起来。只见此人身形瘦弱，背稍有些弓，特别是他的脸，伤疤纵横交错，一如张老儿所言破了相，而且是很严重的破相。左眉根至右下颌一道伤疤最是可怖，伤口边缘皮肉尽自翻开与脸上皮肉粘连着，左眼勉强可以睁开条缝隙，眨眼时却又闭合不全，看起来的确诡异。鼻根处亦有两处深痕，使整张脸凹得像个勺子。

长仁正不知如何回应他，却不想手又被这荀先生攥住："长仁少爷快快里面请，咱们可是要好好地叙叙离别之情。"

长仁丈二和尚——摸不着头脑，只好由他牵着手向里走。

第五十三章 乡人处探得前情，闻旧事方晓始末

第五十四章　喜重逢同契兰谱，叙离情感念忠义

园门口的两棵桂树还在，十多年未见，如今更觉高大繁茂。转过院门口照壁，可见正屋檐前的雨廊廊道前那一排红油檀木础柱，穿过廊道便是堂屋了，屋内桌椅条屏竟都与走前无异。长仁眼里不知不觉间满盈了泪，不由得想起祖父及双亲在时，院里廊下满是笑语欢声，又想到儿时曾顽皮，与阿顺躲在条案下用刀刻各自名字……便走向那条案，俯身去看桌脚，刻字犹在。眼泪再也忍不住滚落下来，长仁抬手拭泪，却瞥见身旁的荀先生也正自拭泪。不由得转过身来，再细打量起他来，这身材形止，举手投足依稀仿佛……忽然！长仁猛地抓起他右手，看他掌心，接着便撒开手一把抱了他大哭起来。

那荀先生右掌心有条长长的伤痕，正是两人在此刻字玩闹，被长仁不小心割伤的。阿顺见长仁吓得大哭，顺手抄了把地上的土，将血捂住，还哄长仁道："一点不疼！"却不想，此后伤口迁延不愈，直至溃烂流脓才被长仁母亲发现施药，留下这掌心的伤痕。母亲为此罚长仁抄了两百遍《论语·学而》。

"阿顺，阿顺！是你吗？真的是你，我还以为，还以为你……你……你……"长仁扶住阿顺肩头摇晃着，又用拳头擂了他一下，道，"当年，你跑去了哪里，丢下我一个人。"说着哽咽难言。阿顺吃长仁一拳，不禁"哎呀"一声捂住胸口，脸上表情更加狰狞起来。长仁吃惊非小，自己这一擂并未用力。忙扶住他问道："怎么了，你身上是有伤么？"

阿顺喘息稍定，方才坐下道："少爷有所不知，并非阿顺要独自逃难。是撞上山洪冲下来的树桩，船碎了，我拼死抱住块船板，随大水漂出几十里，才遇到好心的杜大夫将我救下。""你的脸……"长仁轻声问。"正是，脸被树桩撞烂，还有左臂、前胸骨俱断，肺里也呛了水，若非念念放不下你跟夫人，想那时便撒手去了。"阿顺还在微喘着。

长仁皱紧眉头，轻拍阿顺后背，道："原来如此，我该想到的，只是不敢想你遇到意外，你水性那样好，在水底下闭气半炷香工夫都没事体的……我绝没有怪你的意思。"说话间，眼泪止不住地落下。"少爷快莫再伤心了，咱们不是见着了吗？我去过上海，可祥昌早已换了东家，那里人真多啊，想找人真如大海捞针般万难。我只得回来，用这种笨办法，守住荀家老宅，想着总能等得到你回家来。终于等来了，等来了！"阿顺用衣袖替长仁拭泪，自己的眼泪却怎么也止不住。

"别叫什么少爷不少爷，你我自小一块儿长大，我与母亲从来都当你是自家

人一样。咱们这就认了亲兄弟如何？"长仁为自己的这个突然冒出的想法激动不已。阿顺蓦地愣住，脸上看不出表情，握着长仁的手微微颤抖着，良久才用力点了点头。

阿顺本是孤儿，并不知自己具体年纪，固执地认长仁做兄长，长仁拗他不过，便只好应了。感念他守住自家祖产宅地，便提议他取字守业，待祭祖时禀告荀家列祖列宗。阿顺自此便姓荀名顺，字守业了。阿顺颇喜欢这个与长仁亲近异常的字号，当下两人便共书兰谱，焚香结拜："盖有桃园弟兄三人三姓，结手足情义，共生死美情之方，古今称为圣人也。今有吾兄弟荀守业、荀长仁二人，自儿时玩伴同契，情谊深厚。今愿仿古人之相交，结为同姓同心之好……"

当晚，长仁叫老贾回镇上客栈知会杏儿，又约好明日一早祭祖时间。他则留宿祖宅，与阿顺秉烛夜谈。他实在有太多疑问需要从阿顺处得到解答。

阿顺的寝室依然是原先那间靠近灶间的小西厢房。长仁不由得嗔怪他为什么不住入二楼正屋的寝室，阿顺却道，代主人看守家宅怎么能僭越。长仁连连顿足叹气怪他呆板，死守旧礼。环顾小屋，清俭到极致，只一床一桌，由于地方太小，床前便是书桌，竟连张凳也没有。桌上堆满书和字稿，长仁走到桌边，随手拿了一本看时，是孙中山先生的《民权初步》，再拿一本看，又是孙先生的《三民主义》。不由地道："多年未见，想不到你竟喜读孙先生的书？"阿顺一笑道："要说首听先生言论还是那次去上海寻你。碰巧在中华大戏园房梁上睡觉过夜，被人声吵醒时已经出不了门了，只得坐在上面听，不想竟听得入了迷……"

"什么？你竟也在中华大戏园的么？我亦在现场听先生讲演！可惜那日竟错过了。"长仁拉住阿顺感慨不已。阿顺伤心道："到底你我又再相见了，只是等你的时间太难熬，兄长再不来，我这身子恐怕等不得了。还有件事，我在后园挖笋时挖到一缸金银，向占云购两处宅地又修缮维护，前后花了三百两银子。不过，这十多年来两处地租和产出已补足，还多出五十两来，统共有五十两制银三十七锭、一百两金整五十锭，现连房契地契一并交还。还有一事相求，能否给我个自由身，得以放手做想做之事，以了多年心愿。"

长仁抢道："这说的是什么话来？本就是个自由的身子，更何况你我刚认的亲兄弟，难道忘记了么？"阿顺也不等长仁说完，蹲下身把床底的几块青砖搬开，露出个黑洞。阿顺拿起床头的手电，灯柱指着的洞内是一口陶缸，里面有明晃晃的反光，阿顺伸进缸内取出一个油纸包，展来看时，可不正是自家与占云家的房契地契，见他又从缸内取出一锭锭金银，长仁一把攥住阿顺的手，哽咽得说不出话来。

良久情绪方定。长仁无论如何也不愿要这缸金银，且不论自己手头颇阔绰，即或拮据也万难接受。自长仁十多年前离开，这个家就早已在长仁心中失掉了。直到现下也不敢相信祖居宅地能失而复得。必得给阿顺一个交代，他为荀家付出太多，金银在手却不动用，这让长仁着实有些想不明白，阿顺去上海寻自己，大可用这笔钱堂皇地去，却怎么要睡在戏园房梁上过夜。两人几番推让，谁都无法说服对方。

长仁只好换话题，又将话头扯回孙先生的实业计划上来："孙先生要通过发展实业，实现强国、富国、裕民的构想，万万人俱在为这一宏大计划而努力奋斗。"长仁嘴上虽说着，可自己眼下对民国却还一无所知，便摇了摇头，翻看手中书，却是教民开会，于是又放下。

阿顺却又捧起那书道："这可是宝典，诚若先生所说：'此书譬之兵家之操典，化学之公式，非浏览诵读之书，乃习练演试之书也。若以浏览诵读而治此书，则必味如嚼蜡，终无所得。若以习练演试而治此书，则将如啖蔗，渐入佳境。一旦贯通，则会议之妙用，可全然领略矣。'这便是循书中之法试之而渐入佳境的。"

"何为民国？中山先生言'民之所有、民之所治、民之所享'。何为民权？即'民有选举官吏之权，民有罢免官吏之权，民有创制法案之权，民有复决法案之权'。在我看来，这四大民权应是为民所治的根本所在了。兄长可听说过国民革命军？便是孙先生发起创立的。看看北洋政府的那帮军爷们，整日里打着革命旗号，行的却都是争权夺利、谋私财以自肥之实，还不是为施行专制统治，哪有点为民治国的影子？国民革命军却是不然，我看过他们的革命党之誓约，'恢复中华，创立民国'。何为恢复中华？那是要扫除专制统治。何又为创立民国？是以实行民权、民生两个主义为宗旨，建设完全民国。"阿顺见长仁沉吟着，便自顾自不停说开去。

"完全的民国！"长仁不禁重复。阿顺接口道："正是，完全将国家交由广大民众治理，即是建立新的民主共和国，是主权在民的宪政国家。这不正是想要偌大中国为民所有、为民所治、为民所享么？"阿顺一口气说完，眼中洋溢着热烈的光芒。

十多年未见，长仁没想到阿顺学了这样多激进的新思想。自己自听过那次中山先生演讲后，心中也曾对其描述的理想国充满向往和憧憬。然而经对集产、共产主义与个人私利一番权衡疑惑之后，选择先满足私利。这样的社会，有钱才能有地位、有声名、得尊重。赚钱便是首要事，自然难得他顾。今日听阿顺提起孙先生，想起当年的穷窘，竟有些恍若隔世之感。

扪心自问，此时若让他将所有资产交出来，他是万万不肯的。阿顺是不爱钱的，他守着荀家资产十多年，现竟毫无保留地归还旧主。可是，他怎么能够不爱钱呢？长仁向来认为，是人便都是爱钱的。

"阿顺加入了什么组织？"这个疑惑突然由长仁脑子里跳出来。

"听说孙先生二月在广西桂林发动北伐。军费告急呢！"长仁思绪被阿顺打断。

"那把这金银助其革命岂不快哉！"长仁脱口而出，自己倒吓了一跳。手却已经被阿顺牢牢握紧："同志，感谢你为四万万同胞脱离压迫、获得自由民主而慷慨解囊！"

"同志……同志……"长仁回味这称呼，感觉心底升起暖意，即似初闻孙先生讲演时一样。四手交握，两人终于达成共识，将那缸金银钱悉数资助革命。

"只不知交与贵党谁去，阿顺你是当知出处了。"长仁努力在证实自己想法，不想阿顺并不辩驳，只轻声一笑，五官极不协调地随之抽搐。革命的话题却并未继续深入。短暂的无声后，阿顺向长仁道："你是此宅主人，断不能教家人再住在外边。明日尽早请嫂夫人携允礼侄儿来，我搬去书院住。"长仁忙道："我此来三两日便返程。南京那里一堆生意事体等着我回去处理。你若肯随我回去便最好不过，若不回便就此间住着，这宅子本该是你的。"

"怎么？刚来怎么便要提走的事来，看来兄长生意做得着实不错，阿顺不懂生意经，恐怕帮衬不来，去了南京反怕会生出事端、添些乱子。我还是在此帮家里守着宅地过活吧。"长仁点头："也罢，我看你是不舍得离开，此地乡民对你尊重如斯，必也不肯放你离去呢。明日便是清明了，我回乡本就为着这一天而已，祭告列祖列宗，以慰双亲在天之灵！"阿顺点头，却忽然问道："你信这世上有鬼吗？我自经过一些事，便再也不信！"长仁曾听那张老儿说起鬼事，心中生疑，只不便提起，急忙凝神细听。

当年阿顺独自冒着大雨划小船去镇上学馆找长仁。雨大风急，周遭是滔滔洪水，天地间黄白一片，看不清前路。阿顺朝着镇子方向拼命划，船上挂着的那盏灯早被暴雨打落，天渐暗下来，突然像拉黑幕般黑得伸手不见五指。暗夜里只听见风雨声和急涛拍打水面的声音。阿顺勉力稳住船，桨却被浪头卷去，他只能将手箍入船帮木板上的绳套，死死抠住两边船身的木条，一任风浪托起、落下。忽地，船身猛烈颤动着解体，阿顺只觉得头嗡的一响便失去知觉。阿顺醒时，见天边显出一丝白，尚不及庆幸活命，便感到头脸胸口剧痛阵阵袭来，忍不多时便又晕过去。

待阿顺恢复意识时，发觉自己躺在温暖柔软的床上。他挣扎着想起身，却动弹不得，而且浑身上下疼得不能自主。只好张了张口："我这是在哪儿？"并没人回答他。他努力想睁大眼睛看周围境况，却不想头眼都被白布包了起来，只能透过布的缝隙感受到光线。他稍一吸气，胸口又传来撕裂般的疼痛感。

不久，有人声传来，声音渐近，是一对老年男女的对话声："那孩子躺了有几天了？"这是老妇人的声音。苍老的男声答道："算上今天，总有四天了。""唉，可真是个命大的孩子，只不知能不能醒转来。""亏得叫咱们看见，不然真就把条命丢在水里咯！""要不说他命大，碰巧有医家搭救。咦，你不说这孩子能醒么？怎么……"

阿顺想说话，却只发出声哼来，打断了两人的对话。两个老人齐齐跑来床边，喜道："你醒了么？想吃些什么？"老爷子打断婆婆的话道："你这老婆子，孩子晕厥几天，刚醒啥也不能吃，你便快倒些米汤来。"老婆婆答应着去了。老人这才又凑近前来问阿顺："你试着吸口气，疼吗？"阿顺感到一只手轻轻按了按自己的胸口，一阵刺痛袭来，他不由得哼了声。"唉！只怕要落下病根哩，好在性命无忧了！"

"多……谢……搭救！"阿顺拼命忍住疼艰难地吐出几个字来。"快别多说话，你是被山洪冲下来的木头砸伤，头脸胸口都遭重创，还有好几处骨头折了，得要躺一阵子才能恢复。行医经年，似你般伤得如此严重，泡在水里也不知多久，还固执地活着，实也少见。我只尽行医人本分全力施救而已，不想你竟活转过来！命真大哩！"老人语气透出喜悦。"谢……谢谢……您老……救命之恩，我这是在哪？"阿顺再道，心中充满感激。"刚要问你住在哪里，你倒着急问起来。这里是菱湖镇的曲溪村，我姓杜，村里人都喊我杜大夫。"杜大夫说完忙又道，"你不能多说话的，且安心在这儿养着，等稍好些咱们再细讲。"说罢起身向外喊："老婆子，你那米汤好没？""来了，来了，着什么急嘛，不要热一热再给孩子吃么。"老太太嘀咕着。清甜的米香味钻进阿顺鼻孔，他不由得吞了口唾沫。喝下老太太喂的米汤，阿顺身上有了些气力，不一会儿便睡过去。

饶有杜老夫妇的悉心诊治照料，阿顺也足躺了三个月才基本恢复。待他再起身时已是面目全非，容貌尽毁，身子也是残了。正如杜大夫所言，胸部留下严重的后遗症，竟不能畅快呼吸喘气，更不可跑动，只能慢慢踱步子，羸弱不堪。阿顺惦着家里的夫人和长仁，便不顾老夫妻一再挽留，要回家去。

到家自不必提，夫人身故、长仁已去了上海，阿顺哭过一场后，想自己身无分文、弱不禁风，便在宅里住下，只想着待身子稍硬朗些再去上海寻长仁。

没过两日，三叔公和族众因争夺荀家宅地争吵起来。阿顺听清原委不由得火起，众族亲竟丝毫不顾念亲情，合起伙算计一个刚失亲的孤儿。可惜如今他却如废物般什么也做不了。阿顺缩在屋角又哭一场。隔天夜里，他被外面的响动惊醒，待摸上二楼从窗子向下看，这间是已故夫人的卧房，南窗正对着楼下堂屋天井，将进出人等看个清楚。却原来是三叔公一家人，偷摸地肩背手拖着大小包裹，几个仆役抬着笨重家具什物。一行人七手八脚地上楼来，阿顺想要出门已来不及，只得闪身躲进床架板壁后。两个人抬了个柜子进来，将夫人原先用的梳妆台搬了出去。阿顺不想他们动夫人房里东西，"啊"了一声，再看那二人向他躲的地方来，心一横，便从床后出来道："不许搬我家东西，你们滚出去！"却不想，那两个仆役不约而同地惨叫一声向外便跑，连滚带爬地下了楼。楼下众人还没来得及发问，先跑下楼的只叫了声"鬼呀！"便不住脚地径跑出门去。三叔公看着他背影刚斥道："胡说，什么鬼！"那跑得慢的仆人惨叫着："真有鬼呀！"一溜烟地也没了影。留下的人方才慌了，只相互间窃窃低语，却都不敢上楼来。阿顺看着好笑，知是自己破了相的脸在大半夜里把他们吓着了。却忽地脑子里冒出了扮鬼的好主意来，也好教这帮宵小尝些苦头。

　　他走到窗边，将那两人丢在一边的梳妆台抽斗拉开，又"啪"的一声合上，半夜里，这声音阴森刺耳。三叔公家老婆"啊"的一声转头便跑，儿媳妇和两个粗使妈子，也一并边叫边向外跑。院里只剩了三叔公和一个胖仆人，胖子指着楼上颤声道："这、这、这是荀家太太房里的响动！东、东、东家，要不……"三叔公退后两步，强自镇定道："慌什么？几个月没人住的屋，不定是什么猫狗耗子，跟我上去看看！""啊！噢、噢！"胖子极不情愿，将手里那盏灯高举过头顶，口里乱七八糟地含糊念叨着阿弥陀佛、太上老君之类，颤巍巍地向楼上来，三叔公缩着身子跟在他后头。

　　阿顺忙打开夫人衣柜，双手合十道："对不住了，夫人！"随手抄出件衣裳套在身上，又扯散脑后辫子，把头发披散在脸前，想了想又拨开半边来露出半张疤脸。打扮停当，他悄悄地走到门边，支起耳朵听那二人上楼的声音渐近，待到门边停住了。只听三叔公催道："你快推门呐，怕什么怕……"阿顺猛然推开门，自门后一下跳到两人面前，大声斥骂："还不快滚！"二人经此一吓，惨叫着滚跌下楼去。

　　阿顺不由得捂嘴乐起来，返身进屋关上门自睡去。一夜好觉直至天明。

　　这日尚未过午，阿顺在后园摘果充饥，忽听见前面又起响动。想是昨夜受惊的几人不甘心，又来穷扰闹。便不动声色地悄悄折回堂屋，走到近回廊处，便听见堂屋里传出三叔公的声音："劳烦道长一定要驱除这邪祟，事成定当重重酬谢！"有人回应道："嗯，贫道方才关照已毕，这所宅子的确不简单，阴煞颇重，想必近半年有人在此横死！""道长果然高明，正是这家的主母突然过世！可我们一众族亲又是出钱，又是出力，将她发送得妥妥帖帖。没料她竟不识好歹，闹事生祟。还请道长收服了她，使此地村民乡人得以安居。""这就是了，定是你们操办的事体有不妥之处，才会至此。老族长尽管放心，贫道经年驱魔除祟，见得多了。也不是什么了不得的厉鬼，手到擒来，就请放心听信儿便了。"三叔公连道有劳，赶紧走了。阿顺偷眼看去，只见堂屋里是个着黄袍的老道，瘦骨嶙峋，颔下一绺稀稀拉拉的灰白胡须，背后用细麻绳绑了柄桃木剑，腰间挂了几串不知名的法器，走起路来哗啦啦地随步子响应，煞有介事。此刻，这黄袍道士正拿着罗盘左右前后地比画着，双目微闭，口中念念有词。

　　阿顺心里着实好笑，忍不住玩心大起。溜上楼换上昨晚扮鬼行头，看看镜中自己还不够吓人，便操起妆台上几个盒子，将里头白的红的香粉，也不顾它早结成硬块，在掌中揉碎往脸上一通胡抹，又将那盒通红的膏子，拿手指沾了擦出张血盆大口。自瞅着镜中觉得很满意。他蹑脚猫到屋后，搬起块大石投入园西的水池，发出一声巨响后，急忙矮身藏在桑树下的一蓬茅草里。不一会，廊下贴着墙探出黄袍道士的花白脑袋来，一双眼瞪得溜圆，左右四下仔细打量过，这才紧捏着桃木剑、口中哼哼叽叽着走近水池。见池岸边溅起的水花，又伸头看了看池里，忽将那木剑高举过头、脚在地上跺了几跺，大喊道："太上老君急急如律令！呔！大胆鬼魅，光天化日竟敢作祟，快快现形受擒，本君饶你不死。"阿顺看他滑稽模样不禁咯咯笑起来，可一笑又触动胸口伤痛，不由得戛然刹住笑，捂住胸摩挲喘息，身下的茅草应声瑟瑟而动。只听池边扑通声起，阿顺看时，那老道不知怎么竟吓得跌进池里，木剑漂在水面，一双手向空中乱抓。阿顺觉得扫兴，便自藏身处走到池边。

　　不想水中老道连连告饶，"奶奶"长"仙姑"短。阿顺只得叹口气，折了根竹枝丢入水中，喝了句"饶尔不死，还不快滚！"悻悻地去竹园继续挖笋。

第五十五章　赠祖产重义轻利，论观点各持己见

　　第二天，三叔公竟又带人来搬家了。黄袍老道换了身干净道袍在前头带路，口无遮拦地夸口自己如何收服鬼魅，如何追至水中将其制服。只说得三叔公一众人将他奉若神明般地恭维起来，到大门口，老道止住众人，从袖中抽出叠纸符，先发给每人一张，交代切切贴身妥放，边将手一摊道："只需将这些镇符贴在门窗上，保管她再也无法作祟。各人进出务必随身揣着符方好！""仙家，不是说这女鬼已被您收服擒获，怎的还要贴这么些符咒。这、这贴满宅门也不大好看，教乡人们见着不都晓得这宅子……"

　　老道被问得一怔，忙道："呃，这个么，老族长有所不知，新驱过邪的宅子极易招惹不干净的东西，必得经我神符护佑它们方才不敢靠近。这符实不可多得，是测得吉年吉月吉时，在老君座前修炼七七四十九日的灵物。若非与老族长有缘，任多少钱也不相与的。有此符咒，不但保家宅平安，更保子孙昌隆兴旺。务必谨记'心至诚则灵验'切切！"

　　"原来如此，劳烦老神仙神符庇佑，实乃族人之兴也！"三叔公闻听兴奋不已，心甘情愿足足地奉上银子。老道收好钱，抬腿向院外走，三叔公千恩万谢，虔诚地送别老道。刚转身，忽想起老神仙没说这符要镇多久，忙紧走几步追出院门，哪里还有老道影子。老头子不由得更信一层："莫非真是神仙！"进了院。

　　好一会儿，埂下稻田窸窣凡下，伸出颗脑袋，正是那老道，只见他偷眼观察良久，方才爬出来撒开脚一溜烟跑远去。

　　三叔公心花怒放地嘱仆众们搬齐一应日用家什，又安排佣人将宅内所有门窗上都贴了保宅兴旺的符镇。谁知当晚又被通宵折腾，起初老头儿想着老神仙心诚则灵的话，召全家上下一通叱骂，定是哪个龟儿子心不诚，才会教神符不灵验。几天下来方悟出不对来，明明女鬼已收服，怎的还是先前一样儿的闹法？不由得跳着脚地骂道士可恨，边心惊肉跳忙不迭地四处找各路僧道捉鬼驱邪。

　　祸不单行，鬼事正烦，偏生张老儿与那三家同谋聚集各自亲属族人来门上吵闹不休，早晚不得安宁。三叔公本就极心疼那白花出去的银子，却又实被搅闹得不行，只得再花些银钱，去找他远房出了三服做县警的侄儿，将老张连同一众闹事的抓了，这才稍安些心来。没想到不出五日又都被放了出来，且鬼事传得沸沸扬扬。好在那四家听闻闹鬼，倒不再来吵骂分账。可县警侄儿隔天便上门来讨要好处，真成了偷鸡不成蚀把米，三叔公每掏一次钱便跟剜块肉般心疼，可又不得

不花钱买平安。老婆经这一吓一气，病倒在床就再没起来。听说宅里闹鬼，竟连大夫也不肯上门来，三叔公只得再搬回自家原先的屋子。

谁承想鬼竟会跟着去了三叔公家里。他本心里有鬼，想是长仁母亲怪他算计自己儿子，才会每日里折腾不休，于是在家立了吴氏牌位，每日里祈愿祷饶。事情原委被暗处的阿顺听个明白，更恨他昧心无良。不由得又在他家里狠狠缠磨一番。不久，三叔公老婆连惊带吓，一命归西。丧事未了，儿媳妇接着病倒不医，老头儿只恨世上没那后悔药吃，强撑着还未操持料理完，便撒手追自家老婆去了。

占云回乡奔丧卖屋，风闻鬼事惊心，自家人接连身故由不得他不信。便去镇上牙行托牙人要统卖两处宅地，牙人自然知他家鬼事，一再不肯接手，直到占云将价码降到不足市价二成，到底抵不过巨大利益的诱惑，牙人硬着头皮接手。这头阿顺大仇得报，便去认下救命的杜大夫夫妇为干爹干娘。一家人去牙行购屋，阿顺哪容牙人耍花腔，直言自己命硬不怕鬼，便以极低的价格购下宅地。阿顺奉养杜大夫二位老人直至前年先后身故，为他们养老送了终。

占云家的屋子建成书院后，全村乃至镇上的孩子都来学，白学还不打紧，这白吃的餐食就教阿顺所费颇巨。但阿顺乐在其中，自己儿时得以与少爷同进出学馆，足可受用终生，现能有机会回馈乡亲便很知足。他正为学生们的伙食费用一筹莫展，不想白学白吃的这帮孩子，主动来书院帮忙洒扫干杂活，又有佃农主动将田里、圈里的产出送上门来，逢年节时谁家杀猪宰牛，学馆孩子们的餐食便更丰盛起来。孩子们高兴，乡人高兴，阿顺便高兴了。

全村人无不敬他，人前人后都尊声"荀先生"。宅院里外井井有条竟是一众村人帮忙照料打理的。

这便是阿顺开办免费书院和收极低田租所得到的报偿了。

长仁听阿顺道出鬼事情由，暗赞其机灵，保住了祖产免落宵小之手，否则今时想再赎回还不知生出多少枝节来。待听完书院、佃田事，又颇觉费解。想这世间有谁不愿过上衣食无忧、自由自在的好日子，拼命挣钱也不过为此而已。人的所作所为总要或名或利的有所希图，哪会有完全不计个人得失，只为他人付出的傻子？阿顺将偌大宅院充作书院，若开学堂办私学，倒不失为上好的生意买卖，可他偏不收钱，竟还自家搭上聘先生和餐食费用，这又是图的什么呢？长仁摇了摇头，想不出个究竟，只得叹道："你这又是何苦来，既手头有钱，却为何不用，要生受这么些年的苦？"

阿顺的回答不假思索："兄长难道忘记古先生有言'意外之财不可妄取'吗？凡是财货必有其主，我拿了去花，它的主人又该当如何呢？我能有机会替主人守宅地祖产，为救命恩人尽孝道，已经是承受了天大的福分，哪里还会生出财利之心呢！"

长仁心中不免叹其迂腐，死守陈规旧礼，不晓得变通。便劝他道："你想，如若这些年，你租出这些宅地，再将缸中金银借贷或存银号生息，不知可以生出多少钱来，说不准又能多购两处宅地院落哩！"

不料阿顺却反问道："可我要那么些宅地钱财又为的什么呢？"

"呃，可以再赚取更多利益。你见识过大上海，有钱便可享受生活，便可雇人买车、吃用随心，更可让家人过上好日子……总之有钱就能受人尊敬，没钱只能低人一等！"长仁有些着急。

"可我现下便活得很享受，与乡邻们相亲相敬、和睦融洽，这些却是与钱没什么相干！"十多年过去，阿顺依旧像儿时一般固执。

话不投机，长仁只得转换话题又问他："你为何不娶门亲呢？娶妻生子，延续香火，享受天伦之乐。"

"我这副尊容，身弱体虚，不知道能苟活多少时日，还是别耽误别人吧。再者说，延续香火对我这样连父母是何许人都不知晓的孤儿来说，实也是个笑话！"阿顺神色有些黯然。

"我何尝不是孤儿，现下好了，你我兄弟同甘共苦，互相照拂，再也不孤单了。与我一同回南京去吧，咱们的工厂、商铺，还有技艺展园全可任你大展一番拳脚。"长仁见他欲言又止，知是必有隐情，却不便多问，只好劝他随自己回南京。

"多谢兄长美意，可阿顺还是觉得家乡好，山好、水好、人好！我早过惯自由散漫的日子。乡间产业也得守好，毕竟此间方为根本。"阿顺执意坚持自己想法。

长仁不再勉强。

次日早起，已有邻家阿妈将一应盥洗、餐食准备停当。二人饭毕，老贾进来请安，又报说接太太和小少爷的车已是到了。阿顺定要与长仁同去门口迎，被长仁强扯着连道失礼，不想争执不下间，杏儿携允礼已到门口。少不得一番道早见礼，几人都笑起来。阿顺抱过允礼，看他生得白净可爱，便将身上戴的玉坠摘下挂在允礼脖子上，杏儿见那玉质如白脂般温润，知价不菲，便忙往下摘，口中道："叔叔太客气了，这么贵重的物件，小孩子家怎么能当得起，您快收好。"

推让不便，杏儿只好将那玉递给长仁，长仁接过看时，惊道："这不是三叔公惯常戴着的吗？怎么会在你手里？"阿顺笑道："正是受了老族长所托。他临终前，见到我扮的鬼倒并不怕了，拿这块玉出来，说连儿子也未舍得给，现送与侄儿，别再记恨他诓算荀家祖产之事，又讲一通后悔贪心的话，只求放过他儿孙。人之将死，其言也善啊！"

长仁细看这玉，是上好的和田白子料雕成的一匹小白驹，通体发散内敛幽光，尾部一块浓艳的玉皮被巧雕成马身毛色斑纹，纤毫毕现，栩栩如生，不由得口中赞好，将玉又交给阿顺："这是无论如何也不能受的，折了孩子的福。你且把桌上书送他一册可好？"几人抱了孩子去阿顺房里，将书一一铺开，不想这孩子竟抓了本在手上，待众人看时，正是那本《民权初步》。二人相视大笑。阿顺笑得胸痛，捂住了道："我中华有希望了！"

静之棺木在荀家祖坟安葬，村上族长带领全村村民前来随礼。待一一给先祖敬香烧纸祝祷礼毕，众人簇了他们回到家中，厨下早已备好了酒食祀餐。饭毕，长仁和阿顺陪族长小坐寒暄。

长仁趁族长及全村人在座，将荀家湖州所有宅地产业俱都赠予阿顺，阿顺哪里肯受，禁不住众口一词苦劝。长仁更是眼含热泪求他接受，他这才勉强含糊答应受托照管看顾。长仁便忙写了契约，签字留印，又请族长及四位辈分高的族人联名作保，此行所有事总算圆满了。荀家祖产一直都在，从未丢失。没有比这更教长仁欣慰的，以后，有阿顺在，更大可放心。

待众村人离开时，天色已晚。阿顺说什么也不放长仁一家去镇上客栈，早请村人将二楼卧房和后进的客房收拾停当。长仁一行十多口人安顿下来。

晚间，长仁激动得难以入眠，住在儿时的房间，还躺在儿时的那张木床上。他感念阿顺为荀家所做的一切，想起旧读《论语·雍也》一篇，子贡曰："如有博施于民而能济众，何如？可谓仁乎？"子曰："何事于仁，必也圣乎！尧舜其犹病诸！夫仁者，己欲立而立人，己欲达而达人。能近取譬，可谓仁之方也已。"孔子认为，能给百姓很多好处又能周济大众的，岂止是仁人，简直是圣人了！恐怕连尧、舜尚且难以做到。所谓仁人，不过是想自己站得住，亦能帮助别人一同站得住；要想自己过得好，也要帮助别人同样过得好。凡事能就近以自己作比，可以说就是实行仁的方法了。他长久以来对此说法并不以为然，世上人哪有不先为己的，如何能做到先人后己。可阿顺开的那书馆不正是仁事吗？不收取分文，付出而不计回报，那些受周济的大众都抢着自愿来为阿顺做事出力。这不是回馈又是什么呢？那难道自己长久追求的钱财富贵是错的吗？长仁心中不由得生出一丝愧意，渐自睡去。

次日大早，阿顺到长仁房里，见长仁枯坐桌前发呆，便笑道："这样坐着也太辜负大好春光了，咱们去放风筝如何？"说着从身后猛地抽出一只蝴蝶风筝，绢子糊的底，色彩艳丽。长仁捧在手中端详，那蝴蝶翅膀随了风微微抖动，头部用钱丝穿着的两截竹圈是眼睛，风吹过时，这对竹眼睛不仅会骨碌碌转动，还能发出铮铮的哨音，传得很远很远。长仁记得儿时常与阿顺放风筝，他做风筝很快，随手将竹篾左右前后地绕几绕，便能出个形儿来。长仁轻轻摩挲着风筝良久方才叹道："手艺还是这么好，昨儿夜里扎的？"阿顺微笑着点头。长仁又问门口老贾："允礼起身没？"老贾道："早起了，太太正带了小少爷练拳。"长仁笑着摇头："多大点儿的孩子，便就要教他习武。"却也无可奈何，只好打消带儿子一块儿放风筝的念头。

长仁与阿顺举着风筝出了门，老贾跟在身后请他们用罢早饭再去，二人全然不听。

和小时候一样，两人并排躺在屋顶半坡处。看着五彩斑斓的蝴蝶拖着长长的线钻进云朵，又从云的那头穿出，悠悠的。长仁忽地心中一动，歪头看身旁阿顺："看这风筝，若是没有线，是不是就飞得没影了？还得有根线牵着。"

"哈，若非这根线的羁绊，它岂不是飞得更高、更远！"阿顺揪了根瓦隙草叼在嘴里。

"你还像小时候那样，一点没变。要晓得，没了这根线，一时之间倒似自由，可遇到风雨岂非任其摧残，直至粉身碎骨。"长仁一语双关。

"那又怎样，毕竟自由过，可以在天空任意翱翔，无牵绊挂碍，即使经受风雨，何尝不是一种酣畅快意。"阿顺当然听得懂长仁所指。

略一沉吟，阿顺又道："我们躺在这儿放风筝，不过是玩儿而已。可风筝在古代却是用于军事的，测距、传递军情信息，还被绑了炸药当作杀人武器。用玩乐的心去放飞，它只不过是个玩物；赋予它使命，它便有了特别的功用。祈福祝祷，健体强身，做出来去卖，还能糊口养家。风筝，却还是一样的风筝，不是吗？"

长仁知道，自己与阿顺从骨子里有什么不同，可他无从分辨清楚，更无从说起。只得长长叹了口气，一时无话。

"我知道你是不赞成革命的，那是因为你已经忘记自己曾经的困窘，更没看到庶民百姓的痛苦挣扎。我虽不知道你在上海经历了什么，想来，能有今天的阔绰，也必定吃过不少苦头。"阿顺见长仁面色似乎一变，即住口看他。长仁道："我并未追求什么腾达，一切不过命运安排，幸运而已。""可是，并不是人人能如你般幸运，绝大多数民众都身处水深火热中。再看看家国天下，山河破碎、战火纷飞，时局如此动荡不安，怎么能教人安心守着宅地田产过所谓日子。只可惜人们都太麻木，任人宰割凌辱而不图自救，实在可悲，可悲。"

"难道你认为我将房产田地赠予你，是羁绊？要知道，即使是革命，也必得有经费支持，若真如你所说，都抛家舍业去干光头革命，难道拿副肉身子去挡枪炮吗？"长仁心中颇委屈，可不得不承认，自己有这个想法。开始想带他回南京看住他，既是不愿去，便将祖产悉数留给他打理，阿顺是重义守诺之人，端的不会做出格事体。

"少爷，噢，不，兄长切莫误会，实是小弟不懂怎样赚钱。这些年来，我并未去打理过田间地头，全凭乡人料理。我不过只是教娃娃们有个读书吃饭的机会，却得到了更多。当然，没钱没房产是做不到的。我所说的是牵挂，是想念，教我停在此地不愿、也不忍离开。"长仁猜得不错，阿顺离不得这片土地，这个家。

"设若，书院只是个掩人耳目的联络所在，兄长会责怪我吗？乡邻们还会再尊我敬我吗？"阿顺突然加重语气，呼吸也有些急促起来。

"既然是你决定下的事，我又怎么会责怪！只是，你我兄弟十多年未见面，大家都有了些变化，不仅形貌上，还有……"长仁说着用手指了指自己的心。

"你在自己饿肚子的情况下，会将家里唯一的馒头送给门口的乞丐吗？"长仁始终在纠结当年刘有孚所说的对私利私心及人性的看法。

"不会给！"阿顺毫不迟疑。"噢？你不是很推崇孙先生的集产社会主义吗？不是要救民于水火吗？却怎么连个馒头也不舍得呢？"长仁嘴角扬起来。"不给是因为我的牺牲不值得，我若吃了这个馒头，就得以使革命多一份力量，但将馒头救了这乞丐，只不过多了个不知能活几日的可怜人而已。革命是有牺牲的，可这牺牲要值得。"阿顺一字一顿地回答长仁，又紧紧拉了他手道，"兄长是能明白这个道理的，不是吗？也是支持我们的，否则不会捐助那缸金银，要知道，这些足可以买门炮。希望你能成为我们真正的同志。"长仁避开阿顺热忱的眼光，将手中的风筝线塞在他手中："我可以理解支持你，但不会参与。事业和家于我太重要，我是风筝，却是飞不远的风筝，线在家里牵着。"

阿顺点头，然后又摇头，扭曲的脸上满是泪水。

从七里村回南京不久，长仁便接到阿顺的家信。急展开看，是为静之坟上供奉的事与乡邻邹家发生些口角不快。那邹家的坟地与荀家相接，给静之选的坟地是向南坡的一处，正在两家墓场交界处。此前长仁去定穴时，邹家并无人前来交涉坟界之事，此番定葬多日却找龃龉。

阿顺在信中写明邹家要求：

一则移坟。此万万不可，扰动新迁之鬼魂历来是大忌讳。二则要再行勘测定界，双方坐定签字画押。长仁刚回家，厂铺展园一堆事务均亟待处理，哪还有时间再走一趟。三则要荀家出一万块现洋了结界争。信末写了两个硕大的"急"字，要长仁尽快定夺回复。

　　长仁看到信末笑起来："原是要钱的事！凡是钱能办的，即不是事了。"笑罢去书房提起笔来写回复，要阿顺全权处理，不必计较钱数，只求平息争端。又嘱老贾汇去一万现洋，信末又再四嘱咐阿顺万勿与那邹家纠缠，给钱便了。

　　阿顺回信极快，汇去的一万块倒又退回八千来。信称：给一万实在太多，传了出去，荀家在当地岂不成了"冤大头"。人之本性贪婪，并不是忍让妥协就能平息事端。似这邹家，本来两家祖坟坟界几十年相安无事，怎么兄长刚衣锦还乡便就生出事来？不外是看荀家有了钱来讹诈，或看荀家人丁单薄，本就将咱家祖坟之地当作他家的也未必。所以万不可将就！若是成心讹钱，今儿如此容易地给了他钱，保不齐明儿还来要，那不成了无底洞？若是欺荀家无人，那就更糟心，给了他钱岂非承认了占他家坟地，默认理亏。因此，今时不将地界划清，那来日必定有无穷的烦扰！

　　信末处，阿顺又告知长仁，他已找人教训了邹家三个儿子，蒙了他们的头带到静之老爷墓前跪了认错，打扰他老人家清静。邹家第二日便带了鲜果祭礼到家里赔不是，满口乡亲故人，又由阿顺领了到静之坟上祭拜。此事所费的那两千，并非给了邹家，而是花在教训事上，坟事就此平息。随信附了荀邹两家写的坟界契约。长仁打开看时，见邹家三兄弟均签押，荀家留待他签字。

　　长仁本意花钱买平安，多少有些顾忌阿顺那革命身份，行事务求低调，少招惹些麻烦。阿顺倒是行事为人均有其规程道理。此番不得不承认，从前有些小瞧了他。

　　长仁坐在桌前，认真地给阿顺写了封回信，再附上全权委托书，将家乡祖坟事宜亦尽委托他照管，写毕方在契纸上签名，又在信封外回套个大封皮，再写上交寄阿顺的地址名号，嘱小六子急速寄回。

第五十六章　初识得南洋富少，叹经营织业益苦

　　转眼便入了六月，南京的天气潒热难耐，长仁便时常住在江边技艺展园园子里躲清凉。

　　浩之在杭州新开了一家专事汽机修理的技艺学堂。由于分身难顾，浩之向长仁建议从华胜厂培训班中选几名机灵活络的学员，派去杭州专事教学示范，又专聘两名留洋归国的英文教师。这样一来，所费不菲，长仁几经斟酌还是从总厂资金中抽了五万。厂子便有些周转吃紧，好在他压住两个月工人月钱，先行交付了库里的进货款项。工人们由老宋安抚，虽有几个出头找工长倒苦水的，却也没生出什么大事体来。

　　似乎花钱的事体总喜欢凑在一处。不久，老宋从朋友处听来夫子庙贡院街上有处铺子出手，提议接手在夫子庙开分号，三万现洋的铺款着实教长仁头疼好一阵子，家里倒是存着有一万之数，只那笔钱原要买辆心仪甚久的福特家用轿车。回家和杏儿说起自己的为难处，杏儿倒十分赞成购铺，说夫子庙的铺子都乃寸金之地的挣钱旺铺，车子便只往外送钱而已。长仁虽有不舍，却也不得不认同杏儿说得有道理，便吩咐老宋去谈购铺，自己找新街口鸿发钱庄的朋友，想先行拆借两万应付。

　　按说长仁本不至于手头吃紧，只是刚被王柏达借走一笔三万的款子周转，说好按七厘价结息，可到底是饭桌上口头应酬，当不得真的。长仁好面子的一个人，便不较真，只在转汇时嘱老宋上门讨了张借据回来。打开看时，除了未注明利息，借期一年倒也清楚明了。问了老宋方知，是老宋在旁逐字口述下写就的，问息率时，王柏达支吾言他，老宋便教他写下"同市面银行放贷息价"字样。长仁不由得当面又赞老宋精明。

　　王柏达的洋皂厂开得似乎很不错的样子。自从放下掮地生意，厂子一日胜一日地红火起来。最近新出产的味利斯牌香水皂，几乎包揽了京、津、沪、宁大小报刊的广告。还真有得一说，别家胰子不是个方的，就是个圆的，可他的味利斯却有十多种款式味道，六角的、椭圆的、心形的、杏仁状的，颜色更是五彩斑斓，引得时髦的太太、小姐们纷纷抢着掏钱包，还以集齐花色香味为傲，竟倒成了紧俏货色。

　　老宋十分奇怪王柏达如此红火的买卖为什么还要拆款子，长仁不以为然地道："不是扩厂，便是要买新机器。"说罢又问老宋："那到底是为的什么，王柏达

与你提到没有？"老宋摇头，长仁只得作罢。

长仁与冯子正、王柏达三两日便得小聚取乐，子正常约徐知事、赵会长一干官场朋友周旋应酬。长仁早已摸清这些官面人物不过是要人多多奉承几句，便将肚里的全部肉麻话借了酒劲尽数吐在这些大人物身上，倒也是另一番痛快。

应酬既多，日子过得越发快乐逍遥。少不得场面上的一些玩乐事儿都得陪了齐沾一沾，技艺展园园子里接连聘得的一些扬州花魁、苏皖姑娘，日子久了也多少有些烦腻。几人便轮着番地转场南京城的戏园子、跳舞场、电影院、咖啡馆，喝花酒、听曲儿、看洋片。原先饭后必得消遣的烟圈于政令严禁，没法随处享受，因而饭后便改跳舞喝咖啡了。长仁本不喜咖啡，开始只能喝出其味苦，为着交际浅尝辄止，应景而已。后为吃得多了，竟渐品出其香其醇，便爱上了这种美酒加咖啡，美女加舞厅的快活日子。

重要的是，在交际场中认得不少各界朋友。消息既多，便可获不少赚钱机会，当然也必有些诓诈圈套等着人自动往里钻。

这日，王柏达听说欣兴咖啡馆新到两位西洋小姐做招待，便邀冯、荀去"见识"，还带去个赖姓朋友。

子正与长仁刚到咖啡馆门口，见王柏达与一个男人正从辆簇新的黑色小汽车上下来，戴白手套的司机躬身侍立，拉着车门。见到他们，王柏达忙笑迎上前，那同来的人却并未挪动半步。

长仁看那车正是自己心仪已久的新款福特，先自暗赞此人有品位。细打量那人发现果然不俗，四十上下年纪，唇上蓄着两撇短须，修剪得精细有型，头上分发，又俱向后梳得一丝不乱，上身穿的是小纺的白绸西式衬衫，下着浅青灰葛的西服裤子，两条裤缝直指着脚上穿的本白网眼皮鞋，正是目下最时新的"三接头"款式。手里拿了顶巴拿马草编凉帽，此刻用三个指头撮了帽顶微微扇着胸口。

王柏达携着二人手过去引见。此人姓赖名涣之，系南洋富商赖家的二公子，此来是遵父命考察开辟新厂。

冯子正听后"呀"了一声问道："哦？赖家！可是赖有道赖翁家？"这赖涣之微一点头笑道："正是家父！"子正听了慌忙从身上掏出名片来双手递过去道："失敬，失敬得很！令尊偌大产业，豪富之家。怎么，赖先生准备在南京开设哪个行业？"长仁见子正如此，便也起身，可巧身上片子竟没带着，只得道歉。这位赖先生又微微一笑，并不介意，又从裤兜内掏出一个小巧錾金的名片盒，取了分递给二人。

长仁接过名片看时，只见除姓名、字号、电话字码以外，还有许多衔名"南洋有道集团公司董事""南洋商会巴拿马分会名誉会长""巴拿马劝业会理事"。

名片背后，还有几行字，是"敝人广交工商实业界朋友，致力振兴国之经济，欢迎来电来函洽商！"不由得心下忖道："好大的口气！"

子正此时悄声向长仁耳语："这赖有道家，最早是做矿业生意的，十多年前大量投资垦殖，办了家叫'兴业'的垦殖公司，大规模开垦荒地，种的有椰子、咖啡、橡胶、胡椒、茶叶等热带作物，兼种杂粮，一下便暴发起来了，南洋首富咧！怪道这位赖涣之先生态度倨傲，不苟言笑！"说着又转头向王柏达问道：

"柏达与赖先生是旧识么？怎么从未听你提起过有这样的尊贵朋友！"

王柏达笑起来："兄弟亦经厂里合伙人引荐，刚有幸得识。只因他对二位的纺织厂有兴趣，子正兄与长仁老弟不正为着华胜的发展绸缪计划，这才邀来大家坐下来聊一聊。"

几人说笑间进了欣兴咖啡馆，一进门赖涣之便皱起眉头。

咖啡馆内热浪扑面，咖啡的焦香混杂着酒气挟阵阵人声将四人一下子包裹起来。雅座已满，客堂里的散座也都不空，柜台边还歪歪斜斜地靠着几位。

王柏达拿出张灰白的绸帕子来擦着脸上油汗，道：

"亏得来前订了座！不得了，竟有这样多客人，一准儿也跟咱们似的，冲着洋姐来的！"

王柏达说着走到前头，领三人沿客堂过道径向内里去。其实没人听清他说的什么，只跟了他朝里走。

门口引座认得王柏达，招呼过后也不多话，只碎着步子跟住一行人进到最里面的单间落座，里间早开了电扇，又放下了帘子，闷热方才稍缓和些。

侍者拿了水牌来。众人请赖涣之先点，只见这赖先生也不看那单子，便道："先来四客朗姆酒味冰激凌，再来杯加冰美国黑咖，四色果碟，开瓶博瑞香槟。还有，叫琳达和安娜过来。"竟是熟络异常。

长仁与子正对望两眼，不约而同地断定这姓赖的公子哥儿估计是来玩乐消遣的，否则刚来南京怎么竟如此熟悉。长仁悄声对子正道："这位二公子，不会是想做娱乐生意吧。"子正笑而不语，只冲长仁點了下眼睛，意思既来之则安之。转头笑着对王柏达道："柏达兄才刚说新聘的洋小姐，想来就是赖先生请的这两位了吧！"

不待柏达说话，赖涣之抢着道："两位小姐确是新聘不久的。"

子正忙接口道："今天咱们有福了，西洋小姐在上海很多见，在南京可是不怎么能见得到。"说话间冰激凌端上来，四人便不再多话，正热得难受，吃冰消渴解暑气。

不一会儿，侍者领了两位金发碧眼、肤白如雪的年轻女孩儿来，各端了一个托盘在手。来了竟先向赖涣之鞠躬问好，赖涣之抬手示意在座三位，两个小姐才一一鞠躬。王柏达将屁股向旁座挪了挪，意思教她们坐下，却见二人笑而不坐，长仁道她们不懂，便用英语讲，不想那俩洋小姐并不买账。赖涣之向长仁笑道："她们是白俄人，得说俄语！"说罢便冲她们一通叽里咕噜，又掏出两张票子分头塞给二女。俩女子挨着赖涣之一左一右地坐下，将桌上的刚倒的香槟一饮而尽，然后才倒满杯逐个向四人敬酒。长仁觉得有趣，四人中只赖涣之懂得俄语，其他三人与两位小姐语言不通，却并未影响众人痛快开心。

座外不时传来声浪，赖涣之皱眉向王柏达耳语，王柏达忙起身向外走两步，又返身向子正、长仁道："这里环境嘈杂些，咱们带着两位小姐换地方谈。诸位稍坐片刻，全由敝人安排！"便去前面找咖啡馆经理。琳达和安娜不知说了什么，赖涣之忽然大声笑起来，揽过左右狠亲几口，一改方才的矜持态度。

子正凑近长仁耳边道："这主别看他谱蛮大，见着女人便即原形毕露，女人是软肋！"长仁边笑边瞪大眼等子正下文。"女人，哼！"子正捂了口小声又肯定地嘀咕。长仁点头会意，便问赖涣之道："赖先生此来南京考察，属意哪个行业开拓项目？"

赖涣之正自与身边的琳达和安娜调笑玩闹，经此一问，稍怔了怔，坐直身子慢条斯理地正色道："听柏达说，二位经营纺织业，机织布、绸缎都在南洋颇有市场。家父在当地生意牵扯行业颇繁芜，独未涉足纺织行业。只是敝人自去岁到沪杭等地考察，看织布纺纱厂倒很能获利。南洋除去盛产烟草、椰子、咖啡、橡胶、胡椒、茶叶等一些热带作物，黄麻、苎麻亦高产质优，而布业多由本地人自织为主，品类未免单调些。若能将当地原料物尽其用，而织工上创革新法，倒不失为一项大有可为之事业。家父有'永和''容兴'两家垦殖公司，两千亩地，百多工人。原是仅种烟草的，前两年烟业势微，转植些杂粮和茶叶。若投身纺织业，那不妨增种苎麻，倒或可提供质优价廉的原麻材料。但不知南京地方，纺织业行情如何？敝人看来，纱厂在此地倒多见，而产出织成品的纺织厂倒未见其盛，这又是何缘由？可巧柏达说有朋友正是纺织实业家，这才有此一聚，细听二位高论。"

长仁听他说来倒句句切理，边点头，边暗在桌下用腿抵子正。子正目不斜视，只笑道："想不到赖先生刚来南京，便对本地市场看得如此了然透彻。织布厂资巨而任重，非有大力者不能为。而创设纺纱厂，资本可以稍轻，其规模可随其资本之大小而设立，所以新设纺织企业几乎都是纺纱厂。除去纺纱官局拥有资本一百二十多万元，纱锭五万枚外，其余各厂的纱锭也只一两万而已，资本额多在二十万至七十万元之间，大体上是一批中型工厂，生产各种低支棉纱，主要供

381

国内手工织布之用。当然，以赖先生实力，自不会在乎资本的。正如你所言，中国的纺织业多集中于上海、天津、青岛等地。想赖先生选择在南京办厂，定是喜欢南京市面的松紧合宜吧。比不得上海等地的繁华，但也不会有太多竞业争利豪夺。"

见赖涣之微笑点头认同自己说法，子正又道："敝人于民国二年来南京创华胜时，市面上纺织厂不过一二十家而已，产出的也仅为棉布。更多开的是纺纱厂，有数十家之多，全城纱锭只五十万之数。开厂所注资本亦多为一二十万。现今再看，方十年工夫，全城纱锭数已达一百六十万，我华胜一家，每年近四万。要说利益么，却是实在难以启齿，不提也罢。"

赖涣之听到此稍歪了歪头："怎么？敝人倒屡闻坊间有个说法，道是'不论旧开新设，规模不等的纺织厂都可获致丰厚利润'！"

长仁忍不住道苦："正有此说！致使整个纺织业均处在兴旺乐观气氛中。近两年开纺织厂的比比皆是，纱厂更不胜数，对三万以下的小厂，商会已是不纳入统计了，盖因更迭过于频繁，有的开办两个月就闭厂停机。"

子正摇了摇头，接着说道："纺织这一行，前些年确乎有不错的时候，但也实非只赚钱的。就说工人，越来越刁蛮难管，纺织行业工时，一直以来都是十二个钟，早已形成定规。不想上海宝成纱厂推行了什么'早中夜三班倒'，工人只做工八个小时。《大公报》又鼓吹称其'实开中国劳动界之创例'。这可是苦了我们这一众厂主，工人集体罢工抗议十二小时制，一律要干八个钟，工钱还不能省减。可教人好着恼。"

长仁拍了拍子正肩，道："罢工都是有人出头的，只找到那领头的开革去，便不愁整顿不来。此为咱们自家厂子事体，暂且不提也罢。"

赖涣之笑看二人，只静静地听着，并不插话。长仁便道："兄弟开的原是家缫丝厂，蚕丝进价日高，销场却是被外资混纺新丝品占了。因此，早几年不得不转而经营些棉纱、化纤丝。"

"正是，说到外资，那东洋纺织资本倾轧日甚。不但四处开设新厂，前几日，东洋日资内外棉株式会社收买了裕源纱厂，且英、美等国棉纺织业投资也在扩张，外洋资本在华势力如此扩张，我们华资纺织厂在原料收购和销售市场上的压力之重日甚一日。"子正说起外资便大叹其苦。

长仁亦道："今年更是难过，纱价自年初便开始猛跌。与此同时，棉花价格却涨得不休，纱花交换率（每件纱可换棉花）已低至三百七十六斤。棉贵纱贱，厂出的十六支纱每包去岁秋季前还盈利二三十两，今夏却亏损五至七两，这样子算来，全年度每包俱亏折十多两。"

子正点头道："嗯,华胜年产二十万匹布,绸缎锦缎是早先便亏损的,棉布今年亦开始亏损,只那混纺的葛丝还稍勉力维持局面。唯有减产棉布而增混纺布匹而已。可话又说回来,尽管市场行情极为不利,可厂子巨额资本已投入,生产是断不能停的,所以各厂仍不能不生产营运,不过都希望能侥幸获利罢了。厂东们已商量过,设若亏损严重,便先停工小部分,裁减部分员工,过段时间,待市面景气时再慢慢恢复。"

正说着,王柏达回来笑道："我已同经理说好,买了二位小姐的钟,现请跟我们走吧。"果见身后跟来的经理向二女示意。

长
仁
384

第五十七章　看气派尽显豪绰，闻高论笃信其言

赖涣之起身道："今日能得识二位实业界精英，敝人十分荣幸。只未能与二位深谈，深感意犹未尽，这样，今晚敝人做东，就去宝善街的扬子江饭店。二楼有正宗的法国西餐，还有奶油咖啡双色冰激凌，原材料全从欧洲运来，口味地道。"琳达和安娜虽听不懂，却也微笑着款款起身。见众人要走，王柏达忙俯身将自己座前的一杯香槟就着咖啡一股脑地倒入口中，皱着眉头连打了几个嗝，额上渗出油汗来。

看见赖涣之站起来，他那大暑天里戴着白手套的司机不知从什么地方冒了出来，侍立在赖身后。赖涣之向他略扬了扬下巴，那白手套点头出去，想是开车去了。

长仁对一贯的转场安排早已谙熟，却未想到今天要从咖啡馆带俩洋小姐出去，自家车子送了他和子正到，将被他打发回家去了。其实，长仁颇乐意坐一坐赖涣之的轿车，便悄声问子正："要不，咱也坐坐他那新福特！"

子正左右看了看，摇头道："六位，无论如何也塞不下的。"这时候赖涣之在旁自顾自安排开来："照敝人看，咱们还是分头走。我与二位小姐乘马车去，柏达与二位就坐我的车子。"说着便抬手叫来辆西洋马车。

赖涣之的司机立在车旁，见子正、长仁过来，极周到地拉开车门，二人入车内，见空间虽阔，却是闷热异常。长仁喃喃道："这款福特应是可开车篷的吧！"司机答道："是的，先生。"果然顶篷自前向后应声缓缓翻开。虽近傍晚六点，天色依然明晃晃地亮着，长仁道："只待车子跑起来，可就风凉了。"

子正笑道："还是长仁老弟懂得享受。我那部老爷车跑起来便突突响，开了窗便更吵得脑袋疼，司机老裴却不怕，非说有声音才气派，你们看，这样算作是会说话吧！"王柏达上车来听到子正打趣，接口笑道："可别说，这车子开着却是溜滑，没得什么响动，上海市面得近万块吧，这一个轮子便是几百上千的银子。啧啧，了不得！"子正与长仁不由得相视一笑。白手套司机坐在前面似是什么也没听见，一待众人坐稳，熟稔地打着了车。

马车翻着篷盖，洋小姐们分坐两边，暑夏的夕阳斜射在她们身上，过分裸露的胸脯白刺刺地扎人眼。赖涣之夹坐在两个人中间，浑不觉热，倒是很受用。他探了探身子，笑着向轿车上的三人挥手，一改初时的淡然神色。马车夫呼哨一声，向空中一甩鞭，马儿嘚嘚嘚悠然向前去。白手套发动着车子等载赖涣之的马

车走远了，这才缓缓启动。

　　长仁见前面马车走得很慢，不由得想起在上海时看到的有时髦小姐乘皮篷子马车兜圈子出风头的事，便在车上说了与子正、王柏达，那二人想是亦听过，只一气儿笑道："赖先生带俩洋小姐乘着洋马车，招摇过市，风头十足，可得好好兜一兜。"

　　"嗯，风头是足的，只是天气太热些，那两个白肤丽人别被暑气给熏化了。"子正哈哈笑着边打趣，边叫白手套司机将车子开快些，好扯出丝风凉来。

　　三人俱哄声大笑。引得前头马车里的赖涣之回头看，也笑。车子加速，超越马车向前疾驰起来，风夹着江面的湿气刮过几人的油汗脸，这才觉出些敞篷的好处来。长仁问王柏达道："王兄高才，路子竟这么广，能认得像赖先生这样的豪绰朋友。兄弟失敬了！以他的身家，何须来南京，应去上海开辟生意才是。"子正亦在一旁点头。王柏达回头笑道："兄弟的洋皂厂即行扩建，要寻合伙人参股，可巧厂子里的股东朋友老黄，早年由南洋到上海开糖厂，却不想倒闭了，这才委屈他与我合伙开厂。偏是老黄家是与涣之熟识的世交，便拉他来入股，这不，还没谈妥说定。听他意思并不想自己开厂的，只愿注资做现成的股东，前日闲话说到二位的纺织厂，他倒很感兴趣。大家朋友一场，即使他不投我的厂子，也要成全朋友嘛。今日之聚可说是全为二位。"接着又压低声音道："至于南京与上海比较嘛，当然没落些，全不似上海摩登繁华，一派锦绣。可人家赖二公子说了，偏生不喜欢过分热闹，独爱南京有文化韵味。嘿，可说是富家子弟的特别之处，做生意不为人气热闹，就为喜欢。"

　　子正拿眼睨了长仁，长仁会意，道："那么，这位赖先生此来南京预备要停留多久，只为考察投资，还是安心在此地立足？"

　　王柏达看了看身边白手套，见他专心开车，心无旁骛的样子，便道："实不相瞒，涣之此来，为的就是要干番大事业来给他那老爹看的，可憋着股子狠劲。这是老黄说的，人家的家事，可别透风出去。他在南洋的爹有十七房姨太太，他是八姨太所生，兄弟姐妹四十多个，涣之此前因在南洋帮忙打理生意总是不如意的，大户人家自有大户人家的烦心事体。"说着便住口不再往下讲。

　　长仁不明就里："那他此来并非是遵父命吗？"话未说完便被子正扯裤腿止住了。

　　王柏达坐在前面答道："这个么，兄弟可就不得而知了，只他自己说是奉父命来考察生意。而且……"王柏达忽然压低了声音，尽力将头向后凑近二人道："他带了不少钱钞来，老黄还让我帮他看地皮咧。"

　　"咦！你王兄不是早不做地皮生意了吗？"长仁又忍不住调侃王柏达。

子正在旁边笑着向长仁介绍道："正是，柏达开了家香皂厂，销场可观，现下人家也是正经八百的商人。"

王柏达吃力地回转身向后面坐着的子正、长仁一拱手："敝人经营的实乃小本生意，近半年倒也销场畅旺。所以想趁着大热时扩大规模，再制些花色气味不同的新颖款式。上海可是时髦得很，只南京觉悟稍迟些，才刚时兴起来。前开厂时将几万银子尽数投进了这家厂里，这会儿哪还能拿得出扩厂的资本。本想着改天找日子专就此事往二位府上拜访，今儿既提起便正式向二位邀约，若您二位大实业家入股，那咱们必能共同做出些名堂来。"

长仁想着不久前他刚从自己手上借了笔三万的款子，这时忽地又提什么合股，一时不知他葫芦里卖的什么药，便只"噢"了一声，并不显出热心来。王柏达不以为意地一笑，回身坐正将头靠在座椅背上，道："掮客的饭不是正经人吃的，有几位朋友都劝我改行，都说要为久远之计，除非创办实业。我问他们实业是哪几桩呢？他们一口气说出几十种，我觉得都做不来，只洋皂厂合本还轻，可巧正遇上有间皂厂告白筹资，就做了这一种。我把平时开的几间小铺子出清了，又拆借一部分，独入了这家皂厂的股，便是第一大股东。在厂里掌个全权，事情倒也还算顺手。买货的自是没法子贪得到便宜，那供原料都由我本人一手把着，却不想，连那厂子里的工人都想要赚些料子回家去，被我觉察辞了几个，这才得收敛。本一心一意只开好皂厂，敌不过些个老朋友只信得过老王一人，便兼搭地帮朋友看看地，已是不必提个'掮'字了。"

长仁这才笑道："果如王兄这般有大才的，自是不屑于吃掮客这碗滑头饭。兄弟极佩服卓见！"

王柏达知道长仁是对自己十万卖他的那块展园地皮心存芥蒂，便嬉了脸笑："多谢，多谢！掮地也是为混口饭食，其实哪个行当的饭好吃呢！"

说笑间，车子驶入扬子江饭店的大堂车道，直开到门口，早有站堂的制服侍应来拉开车门，下了车，白手套拿出五角小洋打发了侍应。长仁不禁又暗自感叹一回，有钱人家，连家佣都显出些不同。

早过来一个接待引三人穿过拱形大门，踱入步廊，径上二楼。饭店里有冷气，众人暑意全消，接待边走边问："本店设有中餐厅、西餐厅和酒吧，请问先生们要用中菜还是番菜，或先用些咖啡点心？"几人倒教他问住，互相看了，一个也没答话。那做东的赖涣之并没讲要请他们吃什么。王柏达忽然道："对啊，涣之说要请吃冰激凌，那必定是西餐了。"三人遂被领进了西餐厅，选靠窗可观江景的桌子坐下来等赖涣之。

西餐厅的女招待扭着身子递来单子请他们点菜。三人传看过后，还是决定等赖涣之来了再说，女招待咧嘴一乐，扭着去了。

三人无聊。子正有些耐不住："这也太慢了些！天这会子也黑了，还没出够风头吗？"

"什么风头！就是风头太劲才触霉头！"赖涣之正巧进来，气呼呼地接了子正话头坐下就喘气。

三人不由得愣了，左右看不见跟他共乘马车的琳达和安娜进来。王柏达小心地凑上前问道："这是怎么了，是谁惹得我们赖少着恼！"

赖涣之接过女招待端上来的一杯冰水咕嘟嘟倒下肚，这才长吁道："妈的，差点没把老子给熏死！"

原来，赖涣之坐在两洋小姐中间，那敞篷的马车走得又有板有眼别样地慢。三个人挨挤在一处，左右有粗壮臂膀黏在胸背处，涣之身上教汗浸透了。没一会儿，他便觉两边有恶臭气息源源不绝地阵阵扑上脸来，不免偷眼看两边美女，一看之下大倒胃口，那紧贴着自己的胳膊上竟长着长寸许的金毛，汗气蒸腾下的雪白肌肤也变成粉红色，活像刚出生的猪崽。赖涣之不由得头昏脑胀起来，那俩洋小姐倒全然不觉其味，两人自上得马车便不停口地互相说着话，赖涣之夹在当间渐觉作呕，忙叫停马车下去，也不和俩小姐解释，只嘱马车夫送她们回去。自己逃也似的跳上一辆黄包车叫他快跑，快快跑。

王柏达听得哈哈大笑，子正和长仁因与赖涣之初识，强忍住笑。子正安慰道："赖先生可能与欧洲人接触不多，那白种人多有体臭，因此便制造出许多香水、香料敷抹遮盖，偏生这种味道发散于身体毛孔，源源不绝，而香水、香料只行一时之庇。如此溽热难当的天气，汗出如浆，怎能不臭气熏天。"

王柏达边将那桌边电风扇转过自己这边吹着，边笑道："其实这正是洋人与咱本国惯见女子之风味不同。有人还专喜欢嗅此味，竟成痴癖呢。"

赖涣之惊道："什么？竟会有人喜欢恶臭之体味？想起来都要头晕。"

王柏达压低声音道："各位不知此人么？就是本市政府的刘知事呀，家里娶得有七房姨太太，前些日子又纳了房黑不溜秋的黑女子，据说其味甚浓。刘知事自此便只认得这位黑八太太的房间了，还与人言谓'嗅体味与品香茗、调音律、酌酒赏月同乐也'。啧啧，各位说奇也不奇！"

王柏达说着先自嘿嘿笑开，子正和长仁都认得刘知事，却是看不出他竟有此怪癖。赖涣之摇摇头叹口气："竟有如此香臭不分之人，真是无奇不有。"

王柏达忙道："正是好笑至极！古人品茗论道、酌酒吟诗、玉指抚琴、赏月咏怀，那是何等高雅情境，皆因'茶可以清心，酒乃为寄情，乐舞怡神思'，却被他拿来与体臭作类比，竟被他生生污贱了。"

赖涣之却忽地若有所悟道："教柏达如此提及古人情趣，敝人倒对这位刘知事嗜好能揣度一二，且以为然。世人各有所好，似小儿生来恋母乳香甜滋味，长成如你我般成年，恐怕无人能忍耐人乳腥膻之气。因说这刘知事，嗜闻体臭之气，众人觉得臭不可闻，在他嗅来却是香味呢，就好似焚香提神一样的道理。香，既能悠然于书斋琴房、静室默昭，又能于枕席间怡情助兴；既可空里安神开窍，又可实处化病疗疾。究其实，香之出处本无固定之范，唯灵秀造化源于自然。如此看来，凡提神醒脑、消乏解困之味皆可谓之'香'，体臭亦然。"

三人面面相觑，正未可如何间，只听赖涣之又道："其实说来，文人雅士注重的是修身，照今天看来未免过时，实则内心所寄望的，古今无一丝不同。时至今日，我们都身处喧嚣闹市，官场也罢，商界亦然，上至达官显贵，下至底层饥民，都被世象的忙乱、贫富、饱饥这些物欲感官遮蔽，而放任自流，饥民以为求饱腹，官员以为求显达，士绅以为求富贵。照敝人看来，其实无非只为求得'安适'二字而已，而安适与钱多钱少却并无干系。因此说，有些人虽穷，紧巴巴地生活，偏生看他还能够穷开心，究竟是因其甘于贫穷，认命，便安适于穷，所以照旧能够活得开心！"

"如此说来，那咱们拼命做生意赚钱倒显得多余了！可世人都还是事事奔着钱，行行为求钱哩！"子正话里颇有些嘲讽赖涣之富人讲穷经的意思。

"不然，只是世人的不甘心罢了，所以大多活得不快活，即或如你我般有钱吃喝玩乐，也不过一时的开心。各位，是也不是？如若论钱多，咱们的钱其实足够生活开销，却又想要再多些、更多些，此为不甘心。不甘心所以不会开心。"赖涣之凿凿言道。

长仁听赖涣之如此高论，不由得对他刮目相看。

长仁少时孤贫，很能体会赖涣之讲的所谓甘心的说法。想当初饿肚子那会儿，心中所求不过是一顿饱食而已；等到亨利家为仆，原想着要攒一张往南京的船票；待进怡兴洋行当差，开始攒下一块钱，却一发不可拾起来，想在南京开铺，想安家置产，想挣更多些钱。现经赖涣之讲来，再细究自己可不真就是心有不甘。恍然又想，原来，人若不知足时才不会快活。可世人大多是不知足的。意外所发的那笔横财也并未教自己真正开怀，却反倒在心里压了个沉甸甸的心结，跟谁也不能说，只时常在夜深无人时噬咬神经，哪里能得片刻安宁平静。

想到此，长仁不由得叹口气出来。子正笑他道："长仁老弟倒怎么真叹起气来，你我总是甘心安适的，虽说总有这样那样的事牵扯羁绊，操心劳神，可日子过得终究还是快活逍遥的。"

王柏达连连抚掌称是，又道："可说是，似咱们这样三两日聚在一处，谈天说地，答朋应友，再顺带手地谈点经营之法。生意做得，人情讲得，银钱也挣得，这样不是绝好的安适日子吗？"

长仁心事哪能说与旁人听，只得笑着点头，算是附和了他们。

女招待静静侍立在桌前。待众人收了话头，方才微笑道："先生们要用些什么？"

赖涣之道："该打该打，光只顾着闲话，竟忘记点菜。这家扬子江饭店算得上是南京顶好的饭店之一，想是几位也常来，爱吃些什么尽管点。"

子正、长仁确是常来的，只他们不喜西洋餐食的重味，来便只吃中餐，饭毕会上屋顶花园点杯咖啡。只一次请赵会长时，依他喜欢吃了番菜，那切开后血淋淋的牛排教长仁直倒胃口，不过此处的牛奶咖啡、火烧冰激凌长仁还算喜欢。

子正笑道："向来多吃中餐罢了，不过咖啡和白脱蛋糕都还算过得去。"说着正看见菜馆门口挂着的牌子上写着："本号不惜工本，置有外国机器，聘请旁通泰西化学饼师，选买上等洋面，精制各式面包、饼干……今再改良，以西式饼之材料制造中秋月饼，不独适口，且花样新奇……"便指了笑道："可见这家菜馆用心，这西法月饼倒堪称中西合璧，不知是个什么滋味。"

立在一旁的女招待忙道："抱歉得很，这月饼虽说提前两个多月登的广告，原只为造声势，却不想预定火爆异常，早已是售罄。诸位先生若想要，可以预订，只是时间上，恐怕得过了中秋才能吃得着。如若不介意，便可预订登记，届时店里会差专人送至各位府上。"

长仁一听很觉得没意思起来，明明放了广告牌在门口，却告诉顾客得等两个月才能吃得到嘴，不觉更想要知道是怎么个滋味。

只听赖涣之抬手将女招待唤至身边来，道："我来问你，饭店现在便每天都烤这月饼么？"女招待甜笑道："是的，先生，每天都烤制的。""那些预订的客人想来都为中秋节备礼用，我们只为先尝。来这几位都是请来的贵客，今天就想尝尝你们这新法月饼，先上四块来，尝着好自会预订，也不必告诉众人说什么火爆之类的话。只用味道广而告之不好么？"

女招待一歪脑袋想了下，张了张口还想说些什么，赖涣之盯住她："怎么……"女招待忙低头应声："是的，先生！"扭着纤腰去了。

赖涣之笑道："也不看什么人，就敢说售罄这样的话！别看是法国人开的生意，生意经在哪里都是一样地念。要说世人就是都有这样的兴味，越讲稀少难得，就越能引人求购，真也屡试不爽。"正说间，那女招待端了托盘款款地来，将托盘上的四个小号青瓷碟逐一放在四人面前。长仁看时，碟里放了张白镂花棉纸，纸上卧着小小的一块黄澄澄月饼，饼被横竖切开两刀，旁边放着根镶银边青瓷柄小叉。

笑吟吟的女招待并不离开，等着几人点菜。

"这里的番菜馆除咖啡、西点好，菜也还算正宗，不尝倒是有些可惜。敝人最喜此处的招牌菜，以饭店字号冠名，叫作'扬子江牛排'，只消让厨子烹三分熟，外焦里嫩、外熟里生，味道颇腥鲜引人。若不想吃牛肉，还有羊肉、赖菲鱼，或煎或烤，各位自便。还有，白脱蛋糕、起司条、火烧冰激凌都值得尝一尝。"正说自己要了三分熟的牛排，又一股脑地点了罗宋汤，牛油虾水果沙拉。子正、长仁不好拂主人美意，便随他点了牛排，长仁悄声吩咐那女招待，自己的这份牛排务必做熟，不带一丝血水。

看着女招待点头离开，长仁放下心来。拿起那小叉戳了牙月饼放入口中，只觉饼皮松软，入口即化，那内里的馅料却好似用鸭蛋黄兑了奶油起司之类，粉糯适中，甜咸兼备，倒不失为一道美味点心。身旁王柏达也吃了一牙道："这咖啡竟能做月饼，倒也新奇。"长仁正吃惊他怎的与自己吃的不同，便听对面子正道："咦，柏达你吃的是咖啡馅吗？我这里却是牛肉松的馅子。"

长仁低头细看时，却原来碟中四牙月饼实由四味饼切开再拼成个整圆，那剩的几牙馅心颜色全然不同。当下叹这家饭店生意做得精细，自称火爆售罄所言不虚。如若各行各业都有这种精神，那又何愁出产不精，销场不旺？暗自想着等明日回厂子找浩之过问下产品革新事了。"唉，又不知得要多少钱哩！"想到厂子，长仁便要将刚才在欣兴咖啡馆没说完的纺织话题继续下去，看眼前这位财神爷是不是能出手相助一二，以解厂里的燃眉之急。

第五十八章　假阔少圈定生意，真商人枉附财神

待看几人点菜已毕，长仁便忙试探着道："赖先生，之前听您意思，是对纺织业有兴趣，那何不直接投资或盘下现成的厂子，现下宣布破产的纺织厂可不少。子正兄与弟便看中一间，正商量拿来做成个华胜的分厂。"

子正心知肚明，便忙将面色一凛，坐直身子对长仁道："唉，老弟好没道理，赖先生乃实业大家，怎么能够看中我们那个不值一提的小厂子。他若开办必定是个纺织业的托拉斯，咱们只消加入他便可坐收渔利，岂非便当。"

没容长仁再讲话，赖涣之却接口说道："谁说我没兴趣，敝人非常有合股之想法。想来南京地方也好，南洋家乡也罢，大家既都是立足商界，相识便认作朋友，互相帮衬扶助是常有的。不瞒二位，家父的生意近年来走下坡路，实在只剩空架子勉力支撑，否则也不必要我来此地考察开辟新路子。"

"听赖先生意思，竟是要与我们合股开厂吗？"长仁与子正相互对视，二人均见喜色。

"正是，不仅贵厂，还有柏达的洋皂厂，敝人均有意向考察一二。虽此来手头不绰，能注股的不过现洋二三十万之数，说来有些寒酸。但独立开厂经营我却是不愿的，国内外各处的生意哪里看顾得来，便只信识人任事的工夫，专事投资或可望有转机。"赖涣之交了实底。

女招待端了餐前开胃浓汤上来，王柏达一口吃完面前月饼，正听见赖涣之讲到投资数目，心头大喜，慌忙站起身来亲自去抢着给财神爷上那汤，不想却碰洒了汤汁在桌上，赶忙扯自家脖领掖的餐巾要擦，却是胳膊肘又杵了女招待的腰眼，险险未将她手中的托盘翻去。赖涣之哈哈笑起来，王柏达窘红着脸半躬了身子不敢妄动，只等着看她上汤。

子正见几人正忙乱，不由分说拉了长仁便向外间去，长仁甚觉失礼，却也不得不跟了子正走到门口。

"老弟觉得此事可行否？"子正急于与长仁商量，劈口便问。

长仁有些犹豫，道："事且不提，这位赖涣之是否可信才是第一要当心的。还有这事也太凑巧些，咱们正缺周转的流水，就有人送钱来！"

"我倒觉着赖涣之为人还是很能实信的，观察下来，倒不失可爱可敬之处，是个性情中人。至于说凑巧么，就好似之前突然认得你长仁老弟一样！"子正笑着打趣，却让长仁一时语塞起来。他心里也对这位赖涣之的印象很好，只为投资

事大，慎重为要。

二人不便多讲，只略商定邀约赖公子到华胜和祥昌先走一走，一边派人查实他身份再行签约写合同。

再坐回桌前时，几人又热络不少。子正便有意无意间聊到赖涣之在南洋的生意事及家中情形。赖涣之倒也健谈，非但毫不避讳，竟事无巨细交代得清清楚楚。他虽说是老赖先生的二子，但他有众多兄弟姐妹，生意多由大哥全权把控，虽说十二个兄弟都有各自一块，终究不能独立自处。说得长仁和子正倒对这位富家少爷生出同情来。

长仁心道："听他讲来，那大家族看似兴盛繁荣，热闹非凡，却是免不了人多口杂，钩心斗角，倒不如我这样一人承当、一人独断来得痛快爽利。"

待菜全上桌，几人才暂住了口。先上的是餐前开胃罗宋汤，再上的是沙拉和牛排。长仁拿起刀叉先轻轻划了几下盘子里的那片牛排，只见蝴蝶形的一片肉，表面用黄油煎得焦黄可爱，肉排上浇着黑椒汁，几颗小小的胡萝卜丁和青豆散在盘边，增添了几分色彩。刀切开处，牛肉内里粉红，倒没像上次那样血水横流。长仁这才向那女招待微一点头，开始享用自己的美餐。

一时饭罢，赖涣之的东却莫可如何地被冯子正抢去会了账。少不得被赖涣之半真半假地埋怨一通。本是要去四楼放映厅看新进的电影，可那两位洋小姐教赖涣之攥了回去，四个大男人看电影颇显得无趣，只好作罢。于是四人约定明日去华胜和祥昌，捎带脚再去待接手的厂子考察。

长仁因想着要与子正再谈这赖涣之注资事，便在饭店打电话回家叫老贾安排车子来接，两人坐在饭店客堂等着。

王柏达早搬离鲜鱼巷，住进自己的洋皂厂，离扬子江饭店不过百步，便辞别三人自走着回去。

赖涣之此时叫过自己的福特轿车，极力要送子正、长仁回家。二人不好驳他面子，只得再打电话回家吩咐车不必接，然后坐上赖涣之的汽车。本来子正见时间尚早，想去长仁家再聊聊天，现由赖涣之送，倒不便再去，只得先行回家。车上三人少不得又对现今的行业市场品评一番，车开得很快，长仁到家时方八点钟。

车停在家门前。老贾早候在门房里，不时透过小窗向大门处张望，见有小汽车停在自家门前，知是东家回了，便立即带了小六子和门上两个小子出来迎着。门口的电灯泡是新换过的，此刻格外光亮。

赖涣之客气地下车与长仁道别，长仁少不得要跟老贾介绍这位南洋富商，又是一阵热闹后，赖涣之由长仁几人目送着上车离去。长仁这才与老贾几人转身进家门。

老贾躬身哈了腰道："这位赖先生真客气！"长仁笑问："你是说他客气还是阔气？""都是，都是！像他这样子的阔气派头，还亲自来送东家，真是客气。"老贾笑着感慨。小六子在旁边插了句："这位赖先生派头是足的，实看着不像是南洋来的。我跟先前东家去过福建，那块南洋商人足多，个个精瘦黑小、模样可怜，像这位赖先生皮白多福的体貌倒是少见得很。"

长仁笑道："人是富家少爷，自小养尊处优，哪里会经外边的风吹日晒，自然富态十足。你小子倒真会恭维人，明儿赖先生上厂里考察，你跟着我去。"

小六子咧开嘴连声答应着："是，是是。"

赖涣之将子正、长仁一一送回家。车子沿惠民河西岸的大马路疾驰，行至路口向右拐进宝善街，然后又驶回了扬子江饭店，车没开去大堂，而径直开到那灰墙红顶西洋建筑左边庭院将车停了。不一会儿，白手套司机下车，出了扬子江饭店，招手叫了辆人力车消失在夜色中。

可是，这车子开了一路未曾停过，赖涣之却去了哪里？

赖涣之此刻正在车里，他脱了脚上皮鞋，将汗湿的袜子褪下，送到鼻子底下闻了闻，仿佛觉着味儿还过得去，就把两只袜子一边一只搭在两个鞋帮上。然后脱了西服裤子，按裤缝折好，整齐地铺在前座椅背，又小心翼翼地一个一个解开身上白绸衬衫纽子，脱下轻抖了几抖，这才将衬衫撑开搭在铺着裤子的椅背上。又用手从上到下掸了掸衣裳，这才抓起身旁的那顶巴拿马凉帽，扇着风，光身倒在车后座上，两条腿是伸不直的，只将就交叠蜷缩着弓起身子。

这车，便是赖涣之的"家"了。

他并不是什么南洋富家公子，只不过是个高级骗子，由上海学到拆白党一套秘术，四处坑蒙拐骗闯码头。赖涣之，实非其真名，他叫什么恐怕自己也不记得了。反正每做一桩"生意"，便必得换个地方，换个名字，换身行头。这辆新款汽车，便是不久前在上海色诱了一富豪寡居的姨太太，得手这辆小汽车，还有一张空头支票。连这身新衣裳也都是那姨太太给他做的。做他们这行，非但嘴皮子麻利、头脑子灵活、手脚爽利，还得生就副好皮囊。

吃饭的那其他本事俱都可以学练得来，身材皮相却全得靠娘老子生来。好在他生得颇不错，原向来只吃女人饭的，可近来他年纪渐长，越来越觉出自己身子亏虚得厉害，想着光吃身上的饭恐不会长久了，便打算转行去商界刨刨食。

可千万别以为这位先生是要从良做正经生意，他只是将骗人的目光从女人转到商人身上去罢了。

存了这样"转行"的心思，他便得了这辆汽车，只是那张支票却是不能用的。

想到这儿，赖涣之"呸"的一声骂出声来："妈的，老娘们儿竟敢拿张空头支票骗老子！"却又无可奈何。他身上没多少现钱，所以逃不远，只从上海逃到南京来，准备骗笔款子远走高飞，最好去到外洋逍遥快活一番。

自来南京，原还住着个小旅馆，可口袋越来越瘪，目标却还没出现。正踟蹰间，他发现了这家饭店，高级，很能配得上自己的车。关键是这家饭店的看门人只认衣裳不认人，对进出的小汽车更是问也不敢问一声的。想来也是，南京城里，能开得起小轿车的本就为数不多，更别说是这样一款新型高档轿车了。

自此，赖涣之便不愁住宿的问题，那吃饭就更不在话下，凭着自己一张利口和气派的好皮囊，结交几个做生意的蠢物倒很是容易。

但是，要想赚大钱，就必得好好谋划才成。

赖涣之睡不着，他脑子里飞快地回想今天事情的全过程。直觉告诉他，今天这两个生意人绝对是两条大鱼，从言谈举止、说话态度能看出，他们对自己没有任何怀疑。王柏达么，小角色，只消拿他给自己敲敲边鼓。

等等，如果他们派人去打听呢！

"嗯，那报上登载的南洋赖道生家族的事，自己早背得烂熟。烟草生意的行市内情也多方打听了解，南洋生意习惯、生活风俗、民风市情也无一不过细研究分析。"

选定冒认身份的这位赖涣之，倒也确有其人。是赖道生与七姨太所生的儿子，在赖家十三个儿子中行二，都称赖二少，是个地地道道的富家子公子哥，生在商业人家，却对从商一窍不通，喜欢四处游历，常年不在家中，有时连老婆也说不清他去了哪里。帮忙打理生意的哥哥——赖家大少爷，掌握了家族商业全权。这赖涣之不以为意，倒落得轻松安逸。

冒用赖涣之名头，的确是不易被人识破的。因为无人知道这位公子哥又去了哪里逍遥，无处可查！

那么，明日去长仁和子正的纺织厂，便径说满意的话，最好能撺掇他们把那间什么分厂买下来，还愁抓不着那现成的银子吗？

骗子想着有些得意起来，轻轻哼两句小曲，入夜暑热渐消，他微笑着睡了过去。

天色微明时，他一个激灵醒过来。忙起身小心穿好自己一身时髦行头，从车前档工具盒里翻出个精致的女人用的香水瓶，先对自己腋下喷了两喷，低头抬手嗅过，皱了皱眉头，似乎不大满意。将手扶了车门把手，看四周寂静无声，忙极快地下车，打开后车厢，拨拉半天，揪出件半旧的浅水蓝暗纹府绸衫，可皱巴巴实在不上台面。他扯了扯绸衫，忽地像是想起什么似的，又拿出个小布包，轻轻关上车门，快步向酒店走去。

门童是晚夜换的班，见赖涣之走过来忙上前道了早安，又道："先生怎么起得这样早！"涣之道："在南洋家中，我都是习惯晨起锻炼的。噢，你们南京早晨竟还有些凉意，带的这件衫子被我揉得不成体统！"说着将手中的那件绸衫向空中一抛，对门童道："快点给我熨烫出来，再喷上点古龙水，我八点钟出门会客用！"嘴上说着，脚下却加大步幅向里走。门童接了衣裳在手，应过"是"后，又跟在他身后问："先生，先生，请问您是住在几号房？一会儿好差人送过来。"涣之头也不回一下道："三〇六房，记着，八点前一准送来。"

门童两手捧了那衫子小跑着向里头去了。

赖涣之转过宽窄楼梯口，向下看着那孩子背影，嘴角微微一撇，打了个响指。向长长的过道尽头走过去，推门进了二楼的男厕，进门四顾无人，他将门反锁，走到洗手台前，把手中的布包摊开，却是一张洗脸巾裹了一小盒面脂。一番洗漱完毕，赖涣之擦了面脂后，将手心残余的一点在头发上抹了，又小心地顺了顺唇上短须。看着镜中的自己，满意地点了点头。

脱下身上的白衬衫，他放了一盆自来水，将衬衫泡在水里，轻轻地搅动着，酒店台上的洗手香胰味道不赖！洗完衬衫后，他揪下台边种着的常春藤叶子，包起那小半块香皂，揣进自己裤袋。然后像变魔术似的，由袋内抽出根细绳拴住两头，把衣服挂在冷气下吹着，衬衫立即被风吹得鼓起来。

赖涣之不紧不慢再将那小块毛巾浸了水开始擦洗身子，冷水激在身上皮肤微微泛红，自己觉得爽快得很，又得意地吹起口哨来。忽地，他停住，听见有脚步声从廊道那头传来。

赖涣之站在那一动不动地等着。脚步声经由门前走远，他笑了笑，开始脱裤袜，光脚站在地上，那块小毛巾的作用被发挥到了极致，硬是将他从头到脚擦洗了一遍。再穿上裤袜，又进了如厕间，一刻钟出来时，赖涣之精神焕发。他伸手摸了摸那件衬衫，元绸的衣裳虽说易干，这样短的时间也仅是不再黏肉而已。穿上衬衫，将小绳收好，毛巾也卷成小小一握蜷在手心里。

他扭开门出去，径从大堂侧门出来到自己车边，他将衣裳脱下原样挂在前座椅背上晾着，抽出座下一个压得平展的汗背心套上，又将那小卷毛巾展开搭在脖颈上，锁好车，他看了看手上表，时分针正指在七点三刻上。

他将毛巾上的水在自己前心后背压了两压，然后小跑着往大堂去。他远远见先前那门童站在门口处，径跑去门童面前站住，劈口问："怎么衣裳还没好吗？一件薄衫怎么这样慢！"门童吓得怔住，忙边赔不是就要去催，赖涣之嗔道："这家店是越来越不像话了，一点小事情都办不好，亏遇得我这样老主顾不计较。还是我跟着你去取吧,着急要出门哩!"门童一叠声赔着不是,在前头领路,转到后场间,只见一个粗使女人手里拎着个衣裳架子,挂着的正是他那件蓝绸衫。赖涣之用手一指:"快快,拿过来。"门童蹿过去一把夺了衣裳双手递过来,涣之劈手拿来看了看道:"整烫得还不错,就不与你们多啰唆了。回头把我房间收拾干净!"说罢头也不回地昂首走了。

门童朝那女人一缩脖,用手揩额上汗。

赖涣之套了蓝绸衫回来时,雇的司机已经按时上钟,正在车边等着他。见他来便道:"先生,昨天太晚,没好意思向你要工钱,这……"说着伸出手来要钱。

"你这人,我住得起扬子江饭店的人还值当赖你几块工钱?原想要多用你几天,那算了吧,我另雇他人。"说着作势去掏裤袋拿钱。

赖涣之答应开给司机的工钱是别家三倍,司机一听要多用几天,忙拦住急口道:"先生,先生,您千万别误会!我、我、我嘴笨,绝没有那个意思,因前天你说是用一日算一日,那要是能多为您效力,真求之不得。就别麻烦了,用完一块儿结账,您看行吗?"说完掏出那双白棉手套套在手上,将车门拉开,却见椅背上晾的那件衬衫,一时莫可如何,拿眼看赖涣之。

涣之不慌不忙道:"这件衣裳昨晚忘记让饭店洗衣房洗,出门没多带衣裳,你一会儿送我去大马路的祥昌缫丝厂,就把这件衣裳拿到边上绸缎庄给我整烫整烫,晚上我有个应酬得穿。"司机恍然大悟,连道:"是是是。"

车开到丝厂时,子正、长仁和王柏达俱在门口恭迎。王柏达抢步上前拉开车门搀财神爷下车来。几人拥着赖涣之向厂里走,赖涣之却回头对司机道:"你找家成衣铺或绸缎庄,将我衬衫送去整好。速去速回!"

长仁听了忙道:"哎呀呀!哪里要找,兄弟正开着绸缎庄!"对身后小六子吩咐道:"快去将赖先生衣裳整烫好拿回来。"

小六子答应着正要走,子正一把扯住他压低声交代:"照这件尺寸,多带件回来送给先生,务必拿店里最好的,方不失脸面。"

小六子犹豫:"那,我们东家还不晓得……""妈的,这小子,快去,我自会跟你们东家说。""哎!"小六子得着话放心去了。

长仁和子正引赖涣之向厂里去,迎面看见巨大红布条幅上几个大字:"热忱欢迎南洋实业家赖涣之先生莅临指导"。除了在机器上的工人,百号多人全集中在条幅两边齐喊欢迎,场面极是热闹。赖涣之教自己嘴角只略扬了扬,边点头挥手向欢呼的工人们打了招呼。长仁亲自介绍厂门前镶嵌在墙柱上的那些一代代成品丝,直至加产的棉纱、涤棉、化纤,又带去逐一看各车间、纺机、纱锭,赖涣之微笑着一味点头,又问他运转出销情况。四人看罢厂区,长仁有意请他再去办公

第五十八章 假阔少圈定生意,真商人枉附财神

397

间坐下听一听厂里各车间管事们的汇报介绍。子正等不耐烦,道:"时间很紧,老弟!还有咱们看中的华新路上的厂房要请赖先生拿主意拍板。"赖涣之也道:"那还是先看厂吧,好吗?"

看罢子正厂子出来,几人背上都湿了,赖涣之颇有些不耐烦,王柏达道:"我看赖先生也有些累了,莫如到我厂里坐坐,我叫人去广和园叫几样点心冰饮来。"

赖涣之笑道:"还要说是柏达老弟会关心体贴人呐!不瞒各位,早上跑了几圈,又起得太早,饭店早餐间要八点供应早点,敝人正是饿得不耐!"

子正和长仁汗颜道:"实在是我们的失误,想得太不周到了!"忙陪了再上车,十点半钟,赖涣之坐下吃到了今天的早餐。

赖涣之也不客气,只一气吃饱方才住口。赖涣之雇的那白手套司机在隔壁单辟一间吃得高兴,不由得话就多说了几句。赖涣之吃完出来时见他正与长仁家小六子有说有笑,生怕他话多闪失,便沉了脸咳了一声。司机抬眼见他便立时刹住口不说话了。

第五十九章　华胜厂遭逢难关，难借款另辟蹊径

几人坐上车向华新路开去。

车上，小六子吞吞吐吐地跟长仁道："东家，有几句话不知当讲不当讲！"长仁素知小六子是个爽快性子，便道："我还不知道你小子么，想说就说，磨叽什么。"

小六子忙道："这位赖先生的司机讲，他是临时雇来开车的，并不是跟着伺候的下人。这么大老远的，这位阔少也不带个随从，您说奇也不奇。还有，这样的富贵世家公子，竟还会欠个司机的几块工钱！"

子正颇不以为意："这却不足为奇，我昨晚连夜派人打听，今儿一早便回复得清楚。这位赖二公子，素喜独来独往，四处游历闲逛，就连他家里人都不知他平时到底在哪里。大老远地来，临时雇个把人帮忙也是有的。工钱么，这样的富人哪会将几个小钱放在眼里、记在心上，找他要便是，没有不给的。"

他想了想又接着道："那赖老爷子可是南洋华侨中首屈一指的富翁！原是祖籍福建的海陆丰人，祖上下南洋开采金矿赚了大钱。早年间送他去英国留学，不想他学业未成便去闯荡经商，先在马来亚彭亨洲文东埠开了间北兴公司，专事锡业；又开了两家远洋轮船航运公司，往来航行于南洋、香港和上海、南京等埠。都只知道南洋赖氏橡胶驰名全球，其实赖家承包了荷属东印度一些岛屿的橡胶税。在巴城还开有侨惠银行，专办华侨汇储信贷业务。你们说，他们家的公子可不就个个都是地道财神爷吗？"

"教子正兄一说，兄弟再也不敢相信这位赖二公子说的什么家族生意不妙，即便橡胶行业近年走下坡路，不还有轮船公司的运输，更不消提银行金融。居然只带了二三十万来国内创业。"长仁觉得这赖涣之有保守之嫌。

"他们赖氏家族三十多年间，经营的企业利润惊人，据传全盛时期，资金竟有七八千万荷属东印度盾，这还不包括祖上留下的不动产。不过十多个儿子各管一摊事，谁都防着点谁，那就不好说了。"

长仁认为子正说得有理，小六子倒又嘀咕："这么远的南洋，这车子倒不知道怎么样费周折运来哩。"此时车到厂门外，小六子忙跳下车拉车门。

赖涣之在几人簇拥下，由老厂东领着在厂区转了个遍。出来便对一行人道："这个厂子倒是有得一干，我很满意，不知二位意思怎么样？"

"哎呀呀！我们正是看中了这个厂子，准备买下来开个华胜的分厂，这不资

金一时不凑手。"子正听赖涣之主动提及，终于将心中所想冲口而出。

"喔，原来是缺本钱，说说看缺多少。敝人既是为投资而来，又发现了满意的项目，当然是极愿促成一下。只是，有个小问题请教，既然二位都说纺织业难做，不赚钱，为什么还要一味地扩厂。只怕，并非无利可图吧！"赖涣之轻声一笑，问二人。

"就是因为利益极低，才要多出品，以量取胜。华胜厂向来注重产出的高品质，不肯偷减半分工料程序，因此出品有限，再加之市面上洋货新品层出不穷，厂里必得有可拿得出手的新织品来抵敌抗衡。"

"子正所言极是！敝人此前在欧洲游历时，正赶上举办的'欧洲纺织新品展'，便凑热闹随意看了看，一见之下倒顿感欧亚工商业的差距日甚。华埠敝人知之不多，不好作比。那英属的马来亚也好，法属的越南也罢，作为藩属小国，都未能得英法工业发展裨益。总还是以农业经济为主，商业仍赖贩负，工业尚未起步……唉，不提也罢，总之使人灰心。本想到上海一展身手，可去到上海看时，市场早被各国商行占据，那些有资本的，却都不用心在商业，一味地只将钱投进股票交易所里去赚快钱。据说市面好时，钱竟是来得十分容易，隔天便可翻几番；若市面不好，却也有赔钱赔得倾家荡产的。南京却不然，对外通商亦有几十年，市面洋货也足多，却并不像上海般促狭局促，因此我倒极喜欢南京。"赖涣之淡淡地道。

子正和长仁听罢连声道好，两颗悬着的心落进胸腔，别提多高兴。

近几年来，纺织业整体行情看跌，利润日薄。银行向来最是势利的，看行市不妙，即刻收紧银根，一改往日大方态度开始惜贷。华商银行贷付课课长钱莫有，负责放款业务，是子正多年的老朋友，向来都对子正所需款子有求必应，子正亦拉了长仁将厂货进出流水存进华商银行。

自德英美法各国开战，市面上的丝品需求及市价均大跌，而各类棉品日胜一日，紧跟着原棉价格飞涨了起来。华胜厂产出以高档丝织品为主，向来未涉足棉纺。战事越是吃紧时，棉价却越发地高涨不下，时局市势变化莫测，让子正等人始料不及。商人趋利，原先的老主顾纷纷减量或干脆不再进丝货，转而投去棉品，出口订单除了少数几家经销商还在吃进，几遭全部退定。华胜仓库里积存越来越多，可厂子依然日日开工，不曾停工一日。

子正以为，工厂，不论产出品赚钱与否，哪怕是不顾销场积存在货仓里，也必得教机器转动、工人忙碌，才算是有个工厂的样子。厂子停机便意味着离倒闭不远了。伯诚与长仁倒全然不认同此想法。伯诚觉得，应时刻关注市面上的行情，随行就市，厂里灵活地产出与市情相应的成品。"如这般明知出品滞销而一味产出,那才离倒闭不远呢。"伯诚向长仁倒苦水,"子正太过固执,根本不听劝告。"长仁跟着笑一笑,摇摇头,伯诚却是主张在市场低迷时,厂子里就该停工,以保住有限的资金不被滞积,以期适时复工才是,哪怕是半停产呢。可他们三人并没有就这件事情共同商议过,因为子正不容人提停工的事情。

半个月前,美国最大的客户电报来告,先前签下的订单不必发了,美方甘愿承担违约金。华胜厂遇到了从未有过的危机。如若厂里继续开工,那仓库里的积存便无法消化,资金不能回笼,现金断流直接导致原材料无以为继,最终还是得停工待料。

三个股东几番商量,最终也只能走贷款一条路。既然棉品有利可图,便日夜赶工加制撑过战事,市面一旦看好,只要库存开始松动,华胜便有了生机。此外,市面上不断有倒闭的纺织厂,若此时入手,价钱是极好谈妥的,莫如孤注一掷,搏他一搏又有何妨。

子正照例去了华商银行找钱莫有,准备贷笔二十万的款子,除了买下华新路的这家倒闭的纺织厂开设华胜纺织分厂。还有一批织锦遭美国订货商悔单退货,这可是一笔五万的大订单,伯诚为此专程赴美,可那客商留的美国地址查无此人。子正和长仁接到伯诚电报时,欲哭无泪,这么大笔退货将厂里的流水拴住,登时周转显出局促,竟已经到了连进日常生产物料的货款都付不出来的地步。冯子正向来知道伯诚是拿不出钱来的,便伙了他一齐去找长仁商量,可长仁此时亦自顾不暇,哪里能拿得出五万现洋来。

华胜厂的出路便只剩具保贷款一条。虽说银行息钱不低,可总能够应一时之急,好教厂里缓过口气来,原料到位,机器才可转起来,工人才有活儿好干。

子正因身后有银行做坚强后盾,并不着急,还笑着安慰长仁和伯诚说,有好就有差,反过来说,差的行市也终会等到好起来的。所以只要抱定个"守"字,守得住,便就是胜了。也少不得四下张罗筹措找钱,银行、钱庄、商界朋友各处跑遍,竟一无所获。

他像往常一样径直去钱莫有办公间。老钱早知道华胜厂退单的事,虽说待子正依旧热情如常,只不等子正开口便大倒苦水,什么行市不景气,贷出去的款子十之八九都收不回来成了呆账,又什么市面现金流反常,柜面吸储纳存也出了状况,等等,说到后来,竟似乎像是银行就要开不下去了的似的。子正贷款的话被生生堵在嘴里吐不出来,垂头丧气地回了家。坐在沙发上,子正越想越生气,胸口憋闷得难受,烟都不抽了。家里的下人们遭殃,成了出气筒。

赖涣之的出现,真真无异于雪中送炭。奇巧的是,他南洋的家中开着银行。子正放下手头所有事,又拉上伯诚、新图,陪这位从天而降的财神爷各处走动。

伯诚近来和浩之结成莫逆，正商量着技术学堂分部开办各事，早订了下午的车票赴杭州选校址。对子正拉他陪这位赖二公子哥闲逛很有些心不在焉，勉强到晌午，便自溜了。剩子正、新图二人，还喏喏地跟着涣之去逛夫子庙，而后去韩益兴饭庄。

三人在二楼雅间正吃着，饭店堂倌来请何先生听电话。原来，是厂里找新图有急事。子正料定厂里出了什么事，可是有赖涣之在座，当然不便显出忧心样子来。新图回来，结结巴巴地向子正报说，华商银行的清欠专员去了华胜，拿着银行催欠函，要三日内归还年前所贷款项共五万元。此刻，那专员正等在厂子里，要他去签字承兑。子正暗骂钱莫有落井下石，明知道华胜资金吃紧，偏还在自己去找他贷款后发来专函清欠。想当初自己是如何贴心贴肺地交定他这个朋友，但凡有款子来往结算，都认定他的华商银行。只得让新图先回厂去应付，草草饭罢，子正忙辞了涣之，急赶回厂。

子正回到华胜，何新图已打发银行那催账人去了。可白纸黑字的一张催欠函，刺眼地摊在桌上，等着他想办法。

他操起桌上电话要伯诚来商议，忽地想起伯诚与浩之去杭州要定新技艺学堂地点，此时已是去了火车站。子正丢掉电话骂道："成天价学堂、技术、工艺，竟不顾厂里已经到了山穷水尽的地步，还去捣鼓什么学堂，靠招几个学生赚钱吗？若是没了工厂，要那么些学技术的工人又有什么用？"骂完坐下抽了支烟，方平复心头怒气。再摇电话招呼长仁，接电话的是长仁家的贾管家，回说家里出了事，东家病得躺在床上起身不得。

冯子正听罢顾不得细问长仁情形便挂了电话。着忙找来新图又再将厂里可用的现金盘算一遍，只有两万。他打发新图立即取钱，子正急得如热锅蚂蚁，坐也坐不住，老着脸再去找钱莫有，准备将自住的宅子押笔款，好凑足五万块急用。

坐车来到钱莫有办公间门外，正听到里头传出老钱笑声。待推门进去，钱莫有正放下电话，脸上的笑还堆着，想是遇到什么喜事。子正便笑道："莫有老弟近来真是顺意开怀啊，门外廊道里都能听得到笑声，什么好事说来听听，也教兄弟为你高兴高兴。"

钱莫有见子正来，忙从办公桌前站起身来相迎，边笑道："目下行市萧条，哪个行业都萎靡不振，如我这般焦头烂额的还哪里有什么喜事。估计也只有那些将钱投入股交所的能笑一笑咯。"

"股交所？"子正不晓得是个什么名目。之前像是听谁提起过，却并没放在心上，在要用钱的当口，但凡听见什么能赚钱，便多留心起来。

"你没听说吗，自打北京首创了家股票交易所，同月便有日本商人在上海创了家上海取引所，交易十分活跃，获利颇丰。于是有上海几个大华商出头，向农工部申请要成立上海证券物品交易所，月初新开业，据传那启幕仪式空前热闹，现场认筹踊跃，可谓是盛况空前。刚开业时，平均每天收佣金近两千元，不过开办几个月，交易所自己发售的股票便由每股十二元半猛增到六十元，佣金也高达八万二千元！啧啧，可说是躺着赚银子呐。"钱莫有很有些得意的意味。

然后不待子正说话，又像自言自语地道："可惜啊，可惜，可惜当时买进的太少了些，唉，可惜呀。"

"什么可惜？刚刚还高兴得什么似的，这会儿怎么又懊恼起来？"

"刚才是猛地听到买的股票赚钱了，自然是高兴的。这会儿是后悔当初买少了。都怪我想得太多，不果断。唉，唉！"钱莫有连连摇头。

子正听清钱莫有话，知他是买的股票赚了钱，却是嫌赚得少了。又想起之前与赖涣之吃饭时说的上海人均投机赚快钱的事来。心下一动，忙问道："莫有老弟发着财，却道是发少了。为兄我正是水深火热，焦头烂额，老弟贷款不能放，那这购买股票的内情能否透露一二，老友一场，有财路怎么不教大家都来踩一踩？"

钱莫有听子正提前次不肯通融放款事，不觉面上过不去，忙赔笑拱手道："子正兄这样说，倒教兄弟实在难做了，上头封了贷，兄弟也是替人办事，吃薪水饭的。如若兄弟自家开的银行，怎么也得支持，没二话的。这股票么……"

提到股票，钱莫友声音低了下来。子正竖起耳朵，催他道："股票怎么样？兄弟一窍不通，只求老弟指点一二。"

"说到股票，倒是要先劝子正兄几句，股票不敢讲都是赚钱的，也有人买错了股，赔尽所有资本银子去跳黄浦江的。"

"这个我知道、知道。所以要听你老钱的指教嘛，金融界的精英，消息灵通，脑筋灵便，为兄只向你学得一点皮毛，便可以发达了。"

"这是从何说起，兄弟实不敢承当。我也是跟了上海同行，都是朋友介绍买入的。这不也担着赔钱的风险。"

"行，我知道这股票是有风险的，若遇赔钱，绝不怪罪你钱莫有老弟。非但不怪，还要感谢你老弟在为兄困难时的鼎力相助。"子正忙表明自己态度，只为钱莫有能透露些股市内幕。

"好吧，听这样一说，兄弟再不如实相告，便真是不够朋友了。兄弟买的是股交所自己的股票，听朋友说，风头实足，买了有保障。交易所经营有证券、棉花、布匹、棉纱、粮油、毛皮，从物品交易所的交易情况来看，棉花、棉纱最为活跃，而证券部除了交易所自己的股票火爆，其他股票和公债交易情况倒还一

第五十九章 华胜厂遭逢难关，难借款另辟蹊径

403

般，不成局面，因此物品交易所的证券交易，实际就只能以投资他们本所股买卖为主。"

子正虽没大听懂钱莫有讲的这些，但以他从商多年的敏锐度，他嗅到了钱的味道，这不就是种投资嘛，与做生意一样的道理，无外低价买进，高价卖出，赚取差价。当下笑："也就是说，咱们买物料的话，只买进棉花、棉纱，而股票便只买入上海交易所发行的股票，是吧。"

"对极，对极。"钱莫有拊掌笑起来。

"那莫有老弟之前买的是什么呢？"

"我只买的一只股票而已。"

"行了，刚老弟说每股已涨至六十元，几个月间已然涨了五倍。这一本万利的投资是绝无仅有的。那我便拆屋卖地筹钱几千股，只是，怎么个买法呢？"

"南京人购股卖股那都得去上海交易所交易的，就在四川路爱多亚路转角……"

"噢？是那里吗，我知道的，有家叫作长发的客栈，我之前还住过几天。"

"对，就是那家长发客栈，被买下做了股交所的办公楼，一楼交易大厅，二楼办公间了。"

子正准备孤注一掷，将手中两家厂所有的可变现资金全部投入上海交易所去买股票。

第二天，冯子正去长仁家，见他还没醒，便也顾不得太多，带了何新图又去找钱莫有，详细问过买入卖出股票，交割手续。

钱莫有不在办公间，子正只得和新图坐在椅子上等着。新图坐不住，在房里四处看，见一张桌上放了张昨天的早报，彼版幅颇大地载着"上海证券物品交易所新股发售"字样，便喊了声："先生快看，报上登有您讲的那个什么股交所的消息哩！"说着要给子正看。他刚将报纸拿在手上，身后传来喝问声："什么人，怎么乱动人办公桌上的东西？"

新图吓得丢下报纸，回头看却是个穿着考究的年轻人，浅灰条纹细呢的洋装，头发整齐地偏分着，眉眼极清秀，此时正冷冷地瞪着新图。新图一时怔住，张了口不知回答。子正忙站起身来向年轻人拱手道："抱歉得很，我这朋友见报上有关注的消息。一时间忘形，那既然主人来了，能否借看一下您桌上的这张报纸？"

"哈！我可没说这是我的桌子，我也是来找人的，请问你们看见钱经理了吗？"年轻人笑起来，自己却溜达到桌边，顺手抄起那张新图刚放下的报纸翻看着。何新图听他说是同来找人的，气得鼻子一哼，刚想抢白他，见子正冲自己皱眉示意，便将到嘴边的话又咽了回去。子正哈哈一笑，对那年轻人道："不知这位朋友贵姓大名，找莫有老弟有何贵干！"

年轻人听子正称呼钱莫有颇亲热，立即一改态度，放下报纸站起来，也冲子正拱手回礼道："兄弟顾希元，上海证券物品交易所的经纪，此前与钱经理有过合作，您是他的朋友吗？"说着一指那张报纸："喏，就是这家咯。"抬眼看了看子正。简直得来全不费功夫。子正听他是物交所经纪，喜不自胜，忙递上名片自我介绍。顾希元接过名片看后，见是个厂主富户，便也忙着起身回礼道失敬。子正因想细问股票事情，便硬拉他去附近的中华咖啡厅喝咖啡。顾希元则想着多个客户，便不推辞。二人细谈之下，子正明白了这挣快钱的原委。交易所资本总额五百万元，分作十万股，向社会公开发售。根据买入卖出股数资本的多寡，每天市场会有浮动股价。一般来讲自然是低买高售，但这种数字纸面上的交易很难把控涨跌。因此全靠投资人的估计，若看好便买进，买进的人多了，投值便会大涨，若低价买入的投资人在此时抛售所持股票，那么便会赚钱。怪道叫这种投资做"投机"，投对了，迅速获利；一旦错投了跌股，旦夕间即可能血本无归。

顾希元见子正对股票债券很感兴趣，忙又透露些实在的内幕，以抓牢这个肥客。交易所的大股东们不断挖空心思抬高本所股的股价。除了增大赌注，又联合部分理事与经纪人，进行"多头"活动。所谓"多头"，即大量买进本所股票，以图用买空现象制造"供不应求"的局面，不明就里的市井小股民们纷纷跟风买进，待股票上涨后抛出，从贱买贵卖中获利。当然，有"多头"便会有"空头"，即先行卖出，待市价下落后再买进，当时的"空头"大户是南浔巨富出身的张老板，还有跟随他的几个浙商。这样，股市便出现"多""空"两家势均力敌的局面。冯子正待听懂个中窍门，便当即决定买进上海证券物品交易所的股票。

待几人再回大通银行去找钱莫有，却还是扑个空。顾希元忍不住嘀咕："这家伙，知道我明日回上海，难道赚了钱便要躲我不成。"子正听在耳朵里，心中不免一动，知这二人定是有股票买卖纠葛。当下不动声色，向顾希元辞行道："兄弟明日还要启程去上海购股，就此告辞。"顾希元听他是去上海，笑道："这可巧了，兄弟恰是明日回上海，咱们正可同路。至于买入卖出么，全可由兄弟代为操办，全不由冯兄费心。"这样一来，正中子正下怀。于是二人约定了出发时间地点。

从大通银行出来，子正嘱新图准备明日出行的钱物，然后直奔长仁家去。一则看他到底得了什么病，竟昏睡两日不醒，晚上有涣之请他与长仁的饭局，自然是王柏达所说的投资之事；二则想说动长仁同拿笔款子出来购股票。

他哪知道，长仁家中遭逢了大变故。

第六十章　盂兰会夫妇逛集，定法事和尚多嘴

要说长仁家的变故，还得从三日前说起，事因苏杏儿起。

杏儿早上练功回来，见长仁倒已起床喝了茶。

难得夫妻俩能一桌儿坐了吃早餐。杏儿心里高兴，脸上却不露出半分来："还道是自己是练功伤了精神看花眼咧！不想真真儿是个大活人的您坐在这儿。"坐下忙说正事："知道您定是着忙又得出门，有个大事得说。明日便是中元节，早已经盼咐备办了两副祭礼，香烛冥资俱预为齐备。秦淮老船已经订妥，只是老贾回说，若请那僧尼超度，需要事先排着队，按约期方可上得船，一会儿再叫人打听咱们排的几序。"

长仁其实知道明日放船祭祀事，冯子正家订船时还问长仁是否一起下定，老贾回说太太早已预备，子正还紧着夸赞内贤省心之类，教他窃喜好一阵子。此刻听她提起，倒故意地像是猛记起似的，连声叹着哎呀呀，向杏儿道辛苦。

等听说排队上船的话，这才真的瞪大了眼道："怎么也没听老贾回这事，不妨的，抽空我去静海寺坐坐，不外多出些香油纸烛的捐资，请几个僧人罢了。"

"那敢情好！特为说与你知。正想着让老贾上厂铺里寻，倒可巧今儿碰着面了。"长仁听出杏儿话不是味儿，也只好赔着笑着道："有你在家辛苦操持，我才放心不多过问！"

杏儿倒也不以为意，又笑道："还有，我还想去清凉山赶会凑凑热闹。明儿正日子口上，定是人多路挤，或可赶前赶后的好些。听说近几日，全城那唱白局的名角儿都聚在一处，轮着番儿地上场，那才真过足戏瘾呐！"

长仁知杏儿是想要自己一同去赶会，又听她说有白局名角儿聚唱，心里倒十分想要去听个热闹。可近来真是忙得不可开交，偏生又现银见绌。今儿晌午要去大中华饭店应子正的席，再约赖涣之细谈合伙开厂的事，此一桩最为紧要，钱款到账，铺厂一应紧张全能够开脱。饭罢照例要去四楼礼厅咖啡座，厅间有放映机放美国新戏，叫作《甜蜜娇娘》，那也是必得一看的。晚间在法国公馆饭店请商会赵会长，为华胜办分厂，不知要多出来多少应酬。还有按老赵意思要去明乐跳舞厅，他新近认识那里的头牌舞小姐金宝儿，听说几乎天天要亲去捧她的场，想来自己也是推托不来的。

这样算下来，倒只得早上这会儿，马上去静海寺找大德和尚，定下超度法事的时辰。

他只得赔笑哄杏儿:"我倒十分想陪着你一块儿去听戏。可整日里赴罢此局还彼局,满都有应酬……唉,你说这应酬啊,真真是这世间最辛苦的差事,心里不喜交往的人,却还得赔足笑脸说些个阿谀奉承的肉麻话。若不为家里的生计,哪个有闲工夫去周旋这些蠢虫色鬼。"

杏儿撇了撇嘴:"可说的呢。可人活在世上,着实免不了有三朋四友的来往,没得交际,哪里会有人情!也是没法子的事。只是也该将那些个交情分出一二三等来,哪些该敷衍,哪些能绝辞,应酬有度才是个正理。"

长仁听出她声气不对,却也一时无心周旋,只得道:"哎哎,夫人说得都对!近来厂里铺上都缺流水,不去应酬腾挪,又怎么能顾得了周全。我知这段日子回家少,也是没法子。"

杏儿低头喝了口粥,道:"我是怕你太辛苦,特为想陪你去散散心。"长仁听了忙道:"是,是!还要说是家中有最知心的疼惜我。那,明日家中放古船事大,后天十六,会集还有得看吗?"

杏儿一喜,不信似的抬眼看他道:"南京地方的孟兰会,虽说十五的正日子最是热闹,后面两三日都算会眼,要说真正闭场休声,那要到月底三十。吴妈前儿晌便出去逛过,回来说可叫一个热闹,由城西开始设摊,一直到城南糖坊桥,隔不远便有座戏台,每台都可开三天,因此来说,有三日好戏看!"

此时允礼由妈子抱了前来给夫妇俩请安。见爹爹在,允礼挣脱妈子,高叫着"爹爹、爹爹"跑过来扑进长仁怀里。长仁抱起允礼坐在膝上,用筷头儿挑了些米粥放他嘴边,允礼张开小嘴吧嗒吧嗒地吃着可香,长仁不由得兴味大增,便叫奶妈拿个合手的小匙来。

见长仁逗允礼高兴,杏儿又喃喃:"这样的好局,错过可得等一年。"长仁不禁心痒难耐,脱口道:"大可不必等一年,我后日推掉一应饭牌应酬,咱们逛集去可好?"

杏儿推开粥碗,笑着连连点头。长仁一时看怔住,很久没见她这样开心过。便抓起允礼小手搭在杏儿手上道:"礼儿看看姆妈笑得真好看,姆妈高兴礼儿也开心!"允礼咯咯地笑起来,奶声奶气。杏儿抬起手来一把抓住长仁胳膊,道:"你说的话我都当真,只别教我空欢喜才好!"

长仁假声哎呀呀叫疼,边讨饶道:"姑奶奶饶了我吧,谁敢说假话来,您这练家子的掌力,实实消受不起……"杏儿笑着作势要再打他。这时奶妈拿来木质小匙,长仁接过,哈了粥刚要喂允礼,见小六子拿了公事包过来,道了东家、太太早便立在一边。长仁只好将匙递给杏儿:"唉!看看这忙得,连给礼儿喂饭都不能够!"又亲了亲允礼的小粉脸蛋儿道:"礼儿乖乖听姆妈话,爹爹晚上来喂

第六十章 孟兰会夫妇逛集,定法事和尚多嘴

407

你……"忽想起晚饭似也不在家吃的,便又道:"爹爹改日喂你。"杏儿边接过儿子边笑嗔道:"没谱的事儿,别当着孩子跟前许愿。"

长仁知她一语双关,忙道:"放心,放心。绝不爽约,咱们好好逛一整日可好!"说着摇头起身去房里换衣裳。

小六子跟在长仁身后嬉皮笑脸道:"东家您答应了太太、少爷,可别怪小的没提醒您,明儿冯先生一家也要放船,可是提前约好了的,后边接连两日有赵会长和赖二少爷的还局。还有技艺展园来人,道是要请东家去定开展庆典呢,还有老宋才刚来过电话,请东家抽空过去一趟,您看这……"

"好好好,知道了!不外是要钱的事,不去也知道的。赵会长的局么,我答应下了吗?倒真给忘记了,一会儿我写个条子你跑一趟商会,我再打个电话,想来家家都要顾一顾祖宗亡亲的。"长仁有些不耐烦,可又没奈何。

正换衣裳,门房上来报,南京县商会赵会长派人送信来。长仁着忙道:"快请快请!"扯那个项上的纽襻,慌手慌脚地几次倒把纽子滑脱出去。小六子上前一步帮他扣好。那门房拿出个条子递过来道:"赵会长派的差人还等在门上!"长仁忙打开看,却也是因临时公务应酬,要改明日晚间的饭局到后天七月十七,时辰地点倒不变,可十七是赖公子请吃番菜。长仁边摇头边拿了条子到桌前,提笔刚要写,桌上电话猛地响起来,小六子蹿上前来抓起话筒,听了答应着递给长仁道:"东家,正是赵会长亲自打来的。"

长仁撂下笔,忙接过电话笑道:"是赵会长么!您老人家差人送来的条子在下刚刚收到,拿了笔正写回信哩。您老可真神了,就像晓得似的,电话就打来了!得向您赔罪……"话未说完,便收了声,又"噢,噢,噢"地躬身点头答应着,"是,是,是!一定到,一定到!"说完将话筒递给小六子。到桌前站着提笔写下"尊字收悉,谨照电复!"几个字,又落简款装封,给候在一旁的门房回复送信人。

这才笑着吩咐小六子:"他倒自己来改期到廿日。嗬,这会儿又着忙打电话去子正那里。你给好好地记下日子,可别忙忘了,分厂凭照之事还得指靠着老大人!"

小六子脆声答应着,又笑道:"这倒好,上会去听白局,太太可得开心了!"

长仁带小六子直奔静海寺,道是要捐香油钱,大和尚果真亲自迎出来。两人清明前为静之迁坟事后,便未得空再见面。少不得落座絮言些家乡事,不想这一说,又生出不少枝节来。

大和尚听长仁说起静之坟茔遭邻人争界事,便"哦"了一声,接着又数念"阿弥陀佛",长仁见他忽然如此,禁不住心下奇怪,合起掌来问道:"请问大师父,可是有不妥处?"

"善哉,善哉!施主既发问,老衲便不能不说了。"大和尚合掌还礼。

"初移之冢,堪舆定穴最为要紧,只此一句而已。此本非佛家事,可既为故人,知而不告,便是老衲的罪业了。"大和尚话里有话,可长仁还是听懂了他的意思,静之的穴位有问题。

"多谢师父点破,弟子有不情之请,只不知……"长仁心中惆怅,暗忖迁坟以来,确乎是诸事不顺,当下便也顾不了许多,想请大和尚开解一番。

大和尚合掌道:"此去向南二十里虎矩关蔡家村,有位测字的蔡师父,堪称圣手。你可去找他寻法开解。善哉,善哉!"大和尚说罢又叫小僧拿来一张名帖交给长仁:"只消说是老衲荐来,便没得推托!"

长仁千恩万谢收好,少不得多多地奉上香油纸烛钱。这才提起明日放古船法事,大和尚刚刚接了一大笔钱,哪有不答应的道理,当下便约了时辰。

辞别下山来,长仁心里头揣了堪舆定穴的事,总觉惴惴难安,便交代小六子跑一趟虎矩关蔡家村,先去寻访打听。唉!又少不得一番忙乱折腾。

再待赶到大中华饭店,子正和赖涣之俱已经到席,长仁一再告罪,还是被罚三杯。长仁心里存了事,吃喝玩乐便少了些兴头,只赖涣之投钱办厂这是件关系极大的事体,不得不耐下性周旋。无奈席间任子正、长仁怎样旁敲侧击,或明或暗地试探,赖涣之就是不提签契约合同的具体日子。倒是讲,出门来现银带得不多,又连连吃住在饭店,耗费颇巨,早上出门前柜上已先结了笔二万的店账,登时腰里头便空了。打电话回家要汇钱,偏生家里头说英国与葡萄牙正争着地盘,将外洋的汇兑业务径都封锁,暂不知何时解禁。想自己堂堂赖二公子,断不会开口跟人说借银子的话,便想将自己带来的那辆九成新的福特车卖了,换个几千现银花。

长仁一听他要卖车,心头倒真是一喜,他早已眼馋这车,知道世面价总在六千出头,忙问:"不知赖先生出价多少,兄弟倒真心想帮这个忙。"

赖涣之见有人上钩,脸上一贯的波澜不惊的样子,抻开手掌:"五千现洋是一分也不能少的,长仁老弟要能够尽快将车出脱,解了敝人燃眉,情愿再出谢仪五百。"

长仁心下算来,只四千五,这可是个大便宜。坟事的不快立刻烟消云散。点头答应道:"正是兄弟自己想买,先生也不必多说,四千五一文不少,明日……"他忽想起明日祭祖,忙改口:"噢后日,现银交割,签字立凭!"

子正乐得做个现成的保人,多出几个饭局玩乐的由头来。

长仁回家已近午夜,老贾正与门房值夜坐在灯下闲聊,等主家回明天的事情，见人进门，两人忙起身迎出来。

老贾白天差人遍寻长仁未果，便再给老宋、季元打电话，那头都回近几天都未曾来，反催促老贾，见到东家务必回个信儿。老贾只得说了明日放船不便扰动的话。原本自己找东家要问船上约道场师父的事，杏儿嘱他去静海寺问，正要出门，碰见小六子回来报信，说已与大和尚说定明早九点一准儿地上船，悬吊的心才落回腔里。

此刻老贾将老宋、季元话一一转告长仁。见他点头说知道了，这才专讲了明日九下钟在西水关放船，然后一路施食到进香河，得多半日工夫。长仁困极，点头回房睡去。

早上长仁是被街上喧闹人声和叫卖声生生吵醒的。看桌上自鸣钟竟已是八点半，慌翻身起床，却见老贾在门口来回焦急踱步，看到长仁起身，这才一脚跨进门来，那边厢妈子丫头早备好了一应洗漱穿戴。长仁急慌慌由众人团了准备完毕，再看钟已又过十多分。这时老贾招手，一妈子端了托盘进来，将一碗粥和两碟小菜什锦还有两块米糕拿出来放在卧房桌上，老贾道："先生，时间有些来不及，您将就在房里用些吧。"

长仁拿起米糕咬了一口在嘴里嚼着，又端起粥来一股脑就着将糕顺进咽喉，急道："行了，今天事体不作兴晚到！车子在吧，马上就走。"说着站起来，旋即回身又拿块糕在手上，边吃边出了门。

"太太等不得，已经带少爷坐车子去了西水关。咱们乘另雇的出租汽车，车正在门口候着您。"老贾手里托着长仁的凉帽，边走边讲。

车子快速驶出荀家大门一拐上了大马路。

大马路名头响亮，却只是条坑洼不平的沙石混杂了煤灰渣的稍宽便道。此地每年六七月间是梅雨季，暴雨常常接连不断地缠绵下上个把月，经过雨季洗礼的马路大坑连套着小坑，小坑牵扯着泥水，简直无法下脚。战时倒是有人会及时修补，反倒是太平时日里，当局政府倒懒得管了，拖到广大市民投诉抗议声浪日甚，方才派了工人车马填补铺压。

长仁坐车出门来，偏遇上修筑马路。筑路工人把砂石堆上的细砂砾石一锹锹地掘出来抛撒在马路上，搬运筑路材料的牛车马车忙忙碌碌，大热天的牲口嘴角挂着白沫，不停地喘气。进香人多，在牛马摊铺间左突右冲，闪躲腾挪，又多扬起些灰土来。

长仁摇起车窗骂道："市府这帮饭桶，今天什么日子，偏生要来修什么路。"

"先生，特为是要在这个时候修，这几日逢节，人人都出门、要走路，此时间修路，大家伙凡出门便看见这忙碌场面，此刻是繁乱些，回家时却要交口夸赞其好了。这一任坐镇的大员，真可说是个不简单的角色。"老贾深谙其意，着忙向主人家要宝。

长仁"嗯"的一声认同老贾说法，又道："为官即应为百姓，修筑马路还要卖弄，却还要我赞他好么？笑话！"

出租车司机谙熟道路，专钻冷僻街巷，转弯抹角避开修路和人群密集处。路面极不平整，长仁坐在车内左右前后，全身摇摆不定，只得放声叫司机稍慢些。不想司机一脚踩了车刹减速，正落进路面的一个坑里，长仁的左臂被狠撞在门边突起的扶手上，隐隐发痛。长仁强忍着不便发作，只心里念念自家的司机老楚。

老贾见路上行人渐稀，车内异常闷热，便摇下车窗来想透些新空气。不想道路两旁地上的垃圾和着屎尿的膻骚腥臭味，立刻顺窗缝钻进车来。长仁猝不及防嗅入，几近呕吐，忙掩了口鼻嚷："快关窗，快、快！"

车在西水关小码头边停住，长仁和老贾身上的衣裳都汗湿了，贴在前襟后背。一下车来，水面上的阵阵微风吹来，甚觉得惬意。

秦淮河上泊停的遍是放船人家雇的船，船上一色悬挂着地藏王菩萨像，船头铺设经坛，三色旗随风舒张飘散开，煞是喧腾热闹。

"这是多少人家做道场，竟这些个船！"长仁见杏儿抱了允礼迎过来，边伸手接过儿子边说。

"这会子还不到时辰，一会儿点起香烛来可更得热闹呢！"老贾在身后答道。

长仁着忙吩咐众人上船，迎面设了经坛，坛下几个大筐，装的是白米、面花、素食，供桌上的酒馔祭品亦摆放齐整，另有锡箔纸锭、楮衣、冥纸等堆放一旁。

经坛旁边放着架丈高的大法船，彩纸裱糊做工考究，红花绿金甚为耀眼。

离船不远处的船舱内，昨天约的静海寺七八个僧人俱已在座。

长仁忙上前施礼打招呼。众人扶了船帮坐定，时辰已到。

第六十章　盂兰会夫妇逛集，定法事和尚多嘴

第六十一章　游法船荀氏祭祖，逢香期路人壅塞

只听得法铃一响，法事开始。

主事和尚口中念诵经文，在每件祭品上插一支红蓝绿色的三角纸旗，每一面旗上都有"盂兰盛会""甘露门开"字样。

众僧待主事和尚住声，方点起香烛，声乐齐响。紧接着，大和尚敲响引钟，带领座下众僧诵念经文真言。此时有和尚来引着长仁和允礼，在一大铁炭盆前跪了，烧了锡箔纸锭、楮衣、冥纸。然后开始施食，将大米和面人撒向四方水面。一时间烟雾大作，允礼呛着了烟，连连咳嗽。杏儿听见允礼咳得厉害，忙放下施食的葫芦瓢，上前抱了孩子在怀里，去船尾处避烟。

日头渐高起来，水面反射来的阳光灼人眼目。小和尚过来引长仁去船尾，一众僧人扶了那秸秆扎起的大法船，口中念诵着绕得三圈，方由长仁点了船上烛，捧放入水，众僧诵经声愈响，齐目送那法船漂得不见了影，方才收声。一场超度法事已毕。

长仁忙嘱老贾多付劳资香烛钱，请了和尚们坐下喝茶吃素斋饭。自己这才得空陪坐歇了歇。允礼被河面上的彩船热闹吸引，笑声不时传过来，小六子用船上挂着的一张阎君像折纸船逗他，被掌事大和尚见了，忙呵斥夺了重蘸了水贴在船桅上。小六子吐了吐舌头，偷眼见东家正瞪自己，吓得缩到暗处躲起来。

荀家的船热热闹闹地顺着内河慢悠悠地荡过，一路上河道两边看热闹的人对着船指点笑闹不休。船至下午三点钟才抵达香河码头，船家早已在岸等得着急，下一户人家的家主正跳着脚与他理论。长仁与僧众下船来，小六子忙带人雇了马车接众人急绕过人多的大路，专穿小街巷子往回家赶，家里还有场祭祀必得在天黑前做完。

到家时，天色已是暗下来。院子里早备了盂兰盆，把高三五尺的竹竿劈成三叉，支起来，上面放着个硕大的盆盎状竹编的篮筐，内里放满纸钱锡锭。

和尚们又围住盂兰盆诵超度经和莲目孝经，长仁与允礼跪叩点燃盆里的冥纸，边高声念亡亲大人名讳前来受子孙供养。待纸箔烧尽，阖家俱围了等着看烧完后那竹架子倒的方向，据传烧完后架子向北倒，预示着冬天特别寒冷，向南倒，则是暖冬，向东或向西，不冷不热，正合适。

过了盂兰盆节，就真到秋天了。

吃罢晚饭，天已尽黑。长仁携杏儿带着允礼和一众家人出门，顺着沿江路去

江边放灯。街面上行人都手捧河灯，阖家老少边走边说笑着。道路两旁，隔不远便有人点堆火蹲在一边烧冥钱纸鞋，口中喃喃叫着亲人来拿。远远望见滩边、江面星星点点烛光渐渐在远处连成一片，水面被照得通亮。

允礼看着灯火烛光耀眼，高兴地拍手大笑。杏儿叹口气道："这孩子，只当是个好玩高兴事，哪里晓得其中的思亲苦痛。"

长仁知道杏儿是想念死去的父母兄长，忙又用手拍了拍她背道："孩提时是最开心快活的，做父母的却总是期盼着他们快些长大懂事，可懂得事了，就不会再有纯粹的开心了。"杏儿对长仁突发的感慨似有所感，低声道："可穷苦人家的孩子自小便是不快活的。"长仁忙安慰："上天很公平，人的一辈子，有顺境就有逆流，或穷困或富足，总有因果缘由，你我相识不就是缘分使然吗？"杏儿莞尔点头，又指着在路边点火、河中放灯、烧纸鞋的人道："你又说什么因果，说什么公平，如果真有因果报应，我哥哥那样好的一个人，怎么会……我倒以为，以恶制恶，来个现世报最为爽快利落！看看这些活着的人，还怕亡故亲人们没钱花、没鞋穿，烧这些个供养，念着他们的名字来拿。你说他们真能拿得到，用得着吗？那里的世界是怎么样又有谁知道呢？既是无影无形的鬼魂，又哪里会要这些阳间的物什，我看都是活人空想出来罢了！"

老贾跟在他们身后此时忙小声道："太太不敢乱讲话的，这来的可不光有自己家的亡故亲属，还有些孤魂野鬼也会被放出来四周游荡，又有人讲，那烧鞋却是怕那孤鬼没鞋穿，留在此地不走为祸人间，所以才点上这荷灯引路，好教他们穿上鞋跟着灯走远些。"

杏儿被他说得吓着，紧抱着允礼四下环顾，不再说话。

长仁一笑道："这其实不外是在世上的人，为祭祀先人亡亲，以寄思亲之意。既能安其心，又何妨信其有呢？"

老贾紧点头："自然是有的。都说'人饥己饥、人溺己溺、惠及众鬼'，所以才会设食祭祀、诵经作法，以求普度、施孤布施，超度孤魂野鬼，防止它们为祸人间，又或祈求鬼魂帮助祛除疫病和保佑家宅平安。放的河灯也有说法，也叫'荷花灯'，用纸糊成荷花形，在底座上放灯盏或蜡烛，中元夜放入江河湖海之中，任其漂泛。普度水中的落水鬼和其他孤魂野鬼，为其引路，希望它们能够走得越远越好。"

"我们北方却是做成方形的。"杏儿虽然自小随父母出来跑江湖，却也对家乡的中元节俗记忆深刻。

说着话，众人来到江滩边，找了近水处，依次捧了灯放入水中，又看着一盏盏水灯漂向远处融入那片红黄悦目的烛光之中。

第六十一章　游法船荀氏祭祖，逢香期路人壅塞

413

翌日，杏儿练功时间比平日里少了半个时辰，回到餐间接过吴妈送上的热毛巾擦着脸，问道："怎么没见着先生？还没起吗？"

吴妈笑道："哪里，东家一早去看您练功，又嘱咐噤声莫扰，只没教您看见！"

杏儿心头一喜，口中却道："那可是真难得。唉！"

"东家近些日子是太辛苦了，每日里为生意操心劳神的，您担待点儿吧。时不常地不还是跟着您练那内家功夫么！"吴妈知道杏儿是火暴脾气，说着话自个儿就能生气，忙替主家打圆场。

杏儿笑哼了声，道："要不是那盂兰会上有全城的白局名角儿聚场献唱，想他也还是没空呢！那今日既能拨冗，其他又何来一点儿空没有的道理来？算了，说多了倒像我牵扯不清似的。"杏儿叹口气又道："允礼昨天也闹了一天，晚上又放灯，教他多睡会儿。那节会上人忒多，孩子还小别给挤着。你在家要看好他，这孩子近来越发地淘气，稍不留神就不知他钻哪儿玩去了。"吴妈忙答应着又说："您二位也得小心，人挤人的。东家刚才说是去换衣裳，这会儿想是在房里。"

杏儿咦了声道："饭也不吃就换衣裳吗？"说着便向卧房去。到房门口，正见长仁从屋里出来。

杏儿见他一身洋灰绸长衫，脚上皮鞋锃亮，偏分的头发用桂花油抹得一丝不乱，手上还托着顶和长衫配套的圆顶窄檐凉帽，精神十足。便用手背擦了额角的汗珠，笑道："呵，这么早便穿戴停当，我的夫君可真是精神，倒教我不知穿什么才能与你般配呢。咱不吃早餐就去吗？是不是太早了些？"

"要与我最可亲可爱的太太出门，那得好好捯饬捯饬。怎么样，还能看吧！"长仁半张双臂，就势在原地旋了个圈拉住杏儿手，又道："早餐出去吃，先去老顺兴吃早点，喝杯茶祛祛暑气，我让老贾安排车子直送我们去清凉山，那里最热闹！"说着便搂了杏儿腰进卧室："你也快去净面换衣裳，我来做个参谋！"

老贾在门外高声道："先生、太太，车子在门口，我教小六子在门外候着呢！"

"让小六子忙他的事去，今天出门不用跟着。"长仁在门内道。"那……司机老楚总得跟着吧！"老贾犹豫着。"叫他送我们先去老顺兴，然后去清凉山会上，就可以回返家来了。"长仁说着话开门出来，杏儿一身簇新的洋红缎纱绉旗袍，因暑热太甚脸上未施脂粉，红润得透出水光肤质。老贾见到不禁赞道："哎呀呀，太太穿什么样衣裳都显着些与众不同来，真真儿是出众！"杏儿脸色一沉道："想不到老贾竟也会讲这些油腔滑调的奉承话了。"吓得老贾忙伸手作势拍了下自己脸道："太太莫怪，老贾知错了。"长仁笑着打岔解围："老贾，晚上我们自己叫车子回来，你不必操心张罗。"停了下改口："或者打电话回来，你再安排人来接。"长仁边说边向门外走，老贾连声答应着送二人向外走。

门口，司机老楚正立在车边，见主家出来，忙不迭跑上前两步正要拉车门，被长仁止了。长仁亲自弯腰拉开车门，扶杏儿坐定。自己绕过另一侧，方由着老楚拉门自己坐进去。老贾弯腰目送车驶远，笑着口中念念地，用白局腔调唱道："多么好的一对儿小公母俩，真羡煞旁人呐……"

长仁夫妻坐在车上，还未开出多远便慢下来。隔了车窗只见街面上人越来越多，老的少的成群结队、谈笑相携，都顺着大路往南边去。杏儿向窗外看着，指给长仁："呀，这么些人都是去赶会的么？还没出仪凤门，前面不知怎么样。"

长仁掏出怀表看了一眼："噢，这会不过八点一刻，后头人还得多，看来咱们吃过早饭得走着去了。"

"走着倒好，走着才有逛的意思！"杏儿只要出来走走便开心。

长仁看她兴致盎然，只得笑道："只怕你还未走到清凉山，就累得闹回家！"

"哼！才不会咧，我自小走路是惯了的，倒是这几年关在院子里头，脚头手头都快松散了。"

长仁知她说的是儿时跑江湖卖艺往事，不由得想起自己早年孤身流浪、寄人篱下的凄苦情形，不禁鼻头一酸，心忖二人乃是同病相怜的缘分，便拉了她手道："看你，倒似不乐意享福呢。想想那些风餐露宿、饥肠辘辘的不堪日子，那时有口饱饭吃都会多谢神佛菩萨……唉，不提了。有我在，以后都不会再教你们母子吃哪怕一丁点儿的苦。"

杏儿将身子往长仁边靠了靠，低声道："嗯，我是个极有福气的，要不怎么能够认得你，现在想来还会觉得做梦一样。"

长仁抬起胳膊揽住她肩膀。只见车窗外的人流越发密集起来，车子只能一点一点地缓缓朝前挪动。

杏儿道："要不，咱们下车也跟了走吧！""使不得，没吃早饭，哪有气力走，还是先吃饭去吧。位子昨晚我就订好了。"长仁一边反对，一边嘱老楚将车开离主路，从草鞋巷穿出去。

老楚答应着将车子向左，开进了巷子，这巷子仅够一车勉强通行，好在人都出门赶会去了，倒比大路上好走些。

老楚原是给民国初年县议事会议长开车的，第二年，张勋的辫子军队伍开进城时，这位议长连夜带家小开溜。老楚丢了饭碗，原以为自己有开车的手艺，不愁找口饭吃，哪想到南京城里有车的人家少之又少，政府的职位又绝轮不到他，竟两个月没找到事做，只得去码头上卖力气，足扛了一个月的货包。碰到老贾来码头雇家仆，到了主家看到长仁买的新车，便上前左看右瞅，终于才又吃回司机饭来。老楚吃过扛活的苦，更念长仁的好。

此刻听东家夫妇要下车，走着去清凉山，便忙劝道："东家、太太，您二位想是往年没凑过南京城这盂兰盆会的热闹。每年旧历七月初一，城里的各大小商号铺户、小贩杂役便准备起来。七月十五这天，近地各处负贩挑摊搭篷子，由城西清凉山开始，各种小食、手作、百货摊长长铺开，直摆到城南糖坊桥！其间，又再搭建二三十座戏台，按既有规矩，每台戏都得唱个三天，京剧、淮戏、扬戏、安徽戏和各种梆子戏，各地剧种、各家戏班竞相登场，都是名家演的拿手曲目，那叫个过瘾。"

"哦，可不就是冲着这份热闹过瘾去的嘛，可叹来此经年，只知为生计穷奔苦忙，竟没得机会赶这场盛会！"长仁听着高兴，忍不住感慨起来。

说话间车已开至草鞋巷口，老楚便不再多话，方向一打，将车开上金川路。不料，这条路竟也一样人头攒动，拥塞不堪。

杏儿怪道："吓，怎么每条路上都这样拥塞，平日里也未觉着城里人多！"

老楚将车速放慢，笑道："南京地方，七月称作'香期'，比过年还要热闹些。全因整个七月都是节庆日子，这哪一个节日都必得为之一庆。因此，整个旧历七月都有香客拜山进香。这段日子，街面上人可不光是本地人，八方人士都慕名前来观瞻。咱这下关是近铁路码头的交通要地，因此来说，比城里其他地方人更多些。想那会上，各地设的会馆、试馆、展园还有同乡会，也都会组织些小节目参演助兴，况且，名角名曲都是免费白看的，通宵达旦地开演，如此盛会，便听唱一夜也是有的。今年听说咱们本地的白局更是开擂设赛。在清凉山、堂子街、水西门和西街等地都设擂呢。这样子直要闹到月底的地藏篷会结束盖山门后集演告罄，清凉山一带方才得安静。"老楚说得起劲。

车子停在老顺兴门口，长仁夫妇下车，长仁便要老楚将车开回去，转身携了杏儿手进了饭庄。老楚看着二人背影，想想又紧走了追上前："东家、太太，方才车上话未讲完，这会上既是有吃喝玩乐、官商贫富什么样人都闹哄哄地挤在一地，那么必有抢拐偷骗之流混杂其中，东家和太太小心为要。"长仁笑道："老楚以为我们是孩子吗？哈哈，你只管放心便是。我们都是苦出身，见过经过的人啊事的自不在少数。回去吧，或者你找地方停好车，顺便逛逛吧。只别跟着便好了！"

"哎！是咧！"老楚左右等到主家这么一句话，咧开嘴自去停车。

清凉寺远离城中居民集聚区，但每年的香期是南京最繁华热闹所在。虽说已是过了旧历七月十五的盂兰盆节，香客、摊铺依然不减半分。

长仁与杏儿吃罢早饭出来，果见街面上人稠密起来，街巷商肆摊铺纷纷摆卖争胜，吸引路人。有汽车飕地从二人身边驶过，卷起街上灰土，把人笼罩在烟幕中，久久方才散去。杏儿用帕子掩了口鼻啐道："街上这样多的人，车子也不晓得慢些开，真恼人！"

　　长仁抬眼看那车，却怎么像是赖涣之的，嘀咕道："他这着急是要去哪儿？可别把我的车开坏了。"

　　杏儿咦道："怎么，你认得这车吗？又怎么成了你的车？咱家买了新车？"

　　长仁此时无事，便将认得赖涣之前后经过与她细说了一遍，又将那车子贱卖与他的便宜，不无得意地讲与她听，等着杏儿夸赞自己。

　　不想杏儿沉吟良久才道："天下哪会有没由来的便宜好占，我倒不以为这是个好事情呢！"

　　长仁心中暗笑她到底是个妇道人家，便敷衍答应着不再多讲。

　　二人随人流向清凉山慢行，渐见路边有摊铺棚子，干果糖仁、包子烧卖、茶摊酒菜铺，小至针头线脑、小儿玩意儿，大到布匹绸缎、长衫短褂，各种零食点心、杂洋货色，吃用货品应有尽有，令人目不暇接。

　　杏儿看得高兴，倒后悔刚在饭店里吃饱了肚子，只能眼见着各色果子点心吃不下去。便道上设有茶棚，里面张挂灯彩，都高悬着地藏王菩萨的画像，两旁是十殿阎王像，棚内支几套桌椅，供行人歇脚。街面本不宽，又在两边布摊点铺子，行人时常驻足购买赏玩，再有那讨价还价的，便越发走得慢起来。

　　终于能远远望见清凉山时，路边摊上开始多出些佛珠神像、冥钱香烛，夹杂在地瓜板栗、杯碗竹筷之间，又不时有鼓钹声伴着阵阵香雾传过来，游人一簇簇地挨挤着。

　　"这倒奇怪，盂兰盆节与中元节为什么定在一天？我原道只有鬼节呢！"杏儿与长仁有话没话地说着，走了近一个钟的时间还未看到传说中的大戏，不免有些无聊。

　　"你说的是同一天同一节的几种说法而已，怎样叫它倒不必深究，盂兰、中元也罢，鬼节亦无不可！"长仁知杏儿虽是认得几个字，却未读过什么书，脑子里想着怎么样才能简单点解释。

第六十一章　游法船荀氏祭祖，逢香期路人壅塞

第六十二章　江湖规矩非得论，猴戏泼皮众围观

"为什么要叫作盂兰盆节？索性就叫中元节岂不方便？"杏儿果真没听懂。

"佛教称为盂兰盆节，道教称作中元节，民间百姓叫作鬼节，其实是一样的意思。盂兰盆语出梵言，是倒悬的意思，古人认为死去的双亲是受着倒悬之苦的，以倒悬形容苦厄之状。道教则以三元论，就是上元天官、中元地官、下元水官诞辰，正月、七月、十月月半十五所设的三元节了。坊间称为鬼节是据传这天无主孤魂到阳间受人供养，据说今日鬼可以自由外出活动，祭祀祖先就可不必上墓，只要把祖先的鬼魂'接'到后代子孙的家中，祖先之灵便可饱餐祭品。因此世人争相普度布施，祭祀亡灵、拯救孤魂。城内的寺庵庙观每逢此时都会举办水陆道场、诵经法会。"长仁心情轻松，便细细说与她听。

"超度亡灵，祭奠先人本应该悲声切切，倒怎见人都笑语欢颜。"杏儿想起逝去的父兄，心中不免难过起来，转过身向长仁道，"回去吧，亡故亲人回家见不到咱们那该多伤心！"长仁见她如此忙安慰："咱们不是叫了船，请大和尚做法事超度亡亲吗？还有，为什么人人都笑呢，那俱因亲人也不愿意看见咱们伤心落泪，而更想见到活在世上之人活得开心呢！"杏儿听罢方渐破涕为笑，随长仁向前走。

来到了清凉山的山脚处。前面不远的街巷空场搭有法师座和施孤台，法师座前供着超度地狱鬼魅的地藏王菩萨，下面供桌上一盘盘面桃、大米，地下则摆着两堆锡箔折的银锭和冥纸，施孤台上立着三块灵牌和招魂幡。忽地，钟鼓声响，只见近旁不少人捧着全猪、全羊，还有鸡鸭家禽、果品米糕摆到施孤台上。只见一个大和尚领了一众僧侣诵念经文，周围人群开始骚动起来，原是有僧人将供桌前的面桃散发给众人，众人拥向前去，长仁顾不得杏儿，只能随着人浪涌向那施食处。手中被塞了个面桃，长仁极力向后方挤去找杏儿。

哪里有苏杏儿的影子。长仁奋力推开身前不断挤过来的人，找了块稍高的地块，站上去放声喊起来："杏儿，杏儿……"眼过处都是攒动的人头。正不知如何是好。长仁觉着被汗浸透粘在后背上的衣襟被人大力拉了一下，回头见司机老楚满头大汗地护着杏儿挤到身前来，站定了便喊道："哎呀呀！东家，叫您也听不见呐。"四围的鼓钹梵音震耳，几人没法说话，忙相互比画着向山腰处走。长仁顾不得那许多规矩礼数，紧拉着杏儿手，生怕再挤丢。三人拐过山脚便道，人声乐声方才稍缓。

长仁问老楚道："你怎么没回家，车停哪里去了？"老楚撩起短褂前襟，擦了擦自己满脑袋的油汗，笑道："想是东家和太太还没逛过南京的盂兰盆会，着实不放心。车子停在老顺兴门外，小的可不就一直在门口等着，眼见着您和太太出饭店门，便远远跟过来的。看您二位向那法师座去，着忙喊来着，可你们哪能听得见。只得挤着去护太太要紧。"杏儿在旁边笑道："我一个练家子，哪就要你来护，你真该去护他才是。瞧瞧这被挤成了啥样儿！"

长仁见杏儿捂了嘴不怀好意地上下打量自己，低头看时，也哑然失笑。身上的绸衫皱巴巴粘在肉上，丝绸的料子就这点不得力，遇水会着色变深，这会儿，长仁上半身已经花了，大块套着小块汗渍，也搞不清是自己出的汗还是旁人蹭上来的，腿上也黏糊糊地潽热难过，好在有长衫遮着倒也不显，脚上出门时锃光的皮鞋灰印满布，早已看不出原色。再摸头上，出门时戴着的那顶簇新窄檐凉帽不知去了哪里。

老楚忍住笑道："东家的帽子我一会儿去给您拿回来。刚挤的时候人太多，来不及招呼，好在见着那'活闹鬼'的模样，跑不了。您再瞅瞅身上还缺什么没，我好一块堆讨要！"

长仁听他此言慌忙去摸兜里钱夹，没了！杏儿看老楚，老楚问道："东家那钱夹多大？什么色儿的？"长仁颓声比画了钱夹大小颜色，刚要讲内里，杏儿止了他道："找不找得回都不碍的，只别伤和气。"老楚答应着向山下挤去。

长仁与杏儿慢慢向山上走。

长仁这才问杏儿："怎么不许我说钱夹里钱的数目，那教人家老楚怎么去讨要？"杏儿嗔道："向来江湖地面上的规矩如此，钱钞包裹讨要不问内中物什，一则江湖义气在，拿的人既肯还，必不会取；二则若里头有东西少了，也是或路上、或拿放之间落掉，不能说人拿取；三则若说出的具体数目，讨要的人便担了嫌疑，以后没法处了。这在江湖上叫作留缝。至于要得回多少，则看讨要人的面子大小。"长仁向来骄傲自己的阅历见识，这会儿也不得不叹道："到底是走过江湖的人，我差点得罪人。"杏儿笑："你非江湖中人，自然不会晓得这些。"

清凉山高不过百丈，二人说笑着慢慢走，路上朝山磕拜的游人如织，有不少手持炷香，或一步或数步地拜上山来。忽地一个老太太扑倒在两人脚边，将杏儿吓了一跳。民间有"信佛几年，几步一拜"之说，有不少十分虔诚的拜佛进香人，由清凉山脚一路拜至寺中佛像前。

清凉寺在清凉山的南麓山坳处，二人被游人推搡着，不一会儿便上了山。眼前豁然是红墙黑瓦的五开间平房一座，屋前开阔，烟火缭绕，四周植有桂花与翠竹。跨进清凉寺头门院内，已是被烛烟香雾蒙住了眼，只恍惚有模糊的人影闪动不休。长仁紧握着杏儿手，二人摸索着进了正殿，方才觉得好些。地面的蒲团上满是跪拜香客，正殿供奉的是文殊菩萨坐像，与四壁环立的十几尊巨大的菩萨像同在高处俯视众生。

正殿后面是一排禅房，东面居中的是方丈室，门微启关，并不上锁，长仁好奇从房门的缝隙向里张望，只见里面陈设极简单，一铺一桌一椅一书柜，只柜上放着的书籍经卷满满当当地堆叠到顶。杏儿也凑了近前去看，咦道："想不到，如此香火鼎盛的寺庙，方丈大师父竟活得如此简单。"

"你来看，书籍经卷是真可作食粮呢。"长仁感慨。"你的意思，可是读书能管饱肚皮的么？那世上人只多读书便可，还要手脚气力去干活挣钱干吗？！"杏儿没读过书，当然是听不懂长仁话中深意。长仁一笑道："你说的是身上的饱足，我说的是头脑里的饱足之感，那又是不一样的。"杏儿摇头道："你又哄闹我，身上不饱，头脑里又哪能存得住东西！说来好笑，想儿时随爹娘哥哥跑码头，常会饿肚皮，有时饿到忘记自己叫个啥！"说着呵呵笑着摇头。长仁听得只觉心酸难过，便不再多话，只揽了她肩头道："以后有我在，都不会再教你饿肚子！"

出了清凉寺，是一条向东的青石小路，没走好多路，就望见一座小院中古柏银杏参天、不高的殿宇屋角伸出墙来，那白墙的圆拱门前聚满了上香人善男信女和大人先生们。长仁想这必是崇文书院了，南京人亦叫它小九华寺，里面供的是地藏王菩萨，据传是地藏王菩萨曾在此地修炼的道场。难怪不大的地方，香火却尤其繁盛。此时天色不早，看着门外堆集的人群，长仁与杏儿商量着改天再来。杏儿倒无可如何，她心里掂着白局戏台。

夫妇二人弯过书院门前的小路，向半山处下行。刚转过山弯处，便听见人声鼎沸，其间隐约杂了锣鼓乐声。

杏儿听到一喜，说了声"难道是有戏可看么？"便快步循声走去。长仁想这必是篷会搭的戏台了，听起来比寺里更热闹些。

在三四株大槐树下，有块空阔场地，十多个茶棚、香铺、小吃、百货玩意儿各色摊铺一字排开。场中间人头攒动，都仰首瞧着中间高高的戏台，那戏台高约莫丈许，础座用木桩栽入地下，上边搭铺的简易木板，三面透，只向山的一面用枣红色布帷幔帐做了背景，帷上粘了两个硕大的红底金字，是"白"字与"局"字。台口正中放着张台桌，桌前用水蓝的绣布围了，左右放着两把木椅。此刻台上正有老少二人唱说着，两边还各分坐着二乐师，左二位各持的是二胡、琵琶，右二位一叩板鼓，另一操酒盅碟盘。

杏儿喜道："正说没见着白局，这便就遇着了。"长仁道："那若是没看成几台子大戏，可就算白费了这趟腿脚。可这台上唱的二人是什么角儿？倒是向没见的。"

"没得见过啊？这年轻的是史小马伢子，老的是他师傅了。"长仁身边站着个老先生，身上蓝衫湿着，手里摇着柄折扇，扇面上画的是蟋蟀葫芦，很有些神韵。

长仁向他一拱手道："这位先生有劳了！敝人寡闻，这小马伢是个什么来头的角儿？"不想那老先生正专心听台上唱，并不想多理会他，只"嗯"的一声："能将英烈传唱得这样好！我看他必得成个大角色呢！"

长仁还想再问，杏儿拉他低声道："唱的是英烈传中'取西川剑阁兵降 傅友德古城得胜'一段热闹戏，且听了别作声。"

长仁这才细听台上人说唱。自己学白局有些时日，一则受时间所限，成日里生意应酬，没得个闲时好好儿地学唱；二则受口声所限，自己浙南人，吴语口音很重，虽则让全家上下都改讲南京话，却不想，现下家里成了南腔北腔的怪口音。原来，家中除了几个本地人原说的就是南京土话，其他皖粤川陕各地人都有，哪里能够学得全色，有那偷懒耍滑的，只学几个简单回答应对的字句应付则个，什么"来咯""好的""马几一刻儿"，时间既久，家里倒成了南腔北调的大杂烩。长仁自己也觉着说得不地道，可还真一时不好改，便也只能将就唱几句。杏儿却学得快，家里请得师傅一段一段地学来，每遇口字不准的，便字字教会学成为止。加上她自小走南闯北见得多听得杂，学来却更快些。

长仁苦笑着摇摇头，认真听起那小马伢的唱来。一听之下，还真是嗓声清亮、高亢，眼波灵动，表情诙谐。加上旁边老师傅从旁唱答附和，整场戏听来还真真过瘾，台下一阵阵叫好，喝彩声此起彼伏。

忽地，小马伢身边打酒盅的乐师，用力过猛，不慎将一只酒盅磕破，飞溅的瓷块擦过小马伢的脸，登时他脸上多了条血印子。

台下近处人齐声叫起来，小马伢正在唱着傅友德招动大兵杀入汉州城，活捉了招讨王隆。冷不丁脸上吃疼，抬手捂了下脸，口中唱倒是未停，却现编多出句唱来："哎呀哟，好险，好险，正打得开心处，哪晓得吃他一枪尖，好在我躲得快。呔！大胆贼子，看某杀你个片甲不留！哎呀哟！"唱着随手一抹脸上的血，眼眉跳动。

一边师傅接口唱道："哎哟！爷爷，爷爷，别打了，我降了便是！"

台下哄声大笑，齐声喝好！长仁为他这份机灵应变暗暗点头，也随众人大声喝彩拍手。

小马伢的戏方唱罢，又听近处两人正谈着下一场，竟是名嘴潘根子的戏，唱的是"说新闻"。长仁和杏儿顺着其中一人手指的地方看时，只见台上幔布右首边挂着另一张红纸,上边写的是"今日戏码",下面写了五场戏名,见第三场正是潘根子的说新闻。

两人相视一笑,便又踮脚等下一场。足听完后两场,天色已渐暗下来。耳朵很过瘾,可站着腿脚实在累得紧,大热天挤在人群里。长仁实在觉着体力不支,便央杏儿回家。杏儿本听得兴起,但见长仁衣裳湿了干、干了湿,这会儿湿透的衣裳被风吹过又干了,未免心中有些不忍,便扶了他向山下走。

走过半山腰的坡地凉亭,便可见到山脚了。却还见不少人向山上来。长仁道:"果然是通宵达旦,香客不断,那后两场白局,应是得唱到晚间了。""听说是唱满三日,今天是白局场的最后一日,所以会唱一夜呢。"杏儿笑道。长仁却是不信:"只两场而已,至多唱到晚饭时节,哪就能唱一夜。"

"端的一夜,那名角唱罢,便是竞擂的登场了,只要是觉着自己唱得不错,都可上台献唱,台下听者若不服的,也可上台叫板,听说热闹异常,有人专为赶这晚间的竞场子。"杏儿打听得周全,说起来也眉飞色舞。

长仁笑道:"看你似有意上台竞演一番才肯罢休呢。"杏儿叹了声道:"我是有心的,只这白局从不许女子登台。到底女人生来便是命苦的,只能与针线、灶台为伍罢了。"说着又重重叹了口气,转脸拉了长仁头也不回地下山。

二人一路无话,就感觉下山的路好似比上山更难走些。长仁拉过杏儿就近找了个树桩坐下歇息,见对面石壁上凿有"驻马坡"三个字。此处是块平缓的开阔地,被一条通上山的石板路斜着穿过。坡地靠近山体的地方被一群人围了半圈,不时发出笑声和喝彩声。

长仁拉紧杏儿,挤上前去看,却原是个耍猴子的老儿。中间一小块空场上,两只猴子正在当间轮换花样地翻着筋斗,玩猴的老儿一手扯着栓猴的长绳,另一手扬着根小扎鞭,嘴里不时么一吆喝,鞭子便会随他手上使力爆出一声脆响来,猴儿们便更加卖力地腾空翻转,四围一片叫好声。突然,耍猴人一声呼哨,两猴子齐齐倒立起身子,拿着大顶立在场中,两颗红彤彤的屁股蛋子冲着天,围观人发出哄笑声。老儿这才得意地一抖猴绳放它们坐下歇歇。

不一会儿,老儿口中"嘘"了一声。其中一只猴应声而起,跳向场边的戏箱挑子。到得箱子旁边,老到地打开箱盖,将头探进去,翻出几样花哨衣裳和面具来。咧嘴龇牙看了看,反手将其中一面扣在自己脸上,扯过皮绳"啪"地戴好,原来是要扮个孙悟空。

人群中有人逗它:"嘿,小猴儿,你怎么没得金箍棒呢!"耍猴老儿一乐,拉了长音一声哨,那猴臂一挥,却是将手中的一个小纸卷甩开成了长长的纸棒子,金灿灿煞是好看。小猴子抡圆了它的"金箍棒"绕场子跑起来。另一只猴也不闲着，蹿到箱前扯出个头箍戴了，上头插着两根锦鸡翎毛，只见它抓起地上的一面三角小旗，跟在那只挥棒猴子后面舞着手里的旗蹿跳个不住。

看众人被猴儿们逗得前仰后合，四周围的人越来越多。这时，老儿清了清嗓子，嘶声开唱道："众位爷爷、奶奶、大叔、大婶、老爷、太太、少爷、小姐，小老儿和俺的猴崽子们此来贵宝地挣饭食，多谢驻足捧场。闲言少叙，马上就给诸位耍段戏儿，乐活儿，乐活儿！"说罢，将脚边一面小锣提起来，右手那根鞭柄作鼓槌，"铛铛"两声，场边欢跳的二猴立即蹿到老儿身边。那只戴头箍的猴儿将另一只手上的金箍棒一把夺来扛在肩膀上，手搭凉篷，单脚直立在场中间。

耍猴老儿哈哈一乐："个猴崽子，真个是猴急，自先演上了。俺赶忙地唱起来呀……"说唱间围着猴儿转了个圈道："瞧一瞧，看一看，俺乃是齐天大圣的第十八代玄孙，人称啥来着？哎！不好意思，俺都不知道自己叫啥了！"另一猴在旁吱吱叫着，冲了戴箍猴儿又是作揖又是跪拜！忽地蹿起来将那棒又夺回来自己扛了，然后围着场子满处蹿蹦个不休。众人哄声大笑。老儿在旁边又唱道："俺老祖名满天下，可俺只能给主子挣钱。哎呀，哎呀，不说了，俺得赶紧演起来，不然鞭子可挨起来。哎哟，哎哟，不含糊地挨起来！"

"俺俩先来个跟头，嘿！不错吧，俺再来个大顶！"随着老儿的说唱，俩猴儿一忽儿翻筋斗，一忽儿倒立，忙得不休。"看爷爷奶奶们围满了，感谢捧场献绝活儿！翻着筋斗接个球！哎呀，哎呀，可了不得，没接着呀没接着。真是丢了祖宗脸。哎哟，哎哟，丢了脸！主人，主人你可别着急，你拿着鞭子把俺追，可吓得俺心里直扑腾。哎呀，哎呀，没法子，谁叫俺没演好哩，俺还是快快跪下吧！哎哟，哎哟！大师兄，你别踹俺啊，哎哟，又踹俺一脚！一脚一脚又一脚！"老儿边唱边作势踹那带箍的猴儿，那猴儿连滚带爬地跳去了一边。

老儿又朝持棒的猴儿说唱道："看，还是俺大师兄有本事，这不，人家就把主子的球接住了！哎呀，哎呀，了不起，真是羡慕死俺，主子亲了它一下。哎哟，哎哟，快快教俺再试试，主子，主子，求你让俺再试下呗！哎呀，哎呀，不给试，看俺老孙将你挠，就得教俺再试试。哎哟，哎哟，挠花脸儿亲一下！"老儿唱着，一只猴子便扑上脸来抓耍猴人鼻子。两只小猴随了老儿的唱腔前后左右上下满场翻腾，围观人群看得高兴，一阵阵地拍巴掌叫好。长仁看得起劲，也跟着众人叫好起哄。耍猴老儿一喝，将鞭收了。俩猴儿听话地止住筋斗蹲坐在旁。老儿走到戏箱边，从里头拿出些针头线脑，花绳纸插来，开始向围观猴戏的人兜售。

人群中有不少人开始向场中掷文钱角子，两猴边向众人作揖，边去捡地上的钱，每捡一个，便飞快地跳起送到耍猴老儿手中，老儿便咧开嘴揣进衣兜高喊声:"谢爷爷奶奶们的赏。"转眼间,手上拿的纸插绒花也卖出了三五个。

长仁想起钱包被偷身无分文,忙红着脸退出来,向杏儿笑道:"瞧瞧,倒白看了人家的猴戏,忽想起身上没钱呢。"杏儿低头从衣兜里掏出几个角子来:"我这里倒有几个零钱,咱们去买他些针线绒花来吧。"长仁道:"还买个什么,赏了他便是!"

"哎,不是这样的理儿,江湖上的耍猴人都是靠手艺戏码挣饭钱,从不向人乞食。我若硬给了他,倒显出不敬了。"杏儿自有一套道理,说完径向里面挤去。她在老头手上随手抽了两朵绒花,又挑了两个苏绣的荷包,就将手上的角子都塞在老儿手里。老儿却执拗地算道:"两朵绒花五个大子,又两个绣荷包一角。太太您给的太多了。"

杏儿忙道:"看了刚演的猴戏,喜欢,也不能够白看不是!"老儿还待要推脱。却此时,人群那头传出呼喝声,西边围观的人群忽地四散开。一伙人直冲进猴戏场中。领头的是个青皮光头,三十多岁模样,蓄着一下巴颏短须,左眼角处的一颗大痦子给此人添多些痞气凶相来。长仁忙扯过杏儿胳膊闪开一边去。

第六十三章　问缘由旧事重提，苏杏儿了结宿仇

青皮光头走到耍猴老儿面前双手叉腰，未系纽的皂色油绸布衫敞怀露出胸前糊糊的一丛胸毛，高挽起的袖弯下露出黑粗臂膀暴着青筋。他冲着老儿高声喝道："走江湖跑码头的，不晓得这道上规矩吗？打听过这是谁家地头，就敢来撂地！"话音方落，几个打手便已经上前围住那耍猴人和戏箱挑子。两只猴儿似是惯见这样的场面，一只扛棒、一只捡了老儿的小扎鞭，龇着牙口中哧哧有声，瞪着猴眼看这帮黑衣人。

耍猴老儿忙哈腰点头地从怀里往外掏出盒烟卷来，小心地抽出几支递上前去道："大哥和众位哥儿们行个方便。小老儿和猴崽子们已经两天没得着吃喝了，瘪着肚皮卖力气，这会儿还没得进项，一时得了爷爷奶奶们的赏，便先孝敬您老几位！"青皮光头却并不买账，一把拍落了递来的烟，狠声道："装什么可怜！两天没吃喝还跳得这么欢腾，哥几个刚在后头看半天了。老东西别耍花活儿，识相的快点拿钱出来！一天五十大子儿，哥们儿几个便罩着你和你的猴崽子们，多么便宜的事！"

老儿扑在地下捡那被打落的烟，又听见青皮说要收的价码，吓得手上一哆嗦！转瞬又在满是皱褶的脸上堆了笑，觍颜道："大哥开口的就是规矩了，小老儿不敢讲半个不字。只是，只这会儿一文的进项都还没得着呢，倒怎么样才好。您几位容猴崽子们再跳腾会子，爷爷奶奶们一高兴，兴许就能多赏几个钱来。"

"放你娘的屁！这大节令时节，一天一场子一时一价码，你老头懂个屁！要么拿钱，要么滚蛋！"青皮不耐烦，身后的几个人又拥上前来，将老头儿衣兜里刚收的那几个进项统统抢在手上。

耍猴老儿毫不反抗，看着他们将仅有的钱抢走，便低头招呼两个猴儿："好，好，好！猴崽子们，爷爷们不许咱在这儿演，咱就不演了！走吧，收拾咱箱子，咱们走！"那俩小家伙竟像听得懂人言，将手上家伙齐往箱里装。

"啥？就想走吗？老头你倒来去自由嘛，哥们几大口人也得吃饭，这场子教你们占了这半日，老子们又受累站了那么许久，怎么？白伺候啦？"青皮边高声喝着，边向那戏箱瞥了一眼。

身后几个黑衫子会意，扑上前去一把拨拉开两只小猴。猴儿们毕竟是畜生，哪里会如老头儿般知高低深浅，此时被人一拨拉，立时显出野性子来，张大嘴龇出牙来，"吱"的一声蹿上一人肩膀，展臂就挠向他脑袋。爪过处，瞬间那人脸

上多了几道血印子。那人惨叫声未落,另一人也被骑在脖子上的小猴儿抱住头抠了眼睛。惨叫连连,场上登时乱开。四散的人群想瞧热闹,便又小心地悄悄聚拢来。

正此时,只听"啪"的一声响,抱头抠眼的那只小猴子被吃疼的汉子扯住尾巴重重砸在地上。

另一只小猴随即跳过来看同伴。

耍猴人一声凄厉呼号,扑上来抱住被摔的猴儿,却见它脑壳软软地耷拉下来,已是死了。

老儿还没来得及再号第二声,自己的身子已被人拎离地面。

那俩受伤吃疼的打手,左右开弓将老儿打翻在地,老儿也不护自己,向剩下的猴儿连连呼哨,活着的那只龇牙跳蹿的猴儿,稍一迟疑,才一纵跃入近旁山林不见了。

青皮光头大声骂着老儿,亲自下手去翻拣他的戏箱,啥也没翻着。他往箱上吐口唾沫骂了声晦气,又不甘心地回身来再踢老儿两脚,老儿在地上翻滚着告饶。

青皮向手下人大声道:"搜他身上,看有没有。"手下人上下摸了摇头。老儿连声道:"大哥饶过小老儿吧,马上挣钱孝敬您老!""你的猴崽子死的死、逃的逃,挣个屁!骗谁呢你!"青皮骂道。老儿却是经他一提,突然又想起自己刚死了的猴儿子,大声号啕起来。

青皮突然住口,慢慢蹲下身子,死死盯住了老头脚上穿着的千层底破布鞋,耍猴老儿见他盯着自己的脚看,身子猛地一颤,停住了哭号,身子向后缩着想起身。青皮光头哪容他起身,猛地按住老儿身子,将他脚上鞋褪下来夺在手上。老儿绝望地发出声凄厉叫喊,翻身抱住青皮光头的腿,却被一脚踹开。青皮也不嫌那破鞋散发的臭味儿,皱了皱鼻头,仔细看那鞋窝内堂,然后从里头抽出个看不出颜色的脏破绣花鞋垫来,又将鞋举高看了看,嘴角露出笑容来。

原来那鞋窝中央被挖了个凹洞,内里藏了张折得很小的银钞。老儿已止住哭号,直怔怔地坐在地上看着青皮光头将钱揣进衣兜,傻了似的一言不发。

青皮光头哈哈笑着将鞋丢在地上,指着耍猴老儿骂道:"该杀的老家伙,还敢欺瞒老子,也不看看老子是谁!"手一挥,一伙人走了。人群哄地又四下散去。

转眼间,场间只剩老头和那只死猴。

长仁暗骂世道无情,弱肉强食,自己有心同情这老儿,却苦于身上并无半文能够施舍。只得向杏儿叹声:"咱还是走吧,本想找个乐子,却看得场堵心大戏来。"回身去拉杏儿,却见她眼圈通红,还死盯着那猴戏场子。杏儿自小走江湖卖艺,长仁想她是触动了旧时撂地受人欺的伤心往事,便扶了杏儿肩头道:"别伤心了，世道本就是这个样子，毕竟日子也还得过下去。"

杏儿一把甩脱他的手，转身便走。长仁不知杏儿为什么忽然会有这样大的气性，周围人多，叫她不理，只一味地朝前疾走，便紧跟在她身后向山下去。

杏儿在前边越走越快，在人群中几次穿插，渐渐地离长仁越来越远。长仁抻长脖子喊她几声，可转眼工夫，杏儿背影就湮没在人丛中了。

长仁莫名其妙，娶她几年来，只道是个没脾气的，哪知今天就见识火暴性情。虽心有不快，却也无计可施，腿脚便越发地像灌了铅似的提不动。

好容易挨下山来，见路边泥里伸出块破碎石础，他一屁股坐下，茫然看着人从眼前走过。白天的暑气还未消散，坐下之后更觉得热浪扑面。长仁抬手擦去脸额上的汗，伸手叫了辆停在路边的人力车，车夫咧开大嘴吆喝声"来咯"，拉着车停在长仁身边，长仁双手撑着膝盖勉强站起身来，挪过身子坐在车座上，低声吩咐车夫道："你慢慢顺着路向前走，我要找人！"车夫爽脆地应声向前走。

长仁坐在车上伸长脖子四下找杏儿，一路上车夫慢慢地碎步跑着，可能是看出长仁着急，便安慰他道："先生这样在路上寻人，那是万难的。'香月'的街面上行人甚多，天色又暗，就算是走到跟前来也未必分得清是谁。您也别着急，没准儿人已经坐在家里了呢！"

车夫一句话便点醒了长仁，他着忙嚷着："那快些跑起来，多给你车钱！"

车夫答应着便撒开腿跑了起来，到了家门口，门上忙迎出来："东家回来了！"长仁一叠声地问："太太回家没？看见太太了吗？"门房眨了眨眼回话："太太不是一早跟您一块儿出门的么？"长仁气得跺脚，骂道："反了，反了！倒编排起东家的不是了。与我一块儿出门就不能问你么？"

门房被长仁突如其来的斥责唬得不知所措，站在当处只一味地答应"是，是，是"。长仁见他如此，越发着急："是什么是？问你见着太太回家没！""没、没见着太太！"门房照实磕磕巴巴地回答道。哪知长仁听了更是气急："是没见着，还是没回家来！你不会回句像样的话吗？"

老贾接下人报说东家在门房发脾气，忙撩着衫子一溜小跑赶过来，正听长仁骂门房的话，忙接过话来回道："先生您消消气，太太还没回家来！您得顾惜自个儿身子，别跟个下人置气。"边朝那门房瞪眼道："还不快滚，去门口张着去，迎着点太太！"门房如释重负，"哎"的一声跑走了。老贾这才扶住长仁问道："这是怎么了？太太没与您一块回么？"

长仁还没开口，一直躲在旁边的车夫插口道："先生们能将车钱付了吗？"长仁这才想起自己身上没钱，挥手让老贾足足付了车钱，又问："老楚也没回家来吗？"

老贾回说"是"，然后又问："太太不会是碰着老楚了吧，那就不必太担心了。"长仁摇头，边往花厅走，将一路事说与老贾听。

老贾听罢，半晌没言声。

长仁进屋坐下，接过妈子递来的茶呷了一口，心神方定。看老贾若有所思的样子，问道："怎么，有什么不对？"老贾一怔，忙回道："哦，哦！是有些不对的地方。先生您还记得娶太太之前，曾经要办的一件事吗？"

长仁兀自烦心，只道："说！"

"太太曾说要报兄仇，您记得吧？"老贾不敢卖关子。长仁方才记起，他曾答应替她报兄仇，还按她描述那泼皮样貌让老贾、老宋四处查访，遍寻不着，时间既久也便忘记再过问此事。难道……

长仁抬头望向老贾，老贾道："听您刚说起看猴戏，那领头砸场子的，可是黑脸光头、左眼角下有颗大瘊子。"长仁一怔，点了点头。老贾又道："是了，先生您甭担心！我马上带人去清凉山。"说着也不等长仁答话，转身便向外去了。

长仁还发着愣，终于晓得杏儿为什么气得那样。这，见面怎么和她解释才好。长仁伸手去端桌上茶，停在半空中又颓然放下。猛地，他站起身来在厅中央来回踱步。

奶妈带了允礼进来，孩子叫他，他竟也未曾听见，只觉脑袋胀痛得厉害。允礼扑在他腿上："爹爹抱！"长仁这才回过神来，勉强笑着抱过儿子放在膝上坐了，问他一天在家都玩些什么。允礼却答非所问地问道："姆妈呢？我要姆妈抱！"

长仁觉得头更疼了，便将孩子交给奶妈带着出去。回头嘱咐吴妈，晚饭推迟半个钟，等太太回家来再开饭。自己扶着头去后头卧室，可躺下却又翻来覆去睡不着了。与杏儿相识结婚种种，一幕幕跳到脑中来。想到她当年哭述哥哥惨死时的伤心模样，他的心揪紧起来。

迷迷糊糊地也不知躺了多久，长仁被门外嚷闹声惊醒。门外有妈子叫喊声："您怎么！您不能就这么走哇……""……太太别这样，别吓着小少爷……"允礼哭声紧跟着入耳。长仁猛地坐起来，大声问外头："什么事？吵吵嚷嚷！"一个丫头推门进来，哭道："东家，太太她，太太要抱小少爷走。"

长仁跳起来便向允礼卧房跑去，边跑边大喊："快拦住太太，别让她走！"

"不让我走？你们谁能拦得住！"杏儿面色苍白抱着允礼迎出来，站在长仁面前，眼睛却并不看他，语调平静冷淡。

长仁猛地怔住，往前紧走两步，想拉杏儿手，杏儿却向后退着闪身避开他。

长仁怔住，看着她空张了张嘴，想说，可又觉得无从说起，口中只发出声徒劳的哀叹。

杏儿道："先生以后请自珍重！感谢您这几年来的疼惜照顾。杏儿今后不再劳烦先生，这就带礼儿走，也请您不必挂念。杏儿自己的孩子，定会将他好好儿地抚养成人，江湖中人都重诺笃行，请您放心！"说着，抱着允礼给长仁深鞠一躬。

允礼的小手紧紧搂着姆妈脖子，将头埋在她胸前，看起来是想要睡觉。长仁伸手想去抱儿子，可杏儿眼神向他射来，长仁只觉这眼神像利刃般扎在他的心上。他无力地将手垂下，道："杏儿，你听我说，报仇的事我已经派……"

长仁派人帮她报仇的话未说出口，就被杏儿打断："先生别说了，我自己的仇，自当是自己报！现下，大仇既已得报，便再无挂碍。有劳先生了。谢谢您！杏儿就此别过！"

杏儿又环视围拢来的仆佣，缓缓道："感谢各位几年来的关心照拂，杏儿铭记于心，诸位也请保重，再会了。"人丛中传出啜泣声。

杏儿说完转身头也不回地向外大步走去。

家人们要向杏儿去处拥，长仁止住道："由她去吧，是我对不住她！"说罢也回身要走，却被巨大的眩晕重重压倒。

长仁醒来时，太阳明晃晃地照在床尾。他揉着酸涩的眼睛叨咕："呀，怎么睡到现在光景！"便要起身，不想身子却被人用手按住。睁开眼看却是老贾和老宋。

"你们站在这里做什么？"长仁莫名其妙地笑着，"早饭好了吗？太太早该练完功了吧！"长仁掀开身上的丝毯，坐起来，这才记起杏儿似乎是走了。不，不！一定是梦吧。

老贾上前道："先生，您再躺着歇歇吧！陈大夫昨儿下午来过，说您要静养几天才能下床活动。"

"我躺多久了？"长仁起身来方觉得头重脚轻，只得又坐下问道。

"三天了，别提有多吓人咧！您醒了就好，冯先生每天都来，这会儿还在偏厅里与陈大夫说话呢，要请他来吗？"老宋上近前扶住长仁，想让他再躺下。

长仁一听，瞪了眼喊道："三天？三天！这么久了，教我去哪里再寻他们……"说着，瞪大的眼中红丝毕现，眼泪无声地滚落下来。

长仁用手蒙住眼，挥手让他们出去。自己返身躺在床上，背对着人。

老贾与老宋互相望了一眼，老贾要出去，老宋拦了他，又向躺在床上的长仁道："先生不想知道太太报仇之事吗？"

长仁身子一颤，止了哭，缓缓挣扎着坐起身来。

老宋见自己的话起了作用，朝老贾一递眼色。老贾忙端起妈子送来的燕窝粥，看着长仁喝下去，这才将打听到的事和盘说与长仁听。

老贾约了老宋带人去找青皮光头，后半夜方才由漕帮的一个伙计引路寻到他们每年香期在清凉山半山处的落脚点，摸进去却看见青皮已经死在屋门口，里面睡着的四个手下却都酒醉未醒。于是老贾几人又悄悄原路返回，却在山道上碰见跪地痛哭的杏儿。

他们不敢上前打扰，只在不远处猫着。自她哭诉知其手刃仇人，替兄报了仇。

却原来，赶场看猴戏时，青皮光头一伙人刚冲进场来，杏儿一眼便认出那家伙是打杀哥哥的仇人。

长仁替她寻报兄仇的许诺情形一时全涌上心头，她是那样全心全意信任丈夫。

杏儿只觉得自己的心像是被人狠狠地拧了一把，生疼。她的天塌了。

她紧盯着那青皮光头，看着他将老儿踹翻在地，得意地大笑，她似乎又看到哥哥惨死前绝望又不舍的眼神，心底的怒火被彻底点燃了。她后悔自己这几年深陷在富足享受的日子里，竟由着这贪恋舒适的惬意遮掩消磨了心底的伤痛和仇恨。

她一言不发，死死盯着那个得意扬扬的仇人，直待他抢了钱率众离开时，她想她不能再等了。

她眼里只有仇人，全然已经忘记身边还有个丈夫。此时她清楚地知道，要抓住这次难得的机会报仇，成事也必得靠自己。决心既定，她脚下的步子越来越快。山脚处有一条斜插进山的泥径野道，那伙人笑闹着顺小径进了树林。杏儿不远不近地跟着，寻找下手机会。林子深处的一块空地有座简陋木屋，像是猎人用来临时歇脚的。这伙人哄声笑着进了屋，不一会儿便传出喝酒猜拳行令的声音。

她矮着身子围着木屋绕了一圈，只一个正门，屋后只一扇窗。想是因为太热的缘故，此刻门窗正大敞开着，一伙人正坐在屋当间吃喝着。虽然屋里只点了根白蜡烛，可杏儿能清楚地看见仇人，他背对着门，与对面一人正行酒令。

杏儿在身上摸索着，平日里的暗器、匕首因赶会游玩，竟全然未带在身上。黑暗里，只摸到两枚铜钱，她将这两枚铜钱反复在手中揉搓着，仿佛想将它们磨成利刃。

约莫两个时辰，这伙人闹得乏了，东倒西歪地躺在地上睡去。青皮光头跌跌撞撞地摸了出来，在屋后草丛蹲下身去，嘴里哼着不成调的小曲。

终于等到机会的杏儿攥着那两枚滚烫的铜钱，飞跃上前将其中一枚直插入他的咽喉，不等他出声，又将另一枚嵌进了仇人的左眼。血，自青皮光头的脖颈处汩汩而出，他嘴巴大张着却喊不出声来，只是抱头捂眼在草丛里翻滚扭动着，像被浇了开水的蛆虫。

杏儿站在原地静静地看着他挣扎，直至失去生气。

第六十三章　问缘由旧事重提，苏杏儿了结宿仇

431

第六十四章　没奈何妻儿远走，由说客请君入瓮

　　长仁此时方才有些后悔，怎的没能信守对杏儿的承诺，替她报仇。

　　其实，也不能就说未守诺，早前也派人查过，只一时没找到，所以才说暂放一放而已。可这一放……自己也说不清怎么就将应下的事轻飘飘地忘记了。近几年来好像只一味想着如何赚钱，再多赚些钱。可赚钱也是为了她和儿子过得更好，不是吗？当然自己纵情声色地享受着富有带来的乐趣，确是对她疏淡了些，可世情如此，周围人又哪一个不如此呢！"唉……"长仁想到这里重重地叹了口气，心头憋着股无名的恼恨，可又不知该去恼谁恨谁。

　　他无奈摇头。老贾看他脸色很不好，便道："先生，您先好好歇着。太太那头我们再尽力打听着，随时来回。"说着便要拉老宋退出去。

　　长仁此时却忽地抬起头来一把拉住他的手："老宋，帮我到各处去找，务必找到她们母子。劝她回来，我向她赔罪就是！"

　　老贾一愣，心道："先生这是急糊涂了，竟将我当成老宋。"转头看了眼身后立着的老宋，老宋微一点头。老贾这才叹口气道："生生，老宋这几天派了人全城寻访，我也亲自去了趟乡下。太太有消息的，您只管放心便是……"

　　"什么消息？快说快说！"长仁抬头瞪着血红的眼睛。

　　"太太带着允礼少爷当晚便回了七里老家，去坟上拜别先祖。我第二天得了消息追去的乡下。太太投奔了阿顺先生，阿顺先生说送他们母子去东洋暂避，还让我带了封信给您……"老贾道出实情，边取了桌上的一封信递给长仁。

　　"什么？阿顺？"长仁大声喊起来，"他，竟然送他们母子走了，经过谁的同意？他怎么能，怎么能……"长仁气急败坏地扯过信颤抖着展开。

　　长仁兄台鉴：

　　　　自前回兄手书，已数月矣。家中安好，兄勿念。此函之前，曾有一书，收到后已奉答，想曾达览矣。

　　　　日前嫂携侄儿突至。望其声色，谅非兄意。弟极劝其返家，如今世道，女子孤身亦难自保，况携幼儿乎。

　　　　待嫂切述缘由，再道刃贼事出。弟方转念！为今之计，宜速将母子二人送离是非之地，方可免囹圄。弟于日本国有挚友廉仓夫妇，当可全力照顾嫂侄。兄可放心。

　　　　事急未竟，望兄勿怪弟之擅处。嗣后安置妥当，再专面告。

草率书此，祈恕不恭！

顺顿首

七月十九

长仁从头至尾仔细看罢，字迹潦草，一看便知是情急间写就。又将信再细看一遍，这才叠好揣进怀里，舒了口气。

他确是急糊涂了，杏儿身负命案，断然不能回家来束手就擒。阿顺的做法是对的。可是想到了儿子，他又难过起来。允礼是自己的骨血，不能由着他漂洋过海去受苦。他脱口喊道："老贾，快去将礼儿带回来，不能教她带走！"

老贾左右为难："这……先生，太太已经带小少爷乘船走了……"

老宋忙打断他道："先生，允礼少爷还是由太太带着的好。若此时强夺了回来，只恐怕她是再也不愿意回家来了。"老贾忙从旁附和。

长仁再想不出什么法子，头愈发疼得厉害，颓然挥挥手："罢了，罢了。"

老宋和老贾起身道："您先休息，我们去回冯先生，也好教他放心，您明日想见他吗？"

长仁道："我明日回趟乡下去，得问清她们母子去处。"说罢挥手叫二人退下。

老贾本向外要走，又回转身来道："先生，冯先生看着似乎很着急，他……他这几天日日赶过来看您。好像说赖先生什么投资工厂事急，再有就是买福特车的事。"

长仁按住太阳穴，揉搓着。他知道子正定是为赖涣之投资开新厂的事，至于车么，目下焦头烂额的他哪有心情，可说出口的话又签了契，怎么好往回收。便只得强忍住头痛，吩咐老贾请子正进来。

他转头又问老宋："目下，各处现款有多少是能够动用的？"老宋挠着脑袋道："两处铺子已是有积欠未清，只祥昌厂账面上有一笔两万的购料款，准备用来买物料供新品丝车间开工的。虽说有几处欠着咱的货款未清，可一时半刻恐怕也不能就要得回来派上用场！"

"先拿来我有急用！不几日就会有笔款子到账，厂铺流水物料一应足备。"长仁语调坚决。老宋狐疑，张了张口却什么也没说，愣了一刻才应声"是"退了出去。

没一会儿，子正神色焦急地进来，一叠声关切地问道："长仁老弟这是怎么了，身子感觉好些没？弟妹是个女人家，你且将就她些，过一两天自然也就没事的，你又何必当起真来。"长仁看见子正不免鼻子又酸，子正忙坐下来执手又一番宽慰。等问罢夫妻间龃龉来由，子正笑起来，道："这算得什么大事，杏儿未免太任性些。只不过早晚的事，生意人赚钱事大，要养活一家子人，首要的当然得

第六十四章　没奈何妻儿远走，由说客请君入瓮

433

先是生意事体，然后方才儿女情长，快意恩仇嘛，不碍的，弟妹火暴性子，不过是一时气急，不几天也就回来了。"

长仁因向他瞒了杏儿杀那青皮光头事，不便多言，只点了点头，装作宽心。

"这就对了，大丈夫何患无妻，老弟也太过感情用事，竟至急病若此。三天，你昏睡了足足三天！可把我急坏了。"冯子正表情夸张，伸出三个指头向长仁比画着。

长仁待要下床，子正忙起身上前扶道："走动走动也是好的。涣之还约了咱俩今晚的局。对了，正要说几件高兴事与你知晓，老弟睡了三日竟错过了什么。你前几日签的购车契约还记得吧，涣之是个豪绰惯的人，哪里能忍受没钱日子，你病了几日，他那头急得跳脚，几次说要将车卖与旁人。我既居中作保，断不能教他再转手他人，老弟病着，我便自作主张替你将那购车的四千五百块现洋兑付与他结了款子，涣之也就没得话说了。车子就停在你家门口，如何，是不是心头欢愉了些？"说着话，子正将插在裤兜里的一只手抽出来打了个响指，接着笑道："今晚赴他的局，就开着那台车子岂不威风，哈！"

"多谢子正兄厚义，一会老宋将车款现银还兑与兄。目下情势，恐再起战事，听说孙先生北伐……"长仁尚未说完，子正就用手止住他再说下去，打着哈哈道："车钱么，不急，不急。商界人士，自当从商业计较，再开战，做百姓的也得吃饭不是？越是起战事，越要从中好挖出点赚钱门道来。老弟没听到些风声么，上海那头的交易市场，棉纱、棉布涨得俏皮，还有股票，据传隔天便可本金翻番，啧啧！"子正哈哈笑着学上海腔调，他安排将股票款子打进交易所户头，似乎已经看见钱财向他招手，不由得有些忘乎所以。

子正一旋身子，坐在长仁对面的桌前，跷起腿道："好在老弟你今天醒转来，明日正可与我同去上海，咱们也买入些交易所的股票，跟风赚他一笔。另外，涣之那里也有新消息，正好说与你听听，也好定个准主意。"

长仁本无心情听他细聊，却又不能不给他面子，只得提起精神道："要说是股票投机么，小弟一向不大懂金融经济，便不陪子正兄去上海了。涣之兄那头却不知发现了什么好项目？"

"还要说是你老弟精明些，一说就通。正是，涣之的大哥可是个橡胶实业大家，他在婆罗洲有很大的橡胶种植园，在广东开有橡胶厂，搞深加工再出销国内或转外销出口，规模很大，销场也好得不得了。涣之想在南京也开一家，据他考察说，此地橡胶制品全仰赖洋商进口。"

"不是前说好他投资华胜办分厂吗？怎么忽然间又转投什么橡胶？要晓得你我对此行业都是不通的。"长仁对子正所说有些吃惊。

"纺织厂这行不好干！前两日，原棉价格竟又涨两元，我便让棉布车间休工只织洋丝葛，可葛丝远不如棉布销场好，只得压在库里。你的祥昌棉线停纺，现全线在纺化学纤维新品，只勉强维持罢了。"子正忙解释。

"看来，是赖涣之为子正兄指了条赚钱新途径。我那厂子的确近一年来入不敷出，但归根结底还是我们只随了市面行情，行事变化终究慢些，才致被动。"

"唉，洋人们战事结束，又开始在经济上大搞文章，咱们终究抵敌不过。那些大实业家们纷纷败下阵来，咱们这些许微末资本哪能幸免。"

"那，子正兄的意思是……"

"当然是随行就市，有好项目就转行嘛。我在广州的纱厂和祖上留下的十多亩果园亦准备加入他的橡胶业。看看目下，市面上轮胎、拖鞋及其他橡胶制成的日用品价高却货少，若引进胶苗来在南方种植，咱们在南京也设个专销的店面，生意定是做得。涣之是将你我当作朋友才介绍咱们入伙，这样好的机会可不能错过。"

"只这工厂转行可不是件小事，资金无绰，周转不灵，哪有多余的钱去投他，总不能卖厂卖铺吧？"

"自然是有好法子才来找你，只需临时周转些现银，把宝押在那股票交易所，不出半月便可见利，且是大大的利益！今天我在老钱处新认识个姓顾的交易所经纪，听说这家交易所开业半年盈利二十万，怪道人人都说开交易所赚钱容易，翻翻报纸广告，几日便见有新交易所开业广告登出，十日间必有信托公司成立；头面也阔得很，不论是布、油、火柴、麻袋、烟、酒、沙土、水泥，这么说吧，凡市面经售出销的，什么都可以交易，市场一片兴旺。咱们只需买入些交易所股票，就坐等它涨价收钱……"

"投机？恐怕终究抵不过实打实投资做生意来得稳妥牢靠。"长仁看着子正涨得通红的脸，不得不打断他的话。

"老弟怎么还不明白，投机便即是投资了，同样是投钱给看好的名目赚取些利益，无非是回报时间长些短些。当然，确是冒了些风险，别忘记咱们有顾经纪这样的行家指点，还怕不赚？'富贵险中求'，放眼目下行市，做哪一行是没风险的？"

"兄弟意思，转行抑或投机，终究兹事体大，厂里虽有些难处，远未到山穷水尽的地步，总得守住眼前根本。"长仁哪肯就范，又心疼投在华胜的资本，不得不问，"华胜这样有根基的工厂，子正兄竟真要放弃？"

子正听得明白，语气冷了下来："倒也不必，好歹华胜还能撑着，只是劳你跟伯诚投资入了伙而不得分红，倒实教我难堪。"长仁看子正没趣，不由得语气稍

第六十四章 没奈何妻儿远走，由说客请君入瓮

435

缓，道："这投机也好投资也罢，既是子正兄看好的途径，兄弟哪有不照办的，只近来手头见绌，也仅两万的款子能动而已，兄弟的境况，想来老兄亦是最清楚不过的。"

子正本不信长仁会没现银，但听说有两万块，正在急处哪会嫌少，便忙笑道："两万却也有两万的用处，涣之还有个项目说来是极有利的，要说见多识广之人就是点子多。"

冯子正有备而来，哪肯空手回去。见长仁似乎有了想听的意思，子正抻长脖子道："听涣之说，此前他去那美利坚、欧罗巴游历，见到各国汽车真是不少，车价实惠。不似上海购车，倒教洋行赚了一大笔。他有个朋友在福特公司出任销售部经理，如若将他的新款时髦车子运一船来，只消在南京本地开售，相信就能赚得盆满。"

长仁对汽车颇有兴趣："这销车事情倒是个绝好事业！现如今，车子就是身份和实力，特别商界中人，哪个若是说没有汽车，恐怕连生意也没得做吧。可是南京偌大地方，竟没得个汽车销售所在，购车非得去到上海不可，却也是让人费解的事。想我买车那会儿，交定金、签购车合同，付清全车价款，才能排队等着洋行去定车，这一等，足等三四个月才提车到手。老兄却道为什么，是汽车公司专等客人下订单付车款以后，才去他国定购，可是不花一文的买卖，足赚取抽头便了。天下竟有这样便宜的事。可又没法子，想买汽车只能由他。"

长仁摇头道："可是，卖车那得要办许销凭纸和车牌执照登记，咱们先得开个汽车销售公司才行。据说可是麻烦得很！"

子正知他会有此问，一拍胸脯："这个么，老弟放心便是，有涣之呢。他有现成的福特汽车公司的包销合同，还说可以开配套的修理部，不单汽油，只要是福特的零件配件，都不在话下。你说咱们是不是捡了现成生意呢？只消注些资金，便可开张大吉。我看你大马路上那家铺面不错，莫如折个资本入股他的公司岂不便当？至于牌照么，由我去找官家打交道，不是什么大事！"

"谁说不是，名流士绅都喜欢车子的，身份象征嘛。一样的，一样的。一两万的贵重物，竟搞得跟不要钱似的抢。还非得要去上海方才买得着，再加上轮船转运费用，又多出一大笔。还有这油价，每升需要一角五分，简直抢钱一般！"

"那是因为外国汽车厂商都按地区实行总包销，汽车洋行与厂商订有包销合同，一般只在某一地委托一家汽车洋行承销。这赖先生能拿到承销合同？"

"哈，巧得很！他与美国福特公司销售部的总经理是朋友，他的那台车就是在他那直接买的，优惠得很，所以才舍得四千五便出手。"

"这个么，容兄弟再想想。"长仁想到近来手头吃紧，家里又不遂心，便想先缓阵子再作计较。

可子正却不想失掉到手的财路，以为是长仁不信，便再劝道："别再犹豫了，我这也是为老弟着想才劝你，我若手上有现成铺面，早就干了。你看上海四川路上那家'马迪汽车公司'，不就是美国人与上海当地洋行买办合作开起来的，开业没半年，生意好得没法形容。"

长仁扶住头，勉强笑道："子正兄说得极对，兄弟从命便是。只是，这会儿头疼得厉害，今晚恐怕去不了，改天兄弟做东请罪。"

子正细看他脸色苍白，不好相强，只得悻悻独自去赴涣之饭局。

第六十四章　没奈何妻儿远走，由说客请君入瓮

第六十五章　掮客揽事只重利，亟待注资实诳财

赖涣之其实早已经等得不耐烦。轻易地拿到了卖车的四千五百块大洋，他结了司机的账，正式住进法国公馆，要了间高档套房，虽说每天十块洋钱的房费颇不便宜，可他觉得，若想使冯子正他二人上钩，非得使点手段花费工本把场面做足，才能得手。"正所谓舍不得孩子套不着狼！"坐在陈设豪华的房间里，赖涣之啃了口手中的烧饼，不由呵地笑出声来。

接连三天，子正和长仁都没消息，只王柏达来缠磨投资皂厂之事。

赖涣之不知长仁家里出事，更不知子正去上海投机，却又不好去打听，显出急迫易露马脚。他决定拿王柏达做"引子"，少不得耐着性子与王柏达周旋应付，故意在他面前透露出所谓哥哥的橡胶园，又投长仁所好，编出有美国福特汽车公司的朋友。王柏达是个精明人，他自小诓骗的人多了，自然会多留心眼，收钱的事体不加细想，而投资，他则小心又小心。王柏达资本不丰，当然不会增加投资。难得攀附结交到像样的朋友，他颇觉得脸上有光，满心想着怎么样将赖涣之答应的投资款项尽快搞到手，自家的洋皂厂正是急缺钱的光景。

听了赖涣之橡胶园、汽车公司的宏伟计划，王柏达心生钦佩，真不愧豪族做派，是个做大事业的气魄。相形之下，自己皂厂之事简直不成个气候，无怪人不放在心上。如此一来，越听涣之滔滔不绝，那区区两万块投资事倒不好意思再提。

赖涣之说到高兴处，却忽地一声叹气。王柏达奇怪："怎么好好儿地叹起气来？摆在面前的绝好事业，正可大干一番。"赖涣之却紧蹙了眉头道："唉，空有理想抱负，只可惜，非得是天时、地利、人和这三款俱足，才能顺利。天时么，现如今欧洲美洲各国战事方毕，却还无暇顾及商界经济事体。而军备品中橡胶、棉纱制品消耗极速，都说怕再起战事，其实，这里头藏的商机，只要会发掘，没有不能够赚钱的。地利就不必多提了，敝人在京津沪杭各地均细细考察过，只南京是交通便利、需求畅旺、铺地价码还不算过高，仍有利可图，不似其他早已被人占尽。只这人么，想来却是极难的，敝人初来此地，只风物人情这一节已是不及，要想找合作生意的投契伙伴，更是难上加难。认得你们几位业界高明朋友，却又是个个都有自己事业，哪里能低就敝人的小名目。唉！只心疼可惜了这样好的事业。只能恨自己没生出十个八个身子。"

王柏达看他痛心疾首的难受样儿，不由得跟着叹口气，然后又宽解他道："风

物人情倒是不碍事，不过早晚。请人倒是有些难办，现下聘几个跑腿打杂简单，想找个能做事，又贴心贴肺帮衬生意的，实是个难题。"

"谁说不是呢！能入敝人眼睛里的，不过你王兄和你朋友冯、荀二位先生，不单是相交投契，而且深能体会敝人思想，得以结识几位，实乃吾之幸事。只这样的商界精英，有胆实、有思想的实干家，却只有结识的缘分，难得高攀共事啊！可惜，可惜！"赖涣之不失时机地进一步试探，说完又深看王柏达一眼，想了想，像是下定决心似的，低声向王柏达道，"王兄请稍候片刻。"自己便起身进了睡房，一会儿出来时，手上拿着一叠纸。

王柏达趁赖涣之低头翻检时，留意偷眼细瞧那些纸，只见有北门街一处地皮的买卖合同、地契，还有橡胶园设计图纸，包括了厂房建设式样和文字说明，又有一堆花花绿绿的凭纸票据。王柏达久做捐客生意，知是缴纳地税各项回执，心中暗想，这赖二公子看起来油头相，没想到竟真买下不少地皮，确是准备着手干一番大事业。

半晌，赖涣之终于从那堆纸里找出一张来递给王柏达，道："唉，近段时日忙着跑地皮铺面，没人帮衬就难免会这样乱。这是我在美国福特汽车公司任销售经理的朋友，密斯特史瑞克专发给我的销售代理凭据，有此凭据方能出售他公司产出的汽车。也只有出示此凭，方有资格向官方申请销售准许的执业凭照。"说着略一停顿，又神秘地道："我的那台车，就是史瑞克送给我的，那可是最新款的T型！"王柏达吃惊得瞪大眼："送您老兄一辆汽车么？真真出手大方，这关系肯定是非同一般。无怪老兄能得着这销售权。"

赖涣之未置可否，只微一颔首："有了销售权，只等寻个合适铺面，便可申请官方凭照，开张营业了。史瑞克在美国已经为我留了这个数！"赖涣之说着从裤兜里抽出右手来，伸出两根手指头直竖在王柏达眼前。不等王柏达有所表示，便紧接着加重语气道："二十辆！"

王柏达又瞪大了眼睛："二十辆，福特车在市面上可是一车难求的紧俏货。想不到涣之竟能手握二十辆。只、只不知……"

"晓得王兄定是关心车价。嘿嘿，敝人不才，能拿到美国市面的最低批发价，每辆车只二百四十美元而已。"

王柏达一听立即在心里算："近段时日汇价很不错，一美元可兑一点三银圆，那么，一辆车合三百一十二块！啊呀呀，国内买一辆车竟都得花成千上万，这、这、这……"他不由得喜形于色，抬眼看着涣之等他下文。

"那还得把轮船运输费用、人工费、铺面场租费，还有各种税费一应算罢，方才是剩下的利益。"赖涣之不紧不慢地补充。

第六十五章 捐客揽事只重利，亟待注资实诓财

439

"自然，自然！即便如此，那利益也总得每辆车三千上下吧，二十辆么，总有六七十万。那还是相当惊人呐！"多年练就的心算能力使王柏达即时兴奋起来。

"只可惜，如此好的一项事业，却是没法付诸实施……"赖涣之看着王柏达因兴奋而发红闪亮的眼眸，加重语气感叹道。

"这可是南京地面独一份的买卖，怎么会说是没法做呢？"王柏达几乎要叫起来。

"一则，人手难寻；二则么，敝人手头资本尚不足。南洋内乱不止，银行的资金几乎都被冻结，欧洲美洲各处又战事未息，家里的资金一时难以给付来汇，想不到的事体摆在面前。亏得敝人身上还有几张银行本票，购了一处北门街的地皮要建橡胶加工厂，已用去大半，所剩无几，还不够付那二十辆车子的货款。"赖涣之用一贯淡淡的语气道。

王柏达眼珠一转便接口说道："那也不是没得办法，可以找志同道合的朋友一齐干嘛！看得着的厚利，还怕谁不抢着来合伙的么？"

赖涣之眼见着王柏达顺着自己牵的线凑上来，心中发笑，语气不改地悠然道："这个自然。可是，也并非是个什么样人都能与敝人合作。以我的脾气秉性，非得是气味相投，能与某共进退，享得富贵，守得清贫。这样的人，可说是难寻之极。可是，若非如此，敝人也绝不将就，宁可将这销权作废。"

果然，王柏达一拍胸脯道："如此好事，怎么好教它白白废去。既有说看中子正、长仁二位，我便去走这一趟当回说客，成就这桩美事。虽说他们厂铺均处在资金流水受阻的当口，也只不过一时间的不凑手而已，他二位的身家绝不低于千万之数。有适当的事业，利益又放在眼前，拿出三五十万的资本也不在话下。涣之若是有意，我倒极愿一力促成。不过，这些文书凭证得拿给他二人过目，不知方便否？"

赖涣之坐着微欠了欠身，算是谢过王柏达，道："倒也用不着这么样为难他们。算来，总有一二十万也就可将首批车、油运抵来销。嗣后利益回转便可逐渐扩充，再将清洗、修理、租赁、培训各部建起来。到那时，便是坐等收益。"

王柏达却道："涣之自是为咱们大伙利益计划，愚兄十分感激，既是要开办汽车行业，莫如一并将刚提出的各部一并建起，岂不便当齐整？要说到资本，不如发起个股筹来，认股来投，多多益善。不外成立个股东会，只要资本权占大头，把经营权牢牢握在咱们手上，哦，不、不，是你赖董事长手上便了。"

"却是等不得太久，密斯特史瑞克已经催过两回，敝人是散漫性子，不想牵扯太多人，且一步步做平实就好。"

"这个，本不敢劳烦费心，权由我来着手办理便了，只需得您首肯，放手交敝人着处。愚兄不才，虽一时拿不出现钱来投资入股，却是极有一腔敬佩追随董事长的热血，全能尽数抛洒，并不图任何回报。只是想一力促成这桩大事业。"王柏达的掮客本性暴露无遗。

赖涣之站起来，将手中的那张凭纸递给王柏达，道："交朋友若王兄，涣之幸甚。那便完全交由王兄办理，只外筹的股本不超过二十万，我总出十万，另十万么，且留四成给冯、荀二位，至于王兄你么，不必出一文资本金，届时一成股本奉送，作为王兄操心劳神的酬报。"

王柏达几乎不敢相信自己的耳朵，跳起来连连道"使不得，使不得"，双手却直伸出去紧紧抓住那张递过来的凭纸。

王柏达得着无本万利的买卖，怀揣着那张凭纸径直去冯子正家。他知道只要说动了冯子正，那荀长仁那里，就容易得多，自有那冯兄替他游说。

到了冯家门上，门房却告诉他，先生出门未回。

王柏达急得来回踱步，又不想就走，于是坐在门房与那听差扯着闲话，边等子正回家。果不一会儿，见冯子正的车子驶入院门，缓缓在门口步道停住，汽车夫下车拉开后门，子正低头下车来。

王柏达忙迎上去抱拳道贺："恭喜子正兄！"这是冯子正第二日从长仁家回来，长仁依然昏睡不醒，厂里又接二连三地来电催促华商银行欠账，广州家里来了电报说几笔赊欠的物料款待付，问何时打款。

冯子正勉强笑道："柏达取笑了，何喜之有？近几日焦头烂额，气倒是有不少，喜又从何而来？"

王柏达故作神秘地向屋里一欠身，示意子正进屋去细说。子正只得伸手作势请了他进去。

二人进到偏厅坐下，妈子端上两盏咖啡。王柏达舀了两匙白糖放进咖啡里，又拿匙搅动良久，方才端起来嘬了口，还是觉得一股子咳嗽水的味道直冲入喉，于是放下托盘，笑道："看看我这个老古董，对于咖啡么就是喝不惯。却是不懂为什么那洋人每日离不得。"冯子正招来妈子："给王先生换上好的龙井。"又向王柏达道："柏达专等在门上，想必是有什么要紧的急事体？"

王柏达将手探入衣襟内，刚要往外拿那凭纸，妈子端了茶进来，他便装作没事样。冯子正见他如此，便对妈子挥手道："下去吧，不叫就不要上来了。"那妈子答应着退了出去。

冯子正这才笑道："怀里是什么宝贝，这会儿能拿出来了吧。"

王柏达这才再掏出那纸，双手捧到子正面前。子正接过看罢，倒一眼便认出是福特汽车公司的销许凭照，又见上边签着赖涣之的大名，中文名下还有英文"Robert"，便道："这赖先生的英文名字是赖伯特么？还是刚刚知道。这汽车的销售许可是时新生意，他这是手里攥着发财的种子。"

"啊呀呀，子正兄到底是场面上的人物，一看便知其价值。"于是，王柏达添油加醋讲起了自己如何从赖涣之那里承揽了这项绝好业务来，独未提赖涣之答应白给自己一成股份之事。

冯子正很感兴趣，这是项绝好的赚钱买卖，非但汽车，那橡胶制品也是市面上的紧俏货色。

冯子正一边心里盘算着可以挪动的现款，一边又将手上那张凭照再三翻看，方才确定它是真的。他之前去上海购自家车子，在上海的泰兴洋行见过与这张一式一样的凭证。

"你是讲，赖二公子准备募集股本十万，总留给你、我和长仁四成，也就是四万是么？那么，你打算出多少？"

"我么？我哪里还能拿得出一文钱来？实不相瞒，我也只能帮着众朋友跑跑腿出点力气而已。"王柏达努力说得很真诚。

"那么，就是我与长仁老弟同出这四万。嗯，我得赶紧去找长仁老弟商量一下。你且等我消息。可长仁到现下还没醒转过来，这可如何是好呢？"子正不由得皱眉头，又说，"前与赖二公子吃饭，他并未提及此事。只是将他正开的车卖与了长仁，我居中做的保，待付车资，他便病了。偏赖先生是个急性子，等不得地要将车卖与他人，我只得替他将车款先垫付与涣之。照你说来，他倒白赚长仁三千银子。"

"也不能怪他赚朋友钱，将车自万里之外的美国运回来，运费、人工、税息，哪一样不得花钱？毕竟比上海市面上卖的要便宜一半！够意思！再有，赖二公子是散漫惯的人，他本是将这凭纸夹在一叠买房购地的材料中间，不想做这个事体，硬是被我看到后强扯出来的。这么好的项目端的浪费，着实可惜呢。"王柏达将事情向自己有利的方向又拢了拢。

"这就不怪他未提及了，原是不想做吗？"子正觉得符合他对赖涣之的了解，赖二公子的确是个散漫不羁的性子。

他决定再去长仁家瞧瞧。

赚钱的事体子正从不耽误，可他目下境况，即使四万凑起来也不容易。

子正想着心事，王柏达在旁边道："既是涣之全权委托兄弟办理募集事项，那其余六万，兄弟的意思是按股认筹，每股么，五元如何？"

"是不是太大些，莫如一元一股，百股起购，明日去几家报馆登个告白宣传，一定会大卖的。"子正觉得曙光正照耀在自己身上。

　　二人商定了募集股本价。子正提笔写就告白文稿，交给王柏达明日发告。

　　子正敲定了注资事，吩咐新图无论如何自厂账中设法补足资本金。何新图接连被子正催逼，急得没法，只得将库里的近五万货抵给东洋人开的地下钱庄，贷来两万，又把账上准备清欠的那笔五千的款子也提出来交给子正，算是暂时交了差。子正则把家里藏的一批古董字画差人送交当铺，总算是凑足去上海投机的本钱。虽说是孤注一掷的做法，但子正此刻已是顾不得担心，只想着——财富险中求。

长仁

第六十六章　前事未平祸又起，注册商标引纷争

长仁送走子正，便去看停在门前的那辆福特T型敞篷车，坐进去后，便嘱人叫来老楚，拉他出门兜圈散散昏睡这几天的闷气。

老楚那日费气力将长仁的钱包和帽子一样不少地追回，本喜滋滋地回去邀功，到家却见太太、少爷走了，主家先生气病了，不由得想起前次去静海寺，大和尚曾说什么静之老爷坟有不利的话来。老楚是惯混江湖的，对风水、堪舆之说再耳熟不过，却是从来听多不信，便只怪自己胡乱瞎猜，不再去想。待到长仁昏睡两天不醒，他才越发觉着邪降，便找老贾拿主意，却听说老贾回七里乡下找太太去了，他只好拉小六子商量。经老楚一提，小六子也记起大和尚话来。二人慌忙再去静海寺拜求大德和尚，说明情由后，大和尚只念了句"阿弥陀佛，事已至此，还来做甚"，便唤小僧送了二人出来。

两人讨了个没趣，一路无话。等回到家，听说主家先生已能起身了，便说静海寺大和尚真有些神通，才刚去拜求过他，先生这就醒转来了。

老楚见门前多了辆簇新的福特轿车，上下左右地打量半响，未敢下手摸一下。回家心里放不下，又折出门围着那车转悠。没想到，正这时候东家扶着墙出来，要他载着出门兜风散心。老楚那兴奋劲头，别提了，心下更笃信是高僧点化之功。

老楚开车自江宁路转上沿江路，往金陵关方向缓慢颠簸前行。几天没来，这条马路又开始修筑，道路两边堆了若干砂石沥青，又有几辆筑路运土马车被卸下的车斗斜在路中。老楚边小心绕过路上障碍，边骂政府是吃干饭的。

下午近晚，暑气渐消，江风裹挟着路上的沙土扑上脸来。长仁头上一轻，想起好几日没去过技艺展园，便吩咐老楚往展园去。

老楚答应着便将车子往西边开过去，不想远远见着园子的大门，车却是开不进了。路中央拦了路障，还另用绳栓了红布条示警。老楚没奈何，又想开骂，却瞥见长仁一声不吭地坐在后边还在生闷气。老楚忙住口，将车头一拐，停在路边，道："东家，封路了，车子进不得，要不停在这里，我陪着您走进去嘛。"

长仁在后座一惊，这才见到路被拦住。老楚拉开车门扶他下车，长仁却对他挥了挥手："你回家去吧，我今晚住在园里，进出既不方便，我便不回去了。你回去关照家里，老贾不在这几日，厂里、铺上有人来寻，就只教他们来园子找我便是。"

老楚还想伸手去扶，长仁忽然勃然怒喝："怎么，我是像要死的样子吗？走路

还得要人扶？"忽又想自己怒得没道理，又缓声道："老楚，你得帮我办件事体，去查一下，办个汽车经销维修的铺面需要哪些章程手续。"

"哎！东家放心，我马上去办，查到立马来回。"老楚一听要开车行，自然高兴。他返身立在车旁，眼望着长仁慢慢走远，这才上车轰地开走了，车尾随之喷起一溜烟尘。

长仁没走多远便到了门口，守园的门卫睁大眼睛上前来连连点头招呼。又抢着汇报近五六日门口修路，车子进园不得，搞得游园的人都少了。

长仁点头表示知道，继续向里走。门卫跟到门口才住嘴，然后看着他背影将头摇了几摇，拿起门房里的电话报告季元，说荀先生到。

季元气喘吁吁地赶过来迎，见长仁脸色不好，把刚想张口说的话又生咽回肚里，只躬了躬身子。长仁道："门口修路阻了游人兴致。你立即办两件事：一则，问路政处，什么时间完工；二则，草拟个告白，一完工便发布各大报馆，办个游园会热闹一下，要紧把人再拽回来。"

季元回道："是的，先生！路政处，属下已经问过多次了，回说三日后便可完工通路。"二人一路回到公事间，季元亲自端了茶，长仁便道："忙你的去吧，我休息会儿。"

季元尚不知长仁家发生的事，只当他是病了，忙躬身退出来，赶着写那告白。

不一时，草拟定。自己拿着看了两回，又改了几个字，觉着不错，便拿了去回长仁。走到门口，就听到留声机放的曲声，便犹豫着要不要进去，却听长仁在里面道："进来吧！待在门口做什么？"季元方才进去，见长仁脸色好看了些，精神也有好转。

长仁展开季元递过来的告白：

  本园告白：本园于十五日起，夜至十二点钟止，设文虎清曲童串戏法西洋影戏，以供游人随意赏玩，向因沿江路一带马路未平阻人游兴，现已平坦，马车可直抵园门，唯冀诸君踏月来游，足供清谈之兴，扬镳归去可无徒步之虞，游资仍照旧，回准廿三夜外加烟火大戏，游资每位三角，此布。

长仁看罢竟一字未改动，便点头笑着要季元三日后登报发布，又让他差人去请戏班影团，再将路边花圃里扎些新奇花饰布置。一番吩咐后，季元去了。

长仁刚想躺下，门上电话来报，说老宋来有急事找。

老宋气喘吁吁地撞进门来，一叠声道："先生，先生，您快回厂子一趟，出大事了！"倒把长仁吓了一跳，平日里老宋最为稳当，遇事绝不气短，今儿这事定然不小。

老宋慌里慌张找长仁，确实遇到了大事：祥昌缫丝厂被英商告了，所告事由竟是"商标仿冒"！

祥昌缫丝厂自开机缫出过两批丝后，浩之觉得还能将丝径再细化，便率几个得力学生，经十几轮试验改良，终于缫成匀细圆润且韧度好的厂丝，足以与市面所售洋丝媲美。

半年前，浩之向长仁提议要创一个牌号出来，好教世人都知道，华商自制厂丝绝不比洋货差。

长仁自然是满口应承，只因技艺展园事急，便将商标注册的事体全交由老宋打理，并嘱老宋尽快物色专人设计商标草图。

老宋亲自去找了南京城颇有声望的灵登图文公司，一问价被吓住，小小商标图形设计，竟要价百元。宋大兴掉头出门暗骂："画张小图，竟敢狮子大开口，简直抢钱！"

老宋的过人之处就在于他遇到难事总能绕着弯地换个法子把它办成！他的心思头脑又活络开来："莫如找个现成的比照着，找人照着他一画，再付印，这百多块银钱不就省下了吗。再说咱的丝可是上上乘的好丝，怕它个球，就这么干！"老宋想着便快步往厂子赶。迎面跑来个报童手里扬着今天的报纸，老宋眼一亮："报上定有不少现成的图样！"忙叫住报童，孩子问他："先生要什么报？"老宋平日里哪看什么报，便不耐烦道："有几种？一样儿来一张！"报童清脆地回道"好嘞！"答应着递过三张来。老宋随手翻开，只找登告白的版面来看，报上刊登厂丝广告的还真不多。直翻到第三张，才见半幅版面印了一只振翅高飞的雄鹰双爪攫着丝卷，看起来颇有气势，再看厂家，印的是"英商查莱氏苍鹰牌洋丝"，再看下面的厂址是英国伦敦。老宋觉得甚是满意："洋人的图样倒也现成，厂家又远在外洋，想是不会有什么问题。"便挟了报往祥昌缫丝厂去找长仁。

长仁多日不曾照面，主事人却都不在厂里。

老宋嘱浩之一个颇机灵的叫闵小越的学生，要他照着洋商标的样画出来。小越认得这商标，有些犹豫："这苍鹰牌子是英商查莱氏的知名厂丝商标，完全照着画吗？要不改改吧！"老宋一挥手："那英国佬哪会知道咱们这小小丝厂，能有什么麻烦！"口中虽硬实，却还是让小越把那英商向左飞的鹰身子反转了向右。小越领命画去，第二天便交了图样来。

老宋看后很是满意，夸赞小越画技了得，把这鹰画得比原样上的还要精神。老宋点头道："嗯，这才是神鹰！"便卷了图去找长仁给他过目。长仁拿在手上左看右看，道："就叫神鹰牌吧！"又指着那鹰爪攫取的那丝卷道："将这丝再画大

447

些,别叫人看了不知所画何物。拿去给浩之看看,若无意见,改完径直拿了去录注,不必再看!"老宋得令又再找浩之,浩之倒颇喜欢,又听老宋说已由东家看过,当下无话,只说尽快注册商标,即行在各大报刊登布告!

当月,祥昌在南京商标局注册了神鹰牌经丝商标,商标图案是一振翅神鹰爪擎丝卷,气势威武,印于黄皮纸上。有了商标,祥昌缫丝厂的这款神鹰经丝很快成了厂里的支柱产品,没两年便在业界小有名气,确因其丝质精良,畅销省内外。长仁、浩之都认定其不久便可领军国内丝业,然后销往外洋去赚那洋钱。

谁又能想到,这小小商标会惹上麻烦。

英商查莱氏洋丝公司一纸诉状告到英国领事馆。声称自己的苍鹰牌商标早在六年前经江苏海关注册,现被南京祥昌缫丝厂的神鹰牌商标仿冒,两者外观极为相似,均为双爪攫取丝卷的展翅之鹰,而且苍鹰牌之鹰与神鹰牌之鹰画法也相同,极易使购者混淆。英国领事菲利普斯接报后认为"凡属文明国法律,必不容影射、乱真、冒效他人有名牌号,夺其利益而不加禁阻也",马上致函江苏交涉公署,要求祥昌立即停止仿冒行为,将已制成的神鹰牌商标纸及印制牌纸的机器等一并查抄、销毁。

江苏交涉公署接到英国领事函件,看此事关乎国际交谊,非同小可,立即下令县知事查办此案。县府方面见此案涉外,忙发出公函要急办此件。县警察局正是那王自孙局长,一看事大,不敢怠慢,马上传达知事旨意,紧急加发公函知会祥昌缫丝厂,勒令禁止再用神鹰商标,已印制的成品商标牌纸一律自行销毁。老宋接到这公函,没想到一个小小图形牌号竟致事态如此严重,这才慌忙找长仁。

此刻当然不能再责备宋大兴的冒失,想他也是为厂子省那商标设计银子。老宋倒也没乱了方寸,一早便电告在杭州的浩之、伯诚,此刻二人已在回来的路上。

事涉英国商界,长仁知道事大,只得暂放下去东洋寻杏儿母子下落的心思。立即回祥昌召开厂会,车间机段长以上的人都聚来商量应对办法。此时众人都想到了县商会,想他既统领地方商户,那出事体必找他寻求庇护。于是众人七嘴八舌地很快写就一函,陈述被控原因,又及两商标之间存在着商标花纹不同、中英文字样亦不同、牌号名称不同、制造营业地点不同等差异,同时强调,神鹰也是经由官方注册登记备案的合法商标,强行销毁神鹰商标,那将有损中国商家振兴实业的信心,官方也必将涉媚外之嫌疑。

长仁一刻不敢耽搁,立即揣二百两的银票带老宋直赴县商会亲呈信函。商会赵会长与长仁在技艺展园开园时经子正介绍相识,此后常聚在一起吃饭娱乐,甚是投缘。事发突然,长仁也顾不得先找子正,径直去见他。

有银子敲门，赵会长显出十二分的客气，亲自接过信详阅，坚决表示支持地方实业，并当着长仁的面，召下属进来立即写就商会公函，分别发县各涉事公署、江苏交涉公署和英国领事馆。

冯子正带着何新图刚从上海买完股票回来，便得知祥昌厂商标惹官司的事，来不及多说什么便忙与伯诚急赶往祥昌。

在祥昌的公务间内，长仁正与浩之、老宋说官讼之事。浩之拿着那查莱氏的苍鹰商标指着上面说："咱们的神鹰在画法上哪点与它相同？但凡是鹰么，振翅一飞都是一样的姿态；明明咱们的神鹰朝着右边，洋苍鹰朝左边嘛。难不成那鹰生来就只为外洋人所用不成？"老宋在旁连连称是："还有这下属的厂名厂址，英文词汇都不相同；再看咱们这鹰爪攥的丝卷，那是要比洋商标大得多，气派得多！"

长仁此刻叹口气止了他二人道："这会儿咱们自己人在一处，你二人就都别抻着了，这两张图看起来确是极像的。事既已出，就只想下面该怎么应付答对，不能被动挨打，等着对簿公堂。"

老宋躬身道："先生说得极是，这事因我而起，实未想到一个方寸图画会引来这么大的官司。请您处罚我吧。"说着竟要跪下去。

长仁一把拉了他道："老宋这是干吗？你也是一心为厂，我心里当然是晓得的，并未有半点责备之意。此刻是商量办法对策，绝不是追究责任。俗语有言'吃一堑，长一智'，有此一讼，以后咱们厂子就应该专聘一位律师先生坐镇主事！"

正此时，门上人来报说子正、伯诚二位先生到了，长仁心道："我正忙得没得闲找他们，怎么倒来得好快！"口中忙道："快请，快请！"

话音刚落，子正与伯诚已经进门来。子正笑道："正是一语点醒梦中人！那西洋人最讲究律条规矩，咱们跟他交道必定得知道些他们所依据的法律，还有他们口里常拿来说事儿的道理。"说完转头又向伯诚道："华胜厂也得聘个律师先生，还必得是懂得外洋业务经办的才成，可不是咱们本地讼师之流。二位是华胜股东，你们看如此可好？"

伯诚道："我国的律师暂行规程颁布经年，却与国际上各洲通行律法尚未能适洽，国内执业律师少得可怜，更不消说要懂得外洋律法条规。要不，咱们聘个外洋律师可好？"

子正道："嗯，咱们国家律法之风气未开，遇官非想到请教律师者不多，因而执业者寥寥。请外洋律师倒也是个主意，只必得是个在我中华民国吃律师饭、能捧得上这饭碗的才好，不然找他又有何用呢？若只为晓得些律条，莫如咱们买他几本律条文书来读读吧。"

长仁几个忙起身让了座，众人重新坐定。

第六十七章　摆饭局无奈应酬，且闲听诸般趣闻

　　长仁道："兄弟厂子里的这点小事，本不敢劳二位挂心，不想却还特跑这一趟，有劳，有劳！聘律师的事，兄弟极赞成，不能等遇到了官非事来才想起要找！这一时只恐怕还真难以找到好的。"

　　子正听长仁一番客套倒不高兴了："此话说来生分，咱们兄弟既是想法一致，有缘聚起开创实业，万不可再分彼事此事！大伙一起商量岂不比你一人独断来得稳妥周全。"

　　伯诚亦道："原委我们都听说了，这事可不能说是小事的。说来不过方寸图标而已，可一经涉及外国洋商，就成了国与国的大事体。事发不过短短三日，目下全城商界恐均已知晓，竟有外国的报纸转载说此乃全国涉外商标第一案。"

　　"什么，全国第一案？哪就有这么严重？"老宋忍不住插口惊叹。长仁听来亦觉惊心："祥昌小小丝厂名不见经传，断不敢出头来顶这'第一官司'。"想想又道："况且，国家近来时局如此纷乱，徐总统在台上才几天，又被推翻。那姓曹的闹着要复辟帝制，不几日黎大总统又复位了，关注这些头等大事眼睛还看不过来。各位说，国家如此乱作一锅粥，商界本就不知要如何自处，还得受洋夷倾轧诬告。若此下去，商界当如何安心振兴国家经济，又何谈与洋商抗衡？"伯诚笑道："话是这样说，那从政的自是关心这头等的国家时局大事，那我们这些工商界人恐怕更关注本业界的事体吧！"

　　"先生，这砸来的大帽子怕是躲不掉了。"浩之边说边把门上刚送来的当日《大中华报》翻开了递给长仁看。长仁接在手上看时，硕大的黑体字映入眼帘："神鹰与苍鹰孰是孰非，民国第一涉外商标案不日将对簿公堂！"那小标题写的是："南京祥昌缫丝厂涉嫌仿冒英商查莱氏商标成被告"。长仁看罢不禁后背发凉，重重叹口气将报拍在桌上，喃喃自语道："这事情怕是闹大了！"

　　子正拿过报来，只看了看便递给伯诚。伯诚看罢道："这官司胜负显出其极重之分量来，因为这结果不仅关系祥昌缫丝厂，更关系南京地方，关系我中华民国！因此，此事断不可大意。"子正赞同，道："正是。如此一来，咱们亦可将它看成是一件好事！既说是涉及国体，地方上的各级官员想必会拿出十分之慎重，既不可让外方失了面子，又得切切顾及维护自己国家的体面。各位想来，这是不是好事情呢？"

　　长仁觉得在理，方始略觉宽心，道："二位说得极对。断不能应承仿冒商标之

事，况我之神鹰商标也是经地方政府专门登记备案的，难不成这官凭竟是不起作用的吗？又或者南京地方官失职登记批准了仿冒商标？"

几人经此一议，便觉得事情有了转圜余地。当下商定，由子正设饭局邀请南京地方的官商头面人物，与英国领事馆及那诉官的英商查莱氏，先试着私下求得和解。如若此计不成，便只能做好打持久官司准备了。

饭局应算是中国自古以来最具特色的应酬场合。中国人极好用饭局来应酬交际，不论多么棘手难办的事体，但凡上得了饭桌讲，就没有解决不了的。当然，最重要的是主局人面子要足够大，方能邀得当事关键人物到场。

冯子正亲自写了请柬，以十五日技艺展园园庆为由，专设饭局，邀英方领事方得亚、县府孙知事、商会赵会长，还有省府交涉公署的经办徐主事。长仁、伯诚算作主陪。想了想，又再加上赖涣之，堂堂南洋巨富公子，或可撑撑场面，顺带着向孙知事和赵会长介绍，再将参办汽车销售公司登记事体打个招呼。

子正将赴宴人名单给长仁看时，对于赖涣之，长仁颇不以为然，经子正再三说明其中厉害，又再四夸赞这汽车事业大有可为，他才点头同意。长仁倒并不反对投资，虽说目下累累烦心事出，区区万元之数也还能拿得出来。当然，全以祥昌商标官司和解事为重。

子正想来此次请的客人有些特殊，少不得啰唆几句："这官面上的饭局，虽也是吃顿饭，其中玄机又与其他应酬吃饭大不同。嘉宾如何，座次如何，先到者与迟到者关系又如何？请的什么层面的人，便讲究开哪个场面的菜。再者，谁先敬酒，谁先动筷，还有那陪的，得讲究个逗捧，谁主请敬酒，谁陪局搭腔，谁又只需默默聆听，但也得适时点头微笑。奉为座上宾的要如何与他套近乎？什么人酒要全干，谁又可以浅斟。凡是种种，不一而足。二位老弟作为局中人要随机应变、快速反应。因此，吃饭无异于上战场般咧。与那文人雅集、曲水流觞、好友间的尽兴小聚是无法可比的。这是人际应酬，是学问。"

长仁苦笑道："这哪里是吃饭嘛，听来简直受刑一般。稍有不慎便会得罪人，自己可能还不自知呢吧。"

到了请客这日，果不出子正所料，方得亚和英商均推托有事未到局。但令他没想到的是，赖涣之也没来赴宴，据说是去了上海。

还要说是自己人给面子，赵会长、徐主事、孙知事先后依次到场赴宴。那孙知事名培德，主政地方不过三年，据说为人颇练达、懂世故，在官场有些头面。子正本与他交情并不深厚，是通过一从商转官的同乡介绍认识，吃过几次饭，收了自己送的几百块交际金，两下里算是有了面上的交情。赵会长来应局也是为了能与孙知事攀附上，之前二人不过只有数面之缘，此次坐在一桌吃饭还是首次。

徐主事虽说是省上官员，但毕竟只是个公署主事，地位不高。但孙培德认为他是一省大员，又主管着全省商务，且年纪四十的官员，正是往高处猛进之时，说不准哪天便要掌权主政。徐主事在他面前竟然以小徐自称，态度极为恭敬。入座时更是一力推他坐了主座，自己侧位就座。

孙知事很是受用，态度上便更端起些省官架子来。他知道这饭局实为商标纷争，情知此事既关乎国本，必得要维护本地商人，应此来，吃不吃这饭，都必得保住祥昌缫丝厂的神鹰商标能胜这场官司。那么，既如此，这饭局何乐而不为呢？况且子正向来很懂得些人情世故，断不会教他空手而归。

众人坐定，一番相互虚与委蛇的客套过后。子正便用眼神告诉长仁将那早准备好的票子夹在自己名帖里——递给各人，几人嘴上道着"长仁老弟怎会不识得，还用得着这么！"手上却俱都接过，揣进怀里去。

子正少不得拿些话来提醒众人："认得当然是认得的，只是长仁要专程隆重地介绍自己给诸位大人，他那名帖制作亦格外之精良，还望众兄台回去后抽时间细看他的名帖，方不枉他一片诚意结交之心。"

几人心知肚明，不免打着哈哈与长仁把酒言情。三巡既过，桌上人俱都放下客套来，称兄道弟得不亦乐乎。长仁被几个来回的酒灌得有些眩晕，但还没忘记此宴目的，看着子正递来的眼色，方将商标官司之事提起，叹口气道："本想请了密斯特方和那查莱氏公司控方经办来此，将事体私底下商量着妥办，两下里都留些体面，岂不更好，何至于非要将事体闹到那法庭上，倒叫些外国人看笑话。"说着连连叹着气，又将身上带的一万银票拿出来丢在桌面上。

子正此时一拍桌子："谁能想到方领事完全不给面子，我出面请他不过是吃个便饭竟都不肯赏光。也罢，打官司就打官司吧，反正不是咱们一厂一商标的事，这是涉外第一官司，老弟你的神鹰也不是平白里自己悄悄儿往外销的，那也是经过官家白纸黑字发凭认定过的。不来便不来，咱兄弟还更来得轻松自在。不信问问在座哥哥们，哪位不是一心想着帮你的，是不是诸位？"

徐、孙、赵俱都连连点头，口里含糊应着，齐齐又推杯换盏。长仁拿手指敲着那叠银票道："子正兄说得不错，兄弟正是虑及此事看来虽小，却关乎国体，不能教官面和国家为难，倒是有心自己拿出个万儿八千银子私了此事，只当是报效国家。怎奈何对方却不领情。唉！看来也只得交由官家来决断了。"说着拿起那叠票子往怀里揣。

"他方得亚并非是颗无缝的鸡蛋，老弟若信得过哥哥我，便将心放进肚子里，必定将你的钱用在妥处。"孙培德此时却开了口，脸上的笑纹拧成一朵花样。

子正忙俯身将长仁的那叠票子抢在手上递过去，孙培德将钱拿过顺手卷进衣袋，道："官场么，就是这样，讲求个方法途径。钱确能通神，但真神高高在上，哪里是谁都能够得着的？当然就得有那通神的高梯，借得这梯方能通得着神。"

长仁偷瞥子正，见他正点头向孙知事赔着笑，便只好用手扯了扯他衣袖，低声道："一万块可不是个小数目，务请子正兄问明白钱的去向，兄弟也好向厂里有个交代。"子正也不看长仁，眼依旧盯着孙培德，只侧过耳朵听长仁说了，微点下头。待孙培德摇头晃脑地说完，子正方道："培德兄的话字字珠玑，兄弟受教匪浅，只不知这里边有什么机巧关节，能否说来听听，也好教兄弟们长些见识。"

不想孙培德听此一问，却顾左右而言他起来，把手中杯放下，起身向在座众人告声得罪，径由女招待扶着如厕去了。

众人一时无语，长仁忙起身敬酒。徐主事放下杯来，笑着拉长仁坐在身边，又向一众人指了指孙培德空座位道："诸位都没听说过吗，方得亚有个相交多年的红颜知己密斯任，就住在马道街的丹桂巷内，钱只送她那里，但凡得见其人，没有不成事的。咱们孙知事说的这通神的梯，便是这位任小姐啦！"说罢自顾自地哈哈大笑起来。

"那孙知事想来是与这位任小姐很是熟识的了，刚刚说来语气这样笃定！"长仁忙接过话茬想问得再仔细些。不想徐主事更大声笑起来："那是自然的，非一般地熟识！"

赵会长终于也忍不住笑起来，听见身后脚步声，忙又急刹住口，拿起筷子来夹了菜送进口中嚼起来。

孙培德被扶着进来，摸了椅背坐下，又接过招待递来的热手巾擦罢手脸，笑道："刚说什么事这么高兴？说来好教我也一同笑笑。"

徐主事经他一问，不禁又笑起来："怎么，任妮娜小姐的事体，老兄不是比我们清楚的么？倒反问起我们来！"

孙培德脸色更红起来："噢噢，说的是妮娜的事么？哪个讲我清楚，我与她也并不熟悉嘛。"

"噢！不熟就好，那我可就把这故事讲给子正和长仁老弟听咯！"徐主事边说边看着孙培德。孙培德一本正经道："徐兄尽管讲来，鄙人也正想听听！"

徐主事哈哈大笑起来："这还要从前朝李鸿章举'洋务'时讲起。当时他有个得力助手叫作晏炳泉，此人字慕之，别号瘾斋。他可是个商业大才，先后经办轮船招商局、电报局，接办机器织布局，开过不少工业企业。是前清正式册封的邮传部右侍郎，当时可谓是官商集于一身，势倾朝野，富可敌国。后来日本人觊觎中国的煤铁联合企业华裕通公司，与晏密商中日合办，遭到举国上下的强烈反对。惶惶不可终日的晏慕之只得求助于英国总领事方得亚先生，英国人不愿与日本为敌，并不想惹这件事，于是婉拒了晏。

"晏自是不死心，专为此设盛大晚宴邀请英、日两方领事，既是家宴自应携带家眷，晏慕之知道方领事家眷不在此地，刻意安排了一位交际名媛相陪，正是这位任妮娜小姐。

"这位任小姐，称作'小姐'，只为在交际场合听着顺耳些，实则早已嫁为人妇，她的丈夫即是这晏慕之当时所辖机器局的一马姓总管。当然，现下人家是南京地面赫赫有名的制造局总办。"

长仁惊道："噢？是机器制造局的马总办么？前次在技术展园开园庆时见过的，为人很是谦和有礼。"

"哈哈，就是他了！确也太过谦和了些，竟至于把自己的太太送人交际，也毫无羞惭，反而觉着脸上生光呢，自己能娶得位如此能干的交际花做了太太，助自己高升发达。"徐主事说罢，众人不免又哈哈大笑。

徐左右看过后又笑道："他那总办位置可是用自己的绿帽子换来的。"说罢又歪过头向孙培德道："孙知事现下可是马总办的直接上司，想您是再清楚不过的吧？"

孙培德忙正色道："徐主事可真会说笑，醉话醉话！鄙人权当笑话来听。"徐主事谈性正浓，也不去驳他，接着道："那我权当说书人啦！其实这任氏薄唇、黑皮、粗身量，姿色实只能算作末流，却自号个扭捏的西洋名儿叫作'妮娜'，倒与她豪放做派性情极适恰，舞姿也还出众，颇有眼力见儿，看人下菜碟，一张嘴巴能说会道，当然嘛，最要紧的是那下流的功夫却是上流呢。"

"怎么样下流的功夫？又怎么样来的上流法呢？难不成徐主事体会过这功夫的吗？怪道清楚这位任妮娜小姐，说来头头是道！"孙知事几番被他言语戏弄，正心憋气闷，好容易抓住个姓徐的话把儿，哪里肯轻易放过。

"我哪里有这等福气，人家妮娜小姐可看不上咱个小小主事，所以知晓些事体，不过因常在知情人中走动罢了，应酬起来，少不得酒话连篇，今日在座众人都是朋友，没得什么不能说的。是不是，诸位？"徐主事酒没喝多少，酒话可一点儿没少说。

孙培德知他又讽自己之前悔言情由，自讨个没趣，讪笑着端起面前酒盅呷了口，笑道："得罪得罪，自罚一盅。还是徐主事为人豪爽豁达，要不怎么都风传徐主事不日将升任省府要职，大有可为哩！"

徐也不搭腔，自顾自地接着说道："那平日里严肃正经的方领事，一遇到这位妮娜小姐，当夜便拜倒在她石榴裙下，俯首称臣，还将她当作自己的红颜知己，唯命是从。因此，凡当面不好办的事，只要找到这位密斯任，就没有办不成的。"

子正道："这位晏炳泉晏慕之，小弟听说过的。当初来南京时还与他曾有过一面之缘。只可惜如此大才也没脱个死字，才五十不到的年纪，未免走得早了些。有传言说是被……"子正说着用手在脖颈处比画一下。

"你们却不知此事与这任妮娜小姐有关吗？若不是她从中挑唆英、日两方，又怎么会将老情人的命送了去。当然，也是为了自己更自由。"徐主事撇嘴拿起筷子夹了口菜。

"怎么，要自由当处理自己那姓马的男人，怎的杀起情人来？"子正不解。

"你这就错了。那老马是个极好讲话的，心中只自己升迁事而已，绝不去过问女人事体。倒这晏大人太过自负，想借女人手操控洋人，岂非好笑，他哪想到这女人只认利益不认情谊，谁有好处便能跟谁。当然，谁阻了她发财便就能对谁下手，认钱不认人，上床谈情下床翻脸。男人呐，坏事就常坏在女人事体上，只可惜没几个能懂得。"说着又睨了眼孙培德道，"老弟只管放心，孙知事既应承了此事，断无错办的道理。咱们就等着吃那结案酒便了。"子正忙道："无怪孙知事这样肯定，看来所托之事定无问题了。这样就好，这样就好啊！"

却不想徐主事又大笑起来："那是，那是！培德老弟与任小姐那关系非同一般，你们这点小事自不在话下的。"

桌子那头的孙培德脸不由得又一红："徐主事言重了。兄弟也仅因着老马正当值鄙辖差，从旁也听证得些趣闻。子正和长仁乃是自家兄弟，遇此急难事体必得要尽吾所能帮衬，哪有坐视不管的道理？至于可否成事，还要看那天时、地利、人和，哪个敢讲定辄成。"

不想赵会长一直以来只笑听不语的人，此刻却开了口："孙知事太过自谦了，这南京城自您主政起，官面地方都道您为人处世稳妥精干，但凡您承诺的事向来绝无落空可能。子正和长仁自家兄弟事体更是无不放心的。"

子正与长仁忙起身再敬酒，生怕孙培德回缩。一场酒局了，子正提议到楼下烟室过瘾，几位官场中人倒齐齐摆手，禁烟声浪一日紧似一日，近来更是动了真格，要累及顶上官帽，哪个不怕，在家抽足再出门。长仁倒有杏儿监禁绝了烟瘾，朋友间早已知情不请，只深恐应酬起来失礼于人，现下放了心。长仁此刻想到杏儿，更念及她为己护己的情分，不心又心酸，眼睛发涩，忙低头拿手遮住脸。旁边伯诚悄声问子正："不如叫个局可好？"子正连连摇手，想他是要自己急赶着下楼去过烟瘾，便也随众起身送客。

众人约罢再聚，纷散各回。

长仁

第六十八章　人各有志难强留，投钱认股各计较

次日，长仁直睡过了晌午方醒。觉身上慵懒，叫小六子去厨间把饭端来卧房，便半靠在榻上翻看报纸等，不想饭未曾上，却等来了吴伯诚和莫浩之。

此前伯诚往杭州筹办技术学堂分部，在市府登记处竟遇到旧日同学，名叫陆弗之。二人多年未见，意外相遇分外亲热，便都把手头事暂放一边，就近找了家茶楼叙旧。弗之回国不久，踌躇满志，要在杭州开办一所仿西学的工业大学，已获批为直隶高等工业学堂，分化学科、机器科、化学制造科、化学专科、机器专科、图绘科计六科，是所谓"学必期于用，用必适于地"，此刻他正当用人之际，便力邀伯诚加入。伯诚一听未免激动，他委身实业经年，以为早把当年远大抱负抛诸脑后，经听弗之一番高论，惊悟原来教育兴国方为正途。可华胜厂经营正吃紧的时候抽身离开，似乎显得颇不仗义。吴伯诚不能立即答应，弗之体谅他的难处，便留了地址要他尽快决断。伯诚回华胜找浩之商量，他二人均自外洋归国，同修的理工类科系，共同的话题便多，闲来无事常相聚吃酒发些不得志的牢骚，便成了知己。

莫浩之非但赞同伯诚加入，听说弗之有聘人难处，竟还愿一同前往入职。伯诚胸中早已熄灭的一腔救国豪情复又坚定地燃烧起来，实业令他失望，那么，教育当可一试。更何况每月二百八十块的薪酬着实是不低。

二人商量着要如何向子正、长仁辞行。几番犹豫终于决定据实相告，既为兴邦大计，便无须踟蹰。高尚而又神圣的使命感令他们兴奋不已。不想次日却接到南京"要务速回"的急电。待到赶回去，才得知长仁大病又遭官非。这种时候实不便开口。伯诚只得电联弗之说南京诸事难处，容缓容缓。可杭州那头却是等不得了，学校筹建招生事毕，已定下开学日子。伯诚左右为难，本寻思在昨晚席间先跟子正言明，却终究没能寻到合适机会，散席回去更是心焦气促，一夜没睡踏实。大清早皱着眉头去找子正，正犹豫着如何张嘴，偏在门口听见他与何新图商议卖厂去上海购股票，伯诚一时气急，便撞进屋去将撤资离厂事冲口而出。不想子正话都不多讲一句，竟立即沉着脸命何新图开出十万凭票丢在桌上。正好，伯诚倒省去不少口舌。当即离厂去找浩之，一同来到长仁府上辞行。

长仁听二人要去杭州执教，吃惊非小："你们之前说去杭州筹办技术学堂分部，竟是与别人谋共事？我向来知道二位大才，都是自外国学得一肚子大学问的，小小工厂实在屈才，因此特为跟子正商定由二位共办技术学堂分部，希望二位才能得以施展。没想到啊，还是留不住……"转头看向浩之问道："是薪水低

吗？若是因钱，那便不成问题……"

浩之深恐人误会他的一腔报国热忱，忙解释："不不，先生。凡国家若想富强，哪有不注重教育和实业的呢？目下新政府大力提倡教育兴国，正是我们得以施展区区才学的大好时候。不为钱财，只为志向。"

"说得极对，我们不正是在从事实业，走实业兴国之路吗？技术学堂虽比不得大学规模，但要说起培养国家的技术人才来讲，实为同宗同源，并没什么区别的。"长仁听他话有深意，却还想苦劝。

"国事维艰，凡我国民均应担负起兴国之责任。西方列强坚船利炮的侵略，唯教育才是使国人走向强盛的良药。现下的国家，正是百废待兴的局面，外洋学成归国的，哪个不是为报效国家而来，不将所学尽数教授，实夜难成寐。委身实业，亦是本着实业兴国，国富民强，但若仅为赚银钱计划，又怎么能教我辈安然为之。正如长仁老弟所言，同宗同源，只看哪方面更适用而已。"伯诚语气坚定，去意已决。

长仁知是多留无益，便笑道："兄弟向来反对人人歆羡做官的世情，像前清那样理论与实践脱轨的科举教育，使'士不能有必得之术，乃骛多以自炫'。社会上寻常学馆先生所教授的，也无非是要学生尽读全经，不过应对科举，全无当于生人之用。日诵千言，终身不尽，人人骛此，谁与谋生？现今社会，如果没有来自实业的实践教育而止于高谈阔论，是连生计都难以维系的。故此说创办实业并借此进行实践教育，使世人获取谋生手段方为益国兴国的盛举。也正是为此，才能有幸得识诸位一班同知，共同创办实业，开设技术学堂，又建技艺展园，虽则目下工厂商铺经营维艰，但只要众人协力，定能脱离困境。不过，人各有志，殊途同归。二位既开口言辞，也只有支持这一层意思而已了。唯恭祝二位早日达成志愿。"

伯诚和浩之听得不是个滋味，话已至此，便也只能想着人各有志罢了。其实伯诚比起浩之来，更是早已想离开华胜厂。子正与伯诚嫌隙渐深这样的话厂子里多有传闻，只是长仁不常在华胜，并不晓其中内情，才会有此大段的激辞，伯诚却是不便与他多作解释的。

华胜厂经营自陷入困境，子正便一改往日懒散性子，日日在厂与何新图头碰头地商量厂务。伯诚心里很是清楚自己在厂里的地位，平日多只留在办公间处理手头事，非子正请而不去大公务间，谁想他们竟是商量卖厂搞投机！

道不同不相为谋，想来子正亦作此想。因此，当他提出离开，对方不挽留，亦不吃惊。这些，伯诚自也没必要再向长仁提及。

长仁送走伯诚与浩之，心中不免失落。祥昌遭遇官非未了，华胜厂境况亦是不妙，现下竟连人才也留不住了。几国大战结束，原先无暇生意的洋商们纷纷再顾，华商哪个不受倾轧。华胜的葛丝虽是获过国际金奖，可工艺流程繁复，条件要求极高而产量却是极低,实不堪与之抗衡。当初一味追求质精工细,不屑造凡品俗物,如今遇洋丝洋布倾市,子正一筹莫展。两个月前,东洋大正纺织公司接连三次找子正与长仁,要买下华胜厂,开的价码不算低,可他同伯诚都觉得不妥,伯诚几乎与子正翻脸:"万不能卖与洋人,失厂事小,失节事大。"

怪道伯诚忽然要撤资转投教育,定是与此事有关了。长仁兀自神伤,想此时离厂虽有临阵脱逃之嫌,却也无可厚非,志不同则不与谋事。只可惜共事十多年的朋友,就此便要散了。长仁正郁闷叹息,门上送来冯家的条子,是子正邀他去家里喝茶。

长仁猜定是为伯诚离厂之事,多年的朋友兼伙伴说走就走,想来伤心更甚于自己,那是要好好安慰开解一番。便要小六子拿了两匣上好的龙井,叫车去子正家赴约。长仁坐进车里,忽又想起那车行入股金还没着落,于是吩咐老楚先去丝厂。老楚答应着将车开动,一路上回禀他查的汽车销售登记事,将市面上的各种牌号小汽车、汽油、配件的价码,清洗车子的洗车行,专事出租小汽车的租赁车行情况娓娓道来。长仁边听他说着,边在心中大体有了盘算。

车驶入祥昌厂大门,宋大兴一溜小跑着出来迎。老楚一脚将车刹住,笑着同他招呼后,下车去拉车门,不料老宋早跨上前哈腰拉开车门将长仁扶出来。

长仁劈头就问他:"账上能动用的现洋还有多少,加上两个铺子的?"

"厂里账面上的二万现洋年前买了新织机,现还欠着购料款一千多,几家老主顾拿丝没有现结的,共十二家欠货款四万二千多块,其中华胜是二万二;两家铺面么,绸缎庄有流水一万三千块,外欠的有两万四千块;丝铺因上的都是祥昌丝货和一些生丝,账上存了五千,小批零销俱都钱货两清,只是预备其中的一万要投去杭州新办的学堂,还有购华胜新厂的五万尚没得个着落。如需急用,能动的至多一万而已。"老宋对厂铺的钱款动项了然于胸。

"你将丝铺和绸缎庄凑足一万块去银行出本票,我有急用。"长仁听他说有一万要投学堂,放下心来,在大办公间的长沙发坐下,见老宋发愣,便道,"立即差人办,我在这里等着。"老宋方才回过神来,连声答应着摇电话安排。

长仁等他忙妥,指了指旁边的沙发要他坐下,将子正带汽车销许凭证来家讲的事略略说了。

老宋微点头:"汽车,确是时新的生意,不愁没得销场。只是听他说起这样大的利益,那赖二公子大富人家,拿出千万块来投也不在话下,怎么就肯将钱拱手分与他人来赚的。先生您想,外洋美国的进货渠道,南京地方的出销许可,上下两条线都在他一人手里攥着,多么好的现成生意。要说南京官方登记领凭证,不过是有几个钱就能使得,又何必去募股招投,花费时间不说,还多费许多口舌。确有些奇怪。"

长仁伸出根手指头在老宋面前点了点，笑道："要不还得说你老宋精明，看事情清楚明白。其一，这赖家二公子向来只喜欢四处去游历，是赖家出了名的散漫货色，并不能算他是个生意人，充其量是个富家公子。但他见识多，人脉广，所以路子宽。其二，南洋内乱，整个婆罗洲和马来亚往来进出，钱也好，货也罢，俱都断绝。也即是说，他目下是有家回不得，有钱拿不出呐。因此不得不静下心来同我们大家做一做生意。"

"噢，这样说来，倒全合乎情理。想他卖车也是为着手里没了现钱使？"老宋笑起来。

"哈，什么事都跑不脱你眼睛。那么，你也觉着这汽车生意做得？"

"当然做得，本地方的权贵富贾买车尚得去拜托上海洋行，不知道被盘剥多少冤枉银子，却也只好眼睁睁看着被人拿去，更有那急切的还巴巴地捧了钱送上去生怕他不拿咧。这送与他拿，竟还得排着队等，要说可笑却也不敢，谁教咱们没有销售许可呢。这下可好，本地销售，美国直航抵埠，中间那些周转本钱一概俱转为利益。此番必定大有可为！"

老宋一番话使长仁终于下定决心。待到达子正家，却见他正与王柏达喝茶笑谈，全看不出一点疼失老友的落寞。见长仁到，二人便齐起身，子正扯住长仁胳膊喜形于色："你道邀你为着什么，却要来商量前与你说的那件大好计划。"长仁听见有大好计划，便也把来前想好的安慰话撇下，面露喜色问："是汽车公司的事有眉目了？"

王柏达迫不及待地将茶桌上两张摊开的纸递过来，长仁接在手上看，但见写的是"募集股本"：兹有三元汽车股份有限公司，由南洋巨商赖涣之先生发起创立，冯子正、荀尔二君总理其事，集股一千五百份，每股规元一百，共成资本银十五万元。又一份是"三元汽车销售股份有限公司认筹意向书"："公开向社会各界招股集资贰拾万元，分作贰仟股，每股伍元云云。"由冯、荀二位先行认购其中四万元。

长仁不解其意："为何两份总资额与每股单价均不相投？"

王柏达笑着解释道："兄弟昨夜赶着草拟，粗陋得紧，只为方便与两位商量。之前涣之的意思是，公司股本约总二十万，他本人自行认筹十万，余下又特为嘱咐预留四万给二位，因此，是有意请二位出任总经理和监察职位。王某不才，将章程一并拟就，烦请过目。"

王柏达说着又自怀里取出几张纸来，长仁见他如此用心，笑道："王兄此番如此尽心竭力，连自家洋皂厂也撇下不管了吗？"王柏达连连挥手："没法子的事，都是朋友，都是朋友。"长仁却不肯就放过他："只是尚不知柏达兄愿认筹多少？"王柏达红了脸道："老弟不可说笑，还是正事要紧。"长仁接过王柏达递来的纸，似是无意地问道："赖二公子何时能回来，这样的大事，总要与他见面商量方才妥当。"

王柏达惊道："噢？倒不知涣之出门，他去了哪里？什么时间出去的？"子正与长仁听后只对视一眼，便不再说话，低头去细看纸上字：

三元汽车销售股份有限公司章程

第一条：本公司专事经营福特牌各款型号小轿车。

第二条：本公司资本总额国币贰拾万元，分为肆万捌仟股，每股伍元一次收足。

第三条：股份转让应由双方签具过户请求书，送由本公司查核过户，如因继承关系变更户名者由承受人签具过户请求书，送请查核过户，但本公司认为有疑义时，得请其提出证据或觅具妥保。

第四条：股票遗失或毁灭应速向本公司报明并自行公告三日以上，公告日起经过六十日别无纠葛方可觅具妥保连名签具补票，请求书送由本公司查核补给股票。

第五条：股份过户每次应纳手续费银三角，补给股票每张应纳手续费银五铢及应贴之印花税。

第六条：在定期股东会期前一个月内停止股份过户。

第七条：股东或用堂记牌号者之代表人应将其姓名、住址及印鉴开送本公司存查，遇有变更时亦同，如不开送万一发生损失本公司不负责任。

第八条：本公司以每年之终为决算期，董事会应出具各项簿册，经由监察人查核签字盖回后，于定期股东会提出请求承认。

第九条：决算如有盈余应先提存公益金百分之十，次提股息常年六厘，其余以百分率分派如下：一、准备金百分之二十五；二、股东红利百分之四十五；三、董事监察人报酬百分之十二；四、总经理酬劳百分之四；五、其他办事人员酬劳百分之十四。

第十条：每届所得盈余，于提存公益金后不敷，分派股息时应就现有之盈余减成分派之，如无盈余，不得以本作息。

长仁与子正细看股东分红一节，不约而同各在肚里迅速计算了占股份额，又算了职位百分率所得酬金。按每车净利来算，首批运抵二十台车便就能有至少六万的收益，可比得起他们办的两家纺织厂小半年净利。

冯子正抬头看王柏达道："柏达辛苦，考虑得极是周全精细，本人大都赞同只两处可再商榷，权作抛砖之用。总股本定在二十万，那便按此数筹划，一则，涣之自认半数，我与长仁的份额么，我可认筹三万，余一万长仁老弟可轻松应付，剩余六万才需向社会招募。本人意思，六万之数有无可能再压出两万来，由伯成、浩之……咳……咳咳……"冯子正对自己无意间的失口颇为尴尬，端起手边茶喝了一大口，稳了稳心神，方才继续说道："由新图，噢，还有老宋先行应股，自己人么总要先顾虑到，若没猜错的话，你柏达老弟应是与赖二公子早达成默契，不需咱们过多操心的。二则，章程第九款，盈余提存百分之十，本人意思，可按年份计提，想你我大伙都是从事实业的，头几年，必定艰难，后头年份则可按销场斟酌，我看，可以改为盈利当年由股东会决议；此外，董事监察人等职位酬劳不必列入章程过细限定，可改为董事监察人、总经理酬劳视公司经营之状况由董事会议定。二位看如何？"

王柏达边点头边拿了笔在旁边一一记下，又道："子正兄说得有理，待我再和涣之商量吧。"

长仁听子正提及伯诚和浩之，不由得心中一动，参股能留得住他们吗？方才瞧子正神情，多少也有不舍的意思。转念又想，眼下事情还没个着落，待妥定再说不迟。当下便向二人笑道："既为大伙儿一同参股议事，还是等涣之回来共同议定吧。"

不想王柏达哈哈笑了："怪我未事先与二位言明，赖涣之先生已将此事全权委托兄弟办理。豁达散淡之人不愿意操心这些个鸡毛蒜皮的杂事。呵呵，兄弟意思，就按子正兄刚提出来的改，但不知长仁老弟可有什么其他想法？"

长仁摆手："兄弟悉听安排。既是认筹入股意向已定，莫若先行分派职位。只是我那头厂经商标之事本已焦头烂额，铺子学堂、技艺展园一大摊子俱都操心劳神，实无暇他顾，若缺人手，小弟倒是身边就有一个人可荐的。"老楚懂车喜车，荐他是再合适不过。

子正也忙接口道："好，既是专销，正可让老楚借展园现成的样车教授一班销售侍应，售卖最是讲究知其构造，晓其好处弱处，方能够在与客户推介时避重而就轻，又得教客户看出系真诚为其着想，这里头学问可大呢。"接着话锋一转："说到荐人，我也有个极佳人选，足可应付一切财账往来。"长仁知他说的是新图。二人心照不宣，新开汽车销售公司，"货"这一项只能仰仗赖涣之，那么，"人"与"财"两项务必得掌握在自家手上。

王柏达并不以为意，却抚掌赞好："这是自然，子正兄想得周全，连培训这样的细处俱都考虑到。兄弟意思，即日召开个全班底的认筹会，将各项待办事务分派下去便好。看来，咱们这项汽车事业是万事齐备只欠东风了。"

子正听出王柏达话里有执掌全权的意思，心下颇不悦，但想到触手可及的诱人利益，便又压下那点不快，笑着向王柏达拱手："失敬得很，如此说来，凭兄首肯，便可着手刊启开账了，只不知王兄认筹多少股？"

　　长仁也一笑，看向王柏达。柏达未料子正会紧盯此事，脑筋一转道："惭愧得很，兄弟的洋皂厂还正缺资本，在四处招资入股哩。但涣之与弟交谊深厚，才不得不忙前忙后全力张罗此事。一切决断还必得由涣之亲自定夺，届时自会一见分晓。"

　　三人同声笑起来，肚里却是各有打算。王柏达凭着多年捐地练就的嘴皮子全力撮合此桩大事，全为涣之许下的股本利益。长仁将老宋办妥的那笔款子交给子正，只待签约后开户注资。

　　子正倒是另有一番打算。

第六十九章　暗挪动追加资本，欲投机却闻噩耗

冯子正初投上海购入的股票，没两天便遇大涨。

他接到顾希元电报时，简直不敢相信自己眼睛，又再亲自对着电码书解一遍同样的，方才实信八十三元买入的股票，不过两天，只两天，就已经涨至八十八元。这钱来得未免太过容易，容易得教他不安。子正心惊，且喜且，犹豫着要不要售出。

自准备买入本所股，子正将这股票发行以来的行情仔细与新图反复研究了几次，发售时不过每股十二元，半年以来每日必涨。他们发现，开市中间有过些小幅度下跌，待到晚间收市时也必会涨上去。据顾希元的说法，是后台大户故意操纵。"不耍些手段使股价有起有落，怎么能显出交易所证券交易生意多、收益多呢？""制造些紧张气氛而已。"他笑着安慰子正，想想又道，"既是冯翁信得过兄弟，那也就交些实底好教兄放心才是！其他物品交易不敢讲，只这本所股么，却是敢说包赚不赔的。公司的大股东们都是有背景有来历的上层人士，绝不会眼看着自己投的钱贬损，更何况有政府要员加入其间。因此来说，还得是看涨，看涨啊！"子正有些担心，涨势过盛，得要有更多的小户头高价位买入，这样初入市的人才能获利，否则终有涨不动的一天，可这涨不动的那天是哪天，却是实在说不清。

上海证券物品交易所自开张后因营业情况颇佳，该交易所本身的股票，即为本所股，价格不断上涨，《申报》几乎每隔几天即有该交易所营业发达、股票涨价的消息刊登。子正这天看《申报》又载："上海证券物品交易所股票价，连日逐步上涨，昨日每股已涨至九十一元三角。"心下不免又有些活泛。

终究兹事体大，难做决断。左右两可间摇摆不定，子正想到老朋友钱莫有，他入手早，却在几天前全部抛售，看样子是狠赚了一笔，倒不知他为什么要抛呢？若看好行市，绝不能自断财路。子正决定去老钱处打探虚实，以他的精明不会只偏听个股票经纪的话，毕竟身家性命全系于此。

到大通银行，钱莫有的办公间紧闭着，没人在，问了门口秘书，回说钱经理请假回乡去了。再问时，却是什么也不晓得。子正只得回去，心中奇道："不年不节的，回乡又是为哪样来？难道是他家里老娘出了什么事吗？"他与钱莫有是同乡同村，又兼有同学之谊，若真是他家乡老娘出事体，他必得个表示才不失礼。到家便着忙叫新图拍电报回家，要家里问明情由速速复电。

上海交易所那头实又等不得，子正又找新图，可新图亦同他一样心里没底。没法与人商量，子正焦急地在家中来回踱着步子，直到点着的雪茄烫到手，他才猛地一怔，随即灵机一动，找到了拜求对象。他看着手中的雪茄暗自祈祷："神佛在上，虽说弟子平日里未能日日供果敬香，可心中对您的敬畏之情日月可鉴。现求您给迷途弟子指条明路吧！"说着双手合十朝天上拜了几拜，然后屏住呼吸盯着手上雪茄，胸中默默念："神佛指示，看抽多少口会烫到手指，若双数便抛，若单数便追进！"然后便一口一口吸那根雪茄。待他挺着胸走出书房时，他得了神佛的指示："加注资金！"

他胸有成竹地打电话给新图："快准备船票，去上海！"

"是，先生。那……是去抛售还是……"新图那头小心翼翼地问。

"不抛，非但不抛，还得再追加！"

"追加吗？先生！可、可咱们实在没钱能拿得出，就算是变卖产业，也来不及变现呐！"

"谁说没钱，不是有现成的一万块么！"

"啊？啊，啊！先生高明，先生高明！"何新图很聪明。

子正将长仁交给他合股汽车销售公司的资本金尽数投进交易所。因有了神佛指引，子正相信起顾希元说的："看涨！看涨！"来。是啊，有诸多政府要员撑腰做'多头'，绝对看涨，没问题的。

接下来半月，本所股股价果然蹿到一百一十元。新图每天都会拿算盘计算一次收益，笑得合不拢嘴。子正更是得意到不行。

广州家里来电报说钱莫有并未回乡，他家老娘身体硬朗。另厂里的积欠五万元亟待清账，望尽早设法筹备汇来。

目下市场萧条，工商不振，唯股票证券市场大热。子正上回去追加注资时，看上海在极短时间内又新开三家证券交易所。子正明白，这么些交易所，哪有什么正当交易好做，不过是靠投机经营其他所的股票，再联合些商家同做，将想做的股票价码抬高，哄抬股价，从中牟利。说到底也不过是互相利用罢了。

股价这样飞涨给了冯子正更多信心。虽说市面上的各大银行收紧了银根，可天无绝人之路，他索性将南京工厂宅地并下关的一处码头全部都抵给了地下钱庄，也顾不得什么短期高息，得手三十万，他要趁着股市大热再多赚些。暴利驱动着他再多投入些本钱，好换得更多利益。

第二天，子正便急赴上海，将刚到手的三十万又尽数投进交易所，这才心满意足地回来。

一进家门，门房便向子正报说大通银行的钱先生接连来找过两趟，并未留话。

子正笑道："我找他时，他不在。这会儿却又自跑来找我，管他什么事，只别找我要钱便是。"嘴上说着钱时，忽又转念，何不再从他那儿再做些文章，看能不能多贷些钱种子来。

这才忙叫汽车夫，直去大通银行找钱莫有。

钱莫有正在屋里沙发上坐着抽烟，眉头紧锁。看到子正来，忙站起身伸手拉住子正手臂，道："子正兄教兄弟找得好苦。听希元说，你老兄也买了交易所的股票？"

子正一屁股坐在沙发上，不紧不慢地自打开桌上烟盒，抽出一支来点上吸了，才道："说起来，还得多谢钱兄，若不是来你大通银行偶遇顾经纪，还混不知天下竟会有这样轻松取巧的赚钱营生。冯某非但买了，还买了不少咧。这不刚去上海又加购三十万，今天刚下的船。听门房说你钱兄找，便忙不迭地来了。"

"什么，什么？我没听错吧，你是说今天又加购了？"钱莫有听后忽地站起来，瞪着子正嚷道。

"怎么回事？股市还要涨的，自然是买进，多买进，多多益善。"子正刚从上海回来，得着顾希元的消息，说是做多头的大户们新拉进个姓冈的巨商，他本人开设个全球交易所，据说其现成的资本金就有千万之巨。这笔巨资买入，股价起码涨到二百。

"定是听姓顾的小子放的什么巨商消息吧？"不想钱莫有竟也知道这事。

"怎么，消息有假吗？他骗我们做什么，他的经纪费我从来都是多付些的。"子正一下紧张起来，虽还强自镇定，但一颗心已突突跳起来。

钱莫有也自桌上烟筒里取了一根三炮台衔在嘴角，却四处找不到洋火，懊丧地把烟取下一丢。子正忙将身上洋火掏出来给他点上，自己也点着吸了一口，强压着心头的惊惶，要细听他讲出那底细来。

钱莫有并不说话，只坐下深吸了一口烟，人向沙发背上一躺，鼻子里喷出两股浓烟来。子正看出他神色十分反常，也不敢催他，只怔怔地盯住他看，一言不发。足吸完一支烟，钱莫有才将近几天"失踪"的事和盘托出。

证券物品交易所的吴姓股东以每股二十元的价钱在证券物品交易所将票面为十二元五角的本所股陆续收进，等到每股涨到四十多元时，全部抛出，着实赚了一票。吴姓股东用这种做多头的方式，轻而易举地发了一笔小财，使一些熟知内情的人十分眼红。证券物品交易所的赵姓理事也照搬此法，连做两次多头，都赚了一笔。眼见股价越涨越高，两人胃口大开，一发不可拾。

由吴、赵二人联合了交易所的三五个常务理事形成后台，专门成立了一家本所股的多头公司，叫作"大利银公司"，由所内指定经纪直接出面当做手，在南京路黄堂里挂出公司招牌，大做多头。

股东们为操纵局面，有意拉开近期和远期本所股股票的价格，引诱一些散户做套利。所谓"套利"，是通过买卖两个不同月期的股票来获取利润。譬如当时本月期本所股价格每股为一百多元，下月期价格为一百一十多元，通过买卖上下两个月的本所股，获利率为百分之十。相比银行利率的百分之六又多出许多，有这样高的利率，吸引了一大批客户乃至银行、钱庄等都来做本所股的套利，纷纷买进本月期，卖出下月期。这种情况的出现，更有利于做多头。因为外界大量客户买进卖出，能够维持本所股价格的上涨势头。但是，在众多为套利而出现的买卖中又隐藏着一种危机，即每到下月期交割时，大量本所股抛出，必须要及时将其吃进，否则市价即会下跌。

钱莫有便是做的这种"套利"，因私人口袋里没几个钱，便大着胆子挪用银行公款，利用进出账结算期的时间差。每月的存入钱款及贷款客户的归款暂不入账，汇去上海交易所自己开的户头由顾希元帮他全部买入本月期的本所股，至次月价高时再尽数售出，抽出原本金还储银行。这样神不知鬼不觉地干了近一年，所获颇丰，获利竟达二十万，他尽数又全购了本所股。

前两天是本月下旬的交割期，钱莫有因银行急用一笔款而赶去上海直接办交割手续提现款，到了交易所却被告知拒付。他一下急蒙了，赶去找顾希元，哪知却是遍寻不着，其实这时顾经纪正陪着子正，极力游说其追加投资呢。钱莫有毕竟在银行办事的，头面广，找到上海大通银行经理打听交易所拒付内情。这一打听，却是天塌的大事，不只他被拒付，总有六万余股到期的期货要交割，应付价款在七百万元以上，对如此巨额价款，"多头公司"只能违约拒付。

确如顾希元说的，多头公司找到一大户接盘，本来答应这个月由他买进，谁知到了交割期，他却临阵毁约不干了，"多头公司"因此阵脚大乱。按照交易所规定，交割期一到，买卖双方必须将应交割的股票和现款送交易所履行交割手续，但"多头公司"此时面对如此巨额价款，时逢市面不景气，银根趋紧，"多头"吸收进来的资金，数额巨大，不是分散投资在别的行业，就是已由各人挪作他用。卖出多，买进少，交割时买进的付出现金，卖出的交不出现货，交易所陷于四面楚歌的境地，只得宣布违约而停拍。

已经出售本所股的散户，因为交易所停拍而拿不到价款，拥堵证券物品交易所要求办理交割手续。有人现场抬了棺材去，扬言若交易所不代为料理善后，唯有"当场殉难"，钱莫有挤在人丛中跟着喊叫嘶骂，却毫无头绪。子正这天却是已经上了船回南京，对此一无所知。

"这、这绝不可能,定是搞错了,不可能!"子正颤声大喊。他不相信钱莫有所讲,刚追进三十万抵厂抵宅的款子进交易所户头,怎么可能会停牌?就在前天,顾经纪还信誓旦旦看涨,怎么可能隔天便到无法给付的地步?

钱莫有面对子正的失态并不以为意,他在上海时已然哭号发泄过。他所面临的是灭顶之灾,自家的私款且不提,银行急用的款子也被自己尽数赔进去。他本还抱一丝希望,想回南京找几个朋友大户先凑齐急用的款子应付过去,但跑了两天,分文无果。唯有以死了结,人之将死,其言也善,身处绝境,他倒释然了,反开导起子正来。

钱莫有对子正道:"交易所犹如大海,风浪莫测,那做投机交易的就好比八仙过海,各显神通。子正兄还是想开些吧,兄弟陷在交易所的可是公款,现下身负巨额亏空,呵呵。行了,该说的我已经尽说与兄知道。子正兄信或不信,几天后便可见分晓的,望兄好自珍重。"

子正一时间头晕目眩,几不能持。起身辞行出了银行大门,转上了大街也不辨方向,只恍惚朝前走,汽车夫一直坐在门房等他,见子正出来也不理他直着朝外走,便忙跑出来在他身后喊:"先生、先生,您这是去哪儿?车子要不要跟到?"

子正被他一喊,才想起自家车在这儿,便又回身对车夫道:"去把车子开过来吧!"汽车夫答应着去后头院子开车。

不一会儿,子正见车夫被狗撵似的急跑了回来,口里喊着:"不得了,不得了,后头办公间有人跳楼。"

钱莫有自杀了。

冯子正听闻钱莫有死讯,倒也并不感到多少意外。因贪图利益而做本所股套利,非巨额不能得厚利,虽不知他到底挪用了多少银行款项,想来数额巨大,这样的涉险做法,禁不住一点风吹草动,说他是拿性命作为赌本也实不为过。

子正不免眼眶有些发潮,此刻再回想与钱莫有的谈话,明白了其神色举止反常的缘由。可是他目下的境况又能好到哪里去呢?

坐车回家路上,子正一路不语。纸上富贵一场,身家全部赔进去,还将三万元汽车销售公司的股本也搭上了。长仁的一万块是可以稍缓的,自家兄弟,说明缘由,想也无妨。可那将要到期的十多万押款可得想法子延宕。如今交易所停兑是他万没料到的,下一步怎么走?他脑中一片茫然,顾经纪送他上船时的话还言犹在耳,"看涨,看涨",未料到竟涨至无法兑付。刚才从家中出门时的意气风发、踌躇满志全部都没了影儿。大干一番,赚个快钱的想法如今转瞬成空。

赖涣之那儿怎么打发?赔钱事小,脸面事大。长仁的钱又该怎么样才能还上？经此失败，家产几乎荡然无存，工厂、宅子和多年收藏都已出顶，只剩两辆自备汽车可卖，也不过杯水车薪，怎么能解急难！子正用双手扶住肿胀的脑袋，用力揉搓着。

车窗外的灯影夹杂着商家广告霓虹划过，拖出一道道长长光束，周边筑路造楼的隆隆机器声断断续续地击打着耳膜。冯子正深吸了口气，将身体嵌进车座最深处，想躲开那些恼人炫光，可光影声浪还是不停地刺激着他，他闭上眼，眉头紧锁。时间无多，得尽快想办法渡过难关。

汽车夫被大通银行后院发生的跳楼事件吓住，将车子开得飞快，左右灵活地避开路上的坑洼和石块。

路过华胜纺织厂，门头灯箱一如往昔般亮着，灯箱四周嵌着的灯泡逐次变幻着七彩烁光，铸铁大门黑洞洞地半敞着，只厂区漆黑一片，彻夜悦耳的织机声停了。

"进厂里去！"子正突然抬起身子向汽车夫喊道。

车子应声一转开进厂门，门房老刘应是睡下了，并未开门出来看。若在平时，子正早要下车骂人，可今天他却根本没顾及。

车子直驶到办公楼前的厅廊下才停住。

汽车夫跳下车拉开门，又忙向子正道："先生，您等等，里边太黑！"说着连忙跳过脚下杂物，跑去开了廊上的灯。

子正吩咐车夫在车上等，自己下车向楼上办公间走去。子正进到办公间打开灯，昏黄的光束懒懒地散开，照见办公桌上一层毛茸茸的灰尘，桌后椅背上方的墙壁挂着一幅灰黄底儿的绢本山水画，在昏暗灯光衬托下更显出古朴素雅。

子正在门口立着看了一会儿，慢慢走到办公桌桌前的转椅坐下，又拨开桌上烟筒，从里面抽出一支纸烟来点着吸了一口，这才将烟衔在嘴角，从裤兜里取出钥匙打开抽屉，再自抽屉里拿出一串钥匙。为了看得清楚，他按亮桌面台灯，就着灯光翻看拨弄钥匙，一会儿，他从一串中捏出一把来，然后转过椅子回身看墙上挂着的那幅山水画。

第六十九章　暗挪动追加资本，欲投机却闻噩耗

长仁
470

第七十章　兔死狐悲苦挣扎，再生妙计费绸缪

　　这幅画是伯诚在华胜新建厂投产时送的贺礼，笑言是给他送靠山来的。子正向来有收藏癖好，尤喜字画，忙展在桌上看，是幅设色的绢本山水，画幅足有八尺，画风古朴，山色如黛，林木繁荫，溪水萦绕，荇菜参差，画中有草堂主人，观庭前双鹤起舞，待抱琴来访之宾，不亦乐乎！子正初看抚掌叫好，又觉得很是眼熟，待看到题款是王翚的"溪堂佳趣图"，才突然记起王翚的《溪堂佳趣图》正在自家私库中珍藏，从未示人。那这幅必定仿品无疑。

　　子正当下直笑起来，向伯诚道："噢？是'画圣'石谷先生的大作？若是真迹，恐怕得教老弟倾家荡产哩！"

　　"子正兄果真是行家，兄弟佩服！这幅画仿得再好，想也难逃你法眼。厂里比不得家中，补壁不拘真假，有意趣、值得赏玩才是正理。兄弟倒以为，收藏真是件极不公道的事，好东西当然应教世人得以观瞻欣赏，才能体现其好。若是锁在深宅重柜中不得示人，那便失去藏物本真的价值了。兄弟送的这幅虽系仿品，但画功极好，气势意境不差，值得一赏。若是要子正兄拿家中私藏真迹来挂，想是断不舍得的吧。"

　　"说得有理，这便是仿品的好处了。随意张挂，绝不必费神挂心！"子正心中暗惊伯诚怎么会似是知道自己家中有这幅山水画的真迹，脸上却未露出丝毫来，含混地点头认同伯诚说法。

　　"不过，仿得再好，也非真品可比，胜在画得不俗，还将就看得。"

　　子正将画展开，又拿了他那只玳瑁柄的放大镜仔细看了又看，不由得赞道："嗯，确非凡品，这不知是什么人仿画的，笔墨功底深厚，几可乱真，若非我这样对真迹有研究的，还真不好识破。我要好好地张挂起来，慢慢品味。"

　　子正办公桌背后挂画那面墙里，有个四方夹层，按下桌边按钮，壁门便可弹开，墙体砌进的保险箱是自上海订购的最新款式，里边放些银纸票据、地契凭照。他将保险箱钥匙混杂在众多橱柜房门钥匙中间，随手就散放在抽屉里的显眼处，既掩人耳目，也方便拿取。自挂了伯诚送的这幅画，他逢人便夸这仿画仿得如何好，如何传神，伯诚又怎样识画懂画。一时间华胜厂上下几乎人人都知道厂东办公间里挂了幅仿画。

　　又过半个月，子正将家藏的那幅真迹悄悄带来，替换了墙上仿品，这便是最安全又最方便的收藏法子了。伯诚关于藏品的看法见地正是说中了冯子正的隐

痛，他每收到一件喜欢的藏品都恨不能教所有人都知道的，一则炫耀自己的独到眼光以及丰厚财力，二则也为博人夸赞，满足虚荣心。他将家藏名画挂去技艺展园中茶室，便是其显富心作怪。但遇到极珍贵心仪的，却是又生怕被人惦记算计去。所以收藏对子正来说是件挺辛苦和左右为难的嗜好。这幅《溪堂佳趣图》的真迹是他花重金抢购来的，当时另有两人争购，他不得不使了些小手段，可谓是费尽心机方才购得此画，由不得他不格外看重和珍爱。为着妥善收藏，子正亲自量妥画幅尺寸，定做了有三重锁头的樟木画匣，又将这匣专锁在藏品柜最隐蔽处。子正想看那画时，得回避所有人，闭门打开几道锁头悄悄儿匆匆看罢再放回去复锁几道，烦琐异常，总有玩赏不得尽兴的遗憾。如此罕品一年也难打开看几眼，说起来实在可惜！如今可好，时时得以欣赏名家真迹，实乃大乐事也！

此后，子正经常会对着画痴痴发笑，暗自得意："还真得感谢伯诚送我那幅仿品，谁能想到厂房办公间里竟能挂着如此贵重的名家真迹？"

"哼！伯诚，伯诚到底是走了。"一想到伯诚，子正禁不住转而愤愤起来。子正自忖待他不薄，卖华胜给洋人原也是情非得已，满可以好好儿地商量，伯诚却一言不合就要抽资离厂！

子正本料定他不过是意气用事，也为着趁机教训他，好让他收敛下自己的不羁个性，便也不挽留，真叫新图拿出银行十万的凭票丢在桌上，不想他真就拿起便走了，一去再无回头。厂里的现金流水早已枯竭，那十万原是他跑了几天同行故旧处拆借腾挪，准备兑付久赊的进料款与拖欠数月的工资。冯子正没想到跟了自己十多年的伯诚真能干出抽资离厂的事，于华胜而言无异于釜底抽薪……

"啊！"子正禁不住发出声微弱呻吟，抬起手撑住突突跳痛的额头，又将额前散落下来的几绺乱发抚顺归位，尔又猛然间发狠把十指全插进发间，原本油光可鉴的分头瞬间乱作一团。

老天真是不公平，循规蹈矩的商人倒要面临破产厄运，交易所里那些投机取巧的却能一夜暴富，任其不劳而获的逍遥快活。冯子正自打听到钱莫和顾希元讲的上海交易所里那些靠着钱进钱出便赚几倍甚而十几倍的发财路数，便开始自悔早前太傻，竟不知还有这等轻省赚钱路数，还要辛苦开什么工厂，还要费心与工人周旋什么，还要赔笑应酬什么官家什么朋友。唉！只可惜，好梦易醒，现实冰冷而又残酷。

他孤注一掷地将宅厂收藏都换作本钱，本以为能得笔省心银子以求渡过难关，哪知又错跟了多头。眼下光景，也只剩挂在办公间没被新图顶去的这幅画还值些银子，市面上的王翚真迹，怎么也得值个十多万吧。

子正拉过身边椅子站上去，小心翼翼地卷墙上画。突然，子正身子僵住，眉头拧作一团，盯住画足看有半分多钟，这才慌忙又卷了摘下展在桌上细细地看，过好一会儿，他才捂住头瘫倒在椅子上，后脑勺碰在椅背上也不知痛，喉咙里发出奇怪的唔唔咕咕的呜咽声音。四下异常安静，随手丢在烟灰缸里的烟蒂还燃着残烬，气若游丝的一缕直悬在台灯的灯影下。终于，子正紧闭的眼睛猛地张开，被怒气染红的瞳孔射出冷光，他站起身在桌前不大的地方来回快速走动，口中喃喃道："伯诚，是伯诚，定是这小子，除了他还能有谁！"

他猛地挥手掀翻桌上烟筒。无辜的烟筒倒在台灯座边来回滚了几滚，到底停住，委屈地把肚里头不多的几根卷烟撒在桌面上。他颤着手拣起根燃了，猛吸得一大口抿住，将烟自鼻孔疾喷出来，像是要把胸腔里的怨恨郁结一并给带出来。他恨恨地大口吞吐着卷烟，一根烟很快就燃尽，他烦躁地抓过桌面近前的一根，就着前一根点燃，又猛吸了几口。忽然，他止住来回踱步，定定地站在办公桌前，透过眼前白色的烟幕，看着面前桌上摊着的仿画。这幅画被人调换了，虽然调包的人心很细，将原画上的挂绳换在了仿品的轴上，可子正还是察觉了异样，他做的记号没有了，子正呆呆地看着这画，不由得再次感叹"仿得太像了"，连什么时候被调换的他竟都没觉察。

突然，他似乎想起什么，猛地一把抓过桌上保险箱钥匙，打开假墙后，颤抖着手去开保险箱，几次对不准匙孔，他深吸了口气，强迫自己镇定。

保险箱门被打开，果真里面是被翻乱的纸张。子正低吼一声，疯也似的翻找起来。

终于，他长吁一口气，从那堆纸里抽出份花红色的凭票来。打开看，正是早年间卖与长仁的下关大马路四号地契。许是藏旧物的癖好作祟，这张作废的旧契纸十多年来一直被他仔细地保存着。看罢，子正将地契小心地对折放入衣袋，复锁好保险箱门。回身后想了想，又打开，将钥匙留在门上。半开的假墙上，挂画的位置留着个四四方方的白印子，场面显得很混乱。

冯子正向后退了两步，饶有兴味地欣赏自己布置的杰作，满意地点头，脸上露出微笑，在昏黄灯光映衬下，笑容显出几分让人无法捉摸的诡异。

突然，他脸上微笑变得狰狞，接着哈哈大笑起来，那笑声回荡在空旷的走廊里，碰撞着坚硬的墙壁越发显得尖厉刺耳。蓦地，他止住笑，弯腰小心卷起那幅赝画，又找出自己早先专门为存这画而做的樟木画匣，将画放进去，锁好那三重锁头。子正满意地一点头，这才挟了画匣，闭灯走出办公间。

楼下一片蛙声，那是从厂园里的小水池发出的声音，那水池本是楼前的喷泉，每天喷着水，倒也是一景，可厂里停工，喷泉便沦落为杂草丛生的水洼，不久便被蛙类占据了。

车还停在原地等着，他叫醒打瞌睡的汽车夫，吩咐道："去大正纺织公司。"

汽车夫看了看天色，有些疑惑却不敢多问，将车驶出厂区。

大正纺织公司总经理佐佐木平次是个矮小干瘦的男人，见人便满脸堆笑弯腰鞠躬，笑起来一对不大的眼睛眯变作两条弯弯的缝，与唇上的一小撮仁丹胡搭配得很是得宜，头发从正中分开两边，梳理得一丝不乱，四季皆穿浅色西服套装。子正初见他时，觉得此人彬彬有礼，很有绅士风度，特别是他能说一口流利中国话，若不是唇上特色鲜明的小胡子，根本无法想象他是个外国人。子正与佐佐木几次交谈后，发现他还是个中国通，对中国的传统文化颇有研究，待得知他亦极爱收藏古董，不免又多些亲近感。

子正此时心中惴惴不安，紧握着手中画匣，不知此去能否挽回败局。

佐佐木平次住所在大正纺织公司院里，是一幢二层小楼，名为"浣轩"。办公间与卧室是相连的套间，之前因商洽购买华胜的事，二人多有交集。同爱收藏，话题便就更多些，为赏其私藏子正曾受邀做客。佐佐木看起来约莫三十岁年纪，家里却没有个女主人，只一老仆人负责他的衣食起居。聊起书画古董，两人相谈甚欢，大有相见恨晚之意。

佐佐木与子正熟识之后，对于购买华胜所开的价码终于松口，最终出价三十万，子正虽对价钱不满，可毕竟近年市面不景气，洋布受青睐是显见的。他想，要紧的不在价码，顶要紧的是手底下工人越来越令人头疼，厂子不景气工人们当然是再清楚不过的，却还天天闹着要加薪减工时，好似洋钱会自动投入老板腰包一样。待到真将华胜卖出，他又生出万般的不舍，便只与佐佐木虚与委蛇，一再试探实想保全厂子，哪怕折腰与洋商合伙。佐佐木知道子正合作意思后，当即爽快答应，并且保证出资后不干预治厂管理，只做后台股东。对外，子正照旧是华胜的总经理，人权、事权尽由他自处，只在出资占比方面却是寸步不让，要占70%份额。子正哪肯就范，股权份额多少决定了股东对华胜的决策话语权。然而刻下捉襟见肘，又告借无门，只不过用一用东洋人的钱，也不失为权宜良策。"大丈夫能屈能伸！"冯子正安慰自己。当下与佐佐木平次握手达成合伙意向。若不是为征伯诚和长仁二位股东同意，子正恨不能立即便与佐佐木签下合作协议。

"当初说什么华商振兴实业、齐抵洋货都是讲来玩的吗？现在倒提什么与倭人合作，兄弟不恭了，以为凡是华洋合办的所谓事业，不论他是东洋是西洋，肤白或肤黄，中国股东骨子里都是掮客！"伯诚的激烈言辞此刻又在子正耳边响起来。

"掮客！他居然骂我是掮客。"子正把头仰靠在车座自言自语，抬手搓揉着发胀的太阳穴。忽地把身子坐正，嘴角一撇，笑起来："掮客有什么不好，都说掮客靠嘴吃，吃完上家吃下家，细究开，人家明明靠的是头脑的精明，一般人还吃不开咧！都是赚的利差，只不过掮客靠的是消息人脉与口才此等无形资源，凭什么就要看不起掮业！"

子正转而又想到长仁。他一时间吃不透长仁的心思。长仁听说要与大正公司合伙，只说再细考虑，却总也没个准态度。"嗯，此番将生米给他做熟，也可算作助其做决断。"日本人开出的价码不低，若非自己与那佐佐木谈得投机，哪来这许多利益。伯诚已经走了，合作事成，他拿走的那十万又算得了什么？华胜能继续开工经营才是正理，说到底这还是帮了长仁的。想到此，子正笑起来。碍于伯诚极力反对与外国人合作，而长仁则态度不明，他只能私底下与佐佐木来往。

车子在大正纺织公司的门口被拦下，车夫忙下车哈着腰解释，门房不许车进门，不耐烦道："这么晚了，佐佐木先生晚间从不接待访客的。"子正摇下车窗呵斥："混蛋，耽搁了大事要你好看！"门房被吓得不轻，赶紧摇电话通报。汽车夫等在门外，好一会儿，门房才出来，也不理车夫，直直地朝车子一鞠躬，对车里的子正道："冯先生久等了，里面请！"汽车夫在肚里狠骂了几句粗话，这才上车驶入厂区。两排路灯将沥青路面照得雪亮，顺着路向北开，很快便到了佐佐木住的小楼前。

佐佐木平次已经笑容可掬地立在门廊下迎候。车刚停稳，他便急步抢在车夫之前为子正拉开车门，边大笑道："冯君深夜光临寒舍，定是有珍品共赏。"说罢也不等子正答话便兀自哈哈大笑起来，一把攥住冯子正臂膊，二人相携向屋里去。子正走着不由得将腋下那幅《溪堂佳趣图》挟紧了，勉强笑道："敝人与佐佐木先生真乃神交也，正是为着共赏而来。"

二人脱鞋进屋。子正不与他多客套，进门便迫不及待地将画匣放在矮几上，去开那几层锁头。佐佐木亦抻长了脖子。待子正将画取出在地板上铺展开，佐佐木眼睛睁大了，看了一眼便叹道："噢，这是王石谷先生的《溪堂佳趣图》吗？久闻'画圣'美誉，也在博物馆见识过他的《康熙南巡图》，真是气势恢宏，叹为观止！今日竟能亲眼得见真迹，实乃三生有幸啊。"

佐佐木说着话，拉开屋角的柜门，自内取出一竹制托盘，盘里整齐地排放着观赏藏品的专用器具。他先取了一副白手套戴上，又换了副眼镜，再拿着放大镜，将身子匍匐在地上，先爬到画的右上端去看款子题跋，接下来便围着画细看，口中不住"要西，要西"。冯子正见他如此仔细，不由得心慌，脑门出汗，忙自怀里掏出绢帕来擦。一旁佐佐木紧盯着地上的画，猛地一骨碌爬起身，似乎是嫌自己个头太矮，无法看清铺展在地的画作全貌，转头站上身后的一张木几眯

第七十章 兔死狐悲苦挣扎，再生妙计费绸缪

475

起眼做远观状。如此又欣赏良久，方才满意地笑着点了点头，问道："冒昧问一句，冯君是从哪里得来的宝贝？"

"呃，这幅画系朋友所赠，喜不自胜，便拿来与君共赏。"看佐佐木似乎并未识破，子正心神稍定。

"竟有人舍得将如此珍贵宝画相赠，想来交情匪浅，真叫人好生羡慕！"

"确系敝人的生死兄弟，他就要离开南京远赴异国，不愿国宝外流出洋。"

"可悲，贵友未必目光太短浅，世间所有宝藏珍玩，收藏者只不过承担着保管责任，它是属于全人类的，怎么能有国域之限制！"

"对极、对极，敝人与佐佐木先生持相同看法，也曾极力劝辞，怎奈敝友意坚难左，不得已才愧受了的。要说起来，越是稀罕上品，便应越教更多人观瞻鉴赏，方能彰显其好。这天底下，分国域讲区别是政治法度的事，咱们只讲嗜好不论国别！"

"佩服佩服，如世人皆若冯君，何来私心予夺。我有个建议，咱们都将私藏拿出来，共同举办个收藏展览岂不是好？"

"这个么，敝人实没有什么私藏，要说私藏，便就是这幅画了。"冯子正没料佐佐木突然提出如此荒唐的建议来，一时间显出些慌乱。

"如此却难教人信服，前与冯君畅谈，以您的见识气度，说是收藏家也不为过，怎么倒说没有私藏呢？既是不愿示人，当然不便强。这幅画么，在下有个不情之请，想暂借两日细细欣赏，唐突之处尚请见谅。"佐佐木依旧笑容可掬，不紧不慢地说道。

"这个，呃，先生既然说到这份上，冯某便不得不家丑外扬了，好在是知己的朋友，没什么说不得的。敝人确是喜收藏的，原也有不少珍玩藏品，只是前段时日，因将全部身家投到上海交易所的股票去，赔得分毫不剩。唉！就连华胜厂，也已经抵出去了，明日再拿不出钱来清欠，恐怕我连家也没得回了。只是，这幅画乃受朋友所托……"

"噢！我知道子正君是个谦谦君子，不必勉强。刚说华胜厂怎么？抵出去？押款多少？"听到华胜出顶，佐佐木露出关切神色来。

"不多，目下急用只十五万而已，可我这会遇到难处，就这么点数目也是一点法子没有，真不知如何才好。"

佐佐木此时突然抬头，盯住子正的眼睛，一笑。子正被他笑得心惊肉跳，不觉住了口。

"那便给子正君拿十五万块，不就全部解决了嘛！这有何难呢？"佐佐木笑着撇了撇嘴，又道，"茶都快放凉了。"便请子正就座。

老仆人将画原样卷好，放进木匣里，刚要起身离开，只听佐佐木向那仆人说了几句东洋话，那老仆人答应着又将画取出再铺展开。

看出子正不明白，佐佐木笑道："子正君见笑了，我只是太爱这幅画，想再仔细欣赏，叫下人先别收。"

子正暗喜计划将要成功，忙道："看佐佐木先生如此喜爱此画，可说是知音，必定会好好保护爱惜它，敝人即将破产失家，无力存顾。莫如就送与相知友人，即似敝友赠画一样的意思，岂非两全其美。"

"什么？子正兄是说要将这幅画送给我吗？你押款清欠的事情不用着急，马上就可以解决！"佐佐木几乎要跳起来，口中推托着，却连忙对身后仆人吩咐拿来票簿和印鉴。

子正看着佐佐木递过来的十五万票子，并不着急伸手接，反而面露难色："这、这我不能收，说了是赠托知音，怎么能转身拿钱呢？如此来岂非成了卖画，不妥不妥。"不待佐佐木说话，子正紧锁眉头叹了口气又道："可敝人确是遇到了难处，手头吃紧……这样吧，兄弟将祥昌缫丝厂地契押在此处，算作是暂借，嗣后连同息钱奉还。"说着从怀里取出那张作废的地契，双手捧了放在桌上，又拿起桌上笔作势要写借据，并不见拦，只好落笔。口中道："佐佐木先生一番盛情，兄弟却之不恭，原本这地契是准备出顶救急的，现放在这里倒更为稳妥。"子正面不改色地设计着自己说辞，不忘露出些凄然神态。

"怎么，祥昌竟也是子正兄的产业吗？怎么听说是位姓荀的先生做主。哎呀，真是失敬了，敢与英国商号打官司！"佐佐木盘膝坐在桌边，看着子正写借据，待他写完，便示意身后老仆接过地契。

仆人接过地契看了看，朝佐佐木一点头，仔细叠好放在托盘上。佐佐木挺直上身端坐着，看也不看一眼。子正道："这官司，输赢还没个定论，可恨竟有合作商先自怕起来，不惜毁约撇清关系，真真可恨。说来也不奇怪，洋商，谁敢得罪！"

"我们却不怕那西洋人。"佐佐木傲然挥手让老仆人端走放着笔据和地契的托盘，口中喃喃，"只怕没得官司好打。"冯子正没听懂佐佐木平次的意思。手里有了救命钱，心里装着一堆善后事，子正便告辞要走。

佐佐木也不留客，起身直送子正到门口看着他上车。

第七十一章　设圈套累及自身，为脱罪拱手让人

子正揣着到手的救命钱，上车一言不发，强压着心头狂喜。

直到车驶出大正厂门，他才靠在车后座上无声地笑了，心下暗忖："这佐佐木怎么就没看出那是幅赝品呢，说到底是东洋倭人，哪里能懂我大中华笔墨丹青之妙，不过是个耍嘴的，哼哼，活该送我钱用。虽说是写下了笔据，但自己留了心眼，并未写确切的还款日期，哈！"这下华胜和自己的心爱私藏终于可以赎回来。还上十三万押款，手上就只剩得两万，虽还抵不上汽车销售公司的股本，但他赖涣之的股本不也没入账，并不着急，有两万先行注册，一旦商部登记，便可公开发售股票，款子自然进账。好在总算有了喘息机会，天无绝人之路，再想其他法子脱困。

次日一早，子正便找来新图，吩咐他带钱去赎了押。当看到新图取回的华胜厂地契和自己那十几件藏品，他抑制不住得意，将佐佐木事和盘说给新图听，又换来不少舒心话来。

子正将手头剩的两万元汇到专开的汽车行户头，王柏达忙去办官凭执照。赖涣之喜忧参半，他揣度子正迟迟不肯打全款是没有完全信服自己，可是思前想后，没发现有什么马脚败露，只得暂且隐忍，单等那另一半入账。

《申报》隔天便有上海各交易所股价消息。冯子正原先当作宝贝一样藏着的交易所股票已经跌破票面，沦为一钱不值的废纸。他还着实地不甘心，企盼哪天能有奇迹翻盘。可接连看到的不是交易所倒闭，便是因股票倒账而跳楼、跳江、卧轨的各种投机失败自杀的丧气消息。

佐佐木打来几通电话追问与华胜、祥昌合作的事。子正急得没法，想长仁正为神鹰丝商标事烦心，那些合作的丝商怕被带累纷纷停了与祥昌的生意往来，再加上华胜停工，就连土丝也变得滞销。但即便如此处境艰难，长仁也万不会将工厂拱手出让。不过冯子正自有计较，当初反对与大正纺织厂合作的伯诚走了，长仁总比伯诚好对付得多。

子正很正式地向长仁提出，华胜要与大正合作。不想原对此事回避的长仁，此番却较真起来，绝不同意合作。他说若与东洋人合作，华胜便不再是华胜，宁愿厂子倒闭也不能由日本人得了现成的厂子去赚取国人银钱。子正不想听他的说教，只最后听长仁说到闭厂出卖，倒正中子正下怀。既是有意转行干汽车销售，卖掉华胜厂换现银是最干净利落的法子，只是之前与伯诚、长仁想法难以统到一

处，才不得不退而求合作。又问长仁打算，长仁原来是肚子里早已有切实可行的想法，此刻子正提及，便道出计划来：先将厂里的机器尽数偷运去上海，东洋人见只有空厂，必会放弃合作计划。待到骗过倭人，再处置地皮厂房。子正满口答应，又当长仁面叫了电话到厂里，安排新图连夜将机器拆解装船运去上海。

其实，机器只是在上海明生船运公司小码头仓房里放了一夜，便又被原封不动地转运回来，直接送去了大正纺织厂库房，佐佐木大赞子正够朋友。

此后，冯子正便刻意避提华胜厂，只对长仁说由何新图全权处置厂房屋地。

可是，佐佐木岂是好对付的。

佐佐木得知子正竟肯卖华胜厂，反倒不着急了，他开出新条件，要一同购进祥昌缫丝厂。子正没料到佐佐木临时变卦，一再强调祥昌商标官司未了，此时不能变卖。可佐佐木只是微笑不语，并不听他多讲。

子正找佐佐木两趟都碰了软钉子，回家大骂倭人可恨。

没几天，佐佐木却不请自来。门房没见过他，拦下拿名片进去传话。子正不由得奇怪，他从未提及家住何处，佐佐木怎么知道的？而且非受邀而自行登门，亦非他平日谦恭有礼的行事作风。无事不登三宝殿，且看这倭人耍什么花腔。

子正随门房亲自出去。刚转过抄手廊，便老远透过门前照壁夹墙花砖看见佐佐木在轿厅过道里悠闲地踱着步子。

子正见他腋下挟着上回送去的"溪堂佳趣"画匣，不由得心惊，加快脚步迎上去。佐佐木见到他眼睛立刻眯成两道缝，对着子正深鞠一躬，笑道："子正君，佐佐木冒昧造访，失礼了。"

"佐佐木先生说得哪里话来，早想请君来畅聚，实是琐事牵绊太多，不胜其烦。快请，快请！"子正看佐佐木声色与常无异，稍稍放心。二人相携着进了花厅。

佐佐木进门便四下打量，边道："子正君的宅子布置真是别致精巧得很。"说着，便慢悠悠地踱到挂有范宽《雪山图》的壁前，远近左右地仔细欣赏后，又赞道："不俗，真是不俗，这样珍品宝画，只挂在一家一户厅堂之上，实在有些可惜啊！"

"呃，家中补壁，不过是些仿赝货色，哪里会有什么珍品。家里这茶倒很值得一品，是家乡新制的云雾，刚送到的。正想着给府上送些品尝，可巧您就亲自来了，一会儿包些带回去吧。"妈子端了茶上来，子正突然间似乎明白佐佐木此来意图，忙招呼他喝茶。

二人落座。子正心下不免有些懊悔，那被抵出去的十几件私藏都是自己平素爱极的书画瓷器，因昨被赎回一时间高兴，便嘱管家老吴让人张挂摆放在花厅和书房，原想着自己赏玩几日，哪知这佐佐木竟像晓得似的突然闯到家里来。

"子正君日前夜访寒舍共赏珍藏，并赠此大家真迹。这两日兄弟又细细欣赏了几遍，实在是难得一见的珍品。如此大家手笔，堪称无价之宝物，怎么能生受了呢？实在是有愧得很，既是朋友，便更不该夺友所爱。因此一刻不敢耽搁，亲自奉还才得安心。"佐佐木说着，将放在桌上的画匣拿在手上，双手递给子正。

子正讪笑着，心道："这个理由找得倒是冠冕堂皇，想来是发现此画有假。那么，你既不说破，我便不就范。倒看你待怎样！"想罢便往回推那递来的画匣道："佐佐木先生言重了，这画本为寻知音觅良主的，既是已认定主人，哪里还有往回收的道理。请莫再行推辞。更何况敝人得佐佐木先生扶助渡困，如今退画来，敝人倒又要想法子赶紧还钱。"

"子正君这是误会了。莫如这样，还记得前说要共同联合办一次珍藏品展览会吗？既然你的私藏房产俱都赎回，咱们的展会正是可举之期，名目就定作'正大华胜并购庆贺展'，至于这幅石谷先生大作么，可作为镇展之用，如何？"佐佐木竟还惦记着那天的提议。

"呃，这个、这个么……"子正终于明白佐佐木为什么要出钱帮自己赎资产，喉头一阵阵发紧，额上不由得冒出冷汗来。

"看子正兄家中陈设，每一件俱非俗物，藏品想来更妙。那么，不妨将宝贝拿出来共赏一番，岂不快哉！也是为庆贺贵藏失而复得嘛。一切展会诸事俱由我派人操持办理，不必子正兄挂心，聊表佐佐木祝贺诚意。"

"劳佐佐木君挂心，几件拙物哪里能值与佐佐木君联展，还是您办个人专展合适。兄弟倒是极愿意出力跑动促成此事。"子正此刻对自己徒劳的挣扎已毫无底气。之前写的欠条笔据在人手里攥着，假画又被作为抢上门来的漂亮借口，收不收都是他胜算大。怪只怪自己一时自作聪明，实低估了这矮子。

子正勉强打着哈哈站起身来，指着东头百宝格上的两个宋代青釉双耳对瓶道："这对瓶乃兄弟珍爱之物，权当此展贺仪，望佐佐木君莫嫌粗敝。"

"嗯，宋代的古董瓷器，子正兄果然是收藏大家。这样的成色品相，又是成对儿的少见得很。不过，佐佐木刚已说过，绝不敢夺人所爱，既是子正兄的珍爱之物，又怎么能收受呢。只为一观而已。"佐佐木将架上的瓶小心取下赏玩，待到细细看过，又放回原处，眯了眼向外踱去。

"子正兄博学多才，想书房里定是有不少好书可读，走，去开开眼界可好？"

"哪里哪里，敝人商旅多年，向来是经事比读书多，博学万万不敢当，要说阅历倒还有些。家中书房寒素得紧，书没得几本，都是些闲诗杂文，实不能秽了佐佐木君的眼睛。"子正说着待想拦他，已是来不及，佐佐木呵呵两声直向书房去了。子正忙跟在他身后,只见佐佐木三穿两绕不一会儿便到了书房门前。子正心中生疑:"怎么他倒好似来过一般?"

书房里放着有六七件书法画作,特别是博古架上的那一套七件的岫玉文房器物,原最早只是经过夫子庙贡院街上一家古玩店,随意进去逛逛,一眼便看中了一个玉制搁臂,玉质倒是平常,底子有些泛青,面上浅浅雕着一枝梅,又在右上角刻着个不大的瘦金体的"梅"字,旁的再无一笔,画与字相映成趣,乃有雅趣。另有梅兰竹菊四君子画,原本并非套件,那是子正一件一件打听收购来的,都有来历,搁臂笔插都是不可多得的稀罕物。

佐佐木从子正家出来时,脸上挂着惯常的笑容,腰却挺得笔直。他不但带走了子正签名的联合藏品展会合约,还有大正公司收购华胜和祥昌厂的合同。当然,佐佐木话说得颇客气,他"请求"子正君最好在三日内召集两厂股东开会,要他们逐一在合同上签字,否则便要亲自去找股东们谈。最后眯着小眼睛补充一句:"带着祥昌厂的地契去找他们谈。"

子正勉强送佐佐木上车,不看都知道自己脸上有多难看。子正看着佐佐木的车一阵烟地驶远不见,这才身子一晃,人瘫软下来,管家老吴眼疾手快一把扶住赶忙往家里去。

冯子正被吴管家扶回书房坐下,管家絮絮叨叨地说了些什么,他一句也没听入耳,怔怔地坐着。他不知道自己怎么就糊里糊涂地被佐佐木牵着鼻子应下了办什么联合藏品展,又怎么就被他用废地契胁迫着在购厂合同上按了指印,他抬起手来,看到拇指上红泥印仍在,他盯住那抹红,渐觉得红得越发刺眼,渐渐竟似乎流动起来,浸噬他的手指、手掌、臂、肘、肩,一路向上蜿蜒,迅速漫过腹胸涌向他的头脸……"啊!"子正惊声骇叫一声回过神来。

他抬手狠狠扇自己一记耳光,与东洋人一联名,怕是要在商界变成个人人唾骂的过街老鼠。他一把扯过桌上电话,颤声要了长仁宅子的号,却突然又挂断。旋即拿起听筒来改拨佐佐木的办公间号码,佐佐木已经到了,接电话听见是子正便笑道:"怎么子正兄这样快就办妥了吗?"子正不得不忍气强笑着表示广东家乡有事要回去一段时间,恐不能与佐佐木君联合办藏品展,为了不耽误展事,情愿将这些私藏委托佐佐木全权展出,届时也不必提及自己名讳。佐佐木却是万般地推辞不受,几近哀求下,佐佐木才勉强答应。子正撂下电话便破口大骂,自己亲手将多年私藏奉送,竟还要求着他领受。

子正转头叫人备车,去长仁家。

门房当差见是子正先生,忙躬身道:"冯先生来了,东家正与吴、莫二位先生商议事体,请容小的进去通禀一声。"

第七十一章 设圈套累及自身,为脱罪拱手让人

481

"什么？伯诚也在的吗？这小子，我正要找他，他倒躲到这里来了。"子正说着就抬脚往里去。门房见子正颜色不对，但又不得不执行东家免打扰的关照，便又壮着胆子再道："烦冯先生在过厅稍坐歇歇，小的去禀了东家便回。"

"什么话，我来还用得着等的吗？"冯子正正自没好气，声音便大起来，门房吓得一缩脖颈，眼睁睁看着子正气冲冲进了门。

子正径往长仁的书房去。门房一声不吭地在子正身后紧脚跟着。

还没进门，便听房里头几人热烈的谈论声音传出来：

"现今情势到处还不是都一样，南京城也好，杭州城也罢，俱是不景气的样子。那城里头或是乡下全都不大太平。喏，昨儿阿顺打来的电报，说南浔乡间一下倒闭了十来家铺子，老板找不见，亏欠各处庄款有五万之多。我这边也不好受，厂子遇的官司看不到个了结的时候，导致经营不下去了；绸铺虽说还能支持，却也只能自顾；偏生又遇到银行轧头寸，供货商户追在屁股后头要提前兑付货款。购货的那一头呢？却总能拖一日是一日的积欠难收。咳，再不想法子，只怕辛苦近二十年的老底子就得付之东流。"是长仁的声音。

浩之接口道："先生也不必太过操心，您刚说的汽车销售，我看是权能一试的。若说是没现成的入股款子么，其实家里的丝栈位置靠近江边码头，又近大马路，离火车站也近便得很，极方便水陆运输。还有，丝栈连通着一个偌大院子，完全能够改成像上海洋行式的汽车样子间来，做成个销售点，即算作价入股，莫如将前几日交子正先生入股的现款暂时要回来救救急，或者还能对付一阵子厂铺开销。"

"这个主意好，只可惜此前入股同学开办的大学，汽车销售公司这头实在是有心无力……"伯诚的声音传入子正耳朵时，子正一脚跨进屋门，口里道：

"哎呀，竟是伯诚吗？有日子没见了，却原来躲到长仁这里。"

子正不容屋内任何人说话，便上前一把揪住伯诚连着串儿地发问：

"我来问你，我办公间里的画是你换的不是？墙后保险箱是你开的不是？亏得兄弟一场，十多年来大家同进退，你却怎么能背地里干出这种阴险诡事？你你你！"

"什么画？什么保险箱？子正兄真是错怪了兄弟。"伯诚被子正揪住西服领口，跟着站起身来，脸上一片惊愕之色。

"什么？大丈夫敢作敢当，没想到你吴伯诚竟还装作不知。我来问你，我办公间里的那幅《溪堂佳趣图》是你送的不是？"

"是，是我送的，仿王石谷先生的画作，那又怎么样？"

"你、你知道我家里有真迹！"

"啊？我断断不知，真迹竟是在子正兄家里藏着吗？"

"你竟然还装作不知道，看你这副表情真差点相信你。"

"子正兄这是从何说起，我又为什么要装作不知，确系不知。"

"你，你！你这无赖！"

"哎，子正兄先别急着发脾气，到底怎么回事，正可趁大家伙都在，说清楚便了。"长仁瞪着眼看他二人没头没脑地说了半响，终于忍不住开口。

"长仁老弟，这事情一时实是说不清楚，罢罢罢，就当我没说过。"子正经长仁一说话，猛醒，心下暗怪自己一时气极，竟口不择言，这种李代桃僵的事体，本就是吃了哑巴亏，伯诚不认，自己手头并无实据，没法细说。当下把一肚子不满又生生吞下。

伯诚这时却不愿就此罢休，迫子正一定要将事情说清楚。

子正转了眼珠，急中生智地道："我是怪他在华胜困难时节，竟狠心抽走十万厂股，否则我怎么能走到闭厂卖机器的地步。"

"噢，原来如此！子正兄少安毋躁，人各有志，伯诚兄也是为着教育兴国，原也并不全为自己打小算盘，他拿那十万股本与同学一同办了间大学，这是件可喜可贺的大好事，子正兄想来也是为他高兴的吧。"

子正"噢噢"含混着，又道："谁不是为救国来，当初办厂不也正是为着实业救国。"

"哼，救国，有请东洋倭人来救中国的吗？"伯诚不肯认同子正说法。

"你，你……我也是没法子。厂里景况你吴伯诚是最清楚不过的，工人成天吵着要加工钱，稍不顺意就要怠工、罢工，可咱们的成品销场并不尽好，外洋销路受日本丝冲击，国内呢，捐税日重，银行钱庄又不肯通融放款子。叫我怎么办？你们哪里知道，我将家宅私藏尽都出顶，极力想有个转圜法子。若不是佐佐木出借了一笔款子，我今日可能已经与家人流落街头了。你抽身拿钱走了，一毛没得损失，把个烂摊子丢下，还凭什么满口的救国爱国。"

长仁眼见着身旁伯诚把眼瞪起来就要发作，忙出来打圆场："子正兄说的是，成本重，销路又不好，资本短绌。目今局面又不太平，四处战乱，想起来确教人灰心！"

子正又恨恨道："旧历中秋转瞬便要到了，有往来的银行钱庄都打了招呼，非但不能通融，厂子的押款到期必得结清不可，可是绸布市价低落，销场清淡，教我用什么去给他们结清？"

"从去年以来，地方上现银明明过剩，银根并不紧。可是现钱并没在实业市面流通，却被做梦暴富的蠢材们做了投机去了，百千万计地去买股票、炒地皮。

咱们踏实厂家一时腾挪不开,想去做几万块押款,却好像多么大的为难事。提起来就叫人生气!投机买卖是能做的吗?竟搞得连金融界都不干正经本业,将钱也投去交易所。其实,低买高卖的利益实都让股东大户们吃进了,可怜的是那些个市井小民散户们,什么经济啦,时局啦,统统不通,只听到个'钱'字,便头昏脑胀地东拆西借凑点本钱去跟风,所谓'借鸡生蛋'。他们哪里能晓得,这股票价格日日涨高,那都是有大财阀和后台老板哄抬上去的,跟风的越多,股价越高,庄家的利益越大。待到股价高位处一气抛售,他们得了利益,不明就里的小民散户们只能眼睁睁看着自己的血汗钱打了水漂,鸡飞蛋打咯。"伯诚话里有话,句句刺着子正的心窝。

第七十二章　遭算计有口难言，劝转行笃信无疑

怪道伯诚一定要抽走股本，原来他是怕子正将他的钱投去交易所打水漂。子正脸上一阵发胀，血朝头上涌。可当着长仁、浩之，他不敢接伯诚的话棒子，着忙拿出新话题来打岔。

"之前华胜厂出顶，机器并存货原料，不算外赊的货款，抵去清欠原料款子，有实存现款一万多，扯算起来，血本也是保不住的。我是利用佐佐木的借款将厂赎回，也好计划出个好价钱。既是都不愿与东洋大正公司合作经营，那么便按照长仁先前的主意将机器转去上海出售，现在我们剩一个空壳子的纺织厂，只能指靠着卖地皮回本。可是，时局不太平，恐怕很难有称心的价钱。"

"就不能等将来机会来了再干嘛，为什么要急着售卖，十年辛苦付之东流，想来叫人心痛！"伯诚几乎忘记自己已经不是华胜厂股东。

"将来？将来是什么时候？我就快五十了，老朽无用矣，等不得了！现今只想回老家落叶归根。况且家里也不得安宁，工厂里的工人实在近来闹得教人慌。"子正接过长仁递来的一支吕宋烟，从自己衣兜里取出洋火擦着燃了，也不坐，在房里不大的地方来回踱步子。几人一时间眼睛随着他也来来回回地移动着，静等他开口。好一会儿，子正才下定决心似的叹口气道："广州那头只有我个侄子在厂管事，已经多次打电报催我回去拿主意弹压。我与工人几次三番摆道理：'咱们厂丝的成本太重，没法与日本丝竞争。往小了说，丝厂破产，大家饭碗也就没了，但要保全丝厂，必得降低些成本，那就不得不暂时压一压各位的工钱。往大了讲，民族利益面前，也只好请工人们暂且隐忍，将就少拿些工钱，专心做工，等产出好丝来抵制洋丝，再补回他们嘛。'我说得还不够清楚么？可是工人们并不买账，讲什么：'市面米面粮油不时在涨，生活成本高了，本就吃不饱，再减工钱，便难活命了。你们是厂东老板，为何不能顾全民族利益，隐忍一时，少赚些。我们不要求涨工钱，只说不缩减便已经是顾全大局了的。'各位说说看，这岂不是对牛弹琴，全然说不通的。纺织厂更是难办，全仰赖着丝厂供料开工，丝厂一停必定要受牵累。成本不消说确是越重的，自家厂丝，成本已经不小，可是到绸布厂里即为原料，每担还要纳税五十元四角；就连土丝也是跟涨了，每担土丝纳税一百元三角二分，也是厂里负担。这还是单就原料论。制成了绸缎，又要交产出税、销场税、通过税，不用一一说，这样多的捐税，几乎是货一动，便要砸钱交税。自然，可以将绸缎成品提价，让买客去承担，但如此一来，本就不好

的销场便就减得没法看了。各位都是清楚的，厂经要维持销路，不得不想法子降低成本，比如掺些价格便宜的原料……华胜厂也没法幸免，不添加些日本丝，又怎么支撑到今时今日。唉！南京这头的事体，实非本人不尽心，只实实是两地都焦头烂额难顾周全，我倒十分有心将厂子交托给长仁老弟，价钱好商量。"

长仁听到忙摆手："兄弟亦自顾不暇，商标官司未了，祥昌厂也快到了停工的地步。官司本身是一层，得罪了洋人，合作的国内分销商们便散了，原先像神鹰丝这样的优质货一向多半仅满足外洋的销路，可官司始终未有定论，祥昌委实难以为继。乡下收蚕虽还如常，可一味开工产丝，没得销场也是不成的；华胜再一停产，丝料更是积在仓库里。原还靠着两个棉纱车间苦撑，可欧战一停，棉纱几乎天天降价，没得利润，开厂开得便没道理了。兄弟刻下是民族利益、阶级利益都顾不得了。"

"无论怎么样，实业家们要有利润，不赚钱就不是生意了。可工人要加钱，做老板的，便只能请他们另谋高就，我另招低价的工人，可这也是不能够的，工人们合起伙来高低不肯走，搞得厂子一片乌烟瘴气！实在是提起来就生气……"子正突然住口呼呼地喘粗气，边拿眼看定长仁，等他表态。

"劳资双方是契约关系，谁也不能勉强谁的。再不就请法律顾问，将他们都送去见法官讲道理。"浩之在旁边插话道。

"还得请法律顾问，可这便是一大笔开销。左右都是要花钱，可若是手头有钱，不就什么事情都没有了吗？这是要逼迫咱们改行呢！"子正连连摇头叹气，又转头去看长仁。

长仁遇到的是同样问题，眼下是赔钱开工，也为的是一旦停了机器，怕工厂便就此真破了产。时局所迫，工人或厂主其实日子都不好过。此刻听见子正讲转行，便附和道："正可说是！这不商量着开汽车销售公司，哪个行当赚钱便做哪行，只是担心赖二公子那头与车厂如何摆布，毕竟咱们只见到一张许可凭照，王柏达所说我还真不尽信他。丝厂么，倒真叫人头疼得紧，官司一天不了结，便一天不得开脱。"

长仁说着顿了一顿，忽地像是下定决心似的道：

"其实阶级民族也好，劳资契约也罢，归结起来都在于我们的国家没有一个人能统处决断！在我看来，国家应由心中有民众，知晓国人苦痛冷暖之人主掌，那么他提出来的计划才真正是为国家，为民生的。当然，这样的人也才会说话做事一致，不搞双簧！而这样的统领掌握着国家，民众必是支持的！譬如说中国丝竞争不来日本丝，就应该由国家出面调停，一则减削工人的工钱，再则强制企业厂主们以最低价钱出售，务必要比欧美市场上的日本丝质优价低！若有哪家厂不听号令不肯低价抛售，那么便没收他的工厂充公去！"

子正把手上的卷烟蒂掐在烟缸里,笑起来:"哈哈,世上哪有不赚钱的生意人,设若真的如老弟所想,有这么个统领,那也必得让国家贴补些抛售所失才能可行。只可惜,时局如此纷乱不堪,各地军爷们今日里来,明日里去,打闹个不休。又能指靠什么人统领国家。"

伯诚也接过话头来:"别以为革命革掉了前清小皇帝,人民便真如传闻样当家做了主人翁,看看如今乱成什么样子?皇帝啦,总统啦,共和啦,宪政啦,说法不同而已吧。"

"谁当权实与咱们生意小民是不相干的,总只是为糊口,谁给咱们有好日子过,便全心地拥戴他。"子正打断伯诚说道。

伯诚却听不下去,抢白道:"怪道子正兄要与东洋人合作,想是得着他们不少好处。如今的局面,厂经专得靠外洋的销路,中国的绸缎织造倒只能用次等货掺夹人造丝。不得不说那日本国,政府奖励生丝出口,本国的丝茧外销各国便完全免税,再看中国,非但不免,反倒迭添税捐,无怪日本丝要压倒中国丝,丝价便是极大有利的条件,想那日本丝质量不错,价钱倒比中国丝便宜,那么就工厂降低成本这一层,便要首选低价原料来纺织。"

子正突然再遭伯诚直戳痛处,脸上实有些挂不住,又不能发作,便强压住恼恨权当没听见。长仁赞同伯诚说法:"吴兄说得对极,根本还是国家问题,非集一人一地之力能及。所以我时常说,政治没有上轨道,时局便不稳定,士农工商便均受制于此。"长仁说着拿起身后椅子上靠的一个软垫道:"各位看,这便是日本丝绸,看看现下,哪个家里没有些洋丝造的物件。非我等不爱国,实是人家东西制得好,比国货便宜又还耐洗。今天这里没有外人,咱们只说实话,就我家里用的看,比起中国自制的丝绸,东洋绸色牢固度、耐用度均胜一筹。当然,要说咱们的优质丝绸锦缎远比它好,可价钱呢也要高出几倍!子正兄,你的看法呢?"

子正此时心不在焉,虽然明知道二人议论有理,可是总觉得什么政治、局势离自己的切身利害太远了一些。他所关心的只是怎么样将长仁说通转行,好尽快弄到现款解自己的债急。虽说华胜还有十多万押款,可码头库里存着一百包美国方面退单的华胜葛,还有批原料厂丝和东洋丝,金融方或还可延宕一阵。幸而佐佐木肯收购华胜厂,只要将厂一出手,那些清欠事便与自己实无干系了。他鼻子里轻轻哼了一声,耐着性子说道:

"中国丝织业不用中国丝是当然的!因为我们只能用得起次等货,近来更连次等货也少用,而改用日本生丝和人造丝。像华胜之前硬要用优质丝去造什么华胜葛便是一种不自量力的好笑做法。听长仁老弟意思,竟是与我同样的想法,转行也不失为主动应对时局的好法子,总不能让赔钱的厂子活活拖死吧。"

长仁并不反对转行，目下的汽车销售公司他是有十足兴趣的。只不过，凑股本是件令他头痛的事情。此刻正想起自己当初投进华胜厂的二十万股本，便试探道："这汽车公司也是子正兄指的路，兄弟很想好好地做出一番成绩。只是，目下手头不绌，实难有作为。既说起来，就多嘴问一句，上回出售华胜厂机器，扣除运输苦力各项，也不知余下多少钱？"

　　子正被问得愣住，想到钱已被自己送去了交易所，心下一紧，忙端起茶来啜了口，装作吃惊道："什么？何新图没向老弟报账的吗？这个不中用的家伙，成天价丢三落四，不知到底忙些什么，我回去定要好好说他。或者这样子，我叫他待售出厂地后一块办妥报与老弟！"

　　长仁见子正推托，便识趣地不再追问，只讪笑着微点了点头算作应答。子正也连忙岔开话题，抻了抻脖子向长仁和浩之压低声音道："长仁老弟刚说祥昌官司，怎么？还没消息吗？我近日来为华胜事忙得不可开交，倒一时间忘记过问此事。怎么，孙知事和赵会长那头都没得消息递回来吗？若还不行，我明日便去帮老弟专门走趟县府。"

　　长仁对此已是不作奢想，并不作答，只笑着朝子正抱了抱拳。众人各自散去。

　　冯子正回家，才刚躺下点了个烟泡，还没凑上嘴去抽，吴管家便拿了封电报来，说广州厂里又有工人纠结罢工，这次是丝厂与布厂联合一齐闹的事，为胜少爷请先生先汇笔款子去应急。

　　子正微眯了眼听着，待听到又是要汇款，气得抛开烟枪从榻上翻身起来，恨声道："越来越不像话了，搞垮了工厂也没得他们好处。厂东是好做的吗？他们总觉得厂东就必是有闲钱随时揣在袋里的，厂东便是一味只知道剥削的剥削阶级。要知道，没有厂东，开不了工厂，这些穷鬼便统统去喝西北风！"

　　冯子正前月为罢工事回过广州，分头找侄子冯为胜和工头管车们逐一谈话，又召集工段长和管工会议。他觉着，工人们能闹起来必然是有人撺掇领头才得成事，便揪出几个带头闹事的开革出厂。这才安稳没多久，又闹起来了。

　　为胜虽说年方三十，可他是日本留学回国的经济管理学博士，对经济时局、厂管经营无不了若指掌，为人也随和。据子正观察，管工和工人们对他都还拥戴。那么，是对自己这个大股东不满咯！冯子正常驻南京，难得上广州厂里去，与管工也接触少。工人们这么样的闹法，无非是嫌工钱给得少。可他们也得晓得，眼下市面织品萧条，销场都被东洋布商占去。没得利益，拿什么给他们涨工钱？

　　唉！冯子正重重地叹口气，可能是上了年纪，近来总是觉着身上累。他指了指烟盒，吴管家忙取出根雪茄点着了递上去。冯子正深深地吸了口，将身子斜躺在沙发上，头一枕上沙发扶手，眼皮立即跟着酸涩起来。他用力抬了抬眉睚肌肉，看着手上的雪茄，心道："这洋货还是差点意思，到底没有阿芙蓉上劲提精神！"可这会儿哪有时间睡烟榻养精神，他得用最少的时间想出应对的法子来。

这时，门房当差三步并作两步地跑进来在吴管家耳边低声说着什么，吴管家眉头紧锁起来，挥手让门房下去。抬眼见子正拿着电报出神，连手里的雪茄竟都忘记抽，便垂首静立在榻前等。

子正闭着眼问道："什么事，慌里慌张的？"

"先生，是大通银行倒闭了！"

"什么？"这完全出乎冯子正意料，他抬头盯住吴管家道："哪里来的消息？可靠吗？"

"银行负责放款业务的经理钱莫有私挪公款投资房地产和上海股票，亏折后已经畏罪自杀。哪知此消息一出，出现挤兑状况，银行放出去的贷款收不回来，没钱给付储户，只得宣布破产了。"老吴说罢看了看子正，见对方似乎还不信似的直盯着自己，又补了一句，"刚刚行里传来的消息，确实！"

子正长叹一声，将手中电报拍在桌上，不由得心头发冷。目下市面银根紧缩，大通倒闭，其余银行钱庄更是没法，这种时候却都是要钱的事体，看来只有求长仁想法子开脱。他把手里的雪茄狠狠搓灭在烟灰缸，起身趿着鞋进了书房，心里盘算着怎么样回电，走到桌前，拿起笔来写下"相机行事"四个字，对着字沉吟片刻，自己摇了摇头，将手中电报稿揉成一团，丢进桌旁的字纸篓，又写道："暂难拨款，相机行事。"这才交给吴管家发出去。

长仁这头亦忙得不可开交。自与冯子正和王柏达商议过汽车销售公司的回程，越想越觉得此事大有可为，有心抓住这个机会好好干一场，便叫来宋大兴和老楚。

二人来后，待听到王柏达又筹股又要拟写回程，一时间互相望了望。

长仁看二人犹豫，便有些不耐烦："有什么话不妨直说。若是觉得入股认筹的额度不够便尽管提出来，我自当尽力出面调停，这可是特为自家人预留的额度。若是对投资之事真假存疑么，就大可不必了。子正派人查过他，底细俱都确认过的，赖二公子拿的那张福特公司销售凭照亦问过县府官方，确系真品无疑。顺利的话，登记发凭不过几天工夫。此事目下所剩的不外募股赁铺而已。我想，将祥昌丝栈改作汽车销售行，前柜不必大改，后院对街口的围墙和西厢房全都拆除，改成个汽车服务场间，再把院子好好规划修整，改为停车坪，停个七八台小汽车绰绰有余。至于汽车零配件和汽油，尽可存入丝厂库房，只需要腾出一片地方来，便完全满足。"

老宋道："先生，我们只是觉得这位赖二公子世家巨贾，他家若办实业，哪会看得上区区十万的头面，即或要办此种销售的小行当，恐怕这点子钱也是随手拈来，怎么还要筹资募股，既消耗时间又费人精神。还有，那福特汽车公司可是世界上销场极畅的公司，等着申请他的汽车销售许可的人，恐怕排出几条街去，公司么，向来只讲利益不讲人情，他发许可凭照定是发给有实力，起码有现成渠道的洋行，怎么就肯许给个人，还由得他耽搁这样许多时日。"

老楚却并不表示怀疑，只说："先生是知道的，我个开车的，家里养着老的小的，实没有余财加入进去。不过我出气力还是蛮行，车子的事体管保不教先生操心劳神。"

老宋便也不好再说什么，只叹道："可惜呢，这样稳赚不赔的好名目。我实心地愿意投个万二八千元，只可惜家里也是老的小的七八张嘴等着吃饭。待认购时，我想五千不成问题。"

长仁听二人如此说，心中有数，便道："既如此，倒也不必我费心再为自家人张罗留份额了，只全投放市面，若临时起意想要购入，只管去特设的售卖点上去买便了。至于刚老宋说的筹款一节，是因南洋内战导致银行票号现银进出受阻碍；而销凭么，我倒以为，正是因为福特汽车并不愁销场，所以才会送赖二公子一个顺水人情，想来，市面多一张或少一张这样的凭纸，并无任何不妥吧！可一旦这样的巨商家族介入福特汽车的任何环节，对福特来讲，都不无裨益。"

二人听得有理，齐齐点头，又都夸："先生商才，分析切理，事事都看得长远。"长仁听着受用，便也不在筹资事上再多计较，转问起老宋祥昌商标官司的进展情况。省里、县上与英领事馆，还有县商会，太极打了半年工夫，饭没少吃，礼也没敢缺任何一方面，除了厂里收到一大堆纸件专函，到底还没个结果。

果不其然，老宋摇头叹气，只说了声："各处俱都表示尽力办理，可每问及根本，便左右言他起来，省里推我去县上，县上又让我去找商会，商会那头更是绝了，每每以'在办，在办'搪塞，待问到急了时，便再让我去省里，说什么'省府发话，下属县里定会有新进展'。您既问了，我明儿再去打听打听。"

长仁忙摆手："还是我去再找子正，看还有哪方面未打点到吧。那个方得亚最是难办，好心结交，平白地板起张面孔。不过，这样廉洁奉公的官倒不常见到的，只可惜是个洋官，只能叹我国人无幸，无怪洋人嚣张。"

老楚却在旁嗤地一笑："先生只道他不收银票，便是廉洁吗？我却是听说，唯有投其所好，方才能够切实奏效。"

长仁惊异道："怎么不早说，快说来听听。"

第七十三章　任周旋人品类同，凭布置左右逢源

老楚道："却不是我不早讲，就昨晚与一帮朋友吃饭应酬刚晓得的。中间有一位正是在领事馆里做司机的，喝多了酒才透露出来，还一再关照不能声张，因此，先生知道便好，务必不能说与他人听，别累我那位同行朋友丢饭碗。"

长仁与老宋忙点头答应。老楚这才将其中隐情相告，原来，这方得亚是个中国迷，爱极中国瓷器，无论它的坯子是黏土的还是瓷石的，釉色是粉彩的、青花的，更不论定、汝、钧、哥的窑口，但凡中国古代瓷器，一概来者不拒。"若是送到他心头好，遑论什么道理规矩，好说好说的。"老楚学着他那位朋友的口吻。

"原来如此！却怎么一点儿风声也未曾听闻？"长仁想前几回与省、县各官应酬，只风传这位洋领事大人从不爱钱，廉洁耿介，还道是个堂堂清官，竟也不能免俗地有这样的雅癖。

长仁回身嘱咐老宋："快去买个上好的瓷器来，务要能拿得出手。"老宋拊掌道："这消息太及时了，我马上去办。"又问老楚："只不知，这位洋大人眼力如何，若是内行，我便得多尽些心挑拣，若他是个'白活儿'，那……哈哈。"

老楚忙摇手："不必过分名贵，但也不能是假的，毕竟还求人办事儿不是。"

长仁便笑起来："去夫子庙的成发古董店办，那里的掌柜知道些分寸。告他是我要办事送礼便可。"

老宋边躬身应着，忽地又愤愤道："这件事不早日出个结果来，可没人敢与咱们厂做买卖，原先供料的改成现银交易，前番说好了赊欠的成天挤在门上要兑现。银行更是不消说，生怕咱们被洋商挤兑破产，连做押款也只给一个月期。抵押品全不要厂经、灰经、干经，单要干茧才得抵押。这还不算完，非要再添上一条'到期不结账，债权人自由处置抵押品'。看看吧，全不顾念老主顾的情面，这倒好像咱们祥昌真成了'穷光蛋'似的！"

长仁听得笑出声来，嗔道："你老宋这样精明之人，怎么倒真生起气来。世情本如此，向来惯见那落井下石、乘人之危者众，哪见到几个真正雪中送炭、济困扶危的。因此说，不必与他们生气，唯有全力想法自救而已。不被挤垮便是胜利，总有重新出头的一日，到那时，不必振臂，自有谄人随身贴敷。"

老宋听长仁劝也不由得发笑："还要说是先生您胸襟广阔，三两句话就教我老宋没得气生呢。"

正此时，桌子上的电话响起来，老楚走过去接听后，说是冯先生来电。长仁

接过便听那头传来子正欢快语调，原来是赖涣之回来了，晚上在法国公馆饭店请吃番菜。

赖涣之去上海是专程为见一个洋人。这个洋人名叫作罗布森，年轻有为，儿时在中国生活多年，中文流利，因此被福特公司派驻上海总部专事销售。赖涣之的销许凭照便是从罗布森那儿得来的，如假包换的福特汽车销售许可。

赖涣之在上海时，有位情人是吴姓大军阀的姨太太。

这位吴大帅有一大爱好，喜欢到处娶太太，京、津、沪、杭，随着他南征北战足迹，共娶的有十三位如夫人，每娶一位，安顿房、佣、钱、物，从无偏颇，自诩公平。每每遇战事开拔，他带上队伍便走，却不带走太太，这十多位女人分布在各地留守家中，倒是相安无事，从未听说什么争风吃醋纷争，吴大帅向为自己治家之法自得。

将一个个如花似玉的美人独留在空屋里，好吃好喝地关着，可不是什么好法子。吴大帅的头上早已绿光闪闪。

赖涣之得手的，是吴大帅在上海的第十二房。大帅斗大字不识几个，因娶太太多，哪有心去记这样多名字序位，便想出个轻省便当、不费脑子的法子，一律只按进门先后，老二、老三地排开去，她是十二房，自然便是"十二"。

这位十二房的太太，自大帅突然走后，也不知他走去了哪里，更没有只字片言，只是每到月初，有生活费打进银行户头，她方才记得自己是有个男人的。饱暖不愁，难免愁烦起寂寞事来，恰是这样的时候，她遇到赖涣之，无须他特别花心思使什么手段，她已自抱定不撒手了。

她知赖涣之没钱却爱时髦讲究穿戴，便时常买块表、送身衣裳什么的。情到浓处，赖涣之说喜欢轿车，最最心爱的情人张了口，哪能教他失望，当即满口答应。可是，虽说她体己银子攒得倒有几个，但买车远远不够。她便给吴大帅去信，称思念大帅夜不能寐，想要买车，以便驾车追随夫君天涯海角永不分离。大帅感动不已，立刻花七千银子定购一辆最新款轿车，还随回信附着福特公司销售经理罗布森的名片，要她找其去提车子。

"十二"喜滋滋地携赖涣之去找罗布森提车，对人称乃是亲哥哥。罗布森经理早接过大帅近侍何副官电话，不敢怠慢，亲自接待。于是赖涣之以大帅舅爷身份认识了罗布森。

很快，"十二"的油水被榨干，赖涣之得换新目标了。

准备抽身的前一天，赖涣之专程拜访罗布森，向他辞行，说准备回南洋开辟汽车销售生意，又说很看重福特，来讨要个销售的特许。罗布森得知面前竟是南洋巨贾二公子，又顾忌大帅威名，非但客客气气地给他开具了那张销许凭照，还送他足五十磅汽油。

赖涣之将车油交轮船公司托运，第二天便不告而别，临走前顺带拿走了"十二"的房契。他当然知道拿了这契纸并不能真将房子据为己有，可是，却能成为他实力身家的有力佐证，因为每张都是真的，完全经得住查证。这样的契纸他有一叠。

按自己"一地一单"的行骗准则，他的下一个目的地是闭眼在地图上随意一戳定的：南京。

赖涣之到南京一个多月，看似闲逛，却很快发现了目标。这次他只专注物色男人。吃女人饭颇耗费气力口舌精力，却所挣无多，不过得些免费吃喝穿用之物，现银却是少得可怜。他向来很在意自己的外表样貌，毕竟靠脸吃饭。年龄上了四十，吃女人饭愈发地困难，自打在镜子里发现第一根白头发起，赖涣之就开始谋划以后日子。不搞他个十万八万养老银子，未免白活了这一世。赖涣之看着十二太太送给自己的那辆簇新锃亮的福特轿车，突然便有个绝好主意。何不利用体面外貌来挣笔大的？于是一到南京便留意去高档酒店、茶馆、咖啡厅、戏园子等豪华热闹的场所，充分发挥多年练就的察言观色本领，很快便锁定了同样风度翩翩、急于找人投资的王柏达。

果然，王柏达介绍他认识了两个有钱的大家伙，看来南京这趟绝不至落空吧。

他担着被情人遇见的风险回上海找罗布森，眼见"鱼儿"快要咬钩，他得增添可信的筹码。他以在南京开销售公司请罗布森指导为名，请了他随自己移步南京，当天就在下榻饭店召开欢迎宴会，邀子正、长仁和王柏达吃饭。席间罗布森大谈车业市情，而子正、长仁则大倒纺织业苦水，王柏达将他上回与二人商量的回程、公告又拿出来给他二人看。罗布森见这几位如此认真卖力，十分高兴，便力邀他们去上海他的福特驻上海办事处考察一番，再商细节。

赖涣之却是没去上海，王柏达跑前跑后张罗，俨然赖家大管家。

从上海回来后，子正、长仁一颗悬着的心终于落回肚里，十足地信了赖涣之。几经商议，最终由子正参股三万，长仁则将大马路的祥昌丝栈并个大院子改修成汽车样子间，作价两万，外加现银一万元，也凑足三万参股。此时，赖涣之方才将认筹王柏达一万股资之事告冯、苟二人，两人听他说了倒放下心来，原王柏达如此卖力是为的这无中生有的一万股本。股资既商定，赖涣之亲手写了三份认筹凭据，四人互相作保立据。

王柏达跑得更欢了，去银行开具了三元汽车销售公司的临时户头，不日六万现银入账，各人分头去办相关各事。

赖涣之专管接洽美国来航的首批轿车。子正权办县上的登记凭照手续。长仁则负责按上海福特汽车展示厅样子，整修铺面和院子，又将自己买赖涣之的那辆福特T型敞篷车停入院子正中，还专门安排汽车夫老楚守在车边，专事操演、客人试坐、试驾跟随等。

众人看得满意，虽说凭照尚未到手，但有子正拍胸脯保证不日可取，那便诸事就绪，只待开门迎客接受预订收钱。

王柏达包揽了一切杂事，向市面公开招募剩余的六万股本，即行刊登告白。还别出心裁地同登了汽车预售广告，颇为引人入胜：

君欲购汽车乎？购车无须再赴沪地，精美绝伦的汽车不日将抵南京。

新款福特汽车有六大特色：一、式样雅致；二、机器坚固；三、行驶稳速；四、座位舒适；五、用油节省；六、价目公道。故福特汽车所以能畅销欧美而为一般人士所欢迎也。诸君惠顾，请移至玉下关大马路四号（祥昌缫丝厂隔壁）公司样子间参观，一切当知言之不谬也。如蒙面询随时详复并备有精美样本函索即寄。地址：南京下关大马路九号；电话：中央五三八八、五三八九。样子间：下关沿江路四及五号，电话：中央五九六六。

车只十二之数，可现场接受预订，全车款交定仅八千耳！

登报当日，技艺展园和祥昌缫丝厂门房电话便振铃不断，登临样子间的亦不少，长仁的福特车被人上上下下、里里外外摸坐个遍。老楚心疼异常，手里托了块绒布，跟住试车客人身后，不停地揩拭。

长仁叫来老宋，准备向来参观的客人说明车的好处。没想到，不必多费唇舌，当日便订出三辆。只五天，十二辆车均已被预订，长仁叫门上挂起售罄的牌子，可还抵不住人潮来试坐汽车。王柏达数着订金，咧开嘴连说汽车生意大有可为。

赖涣之见到如此火爆场面，心下倒疑惑起来。他本只觊觎收账的预付现款，可眼下生意这样顺遂，反教他犹豫了，心中暗忖："莫不是老天指示我赖某人要做它个正经生意？"转念又一想，又笑自己太幼稚，哪里去搞这十二辆紧俏货来。

事不宜迟！他向众人提出那十二辆车需自己亲自出洋采办，说近来福特销场畅旺，必得全款现银，否则无法发货。冯、王不懂外文，长仁又无法脱身，商议之下，最后同意由赖涣之自己挑选随行人员，带着十万购车款，即行动身前往。

又谁料到，南京城内忽燃战火。

民国十六年三月的一天夜里，北伐军围困南京城，守城的张大帅眼看打不过，慌得连夜从下关码头渡江北逃，其所部直鲁联军不战而溃，北伐大军长驱直入，占领县城。

各路大军今日里来，明日里去，城里百姓依然顾我，由得它枪声大作，也并不为奇。第二天一早，长仁还没起床，就被刺耳的电话铃声吵醒。

电话是住在样子间的老楚打来的，结结巴巴地说汽车行的铺面被一伙冲进来的士兵地痞打砸。有人喊了句什么福特是美国汽车，就有人站在车身上一通狂踹烂砸，就在当院将车给烧了。

"什么？烧了？这、这、这也太不讲理了吧。"长仁听得直跳起身来骂道，"这世道真个是没得天理公道了，合法经营的铺子也能被冲抢烧砸。我这就去县上告他们。"

长仁冲电话里喊罢便也不听那头老楚说的是什么，丢下电话，火急火燎地叫车夫送他去汽车行。

车子刚出门开到巷子口，长仁便觉出街面上的情形与往常十分不同。附近聚集着一大群苦力和老百姓，高举着革命标语和旗帜，由一些学生领着向码头方向走，人丛中间弥漫着兴奋的斗志。看样子是准备结队出去迎接入城的南军。路上各处闹哄哄地挤满了荷枪实弹、身着绿色军装的士兵，周围还有些不三不四的光头地痞模样人相跟着冲路上来往独行的人吆喝检查。看见洋人便不问青红皂白赶上一辆卡车，遇妄图逃走的便直接开枪射杀，街面上的汽车因来自外洋，则更不能幸免。只听有人高喊："洋人的汽车，快掀翻它！打倒侵略我中华的洋鬼子。"于是一群人围拥住车，竟不放车内人出来，引燃汽车，然后欢呼着围观，专有人端着枪守在车门处，防止车里人开门外逃。

长仁抻手挡住眼，忙叫车夫"后退、后退、快退回去"！这时老贾也从家里气喘吁吁地追来，说老楚电话里高喊千万别出门。幸而大街上吵嚷嘈杂，没人注意到巷子里的车。几人惊魂未定地回到家，长仁让家里人将所有门上紧门闩，任何人敲门都不许开。再忙摇电话至祥昌厂和技艺展园，再四叮嘱小心护卫。

紧接着，有消息传来。英国领事馆被士兵伙了当地的地痞流氓抢了，还开枪打伤了方得亚，金陵大学的一个美国副校长被杀，还有意大利医生、教堂里的德国主教……南京城内的外国领事馆、学校、教堂、医院还有洋人住宅，也不管他东洋西洋，凡有外国人的地方，都被冲砸，死了不少人。

"乱了乱了，这是个什么世道。要说外洋侵华辱华，固然可恨至极，可洋人也分好的、坏的，哪能一律认定了该杀。又要说烧汽车，没错，小汽车是外洋来的，可车子是个死物，既有人花钱在中国开着，便是合法正当的私产，怎么能随意毁烧，最可恨的是连乘车开车的人也杀。杀洋人杀到咱们头上来，咱们可是守法商人。"长仁气得发抖,却也只能颓然坐在椅子上。

这通混乱之后,南京城随后遭惨烈报复。停泊在南京江面上的英美军舰炮击城内,造成中国军民死伤两千多人,财产损失更甚!

城里的空气中弥散着焦土和硝烟的恐怖味道,电灯电话全都失去作用。长仁得不到外边消息,急得在院里来回踱步。派出门的小六子到现在还没回来,也不知道厂里和绸缎庄怎么样了。子正只第一天打了通电话来,说一听到出事便到处找不到赖涣之,他是南洋人,不知道能得幸免否。

长仁听出子正是怕赖涣之出事,更怕投资的银子打了水漂,不由得有些恼他没有人情味,只记得钱。可是这会儿乱着,又能教他有什么法子可想。

赖涣之住的法国公馆系英国人伯耐登产业,又靠近码头,便成最早被暴乱士兵抢掠之地。赖涣之几乎凌晨两点就醒了,附近不停有枪声传来,自打开年听到汉口骚乱的消息,直到三月,南军一路打来,三四天前占领了近在咫尺的靖江,近来,街面上对外国人的反应越来越直接,洋人走在街上会莫名地挨石头砸,被人吐唾沫。想到自己在饭店登记的南洋富商身份,他躺不住了,翻身起来却不敢开灯,摸黑穿好衣服,又顺手拿了条饭店的毛毯。好在他并没什么行李,出门走在过道里倒还显得从容。可是,刚走到楼梯口,便听见楼下的叫嚷呼救打砸声,他迅速撩开过道窗帘,只见楼下门口处已燃起大火,持枪士兵四处乱窜叫嚷搜查。

赖涣之慌忙返身往房间走,身后传来喊声:"站住,干什么的?"赖涣之埋下头装作没听见,疾步向前走。身后声音变成厉喝:"站住,说你呢,再不站住就开枪了。"赖涣之只得高举起双手转过身,只见惯熟的那个印度门童被两个身着绿色制服的士兵揪着,拎只小鸡样儿地走近他身边来,其中一兵端枪指着他喝道:"叫什么名字,哪儿人?这么早上哪儿?""我是、我是生意人,住店的客人。"

"赖先生,救救我!"印度门童向赖涣之求救。"咻!赖先生,生意人是吗?做的什么生意?"说话的士兵伸手在赖涣之身上摸索着,不一会儿从大衣胸袋里抽出赖涣之的钱夹子,里面有自己行骗时充门脸的二三百美元。士兵骂道:"妈的,敢用美国佬的钱,上缴充公。"说罢便将钱夹揣进了自己兜里,另一士兵放下手上揪着的门童,道:"哎哎,别尽你一人装着,给我帮你分担着点儿。""别他妈废话,等不得吗?办正事儿!"说着将赖涣之手上搭着的那条毛毯一把扯了丢给同伙,又拿枪指了他脱掉了身上的大衣、帽子,眼镜也被抢了扔在地上几脚踩碎。

印度门童见自己双脚着了地,返身便跑,边跑边喊:"他是南洋富商,你们抓他吧。"俩士兵却并不因他检举的功劳放过他,同时端起枪冲那孩子开火,门童扑倒在地，又往前爬了两下，不动了。

赖涣之吓得半死，忙向两兵连连鞠躬，又弯腰主动将脚上的皮鞋脱下来，脸上堆笑道："这皮鞋是南洋鳄鱼皮的，很软！""南洋富商！嗯，不错，找着个大家伙。"两兵互相笑着打哈哈，让赖涣之将两只皮鞋带系住，搭在自己肩上，赤脚往楼下走。

两兵将赖涣之扯到一个长官模样的人面前："报告长官，抓了个南洋富商。"这官"噢"了一声，刚想开口盘问，忽然外边枪声大作，大堂里的几个兵顿时乱作一团。

赖涣之抱了头蹲下身子，手足并用地向后爬。蓦地，他觉着自己后背像是被人猛击了一下，手伸到身后摸来看时，却是满手的血。

赖涣之被一颗没长眼的子弹打透了肚子，开始他并没觉出疼来，由受伤而激发出的求生本能让他更快速地向前爬，待觉得腿下有东西牵绊，才低头看见自己的血，钻心的痛楚裹挟着刺骨寒意袭来，他仰面瘫倒在地，放弃了挣扎。周围闹哄哄的声音渐渐离他远去。临死前，他细细回味自己一生中最得意的这宗"生意"，虽说得手的几万块没能享用一分，可是丝毫不影响他发自内心的胜利的喜悦。他吃力地抬起手向后捋了捋挂在前额的头发，然后，手无力地滑落在衣领处，却猛地又集中全身最后的气力，一把捏住，紧紧地捏着，嘴角露出丝笑意，缓缓闭上眼睛。他的衣领里，缝着自己的"战利品"——银票。

长仁在家坐立不安地等消息。直到下午，小六子满头大汗地跑回来，给长仁带来好坏参半的消息。

第七十四章　痛失股本遭重挫，了结官司识世故

祥昌缫丝厂损失不大，还能正常开工。士兵们的抢掠主要针对外国人，且很快便由江右军总指挥制止平息，并及时向各国致歉。可惜没能阻止英美军方借保护本国侨民而向城内平民开火。军舰的炮击炸塌了丝厂的货仓一角，老宋吩咐工人们理货修缮，不两日便可复原。长仁暗道万幸，仅损失点存货，好在人都没事。绸缎庄亦无损失，但也未敢开门营业，"闭铺免祸"是长仁前几天便吩咐下的，想来也真后怕，否则就冲着铺子里的洋货，也免不了经历一场打砸抢掠。"那技艺展园的园子呢？"长仁忖这园子离江滩极近，又那样大，只怕一炮打来，还不知被毁成什么样子。

小六子扑哧一乐，回道："要说这园子也是奇了！听季元讲，在园子里能清楚看见江面上的外国舰船，轰轰地一炮接着一炮，足一个时辰。展园完好无损，可能正是离得太近，反而得以幸免。只是刚修好的路又被炸毁了。"

"噢，噢，那就好，那就好。心血所系，不光是钱的问题。"长仁捂住胸口，脸上显出些安慰的笑意来。

"不过，大马路上的汽车行可就……"小六子又揩了把额上汗，语气有些迟疑。

"我知道，被烧砸了嘛。快说说怎样了。"长仁虽早有心理准备，口气努力透出轻松，却还是催促小六子快些讲。

"新修的铺面毁了，东家您的那部车子……实在是不成个样子，被烧得只剩一堆焦黑铁架。还有，老楚为救火也被烧伤了。"

"怎么？老楚受伤了吗？伤在哪里？伤势怎么样？有没有送去医院？"

"是左胳膊烧伤了，他自是说没大碍，就连医院么也没肯去。"

"怎么能不去医院治伤呢，烧伤最是难愈的，就怕感染。"

"说的是呢，但附近的几家医院都被烧砸，医生也死的死伤的伤。这会儿也不知恢复没有。"长仁经小六子提及才想起，城里的西医院都是洋人开办的，此次针对外国人的暴乱，医院、教堂、西学堂应是他们首掠之地。当即嘱小六子把家里备的烧伤膏赶紧地拿些送去给老楚敷上。

几天后，城里才恢复平静。

子正来找长仁，脸色极难看地说赖涣之死在饭店，王柏达也死了。"咱们投进去的几万大洋哇，这下全都打了水漂！"说着话几乎就要哭出来。

非但如此，大正纺织公司佐佐木也横尸街头。子正得知消息欲哭无泪，他

与佐佐木即将达成的交易转瞬成为泡影，钱没得着，只留下一个烂摊子。他不敢到大正讨要机器，只好把赎回不久的宅院厂地一并再作价两万出抵，好在大通银行倒闭，押款被无限期延宕，华胜才得以选吉日恢复开工，虽只将就凑出一个车间，终是机器又转起来。可是，广州那头战事虽停息，厂里的暗战一天未曾停过。想到此，冯子正刚舒展开的眉头又皱了起来。

王柏达是被炸死的。本来以他的精明，是深知外头的乱局要远远避过的，便守在厂里看着自己的保险箱，半步也不曾出去过。谁承想炮弹却偏偏打中他躲着的办公间屋顶，房被炸塌半边，将他与钱埋在瓦砾废墟里头。

长仁无话可说，不知该庆幸还是悲哀。在这样混乱的世界里，活着或是死去，真的不是判断幸与不幸的标准。

未久，国民政府宣布成立，定都南京。一个国家却有两个政府，分裂导致利益纠葛加剧。百姓没得选择，死去的已然死去；而活着的，无论如何只能活下去。

南京城很快恢复了往日的繁华热闹，就好像一个月前什么也没发生过。

那些在暴乱和炮击中侥幸活下来的人们渐又活泛起来。定购汽车的客户们纷纷想起了此事，开始堵在门前讨要车款。子正因华胜纺织厂经营陷入危局，汽车生意失败又损失两万块血本，实在拿不出钱来。可恨那赖涣之取走了所有客人预付的定车款。死了的倒是一死了之，留的个烂摊子要活着的人来收拾。

长仁更是捉襟见肘，祥昌官司未了，丝厂几乎到停工地步。可定车的那十多个客户，哪个不是南京城的头面人物，其中有三位还是子正荐的。唉！哪个都得罪不起。

长仁思前想后，只得狠心将汽车行这间铺子卖出，得款三万大洋，勉强支应过去。佐佐木死后，子正虽说没得着现银，却也没了其他负担，便张罗着要请新股东入伙，再也不顾忌什么洋丝洋货，只用价钱便宜的日本丝，出些市俏的洋布洋绸，华胜厂看起来似乎恢复了元气，每月必开场股东会。长仁心中对他用洋丝的做法多少有些不快，但碍于面子，并没表示出反对意思，只是更少过问华胜厂事，常常缺席股东会议，只想眼不见心不烦。

祥昌的商标官司经南京一乱，倒是长久无人提及了。

然而，祥昌因商标事得罪了洋人，产出品竟无人敢问津，都生怕给自己惹上麻烦。就连华胜的供货也因转产洋纱而中断了，祥昌缫丝厂举步维艰。

没过多久，国民政府新上任的官员无意间翻到神鹰与苍鹰商标官司卷宗，立刻产生了浓厚兴趣。此乃国民南京政府定都后的首件涉外商标案。于是当局成立了特别专案组专门审办此案，由商标局专为处理。

南京特别市首任市长姓刘，听完下属汇报后非常重视这起官司，亲自召见总商会会长和长仁。刘市长仔细过问缘由经过后，认为双方各据其理，当即决定不能任由外国人决断，亲率商标局、总商会会长及长仁去与新任的英国驻南京领事菲利普斯交涉。

双方刚见面倒也十分亲热妥帖，一番寒暄热络后双方进入正题，气氛便突然紧张起来。

长仁先陈述了前番与英商查莱氏公司就商标事的协商经过，最后说道："领事大人必也想尽快圆满解决此事。中国是传统礼仪之邦，因此，中国人在外国人面前从来都是礼让为先，但有一点得特别说明，礼让并非是理亏。希望领事大人能转告查莱氏公司方面。"

菲利普斯说："我不太懂中文，请用英语对话如何？"

长仁刚要转用英文再陈述一遍，不想被旁边坐着的刘市长抬手止住，他向菲利普斯道："领事先生，得罪了。这是在中国，我想咱们应该讲中文才是。听得懂听不懂那是贵领事的事。"长仁不敢相信自己耳朵，转而不由自惭。

菲利普斯向来没见过这么"不讲理"的中国人，不由得脸色铁青，却也无可奈何。他只得用半生不熟的中文讲了要求祥昌立即停止商标侵权行为，并自行销毁所有已印就的商标，还需赔偿英商损失计二十万两白银。

刘市长一拍桌道："既然贵国商人在我中国行商，必须得遵守我国之法律，我查阅了商标注册，并未发现有贵国贵号的商标登记记录。所以说，并不就能认定是祥昌冒用查莱氏商标图样吧。"

菲利普斯瞪大眼强辩："查莱氏早在多年前就已注册登记过这个商标，是合法持有者。你们的鹰牌图样就是抄袭。"

"噢，贵领事是讲他在上海租界登记注册的那个苍鹰吗？那可就奇了，据我们调查，祥昌的鹰牌机丝并未在你们租界里销售，而只在南京、江苏等华界地区合法经营。那又怎么能说是非法冒用商标？"

"你、你，简直岂有此理！租界条约等同于中国法律，怎么能分租界华界。"菲利普斯感到自己有些失态，随即自言自语似的嘀咕了声"sorry（对不起）"，然后从衣袋里掏出手绢来轻轻拭了拭口鼻。

刘市长这会儿倒并不着急了，笑着道："领事先生说得太好了，只认同一个中国。那么，祥昌的神鹰商标是经本地官方合法登记注册的，又怎么能要求祥昌赔偿？"

"No，no.我方的商标早在多年前就经上海租界官方合法登记注册，应承认它的效力。按登记时间先后，也是我方为先，所以才说后来者侵权。"

"噢，尊敬的领事先生！您所说的先行登记，我方并未收到贵国照会，因此并未登记在案，无法承认。否则也绝不会发生相似商标重复登记的事件。"

"在租界的登记注册无须照会贵国，我们有自由裁定权。"

"那么，就请贵国租界自行裁定吧，只是，我国有权保护我商业公民不受非法侵害。"

这场针锋相对的舌战后，新一轮拉锯战开始了。总商会、商标局、交涉公署、英方领馆四方人士在来来往往的公函中一再商榷解决方法，查莱氏公司与祥昌两方控辩也不得不持续地进行抗议申诉。

尽管祥昌一再说明两商标的区别，但英国人全不买账，双方争论不休。

长仁随赵会长去拜会菲利普斯，按之前打听到的内幕消息投其所好，带去一只宋代的哥窑笔洗，只说是风闻领事大人对中国瓷器颇有研究，请他品鉴指点一二。菲利普斯收了笔洗，可待提到官司时，又一本正经地公事公办起来，只是加紧了对中方的催办。

英方发来公函抗议南京特别市市府及南京总商会包庇制下商户。其重又强调英商苍鹰与中方神鹰商标虽小处略有不同，但整体构图与印制成品过于相类，极易误导人消费，道是"蓄意影射"，又在公函后附了两家商标对比图样，文末要求七日内取缔祥昌缫丝厂的神鹰标牌等物，否则就申请由英商管理委员会介入并上报英国政府。

长仁为此事往来奔忙，早已是身心俱疲！生意诸事均交托老宋打理，只不知这场纠纷何时能够了结。

总商会以振兴实业，维护商人权利为由，极力提请江苏交涉公署和南京市府予以周全，可得到的回复只有一个意思：早早了结诉讼。赵会长迫于压力，决定召开商会委员会，邀请货业代表、丝商代表和祥昌一起商量办法。

经此诉讼，祥昌缫丝厂虽未大伤筋骨，但也在这一年间少挣了不少银子。长仁只想尽快了结，哪有精力再虚耗时日，便只好再拜托子正走走偏门。

冯子正专程跑了一趟赵会长的府上，将长仁请托的五百两银票放在案几上，赵会长笑纳。子正又与长仁携厚礼去见菲利普斯。菲利普斯知是为商标之事，但绝口不提，只问技艺展园里展示的英方提供的火车头关注度如何？有无地方上官员有意向开拓铁路运输线？英方将全力提供技术支持。子正与长仁只得静待他说完。长仁一口流利英文使菲利普斯的态度和缓许多。当长仁提到怡兴洋行时，菲利普斯笑道："这世界就是如此奇妙，查莱氏的南京地方代表曾在上海多年，与怡兴洋行好像也颇有些渊源。"子正在一旁笑道："如此甚好！领事大人能否居中调停，教控辩双方见面商量解决此事，岂非更便当，又何必对簿公堂！"

谁知一谈到官司的事，菲利普斯立即板起脸来："若贵方愿意接受之前提出的处理意见，销毁仿冒的商标和制机，那我非常乐意让查莱氏撤诉！"子正和长仁面面相觑，不料菲利普斯和缓了语气又道："不得不说，贵方在注册之事上是占些优势的。英国是法理之国度，尊重一切国家地方法律。既然贵方提出，那请再报上公函来，经由官方途径再行磋商。"会面结束，冯子正虽一再安慰长仁，可他自己心里也是七上八下。

赵会长连发四封公函请南京市府和江苏交涉公署再次协调。如此公文、书信往来频繁，又折腾了三个月。英商方面终于有了和缓余地，考虑神鹰商标亦是经南京地方官方登记注册过，同意祥昌依然使用"神鹰"二字，只将雷同的图案改过便可。

江苏交涉公署面对英方压力，又有南京市府及商标局的恳请，左右为难，权衡再三，终究觉得洋人惹不起，便责令南京总商会限期了结此案："务使祥昌缫丝厂知情势、晓大义，酌量更改，以免指摘。"赵会长着急，顾不得什么措辞章法，竟在给祥昌的专函中如此安慰道："大约仿造洋货，只需出品精美，断无不能畅销之理。略改颜色、花样，营业亦无不利。"长仁接函哭笑不得，却也无心再将时间精力耗费在这看似无穷无尽的诉讼事上。他函复南京总商会称："不忍再劳商会维护之苦，也不忍再负交涉署劝导之诚意。本厂同意修改神鹰牌商标。"

新的神鹰牌经丝商标图样是季元设计绘制的，他将原图中振翅之鹰改为啄丝远眺的鹰首，又把原商标上的英文去除仅留中文。巧妙处在于，那神鹰嘴里衔啄的丝卷包着商标纸，且是经细细描摹的老商标。

英商查莱氏公司怒而再诉，道中国人狡诈，用心险恶，新商标让人误认为鹰嘴里所啄为苍鹰厂丝。而这次，英领事以理由证据不足驳回其诉未予受理。打了两年的官司就这样终告结束。新神鹰商标得以顺利获得中英认证，并重新登记注册。看似我方退让改动商标，实则英方吃了个大大的哑巴亏。长仁借宣传新商标为名，在各报大肆刊登祥昌的新神鹰商标广告，所登皆为整版报幅，目的再明显不过，务求能清晰看见神鹰嘴上丝卷旧商标。

祥昌的新神鹰经丝声名鹊起。中外方均大幅登载了这次官司的始末根由，亦激起各界极大兴趣。官司尚未结束，本国的、外洋的订单便纷涌上门来，神鹰丝经销往欧洲和美利坚。短短半年间，祥昌缫丝厂扩建翻新了厂房，规模今非昔比。神鹰远眺的目光带着祥昌的厂丝远涉重洋，行销海外。

长仁经历几番起转捭阖，胸中对世事人情看淡了许多，"天下熙熙，皆为利来；天下攘攘，皆为利往"，人情往来靠着无非"利"与"益"而已。祥昌为官非所累，几近断了资金来源时，生意往来的那些朋友纷纷中止联络。不想官司终了，祥昌反而大红大紫起来，原走得没影的伙伴们又不知怎么全都冒了出来称兄道弟。长仁唯笑笑而已，早没有年轻时那种睚眦必较、一争短长的浮躁。只叹无意间的失误，倒成全了早年间与洋商考较抵敌之愿。正所谓：塞翁失马，焉知非福！

第七十五章　笑谈拆迁遭拆迁，聚讨公平难公平

这日，长仁正闲坐家中侍弄书桌上的一盆墨兰。门上来报："宋先生与小宋先生到。"长仁心道这两人一同来，必定是为修缮店铺展园来要钱的，不由得皱了眉头，有心不见已是来不及，宋大兴和季元说笑声到了门口。

长仁待二人坐定，也不问来意，只一味寒暄闲聊，又指着手边报纸谈起报上见闻来。

"南京转眼间成了首都，二位觉着建都是件好事吗？"长仁端起茶盏来，用盏盖儿轻轻撇着茶杯口沿边茶叶被冲烫起的浮沫，问了个自己也觉着莫名其妙的问题。

老宋笑道："南京既为首都，国家政要齐聚此地。照我看，自然是件大大的好事情，都说'近水楼台先得月'，国民政府要颁些惠及百姓的政令，咱首都百姓必先享其利。再说咱们经商的，就图个经济，一国之都怎么能落后其他城市，放眼看这地球之上的任何国家，首府之城的经济状况断不至太差的。因此来说，是件好事。"

季元边听边点着头，一忽儿却又摇了摇头道："说得有道理。政府希望将首都建成为'全国城市之模范，并足比伦欧美名城'的首善之区。报上又说，'只有把首都建成中国最好、世界上最好的城市，中国才能谈得上是第一等的国家'，这便是借首都这方近水的楼台所得到的月了。但细想起来，此间好处在一'近'字，坏处却也是这'近'字。"

"噢，你且说说看，刚定都未久，竟都发觉出坏来，便又是怎么样的坏处呢？"长仁听他这样的说法感到新鲜有趣。

"先生没听说吗，前几日市府发布公告，要特别兴建迎榇大道，说是专为孙总理奉安大典灵车通行。据说这马路空前宽阔，自码头江边向南经市中心，然后再东折至中山门出城。"季元指点着长仁手中报纸，果真是占据半幅版面的告全城百姓书。

宋大兴倒很赞成铺路建房："修路不正是好事一桩吗？这样贯穿整座城的宽阔马路一旦建成，那是大可缓解目下的城路破败拥挤局面，不仅如此，报上还公布有首府城邸的市政建设全貌概览，规模宏大。未来建成，或真可成为举国最美之城市。届时再出行时，便可想见繁华荣盛、流光溢彩，那是何等光景！"

季元却道："可我听到的却不似报上刊载那样，市井坊间都叫苦不迭呢。旧有

的街道，不过七八米宽，并且很不整齐，多是弯街窄巷，两边又布满住户，要建四十米宽的道路，不知得拆除多少人家的住屋房舍。且不说拆迁腾屋的人家，普通百姓，不也得忍受出门不便的难受么？"

长仁点头赞同："这说得极是，城居大不易！近些年来，灾荒战乱频繁，多少人流离失所，那避祸逃荒入城的，都只能在城墙边、河岸旁、桥洞下一些边缘角落搭建简陋灰棚，聊以度日。这种棚区正可谓市府公告中所称的那样'有碍观瞻、有碍治安、有碍卫生、有碍消防'的'亟待拆除改造之所在'。可是哪有人想到过，政府只说要拆屋修路，而并未提及建屋安民，其给出的收屋价码，能够让被拆百姓安身立命么？"

老宋忙接口道："听说不少商户亦牵涉其中。可那公告上讲每间房屋只补偿三元，而商铺经营补偿、土地补偿、青苗补偿费等却未提及。没有明确公布全部补偿措施的情况下，又即要求在五日之内全部搬迁完毕，什么商户的铺屋营生，老百姓的安身居处都绝口不提。暂不论寻常住户人家投亲靠友权且安顿，那以商业养家糊口之人如何活命？"

"却没听子正提及此事，他一向与官场中人走动频密。"长仁虽说常捧报来读，见到成篇累牍的报章登载首都建设的宏伟计划，原也十分向往建成后的辉煌场面，觉得是件提振民心国本的好事，却并未关心这拆屋建造的事情，觉得毕竟是与己无关的。此刻听老宋和季元这样细聊其中利弊，也不由得感叹事无两全，劳民伤财。

"新政府成立，那原先在位的大小官员撤的撤、逃的逃，换了个干净，国民政府又重新定规立府，冯先生只怕也是鞭长莫及吧。"季元摇头叹道。

老宋也笑道："可不，就这两年，拿咱们所在的这座南京城来说。刘姓市长上任未满一年，又换上位伍姓市长，可谁知他也是个短命的，官帽还没来得及戴稳当，哈，谁知道那位罢了官的刘市长竟然又卷土重来，再坐回他的市长宝座。首府尚且如此，其他城市可以想见！"

长仁道："最怕是这样了，官员今日上任，明日卸任，又再转任调任，确也难以结交。"他虽觉二人说得有理，可修路拆屋并不矛盾对立，又说："既是为迎接孙总理的灵柩，必应按总理之思想办法，我曾拜读《建国方略》全本，亦有幸亲闻其在上海的现场讲演，总理的平均地权主张，其一为涨价归公，其二为照价收买。照价收买么，即是按照市价由政府购得。怎么能压低市价强征？"

老宋却道："那公告上说，正是按照总理遗训照价收买，还成立了土地征收审查委员会，特为评估审查地价。唉，这委员会的委员长便是土地局局长，委员不外财政部、公安局等地方行政官署指派，其中仅有一位是咱们商会的所谓代表，据说竟然是土地局长家的族亲呢。这样的班底，怎么可能站在民众百姓立场。"

"可不是，核定的补偿标准征收土地以平方丈（注：六十平方丈为一亩，每平方丈折合十一平方多一点）为单位，按照区位地段的优劣，每单位最高补偿二十二元，最低只六元。事实上，那时同地段地价最低也卖到每平方丈五十元，要说这就叫照价收买，不过市府有自己的一套理由：我们的确是照价收买，只不过照的是两年前的市价罢了。"季元边说边撇嘴冷笑。

长仁听他二人这样一讲，不免有些着急起来，自己的厂铺紧邻下关码头。若按此说，新建道路要自码头起连接城东的走向，岂不正是在动拆范围。如此低价强征，显然要吃大亏。

长仁拿起桌上报纸，却无心再看。正踌躇要不要叫冯家电话，冯子正却急匆匆地来找他了。

老贾跟在子正身后一迭声地高声道："冯先生您慢着些，慢些！"边又向花厅喊道："东家，冯先生来了！"长仁忙起身迎出去，子正一脚踏进门来，道："不好了，不好了，长仁老弟，不好了，你的祥昌厂怕要被拆了。"

子正所来正是为拆迁之事。他从随身的黑皮包里拿出两张纸递给长仁，边说："你赶紧看下这份公告，南京城内就要大拆房子了，说是要展宽大马路。市政府在地图上画了两道红线，线里限两个星期拆完，但凡不自拆的，均由公家替他们拆。你说说看，这是什么世道，还没讲个价钱，便催逼着要人自毁其屋。"

长仁接过看，是张函告，市长大人宣布了一个大规模城市改造计划，其中拓宽道路一块内容被子正用墨笔画了个大大的圈，看完便抬头向子正道："这拓路建屋我是知道的，原是件好事，即便要我拆了祥昌也不是一定不行。"

子正听他这样子的态度，怔了怔才一跺脚："老弟怎么如此听之任之，限期五日迁离，五日，小户人家也未必能够，何况这样大一间工厂。你看这图上，划走了祥昌的大部分厂区和车间，只剩一间仓库尚算完整。要晓得车间被拆除，便没法再开工生产，机器出手亦要费不少时间，我替你着急心焦，老弟可倒好，怎么倒似置身事外。难道祥昌不是你振兴祖业的心血么，能由得政府一拆了之？这也曾经是我的工厂，我心里不是个滋味。还有咱们的技艺展园亦在红线范围，唉，几年心血，刚见到利益！"子正竟哽咽着说不下去了。

长仁见子正如此，不免也难过起来。他对当局低价兑偿当然是不满的，可转念想，这样一条横贯全城的大道，不知要有多少居民商户累涉其间，自己又能怎么样？便又一笑："子正兄也不必太难过，只待政府赔偿办法公布出来，想必不会只拆一家一户，随了大伙吧。"

子正却锁紧眉头道："全城四百多待拆户，都似你这般不闻不顾，便只能等着吃那哑巴亏了。"说着掏出一信封来递给长仁："城北的待拆商户集中找了商会，新任的南京总商会苏副会长是我多年老友，他自武汉来南京不久，刚才打了电话给我，否则我哪里这么快能得着消息。又说市府新任的刘市长，要在首都大干一番。他自任首都道路工程处处长，亲自抓建设。计划本月十二日便破土动工，要赶在次年'奉安大典'前竣工，限期完工，督责严急。可是，拆迁补偿只三元一间屋，哪里能购买或建造新房，商户竟与住户同价，咱们的损失无人认账，哪能就范？这不就忙着找你来，祥昌厂生意那样火爆，拆掉甚是可惜啊！还有咱们展园，唉，不说了。我这样替你着急，你老弟可倒好，当真是两耳不闻窗外事？看看吧，已经有商户联名发专函，商会召集一众红线里头的商户碰头想法子，明早八点，你一准得去。顶好由南京总商会出面吁请政府改拓他线，实在不得所请，暂缓期限，教大伙儿从容应对也成。最不济，也得多争几个赔偿才是。"

　　长仁听他这样说法，不由得又一笑，道："多谢子正兄关怀，明日商户们的集中会议，兄弟一定参加。只是，这是新政府定都以来第一件大事，吁请呈请的法子恐怕并无多大用处。"子正气得没法，大声起来："难道任由其恣意妄为不成？有用无用，也得用过方知嘛！"

　　长仁知他在气头上，便语气一缓道："兄弟自是知晓子正兄意思，明日会议非比寻常，定要请商会出头作为代表，替大家呈请呼吁！"子正这才一屁股坐在椅子上，端过丫头送来的茶喝了一大口，然后从包里又拿出一个未封套的信封："这是我代笔起草的呈请专函，准备明日带到会上供在伙商议用，老弟看有无增减润色之处？"

　　长仁接过展开看，见是以总商会名义呈请江苏省政府、国民政府和总司令部，请求三方对市府的拆迁行动加以制止。信中道"南京虽外表看商店林立，实则历经多年的战事蹂躏，城市元气几近丧失""如果必须现在急行之拆除令，那么商店十分之九，势必造成停业情形，停业以后，外强内虚，及狡诈阴险之流必将来乘此倒闭，贻累他人""市内所涉的沿街近五十家商户及工厂企业主的生计在拆迁后彻底断绝，新房能否如期建成也是疑问"。文末提出，总商会代广大市民呈函，吁请国民政府能向市府施压，迫使其改弦更张。

　　长仁看罢莫可如何，只觉得这道路拓建大事，自然不会是市府独断，更甚而即为中央政府主张。那请其对市府施压无疑与虎谋皮。可目下情形，又能怎么样呢。子正对此事如此看重，自己还是少费唇舌，见机行事吧。

　　次日一早，二人便前后脚地到了总商会，没下车便见百多人正聚在商会门前，再进到会议厅，亦是挤满了人。苏副会长与子正、长仁招呼了，见无法落座，便只好苦笑一下，自己腾身站到张椅子上，高声读了昨子正草拟的那份呈请公函。底下众人七嘴八舌地增添了许多要求，什么"缓期拆迁""收回成命免于拆迁"之类。长仁暗自摇头苦笑。果然，没几日商会接到国民政府转来的一封市长致国民政府的回函，对商会所请予以严词拒绝。

祥昌那头，老宋早来电报说接到市府期限拆除令，看来，拆屋筑路避无可避，可是子正等一班人商议好大家决不就范，既是商定不自拆，便不能按那政令行事。长仁住进厂里，又安排老宋召集护厂队日夜巡厂，其实此举无外安抚工人惶恐。在他，其实心中做了最坏打算。

就在离限拆还有二日的一天夜里，长仁被门外的一声巨响惊醒。一会儿，老宋冲进门来道："先生，您快去看看吧，厂门被人炸塌了，咱护厂队还伤了两个兄弟。"

"妈的，就知道会使阴招。看见什么人干的吗？"

"有三个人干，跑得还挺快。亏得护厂队巡厂勤谨，叫兄弟们按住一个，等您发落哩。"老宋擦了下脸上的汗，又道，"刚下过场雨，火势好控制，没太大损失！"

"哼！等我发落么，依我看，就是市府找人干的。"

"先生，您料事如神，那小子一被抓住便直讨饶，说是奉命行事。"

"怎么，抓的是个官家人吗？"

"对呢，是个警察。"

"这，倒是难办了。我以为是政府请帮派市井流氓干的，怎么晓得竟有恃无恐到如此地步。"

老宋愣了一下，压低声音道："不如，将他放了？"

"抓住了，便不能如此便宜地放他，否则他们气焰更要嚣张。"

"那么，捆松些，教他自己逃？"

"嗯，你这法子好。不过，最好还能留下些口供什么的，这厂子看来是保不住了，一旦被拆，有些据理力争的证据攥在手上总是好的。我就不露面了，你去办吧。"

老宋答应着去了。两个时辰后，老宋将一份按着红油拇指印的笔据交给长仁。上写着：

"本人某某某，系下关大马路警察所警员，今接上封命令，对不配合拆迁拓路的沿街铺户予以警告拆屋，毁其部分砖墙瓦面，好教其知难而退。今夜十时，予与两同事某某、某某同携炸药炸塌大马路四号祥昌缫丝厂大门。此据！某某某，民国十六年某月某日。"

长仁微笑着点头，问老宋："人逃走了吗？"

老宋答道:"是,跑得可快了。"

长仁带着老宋拿了笔据去找子正商量。子正意思是先收好,不将事态扩大,先将厂里的机器停了,鼓动工人们去市政府讨饭。

长仁觉得子正主意极好,立即回厂先召集厂管段工长开会,公布停工决定,看他们态度,拆迁消息早已传遍全城,这又被毁坏了厂门,所以对停产决定并不意外。

工厂只需留几个得力的熟工,其余计五十多人便只能请他们回家。老宋宣布了留用人员名单,其他人自明日起便不用再来上工。老宋少不得鼓噪几句:"好好的,大伙一块做工几年,眼见着厂子越来越好,哪料一下子便被砸了饭碗,市政府的官老爷们怎么会替咱们着想,不过是为一己政治功绩。荀先生几次三番找商会、找政府,却落得厂门被毁。厂子被拆要损失大笔银钱不说,还带累前开工的订单无法按时交货,违约罚金又是一大笔支出。这些,都得找市长大人算算咧。"

老宋振臂高声,不想下边鸦雀无声,并没有之前他想象中的群情激奋,甚而连认同的应和声都没有,可能各自在想着以后的生活着落吧。长仁没再召开全体工人会议,只交代了各车间工段长、车长们,通知各自下属工人停工。下午,停工告示还没贴出,工人们便三三两两地自厂区离开。

为了尽量减少损失,留下的工人要将已接的订单赶工,一个车间五台机器日夜不歇地开着,十来个工人三班轮岗,好容易将两批美国订购的神鹰丝完工装船出港。

曾经热闹的机器声停了,厂区便显得破败寥落起来。

长仁走在公务间廊道,四周出奇地安静,只听见自己脚步声在周围回荡着,此时心中才涌起一丝难过来。他没想到工人们竟默默接受这种安排,没人抗争,没人吵闹叫骂。长仁不解,厂里做工的多是些贫民,没得饭吃饿了肚子,难道不应该有所动作,哪怕仅为发泄一下不满愤懑吗?或许,他们并无不满,也不愤懑吧。他为着这些麻木的、如草芥蝼蚁般活着的人难过。

至此,历十年时间苦心经营的祥昌缫丝厂在不得已的情形下,由刚期盼来的短暂繁盛再次滑向衰落。长仁知道,此次恐怕再难翻身了。

一个月后,祥昌缫丝厂被拆成一堆瓦砾废墟,长仁没得到一文钱的补偿,只收到一纸盖了大红印戳的市政公函,告知其因在限期内未按政令自行拆除祥昌厂房,而是劳动了政府出民夫帮其拆迁,因此,所拆各物抵民夫工钱,两不相欠。长仁独自站在墟顶处,默默吸完两支烟,转身走了。

第七十五章　笑谈拆迁遭拆迁，聚讨公平难公平

第七十六章　强行令拆迁施行，访展园感慨良多

全国各大报刊纷纷登载首都拆迁大事。《中央日报》更是辟了专版刊登拆迁市民向政府的呈函申诉及官方回复。长仁每期必看，在一封首都市民致国民政府主席蒋公的公开信中，该市民提醒政府，如此大规模的拆屋筑路活动，会使"被拆房屋顷刻间变成瓦砾之所，妇孺陷于颠沛流离，徒增加人民的痛苦"。又有被征收住户请愿代表联合致函国民政府，请求对市府进行干预。沿秦淮河西岸的市民代表也发表了一封社会公开信，信中斥责工务处长"不明水道，捏造理由"，强迫拆迁沿河两岸房屋劳民伤财，警告政府未给出地价而擅自拆房的举动，动摇了市民对政府的信任。

长仁联合了周围三五家同样遭遇的拆迁商户，去南京总商会抗议，却见不少人已聚集请愿，一问之下，原是其他地区亦同样被强拆了房子的商房们呼朋唤友地来讨说法。

南京总商会再度向国民政府递交一封题为《转本市市民南京三区河岸商民等呈请令行南京市政府缓拆沿河房屋》的意见书，再次要求中央制止市府，以免发生市民恐慌。这次却是如泥牛入海，连回复都没有。

第二天下午，长仁联合城北的被拆住户首先开始了请愿，其他各处陆续有人加入。看着队伍越走越长，连带着些有同情心的邻居百姓纷纷也汇入请愿人流。老宋将他们分成三股，分赴中央党部、国民政府和国民革命军总司令行辕。

长仁站在高处发表宣言，要求在附近建筑新屋安置被拆民众。可惜任他们振臂摇旗，高呼呐喊，三路人均未获接见。

冯子正充分发挥其组织才能，从商会出来当晚，便已召齐了城北一片的待拆商户和住户五六十人，准备第二天一早去国民政府请愿。长仁接到他电话时，听他语气已是成竹在胸，长仁提醒道："这几十人未免闹不出什么动静。"子正那头却笑道："哪说几十人来，咱们工商界下辖的工人少吗？厂铺没了，他们的饭碗也俱失掉，能不着急？"长仁忙道："兄弟的祥昌已是解散了工人，只留的几个看厂，实在是抱歉得很。"子正倒又笑起来："不妨的，你去了便好。"

次日清晨，长仁带老宋、老贾及厂里的留用人员去商会碰头，看几十人的队伍三三两两地挤作几堆，谈的都是拆迁事情，有几户与长仁同样遭遇毁屋的更是情绪激愤。子正站在高处，将昨天议定的请愿书又读了一遍，又让新图给众人发了纸旗，旗上写着"反对拆迁""呈请改道建设""提高赔偿"之类。又在队前

拉开一长幅标语，上印"南京城北拆迁请愿团"。布置停当，一众人浩浩然向城中的国府路（今长江路）进发。长仁走在人群中，他没去和子正招呼，怕子正又扯了他出去交涉官方。

没多久，长仁看见之前离厂的工人们也赶来加入，不由得感动，想到他们之前离厂的默然，甚至没有向他这个厂东抱怨过什么，也没有提任何额外要求。他拉了身旁的老宋道："一定要讨回个说法来，为着工人们也得去力争。"老宋一脸骄傲道："咱祥昌厂的工人，没话说。"

此后，陆续又有人加入，连有同情心的邻居们也纷纷汇入请愿人流。看着队伍越走越长，子正临时召集长仁和几位大商户，决定就势将影响再扩大些，把人分作两处，由子正、长仁带领着，分赴中央党部和国民政府。

可惜这次请愿依然未获任何要人接见，只出来个政府秘书，拿着本儿记录了他们要求。子正又着重要他加上"在附近建筑新屋安置被拆民众"。长仁领着的这队人就更难堪，任由他们振臂摇旗，高呼呐喊，党部大门依旧紧闭，连个应声的人都没有。两人按事先定好的，约了各队人等来日再行集会，便各自散去。

隔日大早，请愿人们再集中至国民政府大楼前，又有人将昨天请愿刊发头条的报纸买来分与众人，呼号喊叫声便更振。可是，这次连昨天接待记录的秘书都没冒头，官员们更是躲在大楼里的办公间用棉花团塞住耳朵眼儿，装作什么也不曾听见。请愿的人们面对政府这样的避而不见，更被激起愤怒。渐渐地，人们不再满足仅口头喊几声，人群中聚集的躁动情绪终于爆发了，间中不知是谁喊了声"砸他娘的！"随之国民政府大楼窗户玻璃全都开了花。可能看事态有失控趋势，不一会儿工夫，楼下跑步加派来一队军警，临街上下的请愿方与政府楼间多了一道军警围成的界墙。两下对峙着互不相让。又过了很久，昨天那秘书拉开门，然后躬身让出一个人来。长仁看此人黑胖粗壮，头发油亮刚硬的根根直立着，想他脾气定然不好。可这人的笑容却甚是可亲，唇上的一撇短须微向上翘起，更显出层笑意来。

秘书站在台阶高处向人群挥手示意安静。可能是看出此人不同寻常，人群于是稍安静了些。秘书高声介绍："这位是冯司令……"话刚出口，便被底下再次涌起的声浪瞬间淹没。

只见这位冯司令径直从高高的台阶走下来，全然不顾那秘书的一再劝阻，又推开军警人墙，直走到请愿人群近前。刚刚还闹哄哄的人们齐噤了声，他先微笑着扫视众人，然后才开口讲话，声音洪亮有力："南京城市建设是好事情，我们的市民都是通情理、晓好坏的，哪有不支持的道理。"人声"嗡"地又起。

"但有一点，市政府要拆房，假若能首先给你们盖上房，叫你们再搬出去那是好的；若没盖好房，硬叫你们搬出去那就不对。"

请愿的人们显然怔住，停顿片刻才爆发出欢呼声来，一片拍手鼓掌。

冯司令摆了摆手，人群立即安静了。他接着道："这是中华民国，不是中华官国。人民即是主人，官吏乃是仆人，仆人应当为主人做事，应当讨主人的喜欢。"激昂热烈的鼓掌叫好声浪再次袭来。

冯司令笑容可掬地任由人们喧嚷一刻发泄情绪，才又挥手止声，接着讲了个故事："德国皇帝威廉一世，与法国打仗得胜。自以为劳苦功高的威廉便想将自己的花园扩大，他的花园墙外住着一户平民，有三间房，可此人不肯出让。威廉派部下去与其交涉，提出要另外买块地换平民的三间房，可是这平民很倔，依然不换。威廉皇帝骂部下无能，于是亲自出马，他同这房主大谈自己的战绩，又说了许多好话。房主说：'大皇帝的命令小人自当尊办，但小人父亲有遗嘱，教训小人不得出卖这三间房屋，我若遵照您的命令卖了房，就成了个不孝之子。大皇帝难道是想命令自己的国民做不孝之子吗？'威廉皇帝没法回答，却又不死心，说：'你知道我是德国的皇帝，连这件小事都办不成，皇帝的威望颜面何存呢？'平民房主说：'假若大皇帝陛下肯把你依法治国的招牌砸碎，那完全可以叫几个兵士把小人的房子直接拆掉。如若不然，就不能动小人的房子。'威廉只得气急败坏地回到宫里。不想手下大臣俾斯麦反倒来给他贺喜，说：'大皇帝陛下有这样尽孝道知国法的子民，实应庆贺才是。'威廉这才反怒为喜。一个有皇帝的国家，还不敢拆人民的房。我们是民主国家，若不得民众同意，谁敢来拆房呀！"

子正猛地推了长仁一把，边用力鼓起掌来，口中连声道："咱们有希望了，有希望了。"长仁这才从激动情绪中醒转过来跟着大力拍巴掌。人群中爆发出的欢呼声和掌声经久不息，后竟还有人喊出"万岁"的口号，吓得这位司令连连摆着手，转身快步走进楼里。

此后不久，政府发布决议："中山路为首都之主要干道，亦为恭迎总理灵榇之要道，限期完竣，事理宜然，唯筑路之方法及应用之材料，亦宜斟酌，总理为平民之首领，吾党之精神，固宜随时随事，有所表现也。"决议基本肯定了民众所抗诉强拆事实，并制定了五条变通办法：一是将中山路原定四十米的宽度缩为二十米；二是拆屋期限延长；三是增加拆迁补偿；四是增加地皮补偿；五是由政府早日指定地点为拆迁户建房。

民众的请愿"似乎"发生了一定的作用。

子正看到决议来找长仁，喜滋滋地要为抗争取得的成果喝酒庆贺。

但是，纸面上的字并没发挥什么实际效用。政府的拆迁工程一刻也不曾停息，国民政府决议发布当天，市府已经派人把中山路沿线几处房屋都强拆殆尽，并且发布了严正声明：凡在路线中的房屋，一律须自动拆除，拆后地皮由政府按价收买；如不拆，便由政府派人代拆，以拆下来的砖瓦料抵作工钱。

消息一出，人皆哗然。看来即便司令的话，也是靠不住的。可不是，此前南来北往有多少军阀队伍，什么司令、元帅、大将军多了去了，谁的话又算过数呢，还不都是"你方唱罢我登场"……

蚍蜉想要撼动大树，必得要聚集众力，懂得这个道理的人不在少数，可事到临头能身体力行的却极少。公启之后，先是有胆小耐不住的，趁夜悄悄搬离拆除自家屋舍，然后便一发不可拾，很快街边的房陆续空下来。

及至年末，城内又有涉拆未拆的部分房屋陆续被强行推倒。

政府所谓三元每间屋的"给价收买"无异于杯水车薪。当时的南京，普通成年男工最低月工资也有六元，高可至四十五元，与此相比，中山路的房屋补偿费实在太低，远远不够建设新房的用度。十二月时值隆冬，街边便不断多出些被征居民搭的避寒草棚，可警方再次派人持了警棒以"有碍市容"为由加以驱赶。正此时，市内米价陡然上涨，被征居民迫于生计，无奈再次致函行政院长，希望行政院能提请国府暂停拆迁民房，众人的批评对象已由市政府扩大到国民政府。直言"若再令拆迁，恐无安身立命之所，必将冻饿至死"。结果仍无济于事。

隔月，已近农历春节，附近的拆迁施工却片刻未停，机器声轰轰隆隆日夜不歇。长仁被吵得心烦，想着很久没去技艺展园的园子看过，这天起了大早，顺着沿江的马路信步走过去。待到了技艺展园的园子时，不由得愣住。此处再称为"园子"已是不恰，园门和花墙不见了踪迹，只从冷冬枯败灰黄的荒草丛参差地露出来些残碎砖垣，原先技艺展园的展厅和水景诸岛正在施工，建筑的机器、工人、骡马、车辆忙碌穿梭，反衬着园景更是莫名萧条。

长仁绕过高高低低的残墙，脚上忽踩着硬物，低头看时，原是已踏上早前引以为傲的草砖园径。当初建这小径时，季元想出个绝妙点子，用孔砖铺路，砖孔处种下四时花种，便成就了花径，游人得以在花中悠行，边走边赏花观景，且四时花色各不相同，引得人流连忘返，一时传为佳话。此刻，那孔砖早已被钻出的荒草遮蔽，远望过去，与周边高出的草长连成一片，已看不见原先路来。

不远的江滩边，仅剩的一排技艺展园负贩宿舍门窗紧闭。墙上季元亲手画就的繁华商景历历，只是透过枯草残枝看过去，显得令人哭笑不得的突兀滑稽。

长仁走到排屋的大门前，发现门上并未落锁。推门进去，也并没遇到有人过问。想是早已空置，无人问津了。长仁进到里间时，太阳起来了，金光璀璨地钻进廊道，映得一地碎金，连带着地面的画似乎也有了些鲜活气息来。

"先生，您可来了！有失远迎。"长仁猛地被周边筑路嘈间里传出的清晰声音吓了一跳,看见是季元从走廊尽头小跑着向他迎出来,上前便深鞠一躬。长仁微侧了身,扶起他来问道:"这是怎么了?"

季元却不说话,拉住长仁手臂向里间让进了门。

长仁进门即被惊得呆住了,偌大的通间里只向窗处有一桌一椅。其余空间则满地满壁铺挂了各式图纸。长仁小心地避开地上画纸,看脚边一张画的是车型的机械图。

季元道:"这是火车柴油机车的传动机械装置。之前咱们主展厅有过一台英国人造的蒸汽机车头,虽这英国毛子狡诈,将其拆散开,只送展了车头的空壳和几个主要零部件,倒也并不妨碍我趁便仔细研究它内里的构造。其实就是通过摇杆和连杆驱动各动轮,虽则成本低廉,只需合适铁轨轨道和添加燃料与水的设备,就能运行,但机车外形、尺寸和重量受轴重和铁路限界的约束,不能造得过重过大,因而装于机车内的动力装置的重量和尺寸也受到约束。客车且不必提,但牵引货车车列的机车,得须有相当大的牵引力,且能做长距离运行方才适用。因此,英国新近出的一种燃油机车很值得深究。它是通过变速齿轮箱输出齿轮轴两端所装的曲拐销以连杆驱动动轮,燃油在气缸内燃烧,将热能转换为由柴油曲轴输出的机械能,但并不用来直接驱动动轮,而是通过传动装置转换为适合机车牵引特性要求的机械能,再通过走行部驱动机车动轮在轨道上转动。相较汽机,这种燃油机车有结构简单、造价低廉的优点。但固定轴距长,通过曲线线路较困难,虽不宜于高速行驶,但很适于对速度要求不高的货运。"

"还有种电力牵引的机车,不也很好的么?"长仁看着图纸问季元。"那得用架空的接触网供直流电,欧洲运用普遍,几乎每个欧洲国家都已有电气化铁路,咱们却还不能够实现电气化。"季元回复。

"这满屋子都是机车的图纸吗?"

"是的,先生。您看,这种新型机车由柴油机、传动装置、辅助装置、车体走行部件构成,包括车架、车体、转向架等等,哦,还有制动装置和控制设备组件。"

"你这是想要自己造出一台机车来吗?咱们似乎还没这种能力自制燃油机车,此前仅德国和俄罗斯试制成功,国内却是一台也没得。"

"先生,您跟我来!"季元神秘一笑,向长仁弯腰做了个请的手势,自己回身在前头带路。二人出了他的绘图室,转过前廊道,来到后头近江滩的一个巨大洋铁皮棚子前,这棚子用雨布搭着,长仁猜想定是展厅未搬离的一些展品,便道:"竟还有这样多展品未提走吗?要不明日登个报,让他们限期来取,逾期则不负责保管。"

"的确是展品，可这个对咱们非常之有用。"季元说着将棚布掀开一角，长仁一看之下怔住，是那台展示用的英国机车头。

"这台机车头，我记着好像是英领事馆联系专运来展示用的，似乎是在上次暴乱前就张罗着要运回英国。怎么？并没有运走吗？"长仁很奇怪这个庞然大物竟然能被英国人忘记运走。

季元咧开嘴，脸上透出些得色来："之前确是有领事馆来人办登记提车，可是没两天城内发生暴乱，连英国领事都受了枪击，差点没送命。那些个洋人也便顾不得这死物件，随侨民外撤了。后城里遭英美炮轰，这机车么，就更是无人问津了。"

长仁立即明白他意思："你是说，这宝贝现下已是无主，归属于咱们的了？"

"正是，先生！咱们可以大大利用一下这机器哩。"季元那黑白分明的大眼睛里闪着光。长仁抬头看着面前的庞然大物，道："嗯，若将这大家伙卖给客运公司，应该可以值些钱。"

"可这只是个空壳，先生。主要零部件展前都动过手脚，恐怕用于客运不大安全！不如咱们自行拆装改来看看，或可做成效率更高的燃油机车。需卸下它的锅炉，只保留传动机械部分……"季元画那一屋子图纸原来是为了这个。

长仁打断季元道："不过是个火车头罢了，燃油的或蒸汽的又有什么要紧，不也还是运送货物或载客之用？没什么区别吧？"

季元却似乎十分执着，将车门拉开上了车，长仁跟着他刚踩上踏板，季元便连连摆手道："先生您别上来，别踩了这一车零配器件。我往里边让开些地方，请您将就站在门口处看看便好！"说着小心翼翼地踮起脚向里边去，又背贴车厢板壁蹲下身子。长仁这才看清里面，满地散落着机械部件，原来，季元竟是将车头给生生拆解了。

长仁呆呆地看着那一车厢散件，心下十分怀疑季元这小子还能不能将这些零头碎脑的机械部件再装配还原。

季元可没注意到长仁的失望表情，指着地上的部件一样一样地解释给他听："先生，这两种机车区别可大着呢。蒸汽机车由锅炉、汽机、车架和走行部件以及煤水车等组成，哦，咱们现在能看到的就只有锅炉、汽机和部分车架，那煤水车么，喏，就是这一部分了。"

季元拿起手边一根长铁杆指着近窗处的一个硕大的不规则圆筒，接着一低头自下向上又指着说道："燃烧和产生蒸汽的部件很是繁复，有火箱、蒸汽机车车头锅胴和烟箱。火箱又分成内火箱和外火箱……"

长仁听不懂他说的，也不想懂。他急迫想要了解的是这些拆卸下来的部件还

515

将发挥什么样的作用。

"不过这些东西还能装得回去吗？"长仁指了指散放的零件。

"当然，既然拆得下来，就能再装回去。"

长仁看着季元，不知怎的却恍惚想起莫浩之来，他所学的正是汽机专业，如果浩之在，他定会有好点子。紧接着又想到浩之在厂时的许多好处，教会不少工人操作新技术，又革新生产技术，产出神鹰丝抵敌洋丝，就连华胜的葛丝也经由浩之设计才得成功。想到这些，他重重叹了口气，忖道："也不知浩之和伯诚在杭州怎么样了。"

季元看长仁定定地看着自己，以为他是对自己所讲的感兴趣，便又道："先生，这锅炉汽机拆下来还有其他用处，可以改造成传送装置或者是发动装置。比如说那江船上的发动机，便是汽机发动了。"季元说话间已经蹑着手脚下了机车，用手搭在额头上，看着不远处江面上驶过的货船。

长仁顺季元望的方向看去，是几艘运货的小火轮，拉着长长的驳船从江面驶过。只听季元依然自顾自地道："我看过咱们征用后剩下的这几亩江滩地，是一片自然滨江岸线，这里江面开阔，江水平缓，沉淀了大量优质江砂。只需一条船，待装上锅炉发动机器件，便可将它改装成一部采砂船。只需将船体和移行、挖掘、洗选、排尾、动力、供水、信号等设备组装停当，便可上江面开采砂石。我屋里已画了成图，先生您请移步去看看吧！"季元一改平素的少言，谈起机械汽机时语调平和而又笃定。

第七十七章　旧展物商机甫现，偿地价兑付无期

浩之去职后，老宋就曾几次向长仁提出将季元召来祥昌。长仁心下喜欢，但也要问过子正，毕竟子正是技艺展园大股东。还未及开口便遇到了市政府的拆迁，一时间长仁倒不便提及此事。

季元还在连说带比画地大谈他的车船改造大计。长仁问他道："你怎么知道这样多的机器名目，从哪里学来的？"

季元被长仁一问，不好意思地搔了搔脑后，道："买了几本书来看，有英国版的，也有美国、德国版的，写得十分细致易读。只是有些个别细处，光是看书整不明白，这不就花了半个月工夫，给拆解开来。"

"好小子，你刚说的采砂船改造，看来是成竹在胸咯！"

"这个，采砂船我保证能装好，只是还需要买些器件，得先生资助些改造费用。"

原来讲这么多，是要钱。长仁笑起来，看着季元用手在擦脑门上的汗，心忖："这孩子真是有着十分聪明劲儿。虽说没进过什么大学堂，也没出过洋喝着些洋墨水，可样样出众精通，可见到他平素是下了狠劲苦心钻研的。"

长仁对季元所说江面采砂的事颇感兴趣。自国民政府定都南京以来，便开始大肆拆建。不久前，市府出了个首都计划，登在报上连续几天地对外鼓吹，宣称要将首都建成媲美华盛顿的繁华都市，这是一个宏伟规划，没有几十年工夫恐难实现。现在的南京城，城内城郊处处俱都有建造工地，整日里机器隆隆，热闹非凡。这砂石是必不可少的建筑物料，采砂，一本万利的买卖，这可真的是个绝大商机！

季元在旁边又说道："采砂船下水后，只需从江底将砂石吸上来，传送至另条专事装载的驳船。我看过，拆剩下的这一片江滩平阔，只有些乱石树枝，稍花些气力整饬清理，便是现成的晾砂场。这采砂事业，虽说先期投钱买船资本大些，可那江砂是取之不尽的，打上岸来，指望着老天出两个大太阳，晒干便能卖钱。若想再进一步细加工，只需备些筛子笸箩，雇几个小工，便可分出粗砂、细砂等级来，价钱可差着不少哩。"

长仁听出门道，别看那大片近路的实地被政府征用了去，剩的这看似无用的滩涂却实在能办个采砂厂，不远处那排五间头的屋子，正可用作厂房和工人宿舍。若能将所采砂石卖与市府用于建设，那真是件值得大干的妙事。

想到这里,他有些坐不住,心知得去找子正。办执照审批,联系卖砂,还有诸多外联等事,必得由子正与政府官家打交道去。

长仁起身向季元笑道:"方才听你讲的这许多,我是完全听入了心,自当极力支持你的想法,尽管大胆去办。采砂法子甚好,真要实施起来,还有不少事体待要落实才行。莫如咱们现在就去子正处同他再商量商量。"

季元原本在技艺展园干得风生水起,不想遭遇市政府的强拆,眼睁睁看着自己亲手绘制的得意画作随着展厅被大片推倒。展园的倾心美景一并被拆毁殆尽,占地三十亩的园子,只剩得五亩近江的滩涂地,大好的精致水景被毫不吝惜地堆土填埋,据说是要建造入城的国民革命军驻军宿舍。还有呕心沥血几经反复拆改,颇费工本布置起来的展示器物,有的甚至没来得及抢出来,便都成了废墟。季元扑倒在那片滩涂上的芦丛里,对着江面哭号一场。子正、长仁、老宋俱都为拆迁事忙得不可开交,没人来得及过问他。季元守着园内仅剩的那排负贩宿房,每天去江面发一回呆,然后无所事事地在残壁间转悠,直到发现了那台被人忘记的火车头,时间突然变得好打发起来,他跑去书馆买了厚厚一摞技术书籍,一头扎进他那间画图室里。

季元上次来华胜厂还是与浩之一块研制新品华胜葛。此时再与长仁来时,觉出厂里果然是冷清了不少。原先时时回荡在厂区热闹悦耳的织机声不再喧腾,一路上也只偶见三两个工人寥落地走过,全不似之前来时见的谈笑风生。他问长仁:"先生,华胜厂怎么了?"

"怎么了,你才刚进门便看出什么不对吗?"

"也不晓得到底是什么不对处,只觉出冷清意味。"

"嗯,近几年华胜经营每况愈下,到如今几近无法维持的地步,可子正还是坚持开着两个车间转机器,非是要听着厂里有织机声不行。唉!谁能想到当初那样红火的工厂,竟会落到目下无工可开的地步呢。"长仁感慨起来。

只听他又对季元道:"想当初新厂刚建成开工,在南京地方可是首屈一指,机器新式,工人精当,又得留洋归国的伯诚做生意伙伴,厂子都用那西方的管理营销方式。接着研制的织品又得了世界丝绸大会的金奖,一时风头无两。只可惜,得金奖的葛丝却是过于注重了精工,以致无法实现量产。欧战一停,更是一番打击,虽说加紧产出新品,却终究抵敌不过洋商铺天盖地的低价织品倾轧。"

季元认真听着,若有所思道:"先生说的是。讲公道话,咱们的国货现下确乎难以超越欧美,就连那东洋小国,亦竟比咱们的技术先进得多。就说刚才您看到的这蒸汽机车,上面走行部分包括悬挂装置、轮对、导轮、从轮、轴箱、导轮转向架、从轮转向架和牵引装置这些,单看时,无一不容易非常,但人将这些组织得天衣无缝，再加上活塞、锅炉，机器便活了起来。我们值得一提的便是诸葛先生的'木牛流马'，才能与之匹敌，却是已经失传的。"一番话说得长仁信服，对季元添了份敬佩。

二人说着话来到办公间，见到冯子正在桌前翻着报，一边口里骂着娘。长仁知他又在恨"马路市长"只拆迁不给付补偿地价，便玩笑道："子正兄还是省些气力吧，骂他又能怎样？该拆照旧是拆的。虽经冯司令替大伙儿说话，就连那国民政府发出命令，却也挡不住他拆房。可想见这位刘市长的后台有多么硬实，前阵子说是将三元巷委员长的官邸都给拆了。咱们布衣百姓又当如何？"接着又开门见山，将季元讲的开采江砂事与他说了。

子正等听明白长仁和季元的意思，大声笑起来："多么好的个园子，多么傻的你我。什么实业兴国，技艺传世，什么抵敌洋商，扬我国威。笑话，笑话！技艺展园被拆，华胜厂也举步维艰，索性南京这里交代清账，兄准备携内人孩子回家乡住一阵子。至于展园的那五亩江滩地，就拜托给长仁老弟你多费些心吧！"

子正广州家乡厂里工人因无工可开而没得饭吃，已经两次集体罢工讨要说法。他接到电报心急欲回厂料理。纺织行当用的工人多，而所得利润却并不能够支撑那样多工人吃饱饭。他这会儿哪还能顾得上那块小小江滩地，更不消说还没影子的采砂事体。

家乡所开的纱厂和纺织厂，工人有五百多。时近年关，闹起来实在有些棘手。想到此，子正心里又骂起来："这帮工人怕是穷疯了，且俱都自私至极，只顾自家吃饭，哪管东家死活。人只看到实业家开厂聘人多么威风，以为能赚到多少钱似的，不知什么人在工人中间鼓噪煽动，说什么厂东资本家压榨剥削他们，昧心赚他们血汗钱。他们哪里知道开厂人赚钱的辛苦，周围同业的对手虎视眈眈使绊子、设陷阱，想方设法以挤垮对方为乐；那边厢又有外洋纺品低价倾轧，强行收购。本已无利可图，强自支撑，不想厂里工人竟还在这个时候罢工闹事，伸出手来要钱。哪里来钱呢？就连原先合作的银行钱庄也贷不到款子。前后左右为难，虽则堂堂厂东，便也只有闭厂停业一条路可走。你们这帮闹事的穷酸们，我的厂倒闭，你们连原先的那点保命钱也是没有了的，你们知道吗？厂子是你们的饭碗，你们却要砸了它，养了近二十年，却养出这帮无知的白眼狼！"

子正愤愤地将手中那根吸半截的雪茄几下按灭在烟缸里，又盯着那点游丝状白烟缓缓向上升着，慢慢散开不见。他并未将家乡厂工人罢工的事告诉长仁知道。合伙办厂十多年，苦心经营到如今，不想竟会落得难以为继的局面。子正其实是怕长仁知道他财务上的窘境，不得不防，朋友又当如何？像伯诚，朋友相处十多年，不也说走就走，毫无转圜余地。子正懊悔放弃实业搞投机，以致把全部身家赔了个精光不算还欠了一大笔外债，刻下一时间拿什么回去平息工人事端。他虽极力自诫避免去想"破产"两个字，可心里明白，撑不过这次工人罢工，恐怕破产就在旦夕之间。而今只能是勉强维持将就，尽力保持着表面的平静。

此刻，子正有苦难言，心中积郁难消，根本无心去听长仁的宏伟计划。

长仁看冯子正一副若有所思的样子，以为是对改船事有犹豫，便又嘱季元把之前跟他说的那番宏论复跟子正细细讲了一遍。但子正始终愣愣地不说话，也不发问，待到长仁觉出不对来，一再追问之下，冯子正才忧心忡忡地说出准备回广州的决定。长仁听子正要携全家同回广州，不免有些不情愿。毕竟当初请愿事是由子正发起的，老祥昌厂里的百多工人也牵涉其中，如今倒搞得骑虎难下了。长仁急道："那么，老兄走了，上回大伙儿商议的要再请商会致函，还有年前集会请愿的事又该怎么处置？还不都得由子正兄主持牵头才行的。"

子正却全没了事发时的焦躁，倒安慰起长仁来："唉！老弟，地价补偿之事，急不得。现已是进了腊月，这些官员们恐怕已无心办公事，盘算着准备年礼、拜会、设席、戏场。"

"不会吧，当局不是几次三番发布禁令，不许公职人员在旧历年吃请团拜的吗？子正兄与市府官员多有往来，怎么反倒忘记了？"

"老弟难道还没看得透么，当局越是要禁绝的，便越发禁绝不了。就像鸦片，从前清老佛爷垂帘的时候，朝廷就闹着要禁，几十年的光景，禁绝了吗？不过由明转暗罢了，还平白教出许多聪明脑袋想着怎样与人玩捉迷藏。再说这旧历改换新历，也总有十多年了吧，市井百姓哪一年不是照旧热闹着过旧历年。政府官员么，不过口里说说，公文写写，私底下谁管那些。这么说吧，我认得的那几个当官的朋友，都还照旧。看吧，该怎么样，还怎么样！"子正戏谑地一撇嘴，表示自己的不屑，歪头又看了看烟灰缸里刚才被自己丢掉的半根雪茄，伸手拿起来点了，深吸一口，喷出烟来仰靠在沙发背上，看着雪茄的白雾渐轻笼来罩住自己的头脸。

长仁和身旁的季元对视一眼，知道无法挽留，互望着叹了口气。

子正听到叹气声，睁开眼睛对长仁笑着说道："老弟，为兄劝你也早做打算，照目前情势，商业凋敝，资金流动不畅，都想着要做投机生意，挣快钱，恨不能一夜间暴发成个亿万富翁。似你我这样讲求救国、死守实业的，眼见着被洋人、被政府挤兑得就快要停业闭厂了。手里头攥着些资本的尚且如此，小厂小商小铺面也不知倒闭多少。开得长久的，十家倒有八家是洋商背景，余下的两家便是官帽子撑腰。咱们呐，还是放下那无望的幻想，趁着没破产，赶紧抛售资产回乡间田园过几天安稳日子才好。"

长仁无言以对。东洋人近几年在南京各地疯也似的开了十多家纺织厂。这样还不够，他们边大肆强迫以极低价格收购城内纺织厂，边以大量东洋布低价压市，小规模的厂子难以维持，不卖也得倒闭。华胜厂侥幸躲过大正纺织公司的吞并，却又接连被东井洋行胁迫购厂。子正虽然苦苦支撑，日子却也实在不好过。纺织业商会多次向日本方面发函抗议，竟连回函也没收到。

长仁到底开不了口提华胜厂卖机器的那笔款子。季元等着钱买部件材料装配采砂船，只得从丝栈流水里挤出一万元交给季元先用着，赶紧着手开始改造砂船。看季元欲言又止的样子，长仁知道他是还想要研究改造燃油机的款项，便安慰说待砂船采出砂来换了钱便可实施。

采砂事业好是好的，只长仁实在心中没底。他不清楚有哪些手续章程要办，还得想法子打听修路建楼的主理谈收砂事宜。想之前与子正应酬结交的一应官场人物，经国民政府改天换地，一个个都灰溜溜地下了台，之前吃饭送礼人情往来，也成无用之功。目下只能试着写几封信试探一下。

转眼到了腊月二十，虽然城北的商会没再搞什么大动静，可报上依然不断登载有拆迁民众呈文国民政府，说什么"年节将至，若再遵令拆迁，何异于刺人而杀之"之类。又有城南被拆的千多人聚众请愿，不仅要求国民政府撤销首都路政，还罗列市长"不合法理""违法殃民""滥用职权"诸罪，要求改组市政府、罢免市长和工务局长。

几乎与此同时，商民协会给国民政府的一纸呈文适时在各大报刊公布出来。措辞十分严厉："稍有人心之人都敢怒而不敢言，其残毒有甚于军阀，民等无力唯有揩天大息而已……人民何罪？受此倾家荡产之祸？古今中外数千年来专制君主虽淫威如秦始皇，法之路易十四，亦尚无政令致吾民失去栖身之所，不留余地，仇视吾民。"一时间，尽人皆骂市府独裁。

可指责虽甚，当局却全不理会。市长以个人名义呈文报国府，道是这些困难并非因个人而起，而是任何市长都会碰到的问题。多数市民之所以反对政府修路，主要是缺乏对市政的了解，"鲜顾公益，只为个人私利"，当务之急只有施以一劳永逸的猛药才是解决问题最经济最妥当的办法。为此从推行公益的角度而言，政府不能让步。因此道"市民陈情各节虽值得同情，但为首都建设仍不足为虑"。

市政府态度坚决，执意推进原定计划。但为缓和关系，市府在各大报媒专又辟了对话版面，接受市民的申诉陈情，并在旁及时登出官方答复。同时还加大了向社会进行政策宣传和解释的力度。市长专发文章道是"要建设就要先破坏，为了长远利益，损害少数人的利益，也是迫不得已。南京作为国家首都，如果不能在最短时间内建筑完善的道路，不但四方无所矜持，即便外人之观国者，恐亦会目笑"。希望获取社会同情和理解，却又在文末道"以后凡是见有妨碍交通或公益的举动，无论其机关级别比市政府高，或是低的，公安局尽可以行使职权劝止他们……"最后还加上"我当负一切责任！"

　　长仁关注政府何时能将地价款拨付到位，因此每逢刊出必定拜读。官方刊发专文解释政府动机，辩称政府在整个拆迁过程中并无过错，市民不满主要是市民的不理解而已。文中又言政府筑路的主旨在于增进市民福利，呼吁市民在一切结束前暂时忍耐建设中的痛苦，表现出一定的社会公德和牺牲精神。

　　但是"大道理"并不能解决老百姓的衣食温饱问题，房子乃其安身立命所在，房子拆除，没了栖身之所，岂是人过的。拆迁户们不配合，官方便派人强拆，矛盾无可避免。此后，又有几次拆迁户聚集请愿的，却无一例外被挡驾敷衍了事。

　　长仁办事路过国府路（今长江路）上的国民政府办公楼，看见楼前加派了多重岗哨。官员们在这森严的壁垒中安坐着，不会体味那些无家可归人的窘困。

　　出了旧历年，请愿的事渐无人再提。

　　地价补偿款项便这样被无限期搁置了下来。

　　长仁本对补偿之事未敢抱有侥幸之想，无外失掉些钱罢了。"钱财乃身外之物，何苦锱铢较量，操心劳神！"自从杏儿带允礼离家，长仁对钱看淡了许多，当初若非一心只贪图赚钱，又哪会不顾家人。

　　"钱钱钱，悔不当初！"痛悔之余，长仁又想起当年与占云争论钱财之事。那时一句"钱财如粪土，仁义值千金"被占云讥为悖言，可是，为求钱财不择手段的占云，到头来被儿子把家财败净，穷得无片瓦遮身。这难道不是人做天看，报应昭彰吗？此时想来，"仁义值千金"这句话，以千金论仁义不过是为世人懂而作比。当年自己年少，竟然被占云问得无言以对，还暗自觉得有理。唉！如若早些悟出这些理来，现下又怎么会这样孤苦寥落。

　　世上事大抵如此，发生过，经历过，才能悟得到，参得透。只是时间没法倒转，很多道理待到经历过方才得知，只恨没有给人后悔的机会，不容人修正自己的过错。

　　这日，长仁路过文明书局时见店门口偌大的招启写着："孙中山先生巨著《建国方略》再版！本店独家发行，机不可失，欲购从速！"不由得想起当年在上海听他讲演，而今却斯人已逝，心潮澎湃间，买了边走边看。

　　翻开扉页，只见几个硕大手书："人尽其才，地尽其利，物尽其用，货畅其流。"这不正是世人所梦想所期盼的理想国吗？只是，逸仙先生穷尽毕生追求的彼国样貌，何时才能实现？

长仁抬头四顾，已入夜，街头华灯初上，道路两边的戏园、酒馆、夜总会、百货公司林立，各处的霓虹灯交相辉映，穿着妖艳的红唇女郎、西装革履的油头粉面、脑满肠肥的长衫礼帽在街头游荡，卖花茶小吃的贫家姑娘哀哀地声声叫卖，拉车卖苦力的车夫脚力往来奔忙……这些形形色色的人在灯影下或笑或悲或喜或愁。长仁觉得有些头晕，不由得放慢脚步看着周遭沉溺的国人，又有谁在意中山先生的宏伟志向？

　　他呢？现如今也无非是想着养家糊口、吃饭穿衣之类的俗事，不过是彻头彻尾的一介俗民罢了。

第七十七章　旧展物商机甫现，偿地价兑付无期

第七十八章　盼添丁却丧妻儿，闻噩耗又失挚友

　　长仁这几年过得颇不得意。生意不顺，是非状况频出，失掉与赖涣之合作的那笔股款，又卖铺抵债，大伤了元气，商标官司本以为事有转圜，现下竟连祥昌缫丝厂和技艺展园也未能保全。

　　不过，他终究在愤懑愁烦中插空续娶得房姨太太。姨太太名唤作无双，原是秦淮白门里的清倌人。进门时年方十五岁，甚是乖巧听话，全不似杏儿那样烈性子。娶来未满半年，便有了身孕，阖家下人们因杏儿事大气也不敢多出一口，生怕话多惹得东家不开心来，二太太有喜，家中终于有些快活气氛。独长仁倒未觉得特别高兴，反而不着家了。后来，干脆伴季元同住在负贩宿间里。

　　八九个月来，长仁很怕回家去，他只要一见挺着肚子的无双，便想起杏儿。长仁深溺于冗杂事务，一直以来也没去找过出走的这对母子，更不打听。阿顺也从不主动提及，但每每来信，会将杏儿写给阿顺的信夹于其中，如此长仁才得以知晓些母子状况。几年前曾收到一张她和允礼合照的全身小相，允礼长得高大很多了，只是有些瘦弱的样子，让他心痛。长仁拿了这张照，长久地看着，当年事便全涌到眼前来。杏儿督促他戒断毒物、教他习武健身，夫妇二人一齐学方言、唱白局……长仁的心好像被什么紧紧地攥着，疼得他喘不过气来。

　　他如今才后悔将对杏儿的许诺看得太轻，以致铸成大错，妻离子散，家不成家。正是"船到江心补漏迟，烦恼怨他谁"，先前杏儿负气出走，他曾怨她使小性、轴脾气，又恼恨她竟敢带走儿子。虽说事过多年，当初的恬念非但未消减半分，反而日甚起来。待到无双又怀了孩子，那种彻骨的思念使他到底也想明白些自己的错处，他是辜负了杏儿对自己的信任。可世间原没处去找后悔药，越是难以释怀，便越会不断地生出埋怨懊恼，啃噬他的自负。

　　这天，长仁又拿出杏儿和允礼照片来看，正神伤之际，季元敲门进来，刚坐下说了没几句话，小六子急匆匆进来道："家里来的电话，二太太要生了！"

　　季元只得将没说完的话收了，起身贺喜。长仁拔腿便往家赶。

　　待他喜滋滋地回到家，见家里已是上下忙成一团，便笑着问立在房门口的妈子："二太太在里头？还没生吗？"

　　那妈子连道："吓，东家您可回来了！一早二太太还在房里头洗漱吃茶，本来是要去园子里头走一刻，再跟请的阿根师傅学戏。哪晓得才走几步，便捂住肚子喊疼。我扶她回房躺下，着忙禀报贾管家，稳婆一刻赶来，我就一直杵在这块等

到现在！"

长仁急道："一早上的事么？这刻儿已经是过午了！"

妈子回："可说的呢！不过东家也别太着急，头胎是得时间长些个，二太太自小便吃苦干活计，向来身子壮健，生着应该顺的，您别太担心！"边说着，自己却着急地搓手。

"我怎么能不担心，你竟一直站着没进去问过吗？"长仁不觉声音提高了。

妈子一缩脖："怎么没进去，进去就被赶出来了。稳婆带了助产阿妈在里头，围着二太太根本没得工夫说话！"妈子说着扁了扁嘴，挺委屈的样子。

"你再进去问那稳婆，看太太怎样了，只说是我问的，快快！"长仁心下着急。

妈子连连答应着进去，脚刚迈进去，便与里面出来的人撞个满怀，妈子"哎哟"一声捂着头退了出来，出来的正是神情惶然的稳婆。稳婆手高举着，两袖卷至臂膊，双手满是鲜血，口里只道："快、快、快去请大夫来，快去。"

妈子的脸霎时间白了，口里连道："啊？什么？噢、噢、噢，陈大夫是早就到了的，正在花厅，我、我、我去叫。"

长仁怔住，一把扯住稳婆问："里面怎么了？"

稳婆被他一扯，才看到他，道了声："阿弥陀佛！长仁老爷在这块啊？哎哟哟，太太是血崩症，老身实是没法，只恐……"

"胡说！绝不能够！"长仁喝道，不许稳婆再说下去。

稳婆住了口，只不住地跺她那小脚。长仁便和缓了声音又道："劳您老快些进去，定要保全大人孩子。事后自会重重谢你！"

长仁边说着，将婆子向屋里推，那婆子却只一叠声几乎喊起来："老爷快叫大夫是正经，老身救不了她，血流干了，孩子胎位不正，卡在娘肚子里这久，作孽哟……"

估计是瞥见长仁急怒的样子，她自己刹住口，从掩着的门缝挤了进去。长仁忍不住向那缝隙里面看去，脸刚凑近，便被一股浓重的血腥味呛得退了回来，但他还是看见了，看见了地上的大摊大摊汪着的黑红血水。

陈大夫由老贾陪了急奔着赶过来，妈子远远地被落在后头。

长仁像是看见了救星，攥了陈大夫的手握得更紧："救救她，一定要救她！"便已哽咽得说不下去。陈大夫什么也没说，只点了下头，便急推门进去。

老贾从没见过东家这样，不知怎么劝解他才好，只默默地立在门口，不错眼地看着长仁。

长仁好一会儿才颤声问老贾："产期本还未到，二太太怎么就早产了呢？"

老贾愣了愣才答道："早上吴妈传二太太话来，说约好教唱白局的朱阿根师傅九点钟准时到，要安排好花厅奉茶，又点了曲。我便直在花厅候着，怕下面人怠慢。这不没一会子里头就乱了，说二太太就要生。我忙叫人急请了稳婆和陈大夫。东家您宽宽心，这稳婆在地方上颇有些名号，上次杏儿太太生允礼少爷也是她接生的，必定没事……"老贾一时间提到杏儿和允礼，自觉失言，忙闭嘴。

长仁此时无心他顾，只"嗯"了声，两人一时无话。

妈子这时气喘吁吁追过来，口里不住地嘀咕："阿弥陀佛，阿弥陀佛。"

时间停滞住似的，也不知过了多久。门"嘭"地被撞开，是里面助产的阿妈，瞪着眼惶恐道："陈大夫请老爷进去！"

长仁闪身便进了卧房，屋内热烘烘的血腥味立即将他包围住，他直冲到床边，见无双仰面躺着，脸像纸一样白，双目紧闭。长仁想要叫她，却张了张口，没能发出声音来。陈大夫凑到近处压低声音道："你和她说说话吧！"然后示意稳婆和助产阿妈都退了出去。

长仁红着眼问："没办法了吗？真的就再没其他法子了吗？"陈大夫摇了下头，"我来时孩子已经没了。想给她止血，可，可止不住，是崩漏……失血太多，元气耗尽了！"说完不看长仁，头也不回地急步走出去。

长仁坐在床边，轻轻握住无双的一只手。无双微睁开眼睛看了看他，嘴角微动了动想要笑，长仁却见到那双瞳仁里有光一闪，瞬间变得空洞了。

长仁愣一下，又旋即握紧她手再三唤她名字，却再没能叫醒，只觉得手里握着的那点暖和气儿慢慢地抽离。长仁知道无双是等着见他一眼，也只见了这一眼。他呆坐着，没有哭，只那样坐着，仍握着那只渐冷的手，口里低声喃喃着什么……天色暗了下来。

老贾轻轻在外面敲门，道："东家，冯先生和吴先生来了，您出来见见吧！"说着轻轻将门推开条缝，长仁却一言不发猛地起身上前大力将门推上又按下反锁锁簧的钮，返身坐回床边握住那双已经冰凉的手……

不知过了多久。

"嘚，嘚，嘚嘚——"门外传来轻轻的叩门声。

"嘚嘚嘚，咚咚——"

"咚咚咚，咚咚咚咚——"

叩门声加重了。

长仁一再被扰，悲怒难抑，抬头冲着门外吼道："滚！"顿了顿又大声斥责老贾："好个不晓事的奴才，连我嘱咐的话也听不进了么？教外头的人全都安静会儿，快滚！"

"长仁，是我……"是冯子正的声音，"唉！人死不能复生，老弟你这个样子，无双夫人泉下有知也不能瞑目啊！"

长仁叹口气哽咽道："原来是子正兄，小弟失礼了！老兄还请先回，小弟只是想独自坐一会儿，没事的。改天，待弟家事毕，定去府上赔罪！"

"这，这，唉……这又是何苦……"贾管家不知如何是好，只能在旁边一个劲地叹气干着急。

"先生，您不出来，就忍心让二太太这样躺在血水里面不成？"倒是老宋的话点醒长仁。

长仁霍地站起身，看着直直躺在床上的无双惨白的脸庞，额上汗竟还没干。他伸手擦净她脸上的汗渍，又将她双手叠放在胸口处，然后用平日里惯常的语气向她轻轻说了句："你躺着，我去去就来啊！"这才转身蹑手蹑脚地向外走，像是生怕吵醒她。他走到门边伸手去拧门把手，突然又猛然回头，似乎感觉身后有什么动静。天已经全黑下来，可长仁分明看得清无双胸口轻微起伏着。

"醒了醒了。"长仁自语着大步跨回床边，俯身轻轻抚了抚无双额头，急切唤道，"你这可是好睡。"可无双一动不动。他伸手去握住她的手，冰凉黏腻的刺激感让他终于回到了现实。

门打开了，众人围拢上去搀的搀，扶的扶，簇拥着长仁往花厅去。子正向老贾丢眼色，老贾会意，吩咐早已候在门外的人赶紧给亡者净身梳头装老衣裳，移至东厢灵堂入小殓。算着时辰正可，老贾这才长长舒了一口气，转而急步跟上东家一众。

众人进到花厅，坐在沙发上的陈大夫忙起身迎过来。长仁定了定心神，回头向老贾责怪道："怎么不叫车送陈大夫回去？"

老贾慌忙躬身回话："是陈大夫怕有什么闪失！不肯就走，您没事便好，我这就安排人送陈大夫回去。"

陈大夫上前来拱手道别，可走到长仁近前，却扣住他腕子把了把脉，又盯住他看半晌，张了张口，到底什么也没说。返身坐到桌案边，抬手写就一张药方，递给老贾，又凑近老贾耳边低声吩咐："给你家先生吃，记得三碗水煎成一碗，饭后一日两次，连服七日。"老贾接在手中："这……"陈大夫头略向长仁偏了偏："记住，要服七日，有事随时来叫我。"老贾顺着陈大夫所指抬眼看长仁，细看之下不由得惊呆住。

长仁原先一头黑发竟都花白了。

这样大喜大悲的打击实在太大。老贾轻叹口气，向陈大夫点了点头，躬身送他出门。

子正等人见长仁转瞬白头，都暗暗吃惊。众人不便久坐，齐向他告辞各自回家不提。

　　老贾找来的收尸人推着板车等在大门外。一个薄皮木盒即是无双和未出世孩子的入土棺木了。

　　民间迷信，横死的人和夭折的婴幼儿都被视为不祥，是不能进入祖坟的，更不能由亲属举办葬礼入葬，否则会对活人不利。于是便有了收尸人这个行当。

　　"都是无稽之谈，我什么都不怕！给些钱叫他走。"长仁知道老贾是出于好心，不忍叱责，但很坚决地叫他打发了收尸人。

　　长仁在狮子山山麓向阳的坡地上将无双母子葬了，虽说孩子未曾谋面便死于母腹，但他还是很郑重地给了这孩子一个名字：荀允殇。

　　长仁强撑着身子操持完这对可怜母子的入土葬事。此后大病两个多月，陈大夫成了家里的常客。药吃下去不少，只是好好坏坏间每日里无精打采，身子一日日地觉得懒，不愿下床。老贾急得什么似，直问怎么回事。陈大夫只说："情郁之症，只能待其自愈！"

　　幸而杏儿曾教过他一些拳脚心法，经调息静休，身体不至亏损太甚。

　　长仁时常拿着杏儿和允礼照片早晚看着，老贾瞧在眼里，便不时从报上专翻些日本见闻，又道时局不稳，倭人屡犯我国境，不少旅日的中国人陆续回国来。长仁不免生出些许期盼，心下常作母子归家之想，更勤逸地早起练拳，晚间调息，渐渐地身上觉好。唯心所系，只盼着杏儿和允礼能够回转来。

　　这日，长仁忽接到乡下家中电报，竟是阿顺病危。这才记起，阿顺上次来信的日子已是两个月前了。他急慌慌带了老贾附小火轮回乡。待二人赶到时，老远见门上已经挂了白灯笼。

　　长仁一跤跌坐在家门口大放悲声，老贾急欲搀扶他起身竟拖拽不动，禁不住也跟着落下泪来。此时，从里面出来一个少年，眼睛大而有神。见有人在门口哭得伤心，眼圈一红，也落下泪来，上前扶住长仁问道：

　　"老伯是不是来祭家叔的，家叔于昨天夜间过世。请到里面坐吧，别哭伤了身子。"

　　长仁被那少年扶进堂屋坐下。

　　有家人送进面盆来，长仁揩净手脸，才由那少年引去后进的正屋明室灵堂。一入灵堂，便见到阿顺的遗像张挂在棺上头。没来得及上香，长仁只哭喊了声"阿顺，我来迟了！"竟晕厥过去。

　　老贾及一众人等都乱开，扶的扶，抱的抱，将长仁抬坐在椅子上。老贾在长仁胸前一番摩挲，又去掐他人中。这时有人端来糖水，口里嚷着："快些灌下糖水。"

"放着我来吧!"有女人的声音由门外传来。

半蹲在长仁身旁的那个少年起身叫了声"姆妈",那女人"唉"了声,缓缓走进来。她接过碗,斜过身子去给长仁喂糖水。老贾心焦自家先生,口中称着谢抬起头来。不想见到这女人,老贾像触电似的呆住了,半晌才回过神来:

"太太,是太太吗？哎呀——哎——哎呀!"边口中嚷着,一边忙去摇长仁,"先生,快醒醒!您看是谁回来了!"忽然又转头去看少年,喊道:"你、你是允礼少爷吗？"

那少年没明白面前这人反应如此激烈究竟是为什么,只得下意识地点了点头。

"哎呀呀——老天爷!先生您快醒醒吧,少爷和太太都回来了呀!"

杏儿将手中糖水用小匙喂进长仁嘴里,眼泪却滴进碗中。长仁这时醒转过来,张开眼见是杏儿,以为在梦里,叫了声"杏儿"便闭上眼睛。俄顷,他蓦地将眼又张大,不相信似的抓住杏儿手大声叫起来:"杏儿,是你吗？这是在梦里吗？"

杏儿低声道:"先生这些年过得可好？"

长仁猛地坐起身来:"好,好好,就是想你,想你们!"

允礼在旁喊了声"父亲",长仁答应着抬头见竟是刚才门外扶自己的少年,一把搂在怀里喜极而泣,三人哭在一处。

阿顺病重卧床是几个月前的事,来帮忙的乡邻们要写信告诉长仁,他坚决不同意,坚持每月写封信报平安。长仁因厂里、家里各事焦心,又大病一场,向未觉出异样。

苏杏儿得知阿顺病重的消息,立即动身带了允礼自日本回国探望。阿顺见到她十分高兴,一心指望此次杏儿归国,夫妇俩能捐弃前嫌,便一再地拿话试探,杏儿却倔强地岔开话题,顾左右而言他。

没想到阿顺的病情迅速恶化,弥留之际常唤长仁,杏儿这才打电报叫长仁来。

阿顺终究没能等到长仁。临终前,他支开允礼,要杏儿亲口答应了原谅长仁,这才咽了气。

第七十九章　再相聚亲人生疏，恨离别道尽前缘

阿顺在书房的抽屉里留下一封写给长仁夫妻的信，信中言明他长年暗中资助的革命已经成功，自己虽未来得及享受成功的喜悦便将离开这个世界，可是，此生无悔，亦无憾。

书桌桌角上整齐码着的厚厚一叠稿纸，引起了长仁兴趣，翻看时，是阿顺的亲笔手稿，标题是《读中山先生民权理论有感》：

"推翻君主政体的政治革命的目的，是建立民主立宪政体。照目下这样的政治论起来，就算是汉人的君主，也必得革命。即是说推翻满清统治非因其人种民族，而因其独裁体制。因此，革命的最根本任务乃立宪。"

"……我辈革命党人的战斗力，实该将民主共和以顶礼膜拜的虔诚态度待之！"

"……我国民众饱受军阀割据、战争离乱之苦，共和之名存实亡状态亦为中山先生切齿之痛，先生言：'如现政府的滥捕滥杀良民，在满清政治专制时代，还没有发现，如现在武人官僚的贪婪，亦较满清时代为甚。''而今有三专制政治起而代之，又加恶焉。于是官僚、军阀、阴谋政客揽有民国之最高权矣！'"

"为了再造共和，合人民成为真正的国家主人，中山先生不计个人得失安危，屡败屡战，直至溘然而逝。我辈当继续先生事业，努力奋斗！"

长仁错愕地翻着手中文稿，他竟是如此地不了解与自己一同长大的儿时玩伴。他想起二人重逢那天在祖宅彻夜长谈，阿顺曾提到过革命，那时自己何尝用心听过对方所认识的革命，阿顺何其聪明通透，从此后再未与自己提及。

现今已是革命成功了！可阿顺却不在了。那么目下的中国，是革命成功后的中国么？长仁说不好。

几乎全村人都来帮忙照应阿顺丧事，更有许多长仁完全不认得的人纷至沓来，县长竟也派了秘书送来亲笔挽联，联曰"正气留千古，丹心照万年"。灵堂棺前堆满了吊丧友人送的孝幛、祭牲、纸钱等物，还有纸扎金银山、望乡台、亭阁楼宅、用人仆役、车马服饰。这使得长仁颇为意外，渐渐来人多了，听到的关于阿顺的消息叠加起来，方晓其多年来为革命殚精竭虑，结交了一班有志之士，

常在茶肆、酒家、西餐馆甚而妓院门帘之下密谈革命，寻求救国之法。阿顺更以全部身家全力资助，以至于身故后未留分文私产。当初新政府成立，新任镇长亲自来请阿顺出任其制下副职，阿顺坚辞不受，选择回乡下傍山亲水，淡泊怡然。

长仁深受触动，他一向以为平凡的阿顺，原来竟是如此志虑忠纯、受人爱戴的义士能人。阿顺一生未曾婚娶，长仁便请来族人为证，将允礼过继给阿顺扛柳棍、打幡。

长仁将阿顺以最隆重的方式葬入苟家祖坟！办丧事期间，苟家场院里搭了祭棚，又专设祭坛、摆道场念经七日。出殡那日，道士做斋，和尚念经，超度亡魂。待到将纸扎金银山、望乡台等焚化罢，做堂祭，司礼哭诉祭文，允礼头顶牢盆摔碎在地下，后边抬棺的四人便起了棺。一时间鞭炮鼓乐齐鸣，执孝匾、挽联、挽幛与法器的道士、和尚、风水先生及吹打乐班总有二十多人先导，允礼手持招魂幡拽纤随后而行，真可谓是风光。待要归葬苟家祖坟，长仁请了阴阳先生专门排位定穴，允礼暖坑后，坑内撒五谷、陶石器、钱币等随葬。这才请风水先生分经调向，定好棺位落葬。

一切丧俗排场，无可挑剔。待到"断七"的道场功德做过，家中始才安静下来。

这段日子，是长仁跟儿子难得亲近的时光，而允礼对自己却表现得礼貌有余而亲密不足。长仁总想找话题与儿子聊上几句，可这孩子见到他便要来一个恭敬躬身九十度的东洋礼，使他十分头疼。

中国儿子竟向中国老子行日本鞠躬礼。

长仁不由得自心里生出些埋怨苏杏儿的念头，若非她带走允礼，又怎么会有如今尴尬局面；接着又恨儿子太忘本，真教他这个做父亲的极没面子。

长仁愤懑事事不如意，心中老大不痛快。一抬头正瞅见桌上摆着的阿顺牌位，转而又开始责怪阿顺，若非他把杏儿安排去东洋投靠，儿子又怎么会只识得日本礼数忘记了根本，便走上前去，对那木牌道：

"你看看，这下可好，儿子不像儿子，老婆不像老婆！"

西窗照进来的阳光洒在阿顺牌位上，簇新的土黄色底座被染上些许斑驳的光影，乍看竟酷似阿顺脸上的骇人伤疤。

长仁后背上一阵发麻，忙将双手合十，默念祝祷："兄弟对不住，实是我糊涂了。倘若没有你，又哪里会有如今的家呢。书房手稿我见了，待回南京就交书馆付印，广为传播，你地下有知，定要保佑促成此事，才不枉我一番好意。"

长仁垂首低眉念念有声地如是三遍，再抬眼看牌位。阳光已移至桌面，投在牌位前供果上，暖洋洋的。长仁长舒口气道："噢，就晓得你会欢喜！"

走出偏厅，长仁顺着回廊慢慢踱着，不知不觉竟到了杏儿房门口。二人此番见面，与他之前所设想的感觉大相径庭，没有久别重逢的喜悦，只有分隔日久的深重疏离感。过去那个欢快爱笑的杏儿不见了，现在这个杏儿是沉静有礼的，甚而有些阴郁。长仁不大敢与她对视，那双眼瞳深处似乎隐着些什么。不，是透出些什么。而这竟然会使他畏缩，可到底是什么，却是说不清。

房门虚掩着，长仁抬手轻敲了敲。正从缝隙处看见杏儿收拾衣物的背影，大皮箱放在床上敞着口，已收纳不少叠放整齐的衣物。

听到敲门声，杏儿并没回头，显然知道必是长仁来，只说了句"请进来吧！"然后不疾不徐地将手上一件素锦的团花绒衣平铺进衣箱，合上箱盖。这才转身向长仁笑道："先生来了，快请坐吧！"又去拿桌上茶盘里的茶壶倒了杯茶放在长仁手边，在他对面坐下。

多年的分离使这对夫妻显得过分的客气。

此前家中忙乱，两人竟没来得及坐下好好谈过一回话。此刻四目相对，竟不知从何谈起。

长仁早先在心里重复过无数遍抱歉追悔的说辞，话到嘴边却着实说不出口。他晓得是自负和面子作祟，却无力改变什么。自见杏儿收拾衣箱，他已是在想，难不成真是缘分到了尽头？

长仁端起茶来喝了一口，肚里盘算着怎么样开口才不至于太过尴尬。杏儿却下定决心似的打破沉默，道："先生，我决定明日便去日本了！"语气坚定，不留余地。稍一顿，又道："允礼长大了，去留由他自行决定，我不强迫他。"

长仁一怔，看向杏儿，她的眼里透出的是淡漠和不容人亲近的清冷。

"真的是无法挽回了！"长仁脑中冒出这样的念头。

虽说这些天来他已觉杏儿不再是当年他的那个杏儿，可此刻真确凿了所想，依旧心痛莫名。他强自镇定，点了点头，只说出个"好"，下面的话就被胸口汹涌翻腾而起的辛辣热流封堵在喉头，空张了张口却没能再吐出半个字来。呆坐半刻，长仁终于放下手中茶杯，站起身来，接着前话道："你早些休息，明日让老贾送你去吧。"

到底不能把对她的愧疚说出来！

长仁垂首踱回去，一路又禁不住地想："允礼会留下吗？"他这个做父亲的竟不知道该怎么样与儿子相处，长久的分离，骨肉亲情，仅存了骨肉之名，而亲情呢？一时之间实无所适从。

夜里，他睡不着。眼一闭便见儿时的允礼"爹爹、爹爹"唤着厮缠他，又见到杏儿收拾衣箱要走，他苦苦挽留……杏儿授的心法此刻却不管用，无论如何也不能教他静下心来。愧意恍惚间趁机又来噬他的魂灵，眼前和乐融融一家亲的画面转瞬被妻儿决绝出走时，孩子哭号着向他张着双臂的悲恸情景替代。妻子冷峻眼光里的淡然与坚毅，使他莫名地触动，进而无地自容。长仁眼角落下两滴泪来，慢慢顺着双颊流在枕上。

这一夜他睡得很不踏实。次日晨起，长仁觉得头重脚轻。他到后园竹林里打了一趟拳脚，浑身出得层细汗，又回房用热水擦了身子，换过衣裳，脸色方始好看些。

贾管家早早备好马车，将杏儿的两个皮箱装好，这才到前厅伺候。刚进门，便见太太与少爷站在桌边正激烈地争执着什么。老贾不便走近，只得干咳了两声，笑着向二人招呼道："太太，少爷，用早饭吧，东家一会儿便到。"

杏儿点头笑了笑，突然正色道："你家先生忙，允礼这孩子以后还得要拜托您帮着多管教。"

"什么？您是说留下少爷吗？"老贾咧开嘴。

"不是我决定留下他，孩子大了，有权决定自己的去留。可我不能允许他独自出门乱闯！毕竟还是个孩子。"杏儿说着看了眼身边站着的允礼。

允礼低垂着眼，听母亲说的话，忽然大声道："您一会儿说我大了，有权决定去留，一会儿又说我还是孩子，不允许我出门。这个道理说不通。"

说罢噘起嘴，赌气似的一屁股坐在桌边椅子上："人人都在为救国救亡流血流汗，我怎么能守在家里干动嘴不出力？"

杏儿叹了口气，也坐下，凑近他道："姆妈当然懂你说的。可是，你离开父亲太久，本该要多陪在他身边尽些孝道。待到成年再……"

"孝道！孔子曰：'夫孝，始于事亲，中于事君，终于立身。'曾子亦有'孝子善事君'之说。要把对父母的孝心转化为对国家的忠心，这难道不是母亲教导允礼的吗？"

"说得好！"长仁走进饭厅正听到儿子的这番慷慨陈词。允礼看到长仁，起身叫了声"父亲！"，又是弯腰鞠大躬的日本礼。

长仁皱皱眉头，一时间敛了笑容，挥手要他坐下。自己端起桌上稀饭喝了一口，问允礼："听到你刚说的对国家忠心，我很欣慰。你虽在东洋生活多年，还能记住自己的根本。父亲当然应该支持你的。目今中国，正是新政权初定，国家急需用人之际。你先说说看，是继续求学，还是想入职找事情做？若是求学，为父全力资助；若求职么，不知你小小年纪，有什么过人技能或手段，又能为国为民出什么力呢？"

"是，父亲！若说求学，我想去英国留学，可得需一大笔费用开销，所以我

第七十九章 再相聚亲人生疏，恨离别道尽前缘

533

想先求职挣钱，攒足学费再留学。我能说日语，可以做翻译，我也能够写文章，在日本，还经常给民……"

"允礼，跟父亲说说在中国的打算便可。"允礼的话突然被一旁的杏儿打断。

"允礼想做翻译家，很好！'译事三难：信、达、雅。求其信已大难矣，顾信矣不达，虽译犹不译也，则达尚焉。'这是严复先生在翻译《天演论》时讲的，教导译者如何译好一篇外国文章。"长仁并没注意到杏儿的提防，只提醒允礼，翻译并非是件容易的事。

"是，父亲，严先生的《天演论》我是读过的。"

"哦？那你倒说来听听，严先生之信、达、雅是什么意思？"

"'信'指译出的意思不悖原文，即是译文要准确，不偏离，不遗漏，也不要随意增减意思；'达'是要不拘泥于原文形式，只译文通顺明白便是好的；'雅'则指译文时选用的词句要得体，譬如文章要贴近时风，简明优雅。"

允礼果然清楚。长仁微笑着点头："好孩子！我赞同你自由选择出路。不过，不可浪费辰光去赚什么学费，父亲完全可以支持你的全部学习生活费用。"

"允礼独自去英国吗？他还是个孩子！"杏儿在旁表示担忧。

"我十四岁便失了双亲，由湖州老家去上海谋生活，经一事方能长一智。你又何尝不是自幼颠沛流离？"

"先不谈这些，吃饭吧。"杏儿不再多说。一家三口默然用餐。饭罢，苏杏儿起身对长仁道："先生请借一步说话！"便先自向后院走去。

长仁跟在她身后，二人在水池边停住。

杏儿回身正色道："有件事情须得让先生知晓，我已不是之前的苏杏儿，我现在的名字叫作'苏醒'，自号'醒侠'。"看到长仁因惊异而睁大的眼睛，她不容他发问便继续道："我急回日本是身负使命，不得不为。此番不带允礼走，是不想他有危险。所以还请先生好好管教他，别由着他性子到处乱跑才好。"

"什么？使命？你是不是加入了什么组织？"长仁听杏儿，不，苏醒一说，立即便想到阿顺之前的神秘活动来。

"对不起，先生，详情不便相告。我是个身负命案死过一回的人，本不把自己个人的安危放在心上，可作为一个母亲，便不得不顾惜自己，为着孩子！您能理解吗？"

"当然理解。先不说孩子的事，你，别去做危险事体。"长仁只觉胸口发胀，上前一把攥住妻子双臂，"我不管什么主义、什么信仰，也不管你改个什么新名号，只认得你是我的妻、儿子的姆妈，同我一样是有血有肉的普通人。"

苏醒眼圈一红，道："我何尝不知道这些，普通百姓所期望的不过是一家人能够团聚一处安稳过活……"长仁哽咽，揽过她："不走可好？好容易盼回你们娘儿俩，咱们在家安稳过活。"苏醒将头靠在长仁肩头，缓缓地低语："只可惜人是回不到过去的，旧日苏杏儿的主义信仰便只是先生、孩子，还有家；现下，苏醒既是懂得了主义，信仰了自由，便一味追求，不得回头的。此番见到先生，安排好允礼，再无其他羁绊。"说罢抬起头，又道："还望你多多珍重！"

长仁知是多劝无益，便只好长叹道："晓得了，我先替允礼联系英国的学校，送他去读书，远离是非之地。这段时间我教允礼在家学英文，也算是为留学做准备。那么，你，也请珍重。"

允礼欣喜于父母答应自己独自出洋留学，只是关于学费，他执意要写下借据。长仁又没法理解这年轻人了："儿子花老子钱，不是天经地义的吗？"但也只好苦笑着假作一本正经地收下儿子写的借据，又再嘱道："出洋要认真努力好好学，学有所成才能报效国家。"

苏醒安心地返回了日本。

长仁和允礼父子二人在荀家老宅一起度过近三个月的美好时光。当长仁终于找回做父亲的感觉时，却不得不把儿子送上开往英国的轮船。

第七十九章 再相聚亲人生疏，恨离别道尽前缘

535

长仁

第八十章　结识工头寻机会，雅座奉酒便结交

长仁回到南京，首要大事便是在银行给允礼存了笔五万的款子，以保儿子在外洋安心求学生活无忧。

他可以为儿子做的，也仅能如此了。现下丝厂被强拆，绸庄变卖抵债，技艺展园偌大园子更是人去屋空、清冷寥落，只祥昌丝栈在老宋照应下还勉强维持着。

长仁早已没了当年赚大钱、干大事的豪情壮志，日子清淡，倒也轻松安适。唯只切盼着异国妻儿来信。可越是紧盼着，越不免失望，半年来，苏醒一去杳无音信，儿子那头也只收到一封抵埠英国的平安电报，此后便再无消息。长仁寄去英国学校给儿子的信被退回，信封盖着"查无此人"的黑色英文印戳，把他的心也灼得焦黑。再拍加急电报询英国校务部，待收到校方电复，方才确信了允礼并未办理入学手续。长仁恨不能亲去访查儿子下落，被老贾和老宋好歹劝止。是啊，英国那样大，又往哪里去找。这孩子十多年没有在身边长大，长仁觉得自己一点也不了解允礼，即便万幸找到也不自信能使他顺从回家来。想清楚这一层，长仁只得作罢。

"儿孙自有儿孙福呐！"他开解自己。可此后仍旧不免时时担忧，既怕苏醒有危险，更怕允礼人地两生遭罪吃苦。日子既久，人便显出些落寞委顿神色。老贾将家里挂的摆的旧相片让人悄悄换了，很快被长仁发现，长仁也不生气发脾气，只是语气坚决地令人把照片换回原处。荀家上下笼罩在一种沉闷压抑的气氛之中，下人们讲话都压着嗓子不敢高声。

长仁现在总算有了采砂的事可以排遣烦闷，想到季元在满屋图纸和一地零件里埋头苦干的样子，他不由得又担忧起儿子，便决定无论如何也要给这个年轻人创造机会。

季元自得了长仁给的一万大洋，便立即着手干起来。除去买零部件，最重要的是得购进两条船，一条小货船装运砂石用，另一条大驳船作改装采砂船用。

季元找老宋经由江面漕帮联系了码头，很快搞到两条之前被炸伤的小船，季元看后并不满意，这种船勉强可运砂用，改装采砂船得是钢制运煤用的那种平板式驳船，这样才能承载蒸汽机和锅炉的重量。还要在底部切开加装吸砂口，蒸汽机和锅炉便装在驳船前端，船面尾部更要装钢架架设砂石输送槽。

大驳船一时难以搞到，长仁便教人去报馆刊了购船公告，又嘱老贾派专人守

着电话，坐等卖家来谈价码。季元则招雇工人先搭建江滩上的固定设施装备。

登报效用还未显现，事情就出现了转机。那日季元满头汗地来找长仁，说江面上有条运煤的汽机钢船出了事故，此时正停在长江江面码头货场。这舱驳船本是代客运煤来南京的，不想汽锅突然爆炸，好在船主上岸办交货，不然难逃活命。季元得了消息去看时，船几乎全废了，只剩个钢架子浮在江上。

虽说煤水舱被炸裂，锅炉尽毁，但船体完好，在他看来，倒省去拆卸麻烦，正是合用。

船主可算是个倒霉蛋，非但赔了整船的煤，还白跑了这趟运程，搭上不少人工、燃煤用度，急得没法时，码头又催他移船收费。

船主在岸上捶胸顿足、哭天抢地。

长仁立即带老宋去收船，船主正愁没法收拾残局，哪顾讨价还价。一口价二百块，长仁按废钢铁价收了这条"破船"。

一行人将船拉至展园那片江滩，季元开始改装采砂船。不过，看似简单的设计，真正实施起来却是意想不到的耗时费力。火车上卸下的部件沉重，很难搬运上船，虽说雇了四五个工人专事搬运组装，但着手时才发现单靠人力根本无法到位，不得不借助专用设备器具，而这些设备器具由于专业性很强在市面上很难租借得到，所以改装进展异常缓慢。

长仁在改造工程初启时，热情高涨，日日来砂场助阵，前后上下指点巡视。后看到季元焦头烂额地为搬运这种非技术难题着急上火，嘴角也燎了泡，红着眼数落手底下工人，他也没来由地跟着上了火，打电话到处联系朋友熟人借设备，好容易解决了搬运问题，又为许可执照寝食难安。

长仁自有过与英商的商标官司，对律条规矩十分警醒，一心想办好各款手续章程再行事，心里才踏实。可采砂权凭照也同砂船一般没个着落，发出去的信全无回音，长仁只得老了脸逐一给朋友们致电问候，结果竟都没个痛痒，少不得摔下电话骂娘，骂完只晓得吃喝受人好处，全不为人办事的酒肉朋友，又骂黑心贼官们，什么为民谋福，什么民众为先，不过是挂在嘴上的漂亮话罢了，哪有见到办一点实事的。骂完心里也并没觉出痛快，反更生出好些烦躁情绪。

转眼已近四月末，长仁再去砂场时，看见那烧得黢黑的驳船船底被开了个大方孔，便问："这船是要下江的，底子这样大个洞，岂非要沉？"

季元正手拿图纸忙着指挥那几个工人，头也不抬地答道："先生只管放心便是，我自有法子补好的。"

长仁帮不上忙，也插不上话，站得无趣，只得背着手转出来。看见对面不远处的市府工地上，一班民夫正往库房里抬建筑用的物料，不由得心中一动。

长仁三脚并作两步来到库房门口，见地上卸着几十个鼓鼓囊囊的袋子。细看那些长方形灰黄色的物料袋上，墨印有"砂石"及"水泥"字样，下面还印着克重和标号，便待一个民夫近前来时，跟上他问道："老哥，打听个事情，请问你们抬的都是些什么？"

　　那民夫大声回道："工地上用的，水泥黄砂呗，还能有啥！快让开些，别脏了先生的衣裳。"

　　"噢，黄砂吗？想再打听一下，是哪家砂厂供的料呢？"长仁从兜里掏出盒吕宋烟来，抽出一支递过去，那民夫垂下眼皮瞥了瞥长仁递来的烟，脚下略顿了顿，迟疑一下，终究停住脚卸下肩膀上的挑头，冲着长仁咧了咧嘴，然后把烟接了放在鼻子尖闻闻，口中啧啧有声："好烟就是好烟呐，香得很嘞！"说着把烟别在自己耳朵上。

　　"听工头儿讲，市府共招标了五家公司：三家建造公司，一家物料供货的，还有一家专事监督署理的。喏，这袋子上有印着的，是一家叫作'广元物料公司'的。"民夫说着踢了踢歇在脚边的物料袋，显出对情况很熟悉的样子。

　　长仁惊异于卖力气的民夫竟然认得字，便忙笑道："多谢老哥指教，若非经你提醒，敝人倒没想过看这物料袋上的袋底落款……"待再看袋底，并没有署字，便又抬头问他："是说的这装物料的袋子吗？并没写着哪个公司！"

　　"没有吗？难道是工头瞎讲的？"民夫并不低头细看袋子，只把眼一斜，嗔怪起来。

　　长仁不禁哑然失笑，原不是民夫识字，他只把从工头处听来的转述予人听罢了。待还想再细问时，从前头不远处的仓库里出来个蓄着满脸络腮胡子的黑胖子，一眼看见正说着话的民夫，便拿手指着二人站脚方向高声喝骂："妈的，这是想死么，老子急得火上房，你倒还在这儿躲懒闲聊，还不快去搬料！"

　　民夫吓得缩着脖子一溜小跑地去了，把站在他对面的长仁竟全忘记了似的，连个招呼都没打。

　　长仁猜那络腮胡汉子定是工地管事的，便拿着烟向他走过去。未待走近，那人便又向长仁喊："这位先生，俺们这儿是市政府的建设工程重地，闲杂人等一概免进，您老请了！"说得一口带着河南腔调的官话。

　　长仁并未停步，边抱拳边向络腮胡子笑着道："不知老哥怎么称呼，失礼了。这园子被政府征收前，原是敝人产业。今天特来走访故园，不几天便是再想，也瞧不见了。看您面善，还请行个方便。"

　　那络腮胡子听他是园主，脸色和缓些，点了下头，说道："噢，原来是故主，先生还是别为难俺们这些底下做事的，实在不行，烦您站在那儿远远地看吧。"

第八十章　结识工头寻机会，雅座奉酒便结交

539

说着抬手向江滩方向指了指。

"当然，当然，绝不能妨碍公干。只是，兄弟还有些事请教一二，不知老哥能否行个方便？就几句话，问完马上离开！"长仁停住，将手中香烟向他扬了扬。

"那您就在那儿吧！"络腮胡子边说着向长仁处走来，边又叱责了左右几个在他看来有躲懒嫌疑的民夫。

长仁脸上赔着笑，递过去一支烟给络腮胡，摸遍身上却没带着火。络腮胡倒不介意，从自己口袋里取了自来火点上烟吸着，抬眼问长仁道："先生有啥事儿尽管说吧。"

"我这园子被你们拆得够乱的，我想将剩的那块地方重新修葺一番，问声老哥，这些个建筑物料，哪里能够买得到？"长仁要打听供货公司情况，只得编个由头出来。

"俺们用的这些哪是随意就能够在市面上买的，这是市政用物料，那得由中标的广元公司专供。"

"噢，怎么，还不对外出售吗？既是公司便得经营，若经营么，必得有买有卖，否则这家广元公司还能够赚得到钱吗？"

"哈，先生您也是真够实在的。"络腮胡笑起来，露出一口黄板牙。长仁忙掏出那包吕宋烟，全塞在他手里。他连声道："哟，哟！这怎么好意思，谢谢您了！"便揣进口袋里。这才左右四顾，压低声音道："先生您有所不知，这家广元建筑物料公司，是专为首都建设规划项目开设的，若不为竞标，原是没这家公司的。背后出资的股东都是政府头脑人物，您说还要什么经营买卖的？首都这么大的地方建设，聚宝盆一样吃喝不尽哩。"

"哦，那就难怪了。想是找去也没用的，我用的那点物料他们可看不入眼，可专为这么点子东西特为跑一趟又实在是不值当的，倒教我为难呢！"长仁故意长叹口气出来，偷眼打量那络腮胡。

络腮胡听长仁话，眼里有光亮一闪，眼光飞快地往两边瞥过，确认无人，把头直伸到长仁脸前，压低声音道："看先生是个爽快人。物料要多少，我给你搞些吧，价钱嘛，好说，好说。"

"噢？是吗？那真太感谢老哥了，咱们这么近便，着实可免去许多车马脚程。若能再叫几个手下工人帮我建一下，那便更好了，敝人只图省心省力，不怕花钱的。"长仁用手一指江滩边那排宿舍，又进一步试探。

"这个嘛……只怕不大好看。"

"你老哥既是这工地管事的，几个人手还怕抽不出吗？只不过砌道砖墙，不费什么工的。"长仁认定此人是个好钱的，这种人原极好对付。

"先生有所不知，我这工地建设事急，上头督催得紧。工地上的工人每天出多少活都是满备的，每个工人都没得个闲时，就连吃饭都是轮着去的，日夜不停地赶工期，人手实在是紧啊。"络腮胡狠狠吸了口手中剩下的烟蒂，丢在地上用脚搓了几搓踩熄，便想回身去工地。

"老哥若是觉得白天干着不方便，既是日夜赶工，那我这点活计，安排人晚上干呗。钱不是问题，这样工料全包颇便当，工人只管干活，分配哪些事体想他们也不晓得。"

络腮胡反应倒挺快，听出长仁话里意思，心思活泛起来："嗯，要说这位先生还真是有阅历，就按您说的。我晚上抽空过去看下工程量，谈妥个一口清的价码，算俺顺手帮你砌的，怎么样？"

"哎呀呀，多谢老哥帮忙。这样好不好，晚上六点，得胜斋饭庄，我做东，喝两杯交个朋友。敝人姓荀！"长仁掏出自己的名片递给他，"不知老哥怎么称呼？"

"哈哈，荀先生爽快！就这么定了！俺姓常，行二，您叫俺老常，常二都成。俺是个粗人，不识几个字，看不懂这个。"络腮胡脸上开了花儿，边说边伸手接过长仁递来的名片，揣进兜里。又在长仁肩膀上连拍两拍，俨然已经把他认作是朋友了。

二人分手，长仁去附近的得胜斋订座。

得胜斋的吴掌柜看到他便迎了出来。

"好久不见了您嘞！先生喝茶还是吃点心？"

长仁心里好笑，天下掌柜属一家，认得不认得，凡进得门来都是熟客！他要了楼上清静些的雅座，好跟常二好好谈事情。看时间还早，便想着回趟砂场知会季元一声砌砖墙的事。

回到宿间，见季元正趴在满地的图纸间找着什么。长仁进门他完全没有听见，长仁叫他，这才略抬了抬头，叫得声："先生来了！"便又沉下身子去了。

长仁想走近看他在研究什么，便踮起脚向里走，刚走一步，不想季元此时倒警醒得很，回头高声道："先生，您小心地上的图纸，我是放好了顺序的。容我这手头忙出些眉目来再跟您细回。"

长仁停住脚，只得叹声："好吧，那我四处去转转吧。"走了出去。

他信步往江滩边走。远远地，看见砂场工地上那几个工人正吃力地挪着几根满是锈迹的粗笨角钢。每根角钢上都层层叠叠地束了几圈铁索，又在贴地的下方垫有几根不粗的圆木以辅助移动，边上有两辆骡车牵着铁索由木头滚动借力往滩

第八十章 结识工头寻机会，雅座奉酒便结交

541

涂方向拖拽,又有两个工人随着骡车行进,把过往的圆木不断搬去最前头待走的道上。

就这样,粗笨的角钢很快被拖到滩边。

三个民夫扶住角钢一边,配合着骡子的拖拽,把角钢根部移至地面几个早已挖好的洞口前,解开一头束的铁索,三人用铁叉固定了,那头便开始驱赶骡子,两头同时发力,一根钢管便缓缓地立起来。这边有民夫忙将混好的水泥灌入空隙,又将早已备好的基部木制框架固定好。如此炮制,不一会儿,几根角钢条一一树立起来,看上去是个巨大的三角形铁架子。民夫们终于舒了口气,发出声轻微的"呵"声,算作相互间的鼓励,然后才揩着汗就地或蹲或坐稍事休息。中间有人看见长仁喊了声"先生您老来了",其他几个民夫忙起身齐向他哈腰,连着声地道"荀先生好"。

长仁微笑着点头招呼他们,走上前去,指着那远远支起来的铁家伙问:"这是什么?如此沉重,有什么用处?"

几个民夫争着答道:"回先生话,是停稳大船的钢铁框架。季元先生亲自画图纸,又实地测定基桩的位置,特意嘱咐了好几遍。"

长仁还是不明所以,看着那钢架微歪着脑袋一脸茫然,左右想不出那架子下头如何泊得了船。几人便围住他七嘴八舌地连比画带解释,搞得长仁头昏脑胀,当下挥挥手止了聒噪,又对那几个工人道:"别顾着我,自忙你们的,我不过是随意看看,一会儿遇到季元,也不必提起我来过!"

那几个民夫笑着对望一下才向他道:"不顾先生您,那可不成。这活儿可凶险得紧。您还是离得远点儿,再远点儿,越远越好。"

原是因着自己一点好奇心凑得太近,倒教民夫们没法放开手脚干活儿了。长仁应声笑着往江岸边走,回过头来看那些民工向他挥手示意再远些,于是转身再向前走,边扭过脸去看见他们还在挥手。索性不再看,朝对面市府工程的工地走去。

长仁来找季元,本是想同他商定围砌砖墙的界限尺寸,统一了口风,也好跟工头常二讲个大概,不露破绽。可看见季元径忙得不可开交,倒叫人不忍再牵扯其他事情去烦他。罢了,大不了晚些时候那常二来,随意指点一处,由他自砌便是,反正砌墙只不过找的由头而已,什么高矮宽窄的,一概不吝也就是了。想定,脚下的步子加快,绕过市府工地向左路一拐,再往得胜斋去。

时候尚早,得胜斋还没上客人。店里的几个伙计正在下桌上的条凳,看到有客人来,都停了手上活计同声唱:"先生好,您老里边请了!"负责招呼带路的店伙紧脚上前来,垂着手问长仁:"先生,您几位?"长仁回他:"两位。"想着又说:

"早前跟柜上订了座的。""得嘞您嘞！您老楼上雅间请！"又扭头往后堂扯起嗓子喊："贵客两位，楼上请了！"声调尾音都很独特，悠悠荡荡好久也没消散。

"久违了，长仁老弟！"

长仁刚跟着那店伙上了几级楼梯，听到身后有人叫他，待回头看时，不禁大惊！

第八十一章　有备而来强合伙，出其不意接信函

却说长仁听到身后有人招呼，忙回头细看究竟。

楼下站着的，是个精致挺括、精神十足的中年男人。长仁一见此人，立刻想到一个故人，但由于面前的人与自己记忆中的那人实在相去甚远，并不敢就认。那人仰着头正咧着嘴冲他笑。长仁越发觉得这看似憨实的笑容，与心里想的人如假包换，但相较曾经的落魄潦倒，怎么着也不能跟眼前这意气风发的神气派头相提并论，于是再上下打量。这人身量不高，精瘦，一身时髦的烟灰哔叽呢中山装，脚蹬目下时新的拼皮双接头黑色皮鞋，手上拎着只深棕的牛皮公事包。头发全向脑后用桂花油刮得溜光，直到长仁看到对方左耳边那颗瘊子，这才确认，眼前站着的男人可不正是伍仕铎！此人除了瘊子还似从前落魄时一个模样，其他哪里还看得出一丝一毫的往日不堪。

"哎呀呀，原来真的是仕铎兄！兄弟竟一时不敢认了。"

"我可没敢忘记你长仁老弟，一进门便看见你了。"伍仕铎打着哈哈，抬起左手来抚了抚一丝不乱的背头，手上套着的三个金戒指齐向长仁，眼中放光。

"仕铎兄也是来吃饭？"长仁没话找话。

"唉，应酬，应酬躲不掉哟，有的时候，早饭时间都得搭上。"伍仕铎嘴上说得十二分不耐烦，可脸上分明显露出十二分得色。

"那么仕铎兄既然忙，兄弟恰巧也是约了人谈点生意，咱们改日得空再聊。兄弟先走一步！"长仁心里烦伍仕铎为人，不想听他胡乱吹嘘，便要找借口脱身。

"好，好！老弟请便。改日，改日我做东，咱们再细聊！"伍仕铎说着拎起手里皮包，从前夹缝里掏出个金色名片盒来，"啪"地按下开口处的按钮，盒盖弹开，他拈出一张名片递过来。

"实在不好意思，兄弟出来有些急，竟忘记带名片。好在仕铎兄的联络方式有了，改天出来喝茶叙谈叙谈。"长仁笑着接了名片，也不细看便揣进兜里，只向对方拱了拱手，转身朝楼上继续走，不再管身后伍仕铎。

进了订好的雅间刚坐下，店伙拎着茶壶跟进来，谄笑着道："先生原是跟伍主任熟识的，失敬得很。"边放下茶壶转身又道："掌柜刚才特意嘱咐小的，给您换壶上好的新采碧螺春哩。"

"伍主任？"长仁看店伙莫名地堆满僵硬褶子的笑脸，蓦地反应过来，他口

里讲的伍主任就是伍仕铎。

"这伍主任可不一般,咱们这口饭都是仰仗他老人家赏下的。"掌柜亲自上楼来,正听见长仁向店伙发问,接口答应着进来,满脸堆笑,突然又扭头冲店伙吩咐,"去拿两碟果子来!"这才接着向长仁道:"别看伍主任新上任不久,可掌管着咱生意人的生杀大权,士、农、工、商,人家管着仨……"掌柜边说边抬起右手比画出三个指头。

"他?什么部门的主任?"长仁不得不表示出满腹狐疑的样子来。

"这个说来可就话长了,地方税知道吧,原由各行各户自包自缴,今年全面招商包办。这伍主任么,就是这包办的承包商……""那算得哪门子主任哟!"长仁忍不住打断掌柜。

"唉,怎么不是,这认办的商人都由省财政厅委为专员,视同公务人员……"掌柜上下打量长仁,然后才压低声音问,"听客人问话似是伍主任的旧识,能否冒昧请先生您代向伍主任求个情……这个……这个……"掌柜有些为难,犹豫再三才说:"先生有所不知,这税收按法令规定虽系委办,而办理之实际则多为包办,也就是常说的'明委暗包',而包办又分大包小包,大包收入公库,小包却饱了私囊。不论大包小包俱都出自商户,但孰高孰低全都凭伍主任一句话……"

"如此说来,掌柜恐怕得另请高明,因为在下与这位伍仕铎伍主任旧识不假,但并无交情只有积怨而已,别看刚刚见面热络,委实只是在应酬场面!"长仁话一出口,掌柜失望的表情显在脸上,怔了半刻才悻悻退出雅间。长仁听到他在楼梯间呵斥店伙:"谁教你拿的果子,败财玩意儿!"

长仁苦笑着端起茶喝了口,茶倒确是好茶!

一壶茶工夫,店伙领了两个人进了雅间。长仁抬头看时不免大吃一惊,跟着店伙进来的一个正是常二,另一人却是伍仕铎。

常二见长仁像老熟人般招呼"荀老弟",说:"来来来,介绍个朋友,这位是省财政厅伍专员……"伍仕铎不等常二说完便笑着向长仁伸长胳膊来了个西洋贴面拥抱,口里嚷着:"哈,长仁老弟,想不到咱们这么快就又见面了!"倒教常二惊道:"原来二位竟是朋友吗?"

三人分主宾刚坐定,掌柜哈着腰又进来了,手里托着之前截住店伙的那两碟果子。他边将果碟摆上桌,边堆笑谄媚道:"怪道今儿左眼一气跳,竟真的等到了贵客光临哩!"

伍仕铎眼皮没抬,只一挥手:"你带伙计先下去吧。"掌柜一叠声答应"是是是",临出门时回头又想说什么,却看见伍仕铎眼一瞪,这才慌忙退出去。

酒菜很快摆上来,三人客套着喝酒吃菜,谁也不提正事。长仁因为常二意外

第八十一章 有备而来强合伙,出其不意接信函

545

地带了个伍仕铎，一时间不知就里，也不便提及生意细节。终于，待到酒添过三盅，常二终于先开口："荀老板搞采砂的事，我是之前就已经知道的，白天在工地人多口杂不便言明。"长仁听到吃了一惊，但强自镇定，夹口菜笑："既然常老哥早已知道，那么也好，明人不说暗话，这件事万事俱备，常兄只管按市面价收购，如何？"

"市面价？不不，起码得高出三成！"伍仕铎慢悠悠地接口，"没说错的话，这砂船挖砂的许可凭纸，长仁老弟还没办下来吧。"他稍一停顿，也不等长仁答话，自顾着继续说："既都是从商的，想来老弟清楚得很，许可发放即开始计税，除去省税、县税，还有地方自订开征的特种货品营业税，货物进出检查费……啧啧，三成都没得赚呢。"常二边听边点头："可不是，私产私销也不少见，但得看是什么人产什么人销不是。"

长仁突然感觉自己跌进了巨大深坑。他想到之前掌柜所谓大包小包之说，挣扎着说："那么伍主任是准备大包小包通吃咯！"

"哈，长仁老弟果然没变，还是当年那股劲头……说得不错，这是规矩，不能因为咱们是旧相识就坏了规矩法度不是……"伍仕铎面露得色，常二频频点着头。

长仁此时深悔自己莽撞冒进，该等查清对方底细再做打算，想到此便站起身倒了杯酒举起来："此番吃酒仅为一聚，这采砂么，也只是兄弟随口一说，八字没一撇的事，更别提什么规矩法度，来来来，权且叙叙旧。"

伍仕铎并不接口，面无表情地垂眼把玩着左手中指上的那颗硕大的红宝石戒指，对着戒面哈了哈气，又自胸口抽出条绢丝帕子细细擦拭。常二端杯起身，见伍仕铎没动，便又坐下，朝长仁递来意味深长的眼神。长仁讨了个没趣，只得放下酒杯坐等着看他们到底还要演什么戏。

"先生，借一步说话！"

雅间的门被拉开条缝，老宋露着半颗脑袋朝长仁轻唤了声，随即又退了出去在门外候着。长仁朝座上两人分别招呼过后，推门出来，看见老宋兀自气喘吁吁，想是一路跑着急赶过来的。待看到长仁，倒一时只顾着喘气，说不出话来了。长仁急得拿眼直瞪着老宋，却不能催促。只等到老宋气息稍平，这才磕磕巴巴地说出几个字来。

"先生，丝栈出事了。"

"什么？丝栈怎么了？"

"刚才，就刚才，有个穿西服的男人，拿来份律什么律师函，说、说是打官司什么的。"

长仁听到官司，心中一凛。商标官司历时数年方才尘埃落定，怎么又出事体。他强作镇定问老宋："又有什么事惹了官司？你歇歇气，慢点说。"

"不晓得哎，只说把这封信交您亲启。"老宋边说边从怀里掏了个黄皮纸的信封递给长仁。

长仁接过看，信封是空白的，左底落款处有印刷的几个红字"联赢律师行"，信的封口处只折了道褶子并没封浆。长仁抻开信封，朝里头吹了口气，取出信来抖开，共三页纸，两页手书，最后一页却是用西洋打字机敲出来的英文专函。长仁看那手书，刚看一眼开头便大吃一惊。

亲爱的查理：

多年不见，你还好吗？回英国这些年，我时时想起你，想起我们一起读书、游泳、散步……

"是，是亚历克斯！"长仁拿着信的手不由得颤抖起来，纸页簌簌地把字也模糊了。他来不及细看信的内容，急翻过前页，看下一页最后的落款，果真是亚历克斯。

长仁眼前浮现十多年前送苏太太和亚历克斯离沪的情形。就在客轮离岸汽笛声响起时，亚历克斯手扶船舷朝码头上的长仁大声喊："查理，我会回来的！"那么现下他是真的回来了吗？他又是怎么打听到自己来了南京，竟然还找到了祥昌丝栈。

长仁忙不迭地翻回信的前一页接着看下去。

家母五年前因病身故。适逢公司与上海建立了新的业务联络，遂将工作重心移至沪上。此来本当为生意计，更特为寻你，我的朋友。谁能想到，十多年来遍寻不着的人竟然就在眼前，此前竟是你我打了三年官司，这真是一种奇妙的缘分。

感谢上帝，让我们再次重逢！

随信附律师函一封，赋予祥昌所有本公司'苍鹰'（神鹰）品牌之代理权，不再追究商标仿冒之事。并就之前官司事致以歉意。明日下午十六时于德凤居福泰厅就代理权之事共商合作细节。

你的朋友，亚历克斯

信的落款未署时间，由字迹看得出写得很急。"亚历克斯……"长仁努力回想之前三年官司过程中有关亚历克斯的蛛丝马迹，一时间没有头绪。工厂已经被拆，再提合作不免有些奇怪，若只为叙旧，何必寄什么律师函，长仁犹豫着不知其来意。

"荀先生！"雅间内传出常二的一声喊。

"哎，来了，抱歉抱歉！"长仁答应着，边把信连同信封叠了揣入怀中，关照老宋在楼下等着，这才回去就座。

"长仁老弟真是大忙人呐，手底下人都寻到饭局来了。其实大家都挺忙，话不多说，今晚，采砂生意就这么先定下，由咱们三方合股，市府的采砂许可凭纸你不必劳神，由敝人负责催办，这样一来，老弟只管采挖，老常负责收销……"老常应声接口道："再加上有伍主任在，那么执照、税务上一应事体全都不在话下了嘛，来来来，苟先生只消签署合同便坐等分账发财，多么便宜省力的好买卖。"说着竟然取出份合约递给长仁。

看来，伍仕铎与常二唱和默契，今晚是有备而来。

长仁实未料到他们连合同竟都带来，不容一丝喘息要迫他就范。长仁接过合约，却是看不进一个字去，脑子里飞快盘算着该怎样脱身。正犹豫间，手触到胸前那封亚历克斯来信，突然灵机一动有了主意，便向二人道："这件事兄弟还没法一人决定，实在是已经有了一位合伙人，英国商人，唤作亚历克斯。"说着把信从怀里取出，只抽出那张英文律师函朝二人挥了挥，又说："兄弟与密斯特亚历克斯有近二十年的交情，共同看好采砂这桩事业，凭纸自是由他运作，这不是刚送来的信函，告诉我业已办妥，不日便可到手，并且他与刘市长打了招呼，市府工程用砂亦不在话下，那么二位看，下面的合作怎么个合作法呢？"长仁朝伍仕铎瞥了一眼，看他面色发白，便又说道："今天实不知常老哥请了伍主任大驾光临，否则便要亚历克斯一起过来大家认识认识岂不更好！"

伍仕铎拿起长仁面前的信函，但见满眼洋文，并不认得半个字，只好又放下，口里讪讪道："老弟可真有一手，洋人朋友办事自然倍效，还用得着兄弟操心的吗，今天只为叙旧，只为叙旧。"说着举杯一饮而尽。此后的饭菜便吃起来有些不咸不淡，三人各怀心事很快散席。

第八十一章 有备而来强合伙，出其不意接信函

第八十二章　故旧爽约疑惑甚，丽人恭候为哪般

　　长仁与老宋回家路上，追问亚历克斯来送信的前后详细经过。可老宋却说亚历克斯并未露面，信是派人送到丝栈柜上的。长仁失望之余不免对这突如其来的律师函产生怀疑。多年不见，却以这种方式传达讯息多少有些奇怪。再说商标官司打了三年，南京上海官商两界几乎无人不晓，怎么非等官司完结再函告授权，岂非狗尾续貂。

　　长仁下意识地想要否定事情的真实性。若非收到信，他几乎已经忘记了还有这么一个小朋友。当年改变自己命运的那船大土来自亚历克斯的父亲亨利。这么多年来，苏夫人带着孩子如何生存，长仁未曾打听过，是忘记？不，莫若说是内心回避。对于亚历克斯，长仁多少是该有些愧疚的。虽说他并没正式想到过这个问题。

　　现在却避不开了。

　　"唉！明晚非去不可。"长仁长叹一声。

　　次日长仁起了大早，去附近的维元律师行找姚律师。

　　姚律师叫作姚逢远，字佑立，祥昌厂商标官司的代理律师。曾留学法国，据说是戴了博士帽的。长仁因之前见识过伍仕铎这位东洋假博士，对留洋博士不免留着小心。莫浩之因商标官司推荐这位姚律师时，长仁派人多方打听，不管这位博士的文凭真假，只要知道他入行十多年来曾经手哪些官司，胜绩又有几何。一番调查发现姚律师确也不俗，对处理民间经济往来纠纷足有经验，国际间商务贸易易官司也颇在行，凡接手官司赢率竟达八成。祥昌厂的案子虽说棘手，终究算作圆满结束了，姚逢远与他的维元律师行也借此声名鹊起。

　　祥昌缫丝厂遭强拆，长仁找姚律师设法，他却双手一摊表示既为政府行为，市民应当配合。长仁便也就灰心不再对请愿集议抱什么幻想。

　　想见姚逢远大律师是要预约的。长仁此时事急也顾不得许多，一大清早直接把姚律师堵在律师行门口。一则请他看亚历克斯发来的那份委托函，二则想打听有无官方发布的关于采砂的条规限制。昨晚唬住伍仕铎只是权宜之法，赶紧拿到采砂许可才得安稳。

　　姚律师这次相当给面子，百忙之中插空接见长仁，认真验看那封委托函，竟然是真的。又头头是道地分析了此代理权能给丝栈带来可观收益，并且，采砂许可若能有洋商参与，当可轻松解决。一举两得，何乐不为！

从律师行出来，长仁对赴亚历克斯之约始觉笃定。

德凤居在美孚路口，与法国公馆，喔，政府定都南京后，现已改名为扬子饭店，一街之隔，中式木质二层小楼古香古色，以招牌菜"烤鸭三吃"闻名。长仁对德凤居很熟悉，福泰厅是二楼南向近街的雅间。挨到下午四点三刻，与亚历克斯约定的时间尚早，可长仁实在坐不住，索性让小六子安排包车出门，准备先到德凤居对面的扬子饭店，在餐室边喝咖啡边等，仿佛离见面地点近些就能安心似的。

包车司机知道主家先生不着急赶时间，便不紧不慢地开着，阳光把琐碎树影拉长了投入车内，长仁的脸色便也随着光影阴晴不定，一如他此刻的心情。长仁无话，小六子惯看主人形色，也乖觉地一言不发。当远远看见扬子饭店那铁灰色的金属屋顶时，长仁心中一动，继而感慨起来，虽时过境迁，饭店的店名都已换过，可有些事情，有些人，与这里紧紧连在一处，当年所受的教训一时间全涌到面前。

"直接去德凤居！"就在车即将转上通往扬子饭店的便道时，长仁突然改了主意。

汽车夫答应着将车身掠过扬子饭店向反方向来了个大转弯，然后缓缓停在德凤居门前。小六子下车替主人拉开车门，长仁俯身刚迈出一条腿来。突然有人撞了小六子的胳膊，车门开合，长仁险没被夹住。小六子吓得连忙问"先生您没事吧"，确认没事，才想起找撞自己的冒失鬼。两人侧过身抬头看时，只见一个穿灰色洋装、戴着深灰礼帽的瘦削小个子，步速极快地消失在路左花坛的灌木丛后。

"没长眼呐！"小六子抻长脖子朝那人背影喊了半句，知他听不见，只好悻悻地嘀咕后半句给自己听，"撞着人招呼也不晓得打一声，痴货！"

长仁摇了摇头，苦笑着再钻出车子，突然猛地怔住，他觉得，刚刚那背影……

"快、快去追上他带来见我！"长仁朝小六子大声吩咐，小六子也一愣："怎么，先生是……"

"快去，别啰唆！"长仁喝断小六子，看到一旁坐在车里瞪着眼看他们的司机，又催道，"上车去追，快快！"

小六子忙扑进车里，口里也喊着"快快"。司机来了劲头，大力踩下油门，车身剧烈抖动两下，轰鸣着追去了。

长仁站在原地没动，掏出纸烟燃着了慢慢抽着。刚才那个在眼前一闪而过的背影分明让他立刻想到儿子允礼。"太像了。"他想，"不对，怎么可能。"随即又否定了自己的想法。抽完一支烟，小六子还没回来。长仁把烟蒂丢在地上踩熄，

第八十二章　故旧爽约疑惑甚，丽人恭候为哪般

转身上台阶进了德凤居。

　　德凤居一楼散座有三三两两的客人坐着吃茶聊天，这个时候书场还没开，唱曲的也没来。这样不太热闹也不甚清冷的场面长仁很喜欢。看柜壁上挂的自鸣钟还不到五点一刻，便找了靠窗的桌子坐下等小六子。

　　还没坐稳，小六子急匆匆进门来直往楼梯处奔，长仁忙站起身想喊，又觉不妥，复坐定想着小六子找不到他自会再下来。果然不一会儿，小六子下楼来四处张望，长仁这才招手把他叫到近前来，呵斥道："自你进门便看见了，我站起来招呼，你看都不看像没长着眼睛，再急的事也白耽搁了！"小六子咧着嘴一叠声道："是是是，小的眼睛瞎，下次一定睁大些。"

　　长仁瞪他，又问："怎么样，追上没有？"

　　"追倒是追上的，可惜让他耍滑头溜了！"小六子恨恨地挺了挺胸，接着说，"那人一转出大路口就钻进路边停着的一辆黄包车，车夫跑得蛮快，是往二马路方向，不过他两只脚跑得再快也比不过咱的四个轮子，我叫车子绕到前边想拦他下来，哪个晓得黄包车夫看到有车子跟到，疯也似的刹住脚转头就窜进巷子里，亏得咱车的小师傅路熟人又活络，绕到巷底路口去兜，几次险险就给截住，可惜还是教他溜了。"

　　堂倌此时过来桌前，长仁嘱他："二楼福泰厅客人到时告诉我一声！"又点了一壶香片，两客点心，堂倌答应着去了。长仁方才道："奇怪，他为什么要这样死命逃？"像是问小六子，又像问自己。

　　小六子却压低声音哈下腰来凑近长仁耳朵道："要说起来还真是奇怪，那人后头确有追命的哩！"小六子看见长仁拿指头示意他坐，便坐了，接着说道："大概有两个人在后头追。"小六子边说边转动脖颈左右看过，生怕自己也被跟踪似的。长仁亦觉心惊，忙问："可看清追的是什么人？"小六子却连晃脑袋回答："穿的短褂，都绑着腿，底下人样子，倒是看不出什么路数。"

　　此时，堂倌将茶和点心摆上桌来，又哈了哈腰向长仁道："遵这位先生嘱，福泰厅的女客人已经到了。"

　　"什么？女的吗？"

　　"回先生话，确是位女客。"

　　"就她一位？"

　　"是一位！"

　　堂倌回过话便被叫去了旁桌。长仁还待要问那位女客的年纪样貌没得答案，知是女客自己不便冒失亲去探看，心里打起鼓来。他掏出亚历克斯的信来再看一遍雅间字号，没错，是德凤居的福泰厅。亚历克斯唱的这是哪一出？

长仁没心情再细听小六子的追踪细节，知被追的人确已逃脱便不再多问。他嘱小六子去门口盯着，有洋人进门来报他知晓。小六子兴头头去了。

　　长仁把亚历克斯的信折好放进怀里，不知怎的总觉胸口闷闷的，压着他难受。

　　与亚历克斯约定的时间还差几分钟光景，小六子来回话说并没见到有洋人进过德凤居大门。为保险起见，长仁又招来堂倌问准福泰厅仅只一位女客在等人，候着好一阵子了。

　　长仁遂起身上楼往福泰厅去，到得门口发现门虚掩着，由缝隙能够清晰看见房里背窗坐着一位细眉红唇的卷发妖娆丽人。长仁再待细看，却听那女人笑道："荀先生教我好等，既来了，就请进吧！"随着声音人已立起身袅袅婷婷往门口走来，一袭艳粉地儿滚边锦缎旗袍，满绣着紫红色缠枝牡丹，喇叭口的圆角宽袖下露出两条白晃晃的半截光胳膊，围缚了紫貂皮披肩，越发衬得肤色胜雪。长仁用手揉了揉眼，把门推开些，并不入内，只在门口摘下帽来微欠身向门内丽人道："只因荀某并未见到约的人，所以未敢唐突。"

　　"荀先生约的人可是密斯特亚历克斯？"女人笑吟吟地上前伸出胳膊直挎入长仁臂弯，将他拉入房内，一边旋身用脚上穿着的英式高跟皮鞋碰上房间门，没穿衬裤而紧覆着透明丝袜的纤长美腿自旗袍高衩探出来闪了两闪。

　　长仁只觉得眼前一花，不由自主地随了美人进屋，又被轻按坐在桌前。她身上的巴黎香水味儿使他简直没办法思考，只好由脑袋嗡嗡着不作他想。女人并不去她的位子就座，而是把紫貂披肩滑脱至腕处，顺势看了眼腕上戴着的小金表，娇嗔道："哎呀，人家可是等了整三十分钟，一会儿得罚酒三杯哟，荀先生！"说罢便立在长仁身前上上下下地打量他。

　　长仁惯经风月，各色女子见得足多，本不致难堪。只是面前的情况完全出乎他意料，搞不清这女人的来历路数；再则对亚历克斯也实在是心存疑虑，捉摸不透。长仁此刻被她看得好不尴尬，只得低头移开眼去，避免与她射来的灼灼目光接触，将手中的帽子放在桌上。只等着对方开口。

　　"啧啧，荀先生果然仪表非凡，亚历克斯常在我面前讲起您的。"美人轻启红唇，说话间露出细而白的牙齿，又向长仁伸出兰指微翘的纤手自我介绍道，"蔓莉，任蔓莉！"

　　"什么？任蔓莉，是住堂子街上的任蔓莉吗？"长仁听说过这名号。"下完馆子泡池子，出了池子入门子"，安排应酬脱不了这几项娱乐。

　　长仁对饭馆酒店没个一定的处，除了中的洋的、菜色口味，还要计较起局应局的远近便宜程度。

第八十二章　故旧爽约疑惑甚，丽人恭候为哪般只说起泡池子，南京城里数得着的便是堂子街的九品浴园。汤头池子倒也不见得有什么特别的，只因浴园隔壁过巷有所小院，院门楣上方砌的长条灰砖上镌刻有"天道酬勤"，靠左挂了洋红纱罩的煤油门头灯，晚间照得门前一片红彤彤的暧昧光影。

院里住着的这户人家有些别致，一位半老徐娘的寡妇方氏带着三个正值妙龄的干女儿，任蔓莉便是这家的大姑娘，两个妹妹分别唤作陈宛宛和齐菲儿，三姐妹都二十上下芳龄，正是青春可爱年纪。方氏门上十分热闹，总有三辆或四辆汽车停在门前，常会因堵了巷子口而引致汽车夫骂街。这小院便是被称作"暗门子"的暗娼馆了。九品浴园的花册头牌有任蔓莉小姐的小照，可惜长仁当时正为官司事烦心，几次应酬在九品浴园却没心情玩乐。因此是久闻其名却未享其香。长仁轻握住任蔓莉送到眼前来的玉手，刚捏了一下，却又想到这女人来得如此蹊跷，便立即松开，礼貌地点了点头。

"哈，荀先生竟也是认得我的？那么咱们就算作老熟人了呀！"任蔓莉不以为意，缩回手来搭在长仁肩上，身子斜靠着长仁坐的官帽椅背圈扶手，拿起桌上烟筒抽出一支纸烟叼在唇上燃了，自己先深吸一口，然后将烟塞在长仁唇间。长仁强自镇定地吸了口，吃出烟里的腥甜味，对任蔓莉勉强笑了笑算作回应。

此时，堂倌在门外敲门问道："贵客点的热菜要上吗？"

蔓莉这才转回自己的位子坐了道："你进来吧。"只见门被推开条缝，堂倌很识趣地低着头哈腰挤进来在门口立着。蔓莉一抿嘴笑了，说："贵客既到了，热菜自然要上。"稍稍偏过头又向堂倌道："这位先生带的随从要招待好，账一总儿结！"

"是呐您啦！"堂倌答应着原样退出门去。

长仁实在抵不过心头疑惑，终耐不住，把烟按灭在烟缸里问道："亚历克斯为什么没来？任小姐您与他是什么关系？把我约过来又意欲何为？"

任蔓莉"扑哧"一声乐了："荀先生竟是个急性子，一气儿问了这样多问题，倒教人家无从答起呢！"说着端起面前的茶悠悠呷了一小口，抬眼看长仁。

见对方不置可否，也不回应自己，任蔓莉这才接着道："亚历克斯先生临时有事不能来赴约，特为嘱托我来陪荀先生谈谈过去的交情……"她略停顿，在长仁脸上寻找表情，有些失望地继续道："我与亚历的关系嘛，说简单也简单，说复杂么，也挺复杂。不过荀先生请放心，今天我既能代替他来此，便足以应付你与他之间的任何事体。"任蔓莉说到此处，将下巴抬高了些，垂眼正对上长仁投来略显讶异的眼神，便笑起来，"荀先生可太有意思了，您猜得不错，我未被他包起来，却也死心塌地愿意为他办任何事。"好一会儿，方才道："请荀先生来是要问一句话……"

第八十三章　暗门姻缘随风散，赈灾善款强派摊

堂倌敲门，口里嚷着"福泰厅走热菜"，推门进来将托盘内的几个热菜边报着菜名边摆在桌上，又给两人面前的酒杯斟满酒，随即退出去掩了包间门。

长仁正听到着急处，直勾勾地拿眼盯着对面坐着的任蔓莉等她那句要问的话。

任蔓莉却不说了，端起酒来连敬三杯，长仁也不推辞，喝罢三杯等她问。任蔓莉连连劝菜，长仁胡乱依言吃过，嘴里没吃出什么滋味，只连连点头应和"不错不错"。

任蔓莉终于正色道："请问荀先生，您是哪一年自上海来到南京购地置产的？"

长仁闻她这样一问，不免觉奇："亚历克斯就是请任小姐代问这一句么？"

"是问这一句！"

长仁脑际闪过一串问号，不懂亚历克斯葫芦里到底卖的什么药，便反问任蔓莉："任小姐是怎么认得亚历克斯的？"

任蔓莉挟了粒虾仁放入口中，细细嚼着，边笑道："我这样的人，还用问怎么认得？荀先生可真会逗乐子。"歪了歪头又道："亚历是我的丈夫！他娶我做了正房太太，我什么事情都愿意替他做。"

长仁听到此吃惊非小，怔在当处好一会儿才"噢"一声。暗门子里的娼妇，有几个男人愿意娶，即便有爱到极处真娶回家的，也只有做小妾的份儿。目今社会提倡一夫一妻，那正房妻子更得要再三地慎重选择，毕竟事关男方夫家脸面。能娶任蔓莉这样的人，恐怕也只有洋人吧。

长仁想到此，脸上颜色便与之前不同，收起轻浮的态度而向任蔓莉破例拱了拱手道："失敬得很，那么请问夫人，亚历克斯给鄙人送过一封信，您可知道内容？"

"并不知内里写的什么，但却是我派人交到贵宝号祥昌的柜上！内有三页，均为洋文书就。听亚历讲与荀先生乃旧好，因回英国隔绝了音信，之前家中有母亲侍奉不能远行，现来寻先生了却夙愿。若非他不晓得荀先生的中文名号，又岂会打那三年冤枉官司！"

长仁听任蔓莉说得无甚差池，便知定是亚历克斯无疑。可又疑惑他为何不亲自现身相见，何必如此绕弯子。当下苦笑一声道："就算是忙到无法分身他顾，也

可以叫通电话的，倒搞得像猜谜一般。"

"却并非不叫电话，实不知苟先生的号码，查到了工厂电话，可厂子已经拆了。亚历原只晓得您的英文名字，叫作……对……叫'查理'，谁承想与我们打官司的竟是您。真真是可巧可叹！"

长仁已确信她系亚历克斯委托前来，但一时间无法明白这样大费周章问一句无关紧要的话又是什么意思。当下决定除非见到亚历克斯本人，不贸然回答任何问题。便起身向任蔓莉告辞要走，任蔓莉显然有些吃惊，竟会有男人能够抵抗自己的风韵，而问出的问题尚未得到答案，哪里肯放他就去。

又几杯酒入腹，长仁只觉得胃部灼热，接着满身竟如火烧一般，意识却渐次模糊了……

"民国四年离开上海赴南京。"

长仁不记得自己有没有回答这个问题。第二天醒来时是在自己家的床上，忙去摸胸前的信，却空空如也，以致他一度怀疑之前发生的都是梦境。亚历克斯、任蔓莉、律师函、六点钟的约定……

总之，再也没人因为这件事来找过他，也没有人在他面前提起过这件事，他问老宋，老宋说确曾收到并送过一封信，只不认得信上的鸟字，所以根本不知道发生什么。长仁又找小六子问那天德凤居赴约之事，小六子说他和包车司机在楼下吃得不错，直到楼上女客人扶了喝醉酒的先生送上车子。"那个女客人呢？去了哪里或是留了什么话？"长仁紧着发问。"扶先生您坐上车子，她就走了！"小六子瞪着眼只摇着头，又道："没留下什么话。"

几番问过，长仁终于作罢，只当是一场梦吧。

岂料季元那头砂船又出了状况。装备发动机时，工人操作不当致机器沉入江中，季元急于打捞，却造成更大事故。季元的腿被倒塌支架砸伤，虽送医及时，一条左腿却被齐膝截去，成了半残之人。老宋要送季元回乡，长仁却不能让这孩子好好一个整身子来做事，却拖着残身子回家，便送季元到七里村祖宅，让他边养息身体边帮老楚看顾着两间学馆。

先有伍仕铎和常二的觊觎，又经此事故，长仁不由得冷了采砂的心思，让老宋把那条出祸事的破船低价售卖，支付季元的医疗用度后余额所剩无几。

政府的宿舍工程此时已完成，很快住满了人。宿舍门前新筑一条宽展马路，叫作江园路，每日里人来车往，一改之前的冷清寥落。长仁便与子正商量用卖船剩余的钱修造了技艺展园围栏，安装园门。在门前铺了三丈宽石板路，划成若干块，标号分租给负贩们支摊设点出售各类日常用品，园里的宿间很快被租用一空，不久展园又有了往日热闹的场面。

季元回乡养病后，长仁不得闲，每天亲自去技艺展园处理杂事。这日正坐着读报，却在报上见到一则启事：

"任蔓莉与亚历克斯先生已于本年十月脱离关系，嗣后亚历克斯先生之行动生活与蔓莉不涉，婚嫁各听自由。谨此启事。"

紧接着下面又一征婚告白：

"蔓莉陋质，少堕烟花。浮萍逐流，随遇轻许。以为知音，奈何缘浅。彼缘既满，再不挂碍。难耐红粉飘零之惨，乃奏求凤新曲。天涯虽远，好花易谢。雅不欲托报章而寻配，登告白以示人。晚花颜色，不敌讥讽，何希人顾，可叹堪摘。

章台诸客，征逐风尘。惜玉怜香，花丛稀见。叹年华将逝水，付风恨以何如。若蒙君之不嫌弃，蔓莉必倾心报偿，有意即速，恭候惠临。"

下方留的地址仍旧是堂子街方氏的门牌号头。长仁奇怪她既被赎身脱离了娼业，又怎么会自轻自贱再回暗门子。想到在德凤居任蔓莉说亚历克斯娶她做正房之类的话，不由得苦笑着抛下报纸。

缘起缘灭，聚散离合，本就是世间常态，不必执着。

隔年开春，苏北闹起了蝗灾，当年的庄稼颗粒无收，随之江浙一带又呈旱象，黄霉不雨，苦旱之下，新植农作物萎黄不兴，荒境已成。难民纷拥首都、上海各地，难民收容所人满为患，街角檐下或坐或躺着衣不蔽体、形容枯槁的人，河边城墙下的荒地也成了难民聚居地，芦席竹片搭起的窝棚满布，景象堪忧。

而自三月始，中央政府要员们都在为奉安公祭诸事忙碌异常，只行文令江苏省府酌处。

"西北诸省去岁灾重，迄今元气未复，而本年旱起，据各县报告，亦不减当年，应设法筹备救济。唯以频年灾荒，集款颇感困难，决召集执监联席会议。又各省旱灾义赈会，亦拟于常会时商谋救济云。"江苏省府召集政府大员成立劝捐会，要苏省全境筹款赈灾救助难民。南京总商会和下关商会都发了捐款倡议书，号召南京商户都认捐。

长仁颇费了些踟蹰，商会虽说是号召倡议，可字里行间皆写着必须认捐。下关商会干脆在末行单独印了行"劝募延资……元整，讫付亟盼。"又在空缺的钱数上手写了"壹仟"字样。长仁如今只剩间丝栈，时常因生丝断货、棉纱涨价而生存日益艰难，强自支撑着罢了。但是家乡受灾不能不顾，况且，商会摊派怎能不顾。

长仁正不知该如何处理商会摊派的捐款事宜，门房上就送来几封信，是社会局、地方赈务会和佛教慈院的劝捐信。

长仁找来老宋问铺上流水，却被告知账面吃紧。长仁叹着气急得没法，也只有去找冯子正商量，便立即让人备车往子正家去。

长仁到子正家，管家老吴迎上来招呼问好："荀先生来了！今天全城可真叫一个热闹……"长仁哪里有心情和他聊，便问："你们家先生在吗？""先生刚送客出去，马上回……"长仁因心里有事，也不听他细讲，"嗯"了声便直向后面的花厅去。吴管家忙跟在后头又道："老爷有客在等……"却看见长仁已经一阵风地走远，不知他听见没，只得摇了摇头，做自己事去。

长仁听老吴说有客，心道，子正家的客人哪个是自己不认得的。待到进去，竟看见伍仕铎正自坐着喝茶。长仁略怔了怔，想返身退出来又觉得不好，踟蹰间，伍仕铎已看到他，站起身来连连笑道："好巧，好巧！"长仁只好也干笑道："巧？难不成伍主任是猜到我要来不成！"伍仕铎再呵呵一笑，向他道："正想到你，你便来了，可说是巧得很哩！"

"啊呀，是长仁老弟，正要找你，来得正好。"冯子正从外面进到花厅，看到长仁热情招呼。长仁边坐了边笑道："噢？都在想我，倒要洗耳恭听。"

子正与伍仕铎互相望了望，端起几上茶呷了口然后啐道："都凉了也不晓得换。"妈子此时来给长仁上茶，又去收右下首的两套茶具，子正便教她把自己与伍仕铎的茶一并撤去换上新的来。妈子依言下去了。子正向长仁道："老弟来此必定有事，说来听听。"

长仁因对伍仕铎心存芥蒂，便避过正事，只与子正扯些家常闲话，意思是想让伍仕铎识趣自行告辞，哪想他笑着喝茶，不插话，也没有离开的意思。长仁心里暗怪这姓伍的太不识趣，犹豫着要不要提赈灾认捐的事。子正似乎看出长仁心事，笑道："仕铎老弟有喜事来说与我听，现下人家可是正经八百吃着公家饭的。此来与我商量合伙经营一桩极好的事业，正说着要拉你入伙，巧的是你恰这会儿过来。不知老弟可有兴趣，机会难得哟！"伍仕铎听到这话，便侧转过脸来对着长仁说道："仕铎不才，不过是经营的几处小买卖，运气倒是不坏，此番借着首都建设机会，新设了几个分销点。只是公私兼顾分身乏术哇！"说着重重叹了口气，眼里分明满是得意。

长仁见伍仕铎不提砂船的事，才将戒备心稍稍放松些。当下笑道："伍主任肩负本地财政税负重任，自家营生还能不便宜吗？"

子正笑道："长仁老弟可知仕铎做的是哪一行的买卖？那可是一本万利的行当。"伍仕铎连连摆手道："哪里哪里，子正兄言重了，目下奖券公司开设太过，搞得大家都没得赚头，难呐！"

"仕铎又何必自谦，此次义赈拿到了政府颁发的专售许可，其他家哪能是你济发公司的对手。"子正说着又向长仁道，"想来老弟也收到一叠捐款义赈的倡议劝募书，没得法子，咱们就得借这只鸡来下蛋。"说着取出一张纸递给长仁。

长仁接过看时，正是此次三地赈灾奖券的发售广告："为北地蝗患旱灾筹赈孔亟，本公司奉政府许可发行筹赈公益奖券，批发抽厘助赈。其票式系每张分十则，全张收洋五元，得彩等第、彩金列明票上，以昭信实。"

伍仕铎道："此次赈灾，最低限度要售出拾万元，才有得赚。拿到售券许可的不止我济发一家，不讲全国，仅只咱们省内，发行的各类名目义券就有十多种。彩民也精明得很，不唯彩金丰厚便肯掏荷包的。要比哪家公司能出奇招，才能多售不亏。"

"伍主任治下那样多纳税的商户，代售点足多，又不必抽厘，还用愁销路的吗？"长仁知道他的路数，只消在税上稍稍松口，会有自愿无偿代销。

"长仁老弟有所不知，不抽厘，谁还替你尽力出销，我是下了定数才会放进点去代售的。可惜任你怎么样，没得人光顾掏钱也是白搭。"

子正笑起来："因此才要集思广益嘛，这不就有了好法子！"说着讳莫如深地朝长仁眨眨眼。

长仁不懂，想到子正刚送走的两位客人，忍不住问道："什么好法子？"

冯子正和伍仕铎一齐哈哈大笑起来。子正边笑边向长仁道："老弟看看背面的东西便晓得咯。"

长仁忙将手上的那张奖券发售告白翻过来看，只见上面是又一则告白："蔓莉请愿为百万灾民，奉献一己之力。以特别活动筹集善财，义券附则发行后，不论何人，只多掷一元资本，即有得奖之机遇。凡中奖者，蔓莉诚意相待。所得之款项，均用于赈济灾民。"

"这是，堂子街的那位？"长仁吃惊非小，没看出这女人竟能有如此大气度，能为灾民牺牲自己。

"正是，她做过洋大人的堂堂正牌夫人，那可就非同寻常了。长仁老弟可曾看报，她曾登过离婚启示，同时并刊征婚告白，哈哈，搞得是满城风雨，越是这样子才越是引人呢！"伍仕铎说得兴奋，眼睛都瞪红了，自身上掏出烟来递给子正和长仁，又擦火一一点了，这才稍平抑了情绪，复坐下来吸烟。

"你知道吗，这任蔓莉刚卸任的洋人丈夫，正是那英商查莱氏公司的总经理，与你打了三年官司的那一家了。"冯子正探过身子向长仁说，边期待着对方露出意料之外的惊诧表情。

长仁"噢"了声，垂着眼皮吸了口烟道："那么，这件事与二位刚才说的事业有什么干系?"

"哈,还不懂吗?"冯子正与伍仕铎齐笑起来。

"难不成……你们,是……"

"正是,这不刚送走客人,一切都是商定好了的。"伍仕铎一挥手,平添几分笃定。

"查莱氏有自家公司发行的奖券,为什么不用,要用义券……"长仁刚问出口,就止了,义赈筹款才会有更多人掏钱买账。真能想得出。

"不过么,万事俱足,还有一件事非得要劳动长仁老弟出马方能成事。"冯子正收起笑容,眉头又紧锁起来。抬眼看了看长仁正睁大眼望着自己等待下文,才接着道:"老弟是知道的,我在广州的两间厂子,这段时间不大太平,这不刚接到电报,工人又闹罢工,我这就得回去处理,这边奖券的发售开彩都耽搁不得,还请老弟多费心。仕铎那边你是晓得的,他的身份不便出面办这些事情,所以么……"讲完便拿眼盯住长仁。

伍仕铎忘记吸指间的烟,也伸着脖子直勾勾盯住长仁看着,只等他点头。

长仁把烟按灭,有些懊悔不该来。现在既知道了他们的全盘计划,就算心里想着不答应怕也由不得自己。又垂着头想了半晌,觉得这件事虽说讲起来不大好听,可毕竟还是为灾民筹捐,也算作一桩善事,便问道:"这义券在伍主任手上预备卖多少数量?又怎么样抽厘分账?"

冯子正和伍仕铎不约而同松了口气,这样问就是答应了。

第八十四章　强搭售行销义券，合伙人携款遁逃

伍仕铎笑道："五万张义券保底而外，多多益善。老弟尽管放心，所得票款除实在用费开销，下余之钱，当全数助捐赈灾。"

"那任蔓莉……"

"这个嘛，便是借'鸡'所下之'蛋'了，额增一元，五万张便就有五万块的实足赚头，大家平均分账！"子正在旁边说道。伍仕铎两眼放光，摇晃着脑壳咧开嘴道："对极，对极，那钱简直是自动流进口袋里来，大家伙分账发财！"

长仁心里暗啐："果然改不了财迷本性，听见发财便要发狂。"面上并未动声色道："那可不成，即因赈灾事起，总要把赈灾款项拨出去才是。"

伍仕铎面上一红，连声道："呃，那个自然，那个自然的！"

"当然，咱们分到的这些钱，还是要按要求上捐赈灾的，大家近来境况都不宽绰，解决了流水不畅的大难题，倡议也好，摊派也罢，全都交代过去，促成一桩大善事，这样不是很好么！"子正连忙接口说道。

长仁还有些吃不准，卖义赈券搭售的法子本就涉险，头彩设得也太过离奇。便又再追究："她能够同意这个法子？想那中彩的可能是脚夫苦力、烟鬼、浪子……"

"那又怎么样，任美人不就干的这营生，也万一是位政要、富商、实业家，她便有机会再成贵妇。"伍仕铎说着眼中露出向往神色，道，"想想看，谁要是幸运能与著名的查莱氏总经理太太共度春宵，那……"子正笑道："是前太太。""前太太也够吹嘘后半生了！"两人说着相视大笑起来。

子正见长仁态度犹疑，便道："难不成老弟还有什么更好的法子能筹措这么些摊派的捐款？"

长仁只得把心一横，同意由自己出头操持售券事务。

子正拊掌向伍仕铎笑道："如此甚好，长仁老弟既已答应，你我便大可放心了。还要说你仕铎大才，怎么想出如此高妙法子。非但能赚到得银钱，还博得个赈灾助国的好名声。高，实在是高！"

当晚冯子正急赴广州去处置自家厂务。南京的一切全交由长仁着手办理。

长仁则按照之前与冯、伍商定好的，把搭售详情只告诉给何新图、宋大兴。二人听后大赞妙计。

"赈灾义券售期只有一个月，时间上还得加紧些。想想看，义券兑彩一次，

附则再兑一次，金钱与美人或可兼得，还不够吸引人的吗！"何新图搓着手已经跃跃欲试。

"这附兑便可在咱们的技艺展园来个现场摇球开彩，公布中彩者。技艺展园围栏和大门新近完工，又补植了几株丹桂、紫薇、夹竹桃，虽说规模不如从前，整修过后也还颇看得。"老宋竟把附奖开彩的地点都想好了。

长仁一听喜得连拍老宋肩头道："亏你想得出！真乃好事一桩。如此一来，咱们的园子更是不愁没得客源了。"

何新图却又开始盘算细账，摇着头道："发个一元票值，也就是说一元钱即可有中彩可能。而中彩者既可能是富家也可能是穷户，那咱们忙这一场又有何利益？这头彩设一个合适呢，还是设两三个吊一吊购者胃口？管理人手和组织资费按实计数，还是先行算计提一笔款放着备用？"长仁一时间拿不定主意，只好看老宋。

"这会儿不能多想细处，我先联络印务公司，只等先生您发话便可开动。您说得极对，目下只这'快'是顶首要的。"老宋说得在理，这会唯追求快速，跟上主券发售才是关键。

宋大兴想出个绝好点子，选出一张旧日技艺展园纪念画片，正面展园图片，把姿态妖娆的任蔓莉小像印于一侧，背面是详细的技艺展园介绍文字。单看这张画片毫无异状，只有把主券号填入画片右下角空白栏，并盖销售点的印戳，才变为可兑彩的附券。

各人按分工开始行动起来。由老宋把印有任蔓莉全身小像的附则送印刷厂加急付印，然后带着小六子分头跑行销商户登记义券号段，再报给何新图记账清汇。

在伍仕铎的安排下，任蔓莉头戴花冠，身披印有"爱国义赈"字样的缎带到各义券售卖点现场献唱推销奖券，长仁不得不陪同前往声援助阵。哪知头一天就引致交通阻塞，离了婚的洋行总经理夫人，竟然自贱其身作彩售卖，成功吸引大众眼球，有评头论足的，也有眼热难耐的。各路媒体更是抓住机会大书特书，舆论一片哗然，有赞其为爱国人士做出表率，堪称楷模；也有人批评此举辱秽，令民国蒙羞。但义券销场并不受影响，反而随评论声音日隆而益发走俏起来。街头巷尾谈论的话题无不围绕着神秘的义券美人票，以及有关任蔓莉的各种小道消息。

过了几天，时值《新中华报》发行纪念大会，在下关大世界举办为期三天的京剧包场演出。报馆总经理系知名票友，在首演日亲自登台献艺，参演一出《问樵渔楼》。这天邀请了城中各界名流前来捧场，看客云集。恰巧紧邻剧院的纹彩室纸铺正是义券的售卖点，这天任蔓莉在纸铺门前现身，一时间惹得大世界剧院观演客人全拥去看美人，然后竟相排队购券。包场演出时间到了，可观众却进场者寥寥，戏虽按时开唱，总经理登台若这样的场面未免太难看。于是报馆的刘姓署理让手底下的记者去看怎么回事,谁知也是一去不返。刘署理等得不耐便亲自出去找,却一眼看见那小记者正排在队列里。刘署理上前去正要发难,那小记者笑道:"这不正是明日头版有分量的新闻!我便加入来采访实况了。"刘署理听清楚事情原委,边大赞小记者敬业,边让他代为购券五份,又再嘱一定记得随购附则美人票。就连戏班班主得知消息后也忙不迭安排小徒弟加入购券队伍。

次日报纸副刊头版登出"任姓蔓莉女士以身作彩纾难诚可敬,身为女流何妨亦有忧国忧民拳拳爱国心"大字标题,又作采访实记:"任女士目睹灾民载道,冻饿困顿,为之怆然,苦于无点金异术,有志难酬,遂步德国某女士后尘,牺牲救众,以博社会诸民慷慨救助……"

《新中华报》是南京城首屈一指的大报。长仁见事态扩大,已经不可能按之前三人商定的私售初衷行销,忙去找伍仕铎商量办法。

伍仕铎却笑道:"不妨事,教他们扰闹去。老弟只管放心,咱们是为赈灾费力劳神,这样也有错处?看看几年前政府就发布了彩票禁售令,不过是换了个名目照样发行售卖。目下是只求义券售出,概不计较手段方法。谁教政府拿不出赈灾的银子呢?不得仰赖你我这样能办事会办事的,方可解其急难。"

长仁终究心里没底,又觉得伍仕铎这人实信不得。他带了礼去见总商会赵会长,请他出面在纸上表明了赈灾纾难不吝手段的支持态度,随后南京工商界不少原先私底下购券的名流先后也发声支援。最终义券美人票得以在当局默许的状态下公开发售。

几天工夫,阖城出现了一股购买赈灾义券的狂潮。买到的大肆鼓噪吹嘘,好似头彩非他莫属。发展到后来,买多买少的犹豫,竟被冠以爱不爱国和爱得深切与否的标志。其实,任谁心里都清楚买义券是为金钱美色。有了为国分忧、慈善助困的幌子,求财博妓也可以如此高尚,怎能不趋之若鹜!

半个多月后,赈灾义券销售已超过发售数七成。每个售卖点都排着购券长龙,技艺展园园子较往日更为热闹。长仁只得让老宋暂放下丝栈生意到展园帮忙照看。

长仁为每日里接待请托而心焦,他袋里揣满了各式各样的条子,还有认得不大认得的莫名其妙自称朋友的人摸上门来。明知券额有限,他有什么法子。不得已,只好嘱门房当差:"凡来寻的,务必问清来者何人,不熟的一律回绝。"

这天一早,长仁吃罢早饭,刚坐下翻开报纸,门房就来报:"有位年轻先生,说是姓荀的,小的怕是先生家的什么亲属,就赶紧来回。"

"姓荀?没问名号吗?"长仁皱起眉头,记忆里并没有同姓同宗的实在亲戚。看门房当差犹豫着摇头,便吩咐:"去请他进来吧。"

当差得了赦,急忙去了。

563

不一会儿，一位穿深灰色西式呢大衣、头戴同色绒呢帽的年轻人进来。年轻人也不讲话，站在门口只一味盯着长仁瞧。长仁看他时不觉愣了好一阵才惊呼道："允礼，是允礼？"两年未见，眼前的允礼大变样了，一改之前瘦弱模样，变得强壮而又精干，看起来神采奕奕。长仁上前拽住允礼的手上上下下打量，又要接过允礼手里的帽子，允礼却轻声道："一会儿还要走！"便在桌前的圈椅坐了。长仁听他才来就说要走，不免失落，眼眶发潮，忙别转了身子亲自去泡茶，边问他道："你不是应该在英国吗？什么时候回国的？怎么不与家里联系呢？"

允礼却沉默了，直到长仁将茶杯递到他手边，方才抬起头道："对不起，父亲。"长仁自儿子冷峻的目光中感觉到令他绝望的疏离感。

"我一年前便已回国，实在是有不得已的苦衷，不便联系。"允礼起身接过父亲手里的茶，放在桌上，略一迟疑，终于下定决心说道："这次来，是要告诉您一件事，姆妈……""怎么？"长仁由心底生出不祥预感。

"她自上次回去日本，"允礼抬眼看了看父亲，才垂下头继续说道，"不久便牺牲了！"

"为了什么该死的任务，我就知道，就知道……"长仁低声自语，然后突然提高声音问道，"那她葬在哪里？"

"您知道是为任务而牺牲，那就好，您是能够理解她的，是吗？我也是刚得到确实的消息，一个回国的同学告诉我，说她十分英勇，我为能有这样的母亲而骄傲。至于葬在哪里并不重要。我们既然选择这条路，便不想身后事。"允礼看着父亲露出微笑。

"理解，我想，我是应该理解的……"长仁终于从面前这个熟悉而又陌生的笑容里，找到儿子一丝从前的影子。他尽力使自己镇定，问允礼："你，也同姆妈一样？"

允礼笑了："一样，也不一样。"他看着父亲，眼里闪现出殷切的光芒："您只要晓得，我们都追求公平正义，向往没有奴役、没有压迫的自由平等之社会，哪怕为之牺牲也在所不惜，这是信仰的力量！就像阿顺爹爹、姆妈，还有千千万万有同样信念的人，他们都自愿为实现这样的追求而牺牲自我，虽死犹荣。父亲您是理解我们的，对吧！"

长仁的心在呐喊："不，我不理解！"但他在儿子热烈目光的注视下竟不能够表达，只能紧紧攥住儿子肩膀，然后再颓然放松。

"好吧，我该走了，您，请多保重。"允礼站起身，向长仁深鞠一躬。长仁扶住儿子，却说不出挽留的话，只好颤抖着双手，一再看他年轻而又坚毅的脸庞。他突然想起在德凤居门口的那个身影，问："你去过德凤居吗？有天下午看见像你的人。"

"去过，还有码头港口、和记洋行、电厂都有可能看到我，可是，请您一定记住，别与我相认，就当作不认识，算作是在帮我了。"允礼神情凝重，长仁立刻就懂了，点了点头，想了想又问："你到底年纪还轻，不继续读书吗？"

"我当然还在读着书的，可没办法安静地读下去。谁能够在热血与愤怒的夹击下，在鬼魅横行的社会环境中，定心读书？有多少像我一样的青年终天无事可做，到跳舞场和咖啡馆去消磨时间，再去演几出恋爱闹剧喝喝闷酒抒发癫狂，甘心浪费大好的青春。可自弃而又颓废地过一生又有什么意思？没有对未来的憧憬，不得不与可鄙的人周旋应酬，这样子的人生，做成个大人老爷，抑或去做土匪强盗，无不教人苦闷。倘使我们的国人能多些志士气概，多些救国救民的观念，又怎么成如今的贫弱轻贱局面？"允礼突然说了这番慷慨激烈的话，长仁有些出乎意料。他记得自己也曾有过豪情壮志，可现在，也是儿子眼中可鄙之人吗？可能便是吧，自己已倦于探索什么人生的意义，而甘心寂寞地走向坟墓里去。

长仁不禁悚然，似乎能懂得面前这个充满朝气、热血沸腾的年轻人。

他叫允礼稍等，便去书房里取了当年存下预备给允礼留学的五万块银行支票交给他："这是我的一点心意，当作支持你们事业的资助。"长仁知道给允礼钱，定会遭到拒绝，而支持事业的提法他必能接受。

果然，允礼很郑重地收下，伸出双手握住长仁的手，没有说谢，只用力点了点头。是啊，对于妻儿，长仁曾经与他们隔得太远，现在补救，但愿还来得及。

允礼走了，与之前一样消失得无影无踪，可长仁却笃定儿子就在附近某处，干着他认为有意义的大事业。

很快，一个月的赈灾义券发售期满。何新图报账上来，购彩款项高达十五万之多，除此之外，附则美人券竟也销了三万有余。售卖义券带动技艺展园负贩交易翻番，园子食宿茶饮娱乐等更是大有进益。长仁喜滋滋地盘算着开彩之日要举办哪些活动，又要请哪些政府官员、名流士绅。众人更是欢欣鼓舞，又将一应事项细细排布过，只等开彩盛况。

随着开彩之期渐渐临近，长仁带着老宋和小六子忙得焦头烂额。伍仕铎只在汇账时来找过长仁一趟，此后便只说公务繁忙不见人影。长仁本就没指望伍仕铎能帮忙出力，便不去管他。可何新图反倒也越发往来稀疏。

好在，冯子正终于赶在开彩前由广州回到南京。

开彩前三日，是召开记者会的日子。按当初大家商定的，由子正向社会公开发布总购票金额，并解释附则美人券头彩额度以及生成计算由来，再由长仁宣读抽取彩金后的余额，同时公布组织募资费用除去后有多少结余均上捐的意愿。经城中大小报馆记者们渲染鼓动，可在开彩之前再为技艺展园带来笔不菲收入，可谓是名利双收的一桩美事。

第八十四章 强搭售行销义券，合伙人携款遁逃

565

发布会前晚，本定在技艺展园开的碰头会，冯子正并没到场，只派了何新图来说冯先生有要事无法分身前来，发布会一定到。接着何新图便将募账总数和支出各款报给在座众人。

长仁翻看账册，见最终总额竟至十七万元，各项开支倒列得相当周全，募前发布会场地、茶水、雇人佣金等等，又其间各发售点人员经费场地开销，再匡算明日发布会各项资费，总支约万金，任蔓莉的辛苦费总该出个万儿八千，头彩按一成两万计，尚余十万数，几人商量要不要再加抽若干小彩，以提振众人兴致。又有提出大家忙乱一场，是不是得提点辛苦费犒劳，不一而足，不觉便过了半夜，众人兴味盎然，毫无困意。长仁便让老宋安排了夜宵茶点。众人吃罢只在展园茶间榻上将就着闭了一会眼睛，便已见东方放出白来。

宋大兴和小六子带工人起了大早，在园子内外开始布置，彩旗、灯球、花树、盆栽俱都用到极处，热闹异常的场面，又在主场处置了偌大的艳红绸布条幅，上书："头彩即开人财兼得，舍身纾难义赈为民。"待到八点左右，便见接请柬的人陆续进园来，长仁一面忙前忙后地接待客人，一面到处找冯子正，半个钟过去，还不见人来，受邀的各路记者采编们俱都就座，还不见冯子正，就连何新图也不见人影。

长仁急让老宋亲坐汽车去子正宅上请。

一刻钟，宋大兴满头大汗地跑过来，站在台下朝长仁挥手，长仁正急得火烧火燎，也顾不得与台上大员们招呼，便冲下去问怎么样。老宋却拉他往僻静处才颤巍巍道："冯宅换了家方姓人家，华胜厂却是早已卖出去了。恐怕事情要糟糕。"

"任蔓莉呢？"长仁脑袋嗡嗡作响，原本说好任蔓莉待记者会将至尾声时款款而出，轻歌一曲。她这会儿也应该到了。

"没见她人。"老宋忙打发人去园里再找找看。

长仁无力道："别找了，怕是找不到了。"又怪笑一声说道："不消说，义券公账户头怕也已是空了。"

"不能吧，公账户头凭密提兑……"

"哼，若存心算计，哪还有什么密！"

这时小六子跑着过来向长仁道："先生，时间就要到了，台上等着您主持开局……"话未说完，突然发现长仁面色不对，再看一旁宋大兴直朝他使眼色，便刹口不敢再讲，瞪着眼看老宋。

老宋却也把头低下去。

长仁快步向发布会场去，脑子里盘算怎么样解释这件事。待走到台上时，他已经恢复了常态："敝人十分感谢诸位报界朋友前来捧场。今日是义赈附则美人券的摇奖消息发布会，却有件不幸的消息，要拜托各位代为传达广大彩民，舍身纾难的任蔓莉小姐因身体原因无力继续履行此次头彩计划。因此，摇奖日期延后三日，事发突然，还望多多体谅。"

台下众记者显然没料到会是这样的消息发布，一时众人交头接耳、窃窃私语。台下一位戴圆框眼镜的青年记者站起身来高声问道："请问荀先生，能否告知大家，任蔓莉小姐身体是如何的不适，不说个清楚怕没法向广大购彩者交代。"

"这个么，暂恕无法奉告，但有一点可以肯定，她已不能践当初献身之诺。"长仁回答讳莫如深，并不能教记者们满意。

"那怎么行，买美人券大家都是花了钱的，怎么能够失信？"在座的人中有人大声抗议。

"就是，这样愚弄大众，教你们吃官司。"又有人喊起来。

长仁一笑，知道这些人都花钱买了券，怎么肯吃哑巴亏，便道："当然不能教大众吃亏，头奖改为房产，即为此座技艺展园，余款照旧全部交义赈委员会用于解救难民。敝人拳拳之心日月可鉴，现在公布售券账目！"长仁摆手示意宋大兴把账册拿上来。宋大兴与小六子不解地互看一眼，也只能将账册交上去，由他公布各款账目。

记者们刚散场，长仁忙拉住老宋和小六子，嘱他们分头找记者们广为散布任蔓莉罹患梅毒的消息。

果然，第二天的报纸便把这不堪的消息传遍了全城，打消了一众购彩者的色心。

记者会算是对付过去了，可危机并未解除。

长仁枯坐在展园办公间。没有可供兑付的赈灾款子，他得在两天时间内想出个脱身的法子。曾经的朋友携巨资逃匿，他却成了众矢之的。此刻想来实早已有迹可循，只可笑错付了信任而已。

开彩日，展园的大门前聚集了百多人，砸门的人浪一阵紧似一阵冲击着铁门和栅栏。长仁叫车停在大门不远处，正对着园门。他坐在车里点了根烟卷，然后仰头靠在车座上，并不去吸，任由烟雾悠悠地向上轻腾，缓慢地充斥车内空间。他透过车前窗静静地看着那门前人潮涌动呐喊，渐竟似看到了古先生亦随浪浮沉，他挺直身子细看时，却又倏忽不见了，一道声音却在耳边越发清晰起来：

混沌何尝辨浊清，
世故翻覆囿轻凝。
名利穷通难自料，
取舍只堪信虚空。
……

长仁

第八十五章　尽散财难释积怨，舍挂碍自愧前行

此时坐在车后排座椅上的宋大兴，还在试图劝长仁也一走了之。

长仁却是一言不发，看着整支烟燃尽，他才把烟蒂顺窗缝弹出窗外，忽地直起身向宋大兴道："所有损失由我来赔付，照常开彩，捐款一分也不能少。"

老宋张大口呆住，一把拉住正要开车门的长仁道："先生，您可要想清楚，这把所有家当都搭进去，还不知够不够呢……"

长仁抬手制止了他继续说，缓慢却有力地道："你去银行把丝栈和宅子抵出去，看能出多少款子，尽快把赈灾的钱筹出来，开彩摇奖不能再改期延宕，你这就去办吧！"

车子极速驶离技艺展园，自花园西侧边门向左转上沿江路。

长仁以全部身家抵押使得技艺展园的摇奖仪式照常举行。或许是人们将对美人的期待转为对梅毒的恐惧厌恶，来捧场的人屈指可数，邀请的社会局、商会等贵宾不约而同借公务婉辞，就连新闻记者都较前次发布会少近半数。但这正是长仁所希望看到的。

开彩过程很顺利，而结果很令人意外。摇得头奖的人，竟是宋季元。季元喜极而泣，拄着拐上台来语无伦次地讲了一套不知所云。

为表诚信，长仁在开彩现场当众签契约按指印办妥交割。再将售券款项与受捐的佛教慈善院签了捐款协约。

赈灾券这场事故看似解决得颇为圆满，伤害被降低到只长仁一人承受。

当晚回家路上，老宋恨声道："等揪出这几个害人精给您出了这口恶气。"长仁却拒绝："不必了，若非我起了贪财的念头，又怎么会中他们的圈套。"

"不，先生是太实信那些朋友，才会被人算计。""这固然也是一层，深究根源还是贪欲蒙蔽耳目，仅见利却不思其害。"老宋听罢叹了口气，欲言又止。长仁却拍了拍他肩膀笑道："这是老天对我的惩罚，自当受之。"

回到家，老贾已按照主人吩咐将佣人遣散，与长仁告别后也背着包袱走了。只门房老卢因没去处也没有亲人，自愿不拿薪水留下来。门头灯没亮，只房里有昏黄的灯光由窗格透出来。长仁打发老宋回家，自己径去书房躺下。押期已经过半，他拿不出钱来，只能任由银行罚没自己的宅铺。

这一夜，长仁的思绪在似梦非梦间徘徊，少时贫困交加孤立无援时，曾坚信钱能使人走出困境获得自由，只为取利不顾道义。之后有了钱而笙歌奢靡、周旋

应酬的日子只令他感到颓唐与负累。可阿顺、杏儿和允礼所讲的自由显然与钱无关，他只莫名地感到羞耻和懊恼，却任由自己在迷失的道路上越走越远。

第二天长仁起了大早，却见老卢已经从外面买了早点来。他便把手中的一封信交给老卢，交代老卢等宋大兴来交给对方。那是他连夜写就的一张委托函，让老宋代为处置屋铺所有事宜。

吃罢早饭，长仁把收拾好的皮箱提了，准备离开这个家。却见一辆洋车停在门前，季元持拐跛下车来。长仁忙上前扶住，关切地问道："是展园里有什么账目没清吗？"

"不是，先生。我是来和您说，我不要这个奖，既已交代过那些新闻记者，展园就奉还给您。"

"开什么玩笑，摇奖是凭的运气，你运气好便安心受了，不必有什么想法。再说，全城人都晓得技艺展园已经作彩给付新主，怎么能够再收回来，岂非又成了荀某愚弄大众的把柄。"

"可是，这并不是什么运气得来的。"季元眼圈泛了红，"自听先生宣布将技艺展园园子做了头奖，我便寻机在那摇彩的机器上做了点小手脚，我、我不舍得这样好的园子被不知什么人得去……"

长仁不相信似的后退半步，看着季元。季元依旧穿着元白大绸的衫裤，还是那副朴实憨厚的模样，待看到那截空荡荡的裤管，长仁叹息一声，他没法责怪季元。

"不，什么都别说了，这何尝不是一种运气，展园有你付出的心血，我能够体会你的不舍，以后还望继续看顾好它。"长仁说完头也不回地走了。

"先生您要去哪里？"季元问，长仁不答，因为他自己也不知道该去哪里，只听见身后传来季元号啕大哭的声音。

哭吧，这样的世道人心，会哭的人已经越来越少了。

长仁到底没能走远。

他怕允礼回来找不见他，便在离老宅不远处的二马路旧巷赁了所独院小两房。又在门房老卢处留了地址，拜托若有姓荀的年轻人寻可交给他。

闲居无趣，长仁喜欢到处走。他抱有侥幸兴许能在哪条街巷再度偶遇允礼。

长仁突然发觉这片自己居住了近二十年自认为熟悉的地方，竟然如此陌生。似新居的这条巷子，叫作江口巷，巷子很窄，两人并排甚至都不能够，得一方侧过身子方可通过，两边是低矮而又拥挤的民居，他租住的小院便在巷子西头第二间。搬来之前，他只对巷名有些许印象。

巷内居民本地与外来杂居，口音南腔北调。外来的多为租客，因为此地租金相当便宜。每天进出巷子需得小心避过货挑子、煤球炉子、独轮板儿、篮盆筐桶箩各类小买卖人家的家伙事儿。

小院里有两棵果树，一枣一柿。枣树下有一口水井，井边用青石围砌成半圆形，留着半拳宽的出水口。两树间束了绳，可张挂新洗的衣裳床单。柿树下近正屋门口，摆了张杂木板拼桌，两张低矮竹靠椅看来饱经风霜，椅背椅面都被磨得泛出酱黄色。

正屋朝南，门口的三脚脸盆木架有两只脚修过，贴着木条。左窗下一张旧木桌，桌面子黑黢黢的，看不出原本的颜色，像是被烟熏过。紧靠着桌边放着木板床，铺盖印着鸳鸯戏水图，已经找不出喜庆颜色，枕头枕巾同样洗得发白。

另一间屋在院西，只能够放一张床。床边放着张小方凳，靠在床头便可伸手推开朝着巷子的小窗。屋内光线不太够，但新刷了白，显得十分干净清爽。

长仁只能租得起这样的房。虽既小且旧，但清净无争，倒也过得舒心。

日子长了，巷内十几户人家都熟络起来，见面便客气招呼几句。巷口馄饨摊老张头清早挑子头一碗必定是到门口来，唤一声："老苟的馄饨来咯！"长仁便应声捧着碗出来，高兴时会再加个鸡蛋。隔壁院看相的老胡据说精通麻衣相法，长仁本还企图靠测字打卦找到儿子，几次无果后便只找他聊闲篇。巷子根刘寡妇拖着两个流鼻涕的孩子，替人洗补衣裳过活。还有瘫在床上的大烟鬼全福子逼着十七岁的女儿娣儿卖身挣钱。拉车的小五子交了车份儿经常一个子儿不剩。孤儿呆呆每天沿着铁轨拣煤核换口饭吃。对门的小陈是下关电厂的工人，总该过得不错，可因为工钱被克扣找管工讨说法，腰被打折了，又被开除出厂，家里头老婆孩子哭作一团。

周遭这些人的境遇，使长仁记起他曾经困顿不堪的过往，更觉发迹后忙忙碌碌追名逐利的奢侈生活就像是做了场噩梦，现在梦醒来，羞愧难当。

日子就这么平静地过着。长仁在院门口挂了代写书信的招子，自糊自口。余下时间便只做一件事，写白局唱本，那是他应了阿顺的。每完成一段，他便在院里开唱，邻居们都挤进来凑热闹，这些整日里为生计奔忙劳碌的人竟能拿出唢呐、胡琴等乐器一同乐活。看着面前被穷困啃噬消耗着生命的人们，是啊，他还能为这些苦苦挣扎着生存的人们做些什么呢？

时间真快，院里的枣和柿子都熟了两次，允礼依旧杳无音信。长仁便照旧满心期待着，因有念想，日子并不觉苦。

这天长仁坐在桌前奋笔疾书。老胡抱着呆呆冲进门来，口里一叠声嚷着："快来看看有没有什么法子，救救这孩子。"

长仁接过孩子平放在床上，只见呆呆浑身湿漉漉，面色灰白牙关紧咬。长仁用手探他鼻息全无，小小的身子冰凉，已是死去多时了。便摇着头问老胡："可怜的孩子，怎么回事？"

"不晓得，我今天去码头做生意，无意间碰到他躺在滩边。"老胡说着，见长仁取了面盆和手巾，便走出去拎了桶井水进来，两人帮呆呆擦身换衣裳。老胡又说："这两天不太平，学生闹得很凶，昨天珍珠桥就死伤了不少学生。唉！这是什么世道，连学生都不能安心读书了。"

长仁听他这样说，想到昨天夜里警察闹腾着挨户搞搜查，心中一凛，便问："码头上的学生怎么样了？""码头上的据说都是从北平、上海、汉口来南京找总统请愿的学生，说是要武装押送遣返。"老胡说着将眼睛瞪得老大，然后又猛地将眉眼耷拉下来："唉，抗日救国又有什么错处！"话甫出口，似乎先将自己倒吓了一跳，忙住了口，去找人来帮忙安置呆呆。

长仁由不得自己不想允礼与这件事的关联性。他愣愣地看着躺在铺上冰冷得失去生机的呆呆，突然觉得这样也好，起码不用再挨饿受冻，艰难地生存。

他起身出院门，往码头方向疾走。风刮得紧，夹杂些雪子打着人脸生疼。巷子两边墙根堆起些白色来。近响午的街道依旧显出没睡醒的样子，街上零星几个行人都低着头紧走，车夫比平日里跑得更卖力气，因为这样的天气生意好，快些跑才能拉更多活儿。长仁扯起大衣的领子，忘记戴帽子，更没系围巾，脸和脖颈处已经被风雪刺得有些麻木。

马路对面有阵阵喜乐声传来，在这样阴翳的天气，和着时近时远的警笛声，多少有些引人不适。长仁遁声望过去。发现竟然就站在自家门口，不，原先的家门口。这个曾经的家并没什么变化，两头石狮子依旧蹲坐着静看门内外进进出出的人，目送旧人离去，又迎新主进来。一对半开的大门上各贴了簇新的大红双喜字，檐下挂了对红纸大灯笼。开阔的阶前堆聚了不少人，多少遮挡住了门墙上挂着的那副木对联"福至人和顺，财临家业兴"。长仁当年迁居时亲手写下让人精雕装点门楣，此时被漆了新色披上红绸，显出喜庆和热烈。

这个时间放罢鞭炮，应是新郎前往丈人家去接新妇。长仁经由故宅被扯出好奇心，略停住脚仔细看门口的那群人。这一看，惊得目瞪口呆。那个被众人簇拥在中间的不正是宋大兴吗！此时的宋大兴，身穿深藏蓝府绸团花锦棉袍，外罩浅皂灰织暗纹的驼丝绒马褂，头戴同质的凹顶软胎礼帽。只见他一边同周围人寒暄着，一边频频扯动胸前的金色怀表链，掏出藏在襟袋内，做工极精致小巧的金怀表来看时间。就在他再次低头看表再抬起头来的瞬间，发现了对面呆立着的长仁。他不由得大张了口，左右四顾踟蹰片刻，方才下定决心由脸上绽出笑容，快步走到长仁面前，一把拉过长仁左手摇动着，喃喃道："呀，呀，竟是荀先生，呀，竟真是……"

长仁先自镇定下来，问他道："这是你家里的喜事吗？"

"可不，犬子与城南庄家二小姐，"老宋摘了帽子在手上，有些不知所措，又自顾自地说下去，"可这小杂种不听话，忤逆，讲什么包办不包办，自由不自由……"说着看见长仁有些心不在焉的样子，马上住了口又说："先生，您别怪我，这院房，我不买，也会有别个买的。"

长仁不由得冷笑："自然，这院子来来去去，总是得换主人的，没什么稀奇！"老宋听出话不对味儿，忙赔笑："是、是。"又突然像想起什么似的，大声喊起来："看我该打，见到您都高兴糊涂了，快请进，进去坐了一起吃杯喜酒。"

长仁道："不必了，恭喜你！"说罢转身就要走。老宋再喊道："先生，我也是没得办法，绝不是存心要害您。"长仁听到不由得问："没办法？谁的主意？"

"是，是……"老宋还没说出口，就听身边有人笑道："是我，我的朋友！"长仁看来人三十出头的年纪，高瘦，灰白的皮肤很缺少血色，戴着细金镶玳瑁的圆片眼镜，头上光着没戴帽子，一头浅棕黄色的卷发光滑服帖地分梳两边，身穿灰呢套装，外披着一件银鼠皮长氅。那人此刻把手插在西裤兜里，正看着长仁微笑。

长仁脱口叫道："亚历克斯，是你吗？亚历克斯！"说着张开双臂想去拥抱这位久违的旧友。

亚历克斯脸上依旧保持着微笑，轻轻将身子向后撤了撤。长仁的笑容凝在脸上，疑惑地看着亚历克斯。

宋大兴向两人道："还是请二位去屋里讲吧，雪下得大了。"亚历克斯却一挥手道："猜得不错的话，荀先生不会愿意去你家的。"说完挑衅地盯住长仁。

长仁把双手互插进袖筒，自嘲道："的确，进这样的大门必不能穿着带补丁的衣裳。"

亚历克斯突然收了脸上的笑容，向长仁缓缓道："母亲直到临终才把她对你的怀疑告诉我，我当时是绝不肯信的。所以回去上海找你。而查理，你却消失了，发了一笔横财！现在请你告诉我，我的父亲到底是怎么死的？"随即又接着道："不、不、不需要你说什么了，我调查清楚了一切，你被鸦片迷了心智，也丢弃了良知，才会加害我的父亲，收留你、待你如朋友般信任的父亲。"

长仁终于知道自己近几年所遭受到的一切匪夷所思的困厄与打击竟都来自亚历克斯的报复。他想解释，可解释什么呢？那船改变命运的大土的确取之不义，手段可鄙。现在所有不义之财得而复失，也可算作自受报应。

他向亚历克斯郑重地深鞠一躬，道："对不起，虽说我并没有伤害过亨利先生，但确实对苏和你都有亏欠。请原谅我的冒犯。"说出了这样的话，长仁突然身心一轻，竟有种重负得释的畅快。亚历克斯却只发出声冷哼，转身头也不回地进了大门。

长仁看着他的背影消失在曾经的家门内，却突然露出让人匪夷所思的微笑来。

"哎呀，你怎么在这里，教我好找，快回家看看吧，警察找上门来了。"老胡

第八十五章　尽散财难释积怨，舍挂碍自愧前行

气喘吁吁地跑来，边跑边朝他喊。长仁心头一沉，忙踉跄着随老胡往回跑，将那些什么误会、什么宿怨全抛在身后。

回家时，警察早已离开，只在桌上留下一张油印的认尸告启。

长仁并不意外允礼的死。他只觉眼窝酸涩，胸口阵阵炸裂般刺痛令他不得不撑住桌子坐下，重重地喘息着。允礼的话又涌上心头："千千万万有同样信念的人，他们都自愿为实现自己的追求而牺牲自我，虽死犹荣。"一个年轻鲜活的生命逝去了，曾经那样的朝气蓬勃，现在却变作纸上冷冰冰的名字。多少牺牲者付出了宝贵生命，似他这样昏聩活着的却还不曾醒悟。

痛愧自心底被激起。

他将散发着寒意的告启撕成碎片，任由钻进门的冷风卷起纸屑在脚边扯着旋，最终无声坠落在地。

城外的殡所并列着十多副棺，供桌前布置都很新鲜，亲属们扑跌在地，发出白发人送黑发人的绝望悲号。长仁默坐在儿子的棺前，胸口火辣辣地灼烧着，心却异常清明澄澈。

天幕渐渐昏暗，还有三两声稀落而悠长的恸哭抽噎在郊野间飘浮回荡，更觉摄人心魄。又过了一刻，哭泣声歇，活人去尽，一切便都隐进了无边的黑暗。

又是一年早春，天色微明，朝食摊子赶得个大早，摊主忙着撑开平顶灰白布篷，又在篷下布置起矮桌条凳。长仁由栖身的窝棚钻出来，照例拿布条掸净身上沾的土，先清了清喉咙练阵嗓子，再就着晨光耍趟拳脚，待到身上觉暖便即收势。许诺阿顺的白局唱本已在饥寒交迫中写成，他却并不急于返回七里乡间温暖的家。待唱遍这座城，道尽悔愧之意，才算完成对过去以及逝去亲人的祭奠。

看对面食摊已上客，长仁慢慢踱过去，兜里的两个小钱在指间打架，脑中的矛盾念头也自争执不休。食客起身去了，他熟稔地抢在摊主之前将那碗内残粥倒进自己的陶罐。摊主早已见惯不怪，只咧开嘴冲他招呼道："早哇，今儿个！"长仁却忽地想起今日不必再纠结钱的用途，当攒足精神唱最后一处仪凤门，便忙掏出钱拍在桌面："早，来碗热乎的。"

天亮了，凛冬的第一缕阳光照进巷子，将铺在路面的砾石染了亮。长仁收拾停当，踏着一路碎金色迎着朝阳走去。

2020 年 12 月初稿

2021 年 9 月一改

2022 年 7 月二改

2022 年 12 月定稿

第八十五章 尽散财难释积怨，舍挂碍自愧前行